中國古代小說
文體史料繫年輯録

楊志平 李軍均 張玄 編著

中國古代小說文體研究書系

譚 帆 主編

資料篇

下

清代

順治元年（甲申　1644）

署名“金人瑞”《〈三國志演義〉序》：“余嘗集才子書者六，其目曰《莊》也，《騷》也，馬之《史記》也，杜之律詩也，《水滸》也，《西廂》也。已謬加評訂，海內君子皆許余以爲知言。近又取《三國志》讀之，見其據實指陳，非屬臆造，堪與經史相表裏。由是觀之，奇又莫奇於《三國》矣。或曰：‘凡自周秦而上，漢唐而下，依史以演義者，無不與《三國》相仿，何獨奇乎《三國》？’曰：‘三國者，乃古今爭天下之一大奇局，而演三國者，又古今爲小說之一大奇手也。異代之爭天下，其事較平，取其事以爲傳，其手又較庸，故迥不得與《三國》並也。’……遂致當世之人之事，才謀各別，境界獨殊，以迥異於千古，此非天事之最奇者歟！作演義者，以文章之奇而傳其事之奇，而且無所事於穿鑿，第貫穿其事實，錯綜其始末，而已無之不奇。此又人事之未經見者也。獨是事奇矣，書奇矣，而無有人焉起而評之，即或有人，而使心常錦心，口非繡口，不能一一代古人傳其胸臆，則是書亦終與周秦而上漢唐而下諸演義等，人亦烏乎知其奇而信其奇哉！余嘗欲探索其奇，以正諸世，會病未果，忽于友人案頭，見毛子所評《三國志》之稿，觀其筆墨之快，心思之靈，先得我心之同然，因稱快者再。而今而後知第一才子書之目，又果在《三國》也。故余序此數言付毛子，授剞之日，弁于簡端，使後之閱者，知余與毛子有同心云。”

末署“時順治歲次甲申嘉平朔日金人瑞聖歎氏題”。

（瀋陽魯迅美術學院圖書館藏清大魁堂刊本）

順治五年（戊子　1648）

“七峰樵道人”《〈七峰遺編〉序》：“此編只記常熟福山自四月至九月半載

實事……雖事或無關國計，或不遺重輕者，皆具載之，以仿佛於野史稗官之
遺意云爾。”

末署“時大清順治戊子夏月七峰樵道人書於朱涇佛堂之書屋”。

（上海圖書館藏抄本）

順治八年（辛卯　1651）

《新世鴻勳》識語：“是刻詳載逆闖寇亂之因由，恭紀大清蕩平之始末。
雖大端百出而鋪序有倫，雖小說一家而勸懲有警，其于世道人心不無少補。
海内識者幸請鑒諸。”

按，該書“小引”末署“順治辛卯天中令節蓬蒿子書于欙雲齋中”。此據
以繫年。

（大連圖書館藏慶雲樓藏板）

順治十二年（乙未　1655）

張岱《快園道古》自序：“張子儦居快園，暑月日晡，乘凉石橋，與兒輩
放言，多及先世舊事，命兒輩退即書之，歲久成帙。因爲分門，凡二十類，
總名之曰《快園道古》。蓋老人喃喃喜談往事，如陶石梁先生所記《喃喃録》
者，無非盛德之事與盛德之言，絶不及嬉笑怒罵，殊覺厭人。後生小子見者，
如端冕而聽古樂，則惟恐卧去。若予所道者，非堅人之志節則不道，非長人
之學問則不道，非發人之聰明則不道，非益人之神智則不道，非動人之鑒戒
則不道，非廣人之識見則不道。入理既精，仍通嘻笑；談言微中，不禁詼諧。
余與石梁先生出口雖異，其存心則未始不同也。世間極正經極莊嚴之事，無
過忠孝二字者；而東方曼倩偏以滑稽進諫，老萊子偏以戲彩承歡。在君親之
側，尚不廢諧謔，而況不在君親之側乎！則是世之聽莊嚴法語而過耳即厭者，
孰若其聽詼諧謔笑而刺心不忘？余蓋欲於詼諧謔笑之中，竊取其莊嚴法語之

意，而使後生小子聽之者之忘倦也。故飴一也，伯夷見之，謂可以養老；盜蹠見之，謂可以沃户樞。二三子聽余言而能善用之，則黄葉止啼，未必非小兒之良藥矣。"

末署"歲乙未九月哉生明日，陶庵老人書于龍山之渴旦廬"。

（張岱著《快園道古　瑯嬛乞巧録》，浙江古籍出版社 2017 年）

順治十三年（丙申　1656）

金聖歎《讀第六才子書西廂記法》："聖歎本有'才子書'六部……然其實六部書，聖歎只是用一副手眼讀得。"

"夫真雅馴者，必定透脱；真透脱者，必定雅馴。問誰能之？曰《西廂記》能之。夫《西廂記》之所以能之，只是换筆也。"

"文章最妙是目注彼處，手寫此處。若有時必欲目注此處，則必手寫彼處。一部《左傳》，都用此法。"

"文章最妙是目注此處，却不便寫，却去遠遠處發出來，迤邐寫到將至時，便且住；却重去遠遠處更端再發來，再迤邐又寫到將至時，便又且住。如是更端數番，皆去遠遠處發來，迤邐寫到將至時，即便住，更不復寫出目所注處，使人自于文外瞥然親見。"

"文章最妙是先覷定阿堵一處，已却于阿堵一處之四面，將筆來左盤右旋，右盤左旋，再不放脱，却不擒住。分明如獅子滚球相似……人眼自射獅子，獅子眼自射球……獅子之所以如此滚，如彼滚，實都爲球也。《左傳》《史記》便純是此一方法，《西廂記》亦純是此一方法。"

"僕幼年最恨'鴛鴦綉出從君看，不把金針度與君'之二句。……若果知得金針，何妨與我略度？今日見《西廂記》鴛鴦既綉出，金針亦盡度。益信作彼語者，真乃脱空謾語漢。"

"僕思文字不在題前，必在題後。若題之正位，決定無有文字。不信，但看《西廂記》之一十六章，每章只用一句兩句寫題正位，其餘便都是前後摇之曳之。……知文在題之前，便須恣意摇之曳之，不得便到題；知文在題之後，便索性將題拽過了，却重與之摇之曳之。"

　　按，本年金聖歎評改《西廂記》，據《辛丑紀聞》載："（人瑞）丙申批《西廂記》，亥子間方從事于杜詩，未卒業而難作。"又按，在研究金聖歎的小説批評時，學界一般將金聖歎的《西廂記》評改本也納入研究範疇；此外明清小説理論中一些批評術語與思想也有不少直接取自金聖歎的《西廂記》評點。

（王實甫原著、金聖歎批改、張國光校注《金聖歎批本西廂記》，

上海古籍出版社 1986 年）

順治十五年（戊戌　1658）

　　"天花藏主人"評點《平山冷燕》之全書總評："小説者，小言也。同一言，何謂小？曰：不文而質也，不深而淺也，故小之。同一立言，何不文之深之？與書史並垂其大，奈何小之？曰：矮人不能窺數仞之牆，聾人不能聽希聲之樂，凡立言欲家喻而户曉也，使文之深之，則誰知之而誰聽之？故不文而質，不深而淺。蓋欲使舉世而知風化之美，盡人而識世情之奸耳。因知爲此小言者，所以佐大言之不逮也。雖然，言有小，而立言之體則無小。何也？同一善惡之理也，同一勸懲之教也。雖嘻笑旁通，不及父師之面命，然入耳則可驚，到眼則可喜，其感動爲最神，其楷模爲最切。此小説雖小言，而小言寓正大之規，實亦賢者之用心也。若傳污流穢，又小説家之罪人也，烏足道！小説雖著述家事，何敢輕言。然其事家常，其言市井，誰不自誇能作？無論孤陋書生，妄思著筆，甚至三家村老學究，亦恬然操觚，而不慚不愧，致令有識揶揄，無知絕倒。此小説不幸，所以愈坐荒唐，而流爲小説也。不知小説事雖家常，言雖市井，設兩眼不穿通千古，一心不識透萬情，胸中

不知天地何以生成，帝王何以治理，百姓何以康寧，雖欲伸紙執筆，爲之立説，吾不知其將何説也。即説鬼而不知是精是魄，縱説夢而不知爲想爲因。何況人情之耳目甚真、鬚眉不假，豈容苟且刻畫哉！惟真正才人，屈於不知，苦於無路，滿腹經綸，一腔才思，抑鬱多時，無人過問，欲笑不可，欲哭不能，故不得已而借紙上黄粱吐胸中浩氣。是以賢有爲賢，而賢足動；奸有爲奸，而奸足懲；甚至才有爲才，雖假真也，不妨争古今之座；情有爲情，雖虚實也，誠可參男女之微。故其立説，口讀之而芳香，心賞之而喜悦，匪伊朝夕，而不忍釋手也。豈可一律言耶！此'四才子'不可以小説名之，惟'四才子'不可以小説名之，惟'四才子'始可以小説名之！"

《平山冷燕》各回總評：

第一回："凡善立言者，立言之始，必有一大根蒂而總統之，則枝葉四出，方不散亂。如《水滸》，欲寫群賊，而先誤走妖魔，則群賊之生，不爲無據。此書欲寫平、山、冷、燕之才，恐涉虚誕，而先奏才星降瑞，以爲根蒂，雖極爲誇美，而人不驚怪矣。文章出没，妙於無因而有因。……此偏冷冷於問答中逗出，何等幽悄！筆墨真猶龍也！"

第二回："人之情態，不摹寫不出。……而善於贊誦稱揚者不然，但于冷處爲之襯點耳。"

第三回："此回起釁，不過爲下回開端耳。却于考較外，明明引出一晏文物，爲松江做知府；又暗暗引出一竇國一，爲揚州做知府；又半明半暗引出一宋信，爲往來松江、揚州之地。譬如一樹，人但見後來之東一蕊、西一花，而不知枝枝葉葉悉生於此矣。文人最閑之筆決不閑下，故到忙時取之左右而逢源，絕不手荒脚亂。"

第四回："從來小説，戲言謔語，或有可觀，至於詩詞，若捨古人真作，其餘往往令人噴飯。試看三詞一詩，雖雜入宋詞唐詩中，亦不多讓——此又假作而逼真者矣！《五色雲賦》雖非正體，而遊戲爲之，不知小説家恰又以遊戲爲正體。且此遊戲，偏能於古今形氣中，推測出一段妙理，作正色之談，令人閲之而不敢認以爲遊戲，亦遊戲之入於三昧者也。"

第五回："戲文雖極正大，亦必有丑净插科打諢，解人之頤也。小説猶是也。故百忙中忽夾出二對，使覽者既驚其奇，又詫其巧，耳目爲之一醒。雖微傷誕，亦所不惜，所謂不能免俗耳。"

第十二回："凡有一人，自有一人之情性；既有一人之情性，則自發一人之議論。若作者高據史席，横拈史筆，欲發其人之議論，而不能曲體其人之情性，則鬚眉非我，啼笑不知爲誰，出口則慚，在人則笑，奚其可也？"

第二十回："文章之來蹤去跡，最嫌爲人猜疑着而不知變。……此等文章，不過就事叙事，無甚議論可以出奇，乃但祇叙事而已。叙得一變又一變，如生龍活虎，不可端倪，真妙文也。"

按，《平山冷燕》卷首有題"天花藏主人"所作《平山冷燕》序，末署"時順治戊戌立秋月，天花藏主人題于素政堂"。此據以繫年。又按，據戴不凡《小説見聞録》，推測"天花藏主人"即嘉興人徐震。王若爲《古本小説集成·平山冷燕》所作前言認爲，"天花藏主人"即秀水張勻。實際如何，存議。明末清初署名"天花藏主人"編撰之小説較多，如《平山冷燕》《玉嬌梨》《兩交婚》《飛花詠》《麟兒報》《定情人》《玉支璣》《賽紅絲》《金雲翹傳》《梁武帝西來演義》《濟顛大師醉菩提全傳》等。

（荻岸山人編次、環生點校《平山冷燕》，中華書局 2010 年）

"鍾離濬水"（杜濬）爲李漁《十二樓》作序："覺道人山居稽古，得樓之事類凡十有二。其説咸可喜。推而廣之，於勸懲不無助。於是新編《十二樓》，復裒然成書。手以視余，且屬言其端。余披閲一過，喟然歎覺道人之用心不同於恒人也。蓋自説部逢世，而侏儒牟利，苟以求售。其言猥褻鄙靡，無所不至，爲世道人心之患者無論矣。即或志存扶植，而才不足以達其辭，趣不足以輔其理，塊然幽悶，使觀者恐臥而聽者反走，則天地間又安用此無味之腐談哉！今是編以通俗語言鼓吹經傳，以入情啼笑接引頑癡，殆老泉所謂‘蘇張無其心，而龍比無其術’者歟！……道人嘗語余云：‘吾于詩文非不究心，而得志愉快，終不敢以稗史爲末技。’嗟呼！詩文之名誠美矣。顧今之爲詩文者，豈詩文哉！是曾不若吹篪蹴鞠，而可以傲入神之藝乎！吾謂與其以詩文造業，何如以稗史造福；與其以詩文貽笑，何如以稗史名家。昔李伯時工繪事，而好畫馬，曇秀師呵之，使畫大士。今覺道人之稗史，固畫大士者也。吾願從此益爲之不倦，雖四禪天不難到，豈第十二樓哉！”

末署“順治戊戌中秋日鍾離濬水題”。

《十二樓》正文第一回：“若還守了這兩句格言，使她授受不親、不見可欲，哪有這般不幸之事！我今日這回小說，總是要使齊家之人知道防微杜漸，非但不可露形，亦且不可露影，不是闡風情，又替才子佳人闢出一條相思路也。”

第八回：“看官們看到此處，別樣的事都且丟開，單想詹家的事情，吉人如何知道？是人是鬼？是夢是真？大家請猜一猜。且等猜不着時再取下回來看。”

第十一回：“做小説的本意，原在下面幾回，以前所叙之事，示戒非示勸也。”

第十五回：“作者説到此處，不得不停一停。因後面話長，一時講不斷也。”

第二十六回：“這首古風是元人所作，形容牛女相會之時，纏綿不已的情狀。這個題目好詩最多，爲何單舉這一首？祇因別人的詩，都講他別離之苦，獨有這一首，偏叙他別離之樂，有個知足守分的意思，與這回小説相近，所以借它發端。”

杜濬評點《十二樓》：

第一卷總評：“‘影兒裏情郎、畫兒裏愛寵’，此傳奇野史中兩個絕好題目，作‘畫中愛寵’者不止十部傳奇、百回野史，邇來遂成惡套，觀者厭之。獨有‘影兒裏情郎’，自關漢卿出題之後幾五百年並無一人交卷，不期今日始讀異書，但恨出題者不得一見，若得一見，必於《西廂》之外又增一部填詞，不但相思害得稀奇，團圓做得熱鬧，即捏臂之關目，比傳書遞簡者更好看十倍也。”

“讀此終篇，歎文章之妙，復歎造化之妙。大抵有緣人頭頭相遇，費盡造化苦心；無緣人頭頭相左，亦費盡造化苦心。孰爲有緣？合影樓中人是也。孰爲無緣？變雅堂中人是也。造化之筆既與笠翁，則有緣無緣兩股文字缺一不可。杜陵野老吞聲望之。”

第一卷眉批：“此文章大結構處，看官着眼。”

第九卷總評：“此一樓也，用意最深，取徑最曲，是千古鍾情之變體。惜玉憐香者，雖不必有其事，亦不可不有其心，但風流少年閲之，未免嗔其太冷。予謂熱鬧場中正少此清凉散不得，讀《合影樓》拂雲諸篇之後，忽而見此，是猶盛暑酷熱之時，揮汗流漿之頃，有人置一井底凉瓜剖而食之，得此一水一激，受用正不淺也。”

第十一卷總評：“覺世稗官所作，事事在情理之中，獨有買爲父一節頗覺怪誕。觀者至此都謂捉出破綻來，將施責備之論矣，及至看到‘原屬父子天性使然’一語，又覺得甚是平常，並不曾跳出情理之外。可見作好文字與做好人、行好事一般，常有初使人驚、次招人怪，及至到群疑畢集、怨謗將興之際，忽然見出他好處來。始知做好人、行好事者原有一片苦心，令人稱頌不已。悟此即知作文之法，悟此即知讀書之法。”

（《古本小説集成·十二樓》，上海古籍出版社 1994 年）

順治十六年（己亥　1659）

范驤《〈意中緣〉序》：“夫唐人不作而小説家窮，元曲輟音而傳奇道盡。”

末署"時順治己亥中春，東海社弟范驤文白氏漫題于連山草堂"。

（《李漁全集》，浙江古籍出版社 1991 年）

汪琬《説鈴》自序："《説鈴》之義，蓋取諸《法言》；其書則與《世説》《語林》略相類。"

末署"順治十六年冬十月長洲汪琬自序"。

按，此書又有計東序本，序文年代難定，兹將序文選録于後："説部之體，始于劉中壘之《説苑》、臨川王之《世説》，至《説郭》所載，體不一家。而近代如《談藝録》《菽園雜記》《水東日記》《宛委餘編》諸書，最著者不下數十家，然或摭據昔人著述，恣爲襃刺，或指斥傳聞見聞之事，意爲毀譽，求之古人多識蓄德之指亦少盭矣。庶幾鄭端簡之古言今言乎！"末署"門人計東拜手謹識"。

（歐陽健主編《全清小説（順治卷二）》，文物出版社 2020 年）

順治十七年（庚子　1660）

"西湖釣叟"爲丁耀亢《續金瓶梅》作序："小説始於唐宋，廣於元，其體不一。田夫野老能與經史並傳者，大抵皆情之所留也。情生則文附焉，不論其藻與俚也。《金瓶梅》舊本，言情之書也。……今天下小説如林，獨推三大奇書，曰《水滸》《西遊》《金瓶梅》者，何以稱？夫《西遊》闡心而證道於魔，《水滸》戒俠而崇義於盜，《金瓶梅》懲淫而炫情於色……烏知夫稗官野史足以翌聖而贊經者，正如《雲門》《韶》《濩》，不遺夫擊壤鼓缶也。夫得道之精者，糟粕已具神理；得道之麤者，金石亦等瓦礫：顧人之眼力淺深耳。"

末署"時順治庚子季夏，西湖釣叟書於東山雲居"。

《續金瓶梅》凡例："兹刻以因果爲正論，借《金瓶梅》爲戲談。恐正論而不入，就淫説則樂觀，故於每回起首先將《感應篇》鋪叙評説，方入本傳。客多主少，别是一格。

"小説以《水滸》《西遊》《金瓶梅》三大奇書爲宗，概不宜用之乎者也等字句。近觀時作，半用書柬活套，似失演義正體，故一切不用。間有採用四六等句法仿唐人小説者，亦即時改入白話，不敢粉飾寒酸。

"此刻原欲戒淫，中有遊戲等品，不免復犯淫語，恐法語之言與前集不合，故借金蓮、春梅後身説法，每回中略爲敷演，旋以正論收結，使人動心而生悔懼。

"小説類有詩詞，前集名爲詞話，多用舊曲，今因題附以新詞参入正論，較之他作頗多佳句，不至有套腐鄙俚之病。

"前集中年月事故或有不對者，如應伯爵已死，今言復生……前集迫於時日，故或錯訛，觀者略之。

"坊間禁刻淫書，近作仍多濫穢。兹刻一遵今上頒行《太上感應篇》，又附以佛經道錄，方知作書之旨無非贊助聖訓，不係邪説導淫。

"前集止於西門一家婦女酒色飲食言笑之事，有蔡京、楊提督上本一二段，至末年金兵方入殺周守備，而山東亂矣。此書直接大亂，爲南北宋之始，附以朝廷君臣忠佞貞淫大案，如尺水興波、寸山起霧，勸世苦心，正在題外。

"兹刻首列《感應篇》並刻萬歲龍碑者，因奉旨頒行勸善等書，借以敷演，他日流傳，官禁不爲妄作。"

"愛日老人"（范驤）《〈續金瓶梅〉序》："不善讀《金瓶梅》者，戒癡導癡，戒淫導淫。……善讀是書，檀那只要聞聲；不善讀是書，反怪豐干饒舌爾。共識文字性空，不妨同德山疏抄一時焚却。是乃《續金瓶梅》六十四章竟。"

"天隱道人"《〈續金瓶梅〉序》："天隱道人曰：'《續金瓶梅》古今未有之

奇書也，正書也，大書也。大海蜃樓，空中梵閣，畫影無形，繫風無迹，《齊諧》志怪，《莊》《列》論理，借海棗之談，而作菩提之語，奇莫奇於此。唐人紀事，則藻綺風雲；元人説海，則借談神鬼。雖快塵談，無裨風化。……以漆園之幻想，闡乾竺之真宗；本曼倩之詼諧，爲談天之炙轂。齊煙九點，須彌一芥，元會恣其筆底，鬼神没於毫端，大莫大於此矣。’作者曰：‘予生平詩文，襲彩炫世，未有可以見閻羅老子者。吾將借小説作《感應篇》注，執贄於婆提王焉。知我者其惟《春秋》乎？’道人笑曰：‘然。’”

末署“煙霞洞天隱題於定香橋”。

（中國藝術研究院藏順治十七年原刊本）

沈荃《河南通志序》：“順治十七年庚子秋八月，大司馬撫軍賈公纂修《通志》成……猥以司馬公命，黽勉祇承，既鮮故府金石之書，又無世家耆舊、稗官野乘之紀，雖藉諸君子孜孜贊理，而倉猝告成，其或僿而寡文，蕪而失要，舛訛而未精詳者，知不免也。”

末署“賜進士及第、中憲大夫、河南按察司分巡大梁道副使、前内翰林國史院編修華亭沈荃拜撰”。

劉昌《河南通志序》：“予方受天子命，爲冬官長，拮据考工之不暇，不獲輔稗官野史之不逮，予滋謙已。”

末署“順治庚子五月既望，特進光禄大夫、侍經筵、少傅兼太子太傅、工部尚書、前刑部尚書大梁劉昌撰”。

張文光《河南通志序》：“域内諸名嶽巨川……然莫不以文章家爲司命焉。是以水注山經、稗官野史及碣、銘、贊、頌、序、記種種諸文，大抵爲川嶽傳神，爲忠孝節義招魂，不死者也。然山經水注、稗官家言及碣、銘、禱、頌之文無所附麗，一以所産郡邑之乘爲皈依。而《通志》一書，又郡邑乘之尾閭海也。”

末署“順治庚子始秋，原任江南池太道、前史科都給事中張文光拜撰”。

（中國地方志指導小組辦公室編《清代方志序跋彙編·通志卷》，

上海古籍出版社 2014 年）

順治十八年（辛丑　1661）

“東嶺學道人”爲“西周生”《醒世姻緣傳》作序：“大凡稗官野史之書，有裨風化者，方可刊播將來，以昭鑒戒。此書傳自武林，取正白下，多善善惡惡之談。乍視之，似有支離煩雜之病。細觀之，前後鉤鎖，彼此照應，無非勸人爲善，禁人爲惡，閑言冗語，都是筋脉。所云‘天衣無縫’，誠無忝焉。或云：‘閑者節之，冗者汰之，可以通俗。’余笑曰：‘嘻！畫虎不成，畫蛇添足，皆非恰當。無多言，無多言！’……故其爲書，有裨風化，將何窮乎！因書凡例之後，勸將來君子，開卷便醒，乃名之曰《醒世姻緣傳》。其中有評數則，係葛君之筆，極得此書肯綮。然不知葛君何人也，恐沒其姓名，並識之。”

末署“東嶺學道人題”。

按，此書載“環碧主人”作《醒世姻緣傳》“弁語”，末署“環碧主人題，辛丑清和望後午夜醉中書”。袁世碩在《古本小說集成·醒世姻緣傳》前言中認爲，“辛丑”應爲順治十八年（1661）。此據以繫年。

（首都圖書館藏清順治同德堂刊本）

順治年間（1644—1661）

“偽齋主人”爲李漁《無聲戲》作序：“文章經千百世而不磨者，未嘗以時爲高下；然亦有十餘年之間，難易相去霄壤者，如今日之小說是矣。萬曆以來，大人先生享承平之福，言及一夫作難，則震畏恐怖，不敢置對，向不更事者，奪其魄易，而醉其心亦易。……若以勸戒言之，則人有非高廟玉環不盜，非長陵杯土不取者，雖孔子居其前，《春秋》列其側，尚無可如何，乃欲救之以小説，夫誰信之？而《無聲戲》不然，其大旨謂世之所處多逆而少順，就才貌言之，亦易見而足恃矣。"

末署"僞齋主人漫題"。

杜濬評點《無聲戲》第一回總評："從來傳奇小説，定以佳人配才子，一有嫁錯者，即代生怨謗之聲，必使改正而後已。使妖冶婦人見之，各懷二心以事其主，攪得世間夫婦不和，教得人家閨門不謹。作傳奇小説者，盡該入阿鼻地獄。此節一出，可使天下無反目之夫妻，四海絶窺牆之女子。教化之功，不在《周南》《召南》之下，豈可作小説觀？這回小説，救得人活，又笑得人死，作者竟操生殺之權。"

第三回夾評："小説不怕不奇，祇怕奇得没趣，笠翁小説，可謂趣藪。"

第五回夾評："不讀書，不識字，便脱套了。近來小説動不動就是女子吟詩，甚覺可厭。"

第九回總評："施達卿是個極有算計的人，前半段施捨也不妙，後半段施捨也不妙，妙在中間歇了一歇。若竟施捨到頭，明明白白生個兒子出來，就索然無味，没有這樣好小説，替他流芳百世了。如今世上爲善不終之人，個個都可以流芳百世，只要替做小説的，想個收場之法耳。"

第十回總評："這回小説，天下人看了，都要怪他説得不經，世上那有小反醋大之理。不知做大的醋小，一百個之中，有九十九個；做小的醋大，一百個之中，也有九十九個。只是做大的醋小，發泄得出，做小的醋大，發泄不出。雖有内外之分，其醋一也。這回小説，即使天下做小的看了，也都服他是誅心之論。"

（日本尊經閣文庫藏清順治寫刻本）

"煙水散人"《女才子書》凡例："是書文必雅馴，事皆覈實，綜風雅於筆端，摛芳華於舌底，足使香閨夢寂可醒閒愁，騷客吟餘能銷俗思，豈徒美人云乎哉？即謂之情書可，謂之韻書可。

"古今名媛，已經載之史傳者，雖美弗録，惟以軼事幽蹤，點次成編。其詩雖有俚弱不堪，亦不忍盡行刪棄，蓋論詩于美人，不得與文士並較，苟有一分之長，便當作十分之賞。觀者毋謂先生識鑒未精，漫加評駁。

"稗史至今日濫觴已極，唯先生以唐人筆墨另施面目，海内巨眼自應賞鑒。

"先生以雕蟲餘技而譜是書，特以寄其牢騷抑鬱之概耳。"

按，鍾斐爲"煙水散人"《女才子書》題序末署："己亥春隨風而抵秀州，泊于城南湖畔。"又，"煙水散人"《女才子自記》題曰："歲在戊戌二月既望，余以一葦訪月鄰於苕上。"（即書末反思鼎革之變的評點者"月鄰主人"）據此二文，可推測《女才子書》問世于順治年間。

（大連圖書館藏清初大德堂刊本）

順治、康熙之交

"天花藏主人"《金蘭筏》第一回正文："不但没有知心，錯交了一班壞人，做圈套，逞虚花，弄得傾家蕩産，惹禍招非，喪品行，損聲名，那時懊悔已是遲了。在下看見，甚是不忍，因此把近代一段新聞，衍成《金蘭筏》一部奇書。使交朋友的看了這書，只當苦海中遇了寶筏，方曉得分辨奸良，識認是非，不去受人引誘。親賢遠惡，保了許多身家，全了許多名節。不要當做小説，只當做典謨誓誥一樣，爲父兄的，便當教子弟們熟讀了，方纔出去結交朋友，然後無弊。閑話休題，言歸正傳……人皆曰不識好人的必須讀《金蘭筏》。我獨曰不識好人的，可以不讀；識好人的，不可不讀。田公子開園招友，先見了元正文，便要索詩；見了好詩，便欲下拜，可謂識人之甚。只因匪人擾亂，以致好人不識。若假田公子之前，有此《金蘭筏》一書，田公子一見，必不爲匪人所誤。我恨《金蘭筏》出之不早，今喜有《金蘭筏》，讀亦不遲。然只許識人的讀，不識人的，雖讀千萬遍恐亦終于不識而已。"

按，曹亦冰在《古本小説集成·金蘭筏》前言中推測撰者爲"天花藏主人"。又，此書扉頁題"惜陰堂主人編輯"，晚清學者宣澍甘（1858—1910），譜名懋甫，號時生，字雨人，惜陰堂主人，浙江諸暨人，未知是否確爲此書撰者。今權從前説。

顧天飛《金蘭筏》評語：

第二回："看小説若當做小説看，便不是會看小説的人。須要作《左》《國》《史記》文字一樣讀法，定要讀出趣味，方不是空讀。此回正處反處、虛處實處、緊處緩處、濃處淡處、寫景處照應處、陪襯處傳神處，無一不到。若一眼看過，此人必非解人，一定作小説看也。"

第三回："做人不可不直，作文不可不曲。人不直必不是好人，文不曲便不是好文。讀《金蘭筏》第三回，如入武夷山，但見千巖萬壑，幽折處難以枚舉，是絕好一篇曲折文字，慧心人斷不可草草率率看過。"

第四回："文章第一要頓挫，頓挫越好，文章越妙；頓挫越多，文章越暢。如此回中既曰會親，便會親矣。而鄭羞花偏有許多扭扭捏捏，絮絮叨叨，急得田公子抓耳撓腮，急得參閱人抓耳撓腮，急得普天下展卷人亦抓耳撓腮。世有直率爲文，不知頓挫者，當取《金蘭筏》第四回細細讀之。"

第八回："文章最妙在陪筆。陪襯得多，則點染風華，錦攢花團矣。如此回分明是元按院審田月生事件，忽然襯出兩件事來，如天際蜃樓，變化無窮，令人目不勝賞。不知《金蘭筏》用筆之妙一至於此。"

第九回："文章要變幻，令人不可測其端倪。似此一回，播弄得人鬼交爭，天花亂墜，百千萬牛鬼蛇神，俱在維摩丈室。"

第十回："語云：看得世情透，便是好文章。吾不知作《金蘭筏》者如何便將世情描寫得如此透徹，堪稱戛玉敲金，真是錦心綉口。"

第十二回："客有與予談曲者，詢予云：'何以謂之曲？'予曰：'曲者，折也。'客曰:'然則曲之一道,義取折乎?'予曰:'然。豈獨曲哉?即如《金蘭筏》一書,曲曲折折,全無半點粗疏,至十二回則又曲中之更曲也。風流蘊藉,跌宕多姿。然後知曲折,折則秀,秀則吐氣如蘭,口齒生香矣。世有率筆爲文者,當取此回熟讀。'"

第十八回:"串插照應,一點走漏不得,須看他一承一接,通身靈活。《金蘭筏》作手,豈容假借?"

第二十回:"作書開手,如千萬個散錢,後來要一串兒穿就,失之毫釐,便差千里。請看《金蘭筏》一書,如何起,如何止,中間如何埋伏,首尾如何照映,自始至終一綫不走,真是大手筆文字。且有功世道,不是淫詞可比。吾願普天下有眼才子大家標榜標榜,方見同聲相應也。"

(大連圖書館藏清刊本)

"素政堂主人"爲"荑荻散人"《玉嬌梨》作序:"小説家艷風流之名,凡涉男女悦慕,即實其人其事以當之,遂令無賴市兒泛情閭婦,得與《鄭》《衛》並傳,無論獸態顛狂得罪名教,即穢言浪籍令儒雅風流幾於掃地,殊可恨也。"

按,有學者認爲"素政堂主人"即"天花藏主人",存議。

《玉嬌梨》"緣起":"《玉嬌梨》與《金瓶梅》相傳並出弇州門客筆,而弇州集大成者也。《金瓶梅》最先成,故行於世;《玉嬌梨》久而始就,遂因循沉閣。是以耳名者多,親見者少。客有述其祖曾從弇州遊,實得其詳,云《玉嬌梨》有二本。一曰續本,是繼《金瓶梅》而作者,男爲沈六員外,女爲黎氏,其邪淫狂亂,刻畫市井之穢,百倍《瓶梅》。蓋有意醜詆故相,痛詈佞人,故一時肆筆不覺已甚。弇州怪其過情,不忍付梓,然遞相傳寫者有之。一曰秘本,是懲續本之過而作者,男爲蘇友白,女爲紅玉、爲無嬌、爲夢梨,細摹文人才女之好色真心、鍾情妙境,蓋欲形村愚之無恥而反刺之者也。弇州深喜其蘊藉風流、足空千古，急欲綉行。惜其成獨後，弇州遲暮不及矣，故不但世未見其書，並秘本之名亦無識之者，獨客祖受而什襲至今。近緣兵火，岌岌乎灰燼之餘，客懼不敢再秘，因得購而壽木。續本何不並梓？曰：'畏其淫甚得罪名教，且非弇州意，故不敢耳。'今秘本告竣，因述其始末如此。"

（日本內閣文庫藏康熙年間刊本）

"瀟湘迷津渡者"《筆梨園》第一回："看官們，要曉得江干城向來這些俊俏的口角、風騷的態度，俱是沒有的，況且讀書不深，那曉品題人物？只因避亂山居時，買了幾部小說，不時觀看，故此聰明開豁。見品簫圖，暗把鳳凰比看自己；見春夏秋冬四景，暗指着世態炎凉；見桃柳荼蘼，把色香紅綠，暗比自己與媚娟。點綴絕佳，竟似一個才人口角。"

"鏡湖惜春癡士"評點《筆梨園》：

第一回："一本佳戲，此回乃綱領也。看他埋伏全場，步步振綱挈領，而妓家之風情態度已見一斑。此立勢之文也。"

第六回："（前缺）馮人便之死離，幻境也，一真境也。江干城之榮合，真境也，實幻境也。世間一切有為，何真非幻，何幻非真？識得幻即真，不宜為非；識得真即幻，止宜為善。總之，徐海、人便一流，挑燈閑話，煞有會心。一本風流，此回收拾得妙。"

（國家圖書館藏清初刊殘本）

"煙霞散人"編、"泉石主人"評本《幻中真》評點：

第十回末評："收拾處最易落套。吉生以夢始，後以夢終；又以醒來思夢，得遇真人，以成正果。不敢忘父母弟子之情，又思同登仙界。其視尋常之人以夢為幻，豈不徑庭天壤乎？"

全書總評："無名子演幻夢集，覺非人作，採真□俱以行世，幻者怪其虛

無，真者流于執滯，煙霞子□得其美處曰《幻中真》，照映處如回龍顧祖，安
頓若點水蜻蜓，一部如一回，一回如一句，一綫相連，幾乎天下無縫。識者
以爲何如?"

（大連圖書館藏清初刊本衙藏本）

　　無名氏爲"天花才子"編《快心編》作序："今天下何一非快心之事哉！……
當此之時，得有異書，暴背展誦，名言愈疾，快談果腹，則無有逾於《快心
編》者。然則是編不誠爲饑寒時之布帛菽粟乎哉！……均足以破忿悶而抒不
平，快心之事，孰以加茲？至於勘破種種世情，議論極其透闢，發人所未發
之蘊，道人所未道之言，無不闡微剔隱，快人心目，何異匡鼎解頤、王充談
助也哉！古人作樂，聞者頓忘肉味。是編雖稗官，閱者不當作忘暑止饑一
助耶!"

　　"天花才子"《快心編傳奇三集》末回正文："如此叙入勸世語，便不覺其
卑弱。蓋一作勸世語，文氣體格便落卑弱。煙波釣徒有詩云：世情勘透語方
深，自有知音仔細尋。莫道稗官無補益，驚人議論快人心。"

　　《快心編》凡例："是編皆從世情上寫來，件件逼真，間有一二點綴處，
亦不過借爲金針之度耳。字義庸淺，期于雅俗同喻，不敢以深文自飾，得罪
大雅諸君子也。

　　"從來傳奇小説往往托與才子佳人，纏綿煩絮，刺刺不休，想耳目間久已
塵腐。是編獨構異樣樓閣，別見玲瓏，雖叙述凌李、石裘等未嘗盡脱窠臼，
然于聚合處自不容不爾。

　　"是編悲歡離合，變幻處實實有之，非若嵌空捏凑、脱節歧枝者比，苟涉
于此，即是離經悖道，君子奚取焉？

　　"編中點染世態人情，如澄水鑑形，絲毫無遁，不平者見之色怒，自愧者
見之汗顔，豈獨解頤起舞已哉。至于曼倩笑傲，東坡怒駡，則亦寓勸世深衷，

知者自不草草略過。

"編中間發議論，極盡形容，是以連篇累牘，似乎煩冗，然與其格格不吐以強附于吉人之辭，孰若暢所欲言，以期快眾人之目。況總歸之，看小說正見作者心裁，若僅速求根荄，概廢枝條，是徒作汗漫觀，便失此書眼目。"

"四橋居士"《快心編傳奇二集》第十七回末評："小說家做到殺戰，便不樂觀，因其無意味也。此獨有一種節骨毫不懈怠，更覺得整密有趣。各人有各人性情聲口，往見小說都是一樣面孔，觀之欲嘔。此獨寫得平奇濃淡，各開生面，如李武等活畫一個行樂圖。凌駕山事到此作一小束，便使當時之人及以後觀書之人胸中都覺得稍有快心處。"

（天津圖書館藏清初課花書屋刊本）

"梧崗主人"編、"臥雪居士"評點本《空空幻》評語：

第一回評："文貴乎奇，不貴乎平；貴乎出套，不貴乎□□。如野史中之誇美風流學士者，有子建之文、潘安之貌，欲其快人耳目也。乃花春獨富於才，偏陋於貌，未免稍留餘憾，而不足快人耳目矣。孰知不足快人耳目處，正可以快人耳目者。斯之謂奇，斯之謂出套。'才子佳人'四字，乃全書關鍵。蓋天生才子佳人，鍾靈毓秀，實超軼於匹夫匹婦之上者也。"

第六回評："文有賓主，閱者須認清賓主，不可模糊渾讀。回中花春是主，悟凡是賓，皎如也。然觀其運籌謀畫，牽合成歡，皆出自悟凡，是賓也，而反若為主矣。若謾認為主，竟歸罪於悟凡，而謂花春之罪惡尚可姑恕，則大失命題之意矣。蓋花春，唯以'才子佳人'四字牽念於中，一遇佳人，總不肯放過，故百端求計於悟凡，而悟凡戀淫獻媚，自爾盡心幹辦，不得而辭，可知悟凡似主仍是賓，花春似賓仍是主也。"

第九回評："文必入人意中，出人意表，始可謂絕妙文字。自余論之，入人意中者，尤不如出人意表之謂奇也。嘗觀野史述事，有離必有合，如花春一路進都，贈畫訂約，合而仍離也。”

第十回評：“文章能蓄擬爲妙。紅御使於接見花春時之形容舉止，幾如神龍在雲，首尾隱躍，令人莫可窺測也。”

第十四回評：“從來一書必有一書之結局，必有一書結局之人。閱者觀於花春梟首法場之下，必謂花春既死，如何結局全書，滿懷疑異所不免也。故構思立局，能使閱者覽至此而躊躇搔首，掩卷難猜，乃盡文字之奇妙耳。”

（國家圖書館藏清初刻本）

“錫山老叟”爲“天花藏主人”《人間樂》作序：“小言何爲而作也？稽古詩變爲歌，歌變爲詞，詞變爲曲，曲變而爲小言之説。如戲本之傳奇，以供人之悦樂也。……是以先輩作演對跳舞，以誘人樂，及於後填詞聿興，各抒綉錦，調叶宮商，構成全折，而有生旦丑净外末，奸邪畢肖，風雅天生，臨場發笑，視聽神怡，散半日之憂愁，消竟夜之悶積。然而賞名花、涉溪嶺，肩輿乘騎，挈友携童，所費不貲。優伶一折，無論邀朋，即使室家饌餳，數金弗致，是以曲變小言無不肖。戲本之流傳梨棗，以供散憂愁、捐煩惱，價□不費。置放案間，香可焚而焚，茗可啜而啜，醪可飲而飲，開卷而觀，則見落花水面，盡是文章，曲盡淡描，無非趣語，有裨于人，不無小補。而奈何近作半入淫詞，半淪穢褻，使聽閱而有易謡之淫蕩，不啻銷魂步武心正，而能知其散場結局之作何等，而有賢愚之分矣！若夫風流蘊藉，共觀《關雎》，周召二南，樂偕家室，則是編也而近似之矣，題曰《人間樂》，閱者自知其趣也已。”

末署“錫山老叟題於天花藏”。

（哈佛大學漢和圖書館藏本衙藏板）

　　高兆《姜胡外傳》識語："殘冬多病，雨雪閉門，翻檢架上藏書得此傳。蟲灰鼠跡，亡作者姓氏，序事瞻核古麗，雜漢晉人筆，小啓似庾子山，詩如溫李，要非稗官小史家語。考集英唱名，大魁入局，二生當是宋人，然姜億、胡鶴，宋書不見列傳。何也？余喜其文其事，稍加點次，俾得覽觀焉。"

　　按，李夢生爲該書《古本小說集成》影印本所撰"前言"認爲，此書必刻于順治十五年至十七年間。

（日本佐伯文庫藏本）

　　孫治《〈蜃中樓〉序》："古今以來，恍惚瑰異之事，何所不有？《齊諧》志怪，流傳人間，非盡誣也。而亦有賢人君子，好爲寓言者，如江妃佚女之辭，要皆感憤之所作。至如唐人所傳柳毅事甚奇，人艷稱之。"

　　末署"西泠社弟孫治宇台氏拜題"。

（《李漁全集》，浙江古籍出版社 1991 年）

　　毛奇齡《〈長生殿院本〉序》："唐人好小說，争爲烏有，而史官無學，率摭而入之正史。"

（俞爲民、孫蓉蓉編《歷代曲話彙編·清代篇》，黄山書社 2009 年）

　　"諧道人"爲"酌元（玄）亭主人"《照世杯》作序："昔有人聽婦姑夜語，遂歸而悟弈。豈通言儆俗，不足當午夜之鐘、高僧之棒、屋漏之電光耶？且小說者，史之餘也。採閭巷之故事，繪一時之人情，妍媸不爽其報，善惡直剖其隱，使天下敗行越檢之子，惴惴然側目而視曰：'海内尚有若輩存好惡之公，操是非之筆，盍其改志變慮，以無貽身後辱。'是則酌元主人之素心也哉，抑即紫陽道人睡鄉祭酒之素心焉耳。"

　　末署"吳山諧道人載題於西湖之狎鷗亭中"。

按，就避諱而言，此書原刊本應在順治年間，重刊本應在康熙年間或之後。

（日本佐伯文庫藏清初酌元亭寫刻本）

陸壽名《續太平廣記》自序：“夫儒者博通今古，必網羅天下舊聞，一一親之于目，而後見所見而奇異足志，聞所聞而道有由來。蓋事之所宜有者，聖人勿禁，故删《詩》《書》而不廢鳥獸草木之異，修《春秋》而悉傳災祥變異之端。安得事非習見，遂目爲誕妄而不經哉？此特淺見寡聞者臆斷之言，非博雅之士所宜出也。按北宋太平興國時置崇文院，敕命儒臣編輯經史諸子百家之書，博文約取，集成千卷，名曰《太平御覽》。又取古今記録外傳野史之屬，博采兼收，集成五百卷，名曰《太平廣記》，同時梓刻頒行。獨是二書之出，雖已囊括古今，可爲格物致知之一助，而其中放失漏聞，有遺所當言、廢所當録者，亦復不少，此《續太平廣記》所由出也。因是仿其規制，節記其事，特列天地山川之異，禽獸草木之奇，以及人文珍寶之類，分門辨類，亦欲暢發其前書之意，留爲後世之觀，有可記者，靡不畢舉。庶幾海内之士，復得其續記而睹之，則於‘廣記’二字之義，斯無遺憾云。”

末署“古吴陸壽名處實父序”。

按，陸壽名係順治年間進士，此權據以繫年。

（陸壽名輯《續太平廣記》，北京出版社 1996 年）

康熙元年（壬寅　1662）

吴肅公《明語林》凡例：“劉氏《世説》，事取高超，言求簡遠。蓋典午之流風，清談之故習，書固宜然。至有明之世，迥異前軌；文獻攸歸，取徵後代。兹所採摭，可用效颦。亦使後人考風，不獨詞林博雅。

“劉氏、何氏皆首四科。然徵文述事，則膾炙之助多，勸懲之義少。門彙已銓，無庸更定，優者不憚廣收，劣者惟取備戒。簡牘不侔，或相什伯，蓋亦善長惡短之義。如任誕、簡傲，世每不察，舉爲雅談。《鄭》《衛》不删，觀者宜辨。

"狂士竹林，希蹤於沂浴；荒主宸居，托韻于玄風。君子固已致歎。乃若輔嗣平叔，蔚爲莊易之宗；支遁法深，高標梵竺之户。聞木樨香，而謬謂無隱之指悟；服五石散，而幸發開朗之神明。異説詭趨，訛種眩道。吾徒著述，曷敢不慎？

"《世説》清新，詞多創獲。雖屬臨川雅構，半厖原史儁材。《明書》冗蔓，幾等稗家。若《名世彙苑》《玉堂叢語》《見聞録》等書，踵襲譜狀，殊失體裁。兹所修葺，略任愚衷。雖不盡雅馴，亦去太甚。

"《晉書》詭瑣，半類俳諧。劉知幾氏，謂非實録；唐《藝文志》，列之説家，即《新語》不無遺議。予兹所採，名集碑版，要于信能羽翼。若野史互紛，不免毀訾任臆，是非任耳；或好譽而誕，或濫美而誣。訛謬參稽，疑誤必缺。

"《明史》諸書，取資治理，偉略雖詳而節善無取，朝臣悉載而幽士難收。是編實史籍餘珍，門徑稍寬，尺度殊短，即事優而冗，難以悉入。理言韻致，代不數人，人不數端。見聞寡陋，多所挂遺，以俟後人折衷，有如元美之于元朗，鄙人滋幸。

"名臣巨儒，多稱爵謚；單門介士，直舉姓名。履歷不能具詳，系里因文偶見。至異同疏解，代年先後，俱未遑及。愧予非義慶，庸患世無孝標。"

末署"康熙壬寅吳肅公識"。

（清光緒方氏刻、宣統元年印《碧琳琅館叢書》本）

"白雲道人"編次、"煙水散人"（徐震）校閲本《賽花鈴》書名旁識語：
"近今小説家不下數十種，□皆效顰剽竊，文不雅馴，非失之荒誕，即失之鄙俗，使觀者索然無味，奚足充駢人之遊□娱□□□閒著者哉！兹編出自白雲道人手筆，本坊復請煙水散人删補校閱，描情窺景，情（無）不逼真，（實）小説中之翹楚也。識者鑒諸。本衙藏板。”

　　“煙水散人”《〈賽花鈴〉題辭》：“予謂稗家小史，非奇不傳。然所謂奇者，不奇於憑虛駕幻，談天説鬼，而奇於筆端變化，跌宕波瀾。故投桃報李，士女之恒情；折柳班荆，交友之常事。乃一經點勘，則一聚一散，波濤迭興，或喜或悲，性情互見。至夫點睛扼要，片言隻字不爲簡，組詞織景，長篇累牘不爲繁。使誦其説者，眉掀頤解，恍如身歷其境，斯爲奇耳。雖然，談何容易，非獲個中三昧，不能與於斯也。予自傳《美人書》以後，誓不再拈一字。忽今歲仲秋，書林氏以《賽花鈴》屬予點閲。夫以紅生之佳遇歷歷，方娥之貞白不磨，非所謂才子佳人事奇而情亦奇者耶！”

　　末署“時康熙壬寅歲仲秋前一日檇李煙水散人漫書于問奇堂中”。

　　“風月盟主”《〈賽花鈴〉後序》：“先正謂：‘班固死，天下無信史！’近眉公陳老謂：‘六朝唐宋，皆稗家叢説。’嘻！果如所言，亦惡在其公史小説也。而余謂稗家小説，猶得與于公史。勸善懲淫，隱陽秋于皮底；駕空設幻，揣世故於筆端。層層若海市蜃樓，緋緋似鮫人貝錦。一詠一吟，提攜風月，載色載笑，傀儡塵寰。四座解頤，滿堂絶倒。而謂此數行字，遂無補於斯世哉！雖然，局面偏小，理意不能兼該，猶之乎一器而適一用，故曰小説家也。究其所施，非説干戈則説鬼物，非説訟獄則説婚姻。求其干戈、鬼物、訟獄、婚姻兼備者，則莫如白雲道人之爲《賽花鈴》。蓋富貴貧賤，夷狄患難，一以貫之者也。白雲道人，茗上逸品，飽詩書，善詞賦，詼諧調笑，恒寄意於翰墨場中。故其下筆處詩詞霏霏，而誦其説者恍身入萬花谷中，見花神逞技，是《賽花鈴》之所由長於小説，而亦白雲道人之所以名《賽花鈴》也。……予故不敢自爲娱賞，乞付書林氏，囑令梓刻，以廣其傳。而煙水散人又嚴加校閱，增補至十六回，更覺面目一新。竊料是編一出，洛陽紙貴無疑矣。海内巨眼，自應鑒諸。”

末署"風月盟主漫書"。

（大連圖書館藏康熙刻本）

沈謙《〈浮生聞見録〉序》："余以杖鄉而外之年，猶爲旅館舌耕之事……隨舉生平之所記憶，聊供几案之發抒，而善敗昭焉，而勸懲寓焉。至若曩時坎坷之遇，固略見其一班以示人，亦幸無飾説。"

按，繫年據刊刻時間。

（上海圖書館藏康熙元年稿本）

"拚飲潛夫"爲"南北鷫鸘史者"《春柳鶯》作序："天地間一大戲場，生旦丑净畢集於中。自唐復爲戲文，緣以衣冠獸翁，蓬蒿賢士，糞堆連理，污泥比目，涇渭混雜，世上莫辨，君子起而指示之，則戲演焉。及後，戲一變而爲傳奇，實倡自宋，蓋以戲虛文難以利俗，而淺説足以動衆。夫傳奇於戲，名別而實同也。今君子操觚號微，莫不咸悉其道，故稗官野史，救污辟穢，于此爲盛。一時市兒讀之，不知憐才爲勸，好色爲戒，反取色而惡才，直欲丑净而作生旦，又烏得乎？南北鷫鸘，風流名人也，知憐才好色之正，得用情取士之真。嘗謂余言：古來賢士出於席門陋巷，德婦見之裙布荆釵，如錦衣玉食，綉柱雕梁，俱屬外焉者。余識其言而敬之。復請之小説，才色在所不偏，勸戒俱所不廢。使天下之人，知男女相訪，不因淫行，實有一段不可移之情。情生於色，色因其才，才色兼之，人不世出。所以男慕女色，非才不韻；女慕男才，非色不名。二者具焉，方稱佳話。自非然者，即糞堆連理，污泥比目，桑間濮上之翠，何得妄以衣冠爲尊，蓬蒿見鄙，浪向天地間説風流者哉？此書梓世，固以名人之筆，復新于目，尤願同人爲生爲旦，不可打落丑净脚色，階笑於戲場外之識者也。"

末署"康熙壬寅秋八月吳門拚飲潛夫題"。

　　《春柳鶯》凡例："小説今日濫觴極矣，多以男女鑽穴之輩，安稱風流？更可笑者，非女子移情，即男兒更配，在稗官以爲作篇中波瀾，終是生旦收場，在識者觀之，病其情有可移。此烏得謂真才子、真佳人、真風流者哉？惟《春柳鶯》補政諸書。

　　"《春柳鶯》每回以兩句爲題貫首，雖前人亦有之，此實史者限于坊請。蓋以一十回並作十回，非史者故新一格，正史者別是一格也。

　　"問：'《春柳鶯》至第十回終止，疑以太簡？'史者曰：'文人之心，文人之筆，行乎不得不行，止乎不得不止。使浮詞謬習，累紙難窮，亦何益乎？此正不必恨于坊請。'

　　"此書兒戲者不許看，贈與明理之士案頭供讀。蓋此書精妙處如絲貫錦，大小節次，毫不滲漏，于輕快處如秋水橫波、長天應色，令人浮氣盡銷，不厭三復。若一詳彼略此，則不見作者之心，並識者之明。

　　"《春柳鶯》巧工而兼化工，與諸書不同，有真情妙理，大綱細目，讀者不妨一字一句潛心體味，借以悟文。何則？即聖歎手批《西廂》，以《西廂》作《史記》讀是也，一書參看尤得。

　　"每回貫首詩，不作正經詩法，只是明白淺述，一便覽之意。

　　"諸書所言所説是合而分，《春柳鶯》是分而合，故前後穿插妙于史者，意在筆先，絕無斧痕，不若淺浮至中斷絕，另起一屋，復説回頭話，使觀者意懶、聽者心燥。

　　"《春柳鶯》雖偶然寄筆，屬稿出於酒後，却淺而有味，淡而彌永，嬉笑怒罵中不失史者本色，個中亦不可不知。"

（大連圖書館藏清康熙刻本）

康熙二年（癸卯　1663）

黄周星與汪象旭合評本《西遊證道書》評語：

　　第八回："凡作一部大文字，必有提綱挈領之處，然後綫索在手，絲絲不亂。”

“此書作者之妙，妙在于此一回內盡數埋伏，一沙、二猪、三馬、四猿，先後次第，灼然不紊。及至唐僧出了長安城，過了兩界山，一路收拾將來，便有順流破竹之勢，毫不費力。此一書之大綱領也。作文要訣，總不出此，豈獨小説爲然？”

第十回：“此一回乃過接叙事之文，猶元人雜劇中之楔子也。然此楔子亦甚不易做。蓋楔者，以物出物之名。”

第十八回：“篇中描寫行者變翠蘭處，妙在不真不假，不緊不鬆，不甜不苦，情文兩絶，使老猪笑啼死活不得，纔是傳神繪影之筆。”

第二十六回：“此一段極没緊要，然渲染生姿，又似必不可少，正如畫家點苔襯草之法。”

第六十回：“凡文字妙處在轉，《西遊》每轉必妙，所以可傳。若俗筆，亦有愈轉愈拙者，未可概論。”

第七十七回：“如此重疊字法，至今小説傳奇效顰不已，不知皆《西遊》作祖也。”

第一百回：“余所閲世間傳奇演義多矣。其所爲絶好收場者，不過一聖旨已到，跪聽宣讀而已。至世俗盛傳之絶大演義，如《三國志》《水滸傳》《金瓶梅》，三書開場固無源本，結局俱極淒凉，每每令人讀罷掩卷不怡者久之。若是編以天地始，以佛菩薩終，如此開場，如此結局，求之千載上下，六合內外，僅見此一書而已。”

按，該書末有“笑蒼子”跋：“笑蒼子與憺漪子訂交有年，未嘗共事筆墨也。單閼維夏，始邀過蜩寄，出大略堂《西遊》古本，屬其評正。笑蒼子於是書，固童而習之者，因受讀而欷。”據黄永年先生考證，此“單閼”年“必是康熙癸卯即康熙二年（1663）”，故其批點當在康熙二年，其刊刻或在康熙三到四年（見黄永年《西遊記·前言》，中華書局1993年）。

今從其說。

（日本內閣文庫藏清刻本）

康熙三年（甲辰　1664）

陳忱《水滸後傳》自序：“蘇端明云‘我文如萬斛泉’，是也。《水滸》更似之。其序英雄，舉事實，有排山倒海之勢，曲盡細微，亦見安瀾文漪之容。故垂四百餘年，耳目常新，流覽不廢。若近世之稗官野乘，黃茅白草，一覽而盡，不可咀嚼。豈意復有《後傳》，機局更翻，章句不襲，大而圖王定霸，小而巷事里談。……嗟乎！我知古宋遺民之心矣。窮愁潦倒，滿眼牢騷，胸中塊磊，無酒可澆，故借此殘局而著成之也。……昔人云：《南華》是一部怒書，《西廂》是一部想書，《楞嚴》是一部悟書，《離騷》是一部哀書。今觀《後傳》之群雄激變而起，是得《南華》之怒；婦女之含愁斂怨，是得《西廂》之想；中原陸沉，海外流放，是得《離騷》之哀；牡蠣灘、丹露宮之警喻，是得《楞嚴》之悟。不謂是傳而兼四大奇書之長也！”

末署“萬曆戊申秋杪雁宕山樵撰”。

按，此“萬曆戊申”顯係偽托。陳忱生于萬曆乙卯即1615年，萬曆戊申爲1608年，于理顯然不通，實際撰序時間應晚于1615年。

“雁宕山樵”（陳忱）《〈水滸後傳〉論略》：“《水滸》，憤書也。……《後傳》爲泄憤之書。……有一人一傳者，有一人附見數傳者，有數人並見一傳者，映帶有情，轉折不測，深得太史公筆法。頭緒如亂絲，終於不紊，循環無端，五花八陣，縱橫錯見，真奇書也。……傳中福善禍淫，盡寓勸懲意，不可以事出無稽，草草放過。天下事至賾至詭，不倫不理，鑿鑿有之。如《西遊》之說鬼說魔，皆日用平常之道，特詭其名，一新世人耳目。……《後傳》有難於《前傳》處。《前傳》鏤空畫影，增減自如；《後傳》按譜填辭，高下不得。《前傳》寫第一流人，分外出色；《後傳》爲中材以下，苦心表微。……有高於《前傳》處。……並有勝《前傳》處，如李應、柴進、關勝等受害，偏有許多機關作用，從萬死一生救出人。嗟《西遊記》唐僧有難，便求南海大士，我亦嫌《前傳》中好漢被陷，除梁山泊救兵，更無別法也。……有大段轉換處……《水滸》曾見原本，稱古杭羅貫中撰，又有歸之施耐庵者，或施羅合筆，如王實甫、關漢卿之《西廂》是也。至遺民不知何許人，以時考之，當去施羅之世未遠，或與之同時，不相爲下，亦未可知。元人以填詞小說爲事，當時風氣如此。"

按，此版《水滸後傳》扉頁題"元人遺本"，並有說明："宋遺民不知何許人，大約與施、羅同時，特姓名弗傳，故其書亦湮没不彰耳。"尾署"康熙甲辰仲秋鐫"。今據以繫年。

（華東師範大學圖書館藏清紹裕堂刊本）

朱廷璟《陝西通志序》："人惟其當，而溢美臆說之必删；事惟其實，而稗官小說之不録；體惟其正，而發凡分類之咸清；傳惟其信，而亥豕魯魚之不訛。"

末署"康熙三載歲次甲辰菊月朔三日，中議大夫河南布政使司分守河北道左參政前吏部文選驗封清吏司主事内翰林國史院檢討庶吉士古頻陽朱廷璟序"。

（中國地方志指導小組辦公室編《清代方志序跋彙編·通志卷》，上海古籍出版社 2014 年）

康熙四年（乙巳　1665）

顧石城爲"佩蘅子"《吳江雪》作序："知詩文詞賦之未能出世也，乃佯狂落魄，戲作小說一部，名曰《吳江雪》。……至於懲戒感發，實可與經史並傳，諸君子幸勿以小說視之，則佩蘅子幸甚，不佞亦幸甚！"

末署"乙巳八月，顧子石城氏題於蘅香草堂"。

按，本書"佩蘅子"自序末署"乙巳季秋日吳門佩蘅子題"，此據以繫年。鄭振鐸、劉修業等認爲是書撰者即爲顧石城，蘇州人。

《吳江雪》第九回正文："文章也不講，倒騙他看新出小説。原來小説有三等。其一賢人懷著匡君濟世之才，其所作都是驚天動地，此流傳天下，垂訓千古。其次英雄失志，狂歌當泣，嬉笑怒罵，不過借來舒寫自己這一腔塊壘不平之氣，這是中等的了。還有一等的無非説牝説牡，動人春興的，這樣小説世間極多，買者亦復不少，書賈藉以覓利、觀者藉以破愁，還有少年子弟看了春心蕩漾，竟爾飲酒宿娼、偷香竊玉，無所不至，這是壞人心術所爲，後來必墮犁舌地獄。如今先生帶的小説十數部，都不是中等上等的文章，偏是那下等的勾當，其中還有兩部是那南風日競的話頭。"

顧石城評點《吳江雪》：

第五回總評："此回乃一部中之大關目，極是匆忙冗沓、難於繪綴者。撲轎之際，宛然如畫，相逢之幻，事事皆理之所必有，而兩興之不容少停，小姐之舟偏快，是極精妙之想，摩寫得淋漓盡致，觀者勿以等閒放過也。"

第十六回總評："此回乃一部中要緊關目，件件句句做得精妙入神，詩詞四六宛如唐人手筆。"

全書總評："其初集曰《吳江雪》，分爲四卷共有二十四回，其中節義忠孝、離合悲歡畢具，其所最褒與者，金卿公主一人而已。……佩蘅子之微辭，可謂太刻，猶《琵琶記》所云全忠全孝蔡伯喈也。"

（國家圖書館藏清刊本）

康熙五年（丙午　1666）

毛綸作《第七才子書琵琶記總論》："予嘗謂《西廂記》題目不及《琵琶記》，因思《水滸》題目不及《三國志》。《水滸》所寫崔荷嘯聚之事，不過因

《宋史》中一語憑空捏造出來。既是憑空捏造，則其間之曲折變幻，都是作者一時之巧思耳。若《三國志》所寫帝王將相之事，則皆實實有是事，而其事又無不極其曲折，極其變幻，便使捏造，亦捏造不出，此乃天地自運其巧思，憑空生出如許奇奇怪怪之人，因做出如許奇奇怪怪之事也。昔羅貫中先生作《通俗三國志》共一百二十卷，其紀事之妙，不讓史遷。却被村學究改壞，予甚惜之。前歲得讀其原本，因爲校正；復不揣愚陋，爲之條分節解；而每卷之前，又各綴以總評數段，且許兒輩亦得參附末論，共贊其成。書既成，有白門快友見而稱善，將取以付梓。忽遭背師之徒，欲竊冒此書爲己有，遂致刻事中閣，殊爲可恨。今特先以《琵琶》呈教，其《三國》一書，容當嗣出。"

末署"康熙丙午秋日。雍正乙卯春日七旬灌叟程自莘氏校刊于吳門之課花書屋"。

（侯百朋編《琵琶記資料彙編》，書目文獻出版社 1989 年）

康熙六年（丁未　1667）

周亮工《書影》卷一："予又見《續文獻通考》以及《琵琶記》《水滸傳》列之《經籍志》中，雖稗官小説，古人不廢，然羅列不倫，何以垂遠！"

姜承烈《書影》序："先生所著書甚富，半已懸諸國門。兹復有《書影》之刻。《書影》者，先生請室中所爲作也。……今試取其書讀之，凡古今來未聞未見、可法可傳者，靡不博稽而幽討，陸離光怪，莫可端倪。然其大指在乎正人心、維名教、感人之性情、益人之神智、長人之學問，非徒張華《博物》、干寶《搜神》，但矜詭異爲也。顧先生退然不敢自居，取昔人所云老年人讀書，僅存書影子於胸之義，故名曰影。"

末署"康熙六年歲次丁未季夏，山陰後學姜承烈頓首撰"。

杜濬《書影》序："夫《齊諧》者，志怪者也；《書影》者，志信者也。

志怪者，爲存人耳目之所未經；志信者，爲存己耳目之所已經，以發人耳目之所未經，則櫟園先生之書可以傳矣。”

末署“康熙六年丁未暢月穀旦年家治寅弟杜濬頓首拜撰”。

黄虞稷《書影》序：“古今四部載籍，惟説家獨擅諸部之勝。見於《崇文》諸目者，幾半群籍。予束髪受書，性喜流覽，先人遺書數萬卷，爲説類者不啻五之一。文酒之餘，從硯北抽架上所藏，如昔人《賓退》《菽園》《餘冬》《筆麈》諸録，亦未始不彬彬然；開卷無幾，輒思掩去。是蓋有故：作者聞見未廣，則每以陳夙爲新妍；記述無章，又常以紛紜爲博洽。下此而《齊諧》志怪，璅語蕘談，上之無當於身心，次亦何關於問學，即汗牛充棟，以書肆説鈴耳，于立言之義謂何！此其中求其能翼經詮史，明道垂教，檢束身心，開發神智，標新領異，引人入勝者，蓋未之有也。”

末署“康熙丁未季冬望日門人黄虞稷謹撰”。

鄧漢儀《書影》跋：“《因樹屋書影》者，櫟園先生昔在請室時所撰述也，其書紀載精覈、辨證明悉，上自經史、下逮聞見，凡可以正人心、翼世教、廣學識、弘風雅者，無不筆而記之、洵五經之流别、四部之菁華矣。”

末署“康熙丁未陽月既望吴郡受業鄧漢儀拜撰”。

（國家圖書館藏清康熙周氏賴古堂刻本）

李漁《〈古今笑史〉序》：“是編之輯，出於馮子猶龍，其初名爲《譚概》，後人謂其網羅之事，盡屬詼諧，求爲正色而談者，百不得一，名爲《譚概》，而實則笑府，亦何渾樸其貌而艷冶其中乎？遂以《古今笑》易名，從時好也。噫！談笑兩端，固若是其異乎！吾謂談鋒一輟，笑柄不生，是談爲笑之母。無如世之善談者寡，喜笑者衆，咸謂以我之談，博人之笑，是我爲人役，苦在我而樂在人也。試問伶人演劇，座客觀場，觀場者樂乎？抑演劇者樂乎？同一書也，始名《譚概》，而問者寥寥，易名《古今笑》，而雅俗並嗜，購之惟恨不早：是人情畏談而喜笑也明矣。不投以所喜，懸之國門，奚裨乎？"

末署"時康熙丁未之仲春湖上笠翁漫述"。

（王利器編《歷代笑話集》，上海古籍出版社 1981 年）

康熙七年（戊申　1668）

汪士漢《〈吳越春秋〉序》："馬氏曰：'《吳越春秋》，後漢趙曄所作。'其屬辭比事，皆不與《春秋》《史記》《漢書》相似，蓋率爾而作，非史策之正也。靈、獻之世，天下大亂，史官失其常守，博達之士，慜其廢絕，各記聞見，以備遺亡。是後群才景慕，作者甚衆。又自後漢以來，學者多抄撮舊史，自爲一書，或起自人皇，或斷之近代，亦各其志，而體制不經。又有委巷之説，迂怪妄誕，真虛莫測，然其大抵皆帝王之事，通人君子必博采廣覽以酌其要，故備而存之，謂之雜史。"

末署"康熙七年一陽月朔日新安汪士漢考輯"。

汪士漢《〈續博物志〉序》："張華《博物志》書四百篇，武帝恐涉浮妄，令更芟截，分爲十卷，蓋不以博爲博，而以約爲博也。李石又從而續之，不幾又涉繁蕪乎！然華所志者，仿《山海經》而以地理爲編；石所志者，取天官書而以象緯爲冠。庶幾由天地以及山海，由山海以及人物，固無之或遺矣。合二書而卷牘無多，則尤從約見博爾。吳興董氏又廣之，而爲五十卷，則又在博物者之更爲考核。兹則仍二篇之舊，各書十卷，令觀者便於采覽，尤不失博物之意焉。"

末署"康熙戊申一陽月望日星源汪士漢識"。

汪士漢《〈博物志〉序》："張華字茂先，挺生聰慧之德，好觀秘異圖緯之部，捃采天下遺逸，自書契之始，考驗神怪及世間閭里所説，造《博物志》四百卷。奏于武帝，帝詔詰問：'卿才綜萬代，博識無倫，遠冠羲皇，近次夫子，然記事采言亦多浮妄，宜更删剪，無以冗長成文。昔仲尼删《詩》，尚不及鬼神幽昧之事，以言怪力亂神；今卿《博物志》，驚所未聞，異所未見，將恐惑亂于後生，繁蕪于耳目，更芟截浮疑，分爲十卷。'……帝常以《博物志》十卷置於函中，暇日覽焉。"

末署"康熙戊申一陽月望日新安汪士漢考述"。

汪士漢《〈博異記〉序》："《博異記》一卷，記唐初及中世事。或曰鄭還古作。按晁氏云，題曰'谷神子纂'。序稱其書頗箴規時事，故隱姓名；或曰名還古，而竟不知其姓，志怪之書也。"

按，《博異記》亦作《博異志》，屬志怪小説佳作，前人對之評價甚高。如明人顧元慶爲《博異志》作跋："唐人小史中，多造奇艷事爲傳志，自是一代才情，非後世可及。然怪深幽渺，無如《諾皋》《博異》二種，此其厥體中韓昌黎、李長吉也。"此書作者，唐以後學者多有考證，多有認爲係鄭還古撰。

（清康熙七年汪士漢輯《秘書廿一種》刻本）

康熙八年（己酉　1669）

"世裕堂主人"《〈續證道書東遊記〉序》："至於編中，徵諸通載者一，矢談無稽者九，總皆描寫人情，發明因果，以期砭世，勿謂設於牛鬼蛇神之誕，信爲勸善之一助云。"

末署"己酉歲立夏前一日世裕堂主人題"。

按，此書敷衍達摩祖師闡揚佛教故事，又名《掃魅敦倫東度記》，與別本演八仙故事之《東遊記》有異。

（《明清善本小説叢刊》影印清康熙八年雲林藏板刊本）

李漁爲潘永因《宋稗類鈔》作序："長吉手一編示予曰：'此予所輯有宋

一代人物掌故，名爲《宋稗》者也。’予受而讀之，大約採未見之書，聚可喜之事。事以類分，類復年次。大者干城名教，精者裨益身心，微者淺者亦可以增擴見聞，資助咕噱，誠有令人愛玩而忘倦者。《宋史》庸穢蕪冗，極爲不堪，有明巨公如歸震川、湯臨川諸先生，皆有志更定，而未見成書，學者憾焉。今得長吉此編，如饑年嘉穀，屬厭飽滿。學者亦何幸乎！”

末署“康熙己酉清和月上浣湖上李漁笠翁撰”。

此書編者對各類作品旨趣予以分類闡述：

“詼諧”：“詩稱善謔，史述滑稽。微言解頤，要語析疑。淳于騁辨，曼倩不羈。信噴飯而絶倒，亦心醉以情移。集詼諧。”

“神鬼”：“陰陽謂道，言之□□。愚者驚疑，畏首畏尾。正則爲神，論非無鬼。魍魎問影，托説雖虚。魑魅爭光，現形則偉。新者大，故者小，試問登仙有幾？集神鬼。”

“怪異”：“六合内外，何所不有。君子道常，齊諧何志。《春秋》紀災，亦以表異。妄聽妄言，姑以醒睡。集怪異。”

“搜遺”：“披沙揀金，豈無遺珍。臨流網魚，客有逸鱗。耳目有限，見聞日新。窮搜羅網之外，以慰求備之心。集搜遺。”

（湖南省圖書館藏清康熙八年刻本）

康熙九年（庚戌　1670）

“雪美香主人”爲**“蘇庵主人”**《綉屏緣》作序：“晉人有言：‘情之所鍾，正在吾輩。’顧言情而不悉情之所由始，則流而爲放蕩、爲妖孽、爲因果報應，甚至山魈木魅，得探花月之權，村婦田夫，竟效江皋之贈，任情之誤等於無情，是豈人之所爲哉？小説家掇拾殘編，穢言狼籍，然猶沾沾自喜，以爲情在于是，進登徒而訾宋玉，良可憾已。”

末署“康熙庚戌端月雪美香主人題于叢芳小圃之集艷堂”。

《綉屏緣》凡例："小説前每裝綉像數葉，以取悦時目。蓋因内中情事未必盡佳，故先以此動人耳。然畫家每千篇一例，殊不足觀，徒灾梨棗。此集詞中有畫，何必畫中有形，一應時像，概不發剥。

"從來引用詩詞評語，俱以此襯貼正文，率皆敷淺庸陋，有識者未免遺恨。與其繁而無當，不若簡而可觀。余于諸家較有微勝。

"全部書中似同傳劇，正生、正旦事必有主，每見近時諸劇，顛倒錯亂，玉石不分，詞意雖工，無取乎爾。

"一回一事，終屬卑瑣，況有竊里巷之穢談，供俗人之耳目，愚雖菲薄，稍異頽靡。

"始較事之所必無，終揆理之所必有，稍有强附，便屬不文，故亂倫失節，鬼神變幻，醜惡果報，不敢具登，所重者寸情兩字耳。

"是書之發，本乎坊刻，穢褻諸語，時習所尚。雖于大段主腦不雜俚語，然間散點綴，時或有之。正恐劉邕之嗜，非此不歡；如握丹黄，終有徵感。

"行雲流水，文章化境；隨時逐景，信筆則書；既無成心，何敢濫涉。"

《綉屏緣》第十五回："此回不用引子，恐看者徒視爲餘文，則詩詞可廢也。不知詩句之中，盡有許多意思，深心者自能辨之。今此回前無言可詠。偶得半對，録呈天下才人。如對得出，便稱綉屏知己：紅拂長垂，紅綫紅兒，擎出付紅娘。"

"蘇庵主人"評點《綉屏緣》：

第二回："屏中一詩淡淡説來，已埋全部關節，絶無斧鑿之痕。千古以來，惟假者不能混真，偏者不能勝全，雖極力裝點，終有碔砆魚目之誚。篇中一一指出，深足快心。至如配合一段，名言鑿鑿，更覺《周禮》害人不淺。末言名士氣習，蘇庵特逞筆作餘波耳，非有實意刺人也。讀者知之。"

第三回："作小説者，闢盡從來俚語，專以佳人才子之配合，謂天造地設的一種至情，而忽有取乎酒店中。何也？蘇庵曰：'否。昔朱文公自白鹿洞講學之後，喚諸弟子從之周流四方。一日忽到一村落間，偶見一家女子嫣然態度，頗有惑。'"

第七回："從來作小說者，經一番磨難，自然說幾句道學的話，道是偷婦人的，將來果報，定然不爽。是何異欲嗜佳餚而訾其侈來臭腐，令人見之徒取厭倦而已。昔湯臨川序《牡丹亭》有言：'自非通人，恒以理相格，第云理之所必無，安知情之所必有？'旨哉斯言，足以藥學究矣。"

第八回："此回小說用意甚深，而觀者或未之覺，何也？……書爲之救，有程書爲之救而十一二回之機權現矣。使他人捉筆，定于將解未解之時，費多少力。而此淡淡說來，已覺順水流舟，全無隔礙，不必強生枝節，前後若一綫穿成。此文家化境也。觀其結處圓净，已作前段收局，復開後幅波瀾。蓋云客在廣陵城中之事，已經完局，後面不過步步收合，故不得不于此處總叙一番。作者自有苦心，看者幸無忽略。"

第十三回："作長篇文，不難於起手，而難於收局。此回雲客第一局處也，從此以後五美聚合，若一綫穿成，絕無勉強配合之病，又無顧奴失主之嫌，非高手不能如此。"

第十六回："此回乃全部結局處也。看他次序五位美人，前後一絲不亂，又非勉強牽合，便知後前種種相遇條貫井然，全無顧奴失主之病。作文名家，自是高手，豈坊間俚刻能窺測其涯際？"

全書總評："看小說，如看一篇長文字，有起伏，有過遞，有照應，有結局，倘前後顛倒，或強生枝節，或遺前失後，或借鬼怪以神其說，俱屬牽強。此書頭緒井然，前後一貫，兼之行乎其所當行，止乎其所當止。至于引詩批語，皆有深意，非若從來坊刻，徒爲襯貼而已。我願世上看官，勿但觀其事之新奇、詞之藻麗，須從冷處着神，閑處作想，方領會得其中佳趣。倘有看官偶因坐板瘡痛，不能靜坐細觀，使此部書中未窺全豹，有負作者言外之意，則坐板瘡爲害不淺。”

（荷蘭漢學研究所藏清鈔本）

張德地《四川通志序》：“思夫列國有志，內以備珥筆之采獻，外以證稗野之荒唐，厥典甚重。”

末署“時康熙庚戌仲秋之吉，巡撫四川等處地方工部尚書兼都察院右副都御史授爲從一品張德地撰”。

（中國地方志指導小組辦公室編《清代方志序跋彙編·通志卷》，
上海古籍出版社 2014 年）

康熙十年（辛亥　1671）

李漁《閑情偶寄·詞曲部·結構第一》：“《齊諧》，志怪之書也，當日僅存其名，後世未見其實。此非平易可久、怪誕不傳之明驗歟？”

《詞采第二》：“使文章之設，亦爲與讀書人、不讀書人及婦人小兒同看，則古來聖賢所作之經傳，亦衹淺而不深，如今世之爲小説矣。……施耐庵之《水滸》、王實甫之《西廂》，世人盡作戲文、小説看，金聖歎特標其名曰‘五才子書’‘六才子書’者，其意何居？蓋憤天下之小視其道，不知爲古今來絶大文章，故作此等驚人語以標其目。”

《音律第三》：“向有一人欲改《北西廂》，又有一人欲續《水滸傳》，同商于余。余曰：‘《西廂》非不可改，《水滸》非不可續。然無奈二書已傳，萬口交贊，其高踞詞壇之坐位，業如泰山之穩，磐石之固，欲遽叱之使起，而讓席于余，此萬不可得之數也。無論所改之《西廂》、所續之《水滸》未必可續後塵，即使高出前人數倍，吾知舉世之人，不約而同，皆以“續貂蛇足”四字爲新作之定評矣。’”

《賓白第四》：“務使心曲隱微，隨口唾出，説一人，肖一人，勿使雷同，弗使浮泛，若《水滸傳》之叙事，吴道子之寫生，斯稱此道中之絶技。”

“吾於古今文字中，取其最長、最大，而尋不出纖毫滲漏者，惟《水滸傳》一書。設以他人爲此，幾同笊籬貯水，珠箔遮風，出者多而進者少，豈止三十六個漏孔而已哉！”

《聲容部・習技第四》：“乘其愛看之時，急覓傳奇之有情節、小説之無破綻者，聽其翻閱，則書非書也，不怒不威而引人登堂入室之明師也。其故維何？以傳奇、小説所載之言，盡是常談俗語，婦人閲之，若逢故物。譬如一句之中，共有十字，此女已識者七，未識者三，順口念去，自然不差。是因已識之七字，可悟未識之三字，則此三字也者，非我教之，傳奇、小説教之也。”

“竊聞諸子皆屬寓言，稗官好爲曲喻。齊諧志怪，有其事豈必盡有其人；博望鑿空，詭其名焉得不詭其實？”

（李漁著，江巨榮、盧壽榮校注《閑情偶寄》，上海古籍出版社 2000 年）

康熙十一年（壬子　1672）

《醒風流》識語：“道義之書雖明，淫艷之詞有損，取其易明而有益者，此小説之所由作也。閲者分明聽一段白話，借彼誠此，實在于是，然則非徒悦耳目，亦足正心術。識者毋等作稗乘野史觀也。二集嗣出。”

“鶡市道人”《醒風流》自序：“夫書所以記事，而美惡悉載者，使後人知所從違。……嗟乎！善讀書者，蓋在文字乎哉！天下之人品，本乎心術，心術不能自正，藉書以正之。天下之人不能盡有暇于書也，仁人君子憂之；憂之而思，所以旁喻曲説，俾得隨意便覽，庶幾有益焉。於是乎有小説之作。然則作者之初心，亦良苦矣，善矣。而其弊在于憑空捏造，變幻淫艷，賈利爭奇，而不知反爲引導入邪之餌。世之翻閱者日衆，而捻管者之罪孽日深，何不思之甚也。壬子夏……録凡二十回，旨有所歸，不暇計其詞句之工拙也。既成，質之同志。同志曰：'是編也，當作正心論讀。世之逞風流者，觀此必惕然警醒，歸於老成，其功不小。'因遂以名而授之梓。雖然，從來以善道教人者，勸文誡語，刊刻行世，累至千百，鮮有寓目。即寓目而未必儆心。或粘壁而塵封，或抹几而狼藉，殊負美意，良可歎息。閱是編者，幸少加意焉。"

末署"崔市道人題"。

按，《古本小說集成·醒風流》"前言"作者雷雲據此推測，此書作者即褚人穫，刊行時間爲康熙壬子，即本年。今權從此說。

末回《西江月》詞："富貴皆由天定，姻緣不許人謀。佳人才子自相述，堪笑狂徒希媾。盛德終成繁衍，奸雄自絕箕裘。請君只看《醒風流》，妄想消歸腦後。"

回末總評："此書以馮畏天懲人貪慾，以程慕安破人妄想，以閨英小姐待月梅香益人智慧，以趙汝愚、□傲雪、孟宗政、徐魁勉人修德行義，是一部正人心的衍義。"

（大連圖書館藏清初刻本）

康熙十二年（癸丑　1673）

"青門逸史"爲"娥川主人"《生花夢》作序："《生花夢》何爲而作也？曰：予友娥川主人所以慨遇也，所以寄諷也，所以涵泳性情，發抒志氣，牢騷激昂，淋漓痛快，言其所不能言，發其所不易發也。……是編也，或爲主人之慨遇耶？或以是寄諷耶？抑言其所不能言，發其所不易發耶？俱不可知，而第以挽回人心，維持世化，寓幻於俠，化淫爲貞，獨創新裁，別開生面，又豈與稗官家言所可同日語哉？故牢騷激昂，淋漓痛快，俾讀是編者無不可以涵泳性情，發抒志氣。雖莫能禁人人之不慕其遇，而獨不遽許人人之遂有其遇也。予與主人居同里，長同遊，又同有情癖，知主人者深，故言之特真且至耳。他若……未必非各有所指，而無如主人之不予告也。書成屬予名編，予評點之餘，嘆其筆墨之妙，曲折變幻，如行文家有虛實、有頓挫、有開闔、有照應，峰斷雲連，波平波起，空靈敏妙，幾於夢筆生花矣。何花非夢，何夢非花，請顏之曰《生花夢》。"

末署"癸丑初冬古吳青門逸史石倉氏偶題"。

《生花夢》第一回："在下今日造這部小説，原不專爲取悦世人耳目，特與聰明人談名理，與愚昧人説因果。但今稗官家往往争奇競勝、寫影描空，採香艷于新聲，弄柔情于翰墨，詞仙情種，奇文竟是淫書；才子佳人，巧遇永成冤案。讀者不察其爲子虛亡是之言，每每認爲實事，争相效學，豈不大誤人心、喪滅倫理？今日與看官們別開生面，演出件極新奇、極切實的故事，寓幻於俠，化淫爲貞，使觀者耳目一快。然不必盡實，亦不必盡虛。虛而勝實，則流于荒唐；實而勝虛，則失於粘滯。何也？蓋筆非董狐，事多假借。譬如昔人事跡，豈無曖昧不倫？若竟爲昔人護過，便似壽文、墓誌、挽述、頌祝之諛文，而非勸懲警世之書了。豈非與昔人面目相去千里？若據事直書，則未免招後人怨尤，犯時事忌諱。惟是易其姓名，混其出處，雖行事儼然在目，似與昔人風馬無關。是轉將實境，仍歸向泡影中去，不留些子罣礙，使色相皆空，但見天花亂墜耳。待我如今先説件最切近的新聞，把來當個引喻。"

"青門逸史"《生花夢》第四回評點："作者總要引出康夢庚與貢鳴歧兩個賓主來，故生發此一段善惡報應，逼出正旨。譬如康夢庚是題目，貢鳴歧是文字，邢天民是文字中之起承轉合，其餘衆人乃是之乎者也等襯字。"

（美國哈佛大學圖書館藏寫刻本）

"天花藏主人"《梁武帝西來演義》序："梁武事業，或載之史鑑，或載之金陵志，或雜於六朝紀事，或出梁武詩集中，或雜於藏經語録内，或出稗官野史，皆散漫而無緒。今人雖有知其事，舉一二向人敷演陳説，皆屬荒唐舛錯，以訛傳訛，愈失愈遠。予深爲感歎，欲救其失，故廣採群書按鑑編年，彙成演義，以成梁武帝一代全書。覽於斯，誠雅俗欣賞之第一快睹云耳。"

末署"時康熙癸丑花朝天花藏主人題于素政堂"。

（康熙十二年永慶堂余郁生刊本）

宋起鳳《稗説》自序："稗者草屬，三農擷其實以作供。又稗者，野也，靡倫靡緒，殆類木石鹿豕然。夫稗既草野若是，又著之説，得毋聞而捧腹乎？雖然，古稗官具官具史具紀矣，職是後者寧可取其小稗耶？余本畸人，僑家滄水之湄，中間躬逢列代，於隆替變革之故，稔熟見聞，與久歷年所者無以異，然事蹟叢脞，言不雅馴，故茹結中懷，未嘗遽以屬草。今年夏，復泛春江，偶頓蓑笠，遂從田廬中命筆一二自玩之，頗祛睡魔。春江，故漢莊助耕釣所也。石田煙雨，林巒入畫，差堪坐翠微間，爲丈人班荆道故，雖稗説也，聽之者慷慨怡豫，以類從焉。詎非信而不誣，有遺直歟？夫進涪漿哉者，不廢醯醢，則田畯風味，或亦有當於一抉乎哉。書凡爲卷四，爲事百五十，爲言七萬有奇，始於康熙壬子秋初，成於次歲癸丑秋杪。中間疾病人事友朋詩酒差半，僅僅數閱月爾。而尤於雞鳴風雨之時，得之良多，聊以排余客遊窮愁之感，非所計工拙也。"

末署"時康熙十二年歲次癸丑重九前五日，廣平宋起鳳弇山書於富春江之釣臺"。

（宋起鳳著《稗説》，江蘇人民出版社1982年）

康熙十四年（乙卯　1675）

"夢閑子"《〈今古傳奇〉叙》："吾觀古今一大戲場，人輒昧昧，必須臺上腳色演出來始覺耳目一新。每逢模擬逼肖處，反爲之咄咄稱奇。豈知天地間無論忠孝倫理本非奇行，即男女情緣，亦非奇遇。人人在戲場上往來，並自家脚色分不清白，反認假爲真，遇一常事，輒詫爲奇。試看古今來，那有奇聞？或事本無奇，而傳之者動以爲奇；或事本出奇，而聞之者反不以爲奇。奇而不奇，不奇而奇，誰能於此處下一轉語？痴人前諄諄説夢，真乃人間第一奇事矣。雖然，奇猶不止此也。吾夢偶間道此閑話，亦何足奇？墨憨道人獨以爲聽此快論，勝似奇聞，因書之以爲《古今傳奇》引首，并此一段平平無奇之語，亦與奇書並傳，豈不更奇？"

末署"時歲次乙卯春月夢閑子漫筆"。

按，胡士瑩《話本小説概論》稱此書有康熙十四年乙卯（1675）刊本，夢閑子所署之"乙卯"當爲康熙十四年。今據以繫年。

（天津圖書館藏清康熙集成堂本）

"竹溪嘯隱"爲"天花主人"《驚夢啼》作序："吾觀宇宙間，凡可以游目騁懷，足以助予情之高寄者，豈特博觀游藝，爲士人所留意哉！則有若山川之綉錯也，風物之變遷也，草木禽魚之散列也，無不可以寄吾情而適吾志。推之藝苑，莫不皆然。則有若晉人之清談也，唐宋名家之雜説也，野史稗編之競秀而争奇也，其所以寄吾情而適吾志，豈少也哉？大約騷人逸士，有所蘊蓄於中，則觸而寓之於言。其言也，或則見之於詩，或則鳴之於賦，或則形之於褒譏人物，並較長論短之間，亦以觀世俗之争趨，出吾所見之獨是耳。《驚夢啼》一説，其名久已膾炙吳門。乙卯秋，其集始成，因屬余爲序。觀其藻思洋溢，意致離奇，曲折回橈，縱横體宕，真足媲晉世之清談，唐宋名家之雜説也。安在野史稗編不足助予情之高寄，以供賞於無窮哉！世有識者，亦惟體玩其詞，而紬繹其義，勿以其細響而忽之，則益矣。"

末署"竹溪嘯隱題于白隄之草堂"。

按，袁世碩《古本小説集成·驚夢啼》"前言"認爲，此序中"乙卯"當爲康熙十四年。今權從此説。

（大連圖書館藏清刻本）

康熙十五年（丙辰　1676）

周召《雙橋隨筆》卷一："《太平清話》云：'先秦兩漢，詩文具備，晉人清談、書法，六朝人四六，唐人詩、小説，宋詩餘，元人畫與南北劇，皆是獨立一代。'余謂秦漢詩文、晉人書法、唐人詩、宋詞、元畫，尚矣，至於清談、四六、小説、南北劇，開人疏狂靡麗、荒誕淫哇之習，爲屬不淺。人有宜束于高閣而文有當付之冷灰者，或但取其言與文，供人耳目之玩，則可耳。"

按，據周召《雙橋隨筆》自序，可知此筆記撰成于本年。

（《文淵閣四庫全書》本）

曹溶《〈廣志繹〉序》："古今志地者多矣，博通者考沿革，游覽者志巖壑，體道者愉悦性情之間，而探經世之大略，攬形勝、審要害以爲行師立國之本圖，志量不同，而有資于地一也。……是編也，在《五岳遊記》《廣游志》之後……一切軍國大政悉數而不能終者，即在品騭山水、銓叙草木蟲魚之内，以待有心者之採擇，夫豈稗官説家之所能比絜耶？"

末署"康熙十五年歲次丙辰中秋日檇李曹溶題"。

楊體元《刻〈廣志繹〉序》："使經綸天下者得其大利大害，見諸石畫，可以佐太平。即其緒論，亦足供王、謝麈主，有裨風雅，不似《齊諧》志怪、《虞初》小説，百家雜俎，誕而不經，玉卮無當也。"

末署"時康熙丙辰菊月析津楊體元題"。

（王士性撰、周振鶴點校《五嶽遊草　廣志繹》，上海人民出版社2019年）

康熙十六年（丁巳　1677）

葛芝《容膝録》自序："余自庚戌以來，放廢筆墨間，有以詩文請者輒謝不應，即應之，旋棄置不復省視也。閑窗默坐，偶有所觸，即引筆書數十字納敗簏中。歲在丁巳，余年六十矣，編輯成書，分爲六卷，命之曰《容膝居雜録》。客過而問曰：'録何以名之雜也？'曰：'是書也，錯綜參伍，語無倫次，或釋或老，亦經亦史，内之身心之徵，外之家國之故，微而至於飲食談笑之間，苟有所得，無不録焉。'"

（國家圖書館藏清抄本）

康熙十八年（己未　1679）

蒲松齡《聊齋自志》："披蘿帶荔，三閭氏感而爲《騷》；牛鬼蛇神，長爪郎吟而成癖。自鳴天籟，不擇好音，有由然矣。松落落秋螢之火，魑魅爭光；逐逐野馬之塵，罔兩見笑。才非干寶，雅愛《搜神》；情類黃州，喜人談鬼。聞則命筆，遂以成編。久之，四方同人，又以郵筒相寄，因而物以好聚，所積益夥。甚者人非化外，事或奇於斷髮之鄉；睫在眼前，怪有過於飛頭之國。遄飛逸興，狂固難辭；永托曠懷，癡且不諱。……茫茫六道，何可謂無其理哉！獨是子夜熒熒，燈昏欲蕊；蕭齋瑟瑟，案冷疑冰。集腋爲裘，妄續《幽冥》之録；浮白載筆，僅成孤憤之書。寄托如此，亦足悲矣！嗟乎！驚霜寒雀，抱樹無溫；吊月秋蟲，偎闌自熱。知我者，其在青林黑塞間乎！"

末署"康熙己未春日"。

高珩《〈聊齋志異〉序》："神禹創鑄九鼎，而《山海》一經，復垂萬世，豈上古聖人而喜語怪乎？抑爭子虛烏有之賦心，而預爲分道揚鑣者地乎？後世拘墟之士，雙瞳如豆，一葉迷山，目所不見，率以仲尼不語爲辭，不知鶂飛石隕，是何人載筆爾爾也？倘概以左氏之誣蔽之，無異掩耳者高語無雷矣。……然而天下有解人，則雖孔子之所不語者，皆足輔功令教化之所不及。

而《諾臯》《夷堅》亦可與六經同功。苟非其人，則雖日述孔子之所常言，而皆足以佐慝。……異而同者，忘其異焉可矣。"

末署"康熙己未春日穀旦"。

（張友鶴輯校《聊齋志異會校會注會評本》，上海古籍出版社 1986 年）

"谷□生"《〈生綃剪〉弁語》："夫説也者，欲其詳，欲其明，欲其婉轉可思，令讀之者如臨其事焉。夫然後能使人歌舞感激，悲恨笑忿錯出，而掩卷平懷，有以得其事理之正。斯説之有功於世，而不負作者之心矣。且六經子史皆説也。其氣意深以莊，非湛志殫精，十年閣户，無由得其涯際。……若夫兜羅氍毹衣其奇，金鋪翠緯衣其麗，蕉葛草羽衣其樸，其有不麗不奇不樸，亦麗亦奇亦樸，則生綃是。兹剪之者將以爲衣，將習服勿忍遺。且剪有聲韻，尤瑣瑣可聽。比之坐屋梁，打細腰鼓，不既多乎善乎？井天居士之以此定説也，又安在此説之非六經衙官，而子史之介紹？"

末署"谷□生漫題於花幔樓中"。

按，苗壯《古本小説集成·生綃剪》"前言"推測，此書刊行于康熙十八年後。今權從此説。

（大連圖書館藏清初花幔樓活字刊本）

李漁《古本〈三國志〉序》："昔弇州先生有宇宙四大奇書之目：曰《史記》也，《南華》也，《水滸》與《西厢》也。馮猶龍亦有四大奇書之目：曰《三國》也，《水滸》也，《西遊》與《金瓶梅》也。兩人之論各異。愚謂書之奇，當從其類。《水滸》在小説家，與經史不類。《西厢》係詞曲，與小説又不類。今將從其類以配其奇，則馮説爲近是。然野史類多鑿空，易於逞長。若《三國演義》則據實指陳，非屬臆造，堪與經史相表裏。由是觀之，奇又莫奇於《三國》矣。或曰：'凡自周秦而上，漢唐而下，依史以演義者，無不與《三國》相仿，何獨奇乎《三國》！’曰：‘三國者，乃古今爭天下之一大奇局；而演三國者，又古今爲小説之一大奇手也。異代之爭天下，其事較平，取其事以爲傳，其手又較庸，故迥不得與《三國》並也。’吾嘗覽三國爭天下之局，而歎天運之變化，真有所莫測也。……遂致當世之人之事，才謀各別，境界獨殊，以迥異於千古，此非天事之最奇者歟！作演義者，以文章之奇而傳其事之奇，而且無所事於穿鑿，第貫穿其事寔，錯綜其始末，而已無之不奇，此又人事之未經見者也。獨是事奇矣，書奇矣，而無有人焉起而評之。即或有人，而使心非錦心，口非繡口，不能一一代古人傳其胸臆，則是書亦終與周秦而上、漢唐而下諸演義等，人亦烏乎知其奇而信其奇哉！《水滸》之奇，聖歎嘗批之矣，而《三國》之評獨未之及。予嘗欲探索其奇以正諸世，乃酬應日煩，又多出遊少暇；年來欲踐其志，會病未果。適子婿沈因伯歸自金陵，出聲山所評書示予。觀其筆墨之快，心思之靈，堪與聖歎《水滸》相頡頏，極鉥心抉髓之談，而更無靡漫沓拖之病，則又似過之，因稱快者再。因伯復索序，聲山既已先我而評矣，而予又爲之序，不亦贅乎？雖然，予觀三國之局，見天之始之終之，所以造其奇者如此。讀《三國演義》又能貫穿其事實，錯綜其始末，而已匠心獨運，無之不奇如此。今聲山又布其錦心，出其繡口，條分句析，揭造物之秘藏，宣古人之義藴，開卷井井，寔獲我心，且使讀是書者知第一奇書之目果在《三國》也。因以證予説之不謬，則又何可以無言？是爲序。”

末署“康熙歲次己未十有二月，李漁笠翁氏題于吳山之層園”。

（北京大學圖書館藏清康熙醉畊堂刊本）

李漁《〈三國志演義〉序》：“嘗聞吳郡馮子猶，賞稱宇内四大奇書，曰《三國》《水滸》《西遊》及《金瓶梅》四種。余亦喜其賞稱爲近是。然《水滸》文藻雖佳，於□□□所關係，且□□□□□□□□作者密隱鑒誡深意，多□爲果有其事，藉□效尤，興□邪思，致壞心術，是奇而有□於人者也。《西遊》辭句雖達，第鑿空捏造，人皆知其誕而不經，詭怪幻妄，是奇而滅没聖賢爲治之心者也。若夫《金瓶梅》，不過譏刺豪華淫侈、興敗無常，差足滋人情欲、資人談柄已耳，何足多讀！至於《三國》一書，因陳壽一志，擴而爲傳，仿佛左氏之傳《麟經》……首尾映帶，叙述精詳，貫穿聯絡，縷析條分。事有吻合而不雷同，指歸據實而非臆造。蓋先主起而王蜀，爲氣數閏運之奇局，而群雄附而争亂，又爲閏運中變幻之奇局，較前此三代及秦之末及後此唐宋之末擾攘移鼎之局迥乎不同。而演此傳者，又與前後演列國、七國、十六國、南北朝、東西魏、前後梁各傳之手筆亦大相徑庭。傳中模寫人物情事，神彩陸離，了若指掌，且行文如九曲黄河，一瀉直下，起結雖有不齊，而章法居然井秩，幾若《史記》之列本紀、世家、列傳，各成段落者不侔。是所謂奇才奇文也。余於聲山所評傳首已僭爲之序矣，復憶曩者聖歎擬欲評定史遷《史記》爲第一才子書，既而不果。余兹閱評是傳之文，華而不鑿，直而不俚，溢而不匱，章而不繁，誠哉第一才子書也。因再梓以公諸好古者。是爲序。"

末署"湖上笠翁李漁題于吴山之層園"。

（首都圖書館藏清康熙兩衡堂刊本）

《三國志演義》毛綸、毛宗崗評改本"凡例"："俗本之乎者也等字，大半齟齬不通，又詞語冗長，每多復沓處。今悉依古本改正，頗覺直捷痛快。俗本紀事多訛，如昭烈聞雷失箸及馬騰入京遇害，關公封漢壽亭侯之類，皆與古本不合。又曹后罵曹丕，詳于范曄《後漢書》中，而俗本反誤書其黨惡；孫夫人投江而死，詳于《梟姬傳》中，而俗本但紀其歸吴，今悉依古本辨定。

"事不可闕者，如關公秉燭達旦，管寧割席分坐，曹操分香賣履，于禁陵廟見畫，以至武侯夫人之才，康成侍兒之慧，鄧艾鳳兮之對，鍾會不汗之答，杜預《左傳》之癖，俗本皆刪而不錄。今悉依古本存之，使讀者得窺全豹。

　　"《三國》文字之佳，其錄于《文選》中者，如孔融《薦禰衡表》，陳琳《討曹操檄》，實可與前後《出師表》並傳，俗本皆闕而不載。今悉依古本增入，以備好古者之覽觀焉。俗本題綱，參差不對，雜亂無章，又於一回之中，分上下兩截。今悉體作者之意而聯貫之，每回必以二語對偶爲題，務取精工，以快閱者之目。俗本謬托李卓吾先生批閱，而究竟不知出自何人之手。其評中多有唐突昭烈謾罵武侯之語，今俱削去，而以新評校正之。

　　"俗本之尤可笑者，于事之是者，則圈點之；于事之非者，則塗抹之。不論其文，而論其事，則《春秋》弑君三十六，亡國五十二。將盡取聖人之經而塗之抹之耶？今斯編評閱處，有圈點而無塗抹，一洗從前之陋。

　　"叙事之中，夾帶詩詞，本是文章極妙處。而俗本每至'後人有詩歎曰'，便處處是周靜軒先生，而其詩又甚俚鄙可笑。今此編悉取唐宋名人作以實之，與俗本大不相同。七言律詩，起于唐人，若漢則未聞有七言律也。俗本往往捏造古人詩句，如鍾繇、王朗頌銅雀臺，蔡瑁題館驛屋壁，皆僞作七言律體，殊爲識者所笑。今悉依古本削去，以存其真。後人捏造之事，有俗本演義所無，而今日傳奇所有者，如關公斬貂蟬，張飛捉周瑜之類，此其誣也，則今人之所知也。有古本《三國志》所無，而俗本演義所有者，如諸葛亮欲燒魏延于上方谷，諸葛瞻得鄧艾書而猶豫未決之類，此其誣也，則非今人之所知也。不知其誣，毋乃冤古人太甚，今皆削去，使讀者不爲齊東所誤。"

　　"讀法"："《三國》一書，乃文章之最妙者。……假令今人作稗官，欲平空擬一三國之事，勢必劈頭便叙三人，三人便各據一國。……讀《三國》一書，誠勝讀稗官萬萬耳。……可謂參差錯落，變化無方者矣。今之不善畫者，雖使繪兩人亦必彼此同貌。今之不善歌者，即使唱兩調亦必前後同聲。文之合掌，往往類是，古人本無雷同之事，而今人好爲雷同之文，則何不取余所批《三國志》而讀之。……《三國》一書，總起總結之中，又有六起六結。……《三國》一書，有以賓襯主之妙。"

"《三國》一書，有追本窮源之妙。"

"《三國》一書，有巧收幻結之妙。"

"《三國》一書，有同樹異枝、同枝異葉、同葉異花、同花異果之妙。作文者以善避爲能，又以善犯爲能：不犯之而求避之，無所見其避也；唯犯之而後避之，乃見其能避也。……妙哉文乎？譬猶樹同是樹，枝同是枝，葉同是葉，花同是花，而其植根、安蒂、吐芳、結子，五色紛披，各成異采。讀者于此，可悟文章有避之一法，又有犯之一法也。"

"《三國》一書，有星移斗轉、雨覆風翻之妙。……論其呼應有法，則讀其前卷定知其有後卷；論其變化無方，則讀前文更不料有後文。于其可知，見《三國》之文精；于其不可料，再見《三國》之文幻矣。"

"《三國》一書，有橫雲斷嶺、橫橋鎖溪之妙。文有宜於連者，有宜於斷者……蓋文之短者，不連叙則不貫串；文之長者，連叙則惟其累墜，故必叙別事以間之，而後文勢乃錯綜盡變。後世稗官家，鮮能及此。"

"《三國》一書有將雪見霰、將雨聞雷之妙。將有一段正文在後，必先有一段閑文以爲之引；將有一段大文在後，必先有一段小文以爲之端。"

"《三國》一書，有浪後波紋、雨後霡霂之妙。凡文之奇者，文前必有先聲，文後亦有餘勢。"

"《三國》一書，有寒冰破熱、涼風掃塵之妙。……俱於極喧鬧中求之，真足令人躁思頓清，煩襟盡滌。"

"《三國》一書，有笙簫夾鼓、琴瑟間鐘之妙。……令人于干戈隊裏時見紅裙，旌旗影中常睹粉黛，殆以豪士傳與美人傳合爲一書矣。"

"《三國》一書，有隔年下種、先時伏著之妙。善圃者投種於地，待時而發；善弈者下一閑著於數十著之前，而其應在數十著之後。文章叙事之法，亦猶是已。……每見近世稗官家，一到扭捏不來之時，便平空生出一人，無端造出一事，覺後文與前文隔斷，更不相涉。試令讀《三國》之文，能不汗顏？"

"《三國》一書，有添絲補錦、移針匀綉之妙。凡叙事之法，此篇所關者補之於彼篇，上卷所多者匀之於下卷。不但使前文不沓拖，而亦使後文不寂寞；不但使前事無遺漏，而又使後事增渲染：此史家妙品也。……前能留步以應後，後能回照以應前，令人讀之，真一篇如一句。"

"《三國》一書，有近山濃抹、遠樹輕描之妙。畫家之法，於山與樹之近者，則濃之重之；於山與樹之遠者，則輕之淡之。不然，林麓迢遥，峰嵐層疊，豈能於尺幅之中，一一而詳繪之乎？作文亦猶是已。……祇一句兩句，正不知包却幾許事情，省却幾許筆墨。"

"《三國》一書，有奇峰對插、錦屏對峙之妙。其對之法，有正對者，有反對者；有一回之中自爲對者，有隔數十回而遥爲對者。……諸如此類，或正對，或反對，皆不在一回之中，而遥相爲對者也。誠於此較量而比觀焉，豈不足快讀古之胸，而長尚論之識！"

"《三國》一書，有首尾大照應、中間大關鎖處。……照應既在首尾，而中間百餘回之內若無有與前後相關合者，則不成章法矣。……凡若此者，皆天造地設，以成全篇之結構者也。"

"《三國》叙事之佳，直與《史記》仿佛；而其叙事之難，則有倍難於《史記》者。《史記》各國分書，各人分載，於是有本紀、世家、列傳之別；今《三國》則不然，殆合本紀、世家、列傳而總成一篇：分則文短而易工，合則文長而難好也。"

"讀《三國》勝讀《列國志》。……《列國志》因國多事煩，其段落處到底不能貫串。今《三國演義》，自首尾讀之，無一處可斷，其書又在《列國志》之上。”

“讀《三國》勝讀《西遊記》。《西遊》捏造妖魔之事，誕而不經，不若《三國》實叙帝王之事，真而可考也。且《西遊》好處，《三國》已皆有之……祇一卷漢相南征記，便抵得一部《西遊記》矣。”

“讀《三國》勝讀《水滸傳》。《水滸》文字之真，雖較勝《西遊》之幻，然無中生有、任意起滅，其匠心不難，終不若《三國》叙一定之事，無容改易而卒能匠心之爲難也……吾謂才子書之目，宜以《三國演義》爲第一。”

《三國演義》毛氏評本各回評點：

第一回：“前以五百而大勝，此以五千而小却，寫得變幻。若每戰必寫獲捷，便不成文字矣。”

第二回：“三大國將興，先有三小丑爲之作引；三小丑既滅，又有衆小丑爲之餘波。從來實事，未嘗徑遂率直；奈何今之作稗官者，本可任意添設，而反徑遂率直耶！”

第十一回：“夾叙糜竺一段閑情。叙事到極急時，偏用一緩。”

“又夾叙孔融一段閑文。叙事到極急時，又用一緩。”

第十三回：“何其曲折乃爾！夫真善作稗官者哉！”

第十五回：“蓋既以備爲正統，則叙劉處文雖少，是正文；叙孫、曹處文雖多，皆旁文。于旁文中帶出正文，如草中之蛇，於彼見頭，於此見尾；又如空中之龍，於彼見鱗，於此見爪。記事之妙，無過於是。今人讀《三國志》而猶欲別讀稗官，則是未嘗讀《三國志》也。”

第二十回：“文官有文官身份，武臣有武臣氣概，人人不同，人人如畫，真叙事妙品。”

第二十一回：“文有叙事在後幅，而適爲前篇加倍襯染者，此類是也。”

“兩人同是豪傑，却各自一樣性格。”

“有應有伏，一筆不漏，一筆不繁。每見近人記事，叙却一頭，拋却一頭，失枝脱節，病在遺忘；未説這邊，又説那邊，手忙脚亂，病在冗雜。今試讀《三國演義》，其亦可以閣筆矣。"

"不獨玄德欲知其下落，即讀者亦急欲知其下落，乃此處偏不叙明，直至後古城聚義時方才出現，叙事真有草蛇灰綫之奇。"

第二十七回："文有伏綫之妙……閑閑冷冷，極没要緊處却是極要緊處。"

第三十二回："就其極相類處，却有極不相類處，若有特特犯之而又特特避之者，真是絶妙文章。"

第三十四回："文不險不奇，事不急不快，急絶險絶之際，忽翻出奇絶快絶之事，可驚可喜。"

第三十五回："一人有一人性格，各各不同，寫來真是好看。"

第三十七回："天下非極閑極冷之人，做不得極忙極熱之事……無數極忙極熱文字，皆從極閑極冷中積蓄得來。"

"今有作稗官者，往往前不顧後，後不顧前；更有閲稗官者，亦往往前忘其後，後忘其前。"

第三十九回："文有餘波在後者，前有玄德三顧草廬一段奇文，後便有劉琦三求諸葛一段小文是也。文有作波在前者，將有孔明爲玄德用兵一段奇文，却先有孔明爲劉琦畫策第一段小文是也。"

第四十一回："大約文字之妙，多在逆翻處：不有糜芳之告、翼德之疑，則玄德之識不奇，子龍之忠亦不顯。《三國》叙事之法，往往善於用逆，所以絶勝他書。"

"凡叙事之難，不難在聚處，而難在散處。"

第四十二回："文章之妙，妙在猜不著。……惟猜測不及，所以爲妙。若觀前事便知其有後事，則必非妙事；觀前文便知其有後文，則必非妙文。"

"讀書之樂，不大驚則不大喜，不大疑則不大快，不大急則不大慰。"

第四十七回：“文章之妙，又有各不相照而暗暗相照者。”

“闞澤見曹操，先激而後誶，龐統見曹操，先誶而後諷，又妙在相類相反。”

第四十八回：“天下有最失意之事，必有一最快意之事以爲之前焉。”

“事有與下文相反者，又有與下文相引者……不相反，則下文之事不奇；不相引，則下文之事不顯。可見事之幻、文之變者，出人意外，未嘗不在人意中。”

第四十九回：“吾嘗歎今之善畫者，能畫花、畫雲、畫月，而獨不能畫風。今讀七星壇一篇，而如見乎丹青矣。”

第五十一回：“妙在趙子龍一邊在周瑜眼中實寫，雲長、翼德兩邊在周瑜耳中虛寫，此叙事虛實之法。”

第五十六回：“三顧草廬之文，妙在一連寫去；三氣周瑜之文，妙在斷續叙來。……其間斷續之處，或長或短，正以差參入妙。”

第六十回：“文有隱而愈現者。”

第六十二回：“文有正筆，有奇筆……皆以次而及者也，正筆也……皆突如其來者也，奇筆也。正筆發明在前，奇筆推原在後；正筆極其次第，奇筆極其突兀，可謂叙事妙品。”

第六十三回：“有前之二實，不可無此一虛，然後又有後之一實。文字有虛實相生之法，不意天然有此等妙事，以助成此等妙文。”

“忽然有兩張飛，好生作怪，讀者至此，幾疑是《西遊記》身外身法矣。”

第六十四回：“尋原溯尾，遂忽然夾叙隴中一段文字，却與五十九回之末遙遙相接，此等叙事，宜求之《左傳》《史記》之中。”

“因劉璋求救漢中，本該接叙張魯；却放下張魯，接入馬超。蓋爲馬超投張魯，張魯遣馬超之由也。此等叙事，如連山斷嶺，筆法逼真龍門。”

第七十一回：“百忙中夾叙一段閑文，雖極不相蒙處，却有極相映合處，近日稗官中未見有此。"

第七十二回："此回序事之法，有倒生在前者：其人將來，而必先有一語以啓之……有補敘在後者：其人既死，而舉其未死之前追敘之……有橫間在中間者：正叙此一事，而忽引他事以夾之……作者用筆，直與孔明用兵相去不遠。"

第八十四回："一部書中，前後兩篇大文，特特相犯，而更無一筆相犯，如周郎、陸遜之兩番用火是矣。"

第八十九回："每讀《封神演義》，滿紙仙道，滿目鬼神，覺姜子牙一無所用，不若《三國志》中之偶一見之也。"

"文章之妙，妙在極熱時寫一冷人，極忙中寫一閑景……是彼雖極閑，而見者之心極忙；彼雖極冷，而見者之心極熱……最相類又最不相類，豈非絕世奇事，絕世奇文。"

第九十回："每讀《西遊記》，見孫行者之降妖，讀《水滸傳》，見公孫勝鬥法，以爲奇幻，不謂《三國志》中已備《西遊》《水滸》之長矣。彼以捏造之事，雖層見疊出，總屬虛談，不若此爲真實之事，即偶有一二已括彼彼全部也。"

"文勢至此一束。"

第九十一回："後事於此伏焉，前文又寫此照焉。《三國》一書，當以此回爲一大關鍵，一大章法。"

第九十二回："令讀者觀其前文，更不能測其後文；觀其後文，乃始解其前文。事之巧，文之幻，皆妙絕千古。"

"六出祁山之後，始有九伐中原之事；而一出祁山之前，早伏一九伐中原之人。將正伏之，先反伏之。正伏之爲蜀之姜維，反伏之爲魏之姜維。而此回則猶反伏之者也。觀天地古今自然之文，可以悟作文者結構之法矣。"

第九十四回："讀《三國》者讀至此回，而知文之彼此相伏、前後相因，殆合數十回而祇如一篇、祇如一句也。其相反而相因者，其不相反而相因者……其相類而相因者……其不相類而相因者……早有……以爲之伏筆矣。文如常山率然，擊首則尾應，擊尾則首應，擊中則首尾皆應，豈非結構之至妙者哉！”

“《三國》一書，所以記人事，非以紀鬼神。惟有一番籌度、一番誘敵，乃見相臣之勞心、諸將之用命，不似《西遊》《水滸》等書原非正史，可以任意結構也。”

“或詳或略，或長或短，事不雷同，文亦不合掌，如此妙事，如此妙文，其他書之所未有。”

“絕妙雪景，此句不是閑筆。”

第九十八回：“文有與前相應者，觀後事益信其有前事；事有與前相反者，讀前文更不料其有後文。”

“七擒孟獲之文，妙在相連；六出祁山之後，妙在不相連。……每見左丘明叙一國，必旁及他國而事乃詳；又見司馬遷叙一事，必旁及他事而文乃曲。今觀《三國演義》，不減左丘、司馬之長。”

第一百七回：“文之以前伏後者，有實筆，有虛筆。……此以實筆伏之者也……此以虛筆伏之者也……又虛中之虛……又虛中之實。叙事作文如此結構，可謂匠心。”

第一百九回：“讀《三國》者，閱至後幅，愈出愈奇。誰謂武侯死後，無出色驚人之事？”

第一百十三回：“讀《三國》者，讀至後幅，有與前事相犯，而讀之更無一毫相犯，愈出愈幻，豈非今古奇觀！”

“吳主以蜀有内侍之亂，而特使人以敵國之外患警之，此絕妙鬥筍處，亦絕妙伏綫處。何謂鬥筍？姜維因外患而動，則伐魏之筍，於此鬥也。何謂伏綫？姜維因内侍而歸，則班師之綫，又如此伏也。叙事作文，如此結構，可謂匠心。”

“孫休本欲以外患動其內憂，姜維乃捨內憂而圖外患，絕妙鬥筍。”

第一百十四回：“文有後事勝於前事者，不觀後事之深，不知前事之淺，則後文不可不讀；有後事不如前事者，不觀後事之事，不見前事之密，則後文又不可不讀。”

第一百十六回：“以數回之綫，於一回伏之，天然有此一氣呼應之文。近之作稗官者，雖欲執筆而效焉，豈可得耶？”

“文之有章法者，首必應尾，尾必應首。讀《三國》至此篇，是一部大書前後大關合處。”

第一百二十回：“前回於不相似之中，便有特特相類者，見報應之不殊也；此回於極相似之中，偏有特特相反者，見事變之不一也。”

（瀋陽魯迅美術學院圖書館藏清大魁堂刊本）

附：《三國演義》尚有托名李贄之評點本，評點年代不詳。茲將評語選輯于後：

第四十四回：“孔明借周郎爲助，而反使周郎借爲助；子瑜説孔明降吳，而孔明反説子瑜歸蜀。此皆倒跌法也，亦謂之看家拳頭。”

第四十五回：“此等機關，如同兒戲，不知者以爲奇計也。真是通俗演義，妙絕妙絕。”

“周郎借蔣幹以害蔡瑁、張允，此等計策，如同小兒，即非老瞞，亦自窺破，謂老瞞入其中乎，決無此事，但可入通俗演義中，以驚俗人耳。妙哉技也，真通俗演義也。”

第四十六回：“孔明借箭亦謀士之奇聞，到□非奇秘也，通俗演義中不得不如此鋪張耳。爲將者，勿遂以此爲衣鉢也。一笑一笑。”

第五十回：“賦却大通，□是□舊，乃是相題行文，字字清新者也。”

第五十八回：“演義文字，于小段處伏案照應，尺幅多近，獨屺渡河，添兵伏應得遠，覺下文寬展有勢。"

第一百九回："司馬昭竟自祝泉，何等直截，何必效耿恭故事乎？作演義者定是記時秀才也。一笑一笑。"

第一百十回："讀《三國志演義》到此等去處，真如嚼蠟，淡然無味。陣法兵機都是説了又説，無異今日秀才文字也。山人詩句亦然。"

第一百十二回："讀演義至此，惟有打頓而已，何也？只因前面都已説過，不過改換姓名重疊演云耳，真可厭也！此其所以爲《三國志演義》耳。一笑一笑。"

（陳曦鐘、宋祥瑞、魯玉川輯校《三國演義會評本》，北京大學出版社 1986 年）

康熙十九年（庚申　1680）

"澹園主人"《〈三國後傳石珠演義〉序》："歷觀古今傳奇樂府，未有不從死生榮辱、悲歡離合中脱出者也。或爲忠孝所感，或爲風月所牽，或爲炎凉所發，或爲聲氣所生：皆翰墨遊戲，隨興所之，使讀者既喜既憐，而欲歌欲哭者，比比然矣。"

末署"庚申孟夏澹園主人題于滎竹亭"。

按，此書作者生平不詳，"庚申"何指，亦難確定，或曰康熙十九年，或曰乾隆五年。有待確考。魏同賢《古本小説集成·後三國石珠演義》"前言"認定爲康熙十九年。今權置于此。

（上海圖書館藏清初刻本）

康熙二十年（辛酉　1681）

佟世思《耳書》自序："《耳書》近于誕，余不欲成之，謂吾儒讀書明道，未可以無據之説惑亂心志也。而卒成之者，以得于家大人宦跡之所經到也。蓋天地之大，何所不有，人特於見聞所未到，則不之信耳。余從家大人宦跡半天下，其間歲月之遷流，山川之修阻，與夫物情之變幻，世故之艱危，未易以一二言盡止。此隨筆所記，已有告之於人，人不盡信者，而其他又可知也，是則《耳書》之所爲成也。或無其理有其事，或其事雖不恒見，而其說則可以勸懲。余固嘗於身所經到處，確有所聞於其地。否則座上諸賓僚，偶述其所見所聞以告于余者，而究非同於臆說之罔據也。然書以耳名，亦第以耳之者存之而已。如謂士君子讀書明道而外，不妨更捃摭奇異之事而一一筆之於書，以自比于譚天志怪也，終非余之所敢出也已。”

末署“佟世思儼若自識”。

按，據苗壯主編《中國歷代小說辭典》，本書約成書于康熙二十年。

（浙江圖書館藏清康熙四十年佟世集刻本）

康熙二十一年（壬戌　1682）

唐夢賚《〈聊齋志異〉序》：“夫人以目所見者爲有，所不見者爲無。曰此其常也，倏有而倏無則怪之。至於草木之榮落，昆蟲之變化，倏有倏無，又不之怪，而獨於神龍則怪之。彼萬竅之刁刁，百川之活活，無所持之而動，無所激之而鳴，豈非怪乎？又習而安焉。獨至於鬼狐則怪之，至於人則又不怪。……無可如何，輒以‘孔子不語’一詞了之，而《齊諧》志怪，《虞初》記異之編，疑信之者參半矣。不知孔子之所不語者，乃中人以下不可得而聞者耳，而謂《春秋》書删怪神哉！留仙蒲子，幼而穎異，長而特達。下筆風起雲涌，能爲載記之言。於制藝舉業之暇，凡所見聞，輒爲筆記，大要多鬼狐怪異之事。向得其一卷，輒爲同人取去，今再得其一卷閱之。凡爲余所習知者，十之三四，最足以破小儒拘墟之見，而與夏蟲語冰也。余謂事無論常怪，但以有害於人者爲妖。故日食星隕，鶃飛鴝巢，石言龍鬥，不可謂異；惟土木甲兵之不時，與亂臣賊子，乃爲妖異耳。今觀留仙所著，其論斷大義，皆本於賞善罰淫與安義命之旨，足以開物而成務，正如揚雲《法言》，桓譚謂其必傳矣。"

末署"康熙壬戌仲秋既望，豹巖樵史唐夢賚拜題"。

按，繫年據薛洪績《也談〈聊齋志異〉原稿的分卷編次》（《蒲松齡研究》2011 年第 3 輯）。

（張友鶴輯校《聊齋志異會校會注會評本》，上海古籍出版社 1986 年）

梁清遠《耳順記》非議小説："人貴讀書，然亦有爲讀書所損者，第一是鑽研曲譜，第二是耽看小説。曲譜專主邪淫，小説雜出誕妄，最能害人身心。外是風花雪月之詞，無關世教，廢時罷力，亦不如不讀也。"

按，繫年據刊刻時間。

（清康熙二十一年梁允恒刻本）

余懷爲王弘《山志》作序："王逸少云：'中年傷於哀樂，正賴絲竹陶寫。'絲竹不可時得，則披覽説部之書，以耗壯心、遣餘年而已。説部惟宋人爲最佳，如宋景文《筆記》、洪容齋《隨筆》、葉石林《避暑録話》、陳臨川《捫虱新語》之類，皆以叙事兼議論，可以醒心目而助談諧。非若古之僞書，今之文集，開卷一尺許，便令人惛惛欲睡也。華山王山史先生，粹天人性命之學，紹濂洛關閩之緒。其經世大業，不朽盛事，具有成書。間以筆墨餘閒，著成《山志》六卷。大而理學文章，細而音韻書畫，無不稽察典核，辨證精詳。……論王安石、李贄、屠隆，皆與余合。其同鄉諸君宦於越者，爲之授梓，於其成也，故樂而序之如此。莆陽同學余懷著。"

《山志》初集卷四"傳奇"條："金氏批評傳奇小説，亦堪解頤。及行之詩文，則謬矣，亦罹大法，實可憫惜。然聰明誤用，亦足以戒。"

初集卷六"怪誕"條："天下怪誕之事，不抵成於好事者之口，亦有有所托、有所諱而爲之者。人情喜異好奇，一倡群和，傅會粉飾，踵迷傳僞，遂至害道傷義，惑世誣民，而猶相矜爲美談。雖讀書學古之士，亦皆不免。偶見有記樓古汀事者，爲之慨然。凡事無益世道者，當置之不論不議之條，況有損乎？恨不起王弇州于九原而質之。”

按，據葉封爲王弘《山志》所作序言：“康熙壬戌歲暮，余客揚州，山史亦來。則先是出遊將盈二稔，聞亭林之歿且周歲矣。”可知此書在康熙二十一年前後問世。

（國家圖書館藏清初刊本）

康熙二十二年（癸亥　1683）

王晫《今世說》自序：“自經史而外，著述之家，不知幾千萬計，而其書或傳或不傳；即幸而傳矣，人或有見有不見。獨《世說新語》一書，纂於南宋，多摭晉事，而兼及于漢、魏，垂千百年，學士大夫家，無不玩而習之者，雖臨川王之綜叙清遠自高，亦以生當其時，崇尚清流，詞旨故可觀也。至於今讀其書，味其片語，猶能令人穆然深思，惟恨不得身親其際，與爲酬酢。假得王、謝、桓、劉，群集一室，耳提面命，其心神之怡曠，抑何如耶？今朝廷右文，名賢輩出，閥閱才華，遠勝江左，其嘉言懿行，史不勝載，特未有如臨川，裒聚而表著之天下，後世亦誰知此日風流，更有度越前人者乎！予不敏，志此有年，上自廊廟縉紳，下及山澤隱逸，凡一言一行，有可採録，率獵收而類紀之，稿凡數易，歷久乃成。或疑名賢生平，大節固多，豈獨藉此一端而傳？不知就此一端，乃如頰上之毫，眼中之點，傳神正在阿堵。予度後之人得睹是編，或亦如今之讀臨川書者，心曠神怡，未可知也。雖然，臨川取漢末魏晉數百年之事，網羅編次，遂勒成一家言，而予欲以數十年中所見所聞，與之頡頏，世有覽者，毋亦笑予之心勞而日拙也夫！”

末署“康熙癸亥仲春，武林王晫題於牆東草堂”。

嚴允肇《〈今世說〉序》：“予受而讀之，自清興以來，名臣碩輔，下逮巖穴之士，章句之儒，凡一言一行之可紀述者，靡不旁搜廣輯，因文析類，以成一家言。其大要采諸序記雜文之行世者，而不敢妄綴一詞，其詳慎不憚煩如是。……是編所載，多忠孝廉節之概，經緯權變之宜，其大者實有裨於國家，有功於名教，至於風雅澹詞，山林逸事，足以啓後學之才思，資藝林之淵藪者，無不表而出之。雖其人之生平不盡此數語，即是編亦不足以盡當世之賢豪，而條疏節取之下，使人人解頤欣賞，如入寶山，如遊都市，其為益也，不既多乎！"

丁澎《〈今世説〉序》："宋劉義慶撰《世説新語》，宏長風流，雋旨名言，溢於楮墨。故通人雅彦，裙屐少年，皆喜觀而樂道之。其後有琅瑘《補》、華亭《語林》、温陵《初潭》、秣陵《類林》，其書咸有可觀，然以視《世説》有間。其故何也？蓋劉去晉未遠，竹林餘韻，王謝遺風，不啻耳提而面命之。其涉筆簡而該，其命意雋以永，去其秕莠，掇其菁英，誠史家之支子，而藝苑之功臣也。今王子丹麓，萃數十年以來見聞所及，輯為一書，取精多而用力勤，幾與《世説》並蹠矣。譬之飲食，大官之臠，有時厭飫；楂梨橘柚，則齒頰生津。矧所採輯，皆一時名流，披卷展玩，有如晤對。昔人命千里之駕，作永夕之譚，今得於寸楮遇之，詎非快事哉？近梁水部慎可有《玉劍尊聞》，而吾友陸景宣著《口譜》，徐武令著《廣群輔録》，丹麓此書，真堪媲美。見我武林之學必原本古人，非妄為作者也。故不辭而為之序。"

末署"同邑丁澎藥園撰"。

王晫《今世説》例言："是集名賢，斷自本朝為準。間有文章事業，顯於勝國，而卒於本朝者，要不可不謂今之人也，亦為採入。

"《世説》例多異稱，鈍資難於記憶。是集名賢，或字或號，止載其最著者，雖至數見，俱各從同，以便披覽。

"是集條目，俱遵《世説》原編。惟自新、黜免、儉嗇、讒險、紕漏、仇隙諸事，不敢漫列。引長蓋短，理所固然。乃若補為全目，以成完書，願俟後之君子。

"是集所列條目，衹據刻本，就事論事，如此事可入德行，則入德行；可入文學，則入文學：餘皆倣此。乃有拘儒，欲指一事，概以生平，至罪予論列不當者，請勿讀是書。

"是集事實，俱從刻本中擇其言尤雅者，然後收録。若未見刻本，雖有見聞，不敢妄列，昭其信也。

"孝標之注《世說》，博引旁綜，所采書目，幾至一二百種。近日無書可考，時賢履歷，徵據尤難。是集注内所載爵里，以及生平大略，俱不敢憚煩，廣爲搜輯。若遍覓不得，寧使闕如，以俟後補。

"昭代右文，名賢輩出，嘉言懿行，固不勝收，而是書止據所見諸集輯成，覽者無罪其不廣也。凡我遠近諸名家，倘以全集見貽，自當細搜續輯，彙訂《今世說補》一書。務期亟寄郵筒，庶免遺漏之慮。

"物力維艱，剞劂之資，全賴好事；倘有高賢傾囊解橐，以助棗梨，則闡幽表微，爲德不淺。

"是書原與同人互相參訂，集中所載先君實行二條，皆同人從志傳採入，故名字稱謂，一從本文，非晫敢附于臨文不諱之義也。至晫平生，本無足録，向承四方諸先生贈言，頗多奬借，同人即爲節取一二，强列集中，實增愧惡。"

（首都圖書館藏清康熙二十二年刻本）

張潮《虞初新志》**自叙**："古今小説家言，指不勝僂，大都餖飣人物，補綴欣戚，累牘連篇，非不詳贍。然優孟叔敖，徒得其似，而未傳其真，强笑不歡，强哭不戚，烏足令耽奇攬異之士心開神釋、色飛眉舞哉？況天壤間灝氣卷舒，鼓蕩激薄，變態萬狀，一切荒誕奇僻、可喜可愕、可歌可泣之事，古之所有，不必今之所無；古之所無，忽爲今之所有，固不僅飛仙盜俠、牛鬼蛇神，如《夷堅》《艷異》所載者爲奇矣。此《虞初》一書，湯臨川稱爲小説家之《珍珠船》，點校之以傳世，洵有取爾也。獨是原本所撰述，盡擴唐人軼事，唐以後無聞焉，臨川續之，合爲十二卷。其間調笑滑稽，離奇詭異，無不引人着勝。究亦簡帙無多，蒐采未廣。予是以慨然有《虞初後志》之輯。需之歲月，始可成書，先以《虞初新志》授梓問世。其事多近代也，其文多時賢也，事奇而覈，文雋而工，寫照傳神，仿摹逼肖。誠所謂古有而今不必無，古無而今不必不有。且有理之所無，竟爲事之所有者。讀之令人無端而喜，無端而愕，無端而欲歌欲泣。誠得其真，而非僅傳似也。夫豈彊笑不歡，彊哭不戚，餖飣補綴之稗官小説可同日語哉！學士大夫酬應之餘、伊吾之暇，取是篇而瀏覽之，匪惟滌煩袪倦，抑且縱橫俛仰，開拓心胸，具達觀而發曠懷也已。"

末署"康熙癸亥新秋，心齋張潮譔"。

張潮《虞初新志》凡例："文人鋭志鑽研，無非經傳子史；學士馳情漁獵，多屬世説稗官。雖短詠長歌，允稱遊戲；即填詞雜劇，備極滑稽。未免數見而不鮮，抑亦常談而多複。兹集倣《虞初》之選輯，仿若士之點評，任誕矜奇，率皆實事；搜神拈異，絶不雷同。庶幾舊調翻新，敢謂後來居上。

"《虞初志》原本，不載選者姓名；湯臨川續編，未傳作者氏號，俱爲憾事，或屬闕文，載考《委宛》餘編。虞初爲漢武帝時小史，衣黄乘輪，采訪天下異聞，以是名書。亦猶志怪之帙，即《齊諧》以爲名；集異之書，本《夷堅》而著號。

"一切選家，必以作者年代爲準；百凡評次，鮮以其事時世爲衡。如《史記》追溯三代以前，而選文止稱一字，曰漢是也。故志中之事，或屬前時；而紀事之人，實生當代。自應入選，詎可或遺。

"一事而兩見者，叙事固無異同，行文必有詳略，如《大鐵椎傳》，一見

于寧都魏叔子，一見於新安王不庵，二公之文，真如趙璧、隋珠，不相上下，
顧魏詳而王略，則登魏而逸王，祇期便於覽觀，非敢意爲軒輊。

"賴古堂《藏弆》《結鄰》諸選，彙其人之文，專繫于姓名之下；蜩寄齋
《尺牘》《新語》三編，別其文之類，分叙于卷頁之中。固云整整齊齊，未覺
疏疏落落。令兹選錯綜無次，庶不涉於拘牽，且其事荒誕不經，無庸分夫門
類。讀書之暇，展卷儘可怡神；倦息之餘，披翻自能豁目。

"序爵序齒，從來選政所無；或後或先，總以郵筒爲次。不能虛簡以待，
亦難縮地而求。隨到隨評，即付剞劂之手；投函投刺，勿煩酬酢之勞。次第
未可拘拘，知交定稱爾爾。

"文自昭明而後，始有選名；書從匡鄭以來，漸多箋釋。蓋由流連欣賞，
隨手腕以加評；抑且闡發揄揚，並胸懷而进露。兹集觸目賞心，漫附數言于
篇末；揮毫拍案，忽加贅語于幅餘。或評其事而忼慨激昂，或賞其文而諮嗟
唱嘆。敢謂發明，聊抒興趣；既自怡悅，願共討論。

"鄙人性好幽奇，衷多感憤。故神仙英傑，寓意《四懷》；外史奇文，寫
心一《啓》（予向有才子佳人，英雄神仙《四懷》詩，及《徵選外史啓》）。
生平幸逢秘本，不憚假抄；偶爾得遇異書，輒爲求購。第媿蒐羅未廣，尤慚
采輯無多。凡有新篇，速祈惠教。並望乞鄰而與，無妨舉爾所知。

"是集祇期表彰軼事，傳布奇文，非欲借徑沽名，居奇射利。已經入選
者，儘多素不相知；將來授梓者，何必盡皆舊識。自當任剞劂之費，不望惠
梨棗之資，免致浮沈，早郵珠玉。

"海内名家，尚多未傳之作；坊間定本，俱爲數見之書。幽人素嗜探奇，
尤耽考異。此選之外，尚有嗣選《古世説》《古文尤雅》《古文辭法傳集》《布
粟集》《壯遊便覽》諸書，次第告竣，就正有道，凡有繆盭，幸賜教言。"

張潮《虞初新志》自評：

《大鐵椎傳》篇末評："篇中點睛在三，稱'吾去矣'句，至其歷落入古

處，如名手畫龍，有東雲見鱗、西雲見爪之妙。”

《顧玉川傳》篇末評：“余讀《水滸傳》，竊慕神行太保戴宗之術，又以爲尚不及縮地法。私嘗疑之，謂爲文人遊戲筆墨，未必實有其術。今讀此，則是世有其人，惜乎不及見耳。”

《秦淮健兒傳》篇末評：“嘗見稗官中有《趙東山誇技順城門》，其事與此相類甚矣，毋謂秦無人也。”

《柳敬亭傳》篇末評：“戊申之冬，予于金陵友人席間與柳生同飲。予初不識柳生，詢之同儕，或曰：‘此即《梅村集》中所謂柳某者是也。’滑稽善談，風生四座，惜未聆其説稗官家言爲恨。今讀此傳，可以想見其掀髯鼓掌時也。”同傳載述柳敬亭師傅莫後光的説書經驗之談：“夫演義雖小技，其以辨性情，考方俗，形容萬類，不與儒者異道。故取之欲其肆，中之欲其微，促而赴之欲其迅，舒而繹之欲其安，進而止之欲其留，整而歸之欲其潔。非天下至精者，其孰與於斯矣？”

（上海圖書館藏康熙刻本）

楊鼐《浙江通志序》：“若志之爲書，準經酌史，而體例稍殊，或學士家之所藏弄，或稗官家之所驚奇，或耕農甽叟之所傳説，悉爲抄内，總彙成帙，借資百氏而言匪一家。”

末署“康熙二十二年一之日清源楊鼐謹序”。

（中國地方志指導小組辦公室編《清代方志序跋彙編·通志卷》，
上海古籍出版社 2014 年）

康熙二十三年（甲子　1684）

丁思孔《湖廣通志序》：“後世《地理志》諸書，雖咸祖此意，而代有廢興，不甚彰灼，於是稗官小史率操筆而綴其所聞。”

末署“皇清康熙二十三年歲次甲子春三月穀旦，巡撫偏沅等處地方提督軍務兼理糧餉都察院右副都御史臣丁思孔謹撰”。

（中國地方志指導小組辦公室編《清代方志序跋彙編·通志卷》，

上海古籍出版社 2014 年）

康熙二十七年（戊辰　1688）

余□《遣愁集》序：“上自軒黃，下迄近代，蒐幽録異，類輯節裁，分其部署，釐其甲乙，以經史爲繒帛，以丘索墳典爲帷幕，以稗官野乘爲林藪，而以機杼獨運爲安宅，其指歸在激揚斯世，勸誠群迷。”

顧有孝《遣愁集》序：“（本書）洵是振衰之良藥。”

更齋識《凡例六則》：“是集悉以《通鑑》傳記爲本，即間及於閑編逸史，亦必言有可考、事有足徵者，方始録入。閱之可識典故、可廣見聞，不第娛目，洵有裨於實學，並非稗官之比。”

按，繫年據刊刻時間。

（上海圖書館藏康熙二十七年刻本）

康熙三十年（辛未　1691）

王士禛《池北偶談》自序：“予所居先人之敝廬……予暇日與客坐其中……顧而樂之，則相與論文章流別，晰經史疑義，至於國家之典故，歷代之沿革，名臣大儒之嘉言懿行，時亦及焉。或酒闌月墜，間舉神仙鬼怪之事，以資啁噱；旁及遊藝之末，亦所不遺。兒輩從旁記録，日月既多，遂成卷軸。因憶二十年來官京師所聞見于公卿大夫之間者，非甚不暇，未嘗不筆之簡册，散在篋中，未遑編劃。一日，乃出鼠蠹之餘，盡付兒輩，總次第爲一書，區其條目：曰談故，曰談獻，曰談藝，曰談異，其無所附麗者，稍稍以類相從，凡廿六卷。藏之家塾，示吾子孫，大之可以畜德，小亦可以多識。賢乎博弈，昔聞諸聖人之言矣。”

末署“康熙辛未秋漁洋山人王士禎序”。

（王士禎撰、勒斯仁點校《池北偶談》，中華書局 1982 年）

康熙三十二年（癸酉　1693）

“如如居士”《〈肉蒲團〉序》：“糟粕原屬神奇，迷川即是寶筏。”“施羅大不得於有生之事，發揮之以盜；情隱大不得於無生之事，抒寫之以賊。”“讀此書者，猶作《西遊》小說觀，却又是行者騰空，相去八萬四千里之外矣。”

末署“癸酉夏五之望西陵如如居士題”。

按，是書屬較有名之淫穢小說，康熙間劉廷璣《在園雜志》卷一認爲係李漁所作。

（首都圖書館藏清初刻本）

康熙三十四年（乙亥　1695）

謝頤《〈金瓶梅〉序》：“《金瓶》一書，傳爲鳳洲門人之作也，或云即鳳洲手。然纚纚洋洋一百回内，其細針密綫，每令觀者望洋而歎。今經張子竹坡一批，不特照出作者金針之細，兼使其粉膩香濃，皆如狐窮秦鏡，怪窘温犀，無不洞鑒原形，的是渾《艷異》舊手而出之者，信乎爲鳳洲作無疑也。然後知《艷異》亦淫，以其異而不顯其艷；《金瓶》亦艷，以其不異則止覺其淫。故懸鑑燃犀，遂使雪月風花，瓶罄篋梳、陳荄落葉諸精靈等物，妝嬌逞態，以欺世於數百年間，一旦潛形無地，蜂蝶留名，杏梅争色，竹坡其碧眼胡乎！向弄珠客教人生憐憫畏懼心。今後看官睹西門慶等各色幻物，弄影行間，能不憐憫，能不畏懼乎？其視金蓮當作敝屣觀矣。不特作者解頤而謝覺，今天下失一《金瓶梅》，添一《艷異編》，豈不大奇！”

末署"時康熙歲次乙亥清明中浣，秦中覺天者謝頤題於皋鶴堂"。

（清康熙三十四年湖南刊本）

　　張竹坡《第一奇書》凡例："一、此書非有意刊行，偶因一時文興，借此一試目力，且成於十數天內，又非十年精思，故內中其大段結束精意，悉照作者。至於瑣碎處，未暇請教當世，幸暫量之。

　　"一、《水滸傳》聖歎批，大抵皆腹中小批居多。予書刊數十回後，或以此爲言。予笑曰：《水滸》是現成大段畢具的文字，如一百八人，各有一傳，雖有穿插，實次第分明，故聖歎只批其字句也。若《金瓶》，乃隱大段精采於瑣碎之中，只分別字名，細心者皆可爲，而反失其大段精采也。然我後數十回內，亦隨手補入小批，是故欲知文字綱領者看上半部，欲隨目成趣知文字細密者看下半部，亦何不可！

　　"一、此書卷數浩繁，偶爾批成，適有工便，隨刊呈世。其內或圈點不齊，或一二訛字，目力不到者，尚容細政，祈讀時量之。

　　"一、《金瓶》行世已久，予喜其文之整密，偶爲當世同筆墨者閑中解頤。作《金瓶梅》者，或有所指，予則並無寓諷。設有此心，天地君親其共憫之。"

　　張竹坡評本《金瓶梅》各回評點：

　　第一回："每疑作者非神非鬼，何以操筆如此？……蓋他本是向人情中討出來的天理，故真是天理。然則不在人情中討出來的天理，又何以爲之天理哉！自家作文，固當平心靜氣，向人情中討結煞，則自然成就我的妙文也。"

　　"然却是説話做事，一路有意無意，東拉西扯，便皆叙出，並非另起鍋灶，重新下來，真正龍門能事。"

　　"寫春梅，用影寫法；寫瓶兒，用遥寫法；寫金蓮，用實寫法。然一部

《金瓶》，春梅至‘不垂别涙’時，總用影寫，金蓮總用實寫也。”

“文章能事至《金瓶》，真山陰道上，應接不暇，七通八達，八面玲瓏，批之不盡也。”

“一回‘冷’‘熱’相對兩截文字，然却用一筍即串攏，痕跡俱無。”

“一回兩股大文字，‘熱結’‘冷遇’也。然‘熱結’中七段文字，‘冷遇’中兩段文字，兩兩相對，却在參差合筍處作對鎖章法。”

“描寫伯爵處，純是白描追魂攝影之筆。如向希大説：‘何如？我説哥要説哩！’……儼然紙上活跳出來，如聞其聲，如見其形。”

“文字妙處，全要在不言處見。”

“《水滸》本意在武松，故寫金蓮是賓，寫武松是主。《金瓶》本寫金蓮，故寫金蓮是主，寫武松是賓。文章有賓主之法，故立言體自不同，切莫一例看去。”

“此下共作四扇股法，色一股，財一股，看破的財一股，看破的色一股……股法生動不板也。”

“純是白描，却是放重筆拿輕筆法，切須學之也。”

“一路純是白描勾挑。”

“文字照顧之法，全在不能測也。”

第二回：“此後數回，大約同《水滸》文字，作者不嫌其同者，要見欲做此人，必須如此方妥方妙，少變更即不是矣。……又見文字是件公事，不因那一人做出此情理，便不許此一人又做出此情理也。故我批時，亦祇照本文的神理、段落、章法，隨我的眼力批去，即有亦與批《水滸》者之批相同者，亦不敢避。蓋作者既不避嫌，予何得強扭作者之文，而作我避嫌之語哉！且即有相同者，彼自批《水滸》之文，予自批《金瓶》之文，謂兩同心可，謂各有見亦可；謂我同他可，謂他同我亦可；謂其批爲本不可易可，謂其原文本不可異批亦無不可。”

第三回："吾不知其用筆之妙，何以草蛇灰綫之如此也。"

"夫雖於迎打虎那日，大酒樓上放下西門、伯爵、希大三人，止有此金扇作幌伏綫。"

第六回："文有他處却照此處者，爲顧盼照應伏綫法。文有寫此處却是寫下文者，爲脱卸影喻引入法。此回乃脱卸影喻引入法也。"

"文字用筆之妙，全不使人知道。"

第七回："蓮杏得時之際，非梅花之時，故在西門家祇用影寫也。"

第八回："文字掩映之法，全在一筆是兩筆用也。"

"字字俱從人情細微幽冷處逗出。"

第九回："月娘衆人俱在金蓮眼中描出，而金蓮又重新在月娘眼中描出，文字生色之妙，全在兩邊掩映。"

第十二回："未入私僕，先安敗露之因，此謂之預補法。"

第十三回："描瓶兒勾情處，純以憨勝，特與金蓮相反，以便另起花樣，不致犯手也。若王六兒，又特犯金蓮而弄不犯之巧者也。此書可謂無法不備。"

"總是不用正筆，純用烘雲托月之法。"

第十六回："此回兩番描寫在瓶兒家情事，二十分滿足，亦是爲竹山安綫。文章有反射法，此等是也。然對'遇雨'一回，此又是故意犯手文字，又是加一倍寫法。蓋金蓮家是一遍，瓶兒獨用兩遍，且下文還用一遍，方渡敬濟一筍，總是雕弓須十分滿扯，方才放箭也。"

第十七回："然則其於西門，亦不過如斯，有何不解之情哉！寫淫婦人至此，令人心灰過半矣！是蓋又於人情中討出來，不特文字生法而已。"

第十八回："收拾東京後，且不寫瓶兒，趁勢將敬濟、金蓮一寫。文字又有得渡即渡之法，總是犀快也。"

第十九回："上文自十四回至此，總是瓶兒文字。內穿插他人，如敬濟等，皆是趁窩和泥。"

第二十回："文字千曲百曲之妙。手寫此處，却心覷彼處；因心覷彼處，乃手寫此處。"

"試看他一部内，凡一人一事，其用筆必不肯隨時突出，處處用草蛇灰綫，處處你遮我掩，無一直筆、呆筆，無一筆不作數十筆用。"

第二十九回："凡小說，必用畫像。如此回凡《金瓶》内有名人物，皆已爲之描神追影，讀之固不必再畫。而善畫者，亦可即此而想其人，庶可肖形，以應其言語動作之態度也。"

第三十三回："誰謂稗官家無陽秋哉？"

第三十六回："蓋此書每傳一人，必伏綫於千里之前，又流波於千里之後。"

第三十七回："如買蒲甸等，皆閒筆，映月娘之好佛也。讀者不可忽此閒筆。千古稗官家不能及之者，總是此等閒筆難學也。"

第三十九回："前子平即有子平諸話頭，相面便有風鑒的話頭，今又撰一疏頭。逼真如畫，文筆之無微不出，所以爲小說第一也。"

第四十回："文字無非情理，情理便生出章法。"

"寫出固妙，不寫又有不寫的妙處。"

第四十一回："寫金蓮必襯以玉樓，是大章法。"

第四十二回："文字不肯於忙處不著閒筆襯，已比比然矣。今看其於閒筆處，却又必不肯以閒筆放過。……文字無一懈處可擊。"

第四十五回："使一枝筆如兩邊一齊寫來，無一邊少停一筆不寫，文章雙寫之能，純史公得意之法，被他學熟偷來也。"

"内中一路寫桂姐，有三官處情事如畫，必如此隱隱約約，預藏許多情事，至後文一擊，首尾皆動。此文字長蛇陣法也。"

第六十一回："《金瓶》點題，每在曲名小令，是又一大章法。"

第六十四回："一語接轉，上用幾回院本作間，又是雲斷山連，異樣章法。"

第七十一回："此書以玉皇廟、永福寺作起結，而以報恩寺作關目。今忽寫相國寺、黃龍寺，蓋爲前後諸寺作點睛也。"

"又重和元年，直照開講'政和年間'四字，是一部書大照應、大起結處。蓋政和叙起'熱'字，重和接寫'冷'字，一百回大書，固應有許多對峙關鍵也。"

第七十五回："遙遙相對，爲一大章法、大照應。"

第七十六回："不知作者一路隱隱顯顯草蛇灰綫寫來。"

第七十七回："故特特於此處對照，煞有深意，又是千里遙對章法。"

第七十八回："篇內窗梅表月，檐雪滾風，蓋一總後文春梅、月娘、雪娥等事也。豈泛泛寫景？"

第八十二回："是此書大結穴、大照應處。"

"寓言群花固應以此作間架，但用筆入細，人不知耳。"

"處處寫花園，是一部大關目。"

第八十九回："人言此回乃最冷的文字，不知乃是最熱的文字，如寫佳人才子到中狀元時也。"

"竹坡閑話"："《金瓶梅》我又何以批之也哉？我喜其文之洋洋一百回，而千針萬綫同出一絲，又千曲萬折不露一綫。閑窗獨坐，讀史讀諸家文。少暇，偶一觀之，曰如此妙文，不爲之遞出金針，不幾辜負作者千秋苦心哉！久之，心恒怵焉，不敢遽操管以從事。蓋其書之細如牛毛，乃千萬根共具一體，血脈貫通，藏針伏綫，千里相牽，少有所見，不禁望洋而退。邇來爲窮愁所迫，炎涼所激，于難消遣時，恨不自撰一部世情書以排遣悶懷，幾欲下筆，而前後結構甚費經營，乃擱筆曰：我且將他人炎涼之書，其所以前我經營者細細算出，一者可以消我悶懷，二者算出古人之書，亦可算我今又經營一書，我雖未有所作，而我所以持往作書之法，不盡備於是乎？然則，我自做我之《金瓶梅》，我何暇與人批《金瓶梅》也哉！"

"《金瓶梅》寓意説"："稗官者，寓言也。其假捏一人，幻造一事，雖爲風影之談，亦必依山點石，借海揚波。故《金瓶》一部，有名人物不下百數，爲之尋端竟委，大半皆屬寓言。庶因物有名，托名摭事，以成此一百回曲曲折折之書。"

"讀法"："劈空撰出金、瓶、梅三個人來，看其如何收攏一塊，如何發放開去。看其前半部祗做金瓶，後半部祗做春梅；前半人家的金瓶被他千方百計弄來，後半自己的梅花，却輕輕的被人奪去。"

"起以玉皇廟，終以永福寺，而一回中，已一齊説出，是大關鍵處。"

"先是吳神仙，總覽其盛；後是黃真人，少扶其衰；末是普净師，一洗其業，是此書大照應處。"

"'冰鑒定終身'，是一番結束，然獨遺陳敬濟。'戲笑卜龜兒'，又遺潘金蓮。然金蓮即從其自己口中補出，是故亦不遺金蓮，當獨遺西門慶與春梅耳。兩番瓶兒托夢，蓋又單補西門慶。而葉頭陀相面，才爲敬濟一番結束也。"

"未出金蓮，先出瓶兒；既娶金蓮，方出春梅；未娶金蓮，却先娶玉樓；未娶瓶兒，又先出敬濟。文字穿插之妙，不可名言。若夫夾寫蕙蓮、王六兒、賁四嫂、如意兒諸人，又極盡天工之巧矣。"

"《金瓶》有板定大章法，如金蓮有事生氣，必用玉樓在旁，百遍皆然，一絲不易，是其章法老處。他如西門，到人家飲酒，臨出門時，必用一人或一官來拜、留坐，此又是生子加官後數十回大章法。"

"《金瓶》一百回，到底俱是兩對章法，合其目爲二百件事。然有一回前後兩事，中用一語過節又有前後兩事，暗中一筍過下，如第一回用玄壇的虎是也；又有兩事兩段寫者，寫了前一事半段，即寫後一事半段，再完前半段，再完後半段者；有二事而參伍錯綜寫者；有夾入他事寫者。總之，以目中二事爲條幹，逐回細玩即知。"

"《金瓶》一回兩事作對，固矣，却又有兩回作遥對者，如金蓮琵琶、瓶兒象棋作一對，偷壺偷金作一對等，又不可枚舉。"

"前半處處冷，令人不耐看；後半處處熱，而人又看不出。前半冷，當在寫最熱處玩之即知；後半熱，看孟玉樓上墳，放筆描清明春色便知。"

"讀《金瓶》須看其大間架處。其大間架處，則分金、梅在一處，分瓶兒在一處；又必合金、瓶、梅在前院一處。金、梅合而瓶兒孤，前院近而金、瓶妒，月娘遠而敬濟得以下手也。"

"讀《金瓶》須看其入筍處。如玉皇廟講笑話，插入打虎；請子虛，即插入後院緊鄰；六回金蓮才熱，即借嘲罵處，插入玉樓；借問伯爵連日那裏，即插入桂姐；借蓋卷棚，即插入敬濟；借翟管家，插入王六兒；借翡翠軒，插入瓶兒生子；借梵僧藥，插入瓶兒受病；借碧霞宮，插入普净；借上墳，插入李衙内；借拿皮襖，插入玳安、小玉。諸如此類，不可勝數，蓋其用筆不露痕跡處也。其所以不露痕跡處，總之善用曲筆逆筆，不肯另起頭緒用直筆順筆也。夫此書頭緒何限，若一一起之，是必不能之數也。我執筆時，亦必想用曲筆逆筆，但不能如他曲得無跡、逆得不覺耳，此所以妙也。"

"《金瓶》有節節露破綻處。如窗内淫聲，和尚偏聽見；私琴童，雪娥偏知道；而裙帶葫蘆，更屬險事；牆頭密約，金蓮偏看見；蕙蓮偷期，金蓮偏撞著；翡翠軒自謂打聽瓶兒，葡萄架早已照入鐵棍；才受贓，即動大巡之怒；才乞恩，便有平安之讒；調婿後，西門偏就摸著；燒陰户，胡秀才偏就看見。諸如此類，又不可勝數。總之用險筆以寫人情之可畏，而尤妙在既已露破，乃一語即解，絶不費力累贅，此所以爲化筆也。"

"《金瓶》有特特起一事生一人，而來既無端，去亦無謂，如書童是也。不知作者蓋幾許經營，而始有書童之一人也。其描寫西門淫蕩，並及外寵，不必説矣。不知作者蓋因一人之出門，而方寫此書童也。何以言之？瓶兒與月娘，始疏而終親；金蓮與月娘，始親而終疏。雖故因逐來昭，解來旺起釁，而未必至撒潑一番之甚也。夫竟至撒潑一番者，有玉簫不惜將月娘底裏之言罄盡告之也。玉簫何以告之？曰有三章約在也。三章何以肯受？有書童一節故也。夫玉簫、書童不便突起爐灶，故寫藏壺構釁於前也。然則遙遙寫來，必欲其撒潑，何爲也哉？必得如此，方于出門時，月娘毫無憐惜，一棄不顧，而金蓮乃一敗塗地也。誰謂《金瓶》內，有一無謂之筆墨也哉！"

"《金瓶》內正經寫六個婦人，而其實祇寫得四個：月娘、玉樓、金蓮、瓶兒是也。然月娘則以大綱，故寫之。玉樓雖寫，則全以高才被屈，滿肚牢騷，故又另出一機軸寫之。然則以不得不寫，寫月娘；以不肯一樣寫，寫玉樓：是全非正寫也。其正寫者，惟瓶兒、金蓮。然而寫瓶兒，又每以不言寫之。夫以不言寫之，是以不寫處寫之。以不寫處寫之，是其寫處單在金蓮也。單寫金蓮，宜乎金蓮之惡冠於衆人也。吁！文人之筆，可懼哉！"

"文章有加一倍寫法，此書則善於加倍寫也。如寫西門之熱，更寫蔡宋二御史，更寫六黄太尉，更寫蔡太師，更寫朝房，此加一倍熱也。如寫西門之冷，則更寫一敬濟在冷鋪中，更寫蔡太師充軍，更寫徽、欽北狩，真是加一倍冷。要之加一倍熱，更欲寫如西門之熱者何限，而西門獨倚財肆惡；加一倍冷者，正欲寫如西門之冷者何窮，而西門乃不早見機也。"

"獅子街，乃武松報仇之地，西門幾死其處。曾不數日，而子虛又受其害。西門徜徉來往，俟後王六兒，偏又爲之移居此地。賞燈偏令金蓮兩遍身歷其處，寫小人托大忘患，嗜惡不悔，一筆都盡。"

"《金瓶梅》是一部《史記》。然而《史記》有獨傳，有合傳，却是分開做的。《金瓶梅》却是一百回共成一傳，而千百人總合一傳，内却又斷斷續續，各人自有一傳。固知作《金瓶梅》者，必能作《史記》也。何則？既已爲其難，又何難爲其易。"

“每見批此書者，必貶他書，以褒此書，不知文章乃公共之物。此文妙，何妨彼文亦妙。我偶就此文之妙者而評之，而彼文之妙固不掩此文之妙者也。即我自作一文，亦不得謂我之文出而天下之文皆不妙，且不得謂天下更無妙文妙於此者。奈之何批此人之文，即若據爲己有，而必使凡天下之文皆不如之。此其用心偏私狹隘，決做不出好文。夫做不出好文，又何能批人之好文哉！吾所謂《史記》易於《金瓶》，蓋謂《史記》分做，而《金瓶》合做，既使龍門復生，亦必不謂予左袒《金瓶》，而予亦並非謂《史記》反不妙于《金瓶》，然而《金瓶》卻全得《史記》之妙也。文章得失，惟有心者知之。我祇賞其文之妙，何暇論其人之爲古人，爲後古之人，而代彼爭論，代彼謙讓也哉！”

“作小説者概不留名，以其各有寓意或暗指某人而作。夫作者既用隱惡揚善之筆，不存其人之姓名，並不露自己之姓名，乃後人必欲爲之尋端竟委，説出名姓，何哉？何其刻薄爲懷也！且傳聞之説，大都穿鑿，不可深信。總之，作者無感慨亦必不著書，一言盡之矣。其所欲説之人，即現在其書内。彼有感慨者，反不忍明言；我没感慨者，反必欲指出，真没搭撒，没要緊也。故‘別號東樓’‘小名慶兒’之説概置不問。即作書之人，亦祇以作者稱之。彼既不著名於書，予何多贅哉？近見《七才子書》，滿紙王四，雖批者各自有意，而予則謂何不留此閑工，多曲折于其文之起盡也哉？偶記於此，以白當世。”

“《史記》中有年表，《金瓶》亦有時日也。開口云西門慶二十七歲，吳神仙相面則二十九，至臨死則三十三歲。而官哥則生於政和四年丙申，卒於政和五年丁酉。夫西門慶二十九歲生子則丙申年，至三十三歲該云庚子，而西門乃卒於戊戌。夫李瓶兒亦該云卒於政和五年，乃云七年，此皆作者故爲參差之處。何則？此書獨與他小説不同，看其三四年間，卻是一日一時，推著數去，無論春秋冷熱，即某人生日，某人某日來請酒，某月某日請某人，某

日是某節令，齊齊整整捱去，若再將三五年間甲子次序，排得一絲不亂，是
真個與西門計帳簿，有如世之無目者所云者也。故特特錯亂其年譜，大約三
五年間，其繁華如此，則内云某日某節，皆歷歷生動，不是死板一串鈴，可
以排頭數去，而偏又能使看者五色眯目，真有如捱著一日日過去也。此爲神
妙之筆。嘻！技至此亦化矣哉！真千古至文，吾不敢以小説目之也。"

"一百回是一回，必須放開眼光作一回讀，乃知其起盡處。"

"一百回，不是一日做出，却是一日一刻創成。人想其創造之時，何以至
於創成，便知其内許多起盡，費許多經營，許多穿插裁剪也。"

"看《金瓶》，把他當事實看，便被他瞞過；必須把他當文章看，方不被
他瞞過也。"

"看《金瓶》，將來當他的文章看，猶須被他瞞過；必把他當自己的文章
讀，方不被他瞞過。"

"做文章不過'情理'二字。今做此一篇百回長文，亦祇是情理二字。于
一個人心中，討出一個人的情理，則一個人的傳得矣。雖前後夾雜衆人的話，
而此一人開口，是此一人的情理。非其開口便得情理，由於討出這一人的情
理，方開口耳。是故寫十百千人，皆如寫一人，而遂洋洋乎有此一百回大
書也。"

"《金瓶》每于極忙時，偏夾叙他事入内。如正未娶金蓮，先插娶孟玉樓。
娶玉樓時，即夾叙嫁大姐。生子時，即夾叙吳典恩借債。官哥臨危時，乃有
謝希大借銀。瓶兒死時，乃入玉簫受約。擇日出殯，乃有六黃太尉等事。皆
於百忙中，故作消閒之筆，非才富一石者，何以能之。外如武松問傅夥計西
門慶的話，百忙裏説出'二兩一月'等文，則又臨時用輕筆討神理，不在此
等章法内算也。"

"《金瓶梅》妙在善用犯筆而不犯也。如寫一伯爵，更寫一希大，然畢竟
伯爵是伯爵，希大是希大，各自的身分，各人的談吐，一絲不紊。寫一金蓮，

更寫一瓶兒，可謂犯矣。然又始終聚散，其言語舉動，又各各不亂一絲。寫一王六兒，偏又寫一賁四嫂；寫一李桂姐，又寫一吳銀姐、鄭月兒；寫一王婆，偏又寫一薛媒婆、一馮媽媽、一文嫂兒、一陶媒婆；寫一薛姑子，偏又寫一王姑子、劉姑子。諸如此類，皆妙在特特犯手，却又各各一款，絕不相同也。"

"《金瓶梅》于西門慶不作一文筆，于月娘不作一顯筆，于玉樓則純用俏筆，于金蓮不作一鈍筆，于瓶兒不作一深筆，于春梅純用傲筆，于敬濟不作一韻筆，于大姐不作一秀筆，于伯爵不作一呆筆，于玳安兒不著一蠢筆，此所以各各皆到也。"

"寫花子虛，即于開首十人中，何以不便出瓶兒哉？夫作者于提筆時，固先有一瓶兒在其意中也。先有一瓶兒在其意中，其後如何偷期，如何迎奸，如何另嫁竹山，如何轉嫁西門，其著數俱已算就。然後想到其夫，當令何名，夫不過令其應名而已，則將來雖有如無，故名之曰子虛。瓶本爲花而有，故即姓花。忽然于出筆時，乃想叙西門氏正傳也。于叙西門傳中，不出瓶兒，何以入此公案？特叙瓶兒，則叙西門起頭時，何以說隔壁一家姓花名某，其妻姓李名某也？此無頭緒之筆，必不能入也。然則，俟金蓮進門，再叙何如？夫他小說，便有一件件叙去，另起頭緒於中，惟《金瓶梅》純是太史公筆法。夫龍門文字中，豈有於一篇特特著意寫之人，且十分有八分寫此人之人，而于開卷第一回中，不總出樞紐，如衣之領，如花之蒂，而謂之太史公之文哉？近人作一本傳奇，于起頭數折，亦必將有名人數點到。況《金瓶梅》爲海內奇書哉！然則，作者又不能自己另出頭緒說，勢必借結弟兄時，入花子虛也。夫使無伯爵一班人，先與西門打熱，則弟兄又何由而結？使寫子虛亦在十人數內，終朝相見，則於第一回中，西門與伯爵會時，子虛係你知我見之人，何以開口便提起'他家二嫂'？既提起二嫂，何以忽說'與咱院子祇隔一牆'？而二嫂又何如好也？故用寫子虛爲會外之人，今日拉其入會，而因其鄰牆，乃用西門數語，則瓶兒已出，鄰牆已明，不言之表，子虛一家皆躍然紙上。因又算到不用卜志道之死，又何因想起拉子虛入會，作者純以神工鬼斧之筆行文，故曲曲折折，衹令看者眯目，而不令其窺彼金針之一度。吾故曰：純是龍門文字。每於此等文字，使我悉心其中，曲曲折折，爲之出入其起盡，何異入五嶽三島，盡覽奇勝？我心樂此，不爲疲也。"

"《金瓶》内，即一笑談、一小曲，皆因時致宜，或直出本回之意，或足前回，或透下回，當於其下，另自分注也。"

"《金瓶梅》一書於作文之法，無所不備，一時亦難細説，當各於本回前著明之。"

"《金瓶梅》不可零星看，如零星便衹看其淫處也。故必盡數日之間，一氣看完，方知作者起伏層次，貫通氣脈，爲一綫穿下來也。"

"做《金瓶梅》之人，若令其做忠臣孝子之文，彼必能又出手眼，摹神肖影，追魂取魄，另做出一篇忠孝文字也。我何以知之？我于其摹寫姦夫淫婦知之。"

"作《金瓶梅》者，必曾於患難窮愁，人情世故，一一經歷過，入世最深，方能爲衆脚色摹神也。"

"作《金瓶梅》，若果必待色色歷遍，才有此書，則《金瓶梅》又必做不成也。何則？即如諸淫婦偷漢，種種不同，若必待身親歷而後知之，將何以經歷哉！故知才子無所不通，專在一心也。"

"其書凡有描寫，莫不各盡人情。然則真千百化身，現各色人等，爲之説法者也。"

"其各盡人情，莫不各得天道，即千古算來，天之禍淫福善顛倒權奸處，確乎如此。讀之，似有一人親曾執筆在清河縣前西門家裏，大大小小，前前後後，碟兒碗兒，一一記之，似真有其事，不敢謂爲操筆伸紙做出來的。吾故曰：得天道也。"

"讀《金瓶》當看其白描處。子弟能看其白描處，必能自做出異樣省力巧妙文字來也。"

"讀《金瓶》當看其脫卸處。子弟看其脫卸處，必能自出手眼，作過節文字也。"

"讀《金瓶》當看其避難處。子弟看其避難就易處，必能放重筆，拿輕筆，異樣使乖脫滑也。"

"讀《金瓶》當看其手閒事忙處。子弟會得，便許作繁衍文字也。"

"讀《金瓶》當看其穿插處。子弟會得，便許他作花團錦簇、五色眯人的文字也。"

"讀《金瓶》當看其結穴發脈、關鎖照應處。子弟會得，才許他讀《左》《國》《莊》《騷》《史》《子》也。"

"讀《金瓶》當知其用意處。夫會得其處處所以用意處，方許他讀《金瓶梅》，方許他自言讀文字也。"

"《金瓶》是兩半截書，上半截熱，下半截冷，上半熱中有冷，下半冷中有熱。"

"《金瓶梅》因西門慶一分人家，寫好幾分人家。如武大一家，花子虛一家，喬大戶一家，陳洪一家，吳大舅一家，張大戶一家，王招宣一家，應伯爵一家，周守備一家，何千戶一家，夏提刑一家，他如翟雲峰在東京不算，夥計家，以及女眷不往來者不算。凡這幾家，大約清河縣官員大戶，屈指已遍，而因一人寫及一縣。吁，一元惡大憝矣，且無論此回，有幾家全傾其手，深遭荼毒也。可恨可恨！"

"《金瓶梅》三字連貫者，是作者自喻，此書內雖包藏許多春色，卻一朵一朵一瓣一瓣，費盡春工，當注之金瓶，流香芝室，為千古錦繡才子作案頭佳玩，斷不可使村夫俗子作枕頭物也。噫，夫金瓶梅花全憑人力，以補天工，則又如此書，處處以文章奪化工之巧也夫。"

"雜録"："凡看一書，必看其立架處，如《金瓶梅》内，房屋花園以及使用人等，皆其立架處也。……故云寫其房屋，是其間架處。"

按，清乾隆四十二年（1777）刊本《張氏族譜·傳述》載張道淵《仲兄竹坡傳》："（竹坡）曾向余曰：'《金瓶》針綫縝密，聖歎既殁，世鮮知者，吾將拈而出之。'遂鍵户旬有餘日而批成。"另康熙三十四年（1695）湖南刊本張竹坡評點《金瓶梅》卷首有序，後署"時康熙歲次乙亥清明中浣，秦中覺天者謝頤題於皋鶴堂"。"謝頤"或爲張竹坡之别名。

（秦修容整理《金瓶梅會評會校本》，中華書局 1998 年）

孫致彌爲褚人穫《堅瓠集》作序："余自辛未歲歸里，留寓海涌峰，岑寂無賴，辱褚先生稼軒攜屐過訪，相見恨晚，余亦時往過從。稼軒……肆志於前代之載，二酉四庫之藏，靡不博覽而究心焉。發爲詩古文辭，類足以度越流俗，追復正始。而間以其暇，搜録秦漢以迄故明歷代軼事，並訪諸故老之舊文，摘其佳事佳話之尤者，次爲一編，命之曰《堅瓠集》。余伏而讀之，恍乎見所未見，又别有意致可風，不獨以賾隱見奇也。昔龍門氏博綜載籍，又窮極河嶽之觀，發揮製作，成諸史之冠。劉宋臨川王義慶，採輯典午一代微言，旁及漢魏談論雋永可味者，集爲《世説》。今稼軒所著，其信古傳述之功則龍門也，而詞旨雅馴成一家言，則兼有臨川之長矣。因稼軒之持以示余，而並以序屬之余也，爲聊綴數語如此。"

末署"康熙乙亥歲首夏望後十日，年家同學弟孫致彌松坪叟題"。

（褚人穫輯撰、李夢生校點《清代筆記小説大觀·堅瓠集》，
上海古籍出版社 2007 年）

褚人穫《〈封神演義〉序》："其（武王）伐紂也，爲堂堂正正之師，何嘗有陰謀詭秘之説，如《封神演義》一書所云者。且'怪、力、亂、神'四者，

皆夫子所不語，而書中所載，如哪吒、雷震之流，其人既異；土行、楊戩七十二變之幻，其事更奇。怪誕不經，似當斥於仲尼之門者。……此書直與《水滸》《西遊》《平妖》《逸史》一般詭異，但覺新奇可喜，怪變不窮，以之消長夏、祛睡魔而已。又何必究其事之有無哉？又何必論其文之優劣哉？"

末署"康熙乙亥午月望後十日，長洲褚人穫學稼題於四雪草堂"。

（丁錫根編著《中國歷代小説序跋集》，人民文學出版社 1996 年）

褚人穫《隋唐演義》自序："昔人以《通鑑》爲古今大帳簿，斯固然矣。第既有總記之大帳簿，又當有雜記之小帳簿，此歷朝傳志演義諸書所以不廢於世也。他不具論，即如《隋唐志傳》，創自羅氏，纂輯于林氏，可謂善矣。然始于隋宮剪綵，則前多闕略，厥後鋪綴唐季一二事，又零星不聯屬，觀者猶有議焉。昔籜菴袁先生，曾示予所藏《逸史》，載隋煬帝朱貴兒、唐明皇楊玉環再世因緣事，殊新異可喜，因與商酌，編入本傳，以爲一部之始終關目。合之《遺文》《艷史》，而始廣其事；極之窮幽仙證，而已竟其局。其間闕略者補之，零星者刪之，更採當時奇趣雅韻之事點染之，彙成一集，頗改舊觀。乃或者曰：'再世因緣之説，似屬不根。'予曰：'事雖荒唐，然亦非無因，安知冥冥之中不亦有帳簿登記此類以待銷算也？然則斯集也，殆亦古今大帳簿之外、小帳簿之中所不可少之一帙與！'"

末署"時康熙乙亥冬十月既望，長洲褚人穫學稼氏題於四雪草堂"。

褚人穫《隋唐演義》發凡："書名《隋唐演義》似宜全載兩朝始末，但是編以兩帝兩妃再世會合事爲一部之關目，故止詳隋煬帝而終於唐明皇，肅宗之後尚有十四傳，其間新奇可喜之事，當另爲《晚唐志傳》以問世，此不贅及。"

"古稱左圖右史，圖像之傳由來舊矣，乃今稗史諸圖，非失之穢褻，即失之粗率。穢褻既大足污目，而粗率又不足以悦目，甚無取焉。兹集圖像計五十幀，爲趙子同文所寫，意景雅秀。又刊自王子祥宇、鄭子予文之手，鏤刻精工，似當爲識者所賞。"

"是編草成已久，刊刻過半，因末後二十餘回偶爾散軼，遂至中止。兹幸得之一友人篋中，始成全帙，付之剞劂，以公同好，倘有翻刻者，千里必究。"

褚人穫《隋唐演義》末回："上皇既崩，肅宗正在病中，聞此兇變，又驚又悲，病勢轉重，不隔幾時，亦即崩逝。……代宗之後，尚有十三傳皇帝，其間美惡之事正多，當另具別編。看官不厭絮煩，容續刊呈教。今此一書，不過説明隋煬帝與唐明皇兩朝天子的前因後果，其餘諸事，尚未及載。有一詞爲結證：'閑閱舊史細思量，似傀儡排場。古今帳簿分明載，還看取野史鋪張。或演春秋，或編漢魏，我祇記隋唐。隋唐往事話來長，且莫遽求詳。而今略説興衰際，輪回轉，男女猖狂。怪跡仙蹤，前因後果，煬帝與明皇。'右調'一叢花'。"

褚人穫評點《隋唐演義》：

第十二回："以最幻之筆寫最奇之事。人但知描想捕人行狀，擂臺混打一場，熱鬧可觀，不知直寫朋友交情。"

第二十二回："作者到此能一一描寫得曲曲折折，單雄信邀集朋友却用令箭，一奇也。義桑村得遇知己，又在草樓中鬪毆，不更奇否？此都是無中生有，忙處無漏筆，閒處有補筆，細心點染。看者幸勿草草忽過。"

第二十四回："四方豪傑相聚一堂，亦是快事。要寫拜壽，先議完咬金一段如何安當，此是正筆；然後入單雄信同朋友登堂拜壽，形容禮物菓肴，錯綜上下，城内城外，近地遠方，交遊不一，此是陪筆。後復添出徐洪客仙醪進祝噀酒滅火，却不是正筆中之陪筆、陪筆中之正筆耶？讀者宜細玩之。"

第四十二回："做小說者不是說謊，真正胸有成算，然後落筆如飛，寫得快暢，寫得奇幻。前回李玄邃忽然訂婚，此回朱粲強來奪娶，何等奇特！單全作事細密，王伯當三人殺詹氣先，何等爽快！空中樓閣，點水興波，作舉業者能如是，斷非池中物矣。"

第五十四回："至覽《隋唐》舊本殺獨孤公主而逃，大失李密本來面目，其時李密雖情懷暴躁，恐不致此。故改正之，深得行文之義。"

第五十七回："其事寫得錯綜，又寫得齊整，真化工之筆，讀者勿以稗史忽諸。"

第五十九回："作此種書，要寫得極閒極緊極濃極淡。囚車中二三偶語，忙亂時寫各人情性，却甚閒暇；禁獄中似可淡描，又寫得何等緊促。其閒鋪張叙義，皆從情理中打出，一絲不亂，一針不走，前後串合，深得《水滸》行文之法。至孝女救父，豪傑從僧，真使人幻想不到。"

第六十七回："作文不論古今，須看章法，有開闔，有提挈，有挽合，有收拾。若少開闔、提挈、挽合、收拾，文雖佳，總散衍無緒。若此回序述中，讀者但見其委委曲曲，每於閑處著筆，如畫工；然無一筆不到，步步引人入勝，不知蕭后一進庵中，秦、狄、夏、李四位夫人接見時，追叙昔年光景，處處是開闔，處處是提挈，處處是挽合、收拾。"

第八十九回："此回乃大關目處。……早已伏脈于此，照應起伏，如天衣無縫，其筆法皆從太史公來。"

第九十五回："極熱鬧場中忽引此李暮、王積□事，聞者道其閒筆，不知正是急脈緩受處。上皇一腔心事，視之如棋，聽之如笛可也。"

第九十七回："幻出悲歡離合，演成一部奇書……結局一部奇書……處處有相合處，有照應，無一遺漏，允稱妙筆。"

（山東大學圖書館藏四雪草堂初印本）

康熙三十九年（庚辰　1700）

張潮《〈虞初新志〉總跋》："予輯是書竟，不禁喟然而歎也。曰：嗟乎！古人有言，非窮愁不能著書以自見於後世。夫人以窮愁而著書，則其書之所蘊，必多抑鬱無聊之意以寓乎其間，讀者亦何樂聞此如怨如慕如泣如訴之音乎？"

末署"康熙庚辰初夏三在道人張潮識"。

（上海圖書館藏清康熙刻本）

錢枋《萬曆野獲編》凡例："秀水沈景倩先生，以萬曆戊午舉於北畿。祖父皆以進士起家。景倩初隨寓京師，該洽好古，日讀書一寸。所交卿士大夫，及故家遺老、中官戚里，習聞前朝掌故、沿革折衷，考之往昔，驗之將來。其是非予奪，一出於公，而不爲門戶偏黨。此史家必當取材者。但隨時紀錄，缺失甚多。即其自叙，云'僅得往日百之一'。後復合成續編，而遺目及編中所載之錄於前書者，往往不可得見。朱竹垞檢討，向日抄傳未全。歸田之後，多方搜輯，略已具備。余得借觀，苦其事多猥雜，難以查考。因割裂排續，都爲三十卷，分四十八門，庶便因類檢尋云。

"凡分類之書，皆先立篇目，後集其事詞以相從。今此編止就所有者各爲標出，或以官，或以事，條章粗列，各以類聚。取明白易曉，非敢好立異同。編中次第多因篇首之年月，其後有追叙以前及傍及者，概不暇細爲分析。

"昔人云：君子言欲純事，書欲純理，詳于誌常，而略於誌異。今此編上自宗廟百官、禮文度數、人才用捨、治亂得失，下及經史子集、山川風物、釋老方技、神仙夢幻、閭閈瑣語、齊諧小說，無不博求本末，收其是而芟其僞。常者固加詳，而異者不加略也。六朝唐宋以來，說家概然，有識之士，知無譏焉"。

末署"康熙庚辰八月，桐鄉錢枋識"。

（沈德符著《萬曆野獲編》，中華書局 1959 年）

尤侗《〈堅瓠秘集〉序》："《堅瓠集》者，聖賢格物致知之學也。理渟乎物，一物不知，引以爲恥。故核其大不遺其小，崇其正不廢其奇。……搜群書，窮秘笈，取經史所未及載者，條列枚舉。其事小而可悟乎大，其事奇而不離乎正。逐物求知，各有原本，其去莊周之寓言，鄒衍之誕説遠矣。其書自初集始，累爲十集，蒐羅略備，更繼以續集、廣集、補集，今秘集又成焉。夫天地間瑰異之觀，古今來奥渺之迹，無不散見之於書。日覽則日益，歲求則歲增，亦曷有紀極哉！稼軒窮幽索隱之功與年俱積，故見聞愈廣，蒐輯愈夥，又安知芸閣鷄林之外，名山石室之中，不更有博物君子所未經見之書可備采録者乎？其爲秘集也，知又非卒業事也。"

末署"時康熙庚辰仲春，鶴棲老人尤侗撰"。

（褚人穫輯撰、李夢生校點《清代筆記小説大觀·堅瓠集》，

上海古籍出版社 2007 年）

鈕琇《觚賸》自序："若其遊神六合，抗想千秋，都非易測之情，實有難窮之理。然則莊生《齊物》，何得置北溟而不談？屈子《離騒》，能無仰東皇而欲問乎？況夫鬼盈睒載，《易》留語怪之文；神降莘言，《史》發興妖之論。杏壇書垂筆削，辨六鶃之晝飛；龍門事著興亡，志一蛇之夜哭。是知《虞初》小説，非盡出於荒唐；郭氏遺經，固無傷於典則也。……然而宇宙茫茫，人如粟渺；江河滾滾，世亦萍浮。目不越于方隅，每以常而爲怪；心苟通乎大造，將何幻而非真。念兹得失之林，總歸陳迹；悟彼逝來之境，庶得遐觀。姑存此日瑣言，豈曰珠能記事；倘附他年野史，亦云稗以備官焉爾。"

末署"康熙庚辰三月既望，吴江鈕琇玉樵甫書于高明官署之根青閣"。

（國家圖書館藏清康熙三十九年臨野堂刊本）

康熙四十一年（壬午　1702）

鈕琇《觚賸續編》卷一："傳奇演義，即詩歌紀傳之變而爲通俗者。哀艷

奇恣，各有專家，其文章近於遊戲。大約空中結撰，寄姓氏於有無之間，以徵其詭幻。然博考之，皆有所本。如《水滸傳》三十六天罡，本于龔聖與之《三十六贊》。其《贊》，首呼保義宋江，終撲天雕李應。《水滸》名號，悉與相符。惟易尺八腿劉唐爲赤髮鬼，易鐵天王晁蓋爲托塔天王，則與龔《贊》稍異耳。"

按，本書卷首有鈕琇自序，末署"壬午閏六月立秋日鈕琇書"，此據以繫年。

（國家圖書館藏清康熙四十一年臨野堂刊本）

康熙四十三年（甲申　1704）

陳祈永《〈臺灣外記〉序》："余司鐸南詔，於乙丑春獲交珠浦江子東旭，蓋循循然重厚博物君子也。嗣出其所輯《臺灣外記》三十卷，屬序於余。……是書以閩人説閩事，詳始末，廣搜輯，迥異於稗官小説，信足備國史採擇焉。"

末署"康熙甲申冬岷源陳祈永"。

按，陳文新《中國文學編年史》載陳祈永此序，篇首云"余司鐸南詔，於康熙四十八年己丑春獲交珠浦江子東旭"，此"康熙四十八年己丑"似失實有誤。存議。

（清康熙求無不獲齋刊本）

劉廷璣爲吕熊《女仙外史》品題："甲申秋，叟自南來見余曰：'《外史》已成。'以稿本見示。余讀一過，曰：'叟之書自貶爲小説，意在賢愚共賞乎？然余意尚須男女並觀，中有淫褻語，盍改諸？'叟以爲然，不日改正。所憾余既落籍，不能有踐前言。乃品題廿十行於簡端，以爲此書之先聲而歸之。"

"品題"十二則："自來小説從無言及大道，此書三教兼備，皆徹去屏蔽，直指本原，可以悟禪玄，可以達聖賢，此爲至奇而歸於至正者。

"談天説地，莫可端倪，而皆有準則；講古論今，格物窮理，而皆有殊解，均不掇舊人牙慧。此奇而至於精者。

"若魔道自來僅有其名，從未有能考其實。此則縷析分明，本末燦然，又借以爲寓言。此奇而誕者。

"古來論鬼神者，但能言其已然，此獨指出其所以然，徵顯一貫，陰陽一體，絶非虛誕。此奇而玄奧者。

"天文難言也，小説傳奇雖三□□□夜觀乾□□圖之語，此書則歷歷指出，如數列□。

"小説言兵法者，莫精於《三國》，莫巧於《水滸》。此書則權輿於陰符素書之中，脱化於六韜三略之外，絶不□疏言故轍，雖紙上談兵，亦云奇矣。

"陣法圖陣，若鼓方陣，如棋局六陣，如□花八陣，若列卦。此書之七星陣，其形獨如飛鳥，戰則爲陣，止即爲□，□即爲隊伍，三者出於一貫，古今未有，可謂陣法之奇。

"諸小説兩軍相交，勝者設謀，敗者受之；或勝者之策巧，而敗者之計拙。此則如善弈者，剛遇敵手，兩棋對殺，以智鬥智，至收煞止差一着，勝負出於天然。

"諸小説臨戎用智，多在勝負未分之先。此於敗後猶能用智以撲之，如衛青於是夕勝而登州……如斯者蓋不可枚舉。

"書内頗多詩篇，諸體畢備，皆可步武三唐，頡頏兩宋，又奇筆之餘事。

"凡鬥道術鬥法，實莫不瑰瑋光怪，虛實變幻，出自諸書所無奇矣，而余不以爲奇也。何也？以畫鬼易也。余所舉者皆畫人手筆。

"《外史》前十四回，是爲賽兒女子作傳，據《紀事本末》所述數語爲題，撰出大文章，雖虛亦實。至靖難師起，與永樂登基屠滅忠臣，皆係實事，別出新裁。迨建行闕、取中原、訪故主、迎復辟、舊臣遺老先後來歸，八十回全是空中樓閣，然作書之大旨，却在於此。所以謂之《外史》，外史者，言誕而理真，書奇而旨正者也。"

（復旦大學圖書館藏清康熙釣璜軒刊本）

康熙四十四年（乙酉　1705）

王士禛《古夫于亭雜録》自序："余居京師四十年，前後撰録有《池北偶談》二十六卷、《居易録》三十四卷，既刻之閩，刻之東粤矣。辛巳請急，五月還都，歷壬午、癸未，逮甲申之秋，復有《香祖筆記》八卷。是歲冬，罷歸田里，迄明年乙酉，續成四卷，通十二卷，又刻之吳門。余老矣，目昏眵不能視書，跬步需杖。白日坐未久，即欠伸思卧，詎復勞神於泓穎之間，以干老氏之戒。然遣悶送日，非書不可，偶然有獲，往往從枕上躍起書之，積成六卷。無凡例，無次第，故曰'雜録'。所居魚子山下有魚子水，酈氏所謂'瀧水又西北至梁鄒東南，與魚子溝水合，水南出長白山東抑泉口，即陳仲子之所隱者也'。山上有古夫于亭，因以名之。漁洋老人自序。"

（王士禛撰、趙伯陶點校《古夫于亭雜録》，中華書局 1988 年）

康熙四十六年（丁亥　1707）

劉楷《〈闡義〉序》："宣城吳街南先生績學好古，閉户樂道。其生平著述等身，每立一言皆足以抉理法而植綱常，羽翼聖門，學者翕然宗之。兹手輯《闡義》一編，僅別録耳。第諦觀小序，詞約旨深，固非苟作者，且集中所載，多恢奇瑰異可喜可愕之事，即小夫婦孺閱之盡能興起，其於世教裨益良多，予因之重有感焉。"

按，繫年據刊刻時間。

（北京師範大學圖書館藏康熙四十六年慕園刻本）

康熙四十七年（戊子　1708）

無名氏《滿文本〈金瓶梅〉序》："歷觀編撰古詞者，或勸善懲惡，以歸禍福；或快志逞才，以著詩文；或明理言性，以喻他物；或好正惡邪，以辨忠奸。其書雖稗官古詞，而莫不各有一善。如《三國演義》《水滸》《西遊記》《金瓶梅》四種，固小說中之四大奇也，而《金瓶梅》于此爲尤奇焉。"

末署"康熙四十七年五月穀旦序"。

（《文獻》1983 年第十六輯）

盧元昌爲董含《三岡識略》作序："凡耳聞目擊，或見邸報，或係傳述，上而日薄星回，下而山崩地震，中而人妖物怪，靡不詳核顚末，付諸赫蹏。此雖近憫時悼俗者之所爲，乃其間忠臣孝子之媽行，賢人君子之達節，以至士女謳歌，野老吟歎，有關於世道人心、風俗倫常者，一卷之中，未嘗不留連致意焉。"

末署"是編自甲申始，序作于戊子陽月。同里盧元昌文子撰"。

董含《三岡識略》自序："甲申、乙酉之際，海內鼎沸，時余年未弱冠，避亂轉徙，卜居三岡之東。（紫岡、沙岡、竹岡。）敝廬數椽，足蔽風雨，晝耕夜誦，人事都絕。……遍徵博考，識者曰類古記事者之文。然卒莫得而詳也。厥後奔走四方，三入京洛，既而棲遲里門。自少及老，取耳目所及者，續書於後。凡五年爲一卷，以月繫歲，以日繫月，天道將周，積成十卷，名《三岡識略》。其間或得之邸報，或得之目擊，或得之交遊所稱述，或可以備稽考、廣聽睹、益勸戒者，靡不遠諮詳訪。即事屬細微，語無詮次，要皆確有根據，抑亦稗家者之流也。夫《搜神》《洞冥》，其旨近詭；《杜陽》《述異》，其說或誣。取兩者而折衷之，豈敢曰鼓吹前哲耶？聊以資覆瓿者之一助云爾。"

末署"康熙著雍敦牂辜月，菰鄉贅客董含題於東岡之藝葵草堂"。

按，此紀年疑漏字，"敦"前似應補"困"字，即康熙戊子四十七年。

董含《三岡識略》凡例："一、是書始於甲申，終於癸酉，共五十年。一、事具國史並涉忌諱者，概不敢載。一、其間欽仰高賢、樂爲稱道者，不必識面。一、偶有褒貶，俱出至公，不敢任私意爲去取。一、凡稱官位，止據目前，如吳三桂初稱吳王，叛後稱吳逆之類。一、事雖細微，各有依據，不敢妄爲稱述。一、凡係風聞、未經目見者，必書某人説。一、是編積五十年，今始告成，不敢期其必傳，聊識以爲小説家稽考。"

末署"贅客含識"。

沈白《三岡識略》題詞："丁丑仲夏，小憩東皋客舍，雨窗快讀榕城先生《識略》，未終卷而擊節久之。因歎史館中二十年來，不知撰述若何，頭白有期，汗青無日，安得大手筆爲之裁定，垂千秋信史耶？草野遺民，拭目俟之矣。爲拈二韻誌感云：'《輟耕錄》自南村叟，《桯史》傳于岳倦翁。身閲滄桑文獻在，《三岡識略》並稱雄。''從他紀事饒銀管，自有藏書儷玉杯。誰識江都真史筆，漫誇梁苑有鄒枚。'"

末署"梅花源沈白拜手題"。

（董含撰、致之校點《三岡識略》，遼寧教育出版社 2000 年）

康熙四十八年（己丑　1709）

王士禛《分甘餘話》自序："昔王右軍在東中，與史部郎謝萬書云'頃東游還，修植桑果，今盛敷榮，率諸子，拖弱孫，游觀其間，有一味之甘，割而分之，以娛目前。雖植德無殊邈，猶欲教養子孫以敦厚退讓。庶令擧策數馬，仿佛萬石之風'云云。僕少時讀之，已有味乎其言。七十歸田，讀書之暇，輒提抱弱孫以爲樂，其稍長者，年甫十歲，已能通《易》《書》《詩》三經。紙窗竹屋，常臥聽其呫唔之聲，不覺欣然而喜。夫人幼而志學，意在逢世，下而黃散，上而令僕，以爲至足矣。僕生逢聖世，仕宦五十載，叨冒尚書，年逾七袠。邇來作息田間，又六載矣。雖耳聾目眊，猶不廢書，有所聞見，輒復掌録，題曰《分甘餘話》，庶使子孫輩知老人晚年所樂在此爾，不敢謂如袁伯業老而好學也。"

末署"己丑臘月朔雪中書，漁洋老人王士禛"。

（王士禛撰、張世林點校《分甘餘話》，中華書局 1989 年）

康熙五十年（辛卯　1711）

吕熊《女仙外史》自跋："大聖大賢，蓋取實事而論之，以正萬世之大綱，而垂百王之令典，非徒托諸空言而已。熊也何人，敢附於作史之列！故但托諸空言以爲'外史'。夫托諸空言，雖曰賞之，亦徒賞也；曰罰之，亦徒罰也。徒賞徒罰，遊戲云爾。……是空言也，漫言之耳。夫如是，則襃之不足榮，罰之不足辱，爵不足以爲勸，誅不足以爲戒，謂之遊戲，不亦宜乎？……至若雜以仙靈幻化之情，海市樓臺之景，乃遊戲之餘波耳，不免取譏於君子。"

末署"歲次辛卯人日吕熊文兆自跋於後"。

葉旉《女仙外史》跋："嗟乎，一人之筆，又曷能勝衆口耶！夫如是，則逸田叟之以女仙而奉建文正朔，稱行在，建宫闕，設迎鑾使，訪求故主復位，與襃謚忠臣烈媛，討殛叛逆羽黨，書年紀事，題曰'外史'。雖與正史相戾，自有孚洽於人心者，垂諸宇宙而不朽。"

末署"康熙歲次辛卯中秋望日"。

楊念亭評《女仙外史》："遜國靖難之事，正史既定，三百餘年莫敢翻其案者，《外史》毅然執筆斷之，偉矣。昔少保于公曾刻'天下士'顔額以貽叟，則洵乎叟爲天下士也。余素不喜小説，如世所稱才子奇書，曰《水滸》《金瓶梅》可以悦人耳目，亦可以壞人心術，《水滸》倡亂、《金瓶》誨淫也。今《外史》亦多奇詭，與小説無異，然立言之旨在於扶植綱常，顯揚忠烈，余故樂爲論之如右。"

《女仙外史》諸家評點：

第一回："劉在園曰：有幾件至正至大的數語，是提起大綱，照著全局，如龍門一脈，千支萬派，皆肇於此，筆法自《史記》中得來。"

第三回："毛闈齋曰：相生相應，文之法脈也；不期生而自生，不必應而亦應，文之神情也。此回乳母即前回天孫所云鮑仙姑，請他下界始終教育者，作者竟不點出，即賽兒問及亦不説明，而鮑姑則躍然見於行文之際，真乃大家手筆，不落小家蹊徑。"

第四回："香泉曰：文法倒行，如逆流之水，波濤衝激，姿態尤奇。此非故作險筆，蓋有勢不容已者。如賽兒爲全書之主，彼一林公子者來踞其巔，豈非佛頭著糞？若使順叙而出，則必加以點綴，施之藻采，竟與青螺、妙鬐成爲犄角之形，能不爲金仙失色耶？逆叙之者，猶夫人之生一贅疣在隱微之處，又奚患焉？況復有神手并根拔去之哉？"

第八回："連雙河曰：野史之難，倍蓰於正史，苟非其才可以雄視古今，烏敢立言垂後？比不得纂修國家之事，但取其制科出身，不問其才之尺寸也。如《明紀事》僅有賽兒得天書寶劍一語，迺今欲繹出天書如何玄奧，寶劍如何神化，苟使無據，便成鬼話。兹閲其七卷所述，言言有本，字字有源，余雖制科中人，略讀道書□能洞其涯涘。若《水滸傳》亦説宋江得玄女天書，僅言同吳用觀看，並未指出天書上片語。以此而論，《外史》之才在《水滸》之上。"

第十八回："張賓門曰：此四回皆靖難師之實事。余讀正史，每嫌其頭緒太繁，脈理不能貫通，呼吸不能接應；讀《續英烈傳》又怪其散漫，若濫流之無源，象茸若藤蔓之附木。今讀《外史》，自燕王造謀興師以至登極止，皆剪却荊榛而成康莊、理其棼絲而就經綸，條達貫穿，縱橫馳騁，而無所礙，奚啻撥雲霧而睹星辰之象。故知庸流文筆能窒塞天下人之心胸，才子文筆能開豁天下人之智慧。"

第二十回："來夏曰：作大文章之法，如山川之有龍脈，或起或伏，或分或合，總出於一本而後變化生焉。此部書第一回月殿求姻爲發脈之大原，其勤王起兵與建都立闕是正脈所注會，蜿蜒千里，至九十八回方止。而其餘龍衍作數派者，雖有大小之殊，其間起伏分合，亦無不然。此回之脈，則發于嵩陽懸對、洛邑訪才之時，伏而後行，縱橫旋折，結穴於八十回。其餘若諸公子義士，亦各有起結顯伏之處。識得草蛇灰綫，在在自能燎然，否則與盲師無異。"

第二十三回："吳鈍鐵曰：行兵者以奇兵爲上，而疑兵又在奇兵之上，余謂行文亦然。如此回卷首敘明劫法場之道姑來由，原爲文章之正脈，而□兵則隱然寓焉。所以王升即疑劫劉超者即係鮑姑，而教坊之諸夫人……我不知作者之筆何自得來。"

第二十四回："在園曰：比試武藝，《三國》《水滸》皆有之，第嫌其入於繩墨，而不能縱橫脱化。《外史》則獨出心裁，或顯其試於不試之中，或隱其不試於試之外，泂在二書之上。結局打虎一段較之景陽岡，情理尤確，精彩更殊，亦青出於藍之筆。"

第二十五回："香泉曰：正史寫實事，故其文如寫照，酷肖而止；若小說演義，多鑿空之筆，既無可肖，則如散畫人物，略有微疵，便生指摘。如滿釋奴一婦人，無是公也。正當如何描寫可以動人心魄，今觀其初投軍時吐出一種英憤氣概，固已精彩奪目。此回賺取敵將出入劍戰之叢，凜凜乎有生氣逼人。若謂並無其人亦無其事，將焉信之？"

第二十六回："梅坡曰：賽李逵名目，有落小說故套矣。第許指揮署中若無此人發憤奮鬥，文章便無氣□，尤妙在既被擒獲旋復脱去，隱然伏一猛虎，尚有設施，學海狂瀾出没不定，余亦安能量之。"

第二十七回："王竹村曰：小說家亦偶有叙及兩處同日事發者，多不能措手，只以止有一枝筆，却無兩張口，文飾完局，到相接處顯然出笋痕。余看《外史》取青取菜，既同一日，而刹魔與鬼尊下降，又與兩軍接戰同時。如此紛紜，偏能堂堂叙去，另起頭腦，至其綰合，則有靈脈貫通，出自天然。始知才之相越，豈僅什百已哉？"

第二十八回："昉思曰：十一回奎道人去矣，至四十一二回，尚有多少説話？此回衛都揮之去也，至四十三回，亦尚有多少文章？方知《外史》節節相生，脉脉相貫，若龍之戲珠、獅之滾球，上下左右周回旋折，其珠與球之靈活，乃龍與獅之精神氣力所注耳。是故看書者須觀全局，方識得作者通身手眼。"

第二十九回："顧幼鐵曰：賽李逵、女金剛二人名色，似未免於落套，套則陳且腐耳。若以二人同居部曲，豈不可憎？乃出之虎鬥龍争，不覺令人捧腹。此化陳腐爲鮮新法也。"

第三十回："香泉曰：蓋作者設爲至危至險之境，而後能顯至神至妙之筆，如良醫之起死回生、英雄之撥亂反正，方見殊勳偉烈。故看者之心光，要與作者之神明，若以鏡照鏡，始爲得之。"

第三十二回："于少保曰：予觀《三國》《水滸》諸書，凡將士授計而去，總不出軍師所料，罔有毫髮之謬，是無異於鐵板□。《外史》不然，如前回令小皂……何物文心，靈幻若是。"

第三十四回："查書雲曰：人之變幻莫如心，若能通於筆墨便爲千古奇文。余觀諸小説欲大敗之，必先與之以小勝，竟成故套。"

第四十二回："又航曰：余觀小説家一回止叙一事，如獨繭抽絲，便自容易，若一回而兩三事，或三四事，則頭緒繁多，如集錦刺繡，非靈心巧手，不能萃而成文，然究竟難掩于金針之跡。此則一回而連及數事，渾然如無縫天衣，余安能量作者之才乎？"

第四十三回："在園曰：奎真鬥法在十一回，衛青遁海在二十八回，而今同出於此。竟不知衛青作何向日本借兵，却在下回演出，謂之倒叙。若奎道人則是順出。譬若山之峰巒，有正必有側；樹之華萼，有向必有背；水之波濤，有順必有逆，乃造化自然之理，亦萬物必然之勢。明乎此，可以云《外史》之知己。”

第四十六回：“王新城曰：故謂之奇書者，論其文也；若論其旨，則爲正史。”

第四十七回：“葉芥園曰：故《外史》以百篇大文字，是先具成竹於胸中，而後揮灑出來，縱橫曲折，莫不如意。不比小作家，逐段構思，費盡斧鑿，接筍而成者。昔人贊蘇長公之文，長江大河，一瀉千里。余以此贈作史者不爲過。”

第六十三回：“芥園曰：藏兵器於虎腹而誅州牧，安義士於龍頭而殺都督，究是吳加亮之運籌，施耐庵之用筆，但別起爐錘，煉出錕鋙，更爲鮮曜耳。至若綽燕兒，即取舟子木篙架空爲梁，飛登城堞，方悟到粵西飛步獨木仙橋，爲此伏脉。凡《外史》相生相應、互起互伏之處，乃《水滸》筆法所無者。”

第六十五回：“徐忍庵曰：行文用兵，必先從容之至，而後能迅捷。故取自我衷，得若神表，行文之妙也；守如處女，出如脱兔，用兵之妙也。《外史》均能擅之。”

第六十六回：“喬侍讀曰：作史者只叙一人一事爲易，若並叙數人數事則難。如此回……頃刻之間，齊發畢舉。請問如何寫法？乃作者却于譚忠敗逃之際，皆一一點入其耳目中，神乎神乎！而文於結束處，提出頭緒，括盡全（局）。此等筆法自《左》《國》中來者。”

第六十七回：“承清曰：余曾見演絶技者，初聞風雨颯沓、山鳴谷應之聲，出於簾内，洎而若千軍萬馬奔騰酣戰，鼙鼓喧闐，不啻淝水大捷；又若鳥獸震驚咆哮飛竄，老幼婦女哭泣號呼，凡物之有聲者，莫不酷肖畢具。初疑數人競奏也，掀簾視之，則止一人，猶（記）金聖歎引一絕技以評《水滸》之智取大名府，較之余所引者，技之奇巧，固在其上；而文筆之驚心眩目，更在《水滸》之上。”

第七十五回：“書雲曰：作書者通身手眼，看書者亦能如是，方無秋毫之不照，亦無纖隙之可議。若以之遣興，當作走馬看花，安能分晰其姿態，領略其香味耶？善看書者，要在於章法之開合變化處，掩卷一想，下文當如何接湊，如何照應，如何擺脫，如何斡旋，然後再看適得我心所同，則此看書之人便是能作書之人；若竟出我意表，則作書者把天下後世看書之人，皆顛倒於一寸筆尖之上矣。若此卷之後，余未能揆變也。試以問諸天下才子。”

第七十八回：“徐少宰曰：讀兵書與讀經書一般，其用兵也與做文章一樣，全在會得書理，方能運化。不是把昔人傳注，便當作我之文字。趙括徒能讀父書，原是言其不能用，非言其不能讀，不亦明甚？”

第八十八回：“徐西泠曰：作文有文筆，有武筆。筆曷謂之武哉？凡《水滸》與演義諸書，其中類多武筆，武比文較難，唯個中人知之。此無戒陡遇少師，純用武筆，雖一杖橫行，而氣勢遒勁，方略嚴整，不啻十萬雄師在筆端馳驟。”

第九十回：“書雲曰：三仙師與昆邪那鬥法，道術已窮，若竟回宮請帝師，或向別處又請救兵，此《西遊記》筆也。於此而欲脫去軌轍，從空別開一路，大文人亦難措手，不知作者何由落想。”

第九十四回：“燕客曰：宋江爲燕順所獲，縛之亭柱，拔取尖刀，剜心下酒，乃自歎不意宋江死于此處，燕順便納頭下拜，此作《水滸》者所以爲大才子也。……要皆故弄險筆，褫看書者之神魄。”

第九十五回：“臥園曰：匪特諸演義所絕無，即《外史》亦所僅見，真奇文也，奇觀也，亦兵法之至奇者也。”

第九十六回：“燕客曰：故逸田先生之《外史》皆寓言也，厄言也，亦救世之格言也。"

第九十七回："勿庵曰：演義野史大約設爲説誕之詞以悦人耳，從未有談及正道者。唯《西遊記》全部皆闡玄理，第文辭太繁，意義太簡，如樹之枝葉，雖極暢茂，而根柢之蟠結者淺。《外史》亦闡玄書也。"

第九十八回："在園曰：《外史》之妙，妙在有無相因，虛實相生。……故其行文在乎虛虛實實，有有無無，似虛似實之間，非有非無之際。蓋此老所獨得。"

第一百回："香泉曰：古今忠孝節義，有編入傳奇演義者，兒童婦女皆能記其姓名。何者？以小説與戲文爲里巷人所樂觀也。若僅出於正史者，則懵然無所見聞，唯讀書者能知之，即使日與世人家喻户曉，彼亦不信。故作《外史》者自貶其才以爲小説，自卑其名曰《外史》，而隱寓其大旨焉，俾市井者流咸能達其文理、解其情事。"

"顧人曰：或謂小説演義，每無結局，《外史》亦然。其立言既屬虛誇，曷不以建文真復位而朝群臣，令讀者鼓掌稱快耶？曰：此演戲文則可。余觀《外史》要緊關節處，皆從正史引而申之，初未曾相悖謬也。其大旨只爲忠臣烈媛泄冤憤於當時，播芳馨於後世。"

（復旦大學圖書館藏清康熙釣璜軒刊本）

康熙五十四年（乙未　1715）

劉廷璣《在園雜志》自序："余少習舉子業，鍵户呫唔，其于五車二酉未能寓目。及壯，以門蔭通籍服官，終日滿眼風塵，勞形案牘，更無暇也。乃年逾周甲，而足跡未能半天下，故耳所聞、目所見、身所親歷之事無多。今值河工久慶安瀾，得於退食餘閒，焚香静坐，或與二三賓友，煮茗清談，偶有記憶，輒書一紙投篋中，積漸成帙。一日啓與孫輩指説，客有見者，曰：'曷付梓？'余曰：'昔人著書立説，或窮天文地理，務爲高遠，或搜諸子百家，以顯秘奧，其次亦有所托，以寄恩怨而存諷刺。余則無是，何梓爲？'客曰：'乾坤經史，昔人言之詳矣。若恩怨，私情也；諷刺，微詞也。古來文人才士，往往以此受謗，皆無足取。是帙正以陳言務去，無恩怨，無諷刺，方使閲者怡情益智，何況所志者昭代之制度，名公之經濟，其它文翰詩詞，新聞俗諺，即日用尋常，無不考核精詳，推原所自。至於神奇怪誕，雖驚人魄，實解人頤，不同於《夷堅》《虞初》鑿空鏤幻，悉皆耳所親聞、目所親見、身所親歷者，絕非鋪張假借之辭。梓而問世，自可法而可傳耳。'遂强付剞劂。余因紀其言以弁簡端。"

末署"康熙乙未春初遼海劉廷璣自識"。

孔尚任《〈在園雜志〉序》："古今風尚各擅一代，如清談著于晉，小説著于唐，雖稗野之語，多有裨於正史。……今遊淮南，又讀《在園雜志》，或紀官制、或載人物、或訓雅釋疑、或考古博物，即《夷堅》《諾皋》幻誕詼諧之事，莫不游衍筆端。核而典，暢而韻，有似宋人蘇、黃小品，蓋晉唐之後又一機軸也。……今觀雜志四長已備，孰謂小品不足以臚列金匱石室，爲操觚班、馬所取材也。雖然，古之秉史筆者，其體嚴、其書直，若野史雜記又多恩怨好惡之口。今在園所著，瀟灑歷落，於人無嫌，於事無忌。讀之者油然以適，躍然欲舞，且悉化其谿刻凌厲之氣，不知何所本而能變史筆爲寫心怡情之具，以感人若是耶！"

末署"康熙乙未初春雲亭山人孔尚任撰"。

《在園雜志》卷二"歷朝小説"條："壬辰冬大雪，友人數輩圍爐小酌。客有惠以《説鈴叢書》者，予曰：此即古之所謂小説也。小説至今日濫觴極矣，幾與六經史函相埒，但鄙穢不堪寓目者居多。蓋小説之名雖同，而古今之別則相去天淵。自漢魏晉唐宋元明以來，不下數百家，皆文辭典雅。有紀其各代之帝略、官制、朝政、宮幃，上而天文，下而輿土，人物、歲時、禽魚、花卉、邊塞、外國、釋道、神鬼、仙妖、怪異，或合或分，或詳或略，或列傳，或行紀，或舉大綱，或陳瑣細，或短章數語，或連篇成帙，用佐正史之未備，統曰‘歷朝小說’。讀之可以索幽隱，考正誤，助詞藻之麗華，資談鋒之銳利，更可以暢行文之奇正，而得叙事之法焉。降而至於《四大奇書》，則專事稗官，取一人一事爲主宰，旁及支引，累百卷或數十卷者。如《水滸》本施耐庵所著，一百八人，人各一傳，性情面貌、裝束舉止，儼有一人跳躍紙上。天下最難寫者英雄，而各傳則各色英雄也。天下更難寫者英雄、美人，而其中二三傳則別樣英雄、別樣美人也。串插連貫，各具機杼，真是寫生妙手。金聖歎加以句讀字斷，分評總批，覺成異樣花團錦簇文字。以梁山泊一夢結局，不添蛇足，深得剪裁之妙。雖才大如海，然所尊尚者賊盜，未免與史遷《游俠列傳》之意相同。再則《三國演義》。演義者，本有其事而添設敷演，非無中生有者比也。蜀、吳、魏三分鼎足，依年次序，雖不能體《春秋》正統之義，亦不肯效陳壽之狗私偏側。中間叙述曲折，不乖正史，但桃園結義、戰陣回合，不脱稗官窠臼。杭永年一仿聖歎筆意批之，似屬效顰，然亦有開生面處。較之《西遊》，實處多於虛處。蓋《西遊》爲證道之書，丘長春借説金丹奧旨，以心猿意馬爲根本，而五衆以配五行，平空結構，是一蜃樓海市耳。此中妙理，可意會不可言傳。所謂語言文字，僅得其形似者也。乃汪憺漪從而刻畫美人，唐突西子，其批注處，大半摸索皮毛。即《通書》之‘太極無極’，何能一語道破耶？若深切人情世務，無如《金瓶梅》，真稱奇書。欲要止淫，以淫説法；欲要破迷，引迷入悟。其中家常日用，應酬世務，奸詐貪狡，諸惡皆作，果報昭然，而文心細如牛毛繭絲。凡寫一人，始終口吻酷肖到底，掩卷讀之，但道數語便能默會爲何人。結構鋪張，針綫縝密，一字不漏，又豈尋常筆墨可到者哉？彭城張竹坡爲之先總大綱，次則逐卷逐段分注批點，可以繼武聖歎，是懲是勸，一目了然。惜其年不永，歿後將刊板抵償夙逋于汪蒼孚，蒼孚舉火焚之，故海内傳者甚少。嗟乎！四書也，以言文字誠哉奇觀，然亦在乎人之善讀與不善讀耳。不善讀《水滸》者，狠戾悖逆之心生矣；不善讀《三國》者，權謀狙詐之心生矣；不善讀《西遊》者，詭怪幻妄之心生矣。欲讀《金瓶梅》，先須體認前序內云：'讀此書而生憐憫心者，菩薩也；讀此書而生效法心者，禽獸也。'然今讀者多肯讀七十九回以前，少肯讀七十九回以後，豈非禽獸哉？近日之小說若《平山冷燕》《情夢柝》《風流配》《春柳鶯》《玉嬌梨》等類，佳人才子慕色慕才已出之非正，猶不至於大傷風俗。若《玉樓春》《宮花報》稍近淫佚，與《平妖傳》之野，《封神傳》之幻，《破夢史》之僻，皆堪捧腹。至《燈月圓》《肉蒲團》《野史》《浪史》《快史》《媚史》《河間傳》《癡婆子傳》，則流毒無盡。更甚而下者，《宜春香質》《弁而釵》《龍陽逸史》，悉當斧碎棗梨，遍取已印行世者盡付祖龍一炬，庶快人心。然而作者本寓勸懲，讀者每至流蕩，豈非不善讀書之過哉？天下不善讀書者，百倍於善讀書者。讀而不善，不如不讀；欲人不讀，不如不存。康熙五十三年，禮臣欽奉上諭云'朕惟治天下，以人心風俗爲本。而欲正人心，厚風俗，必崇尚經學，而嚴絕非聖之書，此不易之理也。近見坊肆間多賣小說淫詞，荒唐鄙俚，瀆亂正理，不但誘惑愚民，即縉紳子弟，未免游目而蠱心焉。敗俗傷風所繫非細，應即通行嚴禁'等諭。九卿議奏通行直省各官，現在嚴查禁止。大哉王言，煌煌綸綍，臣下自當實力奉行，不獨矯枉一時，洵可垂訓萬禩焉。"

　　卷三"續書"條："近來詞客稗官家，每見前人有書盛行於世，即襲其名，著爲後書副之，取其易行，竟成習套。有後以續前者，有後以證前者，甚有後與前絕不相類者，亦有狗尾續貂者。四大奇書如《三國演義》名《三國志》，竊取陳壽史書之名。《東西晉演義》亦名《續三國志》，更有《後三國志》，與前絕不相侔。如《西遊記》，乃有《後西遊記》《續西遊記》。《後西遊》雖不能媲美於前，然嬉笑怒罵皆成文章；若《續西遊》，則誠狗尾矣；更有《東遊記》《南遊記》《北遊記》，真堪噴飯耳。……況有前本奇書壓卷，而妄思續之，亦不自揣之甚矣。外而《禪真逸史》一書，《禪真後史》二書：一爲三教覺世，一爲薛舉托生瞿家，皆大部文字，各有各趣，但終不脱禪官口吻耳。再有《前七國》《後七國》。而傳奇各種，《西厢》有《後西厢》，《尋親》有《後尋親》，《浣紗》有《後浣紗》，《白兔》有《後白兔》，《千金》有《翻千金》，《精忠》有《翻精忠》，亦名《如是觀》，凡此不勝枚舉，姑以人所習見習聞者筆而志之。總之，作書命意，創始者倍極精神，後此縱佳，自有崖岸，不獨不能加於其上，即求媲美並觀，亦不可得。何況續以狗尾，自出下下耶。演義，小説之別名，非出正道，自當凛遵諭旨，永行禁絶。"

（劉廷璣撰、張守謙點校《在園雜志》，中華書局 2005 年）

康熙五十九年（庚子 1720）

　　黄越《第九才子書平鬼傳》自序："客有問于余曰：'第九才子書何爲而作也？'予曰：'仿傳奇而作也。'客曰：'傳奇云者，傳其有乎，抑傳其無乎？'余曰：'有可傳，傳其有可也；無可傳，傳其無亦可也。今夫傳奇之傳乎無者，寧獨九才子而已哉？世安有所爲孫悟空者，然則《西遊記》何所傳而作也？安有所謂西門慶者，然則《金瓶梅》何所傳而作也？其他《西厢記》之驚夢草橋，《牡丹亭》之還魂配合，《琵琶記》之乞丐尋夫，《水滸傳》之反邪歸正，不皆傳其無之類乎？不寧惟是，閑嘗閲《三都》《兩京》《上林》諸賦中，其所爲無是公、烏有先生、子墨客卿者，又何所有？又何所無？子何獨疑于九才子書而致詢哉？且夫傳奇之作也，騷人韻士以錦綉之心，風雷之筆，涵天地於掌中，舒造化於指下，無者造之而使有，有者化之而使無。不惟不必有其事，亦竟不必有其人。所謂空中之樓閣，海外之三山，倏有倏無，令閲者驚風雲之變態而已耳！安所規於或有或無而始措筆而摛詞耶？故九才子書，鍾可封則封之，鬼可斬則斬之，淬舌劍於筆端，吐辭鋒於紙上。安良善，體天地之好生；除兇殘，振朝庭之斧鉞。總之自無而之有，自有而之無，是固不謬於傳奇而作也！子何獨疑而致詢哉？'詰者唯唯而退。爰筆於書以爲序。"

末署"時康熙庚子歲仲冬上浣，上元黃越際飛氏書于京邸之大椿堂"。

（國家圖書館藏清康熙積慶堂抄本）

康熙年間（1662—1722）

毛宗崗爲褚人穫《堅瓠三集》作序："稼軒先生多聞博學，能紹美乎其前人。故知稼軒者，以後進好事儒者稱之。予聞而然之。及觀所編《堅瓠集》，凡其睹記所及，古今人軼事與語言文字之可資談柄者，悉載焉，而勸戒之意即寓於中，使讀者或時解頤撫掌，或時駭目警心，乃益信此真儒者好事之所爲也。夫人而非儒者，惟恐其好事，而儒者惟恐其不好事。蓋爲仕爲學，皆儒者事，不得仕則終於學而已。苟非好事，安能於學無遺事乎？乃先生則曰：'吾非好事也，吾幸值太平無一事之時，聊借閒筆墨，以銷此閒日，故書成而取義於物之無用如堅瓠者，以名其篇。'噫，儒者之書，豈無用之書？儒者豈無用之人？雖學優不仕，疑於匏繫，然儒者自命，即不見用於世，要當立言以垂不朽。稼軒著述甚富，有《續聖賢群輔錄》及《鼎甲考》若干卷，秘未授梓，此區區小篇猶末耳。且如瓠之爲物，至老而堅，始適於用。今稼軒窮且益堅，必且老當益壯，是正世所寶爲碩果者也，瓠云乎哉？請以斯言質諸知稼軒者。"

末署"同學子庵毛宗崗序始氏漫題"。

按，褚人穫《堅瓠集》系列序文多未署年代，獨彭榕《堅瓠二集序》署"康熙辛未清和朔，秭翁彭榕序"，故毛宗崗此序應在康熙辛未（1691）之後。

孫致彌《〈堅瓠續集〉序》："稼軒著《堅瓠小史》，成四十卷，於古今軼見異聞事，所載略備。今復得續集四卷，何其才之不盡耶？蓋書之有續，不自稼軒始也。《史記・三皇本紀》《龜策傳》，皆續也。班氏《前漢書》亦以續而成，仲長統之《昌言》，桓君山之《新論》，又皆有爲之續之者，誰曰不可哉！且夫續子長之書者，出於君家小孫；續孟堅之書者，爲其女兄曹大家；續長統之《昌言》與君山之《新論》者，一爲董襲，其一即爲孟堅：皆由他人踵而成之……子長、孟堅諸人所深羨而未之有逮者也。因侍從過吳，稼軒出以相示，爲續題其端如此。"

褚篆《〈堅瓠九集〉序》："楊子云：'好書而不要之仲尼，書肆也；好説而不見之仲尼，説鈴也。'則似經史外，不應妄有著述。然古今事類實繁，道理無乎不寓，識大識小，正以互見爲能。博聞强記之中，多有怡情悦性之事，談道者所弗訾也。姪稼軒湛於經術，辨論異同，而才情博達，尤好搜揚軼事於群書中，鈔撮靡遺。諸凡聞見所及，可以揮塵尾、佐浮白者，無不以三寸之管屬辭而捃摭之，其將續《雜俎》之編，築野史之亭乎！《堅瓠》之集，雖屬小言，而雜而不越，纖而不詭，筆歌墨舞，事足以垂鑒，語足以解頤，宜其引人入勝，令觀之者應接不暇也。其命名則何居？《離騷》喻幽人於草木，《連珠》比貞士於匏瓜，是不謂然。姪初就家塾，吾兄名之曰穫，有樹穀樹人之思，邇年來自傷困頓，不能爲得時之稼，達其甘芳，遂懼濩落無庸，故寓意於書，以示慨焉。因之一刻再刻，紙墨雖多，謂是綿綿瓜瓞，將引蔓以長養之，日新而月異，庶屈穀之瓠，不終爲田仲所棄矣乎！"

（褚人穫輯撰、李夢生校點《清代筆記小説大觀·堅瓠集》，
上海古籍出版社 2007 年）

張潮《幽夢影》第十二則："對淵博友，如讀異書；對風雅友，如讀名人詩文；對謹飭友，如讀聖賢經傳；對滑稽友，如閲傳奇小説。"

第七十一則："積畫以成字，積字以成句，積句以成篇，爲之文。文體日增，至八股而遂止。如古文、如詩、如賦、如詞、如曲、如説部、如傳奇小説，皆自無而有。方其未有之時，固不料後來之有此一體也。逮既有此一體之後，又若天造地設，爲世必應有之物。然自明以來，未見有創一體裁新人耳目者。遥計百年之後，必有其人，惜乎不及見耳。"

第九十九則："《水滸傳》是一部怒書，《西遊記》是一部悟書，《金瓶梅》

是一部哀書。"

第一百四十一則："閱《水滸傳》，至魯達打鎮關西，武松打虎，因思人生必有一椿極快意事，方不枉在生一場；即不能有其事，亦須著得一種得意之書，庶幾無憾耳。"

余懷《幽夢影》序："余窮經讀史之餘，好覽稗官小說，自唐以來不下數百種。不但可以備考遺志，亦可以增長意識。如遊名山大川者，必探斷崖絕壑；玩喬松古柏者，必采秀草幽花。使耳目一新，襟情怡宕。此非頭巾襪襪、章句腐儒之所知也。故余于詠詩譔文之暇，筆錄古軼事、今新聞，自少至老，雜著數十種。如《説史》《説詩》《黨鑒》《盈鑒》《東山談苑》《汗青餘語》《硯林》《不妄語》《述茶史補》《四蓮花齋雜録》《曼翁漫録》《禪林漫録》《讀史浮白集》《古今書字辨訛》《秋雪叢談》《金陵野抄》之類，雖未雕版問世，而友人借抄，幾遍東南諸郡，直可傲子雲而睨君山矣！天都張仲子心齋，家積縹緗，胸羅星宿，筆花繚繞，墨瀋淋漓。其所著述，與余旗鼓相當，爭奇鬥富，如孫伯符與太史子義相遇於神亭，又如石崇、王愷擊碎珊瑚時也。其《幽夢影》一書，尤多格言妙論，言人之所不能言，道人之所未經道。展味低佪，似餐帝漿沆瀣，聽鈞天之廣樂，不知此身在下方塵世矣。"

末署"曼持老人余懷廣霞製"。

孫致彌《幽夢影》序："心齋所著書滿家，皆含經咀史，自出機杼，卓然可傳。是編是其一臠片羽，然三才之理、萬物之情、古今人事之變，皆在是矣。顧題之以夢且影云者，吾聞海外有國焉，夜長而晝短，以晝之所爲爲幻，以夢之所遇爲真。又聞人有惡其影而欲逃之者。然則夢也者，乃其所以爲覺；影也者，乃其所以爲形也耶？叟辭隱語，言無罪而聞足戒，是則心齋所爲盡心焉者也。讀是編也，其可以聞破夢之鐘，而就陰以息影也夫！"

末署"江東同學弟孫致彌題"。

（張潮撰、王峰評注《幽夢影》，中華書局 2008 年）

陳維崧爲宋犖《筠廊偶筆》作序："《筠廊偶筆》若干則，分上下二卷，雪苑宋子牧仲所撰。著事皆幽奇瑰麗，上補輶軒册府所未備，下亦可徵得失、稽謠俗焉。語則遒峭整潔，不名一體，大約在裴松之《三國志注》、酈道元《水經注》伯仲間，非餘子能仿佛也。維崧性嗜典籍，即至叢言脞史，往往有所津逮。見夫虞初、諸皋者流，非算博士，即鬼董狐耳。既猷猷不足道，間有裨於國家大掌故，如《輟耕録》《金陀粹編》諸書，則又腕力孱弱，文采不足以發之。甚矣，紀載之難也！向惟秋浦吳次尾先生《觚不觚録》，議論絶有根據；近則汪鈍庵户部《説鈴》，叙述不苟，點染復自斐然。吾目中所見説部，僅此二種，今又得牧仲是編相鼎足矣。嗟乎，古今事理何常之有？秦碑漢碣，紀事編年，考亭、涑水之褒譏，夾漈、貴與之薈蕞，其所大書特書不一書者，自後人視之，以爲大非偶然之故也。至於珠囊既熸，玉册安在，庸知不偶者之非偶，而偶者之大爲不偶也哉？今觀宋子是書，覼萬物之源流，貫三才之同異，稱名邇而寄意遠，是書也，而詎偶然乎？嘯爲'偶筆'，其猶宋子之謙辭也夫。"

末署"陽羨陳維崧序"。

宋炘爲宋犖《筠廊偶筆》作序："筠廊者，余兄牧仲讀書處也。此地舊有小室，四壁陡峻，竹石環繞，暑月每苦烝濕，人鮮至者。庚戌，余兄自楚黄歸，讀《禮》之暇，因撤去垣牆，易以梁構，而廊始成。剪其蒙茸，洗其苔蘚，而怪石露，修竹顯，對之翛翛有遠況焉。廊之下可以蔽風雨，其上可以望雲物。以其地多竹，故曰'筠廊'云。時方溽暑，門無客擾，余兄偃仰其下，涼風四至，爽如清秋。偶追思其生平所見所聞，筆而成帙，名曰《筠廊偶筆》。或志怪如《齊諧》，或滑稽如曼倩，或廣徵物類，或附載奇文，其足以益人神智、發人深省者不少。博物君子，寧可以稗官小史視之耶？弟炘謹序。"

（宋犖撰、蔣文仙校點《清代筆記小説大觀·筠廊偶筆》，

上海古籍出版社 2007 年）

　　“四橋居士”《〈隔簾花影〉序》：“報應之機，遲速不同，人特未之深觀而默察耳。《金瓶梅》一書，雖係寓言，但觀西門平生所爲，淫蕩無節，豪横已極，宜乎及身即受慘變，乃享厚福以終，至其報復，亦不過妻散財亡，家門零落而止，似乎天道悠遠，所報不足以蔽其辜。此《隔簾花影》四十八卷所以繼正續兩編而作也。……是書也，不獨深合於六經之旨，且有關於世道人心者不小。後之覽者，幸勿以寓言而勿之也可。”

　　末署“四橋居士謹題”。

（上海古籍出版社藏清初刊本）

　　“艾衲居士”《豆棚閑話》第二則正文：“昨日新搭的豆棚，雖有些根苗枝葉長將起來，那豆藤還未延得滿，棚上尚有許多空處，日色曬將下來，就如説故事的，説到要緊，中央尚未説完，剩了許多空隙，終不爽快。如今不要把話説得煩了。”

　　“紫髯狂客”《豆棚閑話》評本各回末評點：

　　第四則：“凡著小説，既要入人情中，又要出人意外，如水窮雲起，樹轉峰來。使閲者應接不暇，却掩卷而思，不知後來一段路徑才妙。”

　　第七則：“滿口詼諧，滿胸憤激，把世上假高尚與狗彘行的，委曲波瀾，層層寫出。其中有説盡處，又有餘地處，俱是冷眼奇懷，偶爲發泄。……必須體貼他幻中之真、真中之幻。”

　　按，“艾衲居士”未知何人，胡士瑩《話本小説概論》與譚正璧《古本稀見小説匯考》均推測是范希哲，韓南《中國白話小説史》則認爲是王夢吉。存議。

（國家圖書館藏清康熙翰海樓刊本）

　　“學憨主人”爲“古吴娥川主人”《世無匹》題詞：“士君子得志于時……

觀感觸發，有莫知其然而然者，斯果何氏之書歟？要亦不得志于時者之所爲也，寧得稗史目之乎？請觀其命名曰《世無匹》，標其人干白虹，彼所寄托，已約略可睹矣，又何庸詢其人之有與無，並其事之虛與實哉！雖然，覽其首尾，意在言外，吾得以兩言斷之曰：有干白虹，而天下事何不可爲；有干白虹，天下正復多事，賴有恩怨釋然，一瓢長醉假語，可以化有事爲無事，總風雲萬變，仍是長空無際。即書中倫常交至，禍福感召，又能懲創逸志，感發善心，殊有風人之旨寓乎間。此書之有裨于世道人心不少，即曰稗官野史，亦何不可家弦而户誦？”

末署“學憨主人書于桃塢之徵蘭堂”。

《世無匹》“青門逸史”評本第十六回總評：“這一部小說，雖忠孝節義並傳，而尤重於恩怨兩字，從首至尾，鬚眉欲動，絕不作佳人才子故套，是則文字中之超出塵表者，不可以稗官家言異之。”

按，小說《生花夢》亦題相同撰者與評者，故此書成書年代與《生花夢》不遠。今權繫年于此。

（大連圖書館藏金閶黄金屋刊本）

“睡鄉祭酒”（杜濬）爲李漁《連城璧》作序：“天下能言之流，有裨世道不淺。吾友屏絕塵氛，閉户搦管，頷頷不休，視其書，非傳奇即稗官野史。予謂古人著書，如班固、袁宏、賈逵、鄭玄之徒，皆以經史傳當世，子何屑屑此事焉？吾友微笑不答。予因取其所著之書，趺坐冷然亭上，焚香煮茗而讀之。其深心具見於是，極人情詭變，天道渺微，從巧心慧舌筆筆鈎出，使觀者於心焰熛騰之時，忽如冷水浹背，不自知好善心生，惡惡念起。……予于前後二集皆爲評次，兹復合兩者而一之。稍可搏節者必爲逸去，其意使人不病高價，則天下之人皆得見其書。天下之人皆得見其書，而吾友維持世道之心亦沛然遍於天下。”

末署"睡鄉祭酒漫題"。

《連城璧》第一卷正文："別回小說，都要在本事之前另說一椿小事，做個引子；獨有這回不同，不須爲主邀賓，只消借母形子，就從糞土之中，説到靈芝上去，也覺得文法一新。"

第四卷正文："我這回小說，一來勸做官的，非人命強盜，不可輕動夾足之刑，常把這椿姦情做個殷鑒；二來教人不可像趙玉吾輕嘴薄舌，談人閨閫之事，後來終有報應；三來又爲四川人暴白老鼠之名，一舉而三善備焉，莫道野史無益於世。"

第六卷正文："我這一回小說，就是一本相書，看官看完了，大家都把鏡子照一照，生得上相的不消説了，萬一尊容欠好，須要千方百計弄出些陰騭紋來，富貴自然不求而至了。"

"睡鄉祭酒"評點《連城璧》：

子集總評："這回稗史之中有七件怪事皆與尋常情理相背：以極淫之婦而生極貞之女，一怪也；以極下賤之人而爲極高貴之事，二怪也；從來作傳奇者皆從實事之中演出戲文，此獨於戲文之中演出實事，三怪也；從來梨園中之净丑爲生脚之退步，此獨爲生脚之入門，四怪也；既以神道設教，則二郎神爲梨園子弟之主，即當從此起見借渠作氤氳使者，乃二郎神絶不與事，忽以不相關涉之晏公越神俎而代庖，五怪也；從來稗官野史，皆以主人攜客，未聞以客攜主，譚楚玉一朝發跡，則當攜帶莫漁翁做個富貴之人，乃常理也，此獨以旁見側出之莫漁翁，攜帶譚楚玉做了個高隱之輩，六怪也；從來戲文小說，皆以熱鬧收場，方合時眼，否則爲觀者所棄，此獨以山林寂寞終之，七怪也。種種拂情背理之事，不見怒於觀者亦已幸矣，乃復令人自開卷稱奇，直至終篇，無刻不欲飛欲舞，此何故歟？真令人解説不出，只好罵幾聲'作怪稗官，稗官作怪'而已。"

辰集總評："從來傳奇野史，定以佳人配才子，一有嫁錯者即代生怨謗之聲，必使改正而後已。使妖冶婦人見之，各懷二心，以事其主，攪得世間夫婦不和，教得人家閨門不謹，作傳奇野史者盡該入阿鼻地獄。此書一出，可使天下無反目之夫妻，四海絶窺牆之女子，教化之功，不在《周南》《召南》之下，豈可作稗史觀？這回故事救得人活，又笑得人死，作者竟操生殺之權。"

亥集總評："《無聲戲》之妙，妙在回回都是説人，再不肯説神説鬼，更妙在忽而説神，忽而説鬼，看到後來依舊説的是人，並不曾説神説鬼。幻而能真，無而能有，真從來僅見之書也。"

外編第二卷總評："施達卿是個極有算計的人，前半段施捨也不妙，後半段施捨也不妙，妙在中間歇了一歇，若竟施捨，到頭明明白白生個兒子出來，就索然無味，没有這樣好小説替他流芳百世了。如今世上爲善不終之人，個個都可以流芳百世，只要替做小説的想個收場之法耳。"

（大連圖書館藏清康熙抄本）

"蠹庵"爲"岐山左臣"《女開科傳》作引："此言雖小，可以喻大。明乎爲説之小者，未必遂無當于大道也，如必襃盲腐而斥稗編，則何以好奇搜逸者乃往往得談資於野史也耶？……兹説半出傳聞，因演其事，亦聊以蕩浪波痕，供鼓掌于一時云爾。若夫以妖艷之書，啓天下淫男子逸蕩之心，則妄語之誠，舌戰之禍，固生平所自矢不爲矣。"

"蠹庵"《〈女開科傳〉跋》："讀萬斛泉竟，不覺拍案大叫曰：遊戲三昧，已成勸懲。全書憤世絶俗，半多詼諧笑話。説中説文人，説才女，説清官，説貞友，能使天下之人，俱願合掌頫首，敬之拜之而已。至裝腔之變童，設騙之闍黎，狠毒之訟師，多事之丐婆，拚命之驛丞，種種諸人，又何異一部因果，一部爱書，一部小《史記》，一部續《艷異》？……若僅以小説視之，亦可謂不善讀是説矣。質之衆口，我言匪諛。"

《女開科傳》第一回正文："尚憶當初有一半老佳人，姓章名臺，字雙青。日懷社弟名刺，隨遊詩草，遍謁知名之士。及看他的詩稿，祇不過是東掇西攛凑集來的套頭脂粉。又有那不出頭的山人、措大替他捉刀。猶之走名秀才，拚著兩數銀子，刻幾篇倩人改削的窗稿、有年没月的考卷，將來圈圈點點，冒名某觀風、某月課、某老師批評、某同盟僭筆。總是瞞天扯淡，好似南京城隍拜上北京土地，絶没一些對會影響。咳，社風流染，竟到男女混雜的田地，豈不可恨！想當初，劉孝標《絶交論》中，五交三釁尚未及此一種社妖耳。若是真正才子，自不屑與此輩爲伍，結識一二相知朋友，砥志勵行，即偶爾閑戲，必要做出絶無僅有的事，爲千古一段風流佳話。"

《女開科傳》"蠡庵"評本各回評語：

第四回末評："此回生旦净丑，各還本等身分，生死散聚，倏忽分爲兩路，總見大地一梨園也。然而禍福相倚，榮辱相生，此又是鐵板不變的道理。"

第十回夾評："絶處逢生，情生於文耶？文生於情耶？"

第十回末評："莫怪小説先生做到那勢窮理極，十分無可挽回，必托言天言夢言鬼神，方能又轉一層，以極於無際，所謂救急者，惟此法耳。《西遊》之觀音菩薩也，《水滸》之閃出兵馬也，皆小説金蟬之計。雖然，何□非天，何必不言天？開眼皆夢，何必不言夢？何事没有鬼神，何必不言鬼神？究之亦天使鬼神入夢，以作合一切世人，使之遽然自覺。"

第十一回評語："文字有極緊密處，有極疏漏處，雖其中不無支誕旁及，總不害其爲緊密，即其間亦或然照顧點染，只自成其爲疏漏，此其故何也？要知疏密不在字句而在神情，不在詞華而在肯綮也。"

第十二回末評："三人失水，救法都奇；教三人完姻，寫法更奇。在余生拚著一痴，到底相合鴛鴦符牒，全憑一夢，則謝夢之舉真千古未有之奇聞也。昔有贊《縮春園》傳奇者曰：'不堪對劍講貧羞，聊借新聲譜舊愁。創句奇文醒我夢，控椿怪事豁人眸。'愚請摘此數語爲逸史評焉，未必無生瑜生亮之歎也。"

"凡作傳奇小説都以團圓一出爲收場結局，要脱舊腔，總是雷同。"

按，《女開科傳》此版書前有圖，刻工記"黃順吉"，此人乃《續金瓶梅》順治十七年刊本插圖刻工之一，康熙元年所刊《賽花鈴》插圖也出自其手，由此推斷，是書大約出于康熙中葉之前。

（大連圖書館藏清初名山聚刊本）

"三江釣叟"爲"雲封山人"《鐵花仙史》作序："傳奇家摹繪才子佳人之悲離歡合，以供人娛耳悦目也舊矣。然其書成而命之名也，往往略不加意。如《平山冷燕》則皆才子佳人之姓爲顏，而《玉嬌梨》者又至各摘其人名之一字以牟之，草率如此，非真有心唐突才子佳人，實圖便於隨意扭捏成書而無所難耳。此書則有特異焉者。其所叙爲儒珍、若蘭等才子佳人之事，而其名則曰鐵、曰花、曰仙，無與于才子佳人也。驟焉閱之，究亦有藥不依症之誚，迨尋繹再三，而知作者實故意翻空出奇，令人以爲鐵、爲花、爲仙者，讀之而才子佳人之事掩映乎其間。以儒珍、秋遴等事蹟讀之，而若劍、若玉芙蓉、若紫宸諸仙者，復旋繞於其際，要使不漏不支：分明融洽，雙管齊下，虛實兼到，如八股關動題體，此作者鑄局命名意也。噫！亦奇矣哉！"

末署"三江釣叟漫題"。

"一嘯居士"《鐵花仙史》回末總評：

第一回："論時文者入手得一好勢則全體皆振，稗官亦然。"

第二回："傳奇用人如請客，有正客有陪客，王儒珍與陳秋遴皆正客也，然皆是正客中，畢竟略有區分，則王爲正中之正，陳正中之陪。亦猶《平山冷燕》，'山燕'爲正中正，'平冷'爲正中陪，而此外則概是陪客。一路讀去，自能辨之也。"

第三回："每見畫家用墨，或用濃墨或用淡墨，乃濃處正以襯出淡處，而淡處亦以相形濃處，遂令濃淡各各入妙，而其畫亦爲絶工。又見書家作字，一字忽小，一字忽大，分看則參差不齊，合看則行款恰稱，而其書亦臻妙。稗史亦爾。……一抑一揚，總是法之不得不然，若遽嗤彼而羨此，是其駿亦一元虛矣。"

第五回："每怪小説家多有不肯作快意之筆，彼蓋欲讀者悶絶，斯作者快絶。然令因悶而束書不復卒讀，則作者之錦心綉口亦隱矣，故知不若此篇紫宸當場迅掃之妙。……虛實隱現之際，是尤善留有餘不盡之趣，非但博快志悦目，而一味放筆作直幹者。"

第六回："固以敗繳上文，趁其餘勢，更作快意之筆找足之，亦因接手便寫蔡翁憎嫌寒素一段納悶文字，而借作抑揚之勢也。……極回環兜鎖之致。"

第八回："向見談制藝者拈一小題，欲於對面反面旁面四路挑剔，令題神不待指點而勢自躍如。稗官亦爾，正面無多，全賴有烘雲托月之法，方見恢恢遊刃。若但寫正面，縱用筆極雅，要仍無解於俗。故能知紫宸、儒珍之詼諧打諢，不作詼諧打諢觀，是則可與論文者。"

第十一回："才子行文要如名畫工成山水，一石一樹不得重複，見其步步有法也。"

第十三回："小説家寫抄襲舊句以冒充才子，而卒至破露者甚多。此更轉進一層，作誤寫別詩，蓋不特張冠李戴，直張遺其鳥而李特作帽矣，真堪絶倒。才人之筆能與古人同題而異文如此。"

第十八回："文字於無可出色處，終要尋些波致，不得竟任意草率。"

第二十六回："文字於收束處最貴完密，最忌疏漏。叙才子佳人至得爲夫婦，固已畢乃事矣，然使花妖之案非有紫宸一番作用，則篇首一道金光究何著落？而三仙已往，不復重捉，亦覺其太冷落，而有話張遺李之譏。才子行文，寧肯蹈此？其細針密縷有彌合，我擊節耳。"

　　按，書中稱明爲"故明"，行文又避清康熙諱，如"玄關"作"元關"，"玄露"作"元露"，可知此書或刊于康熙朝或稍後。

（大連圖書館藏清初本衙藏板）

　　毛聲山評《第七才子書琵琶記》總論："作文命題，最是要緊。題目若好，便使文章添一倍光彩；若題目不甚好，則文章雖極佳，畢竟還有可議處。如批《水滸傳》者，雖極罵宋江之權詐，而人猶或以爲誨盜。"

　　"予嘗謂《西廂記》題目不及《琵琶記》，因思《水滸傳》題目不及《三國志》。《水滸傳》寫萑苻嘯聚之事，處處驚人，不如《三國志》帝王將相之事，亦復處處驚人。且《水滸》所寫萑苻嘯聚之事，不過因《宋史》中一語憑空捏造出來。既是憑空捏造，則其間之曲折變幻，都是作者一時之巧思耳。"

　　"昔羅貫中先生作《通俗三國志》共一百二十卷，其紀事之妙不讓史遷，却被村學究改壞，予甚惜之。"

　　"予因嘆高東嘉《琵琶記》與羅貫中《三國志》，皆絕世妙文。予既皆批之，則皆欲刻之，以公同好者也。而一則遭背師之徒而中閣，一則遇知音之友而速成。嗚呼！古人之書，誠望後人之能讀之；而一人讀之，尤望與天下之人共讀之。乃或能即與其讀，或不能即與其讀，其間豈亦有幸、有不幸乎？夫予固不足論，獨念羅貫中何不幸而遭背師之徒，高東嘉何幸而遇此知音之友也？"

（侯百朋編《〈琵琶記〉資料彙編》，書目文獻出版社 1989 年）

雍正元年（癸卯　1723）

　　南村《〈聊齋志異〉跋》："余讀《聊齋志異》竟，不禁推案起立，浩然而歎曰：嗟乎！文人之不可窮有如是夫！聊齋少負艷才，牢落名場無所遇，胸填氣結，不得已爲是書。余觀其寓意之言，十固八九，何甚悲以深也！向使聊齋早脫構去，奮筆石渠、天祿間，爲一代史局大作手，豈暇作此鬱鬱語，托街談巷議，以自寫其胸中磊塊詼奇哉！文士失職而志不平，毋亦當事者之責也。後有讀者，苟具心眼，當與予同慨矣。”

末署“雍正癸卯秋七月南村題跋”。

（張友鶴輯校《聊齋志異會校會注會評本》，上海古籍出版社 1986 年）

“雲水道人”爲“煙霞逸士（煙霞散人）”《巧聯珠》作序：“煙霞散人博涉史傳，偶於披覽之餘，擷逸蒐奇，敷以菁藻，命曰《巧聯珠》。其事不出乎閨房兒女，而世路險巇，人事艱楚，大略備此。予取而讀之，躍然曰：‘此非所謂發乎情、止乎禮義者與？’亟授之梓。不知者以爲塗謳巷歌，知者以爲躋之風雅勿愧也。”

末署“癸卯槐夏西湖雲水道人題”。

按，或云“煙霞散人”即撰《斬鬼傳》之劉璋。江慶柏《清代人物生卒年表》據《山西文獻總目提要》卷九括注劉璋生卒年爲“1667—1745”。

（哈佛大學圖書館藏清刻本）

雍正三年（乙巳　1725）

周在延爲周亮工《因樹屋書影》作序：“近日說部書雖多，而四方文人學士，獨思慕先君子《書影》，欲期一見而不可得。先君子著述十餘種，是書則于請室中將平生所睹記有關於世道人心、文章政事以及山川人物、草木蟲魚，可助見聞者，皆隨筆記出成帙，是時歲在己亥。”

末署“雍正三年三月三日，不肖男在延百拜謹識于金陵之食舊庵”。

（清雍正三年金陵食舊庵刻本）

雍正五年（丁未 1727）

李之果爲呂撫《綱鑑通俗演義》作序：“經以載道，史以紀事，二者缺一不可。……（呂撫）爰變褒貶之文，合爲序事之體，事必究其端委，文必從其簡略，分爲目録，紀以回數。于荒史，略用《山海經》《一統志》諸書，其餘悉摘録《通鑑綱目》及廿一史。端緒井然，便於披閲，便於記取，無事褒譏，而是非賢奸自見，名之曰《通俗演義》。其卷首諸目，仿楊氏彈詞，可歌可誦，連絡貫串，開卷了然，博聞廣見，應務有餘，其功豈小補哉！余勸課之暇，間亦一造其廬，方欲以孝廉方正循例薦拔，而呂子以病力辭，出是書問序于余，余喜而爲之序。”

末署“時雍正五年歲次丁未孟冬月吉，邑宰桂巖弟子李之果題”。

（天津圖書館藏正氣堂本）

雍正七年（己酉 1729）

穉明氏《〈三國演義〉叙》：“己酉春，予偕諸從遊，僦居於古鹿苑寺之僧舍，以講貫周秦漢魏六朝唐宋之文，古今禮樂兵農名物象緯之學，爲制舉資。適坊友持重刻毛聲山原評《三國演義》索序於予，予曰：‘此稗官小説也，重刻奚爲？’坊友曰：‘不然。是書也，凡天時、地利、人事、政治，以及權謀、術數之道，無不備具，故遠近咸争購而樂售焉。兹因舊板漫漶，復爲釐訂，剞劂大板，以廣其傳，先生其爲我叙之。’予聞其言，始悲夫今之人，不知肆力于周秦漢魏六朝唐宋之文，而僅爲是博弈之賢已也。及受而閲焉，又轉幸夫今之人，猶藉此稗官小説之書，可以開其心思，啓其神志，而於天時、地利、人事、政治、權謀、術數之道，尚能考什一於千百也。夫三國之事實，作者演之；作者之精神，評者發之。此亦何待予言哉？獨是馮猶龍有四大奇書之目，以《三國志》爲第一種。説者謂三國争天下之局之奇，故傳之者亦奇；而又得錦心繡口之人，一代古人傳其胸臆，則評之者亦奇，是固然矣。

然予玩其《讀三國志之法》，其云起結關鎖，埋伏照應，所續離合賓主烘染之
妙，一皆周秦漢魏六朝唐宋之文之遺法也，則《三國志》之奇，固不若周秦
漢魏六朝唐宋之文之尤奇也。但人情聽古樂而欲卧，聞新聲而忘倦者比比。
今既不能强斯世之人，盡喜讀周秦漢魏六朝唐宋之文，則猶賴評野史者，
尚能進以周秦漢魏六朝唐宋之文之法，則視一切蛙鳴蟬噪之書，相懸奚啻
倍蓰乎！如願讀《三國志》者，引而伸之，觸類而長之；以《三國志》視
《三國志》也可，即不以《三國志》視《三國志》也亦可。因爲之弁數語于
簡端。”

末署“大清雍正七年歲次己酉仲春上浣之吉，江寧吉士穉明氏題於青溪
之郁林草堂”。

（清雍正七年致遠堂啓盛堂刊本）

樵雲山人《〈飛花艷想〉序》：“自有文字以來，著書不一。四書五經，文
之正路也；稗官野史，文之支流也。四書五經，如人間家常茶飯，日用不可
缺；稗官野史，如世上山海珍饈，爽口亦不可少。如必謂四書五經方可讀，
而稗官野史不足閲，是猶日用家常茶飯，而爽口無珍饈矣。不知四書五經，
不外飲食男女之事；而稗官野史，不無忠孝節義之談。解通乎此，則拈花可
以生笑，不必謂四書五經方可讀也；發想可以見奇，不必謂稗官野史不足閲
也。但花必欲飛，不飛不足奪目；想必欲艷，不艷不足娛情。必也無花不飛，
無想不艷，亦無花不艷，無想不飛，方足以開人心花，益人心想，以爲文士
案頭之一助。……雖然，花飛矣，想艷矣，亦花艷矣，想飛矣，不歸於忠孝
節義之談，而止及飲食男女之事，是何異於日用山海珍饈，而廢家常茶飯也？
是何異於日閲稗官野史，而廢四書五經也？其可乎？若兹傳者，權必歸經，
邪必歸正，花飛而筆自存，想艷而文自正，令人讀之，猶見河洲窈窕之遺風。
則是書一出，謂之閲稗官野史也可，即謂之讀四書五經也亦可。”

末署"歲在己酉菊月未望，樵雲山人書於芍藥溪下"。

（大連圖書館藏清刻本）

雍正十年（壬子　1732）

吕撫《綱鑑通俗演義》自序："《綱鑑演義》何爲而輯也？通俗也。何言乎通俗也？自皇古以逮晚近，稱良史材者數十家，其最著者，則涑水氏之《通鑑》，紫陽氏之《綱目》也。微言大義，緯地經天，假一字之褒誅，留綱常於萬古，皆聖賢之精意，非俗人所能會通也。吕子安世於治經之外，日取《通鑑綱目》及二十一史而折衷之，歷代之統緒而序次之，歷代之興亡而聯續之，歷代之仁暴忠佞貞淫條分縷析而紀實之。芟其繁，緝其簡，增綱以詳，裁目以略，事事悉依正史，言言若出新聞，始終條貫，爲史學另開生面。不特經生學士，即婦人小子，逐回分解，亦足以潤色枯腸。末卷專言修身齊家之事，以通俗也，實人人之布帛菽粟也。考亭而後，何可少也。是爲序。"

末署"時雍正十年孟夏月吉旦吕撫謹題"。

（天津圖書館藏清正氣堂活字印本）

雍正十一年（癸丑　1733）

唐執玉《〈畿輔通志〉序》："舊志則簡而不當，其根源見於經、史、子、集者每缺焉，或取諸類書，而與本文偽舛，其他則稗官小説爲多；郡州縣志則蕪而不雅，蓋雜出於近世人之紀録，或野人所傅會，甚者因緣請托，事蹟偽構，賢不肖混淆，未可以爲據也。"

末署"時雍正十有一年歲次癸丑仲春穀旦，署理直隸總督印務、前兵部尚書、管理刑部尚書事臣唐執玉撰"。

（中國地方志指導小組辦公室編《清代方志序跋彙編·通志卷》，
上海古籍出版社 2014 年）

雍正十二年（甲寅　1734）

黄叔瑛《〈三國演義〉序》："院本之有《西廂》，稗官之有《水滸》，其來舊矣。一經聖歎點定，推爲'第五才子''第六才子'，遂成錦心綉口，絶世妙文；學士家無不交口稱奇，較之從前俗刻，奚翅什伯過之。信乎！筆削之能，功倍作者，經傳爲然；一切著述，何獨不然。古之人不余欺也！余於窮經之暇，涉獵史册，間及陳壽之《三國志》，因取《三國演義》參觀而並校之，大都附會時事，徵實爲多，視彼翻空而易奇者，轉若運棹不靈。又其行文，不無支蔓，字句間亦或瑕瑜不掩。卓吾李氏蓋嘗病之。惜無其人爲之打疊剪裁，並與洗刷其眉目，所以官骸粗具，生面未開，評刻雖多，猶非全璧。最後乃見聲山評本，觀其領挈綱提，針藏綫伏，波瀾意度，萬竅玲瓏，真是通身手眼。而此書所自有之奇，與前此所未剖之秘，一旦披剥盡致，軒豁呈露，不惟作者功臣，以之追配聖歎外書，居然鼎足，不相上下。況《西廂》誨淫、《水滸》導亂，且屬子虚烏有，何如演義一書，其人其事，章章史傳，經文緯武，竟幅錦機，熟其掌故，則益智之宗也；尋其組織，亦指南之車也。案頭寓目，何可少此一種，豈獨賢於博弈而已？但其板已漫漶，不無魯魚豕亥之訛，因爲釐訂，付諸剞劂，以廣其傳，覽者當不以余言爲河漢也。"

末署"雍正十二年歲次甲寅四月，大興黄叔瑛兆千氏題"。

（清雍正十二年郁郁堂、郁文堂刊本）

"句曲外史"《〈水滸傳〉叙》："近新城先生，最喜説部，一時才人，翕然從之。旁搜遠采而進於剞劂者，莫不各極恢奇曲洽之美。顧體本碎金，文同片玉，隨事摭證，是《爾雅》之稗也。出奇無窮，亦《山海》之續也。而意盡於詞，類而不比，錯而不屬，豈紀言紀事之大觀乎？……間嘗取稗史論之，《武皇》《方朔》《飛燕》《靈芸》《虬髯》《柳毅》諸傳，或耀艷深茜，或倜儻蒼凉，是亦正史之班、范也。然而指事擒詞，人則一人，事則一事，各盡其技而止。孰謂施耐庵《水滸》一傳，取一百八人而傳之。分之而人各爲一人，合之而事則爲一事。以一百八人剛柔燥濕之性，各寫其聲音笑貌，而遂以揭其心思，纖者毋使之爲弘，疏者毋使之爲密，非如化工之鼓舞萬物，欲其各肖而無一同也。……考小説家始于魏晉，盛于唐，繁衍于宋。耐庵元人，乃能攬魏輕而上之，宜其書之足以傳世而行遠也。嗚呼！文章升降，關乎時代，至於稗史，豈亦有不盡然者歟？是書吳門金聖歎批注，久行於世，字多漫滅，懷德主人庀工新之，以公同好。余謂是書雖出遊戲，然《莊》《列》不皆寓言乎？花晨月夕，山麓水濱，把一卷讀之，不覺欲竟全部。……當亟與新城先生諸説部並行，而坊友之重刻，爲能先得我心也。是爲序。”

末署“雍正甲寅上伏日句曲外史”。

（《評注水滸傳》上海掃葉山房 1924 年石印本）

“觀鑒我齋”《〈兒女英雄傳〉序》：“時至五代，世無達人，正史而外，稗史出焉。稗史，亦史也。其有所爲而作，與不得已於言也，何獨不然！然世之稗史，充棟折軸，愜心貴當者蓋寡，自王新城喜讀説部，其書始寖寖盛，而求其旨少遠、詞近微、文可觀、事足鑒者，亦不過世行之《西遊記》《水滸傳》《金瓶梅》《紅樓夢》數種。……數書者，雖立旨在誠正、修齊、平治，實托詞於怪力亂神：《西遊記》，其神也怪也；《水滸傳》，其力也；《金瓶梅》，其亂也；《紅樓夢》，其顯托言情。隱欲彌蓋，其怪力亂神者也，格局備矣。然則更何從著筆別於誠正、修齊、平治而外，補一格致之書哉？用是欽欽在抱者久之。吾有友一人焉，無他嗜好，但好讀説部，所見且甚夥。……近有燕北閒人所撰《正法眼藏五十三參》一書，厥旨頗不謬，是特惜語近齊東之野，還以質之吾子，子其云何？吾受而讀之。……嗟乎！近俳近優，都堪惹厭；談空談色，半是宣淫！醒世者恒墮狐禪，説理者輒歸腐障！自非苦口，何能喚醒癡人？不有婆心，何以維持名教？至借筆墨而代哭，志亦堪悲！”

末署“雍正閼逢攝提格上巳後十日，觀鑒我齋甫拜手謹序”。

按，此序係僞作，《兒女英雄傳》問世當在道光二十九年（1849）之後。

（北京大學圖書館藏清光緒四年北京聚珍堂刊本）

雍正十三年（乙卯　1735）

章楹《諤崖脞説》自序：“清談始於典午，説部盛於李唐，要其議論風旨，無傷雅道，足資考據，乃足尚爾。本朝名家如周櫟園之《書影》、汪鈍翁之《説鈴》、宋西陂之《筠廊偶筆》、王漁洋之《池北偶談》《分甘餘話》，皆稗官家之精金良玉，清言雋永，瑣事解頤，未易率然梯接也。”

末署“雍正十三年九月既望章楹自識”。

（《續修四庫全書》本，上海古籍出版社 2002 年）

乾隆元年（丙辰　1736）

“閑齋老人”《〈儒林外史〉序》：“古今稗官野史，不下數百千種，而《三國志》《西遊記》《水滸傳》及《金瓶梅演義》，世稱四大奇書，人人樂得而睹之，余竊有疑焉。稗官爲史之支流，善讀稗官者，可進于史，故其爲書，亦必善善惡惡，俾讀者有所觀感戒懼，而風俗人心，庶以維持不壞也。《西遊》元虛荒渺，論者謂爲談道之書，所云意馬心猿、金公木母，大抵心即是佛之旨，予弗敢知。《三國》不盡合正史，而就中魏晉代禪，依樣葫蘆，天道循環，可爲篡弑者鑒，其他蜀與吳所以廢興存亡之故，亦具可發人深省，予何敢厚非？至《水滸》《金瓶梅》，誨盜誨淫，久干例禁，乃言者津津誇其章法之奇、用筆之妙，且謂其摹寫人物事故，即家常日用米鹽瑣屑，皆各窮神盡相，畫工化工合爲一手，從來稗官無有出其右者。嗚乎！其未見《儒林外史》一書乎？夫曰‘外史’，原不自居正史之列也；曰‘儒林’，迥異元虛荒渺之談也。……讀之者，無論是何人品，無不可取以自鏡。傳云：‘善者，感發人之善心；惡者，懲創人之逸志。'是書有焉。甚矣！有《水滸》《金瓶梅》之筆之才，而非若《水滸》《金瓶梅》之致，爲風俗人心之害也！則與其讀《水滸》《金瓶梅》，無寧讀《儒林外史》。世有善讀稗官者，當不河漢予言也夫！"

末署"乾隆元年春二月閑齋老人序"。

（李漢秋輯校《儒林外史彙校彙評（增訂本）》，上海古籍出版社 2022 年）

"如蓮居士"《説唐全傳》序："夫經書之詣最奧而深，史鑑之文亦邃而俊。然非探索之功、研究之力，焉能了徹于胸而爲人談説哉？故由博學而至篤行，其間工夫不可勝道。今見藏書閣中有《説唐》一書，自五代後起，至盛唐而終，歷載治亂之條貫、興亡之錯綜、忠佞之判分、將相之奇猷，善惡畢具，妍醜無遺，文辭徑直，事理分排。使看者若燎火，聞者如聽聲，説者盡懸壺，能興好善之心，足懲爲惡之念，亦大有裨世之良書也，可付之於剞劂氏。"

末署"時乾隆元歲蒲月望日，如蓮居士題于北山居中"。

（上海古籍出版社藏清乾隆觀文書屋刊本）

乾隆五年（庚申　1740）

蒲立惪《〈聊齋志異〉跋》："《志異》十六卷，先大父柳泉先生著也。先大父諱松齡，字留仙，別號柳泉。聊齋，其齋名也。幼有軼才，學識淵穎；而簡潛落穆，超然遠俗。雖名宿宗工，樂交傾賞。然數奇，終身不遇，以窮諸生授舉子業，潦倒於荒山僻隘之鄉。間爲詩賦歌行，不愧于古作者；撰古文辭，亦往往標新領異，不剿襲先民：皆各數百篇藏於家。而於耳目所睹記、里巷所流傳、同人之籍録，又隨筆撰次而爲此書。其事多涉於神怪；其體仿歷代志傳；其論贊或觸時感事，而以勸以懲；其文往往刻鏤物情，曲盡世態，冥會幽探，思入風雲；其義足以動天地、泣鬼神，俾畸人滯魄、山魈野魅各出其情狀而無所遁隱。此《山經》《博物》之遺，《遠遊》《天問》之意，非第如干寶《搜神》已也。初亦藏於家，無力梓行。近乃人競傳寫，遠邇借求矣。昔昌黎文起八代，必待歐陽而後傳；文長雄踞一時，必待袁中郎而後著。自今而後，焉知無歐陽、中郎其人者出，將必契賞鋟梓，流布於世，不但如今已也，則且跂予望之矣！"

末署"大清乾隆五年歲次庚申春日孫立惪謹識"。

（張友鶴輯校《聊齋志異會校會注會評本》，上海古籍出版社 1986 年）

"冰玉主人"《〈平山冷燕〉序》："嘗思天下至理名言，本不外乎日用尋常之事。是以《毛詩》爲大聖人所刪定，而其中大半皆田夫野老、婦人女子之什，初未嘗以雕繪見長也。迨至晉，以清談作誦，其後乃多艷曲纖詞，娛人耳目。浸至唐宋，而小説興。迨元，又以傳奇争勝，去古漸遠矣。然以耳目近習之事，寓勸善懲惡之心，安見小説傳奇之不猶愈于艷曲纖詞乎？夫文人遊戲之筆，最宜雅俗共賞。陽春白雪，雖稱高調，要之舉國無隨而和之者，求其拭目而觀與傾耳而聽，又烏可得哉？庚申夏月，小監於肆中購得《平山冷燕》一書，余退朝之暇，取而觀之，以消長夏。其中……莫不模擬神情，各有韻致，足以動人觀感，起人鑑戒，與唐宋之小説，元人之傳奇，借耳目近習之事，爲勸善懲惡之具，其意同也。雖遊戲筆墨，要何可廢。因隨筆所之，批點數語，聊以寄興云爾。"

末署"冰玉主人戲題"。

按，愛新覺羅·弘曉（1722—1778），字秀亭，號冰玉主人、訥齋主人，怡親王胤祥第七子。弘曉父子俱嗜藏書，喜讀通俗小説。此處"庚申"，當爲乾隆五年，即 1740 年。

（國家圖書館藏清乾隆静寂山房刊本）

顧士榮爲王應奎《柳南隨筆》作序："搜遺佚，則可以補志乘；辨訛繆，則可以正沿習。以至考詩筆之源流，究名物之根柢；著《虞初》《諸皋》之異事，標解頤撫掌之新聞，蓋不出碎文瑣語，而談苑之質的，藝文之標準，胥有賴焉。以古人著書之例擬之，亦容齋洪氏之遺意也。"

末署"乾隆庚申七月望日，同里顧士榮文寧氏撰"。

黃廷鑑《柳南隨筆》跋："柳南先生爲吾邑詩老，好著述，所撰《隨筆》六卷，多記舊聞軼事。其考證經史，論說詩文，亦雜見焉。體例在《語林》《詩話》之間。故其書雅俗俱陳，大小並識，吐晉人之清妙，訂俗學之謬訛。泃朴山方氏所云'遠希老學，近埒新城'者已。"

（王應奎撰，王彬、嚴英俊點校《柳南隨筆　續筆》，中華書局 1983 年）

乾隆九年（甲子　1744）

金豐《〈說岳全傳〉序》："從來創說者，不宜盡出於虛，而亦不必盡由於實。苟事事皆虛，則過於誕妄，而無以服考古之心；事事皆實，則失於平庸，而無以動一時之聽。……至於假手仙魔之說，信其有也固可，信其無也亦可。總之，自始及終，皆歸於天。故以言乎實，則有忠有奸有橫之可考；以言乎虛，則有起有復有變之足觀。實者虛之，虛者實之，娓娓乎有令人聽之而忘倦矣。予亦樂是說之可以公諸同好，因序數語以弁諸首而付之梓。"

末署"甲子孟春上浣，永福金豐識于餘慶堂"。

（大連圖書館藏錦春堂刊本）

乾隆十三年（戊辰　1748）

張書紳評本《新說西遊記》總論："予幼讀《西遊記》，見其奇奇怪怪，忽而天宮，忽而海藏，忽說妖魔，忽說仙佛，及所謂心猿意馬、八戒沙僧者，茫然不知其旨。……迄今十餘年來，予亦自安於不知，而不復究論矣。乙丑年，由都歸省，值呈《安天會》，觸目有感，恍然自悟曰：'是矣，是矣，予今而知《西遊記》矣！予今而並知作《西遊記》者之心矣！'……予今批《西遊記》一百回，亦一言以蔽之，曰：只是教人誠心爲學，不要退悔。此其大略也。至於逐段逐節，皆寓正心修身、黽勉警策、克己復禮之要，實包羅天地萬象、四海九州。"

末署"乾隆戊辰年秋七月晉西河張書紳題"。

總批："《西遊記》稱爲四大奇書之一……左右回環，前伏後應，真奇文也，無一不奇，所以謂之奇書。"

"一部《西遊記》，共計一百回，實分三大段；再細分之，三段之內又分五十二節，每節一個題目，每題一篇文字。其文雖有大小長短之不齊，其旨總不外於明新止至善。"

"故分而言之，似有三大段，一百回，五十二節之疏；合而計之，始終全部只是一篇之局。是分有分之奇，合又有合之妙。"

"每章起句不惟挽清上意，扣定本題，兼且照定結尾，亦並埋伏下傳，所以分看是一百回，合看實是一回。"

"《西遊》每筆必寓三意，其事則取經也，其旨乃大學也，其文又文章也。是以寫取經處，先要照定正旨，又要成其文章。手彈絲弦，目送歸鴻。以一筆寫三義，已難；以一筆解三義，更難。不得不爲之逐段逐句細分也。"

"《西遊》凡言菩薩、如來處，多指心言。故求菩薩，正是行有不得則反求諸己，正是《西遊》的妙處。聖歎不知其中之文義，反笑爲《西遊》的短處，多見其不知量也。"

"《西遊》一書，不惟理學淵源，正見其文法井井。看他章有章法，字有字法，句有句法，且更部有部法，處處埋伏，回回照應。不獨深於理，實更精於文也。後之批者非惟不解其理，亦並没注其文，則有負此書也多矣。"

"降而稗官野史之傳奇，多係小説，雖極其精工靈巧，亦覺其千手雷同，萬章一法，未爲千古擅場之極作也。"

"學問文章原本天地之自然，不是長春作出天地自然之文章，正是天地自然有此文章，不過假長春之筆墨以爲之耳。"

"《西遊》列傳大半伏于盂蘭會……極隱極微，前伏後應，各傳説來，俱有源由；條目綱領，首尾看去，無不關會。全部數十萬言，無非一西，無非一遊，始終一百回。此即題目，此即部法。"

"時藝之文，有一章爲一篇者，有一節爲一篇者，有數章爲一篇者，亦有一字一句爲一篇者，而《西遊》亦由是也。以全部而言，西遊爲題目，全部實是一篇；以列傳言，仁義禮智、酒色財氣、忠孝名利，無不各成其一篇，理精義微，起承轉合，無不各極其天然之妙。是一部《西遊》，可當作時文讀，更可當作古文讀。人能深通《西遊》，不惟立德有本，亦必用筆如神。"

"古人作書，凡有一篇妙文，其中必寓一段至理，故世未有無題之文也。後人不審其文，不究其理，概以"好文字"三字混過，不知是祭文，是壽文？是時文，是古文？不知是《出師表》寫出老臣之丹心，還是《陳情表》作出孝子之天性？"

"《大學》原是大人之學，故云齊天大聖，看他處處抱定，回回提出，實亦文章顧母之法。"

"《西遊》每寫一題，源脈必伏于前二章。此乃隔年下種之法，非冒冒而來也。譬如欲寫一猪八戒，先寫一黑熊精；欲寫一鐵扇仙，先寫一琵琶洞；欲寫一寶象國，先寫一試禪心。不惟文章與文章接，書理與書理接，而且題目與題目接，妖怪與妖怪接矣。"

"《封神》寫的是道士，固奇；《西遊》引的是釋伽，更奇。細思一部《大學》，其傳十章，一字一句，莫非釋之之文，却令人讀之再不作此想，方見奇書假借埋藏之妙。"

《新説西遊記》各回評點：

第四回："此火一起，直貫到火焰山；此名一争，已埋伏獅駝洞。故作文不難，難於布局；布局亦不難，難於本傳成本傳之文，全部又要成全部之文。此乃回文織錦、橫順成章之法，非仙才不能設此想，非鬼神不能構此作也。”

“前後文法貫串的周密，不謂奇書中實有此精妙也。”

第五回：“此題原是兩句，所以上下亦分作兩截。上半是寫閒居爲不善，下半方轉入無所不至，法脈精妙，用意神奇。無處不是閒居爲不善，無筆不是無所不至。”

第七回：“安天一會，乃一部書的大關目，前後有名的大收放，上文至此一結，下文另起一波，妙想天開，匪夷所及，真乃千古之奇文妙筆。太史不能贊一詞，孟堅不得易一筆。奇思天縱，有非筆墨口舌之所能道者也。”

第八回：“不知五行山、八卦爐，教養多方，培植有年，‘作新民’三字早已爲之立案。又借如來作一過脈，文勢緊接，綫索天然，下文九十餘回皆從此發源，二會實乃前後之一大關鎖照應。”

“夫經乃即先聖之至言，無非明新止至善之要，故云三藏。蓋即三綱領也。此回點出，正是出題，而畫龍點睛，前後無不神妙。”

第九回：“《西遊》每以此卷特幻，且又非取經之正傳，竟全然删去。初不知本末始終，正是《西遊》的大綱，取經之正旨，如何去得？假若去了，不惟有果無花，少頭没尾，即朝王遇偶的彩樓、惡僧的寇洪，皆無著落照應。全部的關鎖章法俱無，已不成其爲書，又何足以言奇也。”

“一出娘胎，便遭此大難，前以劉洪之難起，後以寇洪之難終，是一部書的大章法，一生的大結局。”

“一百回的始終本末，此回布置已定，即本傳的起伏，前後的照應，字句法脈，絲毫不爽。不惟奇書，抑亦奇文也。”

第十回：“取經人無由出頭，故先叙此犯天條、遊地府二回，生出水陸會，又由水陸會引出取經人。一層一層，曲折而來。天造地設，天然有此奇妙，而全部之大局不難成矣。是豈雕蟲刻簡之才所能爲也？”

"看他筆墨新鮮，文章確當，而騰蛟起鳳，另是一種奇觀。讀書悟得此法，實觀一重天地矣。"

"別種奇書，多是故爲幻渺，有意求奇，讀之却不見奇；惟獨《西遊》實實落落，平平常常，不求奇而已無不奇，其奇不在幻渺上，正奇在自然老到上。"

第十一回："未見西天的崎嶇，先言幽冥的險阻；未睹凌雲渡，已見奈何橋。阿儺索禮物，判官受情書，正是一部書的影子，可謂小《西遊》。"

"下部《西遊記》全從此章水陸會一句生出，所以遊地府一節，雖修身爲本，却正伏取經之根。穿插貫串，法脈尤爲神妙。"

第十二回："明德新民止至善，乃全部《西遊》之大綱，此回明明點出，有如畫龍點睛，正出題而云取經者，乃借題寓言耳。所以文字是言取經，其實注意却不是取經。"

"大凡奇書，前人俱不肯出自己見，憑空捏設，務必要就古來一件現成典故，以爲他胸中的錦綉文字。此亦不獨《西遊》，如《封神》就武王，《琵琶》就伯喈，《西厢》借張生，諸如此類，不可勝數。故事原是這件事，意却另自有一意。若就執當日之原案而論之，未免爲前人之所笑，而其呆亦甚矣。"

"一開一合，一抑一揚，辯難鑿鑿，議論風生，何等聲勢，極其出色……獨笑聖歎不識《西遊》之美，又何有於《水滸》之文也。"

第十三回："文章之有反正旁側，由天道之有陰陽寒暑。天無四時，不成其爲天；文無反正旁側，亦不成爲文。是文也者，雖成乎人，實本於天地陰陽之氣化。即如此卷，若一直寫去，則妄者不去，真者不來。此意不可得而識矣，必得疑思一反，方才轉的到正面。文胡可以輕易言，文又何可以輕易作也。"

"此回乃取經人入手之始，法脈最爲緊要，瞻前顧後，頭緒多端。看他一層一層，分的清楚；一處一處，布置的妥當。乙太保作一接引過脈，直寫到水窮山盡，忽聞喊叫如雷，何等驚異，何等爽快！此正是筆墨不險，文章不奇，哀黎並剪，並見其妙。"

第十四回："文章有正筆，有補筆，亦要騰那地步。故寫大聖之去，雖留得衣帽真言的地步，不知却領得此謂二字的神脈。蓋作衣帽真言乃是正筆，視而不見，聽而不聞，却是補筆。至龍宮乃即菩薩之所點化者，故不有正筆，無以詮實意；不有補筆，不足以傳虛神。層次轉折，天然巧合，而題面題意，無不確然神妙。"

第十八回："起筆把個黑風洞燒成個紅風洞，不惟挽清上意，照定結尾，然已輕輕扣定本題明德。可知一百回書，欲添一章固不能，欲去一節亦不得。蓋以上下前後之文氣脈絡遞相聯貫也。"

"前寫許多天堂地府，金闕龍宮，俱是冠冕文字。此回却要寫一村落田舍風景已難，再於其中寫一招布代蠢女婿更難。何也？典雅文字易於動手，俚俗文字難以落筆。看他筆鬆墨嫩，另外寫出一種奇觀，而情形口角始終無不酷肖，方與前文唆德有別。真正才子，真正奇文！"

"問《西遊記》何以寫一呆子？曰：蓋惟是呆子，方有此各種的物欲，方演得出各樣的毛病。此正是作者的奇思，《西遊》的妙運。不然，此十萬八千之道路，何自來也？"

第二十回："身在西天路，志却在高老莊；其名出家，其實仍在家也。是以上回寫一仍然做女婿，再莫提起這拙荊的話，正爲此章伏脈。"

第二十三回："不是寫出個猪八戒，竟是畫出個猪八戒，亦不是畫出個猪八戒，竟是現出個猪八戒也。"

"四聖乃道也，親即近也，本末緊對先後，頂蓋頭反照知所，不能招親便是不得近道。淹映下章，真有鏡花水月之妙。"

第二十四回："文生情，情生文，草蛇灰綫，無不精妙。"

第二十五回："八戒有八戒的聲口，行者又有行者的身分，摹神寫意，無不精妙。"

第二十八回：“正心不用，色心滿腹。寫花果一段，是山色花色，旗號是名色，黃袍是服色。反正旁側，無色不備，却俱在虛處傳神，以爲百花羞作襯。且筆筆照定屍魔，處處緊逼狼虎，手彈絲弦，目送歸鴻，筆似游龍，墨如躍虎，可謂‘色’字之極作。”

“用筆命意，似亦極閑極冷，不知其中却寓一段至精至妙之事。故其淡處，正是其濃處；其淺處，正是其深處。”

第二十九回：“故人讀書作文，第一要先講識見，若識見卑微而欲脱俗以入妙高之境者，斷未之有也。”

第三十一回：“猴王恨逐，其勢似難再合，看他想出一請將不如激將，順手牽轉，實有絶處逢生、斷橋得路之妙。是以知文章不能開者，無以逗波浪之奇；不能合者，無以見篇章之妙。大開大合，手筆之靈巧畢矣。”

第三十二回：“行文最喜曲折。若一直寫去，千章一法，萬手雷同，有何趣味？看他想出八戒巡山一段，點染題意，虛虛實實，實實虛虛，耳目又爲之一新。別種奇書多是寫出其奇，惟獨《西遊》竟是畫出其奇；別種奇書，其妙盡在筆墨之中，惟獨《西遊》奇妙多寓寓言之外。此乃文章之仙境，即奇書中亦不可多得也。”

第四十三回：“不惟水與火對，紅與黑對，即父子亦暗暗相對，蓋不有慳吝之父，不有鄙細之子，惟有奸詐之子，更有欺誑之父。回環照應，法脈天然，真有弄丸走珠之妙。”

第四十七回：“通天河一章，《西遊》中最爲緊要，關鎖兩頭，總會全部。去由此而去，回又於此而回，去是道路之中，回是了道之終。”

第五十九回：“《西遊》每傳起落，似與前後上下迥不相關。不知暗裏法脈實相聯貫。上傳方寫一六耳，此章即緊接一長舌。蓋非此耳，無以聽此舌，亦非此舌，無以入此耳。以見世之極没道義而心志最不一者，莫如弟兄姐娌。此兩傳之神脈所以相因也。”

"文生情，情又生文。未寫鐵扇之息火，先寫蕉扇之生火。其實各有至理。蓋不能生者，亦不能息，惟能息者，所以更能生。一扇兩用，寫出無窮的妙意，此所以爲鐵扇公主也。"

第七十三回："此章兩回，實分四大節看。三藏化齋一段是起，八戒忘形一段是承，打死蜘蛛一段是轉，千花洞一段是合。起承轉合，寫出文章之奇；反正曲折，畫出書理之妙。人情世事，合而不背，方見此作之不群也。"

第九十七回："一部《西遊記》，以《大學》之道起，以《大學》之教終。求至其極，則已止於至善。'靈'字關鎖兩頭，以作全部之章法照應。"

（《古本小說集成·新説西遊記》影印上海古籍出版社藏清刻本）

乾隆十六年（辛未　1751）

"練塘漁人"爲鑄雪齋鈔本《聊齋志異》題辭："埋頭學執化人袪，拳落文園賦子虛。忽地籟從天際發，披襟快讀帳中書。""干寶當年鬼董狐，巢居穴處總模糊。而今重把溫犀照，牛鬼蛇神果又無？""一生遭盡揶揄笑，伸手還生五色煙。但學青牛真秘訣，不須更問野狐禪。""眼界從教大地寬，嫏嬛洞裏見青天。賈生前席還應接，翻盡人間《括異》編。"

末署"乾隆辛未九秋，練塘漁人題"。

（張友鶴輯校《聊齋志異會校會注會評本》，上海古籍出版社1986年）

乾隆十七年（壬申　1752）

蔡元放《東周列國志》自序："書之名，亡慮數十百種，而究其實，不過經與史二者而已。經所以載道，史所以紀事者也。六經開其源，後人踵增焉。訓戒論議考辨之屬，皆經之屬也。鑑記紀傳敍志之屬，皆史之屬也。……至於事，則不然，日異月新，千態萬狀，非聖人已然之書所能盡也。故經不能以有所益，而史則日以多。夫史固盛衰成敗、廢興存亡之跡也。已然者事，而所以然者理也。理不可見，依事而章，而事莫備于史。天道之感召，人事之報施，知愚忠佞賢奸之辨，皆於是乎取之，則史者可以翼經以爲用，亦可謂兼經以立體者也。……顧人多不能讀史，而無人不能讀稗官。稗官固亦史之支流，特更演繹其詞耳。善讀稗官者，亦可進于讀史，故古人不廢。《東周列國》一書，稗官之近正者也。……其難讀更倍于他史。而一變爲稗官，則童稚無不可讀得。夫至童稚皆得讀史，豈非大樂極快之事邪？然世之讀稗官者頗衆，而卒不獲讀史之益者何哉？蓋稗官不過記事而已。……寅卯之歲，予家居多暇，稍爲評騭，條其得失而抉其隱微。雖未必盡合於當日之指，而依理論斷是非，既頗不謬于聖人，而亦不致遺嗤于博識之士。聊以豁讀者之心目，于史學或亦不無小裨焉。故既爲評之，而復序之如此。"

末署"乾隆十有七年春，七都夢夫蔡元放氏題"。

蔡元放撰"讀法"："《列國志》與別本小說不同。別本多是假話，如《封神》《水滸》《西遊》等書，全是劈空撰出。即如《三國志》最爲近實，亦復有許多做造在於內；《列國志》却不然，有一件説一件，有一句説一句，連記實事也記不了，哪裏還有工夫去添造？故讀《列國志》，全要把作正史看，莫作小説一例看了。……《列國志》是一部記事之書，却不是敘事之書；便算是敘事之書，却又不是敘事之文。故我之批，亦只是批其事耳，不論文也。非是我不論其文，蓋其書本無文章，我不欲以附會成牽强也。"

（馮夢龍著、蔡元放評、竺少華點評《東周列國志》，岳麓書社 1990 年）

陳法《〈漱華隨筆〉序》："唐啖助謂左氏博采當世文籍，太史公尤好采擷異聞，則説部固史材也，且其事其言足昭法戒，史或不載，好古之君子必録而不遺，亦所以佐史之窮也。"

末署"乾隆十七年五月六日"。

（華東師範大學圖書館藏《借月山房彙鈔》本）

乾隆十八年（癸酉　1753）

　　董潮《東皋雜鈔》自序："槐花黃後，故我依然。日坐小窗下，覺茶香簾影，致有一段幽寂趣。讀書偶得，隨事記録，並及耳目所見聞者，久而成帙，因取古人臨東皋以舒嘯意，名曰《東皋雜鈔》。非敢云窮愁著書，聊借筆墨舒寫已耳。至於備一朝之典故，擅數語之剪裁，則誠有愧昔人云。"

　　末署"癸酉冬十一月望後書，東亭潮序"。

（上海圖書館藏清嘉慶刻《藝海珠塵》本）

乾隆二十一年（丙子　1756）

　　"松月道士"爲"昆侖襬襪道人"《粧鈿鏟傳》作序："天地一大文章也，其脈絡則水流而山峙，其絢染則鳥獸與草木。有脈絡而無絢染，枯寂無光；有絢染而無脈絡，□漫無歸。是以山自爲山，山山各有其本，而騰（飛）走動植育其中；水自爲水，水水俱有其源，而蛟龍魚鱉潛其内。從源而溯之，其原流支派，□若列眉；由本而窮之，其起伏結聚，朗如畫沙。覽其脈絡，覘其絢染，井井不紊，滴滴歸源，不誠有篇如股、股如句而燦然奪目哉？乃人之爲文也，亦何獨不然？如是傳之作，以《粧鈿鏟》爲題，而以弓長兩、享邑兩錯綜運化爲文，弓長兩本有粧鈿鏟而自失之，失而復得，享邑兩本無粧鈿鏟而忽得之，得而復失，此粧鈿鏟應有之反正開合也。……粧鈿鏟之脈絡也……粧鈿鏟之絢染也。而其中襯托不一，物騰那不一，法或用影射，或用明點，總無非爲粧鈿鏟作曲折耳。而且語語道破俗情，句句切中時□，處處有起伏，節節有照應，循首迄尾，捧讀一過，真屬暮鼓晨鐘，時時令人猛省，不誠爲天造地設之一大文章哉？"

　　"松月道士"評本《粧鈿鏟傳》"圈點辨異"："凡傳中用紅連點、紅連圈者，或因意加之，或因法加之，或因詞加之，皆非漫然。

　　"凡傳中旁邊用紅點者，則係一句；中間用紅點者，或係一頓，或係一讀，皆非漫然。

"凡傳中用黑圓圈者，皆係地名；用黑尖圈者，皆係人名，皆非漫然。

"凡傳中粧鈿鏟三字用紅圈套黑圈者，以其爲題也，皆非漫然。"

按，"祉禊道人"，《妝鈿鏟傳》自序末署"乾隆歲次丙子秋月，祉禊道人書于銅山之迎門宮"，此據以繫年。

（山東省圖書館藏清乾隆原刊本）

乾隆二十六年（辛巳　1761）

王元禮爲姚世錫《前徽錄》作序："繭廬先生《前徽錄》于表揚先烈之外，旁摭逸事，原原本本，殫見洽聞，期以勸善進德，爲立心制行者樹之準的，非徒顯微闡幽，備鄉國之懿美、儲輶軒之掇拾已也。"

末署"乾隆辛巳仲夏上澣八日山陰同學弟王元禮拜撰"。

（廣陵書局《筆記小説大觀》本）

乾隆二十七年（壬午　1762）

李百川《綠野仙蹤》自序："余家居時，最愛談鬼，每於燈清夜永際，必約同諸友，共話新奇，助酒陣詩壇之樂。後緣生計日蹙，移居鄉塾，殊歉嫌固陋寡聞，隨廣覓稗官野史，爲稍遣歲月計。奈薰蕕雜糅，俱堪噴飯。後讀《情史》《説郛》《艷異》等類數十餘部，較前所寓目者，似耐咀嚼。然印板衣折，究非蕩心駭目之文。繼得《江海通幽》《九天法籙》諸傳，始信大界中真有奇書。余彼時亦欲破空搗虛，做一《百鬼記》。因思一鬼定須一事，若事事相連，鬼鬼相異，描神畫吻，較施耐庵《水滸》更費經營。且拆襪之才，自知綫短，如心頭觸膠盆，學犬之牢牢，鷄之角角，徒爲觀者姍笑無味也。旋因同志慫恿，余亦心動久之。未幾，疊遭變故，遂無暇及此。丙寅，又代人借四千餘金，累歲破産，彌縫僅償其半。癸酉，攜家存舊物，遠貨揚州，冀可璧歸趙氏，做一瀟灑貧兒。無如洪崖作祟，致令古董涅槃。若非余谷家叔宦遊鹽城，恃以居停糊口，余寧僅漂泊陌路耶！居鹽兩月，即為豎所苦，百藥罔救。家叔知余聚散縈懷，於是歲秋七月，奉委入都之前二日，再四囑余著書自娛。余意著書非周流典墳、博贍詞章者，未易輕下筆，勉強效顰，是無翼而學飛也。轉思人過三十，何事不有，逝者如斯，惟生者徒戚耳。苟不尋一少延殘喘之路，與興噎廢食者何殊？況嶒巒絶巘，積石可成；飛流懸瀑，積水可成。詩賦古作，固不可冒昧結撰。如小説二字，千手雷同，尚可捕風捉影，攢簇渲染而成也。又慮灰綫草蛇，莫非釁竇，以窮愁潦倒之人，握一寸毛錐，特鬪幽蹤，則禰衡之罵，勢必筆代三撾，不惟取怨於人，亦且損德於己。每作此想，興即冰釋。然余書中，若男若婦，已無時無刻不目有所見，不耳有所聞，於飲食魂夢間矣。冬十一月，就醫揚州，旅邸蕭瑟，頗愁長夜，於是草創三十回，名曰《綠野仙蹤》，付同寓讀之，多謬邀許可。丙子，余同祖弟説嚴授直隸遼州牧，專役相迓。至彼九越月，僅增益二十一回。戊寅，舍弟丁母艱，余羞回故里，從此風塵南北，日與朱門作牛馬，勞勞數年，于余書未遑及也。辛巳，有梁州之役，途次又勉成數回。壬午，抵豫，始得苟且告完。污紙穢墨，亦自覺鮮良極矣。總緣蓬行異域，無可遣愁，乃作此嘔吐生活耳。昔更生述松子奇蹤，抱朴著壺公逸事，余於《列仙傳》内添一額外神仙，為修道之士懸擬指南，未嘗非吕純陽欲渡盡衆生之志也。至於章法、句法、字法，有無工拙，一任世人唾之罵之已爾。夫竹頭木屑，尚同杞梓之收；馬勃牛溲，並佐參苓之用。余一百回中，或有一二可解觀者之頤，不至視為目丁喉刺，余榮幸寧有極哉！"

　　按，此序中"壬午"即乾隆二十七年，可知小説于本年完稿。序文後又有"金陵周竹溪先生言：'説部百無一二自叙者，況下已有侯、陶二公序文，宜刪，宜刪。'故從其説"。表明周氏對小説序文之態度。

（李百川著、李國慶點校《綠野仙蹤》，中華書局 2001 年）

乾隆二十九年（甲申　1764）

陶家鶴《〈緑野仙蹤〉序》："《水滸》《金瓶梅》，其次《三國》，即説部中之大山水也。予每於經史百家披閲之暇，時注意於説部，爲其不費心力，可娛目適情耳。而於説部中之七八十回至百十回者，尤必詳玩其脈絡關紐、章法句法，以定優劣。大有千百部中，失於虎頭蛇尾、綫斷針折者居多，緣其氣魄既大，非比數回内外書易於經營盡美善也。"

"至言行文之妙，真是百法俱備，必須留神省察，始能驗其通部旨歸。試觀其起伏也，如天際神龍；其交割也，如驚弦脱兔；其緊溜也，如鼓聲瀑布；其散大也，如長空驟雨；其艶麗也，如美女簪花；其冷淡也，如孤猿嘯月；其收結也，如群玉歸笥；其串插也，如千珠貫綫。而立局命意，遣字措詞，無不曲盡情理，又非破空搗虚筆所能比擬萬一！使予覺日夜把玩，目蕩心怡，不由不歡賞爲説部中極大山水也。

"世之讀説部者，動曰：'謊耳，謊耳。'彼所謂謊者，固謊矣，彼所謂真者，果能盡書而讀之否？左丘明即千秋謊祖也，而古今之讀左丘明文字者，方且童而習之，至齒摇髮禿而不已。其不已者，謂其文字謊到家也。夫文至於謊到家，雖謊亦不可不讀矣。願善讀説部者，宜急取《水滸》《金瓶梅》《緑野仙蹤》三書讀之，彼皆謊到家之文字也，謂之爲大山水、大奇書，不亦宜乎！"

末署"乾隆二十九年春二月，山陰弟陶家鶴謹識"。

"通部内句中多有傍注評語，而讀者識見各有不同。第意宜擇其佳者，於抄録時分注於句下，即參以己意，亦無不可。將來可省批家無窮心力。

"再此書與略識幾字並半明半昧人無緣。不但起伏隱顯，穿插關紐，以及結構照應，彼讀之等於嚼蠟，即内中事蹟亦未必全看得出也。萬一遺失一二，徒有損無益。予叙文中亦曾大概言及，嗣後似宜審慎其人付之。忝叨知己，故不避嫌怨瑣陳。百翁以爲何如？"

末署"弟陶家鶴拙識"。

虞大人評點《綠野仙蹤》總評："細觀此書，結構精嚴，妙想疊出，真中幻，幻中真，具五花八門之插奇，極錦簇雲攢之趣。"

各回評點（評者不止虞大人一家，具體待考）：

第一回："人能以經史爲師，便可效法聖賢。總精於八股、詩賦，究係尋章摘句之流，不過典博而已矣。"

"世之送人看詩文者，見圈少便拂意。須知多圈總有個不好在內，尤非場屋中可比。"

第六回："此等説部，只可令心地明白、通達人情物理者讀之，捨命喊誦八股，並半明半昧，略識幾字人讀之，不但等於嚼蠟，彼且厭其繁複，深負作者用意、用筆苦心。惟識者辨之。"

"余生平見大小虎四，率皆在木籠中收養，其凶威全失，無足列論。……今詳録於此，爲城居人偶山行者鑒，亦好生救人，一點愚誠耳。陶子和曰：説部中寫打虎避虎者，不可勝數，要皆信口亂道，於虎情虎性四字毫不思索。惟《水滸傳》施耐庵寫武松打虎，打的有斤兩。《綠野仙蹤》百川寫避虎，避的近情理。除此二書，餘皆不堪暫注目。善讀説部人心中眼中自有賞識也。余看此回前後共用一十六個'那虎'字，亦見行文一法。"

第八回："若必詳寫於冰如何將鬼打到，後又如何跑去，則太荒唐矣。小説固是博人歡笑物，然亦不可于情理外任筆爲之。"

"統以三個'只怕'字，形容的情景宛然，真有玄黄炙轂之妙。説部貴章法、句法、字法。疊用三個'只怕'，即字法也。俗筆一百年也夢想不著，惟《水滸》則無法不備矣。"

"説部一字一句都要照應，即此等之類。"

第十一回："寫於冰誅妖狐，燒大蛇、蜈蚣，今又寫收猿猴，疊犯妖怪題目，却無一字一句雷同。使讀者不厭其複，庶幾可做犯題之文也。"

第十四回："（正文：於冰猛想起）三字迅速之至，有此則無不可入之事，其捷等於《水滸》說時遲那時快六字也。通部內用此有六七處。此作者行文，各有應急筆法。"

"此作者藉說部痛罵僧道處。所謂能言距楊墨者，聖人之徒也。"

"此是作者藉說部以勸戒世人處。讀者莫負作者一片苦心。"

第十六回："從十一、十二回做妖怪犯題起，至此僅隔三回，又做妖木、妖黿二事，寫得離奇萬狀，使讀者不厭其複。且由別城璧引出峨眉山，由峨眉山引出木怪，由木怪等引出老黿，由老黿引出壞人船隻性命，由船隻引出下回朱文魁兄弟數回大文字。看此回似與正文無涉，而承上啓下針綫卻已穿插在內，猶之做八股一過脈關紐也。"

第十七回："作小說，最忌頭上安頭，必須彼此互相牽引插串而出，方為一綫穿成文字。如《水滸》陡出王進並鄆城縣知縣時文彬坐堂，《金瓶梅》陡出苗員外，皆頭上安頭也。這兩部書是何等大手筆，他豈不想及於此？奈一時思路偶窮，故不得不蹈此病耳。其餘小說，有一部中用三五頭至七八頭者，頭多如此，哪裏還有針綫連貫！此等書只用看十分之二三，便當付諸丙火也。此回藉川江斬黿、商旅受驚，引出朱文煒。又藉文煒引出林岱並朱文魁，皆部中要緊角色。斯亦可謂深貴經營矣。然非細心人，雖看十數次，不能想其用筆用意之苦也。"

第二十回："寫一眺望並燈火，必各分做三層，藉城璧目中見有隱顯、遲速、高低、遠近之不同，卻止寫燈火不寫人，緣燈火即人也。時下庸腐小說，安能夢及一字，只用一提筆，便將金不換家圍住矣。然此等文字，必須通達世情人看得出。若海邊逐臭、文理未通之流，他反以繁厭二字相譏也。"

第二十五回："凡人讀經史記傳以及小說等類，見有悲苦事，無不代前人扼腕，還有大動氣惱不平者。惟文魁這廝，他越哭得痛，人越笑得多。此亦亂臣賊子，皆願共誅之意也。"

第二十六回："（西門慶藥鋪傅主管懼怕武松語：'我又不曾得罪了都……'）平白又出一喪良無恥之羅貫中，他要做《忠義續水滸》，將'都'字下添一'頭'字，'吃'字下添一'酒'字。可惜施耐庵傳神妙筆，被這奴才添的索然無味。且所續通部，無一句不是病狗翻腸、牢牢吐屎情態，令人讀去，連一二篇亦不可暫注目，與做《續西廂》人是一樣材料，一樣識見，通號之曰'綠豆眼'。蓋烏龜之瞳子，止不過綠豆大小也。昔一友人看至解役問連城璧話，内有'你，你是什麽……你怎麽從房上下……'，伊大笑曰：'何必乃爾！'此人目孔，去綠豆眼幾何？"

"一連用三個'就是'，描寫城璧年來時刻想念、天天和董瑋稱揚一片真誠，藉此三個'就是'，托出有無限喜出意外之樂。除《水滸》之外，其餘説部安能夢得著一字！"

第二十七回："此刻説明，則下文便索然矣，故著兩人皆作含糊語。緣做説部，有明行，有暗渡；有半露，有全陳，其法不一。若此回頭一試，必須半露方妥，爲下文可省無數補筆，故藉城璧宣出傷生等話也。"

"疊用三個'大'字，各大的不同，此所謂有字法也。"

"（正文：只見那蟒又回著頭，折著尾，一段一段將所纏大石次第放開）如此寫方入情理。若求省筆，只言蟒吞不換，不換上樹，那蟒去了，將前文若干驚懼、若干打算、'不要命'三字，盡行删去，尚有何趣？世有一種不體人情、不想物理，他只要簡斷完結，方快他意。經史到出言簡斷，他又一字解説不來。此等心目俱盲之匹夫，止可著他讀無針綫插串、一回了一回之《西遊記》。似此等有章法、句法、字法之説部，是教他看不得。"

第二十八回："預伏下第三十四回文魁、殷氏二人遇桂芳等事。寫一性直爽快人，一言一動都活現在紙上。《水滸傳》後部無足論，前部每出一人，即描神畫物，無不絶肖，亦無一個相同。此書於要緊角色一開口便是那人語氣，移放別個不得。《水滸》而外，僅見斯文。"

第三十一回："（韻文一篇）此贊無多麗句，不過貼切而已。然筆墨出自心裁，自不落尋常蹊徑耳。謂之爲説部傑構，亦無不可。"

第三十三回："戲文内有《刺梁》《刺湯》《刺虎》，皆婦人戲也。有做的到家者，有做的不到家者。曲文白口都是一樣，只在一做字上分好醜耳。看此回刺喬文字，比戲文'三刺'到家否？金聖歎批《水滸》，嘗言做説部，章法、句法、字法，缺一不可。此真看説部之鼻祖。然這話止可與綉談通闊之士論，他如腐道學，以及半明半昧並好惡偏執之流，他不過曰小説已爾，何章法、句法、字法之有？可惜作者費無窮心血、無窮筆力，使此輩讀之，便是作者盲目處也。"

第三十六回："做説部，雖是筆墨小技藝，然其中有虛實，有反正；有先伏，有後應；有旁引，有藉喻；有直行，有打曲；有穿插，有過脉；有明行，有暗度；有輕重，有緩急；有勾剔，有續斷；有平鋪，有倒裝；有疆界，有次第；有交割，有替代；有冷淡，有艷麗；有長收，有短結。其法不一而足，不知此者，不可以下筆。此回寫於冰戲法，前次用實筆，詳細鋪陳；後次用虛筆，標其名色而止。若後次同前次一樣寫，則必致初嚼沙糖、再嚼羊蠟之誚矣。亦回避之一法也。"

第三十七回："此非寫世情太凉薄，大抵人處患難時，肝膽義氣四字出在正路朋友身上，嫖賭場中朋友，通以酒肉銀錢四字爲重。皆因都是損友，不是益友故也。此時一個請不來，何足爲怪！小説固是閑文，於觀者亦不無小補益。世之有身家者，似宜以此等話爲是，可亂交也哉！"

第四十三回："以下欲起十數回大文字，先出此一要緊脚色作引，巧爲連合，使章法貫串，渾無一絲斧痕。"

第四十六回："只用四個'你'字，將九卿科道素稱爲萼山先生者，奴形立見。此亦小説法《春秋》，一字之褒貶也。"

第五十九回："息息渾渾，出之亹亹，沉鬱頓挫兼有之。行文至此，實有

紙動戈飛之妙。從生前初會直叙至死後吊奠，句句皆淚，字字皆血，説部中
不可多得之文也。通篇叙事詳明，筆鋒犀利，收結二段，有無限追往惜今，
生死不同之恨。"

第六十一回："《天罡總樞》一書係三界大羅金仙不輕易得者。今寫於冰
先至凌雲峰，次至鄱陽湖，再次遣鬼尋訪，施符蹤跡，經歷許多地方，至此
方見妖氣。下回寫他得書後法力通天，也是費無窮打算，始能得也。若庸説
部，一提筆便著他得去，毫無層次紆折。緣此讀其書者，雖百千回，無疑嚼
蠟。今有人讀此回，有嫌過於經營之説，其平日嚼蠟可知。"

第六十三回："《水滸》常用'説時遲、那時快'二語爲接續入人之法，
此書常用'猛想起'三字爲接續入事之法。語雖不同，其用則一也。可知做
書至百回，各人自有得心應手之句，爲穿插接續捷徑之法。不拾人餘唾，便
是好手。若《女仙外史》，亦常套用'説時遲那時快'六字，却又用得毫無趣
味，真是嚼人屎橛，算不得一好狗也。"

第六十四回："句句皆尋常話，却説部中從未有此體裁，獨開新面，惟此
贊耳。"

第六十九回："世安有夢中人會與夢中人私相議論做事之理？以故作者留
心回避，通用當面直陳，不敢背面渲染，恐落人批駁。及到醒夢時，只用以
上四五句話作關扭，一轉筆便著他醒夢，却醒得無絲毫形跡，無半句牽强。
昔吾友子和陶公，嘗言此有倒挽天河、拔移山嶽之勢，信不虛也。"

第八十回："一連用四個'他'字，却句句他的情景俱到。寫女兒心性，
總要全知道，故有這許多文法。除却《水滸》，講此等字法者有幾部？"

第八十二回："凡寫生，貴得其情。情之所在，即理之所在也，情理得而
聞者，均以爲是矣。總是要於未下筆時用心想像，則八面俱圓。若隨筆亂填，
不但一回，即一句也有多少空漏在内，弄的大不近人情，致令人批駁詈罵，
辱及作者祖父，亦何爲耶！"

第八十七回：“前憑據實寫，此則虛寫，乃有章法，説部一定不易之局。若必再行實寫，即等於嚼蠟矣。”

第九十回：“前用補筆，此則於補筆中又用正筆敘事，皆做説部妙法。”

第九十二回：“以上數人皆書内要緊角色，敘明白歸結，完人世事件。周通父子並沈襄，前回已標明，無庸再贅。以下八回係冷於冰同衆弟子歸結、完修道事件。書名《緑野仙蹤》而不曰《朝野仙蹤》者，緣冷於冰係通部大關鎖人，雖與嚴嵩、林岱、朱文煒等有交涉，然從未一面明帝，故去‘朝’字，止名‘緑野’耳。”

第九十三回：“一層層次第抒寫，出脱井然，其沉潛于《文選》《賦苑》諸書有年矣。且局格亦歷來説部所未有，可謂獨開生面，不落時蹊，豈郊寒島瘦輩所能夢及一字耶！識者能否？”

（李百川著、李國慶點校《緑野仙蹤》，中華書局 2001 年）

乾隆三十年（乙酉　1765）

龔煒《巢林筆談》自序：“揚子雲稱‘世有不談王道者，則樵夫笑之’。予際極盛之世，淺浴詩書之澤，不王道之談，而矢口涉筆，冗雜一編，典雅不如夢溪，雋永不如聞雁，亦勦其名曰《筆談》，其不免樵夫之笑者幾希！而二三同學，則謬許可傳，意者略其瑣屑無謂之處，其間頌聖稱先，道人著書風俗，或蠡測經史，辯誣證誤，亦間有近道者歟！先民不廢芻蕘之詢，聖人亦擇狂夫之言，覽者推斯義焉，庶乎其可也。”

末署“乙酉仲春巢林龔煒漫書”。

《巢林筆談》“水滸”條：“施耐庵《水滸》一書，首列妖異，隱托諷譏，寄名義於狗盜之雄，鑿私智於穿窬之手；啓閭巷黨援之習，開山林哨聚之端。害人心，壞風俗，莫甚於此。而李卓吾謂宇宙有五大部文字，並此於《史記》、杜詩、蘇文、《李獻吉集》，悖矣。若以其穿插起伏、形容摹繪之工，則古來寫生文字供人玩味者何限，而必沾沾於此耶?"

"稗乘有補正史"條："《洛陽伽藍記》載後魏隱士趙逸者，云是晉武時人。自永嘉以來，建國稱王者十有六君，皆遊其都鄙，目見其事，國滅之後，史多失實。如苻生雖好勇嗜酒，亦仁而不殺，乃天下之惡歸焉! 苻堅賢主，妄書賊君。凡諸史官皆此類。觀此，知故人之飲恨于簡編者不少，參之稗乘，豈曰小補? 逸自言：'吾不閑養生，郭璞爲筮五百歲，今始逾半。'"

（龔煒撰、錢炳寰點校《巢林筆談》，中華書局 1981 年）

余集《聊齋志異》序："乙酉三月，山左趙公奉命守睦州，余假館於郡齋。太守公出淄川蒲柳泉先生《聊齋志異》，請余審定而付之梓。……按《縣志》稱先生少負異才，以氣節自矜，落落不偶，卒困於經生以終。平生奇氣，無所宣溪，悉寄之於書。故所載多涉諔詭荒忽不經之事，至於驚世駭俗，而卒不顧。……嗚呼! 先生之志荒，而先生之心苦矣!"

末署"乾隆三十年歲次乙酉十一月仁和余集撰"。

（張友鶴《聊齋志異會校會注會評本》，上海古籍出版社 1986 年）

乾隆三十一年（丙戌　1766）

趙起杲《青本刻〈聊齋志異〉例言》："先生是書，蓋仿干寶《搜神》、任昉《述異》之例而作。其事則鬼狐仙怪，其文則莊、列、馬、班，而其義則竊取《春秋》微顯志晦之旨、筆削予奪之權。可謂有功名教，無忝著述。以意逆志，乃不謬于作者，是所望于知人論世之君子。

"是編初稿名《鬼狐傳》，後先生入棘闈，狐鬼群集，揮之不去。以意揣之，蓋恥禹鼎之曲傳、懼軒轅之畢照也。歸乃增益他條，名之曰《志異》。有名《聊齋雜志》者，乃張此亭臆改，且多刪汰，非原書矣。兹刻一仍其舊。

"先生畢殫精力，始成是書。初就正於漁洋，漁洋欲以百千市其稿。先生堅不與，因加評騭而還之。今刻以問世，並附漁洋評語。先生有知，可無仲翔沒世之恨矣。

"是編向無刊本，諸家傳抄，各有點竄。其間字斟句酌，詞旨簡嚴者有之。然求其浩汗疏宕，有一種粗服亂頭之致，往往不逮原本。茲刻悉仍原稿，庶幾獨得廬山之真。

"編中所述鬼狐最夥，層見疊出，變化不窮。水佩風裳，翦裁入妙；冰花雪蕊，結撰維新。緣其才大於海，筆妙如環。

"編中所載事蹟，有不盡無徵者，如《姊妹易嫁》《金和尚》諸篇是已。然傳聞異辭，難成信史。漁洋談異，多所采撷，亦相徑庭。至《大力將軍》一則，亦與《觚賸·雪遘》差別。因並録之，以見大略。"

按，《聊齋志異》青柯亭本載趙起杲"弁言"，末署"乾隆丙戌端陽前二日，萊陽後學趙起杲書於睦州官舍"。此據以繫年。

（張友鶴輯校《聊齋志異會校會注會評本》，上海古籍出版社 1986 年）

沈德潛《長洲縣志》："蘇州吴中坊賈，編纂小説傳奇，繡像鏤版，敗壞人心。遂有射利之徒，誦習演唱，街坊場集，引誘愚衆，聽觀如堵，長淫邪之念，滋奸偽之習，風俗陵替，並宜救正。"

按，繫年據刊刻時間。

（上海圖書館藏清乾隆三十一年刊本）

乾隆三十二年（丁亥 1767）

孫閎達爲李中馥《原李耳載》作序："晉陽李鳳石先生，古君子也，一日以《耳載》示余，且索余言。余讀之如讀異書，得未曾有其所載，皆可喜、可愕、可感、可歎之事，可以啓人之善思焉，可以警人之慝志焉，可以堅人之信心、破人之攣見焉。是書也，其有功於名教不淺，非直爲紀聞志怪之書而已也。先生之耳，豈猶夫人之耳；先生之載，豈猶夫人之載哉！讀者當以心會之而以身試之，慎毋以過耳之談目之。抑余聞晉陽爲古名封，而志之所載，殊覺寥寥，修志者於此一採取焉，未必不可爲敍邑增光垂不朽也。余不敏，長者之命不敢辭，是爲序。古閻遜菴孫閎達拜書。"

　　殷嶧《〈原李耳載〉序》："予自蒞晉陽及罷官，前後凡八載。先是即聞前明名孝廉鳳石李先生著述甚夥。丁未春，令嗣季君出《耳載》一編，受而卒業焉。事多通志及邑志所未嘗有，因雖遺聞軼事，非得留心掌故者搜羅而掇拾之，其湮没不傳者多矣甚矣，文之不可以已也。若所載雖不盡係晉事，亦必信而有徵。蓋先生博學而篤行之古君子也，今已俎豆宮牆，邦之文獻，其寄之矣。高郵後學殷嶧拜書。"

　　陳俶《〈原李耳載〉小引》："扶輿邈矣，庶類錯然其間。有平即有奇，有常即有幻，事之可驚、可喜、可法、可戒者何限，獨不得搜幽玄之手，探而出之，以故佚而弗傳。間有其人，又病於醜博，爲大雅所譏。若《耳載》者，傳之確，核之真，吾知免矣。容齋有《隨筆》，沈氏有《筆譚》，多述宋、元間遺事，讀者無不服其該洽。今以是書準之，又何多讓焉。是爲一言以引之。古吳嚠城義扶陳俶拜題。"

　　許道基《〈原李耳載〉序》："稗官野乘，意在炫奇，而作者今古相望。莊子首述《齊諧》，班史藝文列小說十五家，平子《西京賦》亦云'小說九百，本自虞初'。是在漢時已充棟矣。爾後轉相擬述，無關體要，聊爲談資。而晉張茂先因琅嬛所得，撰《博物志》四百卷。武帝詔使芟截浮疑，僅百十卷，非以俶詭幻怪繁蕪耳目乎？唐人雜記，雅好附會，荒忽支離，以不奇爲病，乃適病不奇耳。夫天下之奇，不在奇事，在常事，且在常理。鯨呿、鰲擲、牛魅、蛇妖，爲味轉淺。唯於倫常日用間，無可見奇者，得其奇誌之，覺明霞秀月，無非涌雪崩雲。得其奇而不黑於理者誌之，覺雁蕩、龍門，無非練川楮陸，而後至奇以見。晉陽李鳳石先生學通今古，所著《耳載》一書，未

嘗不標新領異，要皆目前常事，轉出奇境。復鄭重乎忠孝廉貞之行，風議乎
嗔貪癡妄之爲，使人考鏡，感發自於言外得之。是事以正出奇，理以奇見正，
而心則全乎正者也。蓋將以挽人心之好怪，而不愧爲天下之至奇，尚何‘算
博士’‘鬼董狐’之誚哉？吳興徐侍郎蘋村，嘗詆戀椒之穢褻、《湘山野錄》
之妄誕、《碧雲騢》之誣謬，以爲傷風俗，淆是非。他若《洞真拾遺》《雲仙
散錄》諸編，亦譏其瑣屑鄙雜，可以無作。惟陶氏《輟耕錄》，則以廣見聞、
紀風土、補史乘美之，稱許綦愼矣。而其年陳檢討復詆爲腕力孱弱，文采不
足以發之紀載，固若是其不易乎！惜先生之書不令二公見之耳。獨訝古人有
言，末學膚受，貴耳而賤目，似耳睹弗靈於目聽，命名之未安也者。觀其自
序而爽然失矣。”

　　末署“乾隆丁亥秋七月朔旦，兩海年家後進許道基拜書”。

　　　　　　　　　　　　（山西省圖書館藏清乾隆三十二年愼思堂刻本）

乾隆三十三年（戊子　1768）

　　“東隅逸士”（吳璿）作《飛龍全傳》自序：“己巳歲，余肆業村居，闇修
之外，概不紛心。適有友人挾一帙以遺余，名曰《飛龍傳》。視其事，則虛妄
無稽；閱其詞，則浮泛而俚。余時方攻舉子業，無暇他涉，偶一寓目，即鄙
而置之。無何，屢困場屋，終不得志。余自恨命蹇時乖，青雲之想，空誤白
頭。不得已，棄名就利，時或與賈豎輩逐錙銖之利，屈指計之，蓋已一十有
九年矣！今戊子歲，復理故業，課習之暇，憶往無聊，不禁瞿然有感，以爲
既不得遂其初心，則稗官野史亦可以寄鬱結之思。所謂發憤之所作，余亦竊
取其義焉。於是檢嚮時所鄙之《飛龍傳》，爲之刪其繁文，汰其俚句，布以雅
馴之格，間以清雋之辭，傳神寫吻，盡態極妍，庶足令閱者驚奇拍案，目不
暇給矣。第余才識卑劣，偏陂脫漏之弊，終所不免。茲顧孜孜焉亟爲編葺者，
不過自抒其窮愁閑放之思，豈真欲與名人著作爭長而絜短乎哉？”

末署“時嘉慶二年歲在丁巳仲秋之望，東隅吳璿題”。

署名“杭世駿”《〈飛龍全傳〉序》：“偶然翻閱案上殘書，見有《飛龍傳奇》一卷。予觀其布置井井，衍説處亦極有理，毫無鄙詞俚句，貽笑大方，洵特出於外間小説之上，而足與才子等書並傳不朽。至於書中所載宋太祖自夾馬營降生，以至代周御極，其事已略誌于史。而編纂推衍，令閱者觀之，臥忘寢而食忘味，咨嗟歎賞，手不忍釋，此則在乎筆法之妙也。老友欲授之棗梨，請予作序，因聊綴數言，以爲粲花之助焉。”

末署“時嘉慶丁巳仲秋月，秦亭老民杭世駿題於西湖別墅”。

按，此處“嘉慶二年”（1797）似刊刻失誤，嘉慶二年即丁巳年，而序中“己巳歲”或指嘉慶十四年（1809），或指乾隆十四年（1749）。若指乾隆十四年，則與嘉慶二年相隔五十二年，似與序中所言情理不合。此外，杭世駿生卒年爲康熙三十四年即 1695 年至乾隆三十八年即 1773 年，嘉慶二年時，杭世駿早已作古，因此杭氏序言實爲僞托。另，《飛龍全傳》清崇德書院刊本卷首亦載有此序，末署“時乾隆三十三年歲在戊子仲秋之望東隅吳璿題”，應屬可信。故題曰“嘉慶二年”或“嘉慶丁巳”，疑爲書坊改竄，不足爲信。

《飛龍全傳》回末評點：

第二回：“隱帝云功臣之子數語，正爲下文趙洪殷諫阻被責作反引，乃是欲抑先揚之法。歷敘管家二人，非是欲寫閑文、故疏正意，蓋爲歸時作章法也。如《水滸傳》連寫王進母子二人是也。今觀原本，隨意鋪排，毫無關鎖，縱使極力張惶，恐失史家筆墨。”

第二十二回：“權爲鄉人之耕物，則□□□爲養馬之場，僧家悉爲捍敵之土，世界不成世界，行文亦不成其行文矣。夫乃有此一點，便爾通體皆室，不特馬匹有歸，而袍帶亦有歸矣。此照應中之照應也，誰謂稗官野史而可忽哉？”

第三十七回："看書須看神情，神情不得，便無趣味。如三弟原來還是這等，此正曲繪其一肚子沒好氣，不好發泄之神情也。描情傳神之筆，往往如此，閱者其體之。"

第六十四回："《飛龍》一書起迄都有照應，收束都有關結，名□野史□□文規，誠有典而有則，盡□□□□□□也。是故首回有苗光義之相面，末即有苗光義之指日以結之；起有苗光義之來京由於師命，末即有陳摶之騎驢吟詩以結之……如此之類，乃一部首尾之照應歸結也。至於一回有一回之照應，隔回有隔回之照應，物類有物類之歸結，人事有人事之歸結，□□□□不能枚舉，惟在閱者靜而識之。"

（天津圖書館藏清芥子園刊本）

乾隆三十五年（庚寅　1770）

蔡元放《水滸後傳》評改本"讀法"："本傳不特于山泊諸人，使之重複聚會，即前傳中有名人物，凡與山泊諸人有關係者，亦皆收録無遺。不特樂廷玉、王進、扈成等是豪傑一類，盡數收羅，即下至鄆哥、唐牛兒等，亦不使一人遺漏。正是微功必録，小善不忘。是謂補苴罅漏、張惶幽渺之筆法也。"

"本傳章法，有與前傳相同者。如每一人入夥上山，必使立功；每一番大征戰後，必寫一番派拔大發放；每一件大事、一段大文，或前或後，必有一件小事、一段小文以間之。如此之類，則與前傳如出一手也。"

"正在叙事時，忽然將身跳出書外，自著一段議論，前傳亦有數處，然俱不過略略點綴。本傳則將天理人情，明目張膽，暢說一番，使讀者豁然眼醒，則較之前傳爲更勝也。"

"本傳與前傳，有犯而不犯之法。如前傳高俅尋事王進，本傳張通判尋事阮小七。……都故意寫得極其相似，以與前傳相犯也。然高俅尋事王進，王進却不能奈何高俅；張通判尋事阮小七，阮小七却能殺得張通判。……乃作者故意于相犯之中，翻出不犯之巧者也。"

"武松離却張青店内，便該徑至白虎山，以遇孔氏弟兄，何爲又寫蜈蚣嶺之一篇耶？蓋此等是文章家一實一虛、一中一外、一正一旁相間成文之法。"

"傳中所有各種文法甚多。如相間成文法、跳身書外法、犯而不犯法，俱在前則説過；其餘仍有數種。皆是野雲主人偶然看出。今略爲點出，以公世賞。"

"本傳與前傳，有明點法，有暗照法。如阮小七登山祭奠，將山寨舊事指示衆人……是明點也。蔣敬之在雙峰廟，幾個轉身，與武松在鴛鴦樓相似，到登雲山脚下酒店，與梁山泊朱貴酒店相似……是暗照也。"

"有忙裏偷閒法。於百忙叙事中，忽寫景物時序。如阮小七、扈成初到孫新酒店……都是於極忙中寫出許多清幽景致，而且點出時序，令人耳目爽然一快。"

"有借樹開花法。如要寫孫氏弟兄與扈成上登雲山，便寫一毛豸一毛仲義之子，與山泊舊仇，要借鄒潤來生事陷害，以逼成之。"

"有烘雲托月法。燕青之與盧俊義，是主僕而骨肉者也。俊義既死，燕青即欲竭忠圖報，已無其由。今寫一盧俊德，是俊義嫡親瓜葛。燕青不辭勞瘁，不避艱險，盡力以救其妻女。……此是借旁形正，正如烘雲托月一般。"

"有加一倍法。如虎峪寨鬥法，另外寫出三座高臺……熱鬧便熱鬧之極，出醜便出醜之極，快活便快活之極。使文字有瓊花插琪樹、海水泛洪濤之妙也。"

"有火裏生蓮法。如蔣敬江中被劫後，寫遇茅庵老僧一段……使人如在煩惱火坑之中，忽現清凉世界，令人煩心頓息也。"

"有水中吐焰法。如公孫勝、朱武之重陽賞菊，何等幽閒自在，二人一段議論，已是脱網忘機，却頃刻便有張雄、郭京兵馬來捉。……皆是陡起風波，出於意料之外。"

“有灰綫草蛇法。如李俊在金鼇島救起安道全，爲後引兩寨諸人入海之綫……皆是遠遠生根，閑閑下著，到後來忽然照應，何等自然！”

“有欲擒故縱法。如龍角山之畢豐本可殺却，却放他走脱，以爲後來借金兵攻飲馬之地。”

“有背面鋪粉法。如丁自燮、呂世秋之貪污狼藉，却寫一清正不准關文之蘇州太守以陪襯之。”

“有移花接木法。前傳説燕青能通各路鄉談，是贊他心地聰明、口舌利便耳。然其所通，不過中國諸鄉語耳。至於金人，乃外番之國，中間又隔了大遼，從未與中國通問，燕青何由而能通其番語乎？……故就他能通各路鄉談而推廣之，作移花接木之用，庶不棘手耳。”

各回評點：

第六回：“鬥法是稗乘常例，因要惹出公孫勝來，故借此敷演，且提起趙良嗣、郭京，爲宋朝失兩河之故。是一部大頭腦。”

第二十回：“此回頭緒頗多，作者如穿九曲之珠，一綫串出，呼延父子兵敗落荒，誅僧遇友，讀之有一波未平一波又起之樂。”

第三十回：“此篇是一部書大轉落處，有關鎖，有提挈，文章之樞紐。”

（華東師範大學圖書館藏清紹裕堂刊本）

乾隆三十六年（辛卯　1771）

楊復吉爲阮葵生《茶餘客話》題詞：“凛冽西風雪作冰，衡門匏繫望舼稜。一編入手雙眸豁，剔盡寒窗五夜燈。幾載長安碾轍環，素心攸記著名山。搜羅都付如椽筆，思在《夷堅》《雜俎》間。史才學識擅三長，珥筆端宜入玉堂。會見洛陽曾紙貴，行間熏得馬班香。訪古常停問字車，生平癖嗜在《虞初》。漁洋而後君其續，苦吮霜豪讀素書。”

（《清代筆記叢刊·茶餘客話》，上海文明書局 1934 年）

《茶餘客話》卷十："古人左圖右史，不獨考鏡易明，且便於記覽也。吾師邱恭亭先生，生平讀書，凡難記處皆圖焉，或作爲表，閲者莫不曉然。晉末五代諸國，按表可得。歷代官制沿革，尤便於圖也。"

卷十六："麻城甘右泉，撼近來刊刻之繁，頗動祖龍之慕。作爲長歌，痛快絶倫，可爲救時良方，然亦有太過。滿子鶴鄰云：'經史昭垂，非惟不可焚，亦不能焚。惟古今文集酌存百之一，詩賦存千一。凡經典、道籙、語録、詞曲、時文，盡數付之一炬。至於小説淫詞，不足與於此數也。'"

"《續文獻通考》以《琵琶記》《水滸傳》列之《經籍志》中，雖稗官小説，古人不廢，然羅列不倫，何以垂後？近則《錢遵王書目》亦有《水滸傳》，明時《文華殿書目》亦有《三國志通俗演義》。"

卷二十："李肇《國史補》序稱：'言報應，叙鬼神，述夢卜，近帷箔，悉去之。紀事實，探物理，辨疑惑，示勸戒，采風俗，助談笑，則書之。此可爲叢説雜著之式。'"

按，據戴璐《〈茶餘客話〉跋》："是書成于辛卯之前。"跋末署"甲寅上元烏程戴璐跋"。此據以繫年。

（阮葵生撰、李保民校點《清代筆記小説大觀·茶餘客話》，

上海古籍出版社 2007 年）

乾隆三十七年（壬辰　1772）

陳錫路《黄奶餘話》自序："説部之書，固子之屬也。然使以己意爲結造而或失之誕，或失之鄙，則其無當於觚墨者無論。至剌取古人書而衍説之，或不免爲抄襲之陋、穿鑿之非，若此者亦無取焉。"

按，繫年據刊刻時間。

（天津圖書館藏清乾隆三十七年雲香窩刻本）

乾隆三十九年（甲午　1774）

李春榮《水石緣》自叙："夫文人窮愁著書，謂其可以信今而傳後也。若傳奇豈所論哉！顧事不必可信，而文則有可傳。莊生寓言尚矣，他若宋玉窺鄰，元稹記會，以及遊仙無題之作，或隱或見，只緣情綺靡，不自以爲可傳也，而今猶競相諷詠焉。下及元人百種，録舊翻新，嘆深夥□，誰謂傳之必可信哉！又謂不信之可不傳哉！"

末署"乾隆甲午桂月書於熙和軒，稽山棣園李春榮自述"。

（北京大學圖書館藏清乾隆經綸堂刊本）

何昌森《〈水石緣〉序》："從來小説家言，要皆文人學士心有所觸，意有所指，借端發揮以寫其磊落光明之概。其事不奇，其人不奇，其遇不奇，不足以傳。即事奇、人奇、遇奇矣，而無幽僬典麗之筆以叙其事，則與盲人所唱七字經無異，又何能供賞鑒？是小説雖小道，其旨趣義蘊原可羽翼賢卷聖經，用筆行文要當合諸腐遷盲左，何可以小説目之哉？……予獨愛其寫私情而不流於淫媟，傳義氣直可貫諸金石，等富貴于浮雲，甘林泉以笑傲。中以朗磚作一簿針綫，其紅羅墮懷、蠟丸詩句，明明將後事點出，繼此則逐段分應，非胸有成竹，不能臻此。猶喜每段起結，不落小説圈套。蓋合而觀之，自第一段起至三十段止，如一串牟尼珠。分而觀之，每段俱有意趣，又如瓊瑶堆案也。其詩歌詞賦，俊逸清新，趣語笑談，風流大雅。而新婚一段，寫得暢快分明，實係未經人道，豈諸小説所能窺其萬一哉！夫著書立説所以發舒學問也，作賦吟詩所以陶養性情也。今以陶情養性之詩詞，托諸才子佳人之吟詠，憑空結撰，興會淋漓，既是以賞雅，復可以動俗。其人奇，其事奇，其遇奇，其筆更奇，願速付之梓人，以公之同好，豈僅破幽窗之岑寂，而消小年之長日也哉？是爲序。"

末署"甲午浴佛後一日，桐山硯弟何昌森擬撰"。

（天津圖書館藏清明德堂刻本）

乾隆四十年（乙未　1775）

　　周榮《重刊〈七修類稿〉序》："詭怪之談，儒者不道，然理之所必無，安知非事之所或有？因奇成譃，揮塵者或借爲談資焉。夷考歷代史書、天文、地理，各有專志；時政記注，職在史官；類事之家，事物必原其始；窮理之學，經史必刊其誤。……惟《七修類稿》尚有傳世。其書分七類：曰天地、曰國事、曰義理、曰辨證、曰詩文、曰事物、曰奇譃，綜諸家之所長，竭終身之得力。貫穿百氏，津逮來學。七修之義，舊序不詳，大都因類立義刊修經時也。"

　　末署"乾隆四十年歲次乙未仲冬三日錢塘後學周榮謹識"。

　　　　　　　　　　（朗瑛撰、安越點校《七修類稿》，文化藝術出版社 1998 年）

　　楊復吉《幽夢影》跋："昔人著書，間附評語。若以評語參錯書中，則《幽夢影》創格也。清言雋旨，前於後喁，令讀者如入真長座中，與諸客周旋，聆其馨欬，不禁色舞眉飛，洵翰墨中奇觀也。"

　　末署"乙未夏日震澤楊復吉識"。

　　　　　　　　　　（張潮撰、王峰評注《幽夢影》，中華書局 2008 年）

　　董寄綿爲"鏡湖逸叟"（陳朗）著《雪月梅》題跋："古今事業，我何由知之？以讀古人之書，而後知出。若是乎書止不可不作也。但作書亦甚難矣：聖賢經傳，尚皆述古人成事，況稗官小説，憑空結撰，何能盡善？是雖不可以不作，又何可以竟作也！如一人讀之曰善，人人讀之而盡善，斯可以壽世而不朽矣。文章之妙，實非一道，必如僧繇點睛，破壁飛去；虎頭畫水，夜半潮音；維摩説法，天女散花；禰衡操鼓，淵淵有金石聲：始可稱極妙矣。"

　　董孟汾《雪月梅》評本"讀法"："凡小説俱有習套，是書却脱盡小説習套，又文雅又雄渾，不可不知。"

"此書看他寫豪傑是豪傑身份，寫道學是道學身份，寫儒生是儒生身份，寫強盜是強盜身份，各極其妙。作書者胸中苟無成竹，順筆寫去必無好文字出來。是書不知經幾籌畫而後成，讀者走馬看花讀去，便是罪過。"

"不通世務人，做不得書。此書看他于大頭段、大關目處純是閱歷中得來，真是第一通人。"

"《雪月梅》文法是另開生面，別有蹊徑，間有與前人同者，如造化生物，偶爾相似，不得爲《雪月梅》病。"

董孟汾《雪月梅》評本各回評點：

第一回："此回是一部大書綱領，題目必安排得寬大，後面才做得出好文章來。"

第二回："能透徹世情，才是真文人；亦惟真文人，方能透徹世情。"

第五回："灰綫草蛇，失事之根由在此，却是正筆，不是閒筆。"

第六回："寫強盜真是強盜，寫浪婦真是浪婦。……郎氏、孫氏説話，同是一樣口氣，却是各人身份，真寫生妙手。"

第九回："妙筆傳神，全在無筆墨處弄筆墨也。"

"此篇是放筆寫雪姐，自江五設騙以至臺莊，何止萬言，筆筆哄騙，露尾藏頭，無一爽利語，殊覺悶人。及至被曹義媳婦説破，如山腰瀑布，千回百折，直到總彙處才傾江倒海而下，令讀者亦受驚不少，方知文章擒縱之法妙不可言。"

第十二回："不善讀者説此處都是閑文，殊不知後面有許多用處都要在此安頓，並非泛筆。"

第十四回："忽作閒筆寫景，此書慣擅此長，然實非寫景，乃寫主人之情也。"

"著著分明，著著模糊，筆意參差，文心錯落，非尋常小説所得窺其藩籬。"

第二十四回："遍觀小說，佳人才子無非吟詩作對、私約傳情，並無英雄識見而成佳偶者。故此書與尋常小說迥異雲泥。"

第二十七回："絕妙文心，與小說家動輒佳人才子、吟詩作對、寄柬傳情之類，奚啻霄壤哉！"

第三十七回："絕妙一篇詼諧文字，正不知文生於情、情生於文？"

第三十九回："是不得不預爲他布置一番，作文如萬派洪濤，穿山透石，須知同是一個源頭瀉出。知此便能得演義三昧。"

第四十回："看此回題目甚是枯澀，然看來另是一篇奇妙文章……是陪筆……是正筆……寫得親熱厚道，細針密綫，東穿西插，真是絕世文情。"

第四十一回："此篇只是完婚求親兩事，任你寫得花團錦簇，無非小說習套，《雪月梅》所不屑爲也。……行文如雲中之龍，東露一鱗，西現一爪，令觀者目不暇瞬，而不知其全體固是渾然也。"

第四十五回："寫來却如紙上真有一人搏虎，人威虎猛，無不酷肖。嘗見施耐庵作景陽岡武松打虎一回，聖歎批爲第一奇文。不謂《雪月梅》中又見此段打虎妙筆，與景陽打虎一字不犯，其筆力縱橫，真可與耐庵並驅，如滄海日、赤城霞、峨眉雪、巫峽雲，極天地之大觀，爲千秋之競敵。"

第四十七回："昔人云：有一個好題目必有一篇好文章，只是人做不出耳。如《雪月梅》一部五十回，則回回各極其妙。此回平空撮出兩妖人，請出一仙姊。若使俗筆爲此，幾成《封神》《西遊》等類矣。今只淡淡數筆，便寫得異樣靈奇，十分渲染，豈小說家可得同日而語哉？"

第五十回："一部大書以何公子潦草做親起，以岑少保熱鬧做親作結；以何成冥報起，以江七現報作結；以狂鬼欺孤起，以點石禪師普濟作結。俱是此書大關鍵。"

"此回是《雪月梅》大結局，正如萬水朝宗，千絲成錦，人鬼一齊收拾。其中追叙往事，至封贈團圓，心細如髮，無一筆滲漏，慘淡經營，至此極矣。"

按，本書作者“鏡湖逸叟”（陳朗）作自序，末署“乾隆乙未仲春花朝，鏡湖逸叟自序于古鈞陽之松月山房”。此據以繫年。

（《古本小説集成・雪月梅》影印上海古籍出版社藏清德華堂刊本）

乾隆四十二年（丁酉　1777）

“松村居士”爲“如蓮居士”《異説反唐演義傳》作序：“吾嘗讀《唐史》，至太宗高宗之際，不禁廢書而歎也。……傳奇之家，又復敷演成文，曲加描寫，用人行政，帷薄不修之處，幾有不堪寓目者。然天運循環，無往不復，狄梁公奪邪謀于平日，張柬之等伸大義于臨時，十九年深根固蒂之周朝，一旦反爲唐室。休哉，何功之隆歟！後之人覽《中興全傳》，識盛衰之始末，其間忠奸邪正，亦足以懲創而興起，其有裨于治道人心匪淺矣。前本因坊間失序，以致差訛，且自廬陵王以下，俱不載矣。於是乎搜尋原刻，更正增補，使閲者無憾於胸膈，今喜告成，是爲之序。”

按，此書另有三和堂刻本，同録“松村居士”此序，末署“乾隆丁酉桂月望日，松村居士題于文英館中”，此據以繫年。

（遼寧省圖書館藏清乾隆瑞文堂刊本）

李緑園《歧路燈》自序：“古有四大奇書之目，曰盲左，曰屈騷，曰漆莊，曰腐遷。迨於後世，則坊傭襲四大奇書之名，而以《三國志》《水滸》《西遊》《金瓶梅》冒之。嗚呼，果奇也乎哉！《三國志》者，即陳承祚之書而演爲稗官者也。……余嘗謂唐人小説，元人院本，爲後世風俗大蠹。……因仿此意爲撰《歧路燈》一册，田父所樂觀，閨閣所願聞。子朱子曰：善者可以感發人之善心，惡者可以懲創人之逸志。友人常謂於綱常彝倫間，煞有發明。蓋閲三十歲，以迨於今，而始成書。前半筆意綿密，中以舟車海内，輟筆者二十年，後半筆意不逮前茅，識者諒我桑榆可也。空中樓閣，毫無依傍，至於姓氏，或與海内賢達，偶爾雷同，并非影附。若謂有心含沙，自應墮入拔舌地獄。"

末署"乾隆丁酉八月白露之節，碧圃老人題于東皋麓樹之陰"。

《歧路燈》第十一回正文："（譚孝移）掀起書本，却是一部《綉像西廂》……冠玉道：'那是我叫他看的。'孝移道：'幼學目不睹非聖之書，如何叫他看這呢？'侯冠玉道：'那是叫他學文章法子。這《西廂》文法，各色俱備。鶯鶯是題神，忽而寺内見面，忽而白馬將軍，忽而傳書，忽而賴柬。這個反正開合、虚實淺深之法，離奇變化不測。'孝移點頭，暗道：'殺吾子矣！'……孝移不知其爲何書，便問道：'《金瓶梅》什麽好處？'侯冠玉道：'那書還了得麽！開口'熱結冷遇'，只是世態炎凉二字。後來'逞豪華門前放煙火'，熱就熱到極處；'春梅游舊家池館'，冷也冷到盡頭。大開大合，俱是左丘明的《左傳》、司馬遷的《史記》脱化下來。'"

第九十回正文："蘇霖臣道：'《金瓶》《水滸》我並不曾看過，聽人誇道，筆力章法，可抵盲左腐遷。'程嵩淑笑道：'不能識《左》《史》，就不能看這了；果然通《左》《史》，又何必看他呢？一言決耳。萬不如老哥這部書。'"

第一〇七回正文："作文有主從，稗官小説亦然，只得從了省文。"

《歧路燈》第一回末評："凡作大書，難在頭一二回，處處埋伏，以爲下文張本，又使閲者不覺有埋伏之跡始妙。試看此書是何等手筆。"

（上海圖書館藏清抄本）

乾隆四十三年（戊戌　1778）

沈屺瞻《〈夷堅志〉序》："耳目之聞見有限，而書册之記載無窮，《山海》搜奇，《齊諧》志怪，非不索隱鈎元，窮極幼眇，然欲其事不涉荒唐，而其文足資採覽者，則莫若《夷堅》一書。是書也，或謂夷姓堅名，實創此志，宋番陽洪邁，特踵而增之。或謂洪氏所自作，而借《夷堅》以名其書。皆不具論。第觀其書，溷瀁恣縱，瑰奇絕特，可喜可愕，可信可徵，有足以擴耳目聞見之所不及，而供學士文人之搜尋摭拾者，又寧可與稗官野乘同日語哉！余嘗購得善本，欲以付剞劂，未之逮也。而周君有同志焉。晨窗午夜，讎勘矻矻不倦，訂疑刊誤，釐然秩然，視原刻之魚魯雜糅，荒穢彌目，不啻撥雲見青，理解冰釋，斯豈非洪氏之功臣，而藝林之快舉也哉！書成示余，余曰：‘祖生雖先我著鞭，余固樂睹是書之成也。’因爲撮其大凡，述其勤敏，以公當世之同好云。”

末署“乾隆戊戌六月中澣，仁和沈岊瞻序”。

何琪《〈夷堅志〉序》：“昔之志怪異者，昉于《齊諧》一書，其後則吳均之《續紀》、干寶之《搜神》、張師正之《述異》、錢希白之《洞微》，皆此類也。然其見聞所及，隨得即書，莫洪文敏《夷堅志》若矣。按《文獻通考》，是書卷編十干，爲卷四百二十。又《賓退錄》謂其積三十二篇，凡三十一序，各出新意，不相重複，其一篇爲文敏絕筆之作，不及序，故缺焉。夫以神奇荒怪之事，委巷叢談之語，蓋儒者所不道。然觀古經傳之所稱，後世史書之所錄，並莫得而廢焉，亦惟是善善惡惡之心而已矣。”

末署“乾隆戊戌立秋後十日，何琪書于小山居”。

（洪邁撰、何卓點校《夷堅志》，中華書局 2006 年）

乾隆四十四年（己亥　1779）

“滋林老人”《〈説呼全傳〉序》：“小説家千態萬狀，競秀爭奇，何止汗牛充棟。然必有關懲勸扶植綱常者，方可刊而行之。一切偷香竊玉之説，敗俗傷風，辭雖工直，當付之祖龍耳。……雖迨稽史册，其足以爲勸懲者，燦若日星，原無庸更借於稗官野乘。然而史册所載，其文古，其義深，學士大夫之所撫而玩，不能挾此以使家喻而户曉也。如欲使家喻而户曉，則是書不無裨於世教云。”

　　末署"乾隆四十有四年清和月吉，滋林老人書于西虹橋畔之羅翠山房"。

　　　　　　　　　　　　　　　　　　（復旦大學圖書館藏寶仁堂刊本）

　　和邦額《夜譚隨録》自序："子不語怪，此則非怪不録，悖矣！然而意不悖也。夫天地至廣大也，萬物至紛賾也，有其事必有其理，理之所在，怪何有焉？聖人窮盡天地萬物之理，人見以爲怪者，視之若尋常也。不然，鳳鳥河圖、商羊萍實，又保以稱焉？世人於目所未見，耳所未聞，一旦見之聞之，鮮不爲怪者，所謂少所見而多所怪也。苟不以理窮，則人生世間，無論天地萬物廣大紛賾也，即一身之耳目口鼻，言笑動止，死生夢幻，何者非怪？不求其理，而以見聞所不及者爲怪，悖也；既求其理，而猶以見聞所不及者爲怪，悖之甚者也。予今年四十有四矣，未嘗遇怪，而每喜與二三友朋，于酒觴茶榻間，滅燭談鬼，坐月説狐，稍涉匪夷，輒爲記載，日久成帙，聊以自娱。昔坡公强人説鬼，豈曰用廣見聞，抑曰譚虚無勝於言時事也。故人不妨妄言，己亦不妨妄聽。夫可妄言也，可妄聽也，而獨不可妄録哉？雖然，妄言妄聽而即妄録之，是亦怪也。則《夜譚隨録》，即謂爲志怪之書也可。"

　　末署"乾隆己亥夏六月霽園主人書于蛾術齋之南窗"。

　　按，學界對和邦額此序文時間存有爭議，方正耀以其是（《和邦額〈夜譚隨録〉考析》，《文學遺産》1989 年第 3 期），薛洪勣以其非（《〈夜譚隨録〉並没有"己亥"本》，《文學遺産》1991 年第 4 期）。實際上，此書序文時間尚有題署"乾隆辛亥"者（參後）。限于史料不足，難下斷語。存議。

　　（和邦額撰，王一工、方正耀校點《夜譚隨録》，上海古籍出版社 1988 年）

乾隆四十七年（壬寅　1782）

　　"水箬散人"爲"吳航野客"《駐春園小史》作序："《駐春園》一書，傳世已久，因未剞劂，故人多罕見。兹吾友欲公同好，特爲梓行，囑余評點，細爲批閱。間有類《玉嬌梨》《情夢柝》，似不越尋常蹊徑，而筆墨瀟灑，皆從唐宋小説《會真》《嬌紅》諸記而來，與近世稗官迴別。昔人一夕而作《祁禹傳》，詩歌曲調，色色精工，今雖不存，《燕居筆記》尚採摘大略，但用情非正，總屬淫詞。必若兹編，才無慚大雅。雲娥之憐才，籌之單女，而放誕則非。綠筠之守義，同于共姬，而俠烈更勝。小鬟愛月，慧口如鶯，俏心似燕，經妙手寫生，更是紅娘姐以上人物，非賊牢之春香可比也。"

末署"乾隆壬寅年菊月上浣水箸散人書於椀香齋"。

"水箸散人"《駐春園小史》評本"開宗明義"："歷覽諸種傳奇，除《醒世》《覺世》，總不外才子佳人，獨讓《平山冷燕》《玉嬌梨》出一頭地。由其用筆不俗，尚見大雅典型。《好逑傳》別具機杼，擺脱俗韻，如秦系偏師，亦能自樹赤幟。其他，則皆平平無奇，徒災梨棗。降而《桃花影》《燈月緣》，風愈下矣。兹傳之作，發端東鄰，實自登徒脱骨，安根投帕，亦本彤管面目，視《繡鞋》《玉盤》大有雅俗之分。至於屈身奴隸，如《情夢柝》《繡屏緣》《一笑姻緣》諸本，無非蝶戀花叢，從未有假道於其鄰者。跡愈幻，而想愈奇……傳奇雖屬小道，不異畫工，金聖歎論烘雲托月，周櫟園論鈹葉渲花，極意描天尊。若於陪輦人物草草，那能襯壁得起天表亭亭？……成人美者，乃適以自成，逮後亦得所歸，庶於慧心不負。若楚王之撤衾兒，無乃不情，過甚安頓。歐陽氣類相通，容易插入；慕荆何關痛癢，似乎天外奇峰。然正如《紫釵》之黃衫客，點綴幫扶，斷不可少。若《五鳳吟》之紅鬚，則誼賓奪主矣。究之，得依皈，便成正果，亦足見任俠不可爲而可爲。"

各回評點：

第一回："此回開宗明義，係是開門見山，爲之一覽，大略已具。所謂隔年下種、來年收種是也。《西廂》發端'驚艶'，俱從君瑞一邊發揮；而《駐春園》之窄路隔鄰，亦即《西廂》之'驚艶'也。有意尋跟，不減佛殿之奇逢也，而獨於雲娥一邊抒寫。"

第七回："此第七折，全以看花關合前後，工於點染，筆墨所刻輒隨之。雖不脱却尋常蹊徑，而王史一書雲娥與緑筠兩咏，乃是天然作對，而且文極其妍，情極其透，又出姐妹聯吟，真爲傳奇中巨手也。"

第八回："此第八折，借花朝入想，前後兩相映帶。……乃又以賞花襯點，愈見新奇，況又與下折第九回僧寺題詩遥遥作對。所謂有可著筆處即向壁上點睛，無可著筆處先爲空中畫影。"

第十八回："此回雖工刻畫，不免平淡無奇，而插以雲娥投首，遂成宇宙奇文。世之俗傳稗官野史，方此不啻人天之隔。"

（北京大學圖書館藏清乾隆三餘堂刊本）

乾隆四十八年（癸卯　1783）

　　"鴛湖漁叟"《説唐後傳》自序："古今良史多矣，學者宜博觀遠覽，以悉治亂興亡之故。既以開廣其心胸，而亦增長其識力，所裨良不淺也。即世有稗官野乘，闕而不全，其中疑信參半，亦可採撮殘編，以俟後之深考，好古者猶有取焉。若傳奇小説，乃屬無稽之譚，最易動人聽聞，閲者每至忘食忘寢，亹亹乎有餘味焉。而欲鑴成一編，以流傳人口，何也？吾謂天下之深足慮者，淫哇新聲，蕩人心志，其書方竣，而人艷稱道之。若搬演古今人物，謬爲一代興亡逸史，此特以供閭里兒童譚笑之資，且以當優孟之劇、偃師之戲。大雅君子，寧必遽置勿道也哉？爰是爲序，而付諸梓。"

　　按，繫年據刊刻時間。

（中國藝術研究院藏清乾隆癸卯觀文書屋重刊本）

　　《四庫全書總目提要》"雜家類"引言："衰周之季，百氏争鳴，立説著書，各爲流品，《漢志》所列備矣。或其學不傳，後無所述，或其名不類，人不肯居。故絶續不同，不能一概著錄。後人株守舊文，於是墨家僅《墨子》

《晏子》二書，名家僅《公孫龍子》《尹文子》《人物志》三書，縱橫家僅《鬼谷子》一書，亦別立標題，自爲支派。此拘泥門目之過也。黃虞稷《千頃堂書目》，於寥寥不能成類者，併入雜家。雜之義廣，無所不包，班固所謂'合儒、墨、兼名、法'也。變而得宜，於例爲善。今從其說，以立說者謂之'雜學'，辯證者謂之'雜考'，議論而兼叙者謂之'雜說'，旁究物理、臚陳織瑣者謂之'雜品'，類輯舊文、塗兼衆軌者謂之'雜纂'，合刻諸書、不名一體者謂之'雜編'。凡六類。"

案："'雜說'之源，出於《論衡》。其說或抒己意，或訂俗訛，或述近聞，或綜古義。後人沿波，筆記作焉。大抵隨意録載，不限卷帙之多寡，不分次第之先後，興之所至，即可成編。故自宋以來，作者至夥，今總彙之爲一類。"

案："以上諸書，皆採摭衆說以成編者。以其源不一，故悉列之'雜家'。《呂覽》《淮南子》《韓詩外傳》《說苑》《新序》亦皆綴合群言，然不得其所出矣，故不入此類焉。"

案："古無以數人之書合爲一編而別題以總名者。惟《隋志》載《地理書》一百四十九卷，《録》一卷。……是爲叢書之粗，然猶一家言也。左圭《百川學海》出，始兼裒諸家雜記，至明而卷帙益繁。《明史·藝文志》無類可歸，附之類書，究非其實。當入之雜家，於義爲允。今雖離析其書，各著於録。而附存其目，以不没搜輯之功者，悉別爲一門，謂之雜編。其一人之書合爲總帙而不可名以一類者，既無所附麗，亦列之此門。"

"小說家類"引言："張衡《西京賦》曰：'小說九百，本自虞初。'《漢書·藝文志》載：'《虞初周說》九百四十三篇。'注稱：'武帝時方士。'則小說興於武帝時矣。故《伊尹說》以下九家，班固多注'依托也'。《漢書·藝文志》注凡不著姓名者，皆班固自注。然屈原《天問》，雜陳神怪，多莫知所出，意即小說家言。而《漢志》所載《青史子》五十七篇，賈誼《新書·保傅篇》中先引之，則其來已久，特盛於虞初耳。跡其流別，凡有三派：其一叙述雜事，其一記録異聞，其一綴緝瑣語也。唐宋而後，作者彌繁。中間誣謾失真、妖妄熒聽者，固爲不少，然寓勸戒、廣見聞、資考證者，亦錯出其中。班固稱‘小説家流蓋出於稗官’，如淳注謂：‘王者欲知閭巷風俗，故立稗官，使稱説之。’然則博採旁蒐，是亦古制。固不必以冗雜廢矣。今甄録其近雅馴者，以廣見聞。惟猥鄙荒誕、徒亂耳目者，則黜不載焉。”

案：“偏霸事蹟，例入‘載記’，惟此書（《南唐近事》）雖標南唐之名，而非其國記，故入之小説家，蓋以書之體例爲斷，不以書名爲斷，猶《開元天寶遺事》不可以入史部也。”

案：“紀録雜事之書，小説與雜史，最易相淆。諸家著録，亦往往牽混。今以述朝政軍國者入雜史；其參以里巷閒談、詞章細故者，則均隸此門。《世説新語》，古俱著録於小説，其明例矣。”

案：“《穆天子傳》，舊皆入起居注類。徒以編年紀月，叙述西遊之事，體近乎起居注耳。實則恍惚無徵，又非《逸周書》之比。以上古書而存之可也，以爲信史而録之，則史體雜、史例破矣。今退置於小説家，義求其當，無庸以變古爲嫌也。”

案：“此書（《飛燕外傳》）記飛燕姊妹始末，實傳記之類。然純爲小説家言，不可入之於史部，與《漢武内傳》諸書，同一例也。”

按，紀昀《詩序補義序》：“余于癸巳受詔校秘書，殫十年之力始勒爲總目（編者注，即《四庫全書總目提要》）二百卷，進呈以覽。”（《紀曉嵐文集》第一册卷八，河北教育出版社 1991 年）此據以繫年。四庫館臣小説觀念在《四庫全書總目》集中體現，其中各類“引言”與“案語”可集中反映其小説觀念。“雜家類”與“小説家類”相關具體書目提要可參閱本書“附録”。

（《欽定四庫全書總目》，中華書局 1997 年）

剩齋氏《〈英雲夢傳〉弁言》：“晉人云：‘文生情，情生文。’蓋惟能文者善言情，不惟多情者善爲文。何則？太上忘情，愚者不及情，情之所鍾，正在我輩。□□□□莽滅裂之子而能言之。即有鍾情特甚，倉猝邂逅，念切好逑，矢生死而不移，歷患難而不變，貴不易以情堅，一約必遂其期而後已者，亦往往置而弗道。非不道也，彼實不知個中意味，且不能筆之、記之，以傳諸後世。天地間不知埋沒幾許，可慨矣！癸卯之秋，余自函谷東歸，逗留石梁之銅山，與松雲晨夕連床，論今酌古，渾忘客途寂寞。一日，檢渠案頭，見有抄録一帙，題曰《英雲夢傳》，隨坐閲之。閲未半，不禁目眩心驚，拍案叫絶。思何物才人，筆端吐舌，使當日一種情癡，三生佳偶，離而合，合而離，怪怪奇奇，生生死死，活現紙上。即艱難百出，事變千端，而情堅意篤，終始一轍。其中之曲折變幻，直如行山陰道上，千巖競秀，萬壑争流，幾令人應接不暇。因笑而問之曰：‘當時果有是人乎？抑子之匠心獨出乎？’松雲應聲曰：‘唯唯，否否，當時未必果有是人，亦未必竟無是人。子第觀所没之境，所傳之事，可使人移情悦目否？爲有爲無，不任觀者之自會？此不過客窗寄興，漫爲叙次，以傳諸好事者之口，他非所計也。’予曰：‘善，能則是集之成，不屬子虛烏有，與海市蜃樓等耳。’吾願世之閲是集者，即謂松雲之善言情也可，謂松雲之善爲文也可。因僭序數語授筆於簡首。”

末署“時歲在昭陽單閼良月同里掃花頭陀剩齋氏拜題”。

按，“昭陽單閼”，古代紀時方式之一種，即“癸卯”年。

（北京大學圖書館藏聚錦堂本）

乾隆四十九年（甲辰 1784）

“**夢覺主人**”《〈紅樓夢〉序》：“辭傳閨秀而涉於幻者，故是書以夢名也。夫夢曰紅樓，乃巨家大室兒女之情，事有真不真耳。紅樓富女，詩證香山；悟幻莊周，夢歸蝴蝶。作是書者藉以命名，爲之《紅樓夢》焉。嘗思上古之書，有三墳、五典、八索、九邱，其次有《春秋》《尚書》《志乘》《檮杌》，

其事則聖賢齊治、世道興衰，述者逼真直筆，讀者有益身心。至於才子之書、
釋老之言，以及演義傳奇、外篇野史，其事則竊古假名，人情好惡，編者托
詞譏諷，觀者徒娛耳目。”

末署“甲辰歲菊月中浣夢覺主人識”。

（《甲辰本紅樓夢》，中州古籍出版社 2007 年）

乾隆五十三年（戊申　1788）

袁枚《子不語》自序：“‘怪、力、亂、神’，子所不語也。然‘龍血’
‘鬼車’，《繫辭》語之。左丘明親受業于聖人，而内、外《傳》語此四者尤
詳。厥何故歟？蓋聖人‘敬鬼神而遠之’，人教方立；《周易》非取象幽渺，
不足以窮天地之變；左氏恢奇多聞，垂爲文章。其理皆並行而不悖。

“余生平寡嗜好，凡飲酒、度曲、樗蒱可以接群居之歡者，一無能爲。文
史外無以自娛，不得不移情於稗乘。《廣記》尚矣，《暌車》《夷堅》二志，缺
略不全。《聊齋志異》殊佳，惜太敷衍。於是就數十年來聞見所及，足以遊心
駭耳者，編而存之，非有所惑也。譬如嗜味者，饜八珍矣，而不廣嘗夫蚳醢
葵菹，則脾困；嗜音者備《咸》《英》矣，而不旁及于侏儚僸佅，則耳狹。以
妄驅庸，以駭起惰，不有博弈者乎爲之猶賢。是亦神諟適野之一樂也。

“昔顔魯公、李鄴侯功在社稷，而好談神怪；韓昌黎以道自任，而喜駁雜
無稽之談；徐騎省排斥佛、老，而好采異聞，門下士竟有僞造以取媚者。四
賢之長，吾無能爲役也；四賢之短，則吾竊取之矣。書成，即以《子不語》
三字名其篇。”

按，此書有乾隆五十三年刻本，繫年據刻本時間暫定。丁錫根《中國歷
代小説序跋集》本自“無以自娛”後爲“乃廣采游心駭耳之事，妄言妄聽，
記而存之。非有所惑也”，後文同。

（袁枚著、周本淳標校《小倉山房詩文集》，上海古籍出版社 1988 年）

乾隆五十四年（己酉　1789）

紀昀《灤陽消夏録》**自序：**"乾隆己酉夏，以編排秘笈，于役灤陽。時校理久竟，特督視官吏題籤庋架而已。晝長無事，追録見聞，憶及即書，都無體例。小説稗官，知無關於著述；街談巷議，或有益於勸懲。聊付抄胥存之，命曰《灤陽消夏録》云爾。"

（韓希明譯注《閲微草堂筆記》，中華書局 2014 年）

章學誠《文史通義》**"詩話"篇：**"説部流弊，至於誣善黨奸，詭名托姓。前人所論，如《龍城録》《碧雲騢》之類，蓋亦不可勝數，史家所以有別擇稗野之道也。事有紀載可以互證，而文則惟意之所予奪，詩話之不可憑，或甚於説部也。""小説出於稗官，委巷傳聞瑣屑，雖古人亦所不廢。然俚野多不足憑，大約事雜鬼神，報兼恩怨，《洞冥》《拾遺》之篇，《搜神》《靈異》之部，六代以降，家自爲書。唐人乃有單篇，別爲傳奇一類。（專書一事始末，不復比類爲書。）大抵情鍾男女，不外離合悲歡。紅拂辭楊，綉襦報鄭，韓、李緣通落葉，崔、張情導琴心，以及明珠生還，小玉死報，凡如此類，或附會疑似，或竟托子虚，雖情態萬殊，而大致略似。其始不過淫思古意，辭客寄懷，猶詩家之樂府古艷諸篇也。宋、元以降，則廣爲演義，譜爲詞曲，遂使瞽史弦誦，優伶登場，無分雅俗男女，莫不聲色耳目。蓋自稗官見於《漢志》，歷三變而盡失古人之源流矣。""小説歌曲傳奇演義之流，其叙男女也，男必纖佻輕薄，而美其名曰才子風流；女必冶蕩多情，而美其名曰佳人絶世。世之男子有小慧而無學識，女子解文墨而闇禮教者，皆以傳奇之才子佳人，爲古之人，古之人也。今之爲詩話者，又即有小慧而無學識者也。有小慧而無學識矣，濟以心術之傾邪，斯爲小人而無忌憚矣！何所不至哉？"

　　按，繫年據胡適《章實齋年譜》。

（章學誠著、葉瑛校注《文史通義校注》，中華書局 2004 年）

乾隆五十四年（己酉　1789）前後

曹雪芹《石頭記》（《紅樓夢》）第一回正文：“空空道人看了一回，曉得這石頭有些來歷，遂向石頭説道：‘石兄，你這一段故事，據你自己説來，有些趣味，故鐫寫在此，意欲問世傳奇。據我看來，第一件，無朝代年紀可考；第二件，並無大賢大忠理朝廷治風俗的善政，其中只不過幾個異樣女子，或情，或癡，或小才微善：我縱然抄去，也算不得一種奇書。’石頭果然答道：‘我師何必太癡？我想歷來野史的朝代，無非假借漢唐的名色；莫如我這石頭所記，不借此套，只按自己的事體情理，反倒新鮮別致。況且那野史中，或訕謗君相，或貶人妻女，姦淫兇惡，不可勝數，更有一種風月筆墨，其淫穢污臭，最易壞人子弟。至於才子佳人等書，則又開口文君，滿篇子建，千部一腔，千人一面，且終不能不涉淫濫。在作者不過要寫出自己的兩首情詩艷賦來，故假捏出男女二人名姓，又必旁添一小人，撥亂其間，如戲中的小丑一般。更可厭者，‘之乎者也’，非理即文，大不近情，自相矛盾。竟不如我這半世親見親聞的幾個女子，雖不敢説强似前代書中所有之人，但觀其事蹟原委，亦可消愁破悶。至於幾首歪詩，也可以噴飯供酒。其間離合悲歡，興衰際遇，俱是按跡循蹤，不敢稍加穿鑿，至失其真。只願世人當那醉餘睡醒之時，或避事消愁之際，把此一玩，不但是洗舊翻新，却也省了些壽命筋力，不更去謀虚逐妄了。我師意爲如何？’……空空道人聽如此説，思忖半晌，將這《石頭記》再檢閲一遍。因見上面大旨不過談情，亦只是實録其事，絶無傷時誨淫之病，方從頭至尾抄寫回來，問世傳奇。從此，空空道人因空見色，由色生情，傳情入色，自色悟空，遂改名情僧，改《石頭記》爲《情僧録》。東魯孔梅溪題曰《風月寶鑑》。後因曹雪芹於悼紅軒中披閲十載，增删五次，纂成目録，分出章回，又題曰《金陵十二釵》，並題一絶。——即此便是《石頭記》的緣起。詩云：‘滿紙荒唐言，一把辛酸淚。都云作者癡，誰解其中味？’”

第五十四回正文："賈母忙道：'怪道叫做"鳳求鸞"。不用説了，我已經猜著了：自然是王熙鳳要求這雛鸞小姐爲妻了。'女先兒笑道：'老祖宗原來聽過這回書？'衆人都道：'老太太什麼沒聽見過？就是沒聽見，也猜著了。'賈母笑道：'這些書就是一套子，左不過是些佳人才子，最沒趣兒。把人家女兒説的這麼壞，還説是"佳人"！編的連影兒也沒有了。開口都是"鄉紳門第"，父親不是尚書，就是宰相。一個小姐，必是愛如珍寶。這小姐必是通文知禮，無所不曉，竟是絕代佳人。只見了一個清俊男人，不管是親是友，想起他的終身大事來，父母也忘了，書也忘了，鬼不成鬼，賊不成賊，那一點兒像個佳人？就是滿腹文章，做出這樣事來，也算不得是佳人了！比如一個男人家，滿腹的文章，去做賊，難道那王法看他是個才子就不入賊情一案了不成？可知那編書的是自己堵自己的嘴。再者，既説是世宦書香，大家子的小姐，又知禮讀書，連夫人都知書識禮的，就是告老還家，自然奶媽子、丫頭伏侍小姐的人也不少，怎麼這些書上凡有這樣的事就只小姐和緊跟的一個丫頭知道？你們想想：那些人都是管做什麼的？可是前言不答後語了不是？'衆人聽了，都笑説：'老太太這一説，是謊都批出來了。'賈母笑道：'有個原故。編這樣書的人，有一等妒人家富貴的，或者有求不遂心，所以編出來糟塌人家。再有一等人，他自己看了這些書，看邪了，想著得一個佳人才好，所以編出來取樂兒。他何嘗知道那世宦讀書人家兒的道理！——別説那書上那些大家子，如今眼下，拿著咱們這中等人家説起，也没那樣的事。別叫他謅掉了下巴頦子罷！所以我們從不許説這些書，連丫頭們也不懂這些話。這幾年我老了，他們姐兒們住的遠，我偶然悶了，説幾句聽聽，他們一來，就忙著止住了。'李薛二人都笑説：'這正是大家子的規矩。連我們家也沒有這些雜話叫孩子們聽見。'"

（曹雪芹著、脂硯齋評、黄霖校理《脂硯齋評批紅樓夢》，齊魯書社 1994 年）

　　《石頭記》戚蓼生本序言："吾聞絳樹兩歌，一聲在喉，一聲在鼻；黄華二牘，左腕能楷，右腕能草。神乎技矣！吾未之見也。今則兩歌而不分乎喉鼻，二牘而無區乎左右，一聲也而兩歌，一手也而二牘，此萬萬所不能有之事，不可得之奇，而竟得之《石頭記》一書。嘻！異矣。夫敷華掞藻，立意遣詞，無一落前人窠臼，此固有目共賞，姑不具論。第觀其藴於心而抒於手也，注彼而寫此，目送而手揮，似譎而正，似則而淫，如《春秋》之有微詞，史家之多曲筆。……噫！異矣其殆稗官野史中之盲左、腐遷乎？"

　　《石頭記》脂硯齋諸評本各回評點：

　　第一回

　　甲戌本："事則實事，然亦叙得有間架、有曲折、有順逆、有映帶、有隱有見、有正有閏，以至草蛇灰綫、空谷傳聲、一擊兩鳴、明修棧道、暗度陳倉、雲龍霧雨、兩山對峙、烘雲托月、背面傅粉、千皴萬染諸奇。書中之秘法，亦不復少。余亦於逐回中搜剔刳剖，明白注釋，以待高明，再批示誤謬。"

　　靖藏本："（同甲戌本）開卷一篇立意，真打破歷來小説窠臼。閱其筆則是《莊子》《離騷》之亞。"

　　甲戌本："這正是作者用畫家煙雲模糊處，觀者萬不可被作者瞞蔽了去，方是巨眼。"

　　"不出榮國大族，先寫鄉宦小家，從小至大，是此書章法。"

　　"這便是真正情理之文，可笑近之小説中滿紙羞花閉月等字。"

　　"最可笑世之小説中，凡寫奸人則用鼠耳鷹腮等語。"

　　"這方是女兒心中意中正文，又最恨近之小説中滿紙紅拂、紫煙。"

　　戚序本："出口神奇，幻中不幻。文勢跳躍，情理生情。借幻説法，而幻中更自多情；因情捉筆，而情裏偏成癡幻。"

　　第二回

　　甲戌本："此回亦非正文本旨，只在冷子興一人，即俗謂冷中出熱、無中生有也。"

"使閱者心中，已有一榮府隱隱在心，然後用黛玉、寶釵等兩三次皴染，則耀然於心中眼中矣。此即畫家三染法也。"

"今預從子興口中説出，實雖寫而却未寫。觀其後文可知，此一回則是虛敲傍擊之文，筆則是反逆隱回之筆。"

"非近日小説中滿紙紅拂、紫煙之可比。"

"看他寫黛玉，只用此四字，可笑近來小説中，滿紙天下無二、古今無雙等字。"

"如此叙法，方是至情至理之妙文。最可笑者，近小説中，滿紙班昭、蔡琰、文君、道韞。"

"未出寧、榮繁華盛處，却先寫一荒凉小境；未寫通部入世迷人，却先寫一出世醒人。回風舞雪、倒峽逆波，別小説中所無之法。"

"甄家之寶玉乃上半部不寫者，故此處極力表明，以遙照賈家之寶玉。凡寫賈寶玉之文，則正爲真寶玉傳影。"

第三回

甲戌本："渾寫一筆更妙！必個個寫去則板矣。可笑近之小説中有一百個女子，皆如花似玉一副臉面。"

"這一句都是寫賈赦，妙在全是指東擊西、打草驚蛇之筆。"

"赦老不見，又寫政老。政老又不能見，是重不見重，犯不見犯。作者貫用此等章法。"

"文字不僅不見正文之妙，似此應從《國策》得來。"

"二詞更妙，最可厭野史貌如潘安、才如子建等語。"

"此等名號方是賈母之文章，最厭近之小説中，不論何處，滿紙皆是紅娘、小玉、嫣紅、香翠等俗字。"

"只如此寫又好極。最厭近之小説中，滿紙千伶百俐、這妮子亦通文墨等語。"

第四回

甲戌本："一洗小説窠臼俱盡，且命名字，亦不見紅香、翠玉惡俗。"

蒙府本："偏能用反跌法。"

甲戌本："橫雲斷嶺法，是板定大章法。"

"使雨村一評，方補足上半回之題目。所謂此書有繁處愈繁、省中愈省；又有不怕繁中繁，只要繁中虛；不畏省中省，只要省中實。此則省中實也。"

"閑語中補出許多前文，此畫家之雲罩峰尖法也。"

第五回

甲戌本："此等處實又非別部小説之熟套起法。"

"所謂一擊兩鳴法，寶玉身分可知。"

第七回

靖藏本："他小説中一筆作兩三筆者，一事啓兩事者均曾見之。"

甲戌本："一擊兩鳴法，二人之美，並可知矣。"

"用畫家三五聚散法寫來，方不死板。"

"小説中一筆作兩三筆者有之，一事啓兩事者有之，未有如此恒河沙數之筆也。"

第八回

甲戌本："一路用淡三色烘染，行雲流水之法，寫出貴家公子家常不即不離氣致。"

蒙府本："作者何等筆法！其筆真是神龍雲中弄影，是必當進去的神理。"

甲戌本："又忽作此數語，以幻弄成真，以真弄成幻，真真假假，恣意遊戲於筆墨之中，可謂狡猾之至。余亦想見其物矣。前回中總用草蛇灰綫寫法，至此方細細寫出，正是大關節處。"

第十三回

庚辰本："所謂層巒疊翠之法也。野史中從無此法。即觀者到此，亦為寫秦氏未必全到，豈料更又寫一尤氏哉？"

甲戌本："秦可卿淫喪天香樓，作者用史筆也。"

第十六回

甲戌本："調侃世情固深，然遊戲筆墨一至於此，真可壓倒古今小説。這才算是小説。"

第二十一回

庚辰本："此段係書中情之瑕疵，寫爲阿鳳生日潑醋回及一大風流寶玉悄看晴雯回作引，伏綫千里外之筆也。"

第二十二回

庚辰本："此處透出探春，正是草蛇灰綫，後文方不突然。"

第二十四回

庚辰本："怡紅細事俱用帶筆白描，是大章法也。"

庚辰本："《紅樓夢》寫夢章法總不雷同。"

第二十七回

庚辰本："《石頭記》用截法、岔法、突然法、伏綫法、由近漸遠法、將繁改簡法、重作輕抹法、虛敲實應法，種種諸法，總在人意料之外，且不曾見一絲牽强，所謂'信手拈來無不是'是也。"

第三十一回

己卯本："後數十回若蘭在射圃所佩之麒麟，正此麒麟也。提綱伏於此回中，所謂草蛇灰綫在千里之外。"

第三十八回

己卯本："題曰'菊花詩''螃蟹詠'，偏自太君前，阿鳳若許詼諧中不失體、鴛鴦、平兒寵婢中多少放肆之迎合取樂，寫來似難入題，却輕輕用弄水戲魚看花等遊玩事及王夫人云'這裏風大'一句收住入題，並無纖毫牽强。此重作輕抹法也，妙極。"

第五十八回

戚序本："用清明燒紙徐徐引入園内燒紙，較之前文用燕窩隔回照應，別有草蛇灰綫之妙，令人不覺。前文一接，怪蛇出水；此文一引，春雲吐岫。"

第五十九回

戚序本："山無起伏，便是頑山；水無瀠洄，便是死水。此文於前回叙過事，字字應；於後回未叙事，語語伏，是上下關節。至鑄鼎象物手段，則在下回施展。"

戚序本："蘇堤柳暖，閬苑春濃，兼之晨妝初罷，疏雨梧桐，正可借軟草以慰佳人，采奇花以寄公子。不意鶯嗔燕怒，逗起波濤；婆子長舌，丫鬟碎語，群相聚訟，又是一樣烘雲托月法。"

第六十回

戚序本："前回叙薔薇硝戛然便住，至此回方結過薔薇案，接筆轉出玫瑰露、引起茯苓霜，又戛然便住，著筆如蒼鷹搏兔、青獅戲球，不肯下一死爪，絶世妙文。"

戚序本："以硝出粉是正筆，以霜陪露是襯筆。"

第六十一回

戚序本："首尾收束精嚴，六花長蛇陣也。"

第六十四回

戚序本："此一回緊接賈敬靈柩進城，原當鋪叙寧府喪儀之盛，但上回秦氏病故，熙鳳理喪，已描寫殆盡，若仍極力寫去，不過加倍熱鬧而已。故書中於迎靈送殯極忙亂處，却只閑閑數筆帶過，忽插入釵、玉評詩，璉、尤贈佩一段閒雅文字來，正所謂急脈緩授也。"

第六十五回

戚序本："文有雙管齊下法，此文是也。事在寧府，却把鳳姐之奸毅刻薄，平兒之任俠直鯁，李紈之號菩薩，探春之號玫瑰，林姑娘之怕倒，薛姑娘之怕化，一時齊現，是何等妙文。"

第七十二回

戚序本："此回似著意，似不著意；似接續，似不接續。在畫師爲濃淡相間，在墨客爲骨肉停勻，在樂工爲笙歌間作，在文壇爲養局、爲別調，前後文氣，至此一歇。"

第七十四回

庚辰本："奇奇怪怪，從何處轉至素日，真如常山之蛇。"

第七十五回

庚辰本："前只有探春一語，過至此回，又用尤氏略爲陪點，且輕輕淡染出甄家事故，此畫家來落墨之法也。"

第七十八回

戚序本："文有賓主不可誤……文有賓中賓不可誤。以請客作序爲賓，以寶玉出遊作詩爲賓中賓。由虛入實，可歌可詠。"

按，脂硯齋評本系統係不同年份完成，此處僅爲評語對看便利之需，並非有意混淆各評本年限。

（曹雪芹著、脂硯齋評、黃霖校理《脂硯齋評批紅樓夢》，齊魯書社 1994 年）

乾隆五十六年（辛亥　1791）

韓藻爲沈起鳳《諧鐸》作序："莊生放達，'秋水''馬蹄'；屈子離憂，'女蘿''山鬼'。雖屬寓言之義，終非垂教之書。至若干寶《搜神》，《齊諧》志怪，更馳情乎幻渺，覺涉筆於荒唐。薲漁大兄，夙負異才，近耽净業，發菩提心而度世，運廣長舌以指迷。言則白傅談詩，老嫗亦參妙解；事則道元畫壁，漁叟盡樂皈依。有裨人心，無慚名教。藻初遊宦海，舊托名山。匏既系乎四方，荊共班於一室。偶離案牘，笑启巾箱；閑詣經帷，偷翻枕篋。得預元亭之秘，盡窺鄴架之奇。嗟乎！段成式之明經，《諾皋》垂記；董仲舒之嗜學，《繁露》名篇。惟得緅於真源，始扶輪乎大雅。文非妄作，事豈無稽？僕軵掌於簿書，乘五夜翻兔園之册；君主持夫講席，借六經織魚網之詞。”

末署“時乾隆重光大淵獻相月既望，寅愚弟韓藻謹序”。

錢棨《諧鐸》序：“漢儒經學，不尚厄詞。自子雲《解嘲》、孟堅《賓戲》，漸開謔浪。魏晉而下，文蕪道雜，《語林》《笑林》《世説》《俗説》，家各成書。何法盛等奉敕修史，多所採録，識者譏之。蓋史貴鐸而不諧，而説部書則諧而不鐸也。”

（美國哈佛大學燕京圖書館藏清乾隆五十七年刻本）

和邦額《夜譚隨録》自序：“子不語怪，此則非怪不録，悖矣！然而意不悖也。夫天地至廣大也，萬物至紛賾也，有其事必有其理，理之所在，怪何有焉？雅人窮盡天地萬物之理，人見以爲怪者，視止若尋常也。不然，鳳鳥河圖、商羊萍實，又何以稱焉？世人於目所未見，耳所未聞，一旦見之聞之，鮮不以爲怪者，所謂少所見而多所怪也。苟不以理窮，則人生世間，無論天地萬物之廣大紛賾也，即一身之耳目口鼻，言笑動止，死生夢幻，何者非怪？不求其理，而以見聞所不及者爲怪，悖也；既求其理，而猶以見聞所不及者爲怪，悖之甚者也。予今年四十有四矣，未嘗遇怪，而每喜與二三友朋，于酒觴茶榻間，滅燭談鬼，坐月説狐，稍涉匪夷，輒爲記載，日久成帙，聊以自娛。昔坡公强人説鬼，豈曰用廣見聞，抑曰談虛無勝於言時事也。故人不妨妄言，己亦不妨妄聽。夫可妄言也，可妄聽也，而獨不可妄録哉？雖然，妄言妄聽而即妄録之，是志怪也。則《夜譚隨録》，即謂爲志怪之書也可。”

末署“乾隆辛亥夏六月霽園主人書于蛾術齋之南窗”。

（國家圖書館藏乾隆五十六年刻本）

紀昀《如是我聞》自序：“曩撰《灤陽消夏録》，屬草未定，遽爲書肆所竊刊，非所願也。然博雅君子，或不以爲紕謬，且有以新事續告者。因補綴舊聞，又成四卷。歐陽公曰：'物嘗聚於所好。'豈不信哉！緣是知一有偏嗜，必有浸淫而不自已者。天下事往往如斯，亦可以深長思也。"

末署"辛亥七月二十一日題"。

（韓希明譯注《閱微草堂筆記》，中華書局 2014 年）

程偉元《紅樓夢》（程甲本）序："《紅樓夢》小説本名《石頭記》，作者相傳不一，究未知出自何人，惟書内記雪芹曹先生删改數過。好事者每傳抄一部，置廟市中，昂其值得數十金，可謂不脛而走矣。然原目一百廿卷，今所傳只八十卷，殊非全本。即間稱有全部者，乃檢閱仍只八十卷，讀者頗以爲憾。不佞以是書既有百廿卷之目，豈無全璧？爰爲竭力搜羅，自藏書家甚至故紙堆中無不留心，數年以來，僅積有廿餘卷。一日偶然于鼓擔上得十餘卷，遂重價購之，欣然翻閱，見其前後起伏，尚屬接笋，然漶漫不可收拾。乃同友人細加釐剔，截長補短，抄成全部，復爲鐫板，以公同好，《紅樓夢》全書始至是告成矣。書成，因並誌其緣起，以告海内君子。凡我同人，或亦先睹爲快者歟？小泉程偉元識。"

高鶚《紅樓夢》（程甲本）序："予聞《紅樓夢》膾炙人口者，幾廿餘年，然無全璧，無定本。向曾從友人借觀，竊以染指嘗鼎爲憾。今年春，友人程子小泉過予，以其所購全書見示，且曰：'此僕數年銖積寸累之苦心，將付剞劂，公同好。子閑且憊矣，盍分任之?'予以是書雖稗官野史之流，然尚不謬於名教，欣然拜諾，正以波斯奴見寶爲幸，遂襄其役。工既竣，並識端末，以告閱者。"

末署"時乾隆辛亥冬至後五日，鐵嶺高鶚叙並書"。

（清乾隆五十六年萃文書屋活字印本）

徐承烈（"清涼道人"）《聽雨軒雜紀》自序："前朝傳軼紀異之書，見於《説郛》《稗海》者，舉其目不下數百種，而《昭代叢書》與《説鈴》所載，及近日《聊齋志異》《夜譚隨録》《新齊諧》諸編，類皆詭異離奇，讀之心愕然而驚，談之舌撟然不下，實足以廣學問而拓心思，不僅資消夏助談已也。"

末署"乾隆辛亥八月朔日清涼道人書"。

按，徐承烈《聽雨軒筆記》四卷分別爲《雜紀》《續紀》《餘紀》《贅紀》。其中有部分言説頗具理論意味，如卷二所述："天地本一幻境，古今來有憑足據之事，皆與傳奇小説等也。而兹則附會假借，以實傳奇小説之言，則竟以幻者爲真矣。語云：'傳聞不實，流爲丹青。'蓋此之謂。"

（國家圖書館藏清嘉慶十一年刊本）

彭翥《〈唐人説薈〉序》："夫領異標新、多多益善，稱觀止者，惟唐人小説乎！蓋其人本擅大雅著作之才，而托於稗官，綴爲巵言，上之備廟朝之典故，下之亦不廢里巷之叢談與閨闈之逸事。至於論文講藝，裨益詞流，志怪搜神，泄宣奧府，窺子史之一斑，作集傳之具體，胥在乎是。"

末署"時乾隆辛亥冬上浣，滇西愚弟彭翥題于瓊南官舍"。

（清宣統三年上海掃葉山房刊本）

乾隆五十七年（壬子　1792）

沈瑋爲徐承烈《聽雨軒筆記》作叙："清涼道人，少窺二酉，壯歷四方。蜀岡邛水之間，五嶺三江之勝，皆遍歷焉。倦遊歸里，負耒躬耕畎畝。作息之餘，偶成《筆記》四編，以述生平所聞見。蓋考古者十之二三，志怪者居其七八。而每於叙述中間出莊論雄談，以寓微意。"

末署"乾隆壬子六月朔日世弟沈瑋再拜書"。

（國家圖書館藏清嘉慶十一年刊本）

程偉元、高鶚《〈紅樓夢〉引言》（程乙本）："一、是書前八十回，藏書家抄録傳閱幾三十年矣，今得後四十回合成完璧。緣友人借抄，争睹者甚夥，抄録固難，刊板亦需時日，姑集活字刷印。因急欲公諸同好，故初印時不及細校，間有紕繆。今復聚集各原本詳加校閱，改訂無訛，惟識者諒之。一、書中前八十回鈔本，各家互異。今廣集核勘，準情酌理，補遺訂訛。其間或有增損數字處，意在便於披閱，非敢争勝前人也。一、是書沿傳既久，坊間繕本及諸家所藏秘稿，繁簡歧出，前後錯見。即如六十七回，此有彼無，題同文異，燕石莫辨。兹惟擇其情理較協者，取爲定本。一、書中後四十回係就歷年所得，集腋成裘，更無他本可考。惟按其前後關照者，略爲修輯，使其有應接而無矛盾。至其原文，未敢臆改，俟再得善本，更爲釐定，且不欲盡掩其本來面目也。一、是書詞意新雅，久爲名公巨卿賞鑒，但創始刷印，卷帙較多，工力浩繁，故未加評點。其中用筆吞吐、虚實掩映之妙，識者當自得之。一、向來奇書小説，題序署名，多出名家。是書開卷，略誌數語，非云弁首，實因殘缺有年，一旦顛末畢具，大快人心，欣然題名，聊以記成書之幸。一、是書刷印，原爲同好傳玩起見，後因坊間再四乞兑，爰公議定值，以備工料之費，非謂奇貨可居也。"

末署"壬子花朝後一日，小泉、蘭墅又識"。

（清乾隆五十七年萃文書屋活字印本）

許寶善爲杜綱《娛目醒心編》作序："稗史之行於天下者，不知幾何矣。或作詼奇詭譎之詞，或爲艷麗淫邪之説。其事未必盡真，其言未必盡雅。方展卷時，非不驚魂眩魄。然人心入於正難，入于邪易。雖其中亦有一二規戒之語，正如長卿作賦，勸百而諷一，流弊所極，每使少年英俊之才，非慕其豪放，即迷於艷情。人心風俗之壞，未必不由於此，可勝歎哉！至若因果報應之書，非不足以勸人。無如侃侃之論，人所厭聞，不以爲釋老之異教，即以爲經生之常談，讀未數行，卷而棄之矣，又何益歟？草亭老人，家於玉山之陽，讀書識道理，老不得志，著書自娛。凡目之所見，耳之所聞，心有感觸，皆筆之於書，遂成卷帙，名其編曰《娛目醒心》。考必典核，語必醇正。其間可驚可愕、可敬可慕之事，千態萬狀，如蛟龍變化，不可測識。能使悲者流涕，喜者起舞，無一迂拘塵腐之辭，而無不處處引人於忠孝節義之途。既可娛目，即以醒心，而因果報應之理，隱寓於驚魂眩魄之内。俾閲者漸入於聖賢之域而不自知，於人心風俗，不無有補焉。余故急爲梓之以問世。世之君子，幸勿以稗史而忽之也。"

末署"乾隆五十七年歲在壬子五月十有二日，自怡軒主人書"。

按，杜綱（約1740—約1800），字振三，江蘇昆山人。少補諸生，一生科名不達，以布衣終。晚年與許寶善爲至友。評者"自怡軒主人"即許寶善（1731—1804），字敩愚，號穆堂，江蘇青浦人。乾隆二十五年進士。杜綱所著小説，都得許氏資助鼓勵，且爲之作序、批點。除爲本書作序評外，許寶善還爲杜綱之《南史演義》和《北史演義》作序評。此種序評穩固的對應情形，惟有杜濬評李漁小説相類似。

許寶善評點《娛目醒心編》卷二總評："事奇，文亦奇，中間寫長姑歸求父母至回見元美一節，淋漓曲折，如千手觀音，面面是相，與史公寫鉅鹿之戰，同一妙筆，觀者不得以稗史忽之。"

（華東師範大學圖書館藏清乾隆五十七年刊本）

紀昀《槐西雜志》自序："余再掌烏臺，每有法司會讞事，故寓直西苑之日多。借得袁氏婿數楹，榜曰'槐西老屋'。公餘退食，輒憩息其間。距城數十里，自僚屬白事外，賓客殊稀。晝長多暇，晏坐而已。舊有《灤陽消夏錄》《如是我聞》二書，爲書肆所刊刻。緣是友朋聚集，多以異聞相告。因置一册於是地，遇輪直則憶而雜書之，非輪直之日則已，其不能盡憶則亦已。歲月駸尋，不覺又得四卷。孫樹馨録爲一帙，題曰《槐西雜志》，其體例則猶之前二書耳。自今以往，或竟懶而輟筆歟，則以爲《揮麈》之三録可也；或老不能閑，又有所綴歟，則以爲《夷堅》之丙志亦可也。"

末署"壬子六月，觀弈道人識"。

（韓希明譯注《閱微草堂筆記》，中華書局 2014 年）

樂鈞《耳食録》自序："《搜神》志怪，噫吁誕哉！雖然，天地大矣，萬物賾矣，惡乎有？惡乎不有？惡乎知？惡乎不知？僕鄙人也，羈棲之暇，輒敢操觚，追記所聞，亦妄言妄聽耳。己則弗信，謂人信乎？脱稿於辛亥，災梨於壬子，史公所謂'與耳食何異'者，此也，遂取以名編。"

末署"乾隆壬子夏日，臨川樂鈞元淑甫撰"。

吳嵩梁《耳食録》序："吾友蓮裳，早負俊才，高韻離俗，以粲花之筆，抒鏤雪之思。摭拾所聞，紀爲一編，曰《耳食録》。事多出於兒女纏綿、仙鬼幽渺，間以里巷諧笑助其波瀾，胸情所寄，筆妙咸臻。雖古作者，無多讓焉。同好諸君，請付剞劂。適僕至都，因屬爲叙。"

末署"乾隆壬子六月立秋日，東鄉吳嵩梁蘭雪撰"。

（國家圖書館藏清乾隆五十七年刻本）

"賞心居士"《征四寇傳》自序："閑閱《水滸》一書，見其榜曰'第五才子'，則與《三國志》諸書同列，而非野史稗官所可同日語也，明矣。然自納款傾葵之後，尊卑列序之餘，竟悉然而止，杳不知其所終，是與天地珍重生才之心，豈不大相徑庭哉？夫以群焉蟻聚之衆，一旦而馳驅報國，滅寇安民，則雖其始行不端，而能翻然悔悟，改弦易轍以善其終，斯其志固可嘉而其功誠不可泯。倘不表諸簡册，以示將來，英雄之志未免有不白，爰續是帙於卷後而付梓焉。使當日南征北討蕩平海宇之勳，赫然在人耳目，則不獨群雄之志可伸，而是書亦有始有卒矣，豈不快哉？"

末署"乾隆壬子歲臘月，賞心居士書於滌雲精舍"。

（國家圖書館藏清乾隆刻本）

陳世熙《唐人説薈》例言："小説多矣，而以唐人爲最。可以周應世之務，供吟詠之資。洪容齋謂：'唐人小説不可不熟，小小情事，淒惋欲絶，洵有神遇而不自知者，與詩律可稱一代之奇。'舊本爲桃源居士所纂，坊間流行甚少，計一百四十四種，每種略取數條，條不數事。今復搜輯《四庫》書及《太平廣記》《説郛》等，得一百六十四種，間有意緒可采者附益之，不特研北花南藉鼓濡毫之興，即賓筵客座得助揮塵之譚。"

周克達爲陳世熙《唐人説薈》作序："《西京賦》云：'小説九百，本自虞初。'虞蓋河南人，武帝時，以方士爲郎，作《周説》九百四十三篇，此小説家所由起也。漢魏以來，《説苑》《皇覽》等書，皆其濫觴。嗣後説部紛綸，非不有斐然可觀者，然未能如唐人小説之善，此其人皆意有所托，借他事以導其憂幽之懷，遣其慷慨鬱伊無聊之況，語淵麗而情淒惋，一唱三歎有遺音者矣。……吾友山陰蓮塘先生，品端學邃，菲藝蘊典有年，爲之披菁掇英，訂正而損益之，名曰《唐人説薈》。……間嘗見《國史補》《因話録》等語，往往散注於他編，頗以未睹其書爲恨，今得蓮塘先生彙萃成集，獲舊聞而誇創見，不亦愉快也哉！竹林彭司馬見而稱異，力勸付梓，以鍰資自任，工未及半，司馬遽歸道山。予既珍愛其書，且惜司馬之好古而未及觀厥成也，爲踵其事。世有嗜奇如段成式、黄晞者乎？吾知必視爲鴻寶而肄業及之矣。"

末署"時乾隆歲次壬子冬仲，長沙學弟愚峰周克達拜撰"。

（上海圖書館藏清乾隆五十八年刻本）

乾隆五十八年（癸丑　1793）

許寶善爲杜綱《北史演義》作序："今試語人曰：'爾欲知古今之事乎？'人無不踴躍求知者。又試語人曰：'爾欲知古今之事，盍讀史？'人罕有踴躍求讀者。其故何也？史之言質而奧，人不耐讀，讀亦罕解。故唯學士大夫或能披覽外，此則望望然去之矣。假使其書一目了然，智愚共見，人孰不爭先睹之爲快乎？晉陳壽《三國志》，結構謹嚴，叙次峻潔，可謂一代良史。然使執卷問人，往往有不知壽爲何人，《志》屬何代者。獨《三國演義》，雖農工商賈、婦人女子，無不爭相傳誦。夫豈演義之轉出正史上哉？其所論説易曉耳。然則《北史演義》之書，詎可不作耶！雖然，又有難焉者。夫《三國演義》一編，著忠孝之謨大賢奸之辨，立世系之統，而奇文異趣錯出其間。演史而不詭於史，斯真善演史者耳。《兩晉》《隋唐》，皆不能及，至《殘唐五代》《南北宋》，文義猥雜，更不足觀。叙事之文之難如此，況自魏季迄乎隋初，東屬齊，西屬周，其中禍亂相尋，變故百出，較之他史，頭緒尤多，而欲以一筆寫之，不更難乎？草亭老人潛心稽古，以爲此百年事蹟不可不公諸見聞。於是宗乎正史，旁及群書，搜羅纂輯，連絡分明。俾數代治亂之機，善惡之報，人才之淑慝，婦女之貞淫，大小常變之情事，朗然如指上羅紋。作者欲歌欲泣，閱者以勸以懲，所謂善演史者非耶？余嘗謂歷朝二十二史，是一部大果報書。二千年間，出爾反爾，倖得倖失，禍福循環，若合符契，天道報施，分毫無爽。若此書者，非尤大彰明較著者乎？余故亟勸其梓行，而爲之序。"

末署"乾隆五十八年歲在癸丑端陽日，愚弟許寶善撰"。

該書"凡例"："是書起自魏季，終於隋初，凡正史所載，無不備録，間采稗史事跡，補綴其缺，以廣見聞所未及，皆有根據，非隨意撰造者可比。

"是書以北齊爲主，緣始於爾朱氏，而宇文氏繼之。故皆詳載始末，而於北齊事則尤詳。

"叙戰事最易相犯。書中大小數十餘戰，或鬥智或角力，移形換步，各各不同。

"書中叙夢兆、叙卜筮，似屬閑文，然皆爲後事埋根。此文家草蛇灰綫法也。

"叙事每於極忙中，故作閑筆，使忙處不見其忙，又忙處益見其忙。

"是書每寫一番苦爭惡戰，死亡交迫。閱者方驚魂動魄，忽接入閨房燕昵、兒女情長瑣事以間之，濃淡相配，斷續無痕，總不使行文有一直筆。

"是書頭緒雖多，皆一綫貫穿，事事條分縷析，以醒閱者之目。

"是書叙事有不便即了而留於他事中方了之者，有略於本文而詳於旁述者。要看他用筆伸縮處。

"書中緊要事，必前提後繳，以清眉目。

"書中緊要人，皆用重筆提清，令閱者着眼。

"凡叙男女悦好，最易傷雅。此書叙魏武靈后逼幸清和，齊武成后私幸奸僧，高澄私通鄭娥，永寶私通金婉，無不曲折詳盡，而不涉一淫褻之語，避俗筆也。

"叙高氏宮室壯麗，庭院深沉，府庫充實，内外上下，規矩嚴肅，的是王府氣象，移掇士大夫家不得。非若他書形容朝廟威儀，宛似市井富户模樣也。

"南朝事實，有與北朝相涉者，略見一二，餘皆詳載《南史演義》中，即行續出。"

《北史演義》許寶善評本各卷評點：

第一卷："此書欲言魏之敗亡，先叙仙真入宮，如泰山之雲起於膚寸，深得草蛇灰綫之妙。"

第九卷："將叙高歡發跡之由，先叙賊兵之亂。古人所謂楔子是也，却是行文秘妙。"

第十八卷："寫爾朱手下人，皆作自滿語，正蓄勢，跌落後文。"

第十九卷："於萬仁未起兵前插叙帝與后觀星望氣，共憂禍患，不但生出異樣景色，亦行文急脈緩受法。"

第二十卷："方寫高歡發兵救駕，忽入桐花公主一段，正如龍争虎鬥之時，忽然鶯鶴舞空、仙音聒耳，令讀者捉摸不定，行文秘妙所謂濃淡相生、疏密相間也，最得龍門筆意。"

第三十七卷："若再説桐花若何用法，必與前路相犯，故此處絶不一及，得行文避字訣。"

第四十卷："空處平提，實處單承，脫卸無痕，頭緒不亂。誰謂作閑書不用筆法耶?"

第五十一卷："於事爲餘波，於文爲養局。"

（乾隆五十八年吳門甘朝士局刊本）

紀昀《姑妄聽之》自序："余性耽孤寂，而不能自閑。卷軸筆硯，自束髮至今，無數十日相離也。三十以前，講考證之學，所坐之處，典籍環繞如獺祭。三十以後，以文章與天下相馳驟，抽黄對白，恒徹夜構思。五十以後，領修秘籍，復折而講考證。今老矣，無復當年之意興，惟時拈紙墨，追録舊聞，姑以消遣歲月而已。故已成《灤陽消夏録》等三書，復有此集。緬昔作者，如王仲任、應仲遠，引經據古，博辨宏通；陶淵明、劉敬叔、劉義慶，簡淡數言，自然妙遠。誠不敢妄擬前修，然大旨期不乖於風教。若懷挾恩怨，顛倒是非，如魏泰、陳善之所爲，則自信無是矣。適盛子松雲欲爲剞劂，因率書數行弁於首。以多得諸傳聞也，遂采莊子之語名曰《姑妄聽之》。"

末署"乾隆癸丑七月二十五日，觀弈道人自題"。

盛時彦爲紀昀《姑妄聽之》題跋："河間先生典校秘書廿餘年，學問文章，名滿天下。而天性孤峭，不甚喜交遊。退食之餘，焚香掃地，杜門著述而已。年近七十，不復以詞賦經心，惟時時追録舊聞，以消閒送老。初作

《灤陽消夏録》，又作《如是我聞》，又作《槐西雜志》，皆已爲坊賈刊行。今歲夏秋之間，又筆記四卷，取莊子語題曰《姑妄聽之》。以前三書，甫經脫稿，即爲鈔胥私寫去，脫文誤字，往往而有。故此書特付時彥校之。時彥嘗謂先生諸書，雖托諸小説，而義存勸戒，無一非典型之言，此天下所知也。至於辨析名理，妙極精微，引據古義，具有根柢，則學問見焉。叙述剪裁，貫穿映帶，如雲容水態，迥出天機，則文章亦見焉。讀者或未必盡知也，第曰：‘先生出其餘技，以筆墨遊戲耳。’然則視先生之書去小説幾何哉？夫著書必取鎔經義，而後宗旨正；必参酌史裁，而後條理明；必博涉諸子百家，而後變化盡。譬大匠之造宫室，千楹廣廈，與數椽小築，其結構一也。故不明著書之理者，雖詁經評史，不雜則陋；明著書之理者，雖稗官脞記，亦具有體例。先生嘗曰：‘《聊齋志異》盛行一時，然才子之筆，非著書者之筆也。虞初以下，干寶以上，古書多佚矣。其可見完帙者，劉敬叔《異苑》、陶潛《續搜神記》，小説類也；《飛燕外傳》《會真記》，傳記類也。《太平廣記》，事以類聚，故可並收。今一書而兼二體，所未解也。小説既述見聞，即屬叙事，不比戲場關目，隨意裝點。伶玄之傳，得諸樊嫕，故猥瑣具詳；元稹之記，出於自述，故約略梗概。楊升庵僞撰《秘辛》，尚知此意，升庵多見古書故也。今燕昵之詞，媟狎之態，細微曲折，摹繪如生。使出自言，似無此理；使出作者代言，則何從而聞見之？又所未解也。留仙之才，余誠莫逮其萬一；惟此二事，則夏蟲不免疑冰。劉舍人云：滔滔前世，既洗予聞；渺渺來修，諒塵彼觀。心知其意，儻有人乎？’因先生之言，以讀先生之書，如疊矩重規，毫釐不失，灼然與才子之筆，分路而揚鑣。自喜區區私議，尚得窺先生涯涘也。因附記於末，以告世之讀先生書者。”

末署“乾隆癸丑十一月，門人盛時彥謹跋”。

（韓希明譯注《閲微草堂筆記》，中華書局 2014 年）

王友亮爲徐昆《柳崖外編》作序："今年春以所梓《柳崖外編》遺余，余呈家母覽之，亟爲歎賞。問曰：'徐舍人，汝之同年乎？吾見時賢説部多矣，非太俚即太奇。是編以文言道俗情，又不雷同於古作者，無愧《聊齋》再世矣！'余間語后山，后山甚喜，乞爲題辭。因述老母之言，並叙余兩人訂交之始，以見后山才望，自翰苑以及閨幃，咸知稱道。"

末署"乾隆癸丑仲秋五日，年愚弟王友亮拜書"。

（徐昆撰，杜維沫、薛洪校點《柳崖外編》，吉林大學出版社 1995 年）

"醉園狂客"爲黄巖《嶺南逸史》作序："花溪逸士者，余叔也。窮居武陵山中，孟夏日長，振筆作《嶺南逸史》。越數月而成，以示余，且囑序焉，余拜而受之。始吾與逸士，數同塾，年俱少，負意氣，以舉子業爲急急。當是時，二人者，風雨鷄窗，昏黄月旦。廣搜縱取，互爲吐納，以相砥礪，極日夜而不休。既屢見黜於有司，卒以自困。而乃搜羅今古，旁究百家，舉凡忠孝貞廉、文人女子，與夫人心風俗之邪正，山川形勝之怪特，莫不參互而詳考之。嗟呼！此《逸史》之所爲作也。夫史者，所以補經之所未及也；而逸史者，又所以補正史之所未及也。經爲聖人手訂，亘萬古而不易。史則自左氏班馬以外，不少概見。雖以韓子之賢，猶辭不就職，蓋亦有難言者乎？逸史者，固無史官拘攣之責，而樂得行其遊放不羈之氣，以成就其逸也。然獨眷眷於粤何哉？逸士己不爲用，思有以自見。粤爲靈奥之區，山海甲於天下，耳目之所常經，譜乘之所備載。而羅旁、水安間，猺獞紛沓，事蹟較多荒略，故三致意焉。於是編其簡次，成如千卷，始明神宗，迄於某年，而自署其上曰《嶺南逸史》云。今日者，余年凡四十矣，家故貧，且好遊，回首蓬廬，碌碌無可稱道。以視逸士之闡微顯幽，褒貶予奪，托諸稗官，以垂不朽，其爲人之同不同何如耶！逸士詩文甚富，嘗苦知音者鮮。無事乃旁遊其意，涉筆是史，然以質之海内而好古之士。覽其布局、運法、立意、命詞，波詭雲譎，結構精嚴，以補正史所弗及，懲勸善惡於將來，亦可恍惚以見其一斑也夫。”

末署“時乾隆癸丑中秋月，醉園狂客謹誌”。

（國家圖書館藏清嘉慶十四年樓外樓刊本）

乾隆五十九年（甲寅　1794）

“東海吾了翁”《〈兒女英雄傳〉弁言》：“是書吾得之春明市上，其卷端顏曰《正法眼藏五十三參》。初以爲釋家言，而不謂稗史也。展而讀之，見爲燕北閒人撰，爲新安畢公同參，爲觀鑒我齋序，均不知爲何許人。其事則日下舊聞，其文則忽諧忽莊，若明若昧，莫得而究其意旨。一笑投之庋閣間，亦同近出諸説部例視之矣。久之，慮遂果蟬腹，檢出偶一翻閱，乃覺稍稍可解。又研讀數四，更於没字處求之，始知其所以忽諧忽莊，若明若昧者，言非無所爲而發也。噫！傷已！惜原稿半殘缺失次，爰不辭固陋，爲之點金以鐵，補綴成書。易其名曰《兒女英雄評話》，且弁數言於卷首云。”

末署“時乾隆甲寅暮春望前三日，東海吾了翁識”。

按，此“弁言”與“觀鑒我齋”序文均係僞托，學界一般認爲《兒女英雄傳》問世當在 1849 年即道光二十九年後。

（北京大學圖書館藏清光緒四年北京聚珍堂刊本）

李春榮《〈水石緣〉後序》：“余幼習儒，未逢明師誘掖指引，誤入迷途。日事誦讀，不知程式，虛費辛勤。迨自覺轉機，已失遲暮。屢試未售，遂棄之遠遊。學申韓之術，糊口四方。回憶昔時功苦，廢置難安。思唐人不發作小説以舒懷，歷觀古來傳奇，不外乎佳人才子，總以吟詩爲媒，牽引苟合，漸至淫蕩荒亂，大壞品行，殊傷風化，余力爲洗之。只考詩論詩，絕無挑引之情。《西廂》爲詞曲之祖，深惜紅娘不識字。茲令采蘋知書，以補缺陷。文章筆法，惟推左氏，神化莫測，獨擅千古之奇。今妄擬其微，自提綱立局，首尾呼應，埋伏影射，籠絡穿插，吞吐搜渡，代字琢句，無中生有，麗體散行，詩辭歌賦，作文之法，縝密無遺。最易啓童蒙之性靈，發幼學之智巧，幸勿徒以鄙語俚言，閱之解頤爲爽心快目已也。故爾又序。"

末署"甲寅鼇叟芳普再筆"。

（復旦大學圖書館藏清乾隆文德堂刊本）

"西園老人"《嶺南逸史》序："《説文》：'史，記事者也。'有國史，有野史。國史載累朝實録，贍而不穢，詳而有體，尚矣。野史記委巷賢奸、山林伏莽，自漢唐以來，代有其書，大抵皆朽腐之談，荒唐之説居多。求其一二，標新領異，據實敷陳，堪與國史相表裏者，吾則重有取於黃子之《嶺南逸史》云。夫文章之道，貴乎變化。變則生，生則常新而可久。《逸史》者，離奇怪變，蓋不知其幾千萬狀也。即女子也，而英雄，而忠孝，而俠義，而雄談驚座，智計絶人，奇變不窮，抑亦新之至焉者乎？且予嘗南遊永安矣，見夫一門三孝坊石，猶巋然存也。西至羅旁，過九星巖，擊石鼓，淵淵有聲；登錦石，誦屈子銘，其所表見皆不虛。夫豈無《幽明録》《搜神記》詼諧詭怪足動觀聽者？然而不近人情，莫能徵信，識者笑之。安所得如《逸史》者之千變萬化而復無事荒唐也！使其付之梨棗，傳之其人，知必有以吾言爲不謬者。故序之。"

末署"時乾隆甲寅之蒲月五日，西園老人題於雙溪之草堂"。

張器《嶺南逸史》序："《逸史》者何？花溪逸士所著也。花溪逸士何？余之友耐庵也。其曰嶺南者何？詳其地也。蓋凡士之蘊其所有，而不得施於世者，多喜自奮於予奪功罪之中。見夫善惡顛倒、美刺混淆，致使奸豪得藉以爲資而起，而憤時嫉俗，往往寓其褒貶。然則，非史之必出於逸，殆因逸而始托於史，故孔子作《春秋》、司馬作《史記》，此其尤大彰明較著者也。……

嗚呼！逸士亦人傑也哉！"

末署"歲在甲寅蒲月中浣，琢齋友人張器也撰"。

《嶺南逸史》凡例："是編悉依《霍山老人雜録》《聖山外記》《廣東新語》及《赤雅外志》《永安羅定省府》諸志考定，間有一二年月不符者，因事要成片段，不得不略爲組織。

"詩詞歌謡，有可考者悉入之，其不可考及辭意未暢者，則以己意足之，以成大觀。

"是編期於通俗。《聖山志》多用土語，如謂小曰仔。稱良家子曰亞官仔……諸如此類。其易曉者悉仍之，其不易曉者悉用漢音譯出，以便觀覽。

"是編期以通俗語言鼓吹經史，人情笑罵，接引愚頑。故凡忠臣孝子如陳起鳳、黃讓父子足爲世勸者，固爲盡情暢發，即饒有、足像、金亦諸穢瑣足爲世戒者，亦不稍爲避忌。

"諸事於諸書散見錯出，苦無頭緒。愚逐節録出，復取正史及諸家詩文注記、故老遺聞，參互考訂，得其始終，始援筆書之，閲三月而成。辭語間多不雅馴者，因走筆直書，功闕磨洗，尚期博學名流爲余政之。"

《嶺南逸史》第一回正文："從來有正史，即有野史，正史傳信不傳疑，野史傳信亦傳疑，並軼事亦傳也。故耳聞目見之事，正史所有，人人能道之，不足爲異。若耳所未聞、目所未見之事，人聞之見之，未有不驚駭，以爲後人懸空造捏出來的，不知其實亦確有所見、確有所聞之事也。不信者，特爲耳目所限耳。就如大禹王岣嶁山碑一事，朱夫子因至其地不曾尋得，遂謂無其事，係好事者造説的。其後，宋嘉定中，蜀士因樵人引至其所，竟以紙向碑上打出七十二個字來，刻在夔門觀中。可見天下奇奇怪怪、平平常常的事，不經人道過，也無從得知，若一經人道來，切勿謂正史上無，我目中不曾見，耳中不曾聞，便不去信他也。在下今説出一個却又正史、府志、省志、縣志、《羅浮志》、《赤雅外志》莫不詳載，野人遺老莫不熟聞，新奇鬧熱的事來，恐怕看官看了，還要道正史可不有，我這野史必不可無也。正是：'漫言舊史事無訛，野乘能詳也不磨。拈就零星成一貫，問君費了幾金梭。'"

《嶺南逸史》評本各回評語：

第八回："醉園評：山川之險，非類之橫，筆力所至，莫不令人驚心駭目，而寫戰處又如驅山走海、雷電交馳，是極有興會、極有波瀾文字。"

"張念齋曰：每見作稗官者，一遇頭緒多處輒手忙脚亂，那得有此越鬧熱越分明之筆。"

第九回："醉園評：不極寫公之悲哀，逼不起諸將開解；不極寫逢玉情切，逼不起招魂而逃。欲露故縮，是書法秘訣，亦即是行文秘訣。"

第十回："醉園評：文不至絕處逢生，則不見精神魄力。若失水收監二段絕地矣，然後轉出漁人、轉出玉英，此冷處解救已對定十二回熱處解救矣。然冷處有功，熱處反困，神光直注到負荆解圍諸段，何等變幻，何等精力。又曰到此方知遊羅浮、遇漁人二段伏筆之妙。"

第十二回："張竹園曰：文宜逆而不宜順，如前回扯出錢子幹，不過爲此回進城張本，一經打後更無可轉手處，文偏於無可轉手處轉得如行雲流水，渾然無跡，斯爲化工之文。"

第十八回："野崔道人曰：醉園極不許這回文字，愚謂此回文字其細膩熨貼直臻絕頂。看他寫李公主之恨天馬……各有分數，各有口角。文字至此，真毫髮無遺憾矣，尚何議哉？"

第二十一回："張啓軒曰：文貴曲而不貴直。此回欲寫哭訴，而先寫索詩，又先寫唱詞。唱詞露意，純在空際著想；索詩探情，全在冷處傳神。已寫到哭訴，仍留而不放，實在好看。……十六句直伏下六回在內，真無一閑句之文。"

第二十八回："竹園評：起伏照應，回環照應，錯綜以盡其變，搖曳以生其姿，可謂盡態極妍。通卷寫來首尾相應，文質相兼，其詞文，其旨遠，曲而暢之，令讀者不厭其繁，真不愧左氏之素臣也。”

“葛勁亭曰：是編始於黃逢玉長耳山賦詩、石禪師授以神咒，領起於李公主等各賦詩點綴諸景，應石禪師總結，並不遺漏古溪先生，正醉園所謂‘滴滴歸源’也。其中頭緒似繁，却縱擒離合悲歡曲折，布局措辭無不曲盡其妙。尤愛逢玉正大光明，歸佐朝廷，功成修養，不比浪子貪花、綠林嗜殺之輩，説得逢玉聲價十倍。而作者之命意不凡，雖間有戲謔，不流粗俗，亦是文家疏落之法，非絶細心思極大手筆者不能道此。”

“劉松亭總評：平搖而開羅定，誅賊而置永安，部中大主腦也。縮脷困逢玉而來天馬之兵，足像引火帶而結逢玉之怨，部中之大綫索也。然無貴兒則瞞脱梅英之後，逢玉竟東歸耳，則貴兒又上下一大關鈕也。其他若石禪師、錢子幹、黃山人、玉簫漁人、黃讓父子之類，或順伏、或逆擒、或倒插、或旁襯，或一篇完結一人，或數篇完結一人，皆部中之波瀾也。”

（國家圖書館藏清嘉慶十四年樓外樓刊本）

乾隆六十年（乙卯　1795）

許寶善爲杜綱《南史演義》作序：“余既勸草亭作《北史演義》問世……已備載無遺，遠近爭先睹之爲快矣。特南朝始末，未能兼載，覽古之懷，人猶未厭，且於補古來演義之闕，猶爲未備也。乃復勸其作《南史演義》，凡三十二卷。”

末署“乾隆六十年歲在乙卯三月望前一日，愚弟許寶善撰”。

《南史演義》凡例：“是書自晉迄隋，備載六朝事跡，而晉則孝武以後事變始詳，其上不過誌其大略，隋則僅誌其滅陳一師，餘皆未及者，蓋是書及《北史》原以補古來演義之闕，緣前有《東西晉演義》，後有《隋唐演義》，事已備見於兩部，故書不復述。

“宋代晉、齊代宋、梁代齊、陳代梁，跡若一轍，而其中興亡得失之故，仍彼此不同。故各就正史本文而演暢之，閱者可汆觀焉。

“六朝金粉、人物風流，中間韻事韻語，足供玩繹者美不勝收，如《世說新語》等書所載皆是，書中不及備錄，唯於本文有關涉者採而錄之。

“南北地名屢易，有地去而名存者，如兗豫既失，仍設南兗州、南豫州等號是也。閱者須辨之。

“事有與《北史》相犯者，如侯景之亂梁、隋師之滅陳，彼此俱載，然此詳則彼略，彼詳則此略，一樣敘事，仍兩樣筆墨。

“書中所載詩詞歌賦有本係前人傳留者，即其原本錄之，不敢增減一字。

“凡忠義之士、智勇之臣，功在社稷者，書中必追溯其先代，詳載其軼事。暗用作傳法也。

“坊本敘戰，每於臨陣之際，必先敘明主將若何披掛、若何威武，彼此出陣若何照面、若何交手，一番點綴竟成印板廝殺。書中大小數十戰，此等語絕不一及，避俗筆也。”

（上海圖書館藏乾隆六十年原刊本）

曾衍東《小豆棚》自序：“《小豆棚》，閑書也；我，忙人也。作此等書，必其人閑、其所遭之時閑、其所處之境閑，而後能以閑心情爲閑筆墨。我爲秀才忙舉業，爲窮漢、爲幕、爲客忙衣食，那得工夫閑暇，作一部十餘萬言的閑書？即偶有閑時候、閑境地，又焉能忙裏偷閑，向百忙中草草幹這閑事！然則我何以有是書？我問之我，我亦不解。我平日好聽人講些閑話，或于行旅時見山川古跡、人事怪異，忙中記取。又或於一二野史家鈔本剩錄，亦無不於忙中翻弄。且當車馬倥傯、兒女嘈雜之下，信筆直書。無論忙之極忙，轉覺閑而且閑。蓋能用忙中之閑，而閑乃自百忙中化出。無他，貴心閑耳。心一閑，則無往不得其閑。將所有諸般貪、嗔、愛、惡、欲，種種不可思議；而我心閑閑，不與之逐而與之適；把那些閑情、閑話、閑事、閑人，竟成一部閑書於我這忙人之手。或有諛余者曰：'七如，閒人也，閑者而後樂此。'余唯唯否否。或有誚余者曰：'七如閑乎哉？夫我則不暇。'余亦唯唯否否。"

末署"乾隆六十年歲在乙卯九月，曾衍東七如氏書"。

（曾衍東著、盛偉校點《小豆棚》，齊魯書社 1991 年）

楊澹游《鬼谷四友志》自序："余于經史而外，輒喜讀百家小傳、稗史野乘，雖小説淺率，尤必究其原，往往將古事與今事較略是非。一日讀《東周列國傳》，有鬼谷四弟子，曰孫臏、龐涓、蘇秦、張儀等輩。所載其行事舉止，大與昔日總角時讀坊刻所謂《孫龐鬥志》一書殊異。……然則經傳既已亡略，坊刻又不可式，惟《列國》一書稍爲上正。第《列國》亦屬稗史，未足全憑，然有孟子所云'晉國天下莫强'一言可原。……蓋《列國》之繁，坊刻之鄙，於是摘取斯編，卷列爲之。揣其近理，繆加評點，也有同余志而省蒲子所言，讀百家小傳，完實其原，以舉經傳缺略，有裨於正道者，請以是爲剖劂焉。"

末署"時乾隆六十年歲次旃蒙單閼授衣之上浣日書於樂志軒中，東泖楊澹游書"。

《鬼谷四友志》凡例："坊刻有《孫龐演義》一書，甚屬唐突誕妄，非惟不揣情理，兼文勢鄙陋層出，如朱亥乃田文之勇友……此又《西遊》上孫行者所爲。夫《西遊》乃纂發至理，皆是寓言，借人身之意馬心猿爲旨，故言《西遊真詮》，其文雅，其理元，非仙莫道之書，亦非仙莫解之書。今孫臏雖聰明忠直，鬼谷雖道高技博，豈亦如孫行者身外身法，瞬息變化。

"是書雖世人所常聞，戲演所常見，曷取重述乎？曰：世所常聞常見者，乃半爲妄説妄演，以愚庸惡陋劣之人，其義與此書大爲掣謬。

"凡作書，無論經文，即如小説，亦須先知其源，約者多所掛漏，俚者豈堪入目，膚者無能醒心，繁者不勝流覽。今此書悉照《列國》評選，稍加增删，去其謬妄穿鑿，獨存樸茂，自然合理，言簡義盡，無掛漏不勝之苦。讀之惟覺古人可愛可慕，醒諸戒諸。

"是集文雖不古奧，然有一等但喜淺陋誕妄爲真，有所謂中人以上可以語上，中人以下不可語上。如稍近中質，先取演義閱過，再讀是書，詳較實際，可通世用，可警世悖。取其所長，去其所短，其與荒唐鬼神、纏綿男女等事俱無，稚幼讀之與其進業，已仕讀之堅其忠貞，庶人讀可去狡詐，隱居讀可操其志事，無幾許義舉多方。"

（北京大學圖書館藏文淵堂刻本）

李斗《揚州畫舫録》自序："斗幼失學，疏於經史，而好遊山水。嘗三至粵西，七遊閩浙，一往楚豫，兩上京師。退而家居，則時泛舟湖上，往來諸工段間。閱歷既熟，於是一小巷一厠居無不詳悉。又嘗以目之所見、耳之所聞，上之賢士大夫流風餘韻，下之瑣細猥褻之事、詼諧俚俗之談，皆登而記之。自甲申至於乙卯，凡三十年。所集既多，删而成帙，以地爲經，以人物記事爲緯。……凡志書所詳、別無異聞者，概不載入。或事有可録而聞見有未及者，遺漏之譏，亦所不免。倘有以益我者，俟更爲續録以補之。"

末署"乾隆六十年十二月，儀徵李斗記"。

（李斗撰，汪北平、涂雨公點校《揚州畫舫録》，中華書局 1960 年）

乾隆年間（1736—1795）

"静恬主人"《〈金石緣〉序》："小説何爲而作也？曰：以勸善也，以懲惡也。夫書之足以勸懲者，莫過於經史，而義理艱深，難令家喻而户曉，反不若稗官野乘，福善禍淫之理悉備，忠佞貞邪之報昭然。能使人觸目儆心，如聽晨鐘，如聞因果，其于世道人心，不爲無補也。但作者先須立定主見，有起有收，回環照應，一點清眼目，做得錦簇花團，方使閱者稱奇，聽者忘倦。

切忌序事直捷，意味索然；又忌人多混雜，眉目不楚；甚者説鬼談神，怪奇
悖理；又或情詞贈答，淫褻不堪。如《情夢柝》《玉樓春》《玉嬌梨》《平山冷
燕》諸小説，膾炙人口，由來已久，誰知其中破綻甚多，難以枚舉，試即一
二言之。堂堂男子，喬扮女妝，賣人作婢，天下有是理乎？韶齡閨媛，詩篇
字法，壓倒朝臣，天下又有是理乎？且當朝宰輔，方正名卿，爲女擇配，不
由正道，將閨中詩詞索人倡和，成何體統？此皆理之所必無，寧爲情之所宜
有？若夫古怪矜奇者，又不足論矣，惟巧合。《金石緣演義》則忠孝節義，奸
盜邪淫，貧賤富貴，離合悲歡，色色俱備，且徵引事蹟，酌乎人情，合乎天
理，未嘗露一毫穿鑿之痕。中間序次，天然聯絡，水到渠成，未嘗有半點遺
漏之病。雖不敢稱全璧，亦可爲勸懲之一助。閲者幸勿以小説而忽之，當反
躬自省，見善即興，見惡思改，庶不負作者一片婆心，則是書也充於《太上
感應篇》讀也可。"

　　按，孫楷第《中國通俗小説書目》卷七載録《療妒緣》八回（即《鴛鴦
會》），"存。坊刊小本。（日本内閣文庫）後來坊刊本，易書名爲《鴛鴦會》，
實一書。清無名氏撰。首庚戌（無年號）静恬主人序。按：《金石緣》亦署
'静恬主人'，當是一人。《金石緣》爲乾隆時書，疑此亦乾隆間所爲也"（孫
楷第著《中國通俗小説書目（外二種）》，中華書局 2012 年）。

（中國社會科學院文學研究所藏文光堂刊本）

程晉芳《懷人詩·吴敬梓》："《外史》紀儒林，刻畫何工妍。吾爲斯人
悲，竟以稗説傳。"

　　按，此詩見録于程晉芳《勉行堂詩集》卷二《春帆集》，其編年起自乾隆
戊辰至庚午。

（國家圖書館藏清嘉慶古歙程氏勉行堂刻本）

孔繼涵《〈聊齋志異〉序》："洪邁《夷堅志》四百二十卷，今其書不完，每恨無以盡發俶儻詭異之觀。閱《聊齋志異》，洋洋灑灑，數十萬言，並非纂有前人略爲回易者比，人於反常反物之事，則從而異之。今條比事櫛，累累沓沓，如漁涸澤之魚頭，然則異而不異矣！胡仍名以異？是可異也。史之傳獨行者，自范曄始，別立名目，以別於列傳者，以其異也。曄之傳獨行，皆忠孝節廉，人心同有之事，胡以異之？蓋曄之滅棄倫理，悖逆君父，誠不足數，宜其以獨行之爲異而別出之也。獨不解後之作史者仍之，凡孝友、忠義、廉退者之胥爲目別類列而異之也。甚至儒林、道學之胥爲目別類列而異之也。吁！是則大可異矣！今《志異》之所載，皆罕所聞見，而謂人能不異之乎？然寓言十九，即其寓而通之，又皆人之所不異也。不異於寓言之所寓，而獨異於所寓之言，是則人之好異也。苟窮好異之心，而倒行逆施之，吾不知其異更當何如也。後之讀《志異》者，駭其異而悅之，未可知；忌其寓而怒之、憤之，未可知；或通其寓言之異而慨歎流連、歌泣從之，亦未可知。亦視人之異其所異，而不異其所不異而已矣。至於不因《志異》異，而因讀《志異》者而異，而謂不異者，能若是乎！"

（盛偉編《蒲松齡全集》，學林出版社 1998 年）

張堅《〈懷沙記〉凡例》："小説傳奇，雖云遊戲，亦有文章。然妍媸不一，而好惡亦殊。"

（俞爲民、孫蓉蓉編《歷代曲話彙編·清代篇》，黄山書社 2009 年）

徐述夔《快士傳》第一回正文："説平話的，要使聽者快心。雖云平話，却是平常不得。若説佳人才子，已成套語；若説神仙鬼怪，亦屬虛談。其他説道學太腐，説富貴太俗，説勳戚將帥、宫掖宦官、江河市井、巨寇神偷、青樓寺院，又不免太雜。今只説一個快人，幹幾件快事。其人未始非才子，未嘗不道學，未嘗不富貴，所遇未嘗無佳人，又未嘗無神仙鬼怪、勳戚將帥、宮掖宦官、江河市井、巨寇神偷、青樓寺院，紛然並出於其間，却偏能大快人意，與別的平話不同。你道如何是快人？如何是快事？人生世上，莫快於恩怨分明，又莫快於財色不染。”

（中國藝術研究院藏清寫刻本）

　　蔣士銓《〈江花夢〉序》：“吾案頭所列者，五經四子之書，諸子百家之言，及騷人詞客長歌短詠之章，即稗官野史小説家著作，有妙理存焉者亦不廢棄。”

（俞爲民、孫蓉蓉編《歷代曲話彙編·清代篇》，黃山書社 2009 年）

　　趙翼《檐曝雜記》卷一“大戲”條：“所演戲，率用《西遊記》《封神傳》等小説中神仙鬼怪之類，取其荒幻不經，無所觸忌，且可憑空點綴，排引多人，離奇變詭作大觀也。”

（趙翼撰、李解民點校《檐曝雜記》，中華書局 1982 年）

　　趙懷玉爲顧之逵《藝苑捃華》作序：“‘小説九百，本自虞初。’見於張衡《西京賦》。厥後作者彌繁，雖叙雜事，記異聞，綴瑣語，流派各殊，然寓勸懲、廣見聞、資考證則一也。顧單本流傳，易於漸滅，不特無以信後世之目，且將以失古人之心矣。小讀書堆主人插架既富，尤嗜説部，丹黃之餘，摘擇善本，仿《百川學海》，薈而梓之。不惟克聚古人之心，且足以怡後世之目，既名之曰《藝苑捃華》，復序其緣起如此。”

　　按，繫年據劉鵬《清代藏書史論稿》（知識産權出版社 2018 年）。

（上海圖書館藏清同治七年務本堂刊本）

乾隆、嘉慶之交

"逍遙子"《〈後紅樓夢〉序》："曹雪芹《紅樓夢》一書，久已膾炙人口，每購抄本一部，須數十金。自鐵嶺高君梓成，一時風行，幾於家置一集。同人相傳雪芹尚有《後紅樓夢》三十卷，遍訪未能得，藝林深惜之。頃白雲外史、散花居士竟訪得原稿，並無缺殘。余亟爲借讀。讀竟，不勝驚喜。逍遙子漫題。"

按，劉世德先生認爲"《後紅樓夢》當撰寫於嘉慶元年或乾隆年間"（石昌渝主編《中國古代小説總目》，山西教育出版社 2004 年）。此據以年限推斷。

《後紅樓夢》凡例："是書係曹雪芹原稿，每卷有雪芹手定及瀟湘館圖章。全書並無殘缺，故以重價得之，照本付梓，間有須修餙處，亦未增減一字，欲全廬山真面也。

"是書序後有賈氏世系表，世表並前書簡明節略，悉照原本刻入。

"是書圈點悉照原本。

"是書原稿同前書原稿合裝一部，原本序題評跋甚多，今前書已盛行，各省不必再刻，故刻後書，但刻原序一首，餘題詞評跋亦未刻入。

"凡説部書綉像，皆讚在陽頁，像在陰頁，不便觀覽。此書皆像在陽頁、讚在陰頁，先讚後像，兩頁對開，以便觀覽。"

（浙江圖書館藏清鈔本）

嘉慶元年（丙辰　1796）

趙學轍《〈客窗偶筆〉序》："余垂髫時，玠堂先生文名噪龍城；及長，獲交先生，則粹然君子儒也。乙卯春，余計偕北上，契闊年餘。今年夏，余以事至平陵，先生亦旅焉。握手道故，晨夕過從者兩閱月。盛暑中奉訪，則見手不停披，著書自適，出《客窗偶筆》若干卷示余。讀之謬加評驚，如入左史之室，不知爲稗官小説也。重九，先生將攜此南歸，公諸同好。餘維小説家言，大抵優孟衣冠，得其似而失其真者。更有蜃樓海市，幻由心造，往往出於文人學士穿鑿附會之所爲，非不瀾翻層疊，動人觀聽，其於佛氏妄語之戒，又如何乎？先生此編，事事真實，有裨世道爲多，而務去陳言，仍令讀者忘倦。'思無邪'一言，允堪持贈矣。"

末署"嘉慶丙辰重九前三日，陽湖趙學轍拜題"。

（鄭州大學圖書館藏嘉慶二年守一齋刊本）

嘉慶二年（丁巳　1797）

鄒炳泰《午風堂叢談》自序："紀曉嵐宗伯謂置之宋人説部中，堪與對壘，以明人冗雜之書爲不足道。王述庵侍郎謂其考據精確似王深寧，記載閎富似洪容齋，則何敢云？然論務平允，意寓勸誡，亦學人資古之義也。"

末署"嘉慶丁巳九月朔日鄒炳泰"。

（天津師範大學圖書館藏清嘉慶五年刻本）

蔣熊昌《〈客窗偶筆〉叙》："説部一書，唐宋迄今，汗牛充棟，其博雅新異，膾炙人口者，指不勝屈。濫觴入於荒誕不經，以及猥褻鄙俗，如箏琶之悦耳，大雅弗尚也。蓋説部雖小品，然未嘗不可寓風雅，示勸懲，闡幽隱，方不浪費筆墨，妄災梨棗，然知此者鮮矣。金子玢堂，薄游山左，旅邸無聊，因紀録舊聞，爲《客窗偶筆》一編，授余閲之。事多徵實，藻不妄攄，摭拾不拘一端，大旨以有裨世道人心爲主。即搜羅一二奇僻，亦不流於荒誕。若猥褻鄙俗，則無纖毫涉其筆端。雖見聞未廣，篇帙無多，亦庶幾擇言尤雅者。同人咸勸付梓，屬余弁數語于簡端。余樸拙無文，聊述其大概如此。雖然玢堂稟承家學，文藝弱冠知名，詩詞並卓犖可喜，顧韜晦不以示人，而僅以此問世，得毋因懷抱利器，尚未逢時，偶托此以寫胸臆耶？抑以爲詩文之嚆矢也？"

木署“嘉慶二年春仲立庵蔣熊昌叙”。

（鄭州大學圖書館藏嘉慶二年守一齋刊本）

王初桐《奩史》凡例：“衛正叔作《禮記集説》云：‘他人著書惟恐不出於己，予則惟恐不出於人。’是編竊取正叔之義。

“撰述體例莫不善於《六帖》，惟《太平御覽》《玉海》庶爲可法，是編模範二書而通變之。

“是編凡若干類，每類中又暗分細類。先以類從，次叙時代。其初細類悉標細目，今照日下舊聞之例删去，意在約束也。

“是編于諸書有可引者少，無可引者多，故所引之書三千種，所檢之書不下萬種。

“群書若正史、通史、别史、雜史、僞史、經義、類書、説部、書目書、畫物譜、詩話、題跋、詩詞文集，選録二氏，九流雜著，廣爲蒐羅，用資博覽，偶遇牴牾，隨事考訂。

“援引群書，但嚴抉擇，不分界限，經史少而子史多，勢所必然。即僞書如《天禄閣外史》，俗書如《堅瓠集》之類，原不足録，間有一典半實，從未見於他書者，亦摘取之。

“稗官野記，有其事不確，而慧可解頤，奇可醒世，麗可爲詞章家之助者，亦選用之。

“諸書記載，錯出互異，或兩著之，或並證之，或附注之；若書名雖别，事蹟則同，則舉一而棄其餘；亦有云參用某書及某書同者。

“書之已佚不傳，散見於他書所引者，仍其原目，存書名也。

“是編以雅馴爲主，凡鄙褻者、庸陋者、蕪雜者、殺風景者，皆擯不録。

“節義之事不能盡録，惟義生於情，以委婉行其激烈者，方入此《女世説》之例。

"感幽之事多涉詭誕，故《搜神記》《酉陽雜姐》《夷堅志》之類所擇尤嚴，稍近雅實者量摘之。

"事之熟者略，略而不晦；僻者詳，詳而不繁。辭約而該，旨微而顯，庶無失乎古人遺意。

"有一事可入幾類者，入於此，不復入於彼。

"所採閨閣詩詞，必有事可録，如唐人本事詩之類，則採無事者，不採事可録而詩詞不足採者，録事不録詩詞。

"名人著作及婦女之文，每摘句以備典故，偶有一二名篇，或全録之，歷代史體如是。"

按，該書有伊江阿所撰序文，末署"嘉慶二年餘月長白伊江阿書於珍珠泉上草堂"，此據以繫年。

（《續修四庫全書》本，上海古籍出版社 2002 年）

嘉慶三年（戊午　1798）

紀昀《灤陽續録》自序："景薄桑榆，精神日减，無復著書之志。惟時作雜記，聊以消閒，《灤陽消夏録》等四種，皆弄筆遣日者也。年來並此懶爲，或時有異聞，偶題片紙；或忽憶舊事，擬補前編。又率不甚收拾，如雲煙之過眼，故久未成書。今歲五月，扈從灤陽，退直之餘，晝長多暇，乃連輟成書，命曰《灤陽續録》。繕寫既完，因題數語，以誌緣起。若夫立言之意，則前四書之序詳矣，兹不復衍焉。"

末署"嘉慶戊午七夕後三日，觀弈道人書于禮部直廬，時年七十有五"。

（韓希明譯注《閱微草堂筆記》，中華書局 2014 年）

梁聯第爲劉一明《西遊原旨》作序："《陰符》《清净》《參同契》，丹經也。《西遊》一書，爲邱真君著作，人皆艷聞樂道，而未有能知其原旨者。其視《西遊》也，幾等之演義傳奇而已。”

末署“時嘉慶三年中秋前三日，癸卯舉人靈武冰香居士渾然子梁聯第一峰甫題”。

劉一明《西遊原旨》“讀法”：“《西遊》，神仙之書也，與才子之書不同。才子之書論世道，似真而實假；神仙之書談天道，似假而實真。才子之書尚其文，詞華而理淺；神仙之書尚其意，言淡而理深。知此者方可讀《西遊》。

“《西遊》一案有一案之意，一回有一回之意，一句有一句之意，一字有一字之意，真人言不空發、字不虛下，讀者須要行行著意、句句留心，一字不可輕放過去。知此者方可讀《西遊》。

“《西遊》每宗公案或一二回，或三四回，或五六回，多寡不等，其立言主意皆在公案冠首已明明題説出了，若大意過去，未免無頭無腦，不特妙義難尋，即文辭亦難讀看。閱者須要辨清來脈，再看下文方有著落。知此者方可讀《西遊》。

“《西遊》每回妙義全在提綱二句上，提綱要緊字眼不過一二字，如首回‘靈根育孕源流出　心性修持大道生’，靈根即上句字眼，心性即下句字眼，可見靈根是靈根，心性是心性，特用心性修靈根，非修心性即修靈根，何等清亮，何等分明……回回如此，須要著眼。知此者方可讀《西遊》。

“《西遊》每到極難處，行者即求救於觀音，爲《西遊》之大關目，即爲修行人之最要著。蓋以性命之學，全在神明覺察之功也。知此者方可讀《西遊》。

“《西遊》稱悟空、稱大聖、稱行者，大有分別，不可一概而論，須要看來脈如何，來脈真則爲真，來脈假則爲假，萬勿以真者作假、假者作真。知此者方可讀《西遊》。”

（《古本小説集成·西遊原旨》影印湖南常德府護國庵重刊本）

《合錦回文傳》第二卷總評：“稗官爲傳奇藍本，傳奇有生旦，不能無净丑，故文中科諢處，不過借筆成趣，觀者勿疑其有所指刺也。若疑其有所指刺，則作者當設大誓於天矣。"

按，繫年權據現存最早刊行本年代而定。孫楷第《中國通俗小説書目》卷四："《合錦回文傳》十六卷不分回，存。清嘉慶三年寶硯齋刊本。道光六年大文堂刊本。題'笠翁先生原本''鐵華山人重輯'。每卷後有素軒評語。"（孫楷第著《中國通俗小説書目（外二種）》，中華書局 2012 年）

（《古本小説集成·合錦回文傳》影印嘉慶三年寶硯齋刊本）

秦子忱《續紅樓夢》弁言："《紅樓夢》一書，膾炙人口者數十年，余以孤陋寡聞，固未嘗見也。丁巳春，余偶染瘴疾，乞假調養，伏枕呻吟，不勝苦楚。聞同寅中有此，即爲借觀，以解煩悶……疾雖愈，而於寶、黛之情緣終不能釋然於懷。夫以補天之石，而仍有此缺陷耶？……《紅樓夢》已有續刻矣，子其見之乎？……然細玩其叙事處，大率於原本相反，而語言聲口，亦與前書不相吻合，於人心終覺未愜。余不禁故志復萌，戲續數卷，以踐前語。不意新正藥園來郡，見而異之。一經傳説，遂致同寅諸公，群然索閲。自慚固陋，未免續貂，俯賜覽觀，亦堪噴飯，又何敢自匿其醜而不博諸公一撫掌也耶？"

末署"嘉慶三年九月中浣，雪塢子忱氏題於兖郡營署之百甓軒"。

（浙江圖書館藏清嘉慶四年抱甕軒刊本）

嘉慶四年（己未　1799）

《續紅樓夢》凡例："書中所用一切人名脚色，悉本前書内所有之人。蓋續者，續前書也，原不宜妄意增添，惟僧道二人在大荒山空空洞焚修，若無童子伺應，似屬非宜，故添出一松鶴童子。此外悉仍其舊。

"前《紅樓夢》書中，如史湘雲之婿以及張金哥之夫，均無紀出姓名，誠爲缺典。兹本若不擬以姓名，仍令閲者茫然。今不得已妄擬二名，雖涉穿鑿，君子諒之。

“書内諸人一切語言口吻，悉本前書，概用習俗之方言，如昨兒晚上、今兒早起、明兒晌午，不得換昨夜、今晨、明午也……蓋士君子散處四方，雖習俗口頭之方言，亦有答省之不同者，故例此則，以便觀覽，非敢饒舌也。

“前《紅樓夢》書中每每詳寫樓閣軒榭、樹木花草、床帳鋪設、衣服飲食、古玩等事，正所以見榮寧兩府之富貴，使讀者驚心炫目，如親歷其境、親見其人、親嘗其味。兹本不須重贅，不過於應點染處略爲點染，至於太虛幻境與天曹地府，皆渺茫冥漠之所，更不必言之確鑿也。

“前《紅樓夢》開篇先叙一段引文以明其著《紅樓夢》所以然之故，然後始入正文，使讀者知其原委。兹續本開篇即從林黛玉死後寫起，直入正文，並無曲折，雖覺突如其來，然正見此本之所以爲續也。雖名之曰《續紅樓夢》第一回，讀者只作前書第一百二十一回觀可耳。

“後《紅樓夢》書中，因前書卷帙浩繁，恐海内君子或有未購，及已購而難於攜帶，故又叙出前書事略一段列於卷首，以便參考。鄙意不敢效顰。蓋閲過前書者再閲續本方能一目瞭然，若前書所未睹即參考事略，豈能盡知其詳？續本縱有可觀，依舊味同嚼蠟，不如不叙事，略之爲省筆也。”

（浙江圖書館藏清嘉慶四年抱甕軒刊本）

“蘭泉居士”爲福慶《志異新編》作“小引”：“志異者，史之一體也。竹枝者，詩之一端也。既詠竹枝而曰志異，何也？蓋詩爲志異而作，非徒寄吟詠、寫風騷、吊古抒懷、慨當以慷也。且叙事之文，皆如列傳，即史體也，況從來志異諸書，文中莫不有詩，此編則詩中莫不有文，史耶，詩耶？融會而貫通者也。事新、詩新、文新、體新，閲之者耳目一新，是當以新爲名，故名之曰《志異新編》也。”

　　按，清人沈翼著有《蘭泉居士日記》，未知是否此作"引"者。繫年據刻本確定。

（天津圖書館藏嘉慶四年刊本）

　　尤夙真爲丁秉仁《瑤華傳》弁言："余一身落落，四海飄零，亦自莫知定所，由楚而至豫章，再由豫章而遊三浙，今且又至八閩矣。每到一處，哄傳有《紅樓夢》一書，云有一百餘回，因回數煩多，無力鐫刊，今所流傳者，皆係聚珍版印刷，故索價甚昂。自非酸子紙裹中物可能羅致，每深神往。抵閩後，竊見友人處，有一函置於案側，詢之，曰《紅樓夢》。不覺爲之眼饞，再四情懇而允假六日，遂珍重攜歸。閱之，費去五日夜心神，得其全部要領，似與從前耳聞閱者之讚美，大相徑庭。偶於廣座談及，而大衆似有以盲人目我者，心竊疑之。及於漳郡，得晤吾里香城，乃余總角交也，知其素多著作，當詢增得新構幾許，即檢示四五種，皆余所未睹者。內有《紅樓夢外史》在焉，惜未告成，然大局已定，因借香城之所定，即決我之疑團。僅止二本，於二三時中即閱竟。不及掩卷，而急拉香城拜之曰：'吾至今日始知，兩目之猶未盲也。子何先得我心之所同然耶？'香城詢故，余述知所由，不覺相對捧腹，共歎世之自謂不盲者，盡屬耳食之徒，其精粗美惡，究未了了於此中也。余又翻一種，標其目曰《瑤華傳》。略窺卷首大旨，似乎有味，亦乞攜歸，細閱焉。自始至終，僅有四十回，每回之數，較之《紅樓夢》長，有數頁情節，比之《紅樓夢》更爲煩冗。敘事之簡明，段落之清楚，不待言矣。抑且起因發覺盡非扯淡，因共談論，如《紅樓夢》之因由，無非爲青埂山下，女媧氏煉剩之一石，僧道等欲扶持其下凡歷劫。既上古經女媧氏煉就之石，非若血氣修煉所成，而有違天地生意，致必須歷劫者，至絳珠草得受此石之甘露灌溉，欲隨下凡，以眼淚酬還其惠。此更屬無謂。'歷劫'兩字之義，並未考究得實，亦將搖筆伸紙而著書，不亦荒誕乎？請閱香城所著《瑤華傳》，其造意爲雄狐欲取百女元紅，而得成幻形之術，於是劍仙怒而斬之。即按國法，亦難饒恕，於理實爲純正。……凡著書立説，須要透得出一個理字，既無理字透出，其情何由而生？若屏絶情理而著書，則吾不知其所著何書矣。兹細閲《瑶華傳》，甚嫌其少，故閲之不已，又於每回之後，妄加評語，其灰蛇伏綫處，猶恐難明者，特爲拈出之，蓋由得其情而愛其文也。若《紅樓夢》，但嫌其繁，不覺其有情致，其生出枝節，未見其一一收羅。余非薄於彼而厚於此，諸君子悉具慧眼，兩書俱在，何妨細爲考核，以證余言之然否。"

末署"嘉慶己未歲中秋前六日，茂苑閬仙尤夙真漫題於雅言堂寓邸"。

尤夙真評點《瑶華傳》：

第一回末評："作文最難者起手得勢，得其勢真同三峽源流不可遏矣。《瑶華傳》偌大一書，作者雖有成局在胸，但渺無崖岸，從何作起，予亦代爲熟籌，絶少端緒。及開卷細誦，始歎作者情思之精妙，將全部大局令老狐口中作三個層次排宕而出，自首至終皆不出其窠臼，所謂開門見山是也。妙在不即不離，以禪語擬出之，與下之無礙子出場，有似乎兩峰盡立若各不相關者。然而細按意義，則又暗合道妙。起手第一回已引人入勝，後之四十餘回自多咀嚼，安忍釋手而不爲之讀竟耶？"

第二回末評："余素未聞香城有著作小説之事，今之所編，必因耳目有所感觸於心，故作爲勸世之具，若施送《陰騭文》《感應篇》，必無人寓目，故假此以代之也。觀者須領略作者之意，切勿以淫亂之書目之，請閲命名'瑶華傳'三字，亦可知其作意矣。"

第六回末評："至韓氏乃瑶華之楔子也，瑶華既已長成，其韓氏可有可無，且累贅筆墨，不如隨手抹去。此即著作家去留之權變也。"

第十回末評："然作者亦盡非無意，或曰：'何由而知？'余指道只看命名兩字即知預埋根子矣，妙在只是有意無意，不令閲者猜度出來，若非通盤計算，那得有此如意？可見一小説尚如此其難，何況著作大部書籍乎？"

第十一回末評：“可見小説亦不容易做。此回乃瑶華初次出場酬應，其所來之人與後傳俱有關照，非過而不留者，即所謂埋根伏綫是也。四大奇書埋根伏綫之遠，莫如《金瓶梅》，以冷熱兩字作骨格，作熱字必照後之冷字，而□故□完熱字用冷字□收前熱，無絲毫累贅，皆由用意之深也。余閲香城所作《瑶華傳》，隱然相似，即看此回之埋根便知。”

第十七回末評：“瑶華□于福王之前連試兩次文武技藝，已是如火似錦的一篇熱鬧文字，止隔兩回又在思宗之前，也是連試兩番文才武藝，各自得體，並無絲毫犯重。不善文義者，猶恐犯重，而老作家則越犯重越出色，如《水滸傳》内魯智深鬧五臺山，亦必連連兩次；武松打虎奇矣，後又接著李逵殺虎，此則故意犯之也；做一潘金蓮，又接一潘巧雲；有個孫二娘，必接上一個顧大嫂。兩山對峙，各極其妙，何曾有犯重痕跡？看則好看矣，不知作者皆嘔心瀝血而出之也。”

第十八回末評：“今見遊府第一回，始知作者之用意，蓋亦埋根伏綫之謂也。先有此一遊，則將來復到京師襯其淫亂，即有現成一所效尤之地矣。如此設想前之所評，猶不足形容於萬一也，必於擠擠之時出者，一則令人摸頭不著，二則除卻這回罅隙更無可入之時矣，至繳回庫項及感歎大閲之早起，皆曲盡文思之妙。余於此回中始知香城並不有意作小説，直欲追蹤前人諸著作。余眼大如盆，竟窺不見其底裏，用深愧愧。”

第十九回末評：“大閲一回妙矣，尤妙在相士一篇將瑶華終身預爲透露，此小説中絶無而僅有者，何敢以小説目之？”

第二十一回末評：“此兩節可作爲兩大股對照文字看，此等灰蛇伏綫，恐看者未能透徹，故爲拈出之。尋常小説家不但不能，且亦未嘗夢見。迨歸朝後先賜休沐十日，欲爲之擇配，再行召見，此真謂錦上添花，加一倍寫法。似此筆仗，皆從四大奇書仿出，始入盡情盡興之境，其樂不待言矣，請浮一大白。”

第二十八回末評：“誰謂稗官野史無關於風教哉？”

第三十回末評：“妙哉！設想孔家所與高迎祥之護身符，本欲避李闖之難却用不著，偏用在賺真珠泉，殊令猜測不出。凡作稗官野史，被人一覽而知，亦復何味？”

第三十四回末評：“阿新賫書探知賊羣趙宜逃難報到凶卜，此則性溫之連卷連收是也，若無全域在胸，何能得此細緻。至劍仙所入三針，針針浮動，且浮動處俱在上下文轉折關頭，却無刻畫痕跡。……如此作手，尚稱之爲小説耶？”

第三十八回末評：“吾意作者爲偌大一部書，斷斷不肯以單收作結，如《三國志》必以歸降吳蜀爲雙收，《水滸傳》必以天降碣石及夢被張叔夜擒住作爲雙收，此書亦當以師徒二人作爲雙收。若僅悄然而隱，未免有虎頭蛇尾之誚。故借遺道一事，庶爲大開大合之文，香城造意直不讓四大奇書之獨妙千古。子患貧，何不日以著書付與坊賈，令刊刻流傳，豈不兩得其利，何患杖頭之不豐足乎？”

第三十九回末評：“閱此回不覺爲之吃驚。每見人著書至收煞時，興致闌珊、潦草完結者俱多。《水滸傳》尚未能免俗，何香城于歸結數回，反用全副精神，則余未之見也。閱詩詞讚語，皆出自新構，絶無蹈襲一句一字，且又甚多，有此文心，恐無此興致，乃香城不憚煩勞，而爲此全璧之作，殊令人忘倦。請觀者公同月□之，非余之一言即爲準繩也。”

第四十二回末評：“此則全收此傳之大局，尤可異者，將歸結矣而又起一小波瀾，即借波瀾而邀結之。戲弄筆墨而到此境界，實爲暢心快意，於是著書之能事畢矣。論其全傳，無非爲戒淫兩字；劍仙之耽耽於此，無非要積功兩字；狐鬼之得以成劍仙，無非肯服善兩字；周青黛、張其德得以一成地仙、一成鬼仙，無非能守分兩字；在莊之各僕婦人等，無非遵節欲兩字；余之從而加評議論，無非得看透兩字。請諸君子閱此傳者，無非望醒覺兩字，庶不負作者、評者之嘔心滴血也。跂予望之。"

（鄭州大學圖書館藏濤音書屋刊本）

佚名《豈有此理》自序："書成，客歷數其短而叱曰：'是書語無端緒，文體淆雜，一弊也；命題怪誕，立説荒唐，一弊也；不莊不諧，非腐即纖，一弊也；褻狎經傳，詆毀古人，一弊也；蜚短流長，乖忤時好，一弊也；附會牽引，蹈穴架虛，一弊也；摭拾唾餘，支離穿鑿，一弊也；句疵語纇，理法粗疏，一弊也。'"

按，繫年權據刊刻時間而定。

（國家圖書館藏清嘉慶己未絳雪草廬刊巾箱本）

陳少海《紅樓復夢》凡例："此書本於《紅樓夢》而另立格局，與前書迥異。

"書中無違礙忌諱字句。

"此書雖係小説，以忠孝節義爲本，男女閲之，有益無礙。

"此書照依前書繪圖，以快心目。

"書中因果輪回報應，驚心悦目，借説法以爲勸誡。

"書中不用生僻字樣，便於涉覽。

"此書雅俗可以共賞，無礙於處世接物之道。

"前書僅寫大觀園，無暇他顧；此則無事不書，無家不叙，細微周密，未嘗遺漏。

"前書人物事實，每多遺其結局，此則無不成其始終。

"此書以祝爲主，以賈爲賓，主詳而賓略，閲者勿嫌其疏於賈宅。

"前書垂花門以内，房屋不甚明晰，除大觀園外，使讀者不分方向；若垂花門以外，更不知廳房幾進，樓閣若干，名曰榮府而已。

"前書榮府，應以賈政爲主，寶玉爲佐，而書中寫賈政似若贅瘤，乃《紅樓夢》之大病。

"此書內外房屋，四界分明，閱之如身在境中。

"此書仿《聊齋》之意，爲花木作小傳，非若小說家一味佳人才子，惡態可醜。

"前書八十回後，立意甚謬，收筆處更不成結局，復之以快人心。

"此書以大觀園起，以大觀園結，首尾相應，前後呼吸，照應周到。

"書中每於一事一人承接起伏之處，毫無痕跡。

"此書無公子偷情，小姐私訂，及傳書寄柬，惡俗不堪之事。

"書中嬉笑怒罵，信筆發科，並無寓意譏人之意，讀者鑒之。

"讀此書不獨醒困，可以消愁，可以解悶，可以釋忿，並可以醫病。

"前書詞曲，過於隱僻，不但使讀者悶而難解，抑且無味，不若此書敘事敘人，賞心快目。

"此書仍依前書口語，惟姑娘間有稱小姐者，因鄉俗之稱，無礙於正文，姑存而不改。

"此書開首先寫珍珠，作通篇之引綫，以寶釵作串插之金針，以彩芝作結，章法井然，異於前書。

"篇中難免錯落顛倒之處，卷帙浩繁，魯魚亥豕，望閱者諒其疏漏。

"此書以榮府作起，以榮府作結，點《紅樓夢》本題，終不離於賈也。

"卷中無淫褻不經之語，非若《金瓶》等書以色身說法，使閨閣中不堪寓目。

"此書共計百回，事繁而雜，如提九蓮燈，本於一綫，不似他書，頭緒一多，不遑自顧。

"凡小說內，才子必遭顛沛，佳人定遇惡魔，花園月夜、香閣紅樓，爲勾引藏奸之所。再不然，公子逃難，小姐改妝，或遭官刑，或遇強盜，或寄跡尼庵，或羈棲異域。而逃難之才子，有逃必有遇合，所遇者定係佳人才女，極人世艱難困苦、淋漓盡致。夫然後才子必中狀元，作巡按報仇雪恨，娶佳人而團圓。凡小説中捨此數項，無從設想。此書百回，另成格局。

"此書收筆，結而不結，餘韻悠然，留爲海内才人，再爲名花寫照，琪花瑤草，香色常存也。"

按，陳少海《紅樓復夢》自序末署"時嘉慶四年歲次己未中秋月，書於春州之蓉竹山房。紅樓復夢人少海氏識"。此據以繫年。

（北京大學圖書館藏嘉慶娜嬛齋刊本）

錢大昕《十駕齋養新録》自序："古有儒釋道三教。自明以來又多一教，曰小説。小説演義之書未嘗自以爲教，而士大夫、農工商賈無不習聞之。以至兒童婦女不識字者，亦皆聞而如見之。是其教較之儒釋道而更廣也。"

末署"嘉慶四年十月書於十駕齋"。

（錢大昕撰、楊勇軍整理《十駕齋養新録》，上海書店出版社 2011 年）

嘉慶五年（庚申　1800）

盛時彦《〈閲微草堂筆記〉序》："文以載道，儒者無不能言之。夫道豈深隱莫測，秘密不傳，如佛家之心印、道家之口訣哉？萬事當然之理，是即道矣。故道在天地，如汞瀉地，顆顆皆圓，如月映水，處處皆見。大至於治國平天下，小至於一事一物、一動一言，無乎不在焉，文其中之一端也。文之大者爲六經，固道所寄矣。降而爲列朝之史，降而爲諸子之書，降而爲百氏之集，是又文中之一端，其言皆足以明道。再降而稗官小説，似無與於道矣。然《漢書·藝文志》列爲一家，歷代書目亦皆著録，豈非以荒誕悖妄者雖不足數，其近於正者，於人心世道亦未嘗無所裨歟！河間先生以學問文章負天下重望，而天性孤直，不喜以心性空談，標榜門户，亦不喜才人放誕，詩社酒社，誇名士風流。是以退食之餘，惟耽懷典籍。老而懶於考索，乃采掇異聞，時作筆記，以寄所欲言。《灤陽消夏録》等五書，俶詭奇譎，無所不載，洸洋恣肆，無所不言。而大旨要歸於醇正，欲使人知所勸懲。故誨淫導欲之書，以佳人才子相矜者，雖紙貴一時，終漸歸湮没。而先生之書，則梨棗屢鐫，久而不厭，是亦華實不同之明驗矣。顧翻刻者衆，訛誤實繁，且有妄爲標目，如明人之刻《冷齋夜話》者，讀者病焉。時彦夙從先生遊，嘗刻先生《姑妄聽之》，附跋書尾，先生頗以爲知言。邇來諸板益漫漶，乃請於先生，合五書爲一編，而仍各存其原第。籯燈手校，不敢憚勞，又請先生檢視一過，然後摹印。雖先生之著作，不必藉此刻以傳，然魚魯之舛差稀，於先生教世之本志，或亦不無小補云爾。”

末署“嘉慶庚申八月門人北平盛時彦謹序”。

紀昀《〈閲微草堂筆記〉題辭》：“平生心力坐銷磨，紙上煙雲過眼多。擬築書倉今老矣，祇應説鬼似東坡。前因後果驗無差，瑣記蒐羅鬼一車。傳語洛閩門弟子，稗官原不入儒家。”

（韓希明譯注《閲微草堂筆記》，中華書局 2014 年）

“小停道人”爲屠紳《蟫史》作序：“舉凡鴻文巨制，洵足解脱蟲頑，撥登覺路，獨奈何見即生倦，反不若稗官野乘，投其所好，尚堪觸目警心耳。……未始非世道人心之一助。此磊砢山人《蟫史》之所由作也。”

末署“時龍集上章涒灘餘月既望，小停道人書於聽塵處”。

“杜陵男子”《〈蟫史〉序》：“夫思不入於幻者，不足以窮物之變；説不極於誕者，不足以聳人之聞。然而天地大矣，九州之外復有九州，吾安知幻者之果幻也？古今遠矣，開闢以前已有開闢，吾安知誕者之果誕也？……語雖涉於荒唐，事並彰於記載，則《齊諧》志怪，文士寓言，由來尚矣。《蟫史》一書，磊砢山房主人所撰也。……作者現桃源於筆下，別有一天；讀者入波

斯之市中，都迷兩目。自我作古，引人入勝，不洵可以屬好奇之心，而供多
聞之助乎哉！客曰：'主人之書善矣，將有所聞於古耶？抑無耶？'余曰：
'昔媧石補天，五色孰窺其跡？羿弓射日，九烏竟墜何方？大抵傳聞，不無附
會。蓋有可爲無，無可爲有者，人心之幻也。有不盡有，無不盡無者，文辭
之誕也。幻設不測事，孰察其端倪？誕故不窮言，孰究其涯際？蜃樓海市，
景現須臾；牛鬼蛇神，情生萬變。詎可據史成之實録，例野乘之紀聞乎？且
子獨不見夫蟫乎？……常則覓生活於故紙，變則化臭腐爲神奇。子安得執其
常以疑其變乎哉？'客唯唯退。余遂書之以爲序。"

　　按，此序不知年限，恐與"小停道人"序文相隔不遠，現暫繫年于此。

　　　　　　　　　　　　　　　（北京大學圖書館藏清嘉慶年間庭梅朱氏刊本）

嘉慶六年（辛酉　1801）

　　管世灝《影談》自序："歲庚申，安硯于桐邑汪氏之畔雲草堂。汪本鄉
居，而草堂又爲主人之別墅，去居第幾半里。生徒二人，髯奴一，奚童一。
薄暮，徒散童歸，髯奴貪飲餘瀝，輒先睡。熒然燈火，伴維一影。惟時心由
静動，幻緣動生，間有所得，輒戲筆書之。遂成卷帙，顏曰《影談》。以影響
附和之談，不足以質大雅君子也。"

　　末署"辛酉仲秋月，楣管世灝書於蕉竹書屋"。

　　周春爲《〈影談〉題詞》："我聞譚有聲，不聞談有形。奈何揮麈尾，談乃
以影名。對影嘗相愛，照影或相驚。要之盡空幻，一一從心呈。管子雕龍才，
海國詩文鳴。閑將生花筆，寫此世俗情。稗官難悉數，約略我能評：《搜神》
晉有寶，續者惟淵明。唐讀《宣室》聚，宋象《睽車》盈。近時王漁洋，最
賞蒲松齡。降而隨園叟，雅謔動公卿。文人多侘傺，塊壘胸中横。嬉笑雜怒
罵，聊以抒不平。君今年方壯，詎豈齊諧爭。沉酣窮經史，研煉賦都京。群
言資薈萃，著述括菁英。即看飛譽起，照耀詞場榮。蒙莊有妙喻，長影須疾

行。倘逢張子野，佳句再三廣。露頂同抵掌，大笑任絕纓。"

末署"松靄周春題"。

（《筆記小説大觀》，臺灣新興書局 1978 年）

李夢松爲黃巖《嶺南逸史》作賦并序："龍岡驤首而昂起，鳳山展翼而翱翔。梅花片片飄雪，桂嶺枝枝噴香。金還燦紫，土亦輝黃。九子聯袂，三台吐芒。百花鋪地，雙筆干蒼。蝴蝶舒翅，玳瑁生光。西巖則緑榕成蔭，南洞則異果堪嘗。清溪森森，緑水湯湯。池頭飛雁掀舞，湖中老蚌潛藏。飛白賜來曾井，色錦現於程江。温泉九派，冷泉一方。忠臣有嶺，翰林名堂。相公之坪猶在，將軍之地未荒。鐵漢樓邊憑吊，武婆城上徜徉。或勸稼於春日，或省農於秋場。餘玩則一亭静適，大觀則千里蒼茫。若夫百瘴悉蠲曾尹，則藥囊務置；一囚不死柯州，則治化彌張。方漸書以相隨，閩富文而有榜；王化心猶可見，賊羅拜而來降。張欽散遣新民，千金概還彼用；允明分肥舊客，一錢不留己囊。黃瑜秉教爲先，盜能改行；陳交禱雨隨降，歲已無荒。鄭懋鞭敲不施，邑成謡頌；劉寬巧猾藏斂，民護歸喪。至於程皎則鄉人質成，彌深刻責；古君則蠻洞胥服，罔敢披猖。暴屍如生死國，則蔡蒙著節；殲賊殆盡衛鄉，則葉垂芳。冬月池魚務供，孟郊奉母彌至；終身葷酒長戒，名世痛父尤傷。藍奎之氣節文章，人稱夫子無間；侯度之勤廉清白，民咏我公不忘。乃黃生生居之地，其事皆可喜可悲，可驚可怪，可膾炙人口，可爽心娱目。所惜筆路荒蕪，詞源淺狹，無怨目傾耳之論。

"且曰：此僕數年銖積寸累之苦心，將付梨棗，公同好，子聞且懲矣，盍分任之？余以是書雖稗官野史之流，然而不謬，以波斯奴見寶爲幸。遂勸共工，役既竣，識端末以告看官，看與余言可愈，故爲之序。"

末署"時嘉慶辛酉八月，同鄉弟李夢松書於廣東書院之西齋"。

（復旦大學圖書館藏清文道堂板）

　　《虞賓傳》卷七總評："從來場屋，最無定評，朝更暮改，殊難逆臆。執此説也，謂文章未能出類拔萃，在可中可不中之間則然。若虞賓奇才也，無論自問必售，即我亦謂操券可得，不因魏公徇私、張柘亭争執，勢將壓榜而出矣，則以後古非今等如何聯合。文又貴于避熟趨冷，眼光灼灼，已直注下卷，能不拜爲作家手筆？予嘗夏日無聊，偶閲《西廂》，未嘗不掩卷歎息，文筆之妙，有若是者乎？又閲《琵琶》，又閲《牡丹亭》，雖稍遜之，然洋洋灑灑，纏綿感喟，哭笑逼真，能令一往而深，宜乎爲傳世之作，膾炙人口。又復集坊家一切小説而雜觀之，無一當意者。嗚呼！非無當意，所謂觀于海者難爲水耳。彼《平山冷燕》《玉嬌梨》等書，非不表之爲小説中翹楚，較之他本非近於粗鄙，即失之於淺陋，然畢竟一覽無餘，不耐人咀味，惟此部庶幾得之。"

　　卷八總評："昔有人將能近取譬文，請教唐六如先生，旁一人接誦良久，笑曰：'文却甚妙，但只做得末一字。'舉座粲然，其人不服答云：'文則屁也，先生捧誦半日，毋乃亦爲屁做聲耶？'作小説最忌刻畫此一字，評小説亦最忌爲此一字做聲耳。雖然，文士筆端無曲不入，只求典雅，何論鄙褻？原不妨屁而文，但不可文而屁。此如詠美人諸詩，有耳、鼻、口、目、金蓮、玉臂、酥胸、香乳等題，前人間有傳作，獨于陰户未嘗一詠，或者物不雅馴，故縉紳先生難言之，夫豈有所忌而不爲哉？"

　　按，"協君氏"爲"寓情翁"《虞賓傳》作序，末署"嘉慶辛酉菊月上浣，書於環署之半榻清風軒，古吴協君氏題評"。此據以繋年。

　　　　　　　　　　　　　　　　　　　　　　（國家圖書館藏殘抄本）

嘉慶七年（壬戌　1802）

　　管題雁評《影談》："忽童子持一編入。閲之，乃月梠仿蒲留仙之例，新著《影談》一書，函寄以索序者。急命舉燭讀之，覺雅潔如《才鬼記》，縱横如《劍俠傳》，嬉笑怒罵如《東坡志林》，閱畢喟然起曰：月楣誠狂矣，豪矣，誕而奇矣！以影爲篇，豈以影響附和，不足存弓影杯蛇之疑；抑夢幻泡影，聊破其形影相吊之悶，是未可知。使月楣而鴻文就範，不難揚風扢雅，取青紫如拾芥，奈何終爲草澤之癯，衣大布之衣，居衡蓽之門，僅與田夫牧子往來，視塵海爲畏途。”

末署“嘉慶壬戌暮春柳衣管題雁書於南湖寓館之柳風荷露草堂”。

（《筆記小說大觀》，臺灣新興書局 1978 年）

嘉慶八年（癸亥　1803）

《儒林外史》臥閒草堂評本批語：

第一回：“楔子者，借他事以引起所記之事也……作者以《史》《漢》才作爲稗官，觀楔子一卷，全書之血脈經胳無不貫穿玲瓏，真是不肯浪費筆墨。”

第三回：“輕輕點出一胡屠户……余友云：‘慎毋讀《儒林外史》，讀竟乃覺日用酬酢之間無往而非《儒林外史》。’此如鑄鼎象物，魑魅魍魎，毛髮畢現。”

第四回：“此篇是文字過峽，故序事之筆最多。就其序事而觀之，其中起伏照應，前後映帶，便有無數作文之法在。”

“此是作者繪風繪水手段，所謂直書其事，不加斷語，其是非自見也。”

第六回：“世間惟最平實而爲萬目所共見者，爲最難得其神似也。”

第九回：“文字最嫌直率，假使兩公子駕一葉之扁舟，走到新市鎮，便會見楊執中，路上一些事也沒有，豈非時下小說庸俗不堪之筆墨？有何趣味乎？”

第十八回：“衛體善、隨岑庵老著臉皮講八股，一望而知其不通，却自以爲一佛出世，真可發一笑！馬純上生平最惡雜覽，不料衛、隨即以雜覽冤之。

文章交互回環、極盡羅絡鈎連之妙。"

第二十三回："行文之妙，真李龍眠白描手也。"

第三十三回："祭泰伯祠是書中第一個大結束。"

"凡作一部大書，如匠石之營宮室，必先具結構於胸中：孰爲廳堂，孰爲卧室，孰爲書齋、灶厰，一一布置停當，然後可以興工。"

第三十五回："此作者以龍門妙筆、旁見側出以寫之，所謂嶺上白雲，只自怡悦，原不欲索解於天下後世矣。"

第三十六回："此篇純用正筆、直筆，不用一旁筆、曲筆，是以文字無峭拔凌駕處……嘗謂太史公一生好奇，如程嬰立趙孤諸事，不知見自何書，極力點綴，句句欲活；及作《夏本紀》，亦不得不恭恭敬敬將《尚書》錄入。非子長之才長於寫秦漢，短於寫三代，正是其量體裁衣、相題立格，有不得不如此者耳。"

（李漢秋輯校《儒林外史彙校彙評（增訂版）》，上海古籍出版社 2022 年）

嘉慶九年（甲子　1804）

"羅浮居士"爲"庾嶺勞人"《蜃樓志》作序："小説者何，別乎大言言之也。一言乎小，則凡天經地義，治國化民，與夫漢儒之羽翼經傳，宋儒之正心誠意，概勿講焉。一言乎説，則凡遷、固之瑰瑋博麗，子雲、相如之異曲同工，與夫艷富、辨裁、清婉之殊科，宗經、原道、辨騷之異制，概勿道焉。其事爲家人父子、日用飲食、往來酬酢之細故，是以謂之小；其辭爲一方一隅男女瑣碎之間談，是以謂之説。然則，最淺易，最明白者，乃小説正宗也。世之小説家多矣。談神仙者荒渺無稽，談鬼神者杳冥罔據，言兵者動關國體，言情者污穢閨房，言果報者落於窠臼。枝生格外，多有意於刺譏；筆難轉關，半乞靈於仙佛。《大雅》猶多隙漏，復何譏於自鄶以下乎！勞人生長粵東，熟悉瑣事。所撰《蜃樓志》一書，不過本地風光，絕非空中樓閣也。其書言情而不傷雅，言兵而不病民，不云果報而果報自彰，無甚結構而結構特妙。蓋準乎天理國法人情以立言，不求異於人而自能拔戟別成一隊者也。説雖小乎，即謂之大言炎炎也可。”

　　按，繫年據刊刻時間。

（中國社會科學院文學研究所藏清嘉慶九年刊本）

　　張世鵬《〈瑶華傳〉序》：“稗官野史之作，原備採擇，以補正史之闕文，如陳壽《三國志》之不能徵信於世，後以演義補其不足、正其統紀者是也。迨至施耐庵之《水滸傳》、邱長春之《西遊記》以及王鳳洲之《金瓶梅》，次第行世，遂稱四大奇書，無不以才子目之，初未敢以小説輕之也。後之好事者每每僭事詆毁，專心干瀆閨閣，甚而以淫褻之詞污穢筆墨，遂致大傷風化，不齒於心。此亦稗官野史之一劫也。”

　　末署“嘉慶甲子杣月，燕北張世鵬雲亭拜書”。

（鄭州大學圖書館藏濤音書屋刊本）

嘉慶十年（乙丑　1805）

　　何晴川爲崔象川《白圭志》作序：“余少時習舉業，中年縈於家政，老則靜養餘年。每嘗好觀小説，蓋世之傳奇，余皆得而讀之矣。戊午之夏，博陵崔子携書一部，名曰《白圭志》，請余爲序。……此皆通俗引正之書也。然以鑑史稽之，則又未見其事矣。夫造説者，藉事輯書尚以爲難，若平空舉事，尤其難矣。如周末之《列國》，漢末之《三國》，此傳奇之最者，必有其事而後有其文矣。若夫《西遊》《金瓶梅》之類，此皆無影而生端，虚妄而成文，則無其事而亦有其文矣。但其事無益於世道，余常怪之。今子之書則無論其虚實，皆可以爲後世法者。是以詳加評論，列於才子書之八，付子刊之。嗟乎！子之力出於虚，亦猶《易》之取象歟？晴川居士題。”

《白圭志》凡例："此書根源始於前陽山，終於懷遠樓，四十年之事也。由張宏毒博至於懷遠畢婚，十五年之事也。而中間天文交錯，以成人文，使後之讀者悦目快心，拍案稱奇，則又始於吴江之約，而畢於懷遠之歸，近四年之期耳。

"此書事略出於張氏譜中，另附此小傳也，象川是以按其事而輯之，若曰無影生端，冤哉枉也。

"此書叙事如珠走盤内，大無不包，小無不破，不至有首星易形之弊，不至有前後脱綫之愆，不至有艱深難悟之文，亦不至有粗俗不堪之語。

"此書每回之首對語二句，書之綱領也；評語數行，書之條目也。在觀書者或先觀評語，然後看正文，或看了正文再觀評語，加以己意參之，方是晴川知音。若曰評語迂儒之論，不足觀也，雖日讀千卷亦猶昏昏瞌睡，晴川甚屬恨之。

"此書運筆之妙，隨意緩急，至於日用常情，一筆帶過，不似今之稗官，每於嬉笑之節，故作狐媚之態。

"此書表章詩詞，原稿多缺略，象川不揣固陋，竊以己意補之，其辭句不工，在諸君子幸垂諒鑒，若盡信爲古人之辭，象川誠有負於古人矣。"

按，此版扉頁題"嘉慶乙丑新鐫"，故據以繫年。

（鄭州大學圖書館藏清嘉慶綉文堂刊本）

未題撰人爲"蘭皋居士"《綺樓重夢》作叙："由來詞客，雅愛傳奇；不是癡人，偏工説夢。賣不去一肚皮詩云子曰，何妨别顯神通；聽將來滿耳朵俚諺村謡，只合和同鬼譚。何況悠悠碧落，蟻自聚於槐柯；浩浩黄輿，鹿且埋於蕉下。……將廿一史掀翻，細數芝麻帳目；直把十三經擱起，尋思橄欖甜頭。顛倒著即色即空之公案，描摩就忽啼忽笑之情形。……嗟乎！一枝斑管，譜成金玉良緣；百幅芸箋，寫出綺羅艷事。三千界蒼茫銀海，原屬寓言；

十二重縹緲紅樓，仙客重記。”

末署“嘉慶乙丑年季夏重編”。

《綺樓重夢》楔子正文：“《紅樓夢》一書，不知誰氏所作。其事則瑣屑家常，其文則俚俗小説，其義則空諸一切，大略規仿吾家鳳洲先生所撰《金瓶梅》，而較有含蓄，不甚著跡，足饜讀者之目。丁巳夏，閒居無事，偶覽是書，因戲續之，襲其文而不襲其義，事亦少異焉。蓋原書由盛而衰，所欲多不遂，夢之妖者也；此則由衰而盛，所造無不適，夢之祥者也。……世有愛聽夢囈者，請以《紅樓續夢》告之。”

（北京大學圖書館藏清嘉慶乙丑年瑞凝堂刻本）

馮瀚爲丁秉仁《瑶華傳》作序：“香城者，姑蘇之名彦也，恂恂儒雅，靄然可親，萬象包羅於胸次，古今融貫於毫端，每出緒餘，遂成卷册。惜其優於才而窮於遇，然著作宏富，香城當不窮矣。所著《瑶華傳》一書，余於庚申夏日，在温陵傳舍偶見一斑，兹寄跡三山，復向香城案頭携來，得窺全豹。既已獨出心裁，不落尋常科套，且自始至終，雖頭緒甚繁，而其間情文相生，回還照應，竟能一氣呵成，恍若天衣無縫，深佩學術自有真也，因援筆而爲之序。”

末署“嘉慶乙丑上元武進馮瀚葦村漫題”。

周永保《〈瑶華傳〉跋》：“稗乘，小技耳。文人之心何所不至，要性情綜乎人鬼之幻，仍不失乎天地之經。……乙丑之春，得見香城先生《瑶華傳》鈔本一册，乃喟然歎曰：‘天下未嘗無才也，其湮没於剞劂所不及者，豈少也哉！……非胸中別有丘壑，筆下可走虬龍，其孰能與於此？真四大奇書之的派也。豈散漫蕪穢之《紅樓夢》所能夢遊其境者哉！’”

末署“嘉慶十年三月下浣錫山□軒弟周永保拜跋”。

（鄭州大學圖書館藏濤音書屋刊本）

嘉慶十一年（丙寅　1806）

馬緯雲《〈唐代叢書〉序》："《漢書・藝文志》載《虞初周説》九百四十三篇。張衡賦云'小説九百，本自虞初'者是也。注稱虞初，武帝時方士，疑小説昉於武帝。然《青史子》、賈子《新書》引之，則其來已久，特盛於虞初耳。近世流傳漢晉小説，寥寥無幾；唐人小説，三十九家四十一部三百八卷，存者尚百數十種。跡其流別，厥派有三：爲叙述雜事，爲紀録異聞，爲綴輯瑣語。其中誣謾失真，妖妄熒聽者，間所不免。然寓懲勸，廣見聞，資考證。……然而人情喜新奇而畏艱深，流覽墳典，目未數行，首觸屏几；及至巷語街談，忘餐廢寢，惑溺而不返，甚且遍一世爲風尚。此亦樂音中之鄭聲，彩色中之紅紫也，特以出自稗官，流傳既久，王者欲知閭閻風俗，且立稗官以稱説之。古制不廢，大雅君子，猶有取焉。長夏炎蒸，旅館寥寂，或散髮披吟於竹簟之間，或據床展玩於簾幕之下。小道可觀，未始不賢於博弈，因輯而序之，以廣其傳云。"

末署"嘉慶丙寅海鹽馬緯雲"。

（上海圖書館藏清嘉慶十一年天門渤海刊本）

嘉慶十二年（丁卯　1807）

吳騫《扶風傳信録》自序："康熙中，義興許生遇狐仙胡淑貞事，世競傳説，而文人學士登諸載記，如王漁洋《居易録》、鈕玉樵《觚賸》、徐竹逸《會仙記》、新舊《縣志》等，不一而足，均未免稍有訛差，所謂傳聞異詞也。友人任茂才安上示予一編曰《叙事解疑》，視之，即許生大父可觀親筆著録，皆其祖若孫當日與諸娃晨夕往還、問答饋遺之事。年經月緯，排日按時，晦明風雨，歷歷無爽，較得之傳聞者爲確鑿可據。……所記皆尋常世俗雜務，且其辭不達意間亦有之。爰稍剪其繁蕪，並取詩詞之近雅者，著《扶風傳信録》一卷。"

末署"嘉慶丁卯冬日海寧吳騫時年七十有五"。

（國家圖書館藏清光緒二十年校經堂刻本）

嘉慶十三年（戊辰 1808）

李雨堂《〈萬花樓楊包狄演義〉叙》："書不詳言者，鑑史也；書悉詳而言者，傳奇也。史乃千百年眼目之書，歷紀帝王事業，文墨輩借以稽考運會之興衰，諸君相則以扶植綱常準法者，至重至要之書也。然柄筆難詳，大題小作，一言而包盡良相之大功，一筆而揮全英雄之偉績，述史不得不簡而約乎！自上古以來，及數千秋以下，千百數帝王，萬機政事，紙短情長，烏能盡博至？傳奇則不然。揭一朝一段之事，詳一將一相之功，則何患夫紙短情長哉！故史雖天下至重至要之書，然而筆不詳，則淺而聽之，此未嘗不覺其枯寂也。唯傳雖無關於稽考扶植之重，如舟中寂寞，伴侶已希，遂覺史約而傳則詳博焉。是故閱史者雖多，而究傳者不鮮矣。更而溯諸其原，雖非痛快奇文，焕然機局，較之淫辭艷曲，邪正猶有分焉。然好淫辭艷曲之輩未必協心，惟喜正傳、疾艷淫者，必以余言爲不謬也。是爲序。"

末署"時戊辰之春，自叙於嶺南汾江之覺後閣。雲鶴邑李雨堂識"。

（北京大學圖書館藏清經綸堂刻本）

嘉慶十四年（己巳 1809）

"敏齋居士"《〈警富新書〉序》："嘗稽古今小説，非叙淫褻，則載荒唐，不啻汗牛充棟，使閱者目亂神迷，一旦喪其所守。何如安和先生所著《警富》一書，意彰詞晰，廢卷難忘，可以鼓舞其疾惡奮義之心，存惻隱哀痛之念。書未成，而踵門索觀者累累。爰是而付諸剞劂，將見驕矜者知所警懼，狠悍者得識國法森嚴，雖不能與書傳並稱，其亦野史中之小補云耳。"

末署"嘉慶己巳冬敏齋居士撰"。

（首都圖書館藏翰選樓刊本）

"滄浪隱士"爲"烏有先生"《繡鞋記警貴新書》作序："作書者何？原以感發善心、懲創逸志也。然必次世人世事，鑒亡可據，方能警世。若如海市蜃樓、空中結構，此文人遊戲筆。今則世人其事老推患□，使窮鄉僻壤仰見。……即以此書作迷津一寶筏可也。滄浪隱士書。"

按，本書與《警富新書》題旨相近，恐成書年代或亦與之接近，石昌渝《中國古代小說總目》認爲此書刊刻時間大約在嘉慶、道光年間。權繫年附錄于此。

（北京大學圖書館藏蝴蝶樓刊本）

嘉慶十五年（庚午　1810）

俞正燮《癸巳存稿》卷九《演義小説》："（嘉慶）十五年六月，御史伯依保奏禁《燈草和尚》《如意君傳》《濃情快史》《株林野史》《肉蒲團》等。"

按，《大清仁宗睿皇帝實錄》卷二百三十："嘉慶十五年庚午六月辛卯，諭内閣：御史伯依保奏請禁小説一摺。坊本小説，無非好勇鬥狠，穢褻不端之事，在稍知自愛者，尚不爲其所惑。而無知之徒，一經入目，往往被其牽誘，於風俗人心，殊有關係。本干例禁，但日久奉行不力，而市賈又以此刊刻取利，其名目尚不止如該御史所奏數種。著五城御史出示曉諭禁止，如有此等刻本，即行銷毀，亦不得令吏胥等借端向坊市紛紛搜查，致有滋擾。"此禁令更爲詳細。

（俞正燮著《癸巳存稿》，遼寧教育出版社 2003 年）

嘉慶十六年（辛未　1811）

"明軒主人"《四遊合傳》序："書中所載《東遊》係八仙故事，《西遊》係三藏取經，《南遊》乃五顯大帝出處，《北遊》乃真武祖師出身。雖其書離奇浩汗，亡慮數十萬言，而大要可以一言蔽之，曰不外一心而已。蓋人之成仙成佛，皆由此心。此心放，則爲妄心，妄心一起，則能作魔，其縱橫變化無所不至。此心收，則爲真心，其心一見，則能滅魔，其縱橫變化亦無所不至。故學者但患放心之難收，不患正果之難就，此書之諄諄覺世，其大旨寧外乎是哉！況歷朝以來，屢加封號，顯聖靈通，功參造化，直與天地同源，其有神於世道，足以刊行。"

末署"嘉慶十六年辛未孟冬月，明軒主人題於式武學堂"。

（復旦大學圖書館藏清嘉慶十六年尚友堂刻本）

吴展成爲陳球《燕山外史》作序："自來稗史中求其善言情者，指難一二屈。蘊齋天才豪放，別開生面，於一氣排奡中，回環起伏，虛實相生，稗史家無此才力，駢儷家無此結構，洵千古言情之傑作也。"

末署"嘉慶辛未仲冬，古橫塘螟巢居士吴展成拜手題"。

《燕山外史》凡例："史體從無以四六成文，自我作古，極知僭妄，無所逃罪。第托於稗乘，尚希末減。

"謹按正史，及有明甲榜全錄，俱無竇繩祖之名，其人殊不可考。余偶從坐客中閒談，有客言之甚悉，並出馮祭酒夢楨所撰《竇生傳》見示。余取傳中節略，敷衍成文，聊資談助。至於事之有無，與傳之真贋，則非余之所敢知也。

"是作共計三萬一千餘言，本是長篇駢儷文字，不分卷數。閱者苦其冗長，目力不繼，因是分爲八卷，聊徇閱者之意。强爲割裂，實非余之本意也。

"球在總角時，即喜讀六朝諸體。稍長，於國朝諸四六家，尤所研究。鄙作間有活剝舊句，非敢有意剽竊，實因語在口頭，信手拈用耳。"

（國家圖書館藏嘉慶十六年三陋居刊本）

嘉慶十八年（癸酉　1813）

汪逢堯《真君全傳》自序："大凡傳者，傳也，傳其事之所有，非傳其理之所無。今《真君》一書，搜宇內奇觀，彙古來軼事，三教之源流如昨，五常之義理昭然。傳觀之下，玄妙可通；遐稽之餘，人綱可識。其間如斬蛟斬龍諸事，似怪非怪，似誕非誕，以其法超群而專意於崇正黜邪也。豈凡爲詭異者所可比歟？蓋一十六回之內，大而忠孝節義，細而日用行常，息深深而達亹亹，有原有本，灑灑洋洋。觀此者可以消白晝，可以娛暇日。嗣是而真君之精氣奇勳，將垂諸奕祀而不朽也可。是爲序。"

末署"嘉慶十八年癸酉元月下浣日，海上蘭溪居士汪逢堯誌"。

（國家圖書館藏清嘉慶集古居刊本）

嘉慶十九年（甲戌　1814）

張氏《天豹圖》序："若夫指帝天而喻美，賦雲雨以傳奇，此固小說家鏗金戛玉、多存燃腕之詞，是世人之不可與莊語也。……予觀古今書籍多參如江如海之才，儒墨旅人集傾國傾城之句，未若此《天豹圖》一書，包羅忠孝，罔乖大雅，其膽豪神雋可及也，其浩然之氣不可及也。是爲序。"

末署"嘉慶閼逢閹茂暢月三影張氏題於鷺門城東醉墨軒書屋"。

按，"閼逢閹茂"即甲戌年。

（日本東洋文庫藏嘉慶十九年廈門豐勝書坊藏板）

"夢夢先生"《紅樓圓夢楔子》正文："（此書）端的有頭有尾，前書所有盡有，前書所無盡無，一樹一石，一人一物，幾於杜詩韓碑，無一字無來歷。却又心花怒發，別開生面，把假道學而陰險如寶釵、襲人一干人都壓下去，真才學而爽快如黛玉、晴雯一干人都提起來。真個筆補造化天無功，不特現在的《復夢》《續夢》《後夢》《重夢》都趕不上，就是玉茗堂《四夢》以及關漢卿《草橋驚夢》也遜一籌。"

按，繫年據刊刻時間。

（國家圖書館藏嘉慶十九年紅薔閣刊本）

"娉嬛山樵"《補紅樓夢》自序："妙哉！雪芹先生之書，情也，夢也；文生於情，情生於文者也。不可無一、不可有二之妙文，乃忽復有後、續、重、復之夢，則是乘車入鼠穴、搗韲噉鐵杵之文矣。無此情而竟有此夢，癡人之前尚未之信，矧稍知義理者乎？此心耿耿，何能釋然於懷。用敢援情生夢、夢生情之義，而效文生情、情生文之文，爲情中之情衍其緒，爲夢中之夢補其餘。至於類鶩類犬處，則一任呼馬呼牛已耳。"

末署"嘉慶甲戌之秋七月既望娉嬛山樵識於夢花軒"。

（北京師範大學圖書館藏清嘉慶二十五年刻本）

嘉慶二十年（乙亥　1815）

未題撰人《〈後宋慈雲走國全傳〉叙》："稗傳外史奇幻無根者十之七八，近史實録者十之二三，惟在布演者之安排耳。……時當春永夏長，無聊抑鬱，不禁寄寓於數卷中，談中一哂，爲一叙云。"

按，繫年據刊刻時間。

（《古本小説集成·後宋慈雲走國全傳》影印清嘉慶乙亥福文堂本）

耀年爲昭槤《嘯亭雜録》作序："《嘯亭雜録》一書，禮親王汲修主人所輯也。王諱昭槤，性嗜學而善下……平生所作詩文甚夥，率散逸無存者。此篇又其隨手編輯，益聽其散漫而不惜矣。"

末署"光緒六年歲在上章執徐皋月。賜同進士出身内閣學士兼禮部侍郎銜蒙古耀年謹書"。

"稗史"條："稗史小説雖皆委巷妄談，然時亦有所據者。如《水滸》之王倫，《平妖傳》之多目神，已見諸歐陽公奏疏及唐介記，王漁洋皆詳載《居易録》矣。"

"明末風俗"條："小説盲詞，古無是物，自施耐庵作俑，其後任意編造，層見疊出，愚夫誦之，幾與正史並行。助亂長奸，言之切齒。"

（昭槤撰、何英芳點校《嘯亭雜録》，中華書局 1980 年）

嘉慶二十二年（丁丑　1817）

"一笑翁"爲鄒必顯《飛跎全傳》作序："演小説者多矣，或假忠孝以成文，或誇淫靡以亂悦，究之□前矛戟，滿目荆榛，事不辨乎妍媸，自難諧夫雅俗。己趣齋主人負性英奇，寄情詩酒，往往乘醉放舟，與諸同人襲曼倩之詼諧，學莊周之隱語。一時聞者，無不啞然失笑。此《飛跎全傳》之所以作也。書爲同人欣賞，久請付梓，而主人終以遊戲所成，惟恐受嗤俗目，不敢問世。昨因坊請甚殷，乃掀髯大噱曰：'紅塵鹿鹿，觸緒增愁，所謂人世難逢開口笑，不獨余悼之戚之。苟得是編而覽焉，非拍案以狂呼，即撫膺而叫絶。若徒謂靈心慧舌，變化神奇，亦壯夫之所不爲，豈有心無道之所取容求媚者哉？'余故於主人之刻是傳，即書其所言如此。是爲序。"

末署"嘉慶丁丑孟夏上澣，一笑翁漫識"。

（美國哈佛大學圖書館藏嘉慶二十三年一笑軒刊本）

李荔雲爲李鼎《西湖小史》作序："世無才子，則佳人不生；世無佳人，則才子不出。故天生一才子，必生佳人以爲之偶；天生一佳人，必生才子以爲之配，其理然也。然天既生才子佳人矣，而其生平事跡有足稱羨一時、流傳千古者，非有名士以立傳，則其事跡已没耳。所以有才子佳人以起於前，有蓉江以繼於後，是才子佳人之事跡，因蓉江而始彰；而蓉江之才，亦因佳人才子而愈著也。嗚呼！僕與蓉江厚交十餘年，知其詞賦文章終非淪落者，今有《西湖小史》一書，已足以藏之名山，傳之來世矣。"

末署"嘉慶丁丑歲冬月，李荔雲書於碧雲山房"。

（上海圖書館藏琅玕山館本）

嘉慶二十三年（戊寅　1818）

《聊齋志異》馮鎮巒評點本《讀〈聊齋〉雜説》："柳泉《志異》一書，風行天下，萬口傳誦。而袁簡齋議其繁衍，紀曉嵐稱爲才子之筆，而非著述之體，皆嚮言也。先生此書，議論純正，筆端變化，一生精力所聚，有意作文，非徒紀事。予嘗評閲數過，每多有會心別解，不作泛泛語，自謂能抓住作者痛癢處。"

"千古文字之妙，無過《左傳》，最喜叙怪異事。予嘗以之作小説看。此書予即以當《左傳》看，得其解者方可與之讀千古奇書。予又以此一副眼孔讀《昭明文選》。"

"署清令陽湖張安溪曰：'《聊齋》一書，善讀之令人膽壯，不善讀之令人入魔。'予謂泥其事則魔，領其氣則壯，識其文章之妙，窺其用意之微，得其性情之正，服其議論之公，此變化氣質、淘成心術第一書也。多言鬼狐，款款多情；間及孝悌，俱見血性，較之《水滸》《西廂》，體大思精，文奇義正，爲當世不易見之筆墨，深足寶貴。"

"《聊齋》非獨文筆之佳，獨有千古，第一議論醇正，準理酌情，毫無可駁。如名儒講學，如老僧談禪，如鄉曲長者讀誦勸世文，觀之實有益於身心，警戒愚頑。至説到忠孝節義，令人雪涕，令人猛省，更爲有關世教之書。"

　　"此書多叙山左右及淄川縣事，紀見聞也。時亦及於他省，時代則詳近世，略及明代。先生意在作文，鏡花水月，雖不必泥於實事，然時代人物，不盡鑿空。一時名輩如王漁洋、高念東、唐夢賚、張歷友，皆其親鄰世交。畢刺史、李希梅，著作俱在。聊齋家世交遊，亦隱約可見。"

　　"詞令之妙，首推《左》《國》，其中靈婉輕快，不著一語呆笨。《聊齋》吐屬，錦心綉口，佳處難盡言，如《邵女》篇媒嫗之言，《司文郎》篇宋生之言，其他所在多有，不能一一詳也。

　　"往予評《聊齋》，有五大例：一論文、二論事、三考據、四旁證、五游戲。皆其平日讀書有得之言，淺人或不盡解。至其隨手記注，平常率筆，無關緊要，蓋亦有之，然已十得八九矣。李卓吾、馮猶龍、金人瑞評《三國演義》及《水滸》《西厢》諸小説、院本，乃不足道。友人萬棗峰曰：'此徐退山批《五經》《史記》《漢書》手筆也。'

　　"作文人要眼明手快，批書人亦要眼明手快。天外飛來，只是眼前拾得。坡詩云：'作詩火速追亡逋，清景一失渺難摹。'鈍根者毫無別見，只順文演説，如周静軒讀史詩，人云亦云，令觀者欲嘔。遠村此批，即昔鍾退谷先生坐秦淮水樹，作《史懷》一書，皆從書縫中看出也。

　　"金人瑞批《水滸》《西厢》，靈心妙舌，開後人無限眼界、無限文心。故雖小説、院本，至今不廢。惟議論多不醇正。董閬石先生深訾之。是書雖係小説體例，出入諸史，不特具有別眼，方能著語；亦須具有正大胸襟，理明義熟，方識得作者頭腦處。故紀文達推爲'才子之筆，莫逮萬一'。而趙清曜稱爲'有功名教，無忝著述'也。"

　　"文有設身處地法。昔趙松雪好畫馬，晚更入妙，每欲構思，便於密室解衣踞地，先學爲馬，然後命筆……此文家運思入微之妙，即所謂設身處地法。

《聊齋》處處以此會之。

"讀《聊齋》，不作文章看，但作故事看，便是呆漢。惟讀過《左》《國》《史》《漢》，深明體裁作法者，方知其妙。或曰：'何不徑讀《左》《國》《史》《漢》?'不知舉《左》《國》《史》《漢》而以小説體出之，使人易曉也。"

"《聊齋》之妙，同於化工賦物，人各面目，每篇各具局面，排場不一，意境翻新，令讀者每至一篇，另長一番精神。如福地洞天，別開世界；如太池未央，萬户千門；如武陵桃源，自闢村落。不似他手，黃茅白葦，令人一覽而盡。

"文有消納法，於複筆、簡筆、捷筆處見之。

"昔人謂：'莫易於説鬼，莫難於説虎。'鬼無倫次，虎有性情也。説鬼到説不來處，可以意爲補接；若説虎到説不來處，大段著力不得。予謂不然，説鬼亦要有倫次，説鬼亦要得性情。"

"或疑《聊齋》那有許多閒工夫，捏造許多閒話。予曰：以文不以事也。"

"俗手作文，如小兒舞鮑老，只有一副面具。文有妙於駁緊者，妙於整麗者；又有變駁緊爲疏奇，化整麗爲歷落，現出各樣筆法。《左》《史》之文，無所不有，《聊齋》仿佛遇之。

"作文有前暗後明之法，先不説出，至後方露，此與伏筆相似不同，左氏多此種，《聊齋》亦往往用之。

"此書即史家列傳體也，以班、馬之筆，降格而通其例於小説。可惜《聊齋》不當一代之製作，若以其才修一代之史，如遼、金、元、明諸家，握管編排，必駕乎其上。以故此書一出，雅俗共賞，即名宿巨公，號稱博雅者，亦不敢輕之。蓋雖海市蜃樓，而描寫刻畫，似幻似真，實一一如乎人人意中所欲出。諸法俱備，無妙不臻。寫景則如在目前，叙事則節次分明，鋪排安放，變化不測。字法句法，典雅古峭，而議論純正，實不謬於聖賢一代傑作也。

"沈確士曰：'文章一道，通於兵法。金兀尤善用突陣法，如拐子馬之類。'韓昌黎慣用之。……蓋憑空突然説出一句，讀者並不解其用意安在，及至下文，層層疏説明白，遂令題意雪亮。再玩篇首，始知落墨甚遠，刻題甚近，初若於題無關，細味乃知俱從題之精髓抉摘比並出來。此即文家突陣法也。《聊齋》用筆跳脱超妙，往往於中一二突接之處，仿佛遇之，惟會心人能格外領取也。"

"《聊齋》中間用字法，不過一二字，偶露句中，遂已絶妙，形容惟妙惟肖，仿佛《水經注》造語。"

"友人曰：'漁洋評太略，遠村評太詳。漁洋是批經史雜家體，遠村似批文章小説體。'言各有當，無取雷同。然《聊齋》得遠村批評一番，另長一番精神，又添一般局面。

"紀曉嵐曰：'《聊齋》盛行一時，然才子之筆，非著書者之筆也。'虞初以下，干寶以上，古書多佚，其可見者，如劉敬叔《異苑》、陶潛《續搜神記》，小説類也；《飛燕外傳》《會真記》，傳記類也；《太平廣記》，事以類聚，故可並收。今一書而兼二體，所未解也。小説既述見聞，即屬叙事，不比戲場關目，隨意裝點。伶玄之傳，得之樊嬺，故猥瑣具詳；元稹之記，出於自述，故約略梗概。楊升庵僞撰《秘辛》，尚知此意，升庵多見古書故也。今嬿昵之詞，媟狎之態，細微曲折，摹繪如生，使出自言，似無此理；使出作者代言，則從何而見聞，又所未解也。留仙之才，予誠莫逮萬一，惟此二事，則夏蟲不免疑冰。劉舍人云：'滔滔前世，既洗予聞；渺渺來修，諒塵彼觀。心知其意，倘有人乎？'遠村曰：'《聊齋》以傳記體叙小説之事，仿《史》《漢》遺法，一書兼二體，弊實有之，然非此精神不出，所以通人愛之，俗人亦愛之，竟傳矣。雖有乖體例可也。紀公《閲微草堂四種》，頗無二者之病，然文字力量精神，别是一種，其生趣不逮矣。'

"文之參錯，莫如《左傳》。馮天閑專以整齊論《左》。人第知參錯是古，不知參差中不寓整齊，則氣不團結而少片段。能以巨眼看出左氏無處非整齊，於古觀其深矣。左氏無論長篇短篇，其中必有轉摭處。左氏篇篇變，句句變，字字變。上三條，讀《聊齋》者亦以此意參之，消息甚微，非深於古者不解。"

"先秦之文，段落渾於無形。唐宋八家，第一段落要緊。蓋段落分，而篇法作意出矣。予於《聊齋》，鈎清段落，明如指掌。

"近來說部，往往好以詞勝，搬衍麗藻，以表風華，塗繪古事，以炫博雅。《聊齋》於粗服亂頭中，略入一二古句，略裝一二古字，如《史記》諸傳中偶引古諺時語，及秦、漢以前故書，斑剝陸離，蒼翠欲滴，彌見大方，無一點小家子強作貧兒賣富醜態，所以可貴。

"不會看書人，將古人書混看過去，不知古人書中有得意處，有不得意處；有轉筆處，有難轉筆處；趁水生波處，翻空出奇處；不得不補處，不得不省處；順添在後處，倒插在前處。無數方法，無數筋節，當以正法眼觀之，不得第以事視，而不尋文章妙處。此書諸法皆有。"

《聊齋志異》馮鎮巒評點本各卷評點：

卷二《張誠》："凡傳奇中至無可轉關處，輒以仙佛救濟，幾成爛套。諺云：戲不够，神仙凑。此却令人不厭，故何也？孝子悌弟，感動天人，此理至常，無足怪。"

卷三《連城》："又帶起一人，似隨手縐出，可添文字波瀾。金聖歎所謂獺尾法。"

"若一求便允，天下容有此事，才士斷無此文，嫌其太平也。故文人之筆，無往不曲，直則少情，曲則有味。"

卷四《田七郎》："公子一邊黏煞不上，却從七郎一邊逼來，此之謂移室就樹之法。"

"特標一名，用墊襯加一倍寫法，所謂寫煞紅娘正是寫雙文也。若只與尋常之蟲鬥，勝則亦常品耳。"

卷四《續黄粱》："每於極瑣事隨口謅出，隨筆點綴，是史家頰上添毫法。"

卷五《花姑子》："凡後生作文拖遝者，此筆自斗健，此小《史記》也。"

卷七《青娥》："文章要省即加倍省，要增即加倍增。不寫，則許多只須一句；要寫，則一事必須數番。'娶女歸'三字，省法，人知者是收上，不知者即以爲下段用處。"

卷八《宦娘》："無意中點此一筆，通篇以琴作草蛇灰綫之法。"

"率性一筆劃斷，兵法所謂置之死地而後生也，兵法即文法也。"

卷九《劉夫人》："荆卿現又帶出玉卿，作波致此，獺尾法也。"

卷十《湘裙》："作人宜直，作文宜曲，雖大片段中有許小波折，最好看有致。"

卷十《葛巾》："故作輕輕挑動語，有意無意之間最妙。"

卷十二《王桂菴》："文字要繁則累牘連篇，要簡則一語千里、一日百年……此行文金針也。"

（張友鶴輯校《聊齋志異會校會注會評本》，上海古籍出版社 1986 年）

張士登《三分夢全傳》自序："僕隱居三十年，家在深山，有田數畝，足以贍口。性復拙懶，不慕榮利。近因陰雨彌月，荒齋無事，閑將歷年偶有所聞於友人者，摭拾湊成小説一部，亦前人《邯鄲夢》傳奇之意也。其中姓氏情節，隨筆填入，毫無成見。雖自信生平未涉世務，與人無忤，第恐言者無心，觀者錯會，或將無稽之談認作有心之誚，則豈予之心也哉？故特表明須知，魯有兩曾參，唐有兩韓翃，古今一時同姓名者，正復不少，閱者諒之。"

末署"時嘉慶戊寅中秋佳節，瀟湘仙史自題於陸沉山房"。

《三分夢全傳》凡例："此書自始至終無一筆不簡而明者，真是好書，細閱自知。

"有人謂此書起首似乎平淡無奇，殊不知依事直敘，勢難增減，不比《西遊記》等書可以任意添造也。

"凡稗史後不如前者居多，惟此書下半部詞意更妙，越看到尾越有味越有趣。

"粗淺小説不待看完，已索然無味，惟此書復讀不厭，緣其意味深長耐人咀嚼也。

"他書所説戰法妖法多係憑空杜撰，不近情理。此書却是不同，論交戰則合兵法，説妖術則寓勸懲，且趣語橫生，最足解人之頤、醒人之睡，迥異他書可及。

"此書連琴譜、棋譜俱細細載入，不獨於小説中另開生面，標新獨異，且使有愛學琴棋者即可藉此學習，不須另覓他譜，豈不至便？

"此書前數回據事直敘，筆難十分逞巧，至下半部不獨語趣思深，即一切人之姓名以及關名、橋名、山名、郡名諸類，均運用入妙，真良工苦心傳世之作。

"是書用筆鍊字追摹《水滸傳》，措詞命意遠勝《鏡花緣》，有識者觀之，斷不以余言爲謬也，故僕樂得而細評之。

"近日稗官惟《紅樓夢》可以寓目，續者紛紛，皆無是處。此《三分夢》一出，雖分道揚鑣，却異曲同工，可合稱之爲二夢。"

何芳苡第一回評語："做書的人有許多難處，閱者不可不知。即如睦行原是此部書中閒人，似可不叙，然是天峻之弟，又勢不容不叙，但叙了後來必費一番收拾，豈不大累紙筆？你看他趁勢插'閉户讀書'四字，將睦行閣起，下文好單叙睦棠，豈不省力？豈不乾净？不獨此也，'閉户讀書'四字，連睦行的品行都有在内，豈非高手？"

"章梁過三家，各分一處，要紐合攏來真大難事，況一支筆寫兩家事已費經營，今要並叙三家，豈不更多掣肘？他人叙此必至紛如亂絲，費紙費筆，不能貫串，你看他何等筆力。上文先插入梁家已見巧妙，此處即借梁家將過家帶入，既不覺唐突，又毫不費力，何等簡浄，何等神妙。細細思之，方不負作者苦心。"

第十三回評語："趁勢進兵，固是行兵要著，亦是行文省筆要訣。"

（上海辭書出版社藏道光二十八年刊本）

嘉慶二十四年（己卯　1819）

繆艮《〈三分夢全傳〉題詞》："'金鑑家聲，曲江鳳廣，吾鄉名士登場。試觀錦心繡口，吐屬琳琅。早有四方志，待生平抱負，報君王。常運蹇，遨遊嶺嶠，寄托瀟湘。因不試，故多藝，相依著舅氏，入幕屏藩。回思半生閲歷，變幻滄桑。無過一場春夢，三分約略七分詳。恨見晚，君偏似我，遊戲文章。'調倚《慶清朝慢》。"

末署"時己卯仲秋下浣，西湖繆艮蓮仙題"。

黎成華《〈三分夢全傳〉題詩》："者事何關是姓章，看書先要審端詳。琵琶作記非因蔡，普救彈琴豈是張。別有才人圖小影，托爲仙史寄瀟湘。詼諧議論皆經典，勞爾搜羅錦繡腸。""人情何處不波瀾，蹤跡層上入筆端。大半不嫌書實録，三分無奈話《邯鄲》。行過險地心偏定，看到浮雲眼更寬。誰是現身來説法，先生今日正登壇。"

末署"嘉慶二十四年歲次己卯孟冬朔日，南海黎成華篤焉氏題於半隱山房"。

（上海辭書出版社藏道光二十八年刊本）

"寄生氏"《〈争春園全傳〉叙》："人不奇不傳，事不奇不傳，其人其事俱奇，無奇文以演説之亦不傳。郝、鮑諸人，率性而行，忠君信友，奇人也，奇事也，即奇文也。而編中尤爲馬俊描寫盡致，拯相知於囹圄，脱淑媛於陷阱，除險惡則直探虎穴，保君上則深入龍宮。是書之第一人，亦千古俠客之第一人耶！顔其名曰《爭春園》。言郝而不言鮑、馬，提綱也；言棲霞而不言孫佩，對景也。園名‘爭春’，地之靈，實人之傑矣。雲收月上，憑欄讀之，一擊節，一浮大白，如見玉蚨蝶栩栩然來往也已。”

末署“時在己卯暮春修禊日寄生氏題於塔影樓之西□”。

（復旦大學圖書館藏道光二十九年一也軒刊本）

“梅溪主人”爲浦琳《清風閘》作序：“小説昉自虞初，後之作演義者，或借一人一事引而伸之，可以成數十萬言，如《封神傳》《水滸傳》由來舊矣。抑或有憑虛結撰，隱其人，伏其事，若《金瓶梅》《紅樓夢》者，究之不知實指何人，觀者亦不過互相傳爲某某而已。唯《清風閘》一書，既實有其事，復實有其人，爲宋民一大冤獄，借皮奉山以雪之。……予因是書膾炙人口，可以振靡俗，挽頹風，惜向無刻本，非所以垂久遠。今不惜工價，付諸剞劂，庶使窮鄉僻壤、海澨山陬無不可購而得之，非無裨於世道人心之用也。爰題數言，弁於簡端。”

末署“嘉慶己卯夏五月既望，梅溪主人書於奉孝軒”。

（《古本小説集成·清風閘》影印清道光元年華軒齋刻本）

嘉慶二十五年（庚辰　1820）

“娜嬛山樵”《補紅樓夢》識語：“此書直接《石頭記紅樓夢》原本，（並）不外生枝節，亦無還魂轉世之謬，與前書大旨首尾關合。兹者先刻四十八回，請爲嘗鼎一臠，尚有增補三十二回，不日嗣出，讀者鑒之。”

按，繫年據刊刻時間。

（北京師範大學圖書館藏清嘉慶庚辰本衙藏板）

"訥山人"《增補紅樓夢序》："《紅樓夢》一書……反覆開導，曲盡形容，爲子弟輩作戒，誠忠厚悱惻，有關於世道人心者也。……予嘗欲闡其義而弗克。予友嫏嬛山樵先獲此志，成《補紅樓夢》一書，凡四十八卷，剞劂竣而予始見。卷中凡前此之妄爲續貂者，亦弗盡屏，特取其近是者而紉補之。分別段落，大旨揭然，使天下之子弟合前《紅樓夢》而讀之，有以知若此則得、若彼則失者，真《紅樓夢》之大功臣也。梨棗既成，遠近爭購，予欲贊一詞而又弗克。昨山樵袖出一編示予，曰新成之《增補紅樓夢》也。予始而疑，既而信，欣然讀之，則是另一筆仗。凡世之稗官野史，引用舊例，無不化腐爲奇，又盡補前書之所未及，如海市蜃樓，愈變愈幻。雖僅三十二回，與前之四十八回，實有藕斷絲縈之妙，一歸於教人爲善而已。玄之已玄，補而又補，予以爲媧皇之石不在怡紅公子，而在嫏嬛山樵也。"

末署"嘉慶庚辰秋七月既望，訥山人就月書於萬物逆旅之片雲臺"。

（國家圖書館藏清道光四年刊本）

張映漢《重修〈湖南通志〉序》："稗官野史諸説，附摭拾於叢談已也。"

末署"嘉慶二十五年六月，賜進士出身兵部尚書兼都察院右都御史總督湖北湖南等處地方軍務兼理糧餉、海豐張映漢撰"。

（中國地方志指導小組辦公室編《清代方志序跋彙編·通志卷》，上海古籍出版社 2014 年）

嘉慶年間（1796—1820）

李汝珍《鏡花緣》第八十九回正文："春輝道：'這是總起女試頌詔之始，

而並記其年，雖是詩句，却是史公文法。'閨臣道：'據我管見：這兩句定是緊扣全題，必須如此，後面文章才有頭緒，才有針綫。仙姑以爲何如？'道姑道：'才女高論極是。'"

第一百回正文："這仙猿訪來訪去，一直訪到聖朝太平之世，有個老子的後裔，略略有點文名；那仙猿因訪的不耐煩了，沒奈何，將碑記付給此人，徑自回山。此人見上面事蹟紛紜，鋪叙不易。恰喜欣逢聖世，喜戴堯天，官無催科之擾，家無傜役之勞，玉燭長調，金甌永奠；讀了些四庫奇書，享了些半生清福。心有餘閑，涉筆成趣，每於長夏餘冬，燈前月夕，以文爲戲，年復一年，編出這《鏡花緣》一百回，而僅得其事之半。其友方抱幽憂之疾，讀之而解頤、而噴飯，宿疾頓愈。因説道：'子之性既懶而筆又遲，欲脱全稿，不卜何時，何不以此一百回先付梨棗，再撰續編，使四海知音以先睹其半爲快耶？'嗟乎！小説家言，何關輕重！消磨了三十多年層層心血，算不得大千世界小小文章。自家做來做去，原覺得口吻生花；他人看了又看，也必定拈花微笑：是亦緣也。正是：鏡光能照真才子，花樣全翻舊稗官。若要曉得這鏡中全影，且待後緣。"

《鏡花緣》諸家題詞：

孫吉昌："造物之奇巧，斯人盡得之。天付數寸管，揮灑無不宜。意蕊紛滿紙，心花開四時。洋洋千萬言，首尾貫以絲。稗官與小説，紛出若路歧。汗牛且充棟，指瑕難掩疵。此編二十卷，一覽無參差。不拾人唾餘，矗矗抽秘思。獨開真面目，逼肖古鬚眉。兼令願見者，如針之引磁。有如古訓詁，詰屈而崎嶇。有如古謡諑，光怪而樸嫵。有如《山海經》，舉目逢魑魅……其筆用全力，如縛五色獅。其文回古錦，如蟠千歲螭。……可使人忘倦，可使人忘饑。可使人起舞，可使人解頤。雅俗共歡賞，遐邇無誹訾。咄咄北平子，文采何陸離。……窮愁始著書，其志良足悲。有心弄狡獪，無意成欷歔。不失勸懲旨，絕無淫冶辭。古今小説家，應無過於斯。謂之集大成，此語不我欺。傳抄紙已貴，今既付劂剞。不脛且萬里，堪作稗官師。從此堪自慰，已爲世所推。"

范博文："一時粉黛盡含羞，説部誰憐枉汗牛。試看此書初出處，玉環微笑正回頭。"

朱玫："自是君家多謫仙，人間那得有斯編。十年未醒《紅樓夢》，又結花飛鏡裏緣。"

錢守璞："衆香國裏艷詞成，一樣才華各樣情。名記泣紅亭上女，大都薄命爲聰明。黃娟新傳幼婦辭，蛾眉良遇幸當時。笑他未醒《紅樓夢》，只寫尋常兒女癡。"

《鏡花緣》評語：

第一回："此處叙出百獸百鳥、百介百鱗四仙，與上百花百草、百果百穀四仙互爲章法，純是新奇獨造，不特引起下文，直映到海外尋親，生出無限波瀾、無窮妙觀，直是絶世奇文。"

"自起手信筆拈來，古文蛛絲馬跡、草蛇灰綫之妙機，令後文景物掩映，如在目前。"

"欲接花仙，正文先於此處生一波瀾，下文自然跳躍而出。此是烘雲托月法，極盡文筆之妙。"

"杜詩煉起句，蘇文重發端，詩文之難，難於落墨。寬則易泛，緊則易逼，不沾不脱，斯稱妙手。故善構局者不欲泄漏春光，無不響傳弦外，如樹水晶屏風於内外交界之所，觀者不必身踐其地，而個中景物已了了在目矣。禪家所謂五雲樓閣彈指即現，轉瞬即滅，有何蹤跡可尋？甫讀首篇，令我瓣香欲爇。疏庵許詳齡識。"

第五回："苟無前面一番議論，何能點到此句？此著書立説之所以難也。余於此等處深知作者運筆苦心，特爲指出以質之天下才子，當不以斯言爲謬也。"

"凡傳奇説部不過以離合二字爲通篇樞柷，合處固難自然，而離處易於生硬，尤忌過脈處寥寥寡色。觀此蝶隨花至、月逐人來，總由筆端有舌。蔬庵。"

第二十三回："《醉翁亭記》一篇'也'字文法，此是一篇'之'字文法，古今相敵。"

第八十七回："嘗聞施耐庵著《水滸傳》，先將一百八人圖其形象，然後揣其性情，故一言一動無不肖其口吻神情。此書寫百名才女必效此法，細細白描，定是龍眠粉本。"

第八十九回："此書百卷，洋洋灑灑，欲革舊套，詩賦獨少。今於書將結穴時忽作一賦，則萬花飛舞；又作一詩，承上啓下，而得百韻，爲古今説部所未有。其詩每段下叙事，更如自注其詩；詩所簡注詳之，詩所缺注補之，真有花得風而香活，竹得月而影靈之妙。蔬庵。"

第九十回："旗招五字如列上句之下，則簾飄四句讀之平平，莫知所指，最妙以口豎一聯截斷，遂使幻境三十字勢若奔車下阪，有聲有色，此行文勒筆透意法也。"

"一賦一詩，雙峰插漢，咄咄逼人。賦刻全篇，定錦不能加剪；詩分段落，粒珠原可走盤。作者不肯合掌雷同之意如此。古今傳奇往往於數十回後筆鬆墨懈，總不能如是書後勁亦可。于此徵作者晚境之甘如蔗境也。認齋。"

"此回與上一回乃全部中一大關目，通前徹後，其結穴都在百韻詩内。要非大手筆不辦，恰又分段畫句，曲曲傳出，使詩中字面十分飽湛，滿腹精神，並無劍拔弩張之態，渾身筋節亦無細針密縷之痕，可謂筆補造化，巧奪神工，説部中有此佳妙觀止矣。静荷。"

第一百回："此書一百回皆一氣呵成，無'按下不表'諸舊套。"

（復旦大學圖書館藏道光元年刻本）

不題撰人作《五虎平西前傳》序："春秋之筆，無非褒善貶惡，而立萬世君臣之則。小説傳奇，不出悲歡離合，而悦鑑閲之心。然必忠君報國爲主，興善懲惡爲先。閲其忠君烈士，無不令人起恭起敬；觀此誤國奸徒，皆爲百世曰忿曰憎，削佞餘奸，褒善貶惡……歲孟夏日序終。”

（南京圖書館藏清嘉慶聚錦堂刊本）

“小琅環主人”《五虎平南後傳》序：“自古一代之興，即有一代之史，以寓旌别，示懲勸，麟炳古今，囊括人物，厥來藉已。外此則學士博古，稱奇搜異，著爲實録，則曰‘外史’。更有故老傳聞，資其睹記，勒爲成編，則曰‘野史’。故外史、野史亦可備國史所未備，要其大旨，總以闡明大義，導揚盛美爲主。……至其謀想之高超，臨陣之變幻，止齊步伐之奇特，鬥智鬥法之崛譎，則又可作《水滸》觀，可作《三國》觀，即以之作《封神》《西遊》觀，亦無不可。宋太祖嘗言‘開卷有益’，陶靖節自言‘好讀書不求甚解’，但略觀大意。好古之士誠覽是編，而義旨如見，忠奸莫淆，則何書不可觀，何書不宜觀，奚必以拘牽文義，摭據實故，而謂之有益哉！”

　　按，袁世碩《古本小説集成·五虎平南後傳》“前言”認爲，此書之作，當在嘉慶六年至十二年（1801—1807）之間。

（《古本小説集成·五虎平南後傳》影印清嘉慶啓元堂刊本）

焦循《易餘籥録》卷二十：“稗官小説，每及鬼神妖怪，前人爲此而不廢者，莊語讜論，非婦孺所能通，故假神怪而以鄙俚出之，所以備觀感之一端也。近時紀氏諸小説，有《灤陽消夏録》《槐西雜志》《姑妄聽之》《如是我聞》數種。余最取之，蓋以忠孝節義之訓，寓於談諧鬼怪之中也。其他誨淫誨門、譏謗失實之書，不特可焚，且宜斥絶矣。”

（焦循著、劉建臻校《焦循全集》，江蘇廣陵書社 2016 年）

“觀書人”爲信天翁《海遊記》作序：“小説家言，未有不指稱朝代，妄論君臣，或誇才子佳人，或假神仙鬼怪。此書洗盡故套，時無可稽，所論君臣乃海底苗邦，亦只藩服，末卷涉於荒渺夢也，夢中何所不有哉！以夢結者，《西厢記》《水滸傳》，得此而三矣。寫苗王后妃之恩愛，所以表其樂以酬善；寫仙佛兩家之污褻，所以彰其醜以懲惡。然立言雅馴，不礙閨閣觀也。書成時頗多趣語，因限於梓費，删改從樸，惜哉！觀書人序。”

《海遊記》第一回正文：“説部從來總不真，平空結撰費精神。入情入理般般像，閑是閑非事事新。那有張三和李四，也無後果與前因。一番海話荒唐聽，又把荒唐轉告人。”

按，據李夢生爲該書《古本小説集成》影印本所撰“前言”推測，本書成于嘉慶年間。

（中國藝術研究院戲曲研究所藏原傅惜華藏本）

道光元年（辛巳　1821）

“竹安逸史”《〈雅觀樓全傳〉題詞》：“蕪辭瑣事不堪聽，都是消亡必有情。閑借兔園爲説法，報施之理却分明。”“挑盡殘燈寫俗詞，境非親睹不能知。諸君展卷從頭閲，願得前車共鑒之。”

按，繫年據刊刻時間。

（國家圖書館藏道光元年芥軒刊本）

“訥音居士”《三續金瓶梅》自序：“閑室静坐，偶看到第一奇書，始於王鳳洲先生手作，觀其妙文，粉膩香濃，至藏針伏綫，令人毛髮悚然。原本《金瓶梅》一百回内，細如牛毛千萬根，共具一體，血脈貫通，千里相牽。自‘弟’字起，‘孝’字結，天理循還，幻化已了。但看《三世報》雖係續作，因過猶不及，渺渺冥冥。查西門慶雖有武植等人命幾案，其惡在潘金蓮、王婆、陳敬濟、苗青四人，罪而當誅。看西門慶、春梅不過淫欲過度，利心太重，若至挖眼、下油鍋，三世之報，人皆以錯就錯，不肯改惡從善。故又引回數人，假捏‘金’字、‘屏’字、‘梅’字，幻造一事，雖爲風影之談，不必分明理弊功效，續一部艷異之篇，名《三續金瓶梅》，又曰《小補奇酸志》，共四十回，補其不足，論其有餘。自‘幻’字起，‘空’字結，文法雖準舊本，一切穢言污語盡皆删去，不過循情察理，發泄世態炎涼，消遣時恨，令人回頭是岸，轉禍爲福。讀者不可以淫書續淫詞論。若看錯了題目，不惟失去本來面目，而更辜負作者之心，須觀其如何針鋒相對，曲折成文；如何因果報應，釀成奇酸。天下最真者，莫若倫常；最假者，莫如財色。譬如大塊文章，莫過一理。《詩》三百，一言以蔽之，曰思無邪已矣。余本武夫，性好窮研書理，不過倚山立柱，宿海通河，因不惜苦心，大費經營，暑往寒來，方乃告成。爲觀者哂之，寫一軸虎頭蛇尾圖畫以嘲一笑云爾。訥音居士題。”

《三續金瓶梅》第一回正文：“一部奇書，因何只寫半身美人圖，豈不可惜。今按原本《第一奇書》西門慶自大宋徽宗宣和七年病故……清河縣亦遭塗炭之災，故引出千言萬語，橄簾看花夢解三世報、返本還元演一部三續的故事。正是：《紅樓》五續甚清新，只爲時人講妙文。余今亦較學三續，無非傀儡假中真。”

按，《三續金瓶梅》卷首有“務本堂主人”作“小引”，末署“時在道光元年，歲次辛巳孟夏”，據此可知本書成書于此時。

（北京大學圖書館藏馬廉藏鈔本）

顧千里《重刻〈古今説海〉序》：“説部之書盛於唐宋，凡見著録，無慮數千百種，而其能傳者，則有賴彙刻之力居多。蓋説部者，遺聞軼事、叢殘瑣屑，非如經義史學諸子等，各有專門名家，師承授受，可以永久勿墜也。獨彙而刻之，然後各書之勢，常居於聚，其於散也較難。儲藏之家，但費收一書之勞，即有累若干書之獲，其搜求也較便。各書各用，而用乎此者，亦不割棄乎彼，牽連倚毗，其流布也較易。故自左禹圭以下，彙刻一途，日增月闢，完好具存。而唐宋説部書之傳，不在彙刻中者固已屈指寥寥矣。酉山堂主人邵松巖告予曰：'雲間陸楫儼山書院《古今説海》，明嘉靖時彙刻也，分説選、説纂、説略、説淵，共一百三四十種，大抵唐宋説部，而他朝者間一預焉。'厥板已毀，印本日稀，今取原書，覆而墨之，悉依其舊，一字不改，願求序以記重刻緣起。夫予之於説部書工夫甚淺，而刻書之利病，則宿所深知也，其利於書者姑弗具論。若夫南宋時建陽各坊刻書最多，惟每刻一書，必倩雇不知誰何之人，任意增删換易，標立新奇名目，冀自炫價，而古書多失其真。逮後坊刻就衰，而浮慕之敝起，其所刻也，轉轉舛錯脱落，殆不可讀者有之，加以牡丹水利，觸目滿紙，彌不可讀者有之。又甚而奮其空疏白腹，敷衍謬談，塗竄創疵，居之不疑，或且憑空構造，詭言某本，變亂是非，欺紿當世，陽似沽名，陰實盜貨，而古書尤失其真。若是者，刻一書而一書受其害而已矣。倘能如松巖之一字不改，悉依其舊，尚存不知爲不知之遺意，於是古書可以傳，可以傳而弗失其真，豈不大愈於彼所爲哉？然則松巖雖恃書爲食者，而是役也，彙而刻之，一善也，猶所同也；覆而墨之，又一善也，乃所獨也。繼自今即爲鉛槧小夫，當取坊友爲矜式，抑何不可。"

按，繫年據刊刻時間。

（國家圖書館藏清道光元年邵氏酉山堂刻本）

無名氏《題〈鏡花緣〉後》： "嗚呼！書之所貴於有用者，吾知之矣：以之訓乎俗，可以敦化原；以之施乎事，可以奏捷效；以之資乎學，可以廣見聞；以之陶乎情，可以博旨趣。雖其説涉於子虛烏有，光怪陸離，變幻不測，苟揆諸四者之義而無所悖焉，是亦可謂有用之書已。近時小説家，往往喜傳閨閣中書，非纖即褻，大多喃喃私語耳。余嘗偶過戲場，值臺中方演《荆釵》

《琵琶記》諸劇，觀者俱意興索然，倦而思卧；及再演《葡萄架》《拷火》《滚樓》等戲，觀者俱眉飛色舞，津津乎有餘味焉。以是知習尚之中於人心也亦已久矣，此固法言莊語之所扞格而不能相入也。夷考《班志》，稱：'小説家流，出於稗官。'如淳注：'欲知閭巷風俗，立稗官使稱説之。'《鏡花緣》者，亦專言閨閣中事，且其説涉於子虚烏有，光怪陸離，變幻不測，在恒情視之，鮮不以荒唐之詞相詬病；而余獨喜其合於四者之義，蓋有取焉。"

按，王利器《元明清三代禁毀小説戲曲史料（增訂本）》認爲無名氏《韻鶴軒雜著》刊于本年，其中收録本篇序文。今據此繫年。

（丁錫根編著《中國歷代小説序跋集》，人民文學出版社 1996 年）

道光三年（癸未　1823）

程思樂《〈不寐録〉序》："説部一書，每爲市俗所言見，而作者因多采狎褻不經之事，附會其説，以悦觀者之目；又或得自傳聞，敷衍成詞，以致失真；不則憑空結撰，開口駡人，以抒其憤懣不平之氣，皆不足以當識者之一哂也。惟吾友嘯墅先生之《不寐録》則不然。其言皆忠厚之言，其事皆確實之事，以流覽之所經，供夢寐之所采，可以勸善，可以懲惡，客當詩讀，可作史觀。其筆則班馬之筆，其氣則韓蘇之氣，叙次簡明，形容盡致，無不栩栩欲生，鬚眉活現，直可作古文一則讀之，豈尋常説部所可同日而語哉！爰編次評點，將謀付梓，以傳世而行遠，當無有河漢余言者。"

按，繫年據刊刻時間。

（國家圖書館藏道光三年本宅刻本）

道光四年（甲申　1824）

陳廷機《〈聊齋志異〉序》："諸小説正編既出，必有續作隨其後，雖不能媲美前人，亦襲貌而竊其似，而蒲聊齋之《志異》獨無。非不欲續也，亦以空前絕後之作，使唐人見之，自當把臂入林，後來作者，宜其擱筆耳。茲幸獲其遺稿數十首，事新語新，幾於一字一珠，而又有可以感人心、示勸戒之意。”

末署“道光閼逢涒灘閏七月上浣，清源陳廷機序”。

（張友鶴輯校《聊齋志異會校會注會評本》，上海古籍出版社 1986 年）

吳山錫爲樂鈞《耳食録》作序："《山海》徵奇，《齊諧》志怪，遐哉尚矣！下至張茂先《博物志》、王子年《拾遺記》，以及李亢《獨異志》、趙璘《因話録》、孫光憲《北夢瑣言》、宋永亨《搜采異聞録》，皆矜奇侅詭者所濫觴也。夫人寓形宇宙間，老死牖下者無論矣。其懷奇握異之士，胸中有萬卷書，足跡行萬里路。所苞之區，名公巨卿擁篲倒屣，詞客騷人攬環結佩。酒酣耳熱，揮麈雄談。每遇可驚可愕、可泣可歌之事，拈毫伸紙，發爲新奇可喜之文。此雖才人之餘事，然非才人不能作也。臨川樂蓮裳先生，抱沉博瑰麗之才，弱冠後即擔鉛槧，以遊歷四方。所過名山大川、通都古跡，一一記之以詩。出其緒餘，著《耳食録》前後編共二十卷，付諸剞劂。凡生平所聞、所傳聞者悉載焉。迨蓮裳歿後，版庋多年，間有蠹蝕漫漶而不可辨識者。令似滋亭重爲刊刻刷布，以彰厥先人之美。余受而讀之。其事之怪怪奇奇，固足賞心駭目．而文章之妙，如雲霞變幻、風雨離合。其悲壯激昂者，真可敲缺唾壺；其纏綿婉麗者，又令人銷魂欲死。然闡幽顯微，醒愚袪惑之用，即隱寓其中，斯乃一片婆心，不可作遊戲三昧觀也。噫！蓮裳雖逝，有子克家，能傳播遺書而不使磨滅，則當年著書立説之願斯可慰矣。刊既成，滋亭丐叙於余。余學識譾陋，不嫻古作，乃欽其孝，勉撰弁語，無任主臣。"

末署“道光四年歲在甲申八月朔日，平江吳山錫並書”。

（遼寧省圖書館藏清道光四年味經堂刻本）

道光七年（丁亥　1827）

許仲元《三異筆談》自序：“道光丁亥，余罷官，羈棲武林柳泉太守郡齋，客來閑話，苦氣弱不能劇談，乃以筆代舌，自夏徂秋，積成卷帙。熙朝掌故，則詢之柳泉；往代軼聞，則證之子壽。正淮雨別風之舛，以及弄獐伏獵之訛，則閑荗世講之惠我尤勤焉，輒題數語，名之曰《三異筆談》一集。歸里後，如有續纂，當再募資刊之。七十三翁許仲元識。”

（《筆記小説大觀》，臺灣新興書局 1978 年）

“芸樵外史”爲“通元子黃石”《玉蟾記》題“識語”：“《玉蟾記》小説云乎哉？實史論別派也。能令讀之者聽之者吐氣揚眉，奮袖起舞，其有補於世道人心不少。至其結構之精，詞采之妙，且極兒女瑣屑之情，而辭務芟其褻昵極鬼怪離奇之事，而筆不苦於拘牽，可謂才傾八斗，力舉千鈞矣。”

“種柳主人”《玉蟾記》序：“通元子撰《玉蟾記》，可謂善用其情者矣。於極淺處寫出深情，於極淡處寫出濃情，於君子則以愷惻之心寫端莊之致，於小人則以詼諧之語寫佻達之形，皆發於情之所不得已。雖云説部，其中大瀾小淪，譬之於水，如百川納於海；層峰疊巒，譬之於山，如萬壑赴荆門。思何靈歟！識何精歟！學何博歟！褒貶嚴於《春秋》，詞旨潔於《史記》，其論斷處似老泉，其明叙處似歐、柳。小記可以浚人之心思，可以長人之識見，可以資人之學問。若以小説目之，則淺之乎視通元子矣。種柳主人識。”

“恬澹人”《玉蟾記》序：“六經皆聖人説理之書。其詞大，其義奧，不必盡人而通之。若夫香草美人，《離騷》致慨；《南華》秋水，莊叟寓言。經降爲子，愛而讀之者恒多，蓋以其情韻勝也，然猶近於古矣。後世評話、彈詞、傳奇、衍義諸書，膾炙人口者約略可數。他如野乘稗官、淫詞小説，凡有識字之農夫，目遇之即足以佚志；知情之女子，耳得之亦足以動心。究之意翻新而不能出奇，詞近褻而無以示勸，且千手雷同，不過尋常之蹊徑而已。惟通元子所著之《玉蟾記》則不然。開場別致，似屈子之《天問》而不襲其詞；中幅閑情，似莊子之《齊物》而必遺其貌；收局餘波，則又似屈子之《思美人》、莊子之《逍遥遊》，而取徑獨幽，寄情獨遠者也。其中五十回蟬聯而下，一氣呵成，構思正而能奇，指事真而有據，運筆險而自然成章，絶處逢生，引人入勝。雖猶是説部書，而律以彰善癉惡之程，嚴而甚確，示以醒聵震聾之語，快而尤精。……於是乎叙。恬澹人撰。"

《玉蟾記》第一回正文："詩曰：'老圃偏饒晚節香，曾携鴉嘴種花黄。清晨采菊新城賣，午後聽書到教場。'信口而成，不歸詩律。見笑，見笑！衆人説這詩不減《揚州竹枝詞》，貼在壁上傳觀却也有趣。還要請教聽的甚麽書。我説連日在教場聽得一部新書，叫做《十二緣玉蟾記》，結構玲瓏，波瀾起伏，真似碧海中蜃氣晨樓，濃蒸旭日，又如絳河内鵲毛夜渡，淡抹微雲。……自從聽了這書，大約記得七八分，又買了一部脚本看熟，説出來雖不合腔，却不至有頭没尾，諸位如不嫌聒耳，明日請來賞菊聽書。"

（北京大學圖書館藏清道光七年緑玉山房刻本）

道光九年（己丑　1829）

麥大鵬《繪圖〈鏡花緣〉序》："李子松石《鏡花緣》一書，耳其盡善，三載於兹矣。戊子清和，偶過張子燮亭書塾，得窺全豹，不勝舞蹈。復聞芥子園新雕告竣，遂購一函，如獲異寶。玩味之餘，忠孝節烈，文詞典雅，百戲九流，聰明穎悟，閨秀團聚，談笑詼諧，足見一班。雖事涉荒唐，不啻確有其人其事如在目前也。翻若弗克身歷其境，睹兹彬彬文盛、濟濟同時爲恨。適上林謝先生過訪，因共賞鑒，累日評閲不倦。先生固會邑之端人也，少時癖嗜畫學，人物最工，故相與讚揚而樂爲之像。神存意想，而把其丰姿，得一百八人。晤對之下，性情欲活，恍聆嘯語一堂，披其圖而如見其人，豈非千古快事乎？"

末署"己丑嘉平月既望，搏雲麥大鵬謹誌其顛末"。

（北京大學圖書館藏清道光十二年芥子園刻本）

道光十年（庚寅　1830）

顧禄《清嘉錄》卷六"乘風涼"條："或招盲女瞽男，彈唱新聲綺調，明目男子，演説古今小説，謂之'説書'。"

按，繫年據刊刻時間。

（上海圖書館藏清道光十年刻本）

道光十二年（壬辰　1832）

黃逸峰爲何夢梅《大明正德皇帝游江南傳》作序："竊思余之素志性嗜奇文，凡有稗官野史罔不評閲，常於燈篝蕉雨時節，用以寄興舒懷。友人何夢梅先生素有慧性，胸懷豁達，嘗作奇書異傳以示寓意，即以之感慨世情也。"

末署"道光壬辰仲夏上澣樵西黃逸峰拜題"。

（華東師範大學圖書館藏江左書林本）

"鐵崖外史"《〈小紅袍全傳〉叙》："傳奇有《小紅袍》一書……余讀之不覺炎威頓消於何有。惟是篇中專述海忠介公晚節貞操，除奸剪佞，文近鄙俚，而其形容忠貞凛烈之處，亦自有足觀。"

末署"道光壬辰年仲夏鐵崖外史"。

（北京大學圖書館藏道光十二年廈門文德堂刊本）

諸家評批《紅樓夢》：

王希廉作《〈紅樓夢〉批序》："《南華經》曰：'大言炎炎，小言詹詹。'仁義道德，羽翼經史，言之大者也；詩賦歌詞，藝術稗官，言之小者也。言而至於小説，其小之尤小者乎？士君子上不能立德，次不能立功立言，以共垂不朽，而戔戔焉小説之是講，不亦鄙且陋哉！雖然，物從其類，嗜有不同，麋鹿食薦，蝍且甘帶，其視薦帶之味，固不異於粱肉也。余菽麥不分，之無僅識，人之小而尤小者也。以最小之人，見至小之書，猶麋鹿蝍且適與薦帶相值也，則余之於《紅樓夢》愛而讀之，讀之而批之，固有情不自禁者矣。客有笑於側者曰：‘子以《紅樓夢》爲小説耶？夫福善禍淫，神之司也；勸善懲惡，聖人之教也。《紅樓夢》雖小説，而善惡報施，勸懲垂誡，通其説者，且與神聖同功，而子以其言爲小，何徇其名而不究其實也？’余曰：‘客亦知夫天與海乎？以管窺天，管内之天，即管外之天也；以蠡測海，蠡中之海，即蠡外之海也。謂之無所見，可乎？謂所見之非天海，可乎？並不得謂管蠡内之天海，別一小天海，而管蠡外之天海，又一大天海也。道一而已，語小莫破，即語大莫載；語有大小，非道有大小也。《紅樓夢》作者既自名爲小説，吾亦小之云爾。若夫禍福自召，勸懲示儆，余於批本中已反覆言之矣。’客無以難，曰：‘子言是也。’即取副本藏之而去。因書其言，以弁卷首。”

末署“道光壬辰花朝日，吳縣王希廉雪薌氏書於雙清仙館”。

（道光十二年雙清仙館刊本）

諸家評《紅樓夢》：

第一回

張新之評語（省稱爲“張評”）：“故曰甄士隱云云，故曰賈雨村云云，大開大合，兩峰對峙，極文字大觀。”

張評：“‘真’‘假’二字，此書主意也。”

姚燮評語（以下省稱爲“姚評”）：“以上爲全書總綱。”

張評：“總括全部百二十回在個裏，如此布局，試問諸小説家有否？”

姚評：“此等惡習，明人小説傳奇最多。”

張評："去'水'加'心'，則人情也，是此書大落墨處。"

洪秋藩評語（以下省稱爲"洪評"）："行文有將後意倒攝題前者，傳奇小説無是法，不圖《紅樓》能創之。書未入正傳，人尚未知名，而其言先見於簡編，且係本傳以後又歷幾世幾劫之言。未見其人，先聞其語，攝將後事，倒插文前，奇幻無匹。"

洪評："士隱邀雨村中秋夜飲，一隱士，一窮儒，似覺枯寂。乃插一筆道'當日街坊上家家簫管，户户笙歌'，遂化枯寂而爲穠艷，可悟文章設色之法。"

第二回

張評："以虚喝作結，小説常套。"

王希廉評語（以下省稱爲"王評"）："既有根蒂，又毫無痕跡，真善於點題者。"

張評："前半回事甚繁，叙來何其簡；後半回事甚簡，叙來何其繁。而賓主正餘，一絲不走，洵爲大才。……順逆相承，虚實相生，無一平筆，無一弱筆……龍門復生，當不以予言爲過，而其實不過善讀《水滸傳》而已。"

洪評："從高處落墨，筆力或不能副，不如從低處落墨，游刃有餘。此亦著述家之妙諦也。"

第三回

張評："士隱爲雨村楔子，楔出雨村，故將士隱卸去；雨村爲黛玉楔子，楔出黛玉，故將雨村卸去。其結構俱從《水滸傳》來。"

第四回

張評："《紅樓夢》，一部傳奇也。寶黛爲生旦，釵爲黛比肩，則脚色爲小旦，又隱然爲大花面戲之生發大主腦也，固當居此。"

張評："寫李處若瑞草靈芝，寫薛處若狂風冷霧，是小章法。寫薛氏家世糊塗，根基淺薄，來路突兀，無一諱詞，則寶釵可知；回看黛玉出身，何等正大，何等清潔，是大章法。"

第五回

張評："《飛鳥各投林》總結演義之終。"

洪評："寶鏡則屬武則天，金盤則屬趙飛燕……以及紗衾謂西施浣過，鴛枕謂紅娘抱來，非以擒藻見長，實於文外射影，所謂繪風繪樹葉、繪水繪回瀾。"

第六回

洪評："《紅樓》一書最尊重閨閣，凡曖昧事皆不明寫……餘皆運實於虛。"

洪評："從一劉姥姥叙起，方顯得賈家富貴氣象，原所以借客形主也。"

第九回

張評："文章到緊迫處，卻又閑閑寫開去。"

張評："看他叙事處，無一筆不忙，卻無一筆不閑，合塾諸人，面面俱到，其筆法真從《項羽本紀》得來。"

張評："此篇下半回文字另開生面，是險境，是絕徑，而能掉臂游行，毫無阻滯，穿插映帶，頭緒如麻中一一隨案隨斷，中間又橫出賈珍一段奇文。龍門復生，未必是過，乃在本書中不多見之筆墨。"

第十九回

張評："凡寫釵、襲之後必接黛玉，乃一定大章法。"

張評："必接此人，章法牢不可破。"

第二十回

張評："一路寫來，不知有話無話。凡此等處皆是帷燈匣劍，不比他小説作閑話用的。"

王評："十八、十九回叙過元妃省親大事、寧府演戲熱鬧，必當叙及細事，是文章巨細濃淡相間法。"

第二十一回

張評："此背面敷粉法，寫賈璉，實寫鳳姐也。"

第二十四回

張評："凡好文字，必不肯即合，必不肯即落，必能詳人所略，而必言人所共知共解而共不能言之處，故妙也。"

王評："小紅不見手帕，於秋紋、碧痕查問時説出，不露芸兒拾得痕跡，善用藏筆法。"

張評："凡寶、黛聚談之後必接寶釵，是正章法。"

第二十九回

張評："無一筆不從人情世事中揣摩而出，真才子之筆。"

張評："一見面寫摔玉，至此又寫摔玉，乃全書大落墨處，何得輕率？故以前以後都用排偶雙行夾寫。"

第三十回

姚評："齡官畫得出神，寶玉看得出神，活寫兩個情癡，躍然紙上。作者一枝筆真能繪影繪聲。"

張評："扶陽抑陰，乃大落墨。"

第三十三回

洪評："虛籠大意，一字不犯題，猶之作八股文者，上兩句是破題，此是小講，入後到正面，方實力詮發，孰謂傳奇不可作制藝觀耶？"

第四十回

洪評："《紅樓夢》諸美，惜春居尾，劉姥姥獨贊惜春，不贊別人，此文章低處落墨法。低處落墨，猶之高處落墨也。"

第四十一回

張評："書中設爲妙玉一人，乃作者自贊其書之妙。其來在歸省大觀園既成之後，今爲立傳在大觀園兩宴之時，是此傳亦從劉姥姥邊立起也。極大結構。"

第四十六回

洪評："先寫賈母發作王夫人，作一跌宕，便覺分外精神。此固行文家烘托旁面，不遽入正題之妙諦也，然確有是情景。"

第四十七回

王評："賈母若不鬥牌，邢夫人如何回去，衆人如何又來？是文章借景脱卸法。"

洪評："文章有隨筆生趣法，或於正文外另撰一段，或於旁文外橫插一句，讀之機趣橫生。"

第五十二回

洪評："大凡爲文，有字之文淺，無字之文深。讀者當於無字處求之，斯不負作者苦心矣。"

第五十四回

張評："凡這些套子，因没有影兒，所以數回便盡。既没影兒，所以千頭一面，陳腐可厭。今此書没人不是影兒，又没人没有影兒，且一影二影至三四五影之多，於是因影生形，因形生事，因事生書，遂浩浩蕩蕩至一百二十回而無一閑文，無一舊套，是悉影之爲用也。"

張評："賈母作此論，將古今傳奇小説等書一筆掃盡，殆作者故托賈母口中以自道，翻空出奇之筆，不爲尋常鄙識所縛耶。"

第六十二回

王評："此回有變换，有補綴，有明寫，有暗寫，有伏綫，有映照，文法最爲靈細。"

洪評："吾友巫君善畫墨龍，夏懸諸室，習習生凉，風雨晦冥，勃勃如有震動，不數僧繇畫壁也。然其妙不在龍，而在遶巢澎湃，滿紙煙雲，龍僅數處鱗爪。驟閲之，似乎藏龍不見；審睇之，宛若飛龍在天。吾嘗謂巫君此管筆可撰傳奇，不圖《紅樓》已先得訣，試以此番香菱解裙及上文湘雲眠芍筆墨移畫墨龍，定與巫君相伯仲。"

第六十三回

洪評："不著一字，盡得風流。固是《紅樓》慣常之筆。"

第六十七回

張評："尋常小説通用話頭，用到此處却妙。"

第七十二回

王評："事有做不成、話有説不完者，須用意外一事剪斷……是文章脱卸法。"

洪評："此等不關緊要之文，却都是繪聲繪影之筆，有李龍眠白描之妙。"

第七十七回

張評："黛玉來矣，必仍歸大章法。"

張評："彼處誤叫不答，此處誤叫連答，是何等章法，是何等書法，百廿回作一回觀也可。"

第八十五回

張評："預透下文，小説常法。"

第九十三回

王評："寶玉忖度：誰家女兒得嫁蔣玉函，不爲辜負。豈知嫁玉函者，即是自己平日最愛最親之婢女，是側筆映照法。"

第九十四回

張評："釵、黛事蹟必緊接連，乃一定章法。"

張評："此回書最拉雜，最難寫，而在下半回尤難。要看他於拉雜中有雲斷山連、風起波回之妙。"

第九十六回

張評："卷尾用小説故套，而絶不容作尋常故套觀有如此者。"

第一百三回

張評："凡大套説部，末路每犯散漫之病，令人可增可減，雖卓然耳目者不免，以不善隨演隨結故也。"

第一百十五回

張評："常山蛇首尾相應在一和尚，一書大結構也。"

　　王評："惜春出家，念頭久已立定，並非惑於地藏庵姑子之言方才決意。作者不過借此一緊，是文章由寬漸緊法。"

　　姚評："野東西往裏頭跑，此時可惡；家東西往外頭跑，他時可痛。暴看只屬閑文，却是草蛇灰綫。"

　　按，此處評語的排定以道光十二年（1832）王希廉評本出現的時間爲據，爲便於對看及輯録，將其他幾家評語亦置于此處。張新之評本出現在道光三十年即 1850 年，姚燮評本、洪秋藩評本出現于光緒年間。

　　　　　　（馮其庸纂校訂定《八家評批〈紅樓夢〉》，文化藝術出版社 1991 年）

道光十四年（甲午　1834）

　　"夏薌阡居士"（吳熾昌）《客窗閑話》弁語："吳子賦閑之日，好集談客，設卮酒盤蔬，聽談古今逸事。遇有可驚可喜，足以自省而思齊者，一一舉筆録之，久之裒然成集。或見而笑曰：'何吾子之心思才力，妄費於無用之地也？若移其道以肄業於制藝，則詩文必工，可以名當世，可以昭來許，而猶可以拾青紫。捨是不爲而乃卑卑者，欲附於稗官野史之流耶？'吳子肅容敬謝曰：'客之言誠是也。雖然，客不見夫古今來聰明智慧之人，加以研鍊揣摹之學，發爲詩文，昌明博大，自信足以傳世。又有明師益友爲之參訂，哲昆賢嗣爲之檢校，始克付諸剞劂，出而問世，其用心亦良苦矣。然不久即爲婦女夾箴帋，爲庸夫覆醬瓿者，比比皆是。彼作稗官野史者，拉拉雜雜，不過逞一時之興，而足以動諸人之目者，何也？其命意新而措詞淺，智愚之所共見者也。況僕悉就其所談之事而紀之，是以數十百人之心思才力供僕揮灑，豈無可觀之處乎？奚必獨抒己見，或頌揚而過當，或譏誚而招尤，爲人作夾箴覆瓿之具耶？'或曰：'然則如吾子言，是塞文章之路，而闢稗官野史之邪徑矣。'吳子笑曰：'客何泥也，僕之所爲，賢於博弈而已，何敢與高文典册同日語哉？'或曰：'然則吾子之所爲，若胥鈔然，何又有翻新出奇之作耶？'吳子曰：'僕所述客話，客之性情不一，有溫厚和平者，有詼諧譎詭者，有忿世嫉俗者。悉就其所談而筆之，無庸心於其間，而其詞自不同矣。'客卷口結舌而退，吳子又筆之，以弁於集首。"

末署"時道光甲午夏薌厈居士題於保定寓齋"。

諸子總評《客窗閑話》："烏子耀雲云：筆法遒勁。其突兀縱橫、離奇豪放處，目不暇給，真令人百讀不厭矣。《聊齋》復生，未肯多讓，佩服，佩服！"

"范子今雨云：喚醒世人不少，洵卓卓可傳之書，非尋常評話可比也。"

"方子幼樗云：紀事詳明而出筆儁雅，純是書生本色。筆墨不落做閑書人腔調，是以讀之口煩回津，不能釋手。又云：新穎而不怪，近理而不浮，殆今之善於立言者。班賦云：'小説九百，本於虞初。'若此者，視彼九百種頭，未知有所軒輊否。耀雲先生許與《聊齋》並傳，固非阿私所好矣。熟復數過，勝餐餘甘子五百枚也。"

"高子芸藪云：薌厈深於《國策》，其舌涌瀾翻，硬語蟠空處，居然神似。"

"徐子子成云：《聊齋》《閱微》而後得此，可爲鼎峙。"

《客窗閑話》諸家題詞："何曾體例仿虞初，耳乍聞時手即書。似此心花生筆底，添毫煩上更何如？"

"維揚醲舍凉如許，陬邑郵亭暑盡驅。一卷奇文誦冰雪，不須重展北風圖。（時方酷暑，每誦編中二則，胸次頓覺清涼，移我情者，不讓成連海上琴聲也。）"

"兒女英雄事盡傳，偶然寫到鬼狐仙。奇聞軼狀談何易，塵海搜羅已卅年。（此書創自丁卯，積今三十年矣。）（幼樗方廷瑚）"

"貪客過談談即錄，恐聞軼事盡書之。縱饒客有蓮花舌，未及生花筆一枝。"

"筆意《聊齋》《觚賸》間，翻空徵實妙多般。編成雅自居閑話，到底曾無一字閑。（犖生封左垣）"

"博古窮經卅載餘，筆尖神妙有誰如。文心處處皆生趣，閑話拈來即是書。"

"雅俗詼諧盡可編，胸中異學得天全。搜羅今古奇談事，堪補《聊齋》未述篇。（子述蘇纘）"

"雨打蕉寒，風敲竹碎，客窗孤悶誰知。手先生此卷，頓熨愁眉。底事圍楸戰茗，還勝吹竹彈絲。挑燈細讀，傾杯未了，拍案驚奇。"

"搜神説鬼，夢雨翻雲，筆花五色紛摛。惟曩日虞初踵接，蒲叟肩隨。莫道虛樓總幻，須防腫背堪嗤。今今古古，無無有有，姑妄聽之。（春谷陳寅賢。右調《雨中花慢》）"

"其人如玉，其筆則仙。經經緯史，然乎不然。搜神述異，玄之又玄。心勾角鬥，肺鏤肝鐫。匪曰鼠璞，匪曰狐禪。讀古微書，庶幾近焉。（小澂盧恩照）"

（吳熾昌撰，王宏鈞、苑育新校注《客窗閑話　續客窗閑話》，
文化藝術出版社 1988 年）

道光十五年（乙未　1835）

鄭開禧《〈閱微草堂筆記〉序》："河間紀文達公，久在館閣，鴻文鉅製，稱一代手筆。或言公喜詼諧，嬉笑怒罵，皆成文章。今觀公所著筆記，詞意忠厚，體例謹嚴，而大旨悉歸勸懲，殆所謂是非不謬於聖人者歟！雖小説，猶正史也。公自云：'不顛倒是非如《碧雲騢》，不懷挾恩怨如《周秦行紀》，不描摹才子佳人如《會真記》，不繪畫橫陳如《秘辛》，冀不見擯於君子。'蓋猶公之謙詞耳。公之孫樹馥，來宦嶺南，從索是書者衆，因重鋟板。樹馥醇謹有學識，能其官，不墮其家風云。"

末署"道光十五年乙未春日龍溪鄭開禧識"。

（韓希明譯注《閲微草堂筆記》，中華書局 2014 年）

道光十六年（丙申　1836）

陳毓琪爲毛晉輯《蘇米志林》作序："從來文之能傳，傳之能垂久遠者，必有關乎治國、齊家、正心、修身之學，捨此則有騷人韻士，或作或述，或題或詠，浩瀚縱横，若構凌雲臺，一一皆衡劑而成者，雖吉光片羽，亦足以傳，傳亦不至忽忽湮没。如蘇、米二公各有《志林》，自宋遞傳，至明遂成合璧，迄今久遠。鉅鹿仲雪先生原序俱在，或史或傳。軾也云仙，芾也號顛，志趣雖異，其致一也。蓋二公瀟灑襟期，宜書宜畫，馳騁詞林，所謂道並行而不相悖。"

末署"時在道光十六年歲次丙午閏五月望日也，鹿山陳毓琪撰書於寧城且過亭"。

（華東師範大學圖書館藏清抄本）

道光十七年（丁酉　1837）

汪適孫《兩般秋雨盦隨筆》序："予中表兄晉竹梁君，以宰相之華胄，膺孝廉之巍科，等身讀書，僂指數典，膏肓箴乎經疾，然疑訂爲史評。凡夫《北夢瑣言》《西京雜記》《詩人玉屑》《藝苑金針》以及《七籤》《真誥》之編，《五燈》《珠林》之册，靡不參同結契，考異名郵。陌小說於黄車，約條抄於青簡。入張公之室，記事拈珠；登康生之堂，劇談著録。成《秋雨盦隨筆》若干卷。予受而讀之，軋軋乎錦綾之抽機，磊磊乎星徽之溢目已。綜其全旨，約有四端：一曰稽古，則《經典釋文》之遺也；一曰述今，則《朝野僉載》之體也；一曰選勝，則模山範水臥遊之圖也；一曰微辭，則砭愚訂頑徇路之鐸也。……嗟乎！秋無可夢，一燈黯淡而摇青；雨最能愁，萬葉淒凉而墜碧。……極才子傷心之遇，爲文人薄命之尤。……零章斷簡，雖難侔武庫之珍；選義考辭，要無愧雜家之作。覽之者愛其記醜而博乎，吾恐畏甚口而適適然驚且走也。"

末署"道光十七年，太歲在丁酉，夏五月朔，表弟汪適孫拜序"。

梁紹壬《兩般秋雨盦隨筆》"小説傳奇"條："小説起於宋仁宗時，太平已久，國家閑暇，日進一奇怪之事以娛之，名曰'小説'。而今之小説，則紀載矣。傳奇者，裴鉶著小説多奇異，可以傳示，故號'傳奇'，而今之傳奇，則曲本矣。"

（梁紹壬撰、莊葳校點《兩般秋雨盦隨筆》，上海古籍出版社 2012 年）

何彤文爲何垠注本《聊齋志異》作序："昔人謂老杜詩無一字無來歷，而注杜者累月經年亦搜括靡遺。及讀老杜詩，詩有云：'讀書破萬卷，下筆如有神。'此殆自道其詩。夫使胸中無萬卷書，安得能無一字無來歷？使讀萬卷書而未嘗破，又安能融會貫通如自己出，下筆有神哉？

"近世評小説家者，謂其叙事，《列國》難於《三國》，又謂《列國》《三國》尚有古人陳跡可尋，至《水滸》一書，則更難於《列國》《三國》，以其從"宋江等三十六人橫行河朔"一句，演出三十六人天罡，配以七十二地煞，合成一百單八人，各爲寫其性情形狀已屬大難，且又調奸、醉酒、打虎、殺人、放火、行竊、贈金等事層層犯複，因難見巧，施耐庵殆神於技者乎！夫耐庵生於宋，立於元，不求見用於世，故假《水滸》一傳，以抒其抱負，宣其閲歷。若著《聊齋》者生逢盛世，以彼其才其學其識而不獲一第，無怪其嘲試官謂並盲於鼻也。《聊齋》胎息《史》《漢》，浸淫晉魏六朝，下及唐宋，無不薰其香而摘其艷。其運筆可謂古峭矣，序事可謂簡潔矣，鑄語可謂典贍矣。其志異也，大而雷龍湖海，細而蟲鳥花卉，無不鏡其原而點綴之、曲繪之。且言狐鬼，言仙佛，言貪淫，言盜邪，言豪俠節烈，重見疊出，愈出愈奇，此其才又豈在耐庵之下哉！至其每篇後'異史氏曰'一段，則直與太史公列傳神與古會，登其堂而入其室。漁洋老人雖間有搔著痛癢處，尚不能與之並駕齊驅，後之批《聊齋》者，亦可毋庸鄰女效顰、郢門弄斧矣！且近之讀《聊齋》者，無非囫圇吞棗，涉獵數遍，以資談柄，其於章法、句法、字法，規模何代之文，出於何書，見於何典，則茫夫未之知也。即讀焉如未讀也，有執以相問難者，十不得其一二焉，良以讀書未破萬卷，故無從索解人耳。其自欺者則曰：吾不求甚解。毋怪今之能讀書者少而著述愈不古若也。

"吾家地山老人幼而好學，老而不倦。其於經史子集既能强記，多求解說，乃以通才而不達於命。奔走風塵，作客依人，於公務餘暇取《聊齋》而注釋之。某字句見何經、見何史、見何子、見何詩文集，必溯其源而求其實，絕無恍惚依稀、附會牽誣之弊。久之粲然成帙，亦與注杜者之詳晰無殊，使向之讀《聊齋》而不得其解者，今則渙然冰釋，真可謂煞費苦心，嘉惠枵腹矣。余於此有說焉，且有感焉。

"我國家二百年來，人文之盛亦云極矣。而二百年中，可傳之書有三，一代作者皆出於北人而南人未之逮也。一爲孔東亭之《桃花扇》，一爲王阮亭之《精華錄》，一爲蒲留仙之《聊齋志異》。然《桃花扇》前則有《琵琶記》，近則有蔣心餘之各種曲與之相衡。阮亭之詩，今雖無與之並肩者，而唐之温、李諸公實其淵源。若《聊齋》一志，雖《博物》《虞初》《夷堅》《癸辛》《獨異》諸志，皆不足與同年共語，不惟近世所無，則古人尚且不及。然則吾南士人將何以與北人較長角短，爭鳴其盛哉！"

末署"道光丁酉菊月朔一日，何氏不才子彤文謹序於星垣之旅次"。

舒其鍈《注〈聊齋志異〉跋》（二則）："《聊齋志異》大半假狐鬼以諷喻世俗。嬉笑怒罵，盡成文章，讀之可發人深省。第其筆意高古，字句典雅，固非紈袴子所能解，亦非村學究所能讀，蓋非具一代才不能著《聊齋》，非讀破萬卷書亦不能注《聊齋》也。然則注《聊齋》者可謂《聊齋》之功臣，而序注《聊齋》者實亦注《聊齋》者之知己矣。注之難，序之正，不易。注者序者或許余爲能讀《聊齋志異》者。溆浦舒其鏌鸑橋氏敬跋。”“或又問於余曰：曹雪芹《紅樓夢》，此南方人一大手筆，不可與《聊齋》並傳？余應之曰：《紅樓夢》不過刻畫驕奢淫逸，雖無窮生新，然多用北方俗語，非能如《聊齋》之引用經史子集，字字有來歷也。是以芟亭先生序中弗道及之。道光丁酉菊節前六日，其鏌又跋。”

（蒲松齡著、盛偉校注《聊齋志異校注》，山西人民出版社 2000 年）

英和諸弟子《恩福堂筆記》跋："條舉類比，釐爲二卷。首紀恩遇，次述先德，次誦師說，或臚列典章，或評騭詩文書畫，而不言神怪，不道鄙瑣，雖單詞片語，要與經國大猷相發明。昔司馬溫公著《涑水紀聞》、歐陽文忠公著《歸田錄》，皆有裨於史乘。"

末署“道光丁酉冬門弟子葉紹本、穆彰阿、姚元之、徐松、彭邦疇、許乃濟、祁雋藻恭跋”。

（北京大學圖書館藏清道光十七年刻本）

道光十八年（戊戌　1838）

“麟麟子”爲“隨緣下士”《林蘭香》作序："近世小說，膾炙人口者，曰《三國志》、曰《水滸傳》、曰《西遊記》、曰《金瓶梅》，皆各擅其奇，以自成爲一家。惟其自成一家也，故見者從而奇之。使有能合四家而爲一家者，不更可奇乎！偶於坊友處睹《林蘭香》一部，始閱之索然，再閱之憬然，終閱之憮然。其立局命意，俱見於開卷自敍之中。既不及貶，亦不及褒。所愛者：有《三國》之計謀，而未鄰於譎詭；有《水滸》之放浪，而未流於倡狂；有《西遊》之鬼神，而未出於荒誕；有《金瓶》之粉膩，而未及於妖淫。是蓋集四家之奇以自成爲一家之奇者也。或曰：‘子非奇士，性不好奇，茲乃以奇爲言，不憚見哂於通人耶？’答曰：‘《三國》以利奇而人奇之，《水滸》以怪奇而人奇之，《西遊》以神奇而人奇之，《金瓶》以亂奇而人奇之。今《林蘭香》師四家之正，戒四家之邪，而我奇之是人皆以奇爲奇，而我以不奇爲奇也。奚見哂爲？'坊友是其言，遂書於卷首。"

第六十二回末評："只知第六十三回是總結，不知此回總結却在宿秀口中也。《水滸傳》《金瓶梅》總在末回，總覺其促，則此第六十三回之結已爲餘韻，而第六十四回單結耿順，乃江上之數峰也。"

第六十三回末評："梨園八出，不過借生旦净末點出面目以快一觀，若填詞以實之，非小説家所有，惟望於後之好事者。……每怪作小説者於開場中幅極力鋪張，迨至末尾緊急局促，毫無餘韻，殊不洽人意。此書自六十一回徐徐收結……真有江上青峰之致。"

按，繫年據刊刻時間。

（浙江大學圖書館藏清道光十八年刊本）

方熊爲鄭光祖《一斑録》題跋："古人立言經、史、子、集外，有説家，有雜家。其中軼聞遺事、格論名言，各隨人之所見以筆之於書，體例不同，取義亦廣，而大要不出考證、記載、論辯三者而已。約舉數家如蔡邕《獨斷》、崔豹《古今注》是考證類也；吴均《西京雜記》、劉肅《大唐新語》是記載類也；王充《論衡》、應劭《風俗通議》是論辯類也。大者可以扶翼名教，糾正流俗；小者可以廣助見聞，增益神智。所言不詭於道，是爲善立言者。後世撰述益多，往往逞其私智，好爲駁雜無稽之談、怪誕不經之説。其有矯是弊者，亦惟沿襲舊文，拘守成見，無以自抒其心得，著書之難如此。今讀舅氏鄭梅軒先生《一斑録》，不禁爲之驚歎也。"

末署"道光十八年戊戌三月望後一日甥方熊拜跋"。

（鄭光祖撰《一斑録》，臺灣文海出版社 1989 年）

錢泳《履園叢話》自序："昔人以筆劄爲文章之唾餘，余謂小説家亦文章之唾餘也。上可以紀朝廷之故實，下可以採草野之新聞，既以備遺忘，又以資譚柄耳。余自弱冠後，便出門負米，歷楚、豫、浙、閩、齊、魯、燕、趙之間，或出或處，垂五十年。既未讀萬卷書，亦未嘗行萬里路。然所聞所見，日積日多，鄉居少事，抑鬱無聊，惟恐失之，自爲箋記，以所居履園名曰《叢話》。雖遣愁索笑之筆，而亦《齊諧》《世説》之流亞也。曩嘗與友人徐厚卿明經同輯《熙朝新語》十六卷，已行於世。兹復得二十四卷，分爲三集，以續其後云。"

末署"道光十八年七月始刻成，梅花溪居士錢泳自記"。

（錢泳著、孟斐校點《履園叢話》，上海古籍出版社 2007 年）

道光十九年（己亥　1839）

"古雲樓趙小宋"爲曹梧岡《梅蘭佳話》作序："自來傳奇初非實有是事，亦非實有其人，大抵境由心造，以抒其胸中之學。吾友曹子梧岡洵翰苑才也，厄於病，自食餼後即淡心進取。庚寅歲其病愈劇，余適館於家，時染病在床，不能行動，遂坐床憑几信筆直書，撰此一段佳話。雖非詩、古文、詞，可傳後世，然其結構有起有伏、有照有應，非若小説家徑情直叙，一覽索然。余閱之把玩不置，勸其付之剞劂，公諸同好。梧岡曰：'此弟遊戲之作，若付之剞劂，實足令人噴飯。'其事遂寢。越丁酉歲，遂赴玉樓之召。余檢其遺稿，捧讀數次，不甚扼腕，因爲之校正以待梓。是爲序。"

末署"道光己亥年菊月古雲樓趙小宋拜撰"。

（首都圖書館藏道光辛丑至成堂刻本）

道光二十年（庚子　1840）

徐璈《〈第一快活奇書〉序》："己亥四月，於午亭山村得晤陳子天池，既以所著《第一快活書》丐政。初讀之快活奇；讀半更快活更奇；讀竟始末，快活且無一小不快活之罅可摘者，愈見奇奇。蓋天下競言著述矣：聖經賢傳，注解精賅，奇；剿襲雷同，不奇。子史雜集，汗牛充棟，皆欲爭妙，奇；佶屈聱牙，腐濫庸弱，不奇。稗官如《紅樓夢》，艷稱時尚，情隱事新，奇；卒讀令人不快，不奇。《聊齋》辭煉意淵，奇；鬼狐甚惑世，不奇。《西遊》幻，《水滸》俠，《西廂》蕩，《鏡花緣》浮，固各逞奇，抑皆有所訾議，不盡奇。奇莫奇此《第一快活書》者。"

末署"道光歲在庚子孟春之吉，桐鄉樗亭甫徐璈拜題"。

按，此書又名《如意君傳》，此書與演述武則天事之《如意君傳》並非同書。作者陳天池作序云："《如意君傳》者何？傳如意君也。傳如意君者何？傳如意君之如意意也。如君之如意，又曷爲傳？傳其事事之皆如意也……高都陳天池自序，時道光十三年歲次癸巳臘月十有五日。"

（北京大學圖書館藏擷華書局鉛印本）

道光二十一年（辛丑　1841）

"綠筠居士"《聞見異辭》自序："從來論道者，恒守夫常；述事者，每矜夫異。異固快人心目，駭人見聞也。……垂於經者，猶難盡删，矧屬小言乎？所以《齊諧》《湯問》，不少奇譚；《諸皋》《搜神》，侈陳軼事。繹南華之妙諦，想東方之贍辭，愈出愈奇，日增日幻。而《述異》遠追任昉，《志異》近溯松齡，光怪陸離，窮形盡相，可以爲稗官補其闕，爲淺見廓其規。然余所謂異者，不必盡牛鬼蛇神耳。即大小懸殊，語言調笑，均得目之爲異。昔纂《琵琶演義》一書，托言釋道，猶未能備溯厥聞。繼編《珠盤駢記》二册，僅免參差，猶未能擴其所見。今余隨得隨鈔，舉凡宇宙間形形色色，怪怪奇奇，既貴於親朋納之入，尤貴於筆硯導之出。用是述古人之異，繼以近來之異；談遠方之異，參以同里之異；誌目中之異，益以夢境之異。其事雖殊，其所稱異者，一也。非敢擬袁簡齋之《新齊諧》、紀曉嵐之《灤陽消夏録》，以詡俶詭靈奇，特欲仿伯祖夢椽公《瓜盧記異》四卷，所謂補談資，昭勸懲，消炎暑，居斗室以犁許田，遣閒情以却睡魔而已。名其編曰《聞見異辭》，正欲前之異無敢忘，以冀後之異復有所觸也。"

末署"歲次重光赤奮若添綫節，綠筠居士識於自有樂齋"。

按，"重光赤奮若"係太歲紀年法，即辛丑年。

（山西省圖書館藏道光二十六年刻本）

道光二十二年（壬寅　1842）

黃瀚《白魚亭》自序："思有以醒天下人之耳目，悦天下人之性情，非積善感應之事不可，非詞俗語俚之筆尤不可，故將生平所見所聞，撰述成書，顏其名曰《白魚亭》。"

末署"道光廿二年季春月中浣，趣園野史珊城黃瀚題於紅梅山房"。

（中國藝術研究院藏紅梅山房刊本）

楊懋建《夢華瑣簿》："史部有記載類，《三輔黃圖》《西京雜記》之屬是也。子部有小説家，《拾遺記》《世説新語》之屬是也。體例各殊。""常州陳少逸，撰《品花寶鑑》，用小説演義體，凡六十回。此體自元人《水滸傳》《西遊記》始，繼之以《三國志演義》，至今家弦户誦。蓋以其通俗易曉，市井細人多樂之。又得金聖歎諸人爲野狐教主，以之論禪悦、論文法，張惶揚詡。耳食者幾奉爲金科玉律矣。"

按，此書卷首有作者自序，題署時間爲"道光二十二年"。現暫據以繫年。

（楊懋建撰《清代燕都梨園史料・夢華瑣簿》，中國戲劇出版社 1988 年）

陳其泰《紅樓夢》評點：

第二回："賈府人多，不叙則不明，詳叙則可厭，是在文心之運化也。……兩閒人説閑話，自不覺瑣絮。頭緒頗多，而出之甚爲省力。使讀者不覺其繁。

此文字化板爲活之法也。若入庸手，必作做書人一一細述，便同嚼蠟矣。書中如此者非一，可以類推。叙寶玉家世，不用做書人詳叙者，一則文境有化板爲活之法，一則不與上文叙黛玉家世處筆法重複也。”

“八股名手，凡遇長題，都以點題作波瀾。此回即此訣也。村夫無論矣，乃亦有我輩而不解其妙者，我不許其看《紅樓夢》。”

第八回：“襲人，寶釵之影子也，寫襲人所以寫寶釵也。……晴雯，黛玉之影子也，寫晴雯所以寫黛玉也。”

第五十一回：“夫讀書貴識大意，作文必有主腦，所以作此一段文字者，用以激射寶釵挾制黛玉看《牡丹亭》等詞曲一節事也。”

第五十六回：“夢自想生，原屬常事。若但説賈夢見甄，便是死筆。夢中説夢，玄之又玄，反從甄一邊説來，惝恍迷離，使人不能捉摸。此倩女離魂法也。奇想天開，得未曾有。唐詩‘遥知兄弟登高處，遍插茱萸少一人’，又‘遥憐小兒女，未解憶長安’，不説自己思兄弟兒女，而轉從兄弟兒女邊説，曲而有味。文章之妙，全在對面，即此回之意也。”

第六十五回：“此書淫人淫事，每用旁見側出，不肯直言。或托之夢寐荒唐，不肯坐實。獨於尤二姐未嘗稍諱，因其太穢，故用閑道出奇。更寫一妖艷倜儻風流豪俠之尤三姐來，頓覺風雲變色，電閃霆轟，使讀者目眩神迷，心驚魄動焉。此明皇羯鼓解穢法也。”

第六十六回：“此回前半剪裁得妙，後半曲折得妙，各擅其勝。叙事貴剪裁，寫生宜曲折。曲折之妙，已屢言之；剪裁之妙，於此始見。後來收拾處，亦用此法。……一事之中，包括數事，面面皆照，而用筆無多。剪裁處仍多醞釀，非枯直者比。”

按，陳其泰（1800—1864），字静卿，號琴齋，別號桐花鳳閣主人，祖籍浙江海寧，後遷居海鹽。道光四年（1824）開始評點此書，道光二十二年完稿。

（陳其泰評點、劉操南輯錄《桐花鳳閣評紅樓夢輯錄》，天津人民出版社 1981 年）

但明倫評點《聊齋志異》：

卷一《嬌娜》："反映下文，如樓臺倒影，星斗漾波，行文真有手揮目送之樂。"

卷二《嬰寧》："爲文最忌直率，最嫌急搶。"

"此篇以'笑'字立胎，而以花爲眼，處處寫笑，即處處以花映帶之。撚梅花一枝數語，已伏全文之脈，故文章全在提掇處得力也。"

卷二《蓮香》："本以狐醫，却先用鬼醫。非鬼唾真可以作引也，情文相生，仍是互寫法耳。"

卷四《青梅》："不謂昏夜兒女相會，乃有此正大光明語。須看其極難措詞處，偏能曲曲寫出。文生情耶？情生文耶？"

"一波未已，一波又興。用意如疊嶂奇峰，下筆如生龍活虎。讀之如行山陰道上，令人應接不暇。又如放舟湘中，帆隨湘轉，望衡九面。"

卷五《花姑子》："前半幅生香設色，繪影傳神，令人悅目賞心，如山陰道上行，幾至應接不暇。其妙處尤在層層布設疑陣，極力反振，至於再至於三；然後落入正面，不肯使一直筆。時而逆流撑舟，愈推愈遠；時而蜻蜓點水，若即若離。處處爲驚魂駭魄之文，却筆筆作流風回雲之勢。"

卷十《阿纖》："寄語大伯數語，先爲下文漏泄消息，若有意，若無意，若用力，若不用力。此等處閑中著筆，淡處安根，遂使遍體骨節靈通，血脈貫注。所謂閑著即是要著，淡語皆非泛語也。"

"文貴肖題，各從其類。風人詠物，比、興、賦體遂爲詞翰濫觴。言之無文，識者譏之。此善賦物者未肯率爾操觚也。"

卷十《葛巾》："此篇純用迷離閃爍，夭矯變幻之筆，不惟筆筆轉，直句句轉，且字字轉矣。文忌直，轉則曲；文忌弱，轉則健；文忌腐，轉則新；文忌平，轉則峭；文忌窄，轉則寬；文忌散，轉則聚；文忌鬆，轉則緊；文忌複，轉則開；文忌熟，轉則生；文忌板，轉則活；文忌硬，轉則圓；文忌淺，轉則深；文忌澀，轉則暢；文忌悶，轉則醒：求轉筆於此文，思過半矣。……觀書者即此而推求之，無有不深入之文思，無有不矯健之文筆矣。”

　　卷十二《大男》：“文之變，則所謂拔趙幟易漢赤幟也；文之譎，則所謂明修棧道，暗度陳倉也；文之巧而捷，則所謂兩岸猿聲啼不住，輕舟已過萬重山也。”

　　卷十二《王桂菴》：“文夭矯變化，如生龍活虎，不可捉摸。然以法求之，只是一蓄字訣。前於《葛巾傳》論文之貴用轉字訣矣。蓄字訣與轉筆相類，而實不同，愈蓄則文勢愈緊、愈伸、愈矯、愈陡、愈縱、愈捷：蓋轉以句法言之，蓄則統篇法言也。郎吟詩而女似解其爲己，且斜瞬之，此爲一伸；拾金而棄之，若不知爲金也者，爲一縮。覆蔽金釧，又伸；解纜徑去，又縮；沿江細訪，並無音耗，又再縮；復南而蠹舟殊渺，半年資罄而歸，又再縮；至於合歡有兆，佳夢初成，明探蕉窗，已成粉黛，相逢在此，老父何來，此借夢中而又作一伸，又作一縮。重遊京口，再至江村，馬纓之樹依然，舟中之人宛在，妖夢可踐，金釧猶存，至告以妾名，示以父字，極力一伸矣；乃訊之甚確，絶之益深，來時一團高興，不啻冷水澆面，又極力一縮。情冰矣，委禽矣，孟不以利動爲嫌，女不以遠婚爲却，計已遂矣，禮已成矣，至此有風利不得泊之勢，疑其一往無餘矣，此則伸之又伸。試掩卷思之，欲再爲縮住，真有計窮力竭，莫可如何者。乃展卷讀之，平江恬靜之際，復起驚濤；遠山迤邐而來，突成絶壁。積數載之相思，成三日之好合，一句戲言猶未了，滿江星點共含悲，此一縮出人意表，力量極大、極厚。往下看去，又生出一番景象，有如古句所云‘山窮水盡疑無路，柳暗花明又一村’者。至大收煞處，猶不肯遽使芸娘出見，而以寄生認父，故作疑陣出之。解此一訣，爲文可免平庸、直率、生硬、軟弱之病。”

　　卷十二《寄生》：“情生文耶？文生情耶？……曲曲折折，善讀書者，於此等處悟出多少挪展之法，且悟出多少死中得活之法。”

　　　　　　　　（張友鶴輯校《聊齋志異會校會注會評本》，上海古籍出版社 1986 年）

"白叟山人"《〈離合劍蓮子瓶〉序》："竊嘗讀稗官野史之流，其言雖不甚雅馴，然觀其旨趣，所以表揚忠孝，激勸節義，儆貪懲暴，厚風俗，正人心，未嘗殊於正史列傳之義也。顧史家之言，訓辭深厚，可以喻諸文人學士大夫，而婦孺庸愚，靡得聞焉。是故，即有其事可傳，其人可述，而非以街談巷議俚俗稱之，有不足形容懲勸之實者，間亦附會漫衍，亦詞人之事，未可非也。若所稱《蓮子瓶》一書，其人其事之有無，不必探究。……惜囊鮮善刻，今睹斯本，復加流覽，蓋深味乎其旨趣有合於野史譎諫之風，而非若佳人才子吟花弄月、淫詞艷説之可比者，是爲序。"

末署"道光壬寅年孟夏上浣日白叟山人識"。

按，此書目録內因題有"時在乾隆丙午清和既望"，故其問世時間或早於道光年間。同治元年（1862）富經堂刊行《蓮子瓶演義傳》，又名《銀瓶梅》。

（首都圖書館藏緑雲軒刊本）

田秌《〈如意君傳〉序》："自《左》《國》《騷》《史》，諸子百家，由秦漢以迄於今，宏文鉅製不啻百千萬億也。降而稗官小説，如《三國志》《西遊》《水滸》《西廂》《聊齋》《紅樓》《虞初新志》，齊諧志怪種種，不可勝數者，又不啻百千萬億也。吾人掬三寸管，不願泯殁無聞，乃以讓古人者，爲爭古人之地，獨開生面，不襲窠臼，此固難之又難者矣，要亦不得已也。"

末署"道光二十二年歲次壬寅嘉平月，賜進士出身文林郎知陝西邠州長武縣事，同邑弟藝陶田秌拜撰"。

（北京大學圖書館藏擷華書局鉛印本）

道光二十三年（癸卯 1843）

"慵訥居士"《咫聞録》自序："志怪之作，始自《山海經》，後世仿之，不下數百種。或借此以抒情懷，或搜羅以博聞見，或彰闡以警冥頑，莫不有深意存焉，非徒以醒睡眼，供談笑而已。然總不出古人範圍。予資魯筆鈍，未嘗學問，雖博聞强識，月亡所能，而又不求甚解。惟聞怪異之事，凡可作人鏡鑒，自堪勵心者，輒記之而不忘，蓋由性之相近而然也。今夏賦閑羊城旅館，適有采薪之憂，不可以風。回想從前耳之所聞，目之所見，偶焉成篇，藉以養疴。積之月餘，哀然成帙。辭粗筆率，較之古人，垂唾萬不及一，真所謂狗尾續貂者也。以故藏之書簏，不敢出以示人，因朋儕慫恿，聊以登之梨棗，知不免詒誚雕蟲爾。"

末署"道光癸卯歲孟夏慵訥居士書於疴鶴軒"。

（華東師範大學圖書館藏清道光二十三年刻本）

道光二十五年（乙巳　1845）

梁章鉅《歸田瑣記》卷一："歸田之人詩，莫著於蘇文忠公；歸田之名書，莫著於歐陽文忠公。昔歐公之《歸田録》，作於致仕居潁之時，皆紀朝廷舊事，及士大夫諧謔之言。自序謂以李肇《國史補》爲法，而《國史補》自序謂：'言報應，叙鬼神，徵夢卜，近帷薄，則去之；紀事實，探物理，辨疑惑，示勸戒，采風俗，助談笑，則書之。'蓋二書體例相出入。説者又謂李書爲續劉餗小説而作。大抵古人著述，各有所本，雖小説家亦然，要足資考據，備勸懲，砭俗情，助談劇，故雖歷千百年而莫之或廢也。余於道光壬辰引疾解組，雖歸田而實無田。越四年，奉命復出。又七年，復以疾引退，則並不但無田可歸，竟至有家而不能歸。回首雙塔三山，如同天上，因僑居浦城，養疴無事，就近所聞見，鋪叙成書，質實言之，亦竊名爲《歸田瑣記》云爾。"

末署"時道光二十五年元旦，書於浦城北東園之池上草堂"。

《歸田瑣記》卷七"小説"條："小説九百，本自虞初，此子部之支流也。而吾鄉村里輒將故事編成七言，可彈可唱者，通謂之小説。據《七修類稿》

云起於宋時，宋仁宗朝，太平盛久，國家閒暇，日欲進一奇怪之事以娛之，故小説興。如云話説趙宋某年，又云太祖、太宗、真宗帝四帝，仁宗有道君。瞿存齋詩所謂‘陌頭盲女無愁恨，能撥琵琶説趙家’，則其來亦古矣。”

卷七“金聖歎”條：“今人鮮不閲《三國演義》《西廂記》《水滸傳》，即無不知有金聖歎其人者，而皆不能道其詳。王東漵《柳南隨筆》云：‘金人瑞字若采，聖歎其法號也。少年以諸生爲遊戲具，得而旋棄，棄而旋得，性故穎敏絶世，而用心虛明，魔來附之。’……聖歎自爲卟所憑，下筆益機辨瀾翻，常有神助。然多不軌於正，好評解稗官詞曲，手眼獨出。初批《水滸傳》，歸元恭莊見之曰：‘此倡亂之書也！’繼又批《西廂記》，元恭見之又曰：‘此誨淫之書也！’顧一時學者，愛讀聖歎書，幾於家置一編。”

（梁章鉅撰、于亦時點校《歸田瑣記》，中華書局 1981 年）

朱翊清《埋憂集》自序：“夫蟬蚓不知雨雪，螻蛄不知春秋，猶能以其竅自鳴，豈樗散之餘，遂並蛄蚓之不若乎？於是或酒邊燈下，蟲語偎闌，或冷雨幽窗，故人不至，意有所得，輒書數行，以銷其塊磊，而寫髀肉之痛。當其思徑斷絶，異境忽開，窅然如孤鳳之翔於千仞，俯視塵世，又何知有蠅頭蝸角事哉！於是輒又自浮一白曰：‘惜乎！具有此筆，乃不得置身史館與馬、班爲奴隸也，是亦足聊以自娛矣！’今兹春歸里門，篋中攜有此本。諸同人見之，咸謂可以問世，謀釀金付梓。頃來此間，竹屏蔣君又力任剞劂事。蒙諸君雅意，使得免仲翔没世之感，余亦何能復拒乎？獨是余老矣，追憶五十以來，以有用之居諸，供無聊之歌哭，寄托如此，其身世亦可想矣！因書數語，以志吾恨焉。”

末署“道光二十五年歲次乙巳良月八日，歸安朱翊清梅叔氏自題於潯溪寓舍”。

按，此序別本題“同治十三年歲次甲戌孟秋月八日……寓舍”（《埋憂集》，上海文明書局印行本），孰是孰非，待考。此權以道光二十五年爲據。

（朱梅叔著、熊治祁點校《埋憂集》，岳麓書社 1985 年）

道光二十七年（丁未　1847）

"倚雲氏"《〈升仙傳〉弁言》："古今良史多矣，學者宜博觀遠覽，以悉治亂興亡之故，識忠貞權奸之爲，既以闊廣其心胸，而復增長其識力，所益良不淺也。至稗官野史所載濟仙諸人，雖事皆奇異，疑信參半，而其扶善良除奸邪，其足以興起人好善惡惡之心者，與古今史册無異焉。其較諸世之淫哇新聲、蕩人心志者，自不侔也。大雅君子寧必遽置勿道也哉！於是集爲一編，名之曰《升仙傳》，而付諸梓以公斯世焉。倚雲氏主人書于寶月堂。"

按，《升仙傳》文錦堂刊本扉頁題"道光丁未孟夏重鐫"字樣，"道光丁未"即 1847 年。權據以繫年。

（中國人民大學圖書館藏文錦堂刊本）

梁章鉅《浪跡叢談》卷一《浪跡》："余於道光丙午由浦城挈家過嶺，將薄遊吳、會，問客有誦杜老'近侍即今難浪跡，此身那得更無家'之句以相質者，余應之曰：'我以疆臣引退，本與近侍殊科，現因隨地養疴，兒孫侍遊，更非無家可比，惟有家而不能歸，不得已而近於浪跡。'或買舟，或賃廡，流行坎止，仍無日不與鉛槧相親。憶年來有《歸田瑣記》之刻，同人皆以爲可助談資，兹雖地異境遷，而紀時事，述舊聞，間以韻語張之，亦復逐日有作。歲月既積，楮墨遂多，未可仍用《歸田》之名，致與此書之例不相應，因自題爲《浪跡叢談》。'浪跡'存其實，'叢談'則猶之瑣記云爾。"

（梁章鉅撰、陳鐵民點校《浪跡叢談》，中華書局 1981 年）

無名氏《〈緑牡丹全傳〉叙》："夫傳者，傳也。播傳於世，以彰忠貞義節；出於毫下，也有雪月風花。借其腕下之餘情，以解胸中之閑垢，而悅目暢於懷，消其長晝之暇，並警閑者之安。故胡爲而評，胡爲刻，文淺□□，詞頑句拙，雖非效史，而亦可觀。願賢者而削之，故作是傳。欲其名謂之曰《綠牡丹》云耶？"

按，繫年據刊刻時間。

（上海圖書館藏道光丁未經綸堂刻本）

盧聯珠《〈第一快活奇書〉序》："書之所貴者奇也。《易》備六經之體，而韓昌黎以'奇'括之。至子史百家，隸騷壇，列藝苑者，靡不爭勝於奇。下逮稗官野史，統目之爲傳奇，蓋奇則傳，不奇則不傳，書之所貴者奇也。故《三國》之譎，《西遊》之幻，《西廂》之蕩，《水滸》之俠，人瑞金氏標之爲'四大奇書'。外此小說家言，若《牡丹亭》《紅樓夢》《聊齋》《虞初》等集，且無慮數百十種，亦皆各出其奇，各擅其奇，信乎'奇則傳，不奇則不傳。書之所貴者奇也'。顧奇見爲奇，人自驚其奇，愛其奇，爭傳其奇；奇不見爲奇，人或不識其奇，不識其奇，則不驚其奇，不愛其奇，而因不傳其奇矣。余則以爲奇見爲奇固奇，奇不見爲奇而合衆奇以爲奇，是尤奇中之奇。奇可傳，而奇中之奇尤不可以不傳。……余故表其奇，且表其爲奇之不見奇者之奇，而特爲是書增一字曰《第一快活奇書》。"

末署"道光二十七年，歲次丁未暑月中浣，同里弟盧聯珠星如甫書於綺園之有斐軒"。

（北京大學圖書館藏擷華書局鉛印本）

汪儉爲俞鴻漸《印雪軒隨筆》作序："夫自漢京鼎盛，九百傳小說之名；蒙縣書成，十九是寓言之體。於是演義成於蘇鶚，傳奇創自裴鉶；寫南楚之新聞，紀大唐之奇事。行之浸廣，作者遂多。……夫寫羊皮之聖旨，史家亦

有猥談；給馬蹄於縣官，奏議宜多古語。而不知雅言乃夫子之文，澀艷亦古
人之陋。白太傅之詩近俗，樊宗師之記太奇。其弊四也。……所見所聞，小
史鈔而不給；可驚可愕，大材迸而猶飛。然意在勸懲，詞無粉飾。孝悌之語，
如聽乎君平；詼諧不談，不參乎臣朔。微言指示，即佛家度世之車；妙義敷
陳，亦儒者警民之鐸。蓋先生於近世小説家，獨推紀曉嵐宗伯《閲微草堂五
種》，以爲晰義窮乎疑似，胸必有珠；説理極乎微茫，頭能點石。今觀此制，
何愧斯言。集千腋以成裘，嘗一臠而知旨。況乎趙璘《因話》，康駢《劇談》，
不過寫我咫聞，供人談助。而先生舉胸中所獨得，隨筆底以俱來。"

末署"道光二十七年歲在彊梧協洽季秋之月，門人汪儉謹序"。

（上海圖書館藏清道光二十七年刻本）

道光二十八年（戊申　1848）

石玉崑《三俠五義》自序："是書本名《龍圖公案》，又曰《包公案》。……
兹將此書翻舊出新，添長補短；删去邪説之事，改出正大之文；極贊忠烈之
臣，俠義之士。且其烈婦烈女、義僕義鬟，以及吏役平民、僧俗人等好俠尚
義者，不可枚舉。故取傳名曰'忠烈俠義'四字，集成一百二十回。雖係演
義之詞，理淺文粗。然叙事叙人，皆能刻畫盡致；接縫鬥筍，亦俱巧妙無痕。
能以日用尋常之言，發揮驚天動地之事。"

末署"道光二十八年春三月石玉崑序"。

（首都圖書館藏吴曉玲舊存道光二十八年鈔本）

周儀顥爲湯用中《翼駉稗編》作序："粵自孟堅編史，稗官列於九流，劉
勰論文，諧隱次於雜體。蟹筐貍首，登諸曲臺之篇，龍尾羊裘，輯於中壘之
簡。不特妄言妄聽，爲蒙莊之寓言，説山説林，徵鴻烈之善喻也。然著録既
繁，蘭艾紛雜：雕飾三五，如王嘉之《拾遺》；搜剔仙靈，如敬叔之《異苑》，

葉紹翁之《録見聞》；誣杜曩哲，梅聖俞之《碧雲騢》。矯立異同，有乖風教，識者鄙之。蓋緣秉筆乏澹雅之才，著書挾孤憤之念，秋士多感，冬心不平，有觸於懷，以文爲戲。……夫稗販狙獪，空假於冠裳。以燈取影，蕪累或甚於《秘辛》；幻雪成山，雜俎難陳夫二酉。貽譏大雅，職此故也。若同世者，其稗益豈可更僕數耶？"

末署"道光戊申九月，叔程周儀顥序於真州旅寓"。

（國家圖書館藏清道光二十九年刊本）

陸建瀛爲李元復《常談叢録》作序："司馬氏曰：'談言微中，亦可以解紛。'張平子亦曰：'小説九百，本之《虞初》。'其源蓋出於雜家者流，所從來久矣。唐以後厥體彌盛，厄言日出，流衍莫窮，大抵汗漫以矜博，詼譎以炫奇，侈靡以蕩志，鄙倍以諧俗，宗旨茫然，觀者思臥於著録之義無當也。江右李君登齋，踐履淳篤，粹然儒者，生平於書靡不窺，嘗網羅見聞爲《常談叢録》九卷，持以示余。余取而究之，見其推人事、該物情、述古今、決嫌疑，不爲可驚可愕之論，而斤斤徵引，動有依據，於世道人心、風俗升降，尤能反復推析，深切著明，使高才通識者無以譏其淺近，昧道瞀學者亦涉之而易入，繹之而可思信乎？非老生常談，而有當於著録之義者。君精岐黄家言，所治無不立愈者顧退，然不以醫名，則君之淳篤可知矣。嗟乎！世且不知君之醫，況能知君之學哉？然則是編既出，其不以常談視之者幾希。君將歸，遂書此以弁其端云。"

末署"時道光二十有八年戊申八月，兩江總督部堂沔陽陸建瀛拜序"。

《常談叢録》凡例："一、是書例比乎唐宋諸家叢談，意非有所專三，惟隨所思憶，隨所見聞，偶值閒居，即爲綴録，故不拘序次，不別門類，第編以數，以便記查。

"一、是書意在求詳，故詞則繁而不殺，紀惟從實，故言必信而有徵。蓋時風物類，猶留資考證於後人，雖神鬼怪奇，亦欲作鑒觀於來者，非篇章而何規，簡要有理義，自不敢欺誣。繽析乎共知習見之端，近則賤而遠則貴；條覈乎群疑足詫之事，本於質而末於文。知當以瑣屑貽譏，幸勿謂荒唐巧熒聽。

"一、文人每多憑空結撰，借事爲題．以抒其情詞，誇其麗藻。其源出於古詩賦之寓記，務假諸小兒女之懷思，是蓋興寄無聊，在傳記家爲別一體，而此則言亦有觸而發，意必有感而生，匪取風華無爲幻詭語，先戒妄辭，重立誠。

"一、小說家恒於人之過惡，或顯爲播揚，或暗爲譏切，以訛言爲可信，以誹議爲必真。甚且有意相嘲，無端肇謗，因以泄其忿怨，快其毒讎。故必隱匿姓名，如含沙之射影；支離辭說，欲噴墨以藏身。若此者，固心之所未安，亦義之所不敢，即間南揭露章以爲警戒，要實非工貝錦以作詆誣。

"一、凡稗家，固有不經之說，亦多不擇之言，曲寫淫情，瑣描穢跡，乖風流之雅致，啟薄倖之邪思，若在我惟甘守迂拘，拒於世而狗從放誕。

"一、遇敬用抬寫之文，謹遵國家修書之例。

"一、紀年之數目字樣，傳刊最易舛訛，故撰時事之有關者，於年號、年數之下，復加甲子，取其可參互相考訂也。於文家實無此法，而《漢書》嘗開其例，況茲隨筆雜錄，固非作意爲文，可無以俚俗致誚也。

"一、稱引古今書名、人名，其顯爲人所同知者，不復悉備，其時代、官階、姓字或未得其詳，及久而遺忘者，亦第舉某書某名而已。"

按，《常談叢錄》爲晚清筆記之佳者，胡適等現代學人對其評價甚高。其中有不少載述有小說文體價值，如："說部之書，以'話說'字起者，至今漸益多。有憑虛結構者，亦有依傍古事而裝點者。大概皆爲說書人所撰，多成於粗鄙之人，或閑放之士，儒者不屑道，故其籤帙不登於架。然此亦別是一家筆墨，其流總出於稗官野史也。凡於各朝代之興衰治亂，皆有敘述，而

《三國演義》最稱，其次則《東周列國志》。予謂爲《列國志》者尤難，蓋國多則頭緒紛如，難於聯貫；又列國時事多，首尾曲折不具詳，難於敷衍，未免使覽者厭倦。今觀其書，於附會處，每多細意體會……不拘泥於左氏見公足戶下之言，斯爲善解左文者矣，豈妄爲添飾之比哉。”

（《晚清四部叢刊》影印清道光二十八年敦仁堂刻本）

張慧儂《風月夢》自序：“余幼年失怙，長違嚴訓，懶讀詩書，性耽遊蕩。及至成立之時，常戀煙花場中，幾陷迷魂陣裏。……蕩費若干白鏹青蚨，博得許多虛情假愛。回思風月如夢，因而戲撰成書，名曰《風月夢》。或可警愚醒世，以冀稍贖前愆，並留戒余後人勿蹈覆轍。”

末署“時在道光戊申冬至後一日書於紅梅館之南窗，邗上蒙人謹識”。

《風月夢》第一回正文：“過來仁道：‘若問此書，雖曰‘風月’，不涉淫邪，非比那些稗官野史，皆係假借漢、唐、宋、明，但凡有個忠臣，是必有個奸臣設謀陷害。又是甚麼外邦謀叛，美女和番，擺陣破陣，鬧妖鬧怪。還有各種艷曲淫詞，不是公子偷情，就是小姐養漢，丫環勾引，私定終身爲人阻撓，不能成就，男扮女裝，女扮男裝，私自逃走。或是岳丈、岳母嫌貧愛富，逼寫退婚。買盜栽贓，苦打成招，劫獄劫法場。實在到了危急之時，不是黎山老姥，就是太白金星前來搭救。直到中了狀元，點了巡按，欽賜尚方寶劍，報恩報怨，千部一腔。在作書者或是與人有仇，隱恨在心，欲想敗壞他的家聲，冀圖泄恨。或是思慕那家妻女，未能如心，要賣弄自己幾首淫詞艷詩（賦），做撰許多演義傳奇、南詞北曲。那些書籍最易壞人心術，殊于世道大爲有損。今吾此書，是吾眼見得幾個人做的些真情實事，不增不删，編叙成籍，今方告成，湊巧遇見爾來，諒有夙緣。吾將此書贈爾，帶了回去，或可警迷醒世，切勿泛觀。’”

（首都圖書館藏吳曉玲舊存光緒丙戌鉛印本）

道光二十九年（己酉　1849）

　　“珠湖漁隱”《大明奇俠傳》序：“夫人生之初，渾然天理，無所謂善，又何有惡？至嗜慾深而性漸乖，遂至始於家庭，終於邦國。古人著書以相戒勸，正言之而不能行者，則微言之；微言之而不能行者，則創爲傳奇小説，以告戒於世。庸夫愚婦無不口談心講，以悦耳目。其苦心孤詣，更有功於警迷覺悟耳。今此書向有鈔録舊本，江以南流播尚少，坊友屬予閲定，惠付棗梨，庶幾廣爲傳觀，且可見福善禍淫之理，尚扶翼於宇宙間也。予因述其緣起如此。”

　　末署“道光二十九年夏四月珠湖漁隱識於道南書屋”。

（清道光二十九年琅嬛書屋刊本）

　　“臥雲軒老人”《〈品花寶鑑〉題詞》：“一字褒譏寓勸懲，賢愚從古不相能。情如騷雅文如史，怪底傳鈔紙價增。罵盡人間讒諂輩，渾如禹鼎鑄神奸。怪他一枝空靈筆，又寫妖魔又寫仙。閨閣風流迥出群，美人名士鬥詩文。從前爭説《紅樓》艷，更比《紅樓》艷十分。”

　　“幻中了幻居士”《〈品花寶鑑〉序》：“余謂遊戲筆墨之妙，必須繪形繪聲。傳真者，能繪形而不能繪聲；傳奇者，能繪聲而不能繪形，每爲憾焉。若夫形聲兼繪者，余於諸才子書並《聊齋》《紅樓夢》外，則首推石函氏之《品花寶鑑》矣。傳聞石函氏本江南名宿，半生潦倒，一第蹉跎，足跡半天下。所歷名山大川，聚爲胸中丘壑，發爲文章，故邪邪正正，悉能如見其人，真説部中之另具一格者。余從友人處多方借抄，其中錯落，不一而足。正訂未半，而借者踵至，雖欲卒讀，幾不可得。後聞外間已有刻傳之舉，又復各處探聽。始知刻未數卷，主人他出，已將其板付之梓人。梓人知余處有抄本，是以商之於余，欲卒成之。即將所刻者呈余披閲。非特魯魚亥豕，且與前所借抄之本少有不同。今年春，愁病交集，恨無可遣，終日在藥鑪茗碗間消磨歲月，頗覺自苦，聊借此以遣病魔。再三校閲，删訂畫一，七越月而刻成。若非余舊有抄本，則此數卷之板，竟爲爨下物矣。至於石函氏，與余未經謀面，是書竟賴余以傳，事有因緣，殆可深信。嘗讀韓文云：'大凡物不得其平則鳴。'又云：'擇其善鳴者而假之鳴。'余但取其鳴之善，而欲使天下之人皆聞其鳴，借紙上之形聲，供目前之嘯傲。鏡花水月，過眼皆空；海市蜃樓，到頭是幻。又何論夫形爲誰之形，聲爲誰之聲，更何論夫繪形繪聲者之爲何如人耶！世多達者，當不河漢余言。是爲序。幻中了幻居士。"

陳森《品花寶鑑》自序："余前客都中，館於同里某比部宅，曾爲《梅花夢》傳奇一部，雖留意於詞藻，而未諧於聲律，故未嘗以之示人。比部賞余文曲而能達，正而能雅，而又戲而善謔，遂囑余爲説部，可以暢所欲言，隨筆抒寫，不愈於倚聲按律之必落人窠臼乎？時余好學古文詩賦歌行等類，而稗官一書心厭薄之。及秋試下第，境益窮，志益悲，塊然塊壘於胸中而無以自消，日排遣於歌樓舞榭間，三月而忘倦，略識聲容伎藝之妙，與夫性情之貞淫，語言之雅俗，情文之真僞。間與比部品題梨園，雌黄人物，比部曰：'余囑君之所爲小説者，其命意即在乎此，何不即以此輩爲之？如得成書，則道人所未道也。'余亦心好之，遂竊擬之。始得一卷，僅五千餘言，而比部以爲可，並爲之點竄斟酌。繼復得二三卷，筆稍暢，兩月間得卷十五。借閲者已接踵而至，繕本出不復返，譁然謂新書出矣。繼以羈愁潦倒，思窒不通，遂置之不復作。……又閲前作之十五卷，前後舛錯，復另易之，首尾共六十卷，皆海市蜃樓，羌無故實。所言之色，皆吾目中未見之色；所言之情，皆吾意中欲發之情；所寫之聲音笑貌，妍媸邪正，以至狹邪淫蕩穢褻諸瑣屑事，皆吾私揣世間所必有之事。而筆之所至，如水之過峽，舟之下灘，驥之奔泉。聽其所止而休焉，非好爲刻薄語也。至於爲公卿，爲名士，爲俊優、佳人、才婢、狂夫、俗子，則如干寶之《搜神》，任昉之《述異》，渺茫而已。噫！此書也，固知離經畔道，爲著述家所鄙，然其中亦有可取，是在閲者矣。曠廢十年，而功成半載，固知精於勤而荒於嬉，遊戲且然，況正學乎？某比部啓余於始，某太守勸余於中，某農部成余於終，此三君者，於此書實大有功焉。倘使三君子皆不好此書，則至今猶如天之無雲，水之無波，樹之無風，而紙之無字，亦安望有此灑灑洋洋、奇奇怪怪五十餘萬言耶？脱稿後爲序其顛末如此。天上瓊樓，泥犁地獄，隨所位置矣。石函氏書。"

　　　　　　　　（《古本小説集成·品花寶鑑》影印上海古籍出版社藏本）

　　文康《兒女英雄傳》緣起首回正文："開宗明義，閑評兒女英雄；引古證今，演説人情天理。"

　　"俠烈英雄本色，温柔兒女家風。兩般若説不相同，除是癡人説夢。兒女無非天性，英雄不外人情。最憐兒女最英雄，才是人中龍鳳。"

　　"八句提綱道罷。這部評話原是不登大雅之堂的一種小説，初名《金玉緣》，因所傳的是首善京都一椿公案，又名《日下新書》。篇中立旨立言，雖然無當於文，却還一洗穢語淫詞，不乖於正，因又名《正眼法藏五十三參》。初非釋家言也，後經東海吾了翁重訂，題曰《兒女英雄傳評話》。相傳是太平盛世一個燕北閒人所作。"

　　"列公牢記話頭：只此正是那個燕北閒人的來歷，並他所以作那部《正法眼藏五十三參》的原由，便是吾了翁重訂這部《兒女英雄傳評話》的緣起。這正是：雲外人傳雲外事，夢中話與夢中聽。要知這部書傳的是班甚麽人，這班人作的是椿甚麽事，怎的個人情天理，又怎的個兒女英雄，這回書才得是全部的一個楔子，但請參觀，便見分曉。"

　　第十回正文："按這段評話的面子聽起來，似乎是純是十三妹一味的少不更事，生做蠻來。却是不然。書裏一路表過的這位十三妹姑娘是天生的一個俠烈機警人，但遇著濟困扶危的事，必先通盤打算一個水落石出才肯下手，與那《西遊記》上的羅刹女，《水滸傳》裏的顧大嫂的作事却是大不相同。"

第十二回正文："列公，聽這回書不覺得像是把上幾回的事又寫了一番，有些煩絮拖逦麼？却是不然。在我説書的不過是照本演説，在作書的却別有一段苦心孤詣。這野史稗官雖不可與正史同日而語，其中伏應虛實的結構也不可少；不然，都照宋子京修史一般，大書一句了事，雖正史也成了笑柄了。至於聽書的又那能逐位都從開宗明義聽起？非這番找足前文，不成文章片段。並不是他消磨工夫，浪費筆墨，也因這第十二回是個小團圓，正是《兒女英雄傳》的第一番結束也。這正是：好向源頭通曲水，再從天外看奇峰。"

第十三回正文："公子聽如此説，便不好問，只是未免滿腹狐疑。那時不但安公子設疑，大約連聽書的此時也不免發悶。無如他著書的要作這等欲擒故縱的文章，我説書的也只得這等依頭順尾的演説。大衆且耐些煩，少不得聽到那裏就曉得了。"

第十六回正文："列公，趁他取紙的這個當兒，説書的打個岔。你看這十三妹從第四回書就出了頭，無名無姓，直到第八回他才自己説了句人稱他作十三妹，究竟也不知他姓某名誰，甚麼來歷。這書演到第十六回了，好容易盼到安老爺知道他的根底，這可要聽聽他的姓名了——又出了這等一個西洋法子，要鬧甚麼筆談，豈不惹聽書的心煩性燥麼？列公，且耐性安心，少煩勿燥，這也不是我説書的定要如此。這稗官野史雖説是個頑意兒，其爲法則則與文章家一也：必先分出個正傳附傳，主位賓位，伏筆應筆，虛寫實寫，然後才得有個間架結構。即如這段書是十三妹的正傳，十三妹爲主位，安老爺爲賓位；如鄧褚諸人，並賓位也占不着，只算個'願爲小相焉'！但這十三妹的正傳都在後文，此時若縱筆大書，就占了後文地步，到了正傳，寫來便沒些些氣勢，味同嚼蠟；若竟不先伏一筆，直待後文無端的寫來，這又叫作'沒來由'，又叫作'無端半空伸一脚'，爲文章家最忌。然則此地斷不能不虛寫一番，虛寫一番，又斷非照那稗官家的'附耳過來，如此如此'八個大字的故套可以了事。所以才把這文章的筋脈放在後面去，魂魄提向前頭來。作者也煞費一番筆墨！然雖如此，列公却又切莫認作不過一番空談，後面自有實事，把他輕輕放過去，要聽他這段虛文合後面的實事却是逐句逐字針鋒相對。列公樂得破分許精神，尋些須趣味也！"

第十七回正文："列公，這書要照這等説起來，豈不是由著説書的一張口凑著上回的連環計的話説，有個不針鋒相對的麽？便是這十三妹，難道是個傀儡人兒，也由著説書的一雙手愛怎樣要就怎樣要不成？這却不然。這裏頭有個理。列公試想，這十三妹本是個好動喜事的人，這其中又關著他自己一件家傳的至寶，心愛的兵器；再也要聽聽那人交代這件東西，安公子是怎樣一番話。便褚大娘子不説這話，他也要去聽聽。何況又從旁邊這等一挑逗！有個不欣然樂從的理麽？"

第十八回正文："列公，且莫急急慌慌的要聽那十三妹到底怎的個歸著，待説書的把紀獻唐的始末原由，演説出來，那十三妹的根兒，蒂兒，枝兒，葉兒，自然都明白了。"

"剪斷閑言，言歸正傳。當下那尹先生便把這椿公案照説評書一般，從那'黑虎下界'起一直説到他'白練套頭'。這其間因礙著十三妹姑娘面皮，却把紀大將軍代子求婚一層不曾提著一字。鄧九公合褚家夫妻雖然昨日聽了個大概，也直到今日才知始末根由。那些村婆村姑只當聽了一回'豆棚閑話'。"

第二十一回正文："這回書再要加上寫一陣二十八棵紅柳樹的怎長怎短，那文章的氣脈不散了嗎？又叫人家作書的怎的作個收場呢？"

第二十三回正文："這部《兒女英雄傳》的書演到這個場中，後文便是弓硯雙圓的張本，是書裏一個大節目，俗説就叫作'書心兒'。從來説的好：'説話不明，猶如昏鏡。'説書的一張口，本就難交代兩家話，何況還要供給着聽書的許多隻耳朵聽呢！再加聽書的有個先來後到，便讓先來的諸位聽個從頭至尾，各人有各人的穿衣吃飯，正經營生，難道也照燕北閑人這等睡裏夢裏吃着自己的清水老米飯去管安家這些有要没緊的閑事不成？如今要不把這段節目交代明白，這書聽著可就沒甚麼大意味了。”

“列公請想這樁‘套頭裹腦’的事，這段‘含著骨頭露著肉’的話，這番‘扯著耳朵腮頰動’的節目，大約除了安老爺合燕北閒人兩個心裏明鏡兒似的，此外就得讓說書的還知道個影子了。至於列公，聽這部書也不過逢場作戲，看這部書也不過走馬觀花，真個的還把有用精神置之無用之地，費這閒心去刨樹搜根不成？如今說書的‘從旁指點桃源路，引得漁郎來問津’，算通前徹後交代明白了，然後這再言歸正傳。”

第二十六回正文：“讀者必然以爲這裏表的兩個紅匣子就我聽書的聽了也料得到，定是那張雕弓，那塊寶硯，豈有何玉鳳那等一個聰明機警女子，本人兒倒會想不到此？還用這等左疑右猜，這不叫作不對卯筍兒了麼？……這却和那薛寶釵心裏的通靈寶玉，史湘雲手裏的金麒麟，小紅口裏的相思帕，甚至襲人的茜香羅，尤小姐的九龍佩，司棋的綉香囊，並那椿齡筆下的‘薔’字，茗煙身邊的萬兒，迥乎是兩樁事。況且諸家小說，大半是費筆墨，談淫欲，這《兒女英雄傳》，却是借題目寫性情。從通部以至一回，乃至一句一字，都是從龍門筆法來的。安得有此敗筆？便是我說書的說來說去也只看得個熱鬧，到今日還不容易看出他的意旨在那裏呢？”

第二十八回正文：“第三層，從來著書的道理，那怕稗官說部，借題目，作文章，便燦然可觀；填人數，凑熱鬧，便索然無味。所以燕北閒人，這部《兒女英雄傳》，自始至終，止這一個題目，止這幾個人物。便是安老爺、安太太再請上幾個旁不相干的人來凑熱鬧，那燕北閒人作起書來，也一定照孔夫子删《詩》《書》，修《春秋》的例，給他删除了去。此張親家太太見著姑奶奶，所以就走的原委也按下不表。”

第二十九回正文：“這部書前半部，演到龍鳳合配，弓硯雙圓，看事蹟，已是筆酣墨飽，論文章，畢竟未寫到安龍媒正傳。不爲安龍媒立傳，則自第一回《隱西山閉門課驥子起》，至第二十八回《寶硯雕弓完成大禮》，皆爲無謂陳言，便算不曾爲安水心立傳。如許一部大書，安水心其日之精，月之魄，木之本，水之源也，不爲立傳，非龍門世家體例矣。燕北閒人其故，故前回書既將何玉鳳、張金鳳正傳，結束清楚，此後便要入安龍媒正傳。安龍媒正傳若撒開雙鳳，重煩筆墨，另起樓臺，通部便有失之兩橛、不成一貫之病，所以這回書，緊接上文，先表何玉鳳。”

第三十三回正文：“這書雖說是種消閒筆墨，無當于文，也要小小有些章法，譬如畫家畫樹，本幹枝節，次第穿插；布置了當，仍須絢染烘托一番，才有生趣，如書中的安水心、佟孺人，其本也，安龍媒、金玉姊妹，其幹也，皆正文也；鄧家父女、張老夫妻、佟舅太太諸人，其枝節也，皆旁文也。”

第三十四回正文：“何況安公子比起那個賈公子來，本就獨得性情之正，再結了這等一家天親人眷，到頭來，安得不作成個兒女英雄？只是世人略常而務怪，厭故而喜新，未免覺得與其看燕北閒人這部腐爛噴飯的《兒女英雄傳》小說，何如看曹雪芹那部香艷談情的《紅樓夢》大文？那可就爲曹雪芹所欺了！曹雪芹作那部書，不知合假托的那賈府有甚的牢不可解的怨毒，所以才把他家不曾留得一個完人，道著一句好話。燕北閒人作這部書，心裏是空洞無物，却教他從那裏講出那些忍心害理的話來？”

第四十回正文：“這段書交代到這裏，要按小說部中，正不如該有多少甚麼‘如膠似漆，似水如魚’的討厭話講出來。這部《兒女英雄傳》却從來不著這等污穢筆墨，只替他兩個點竄删改了前人兩聯舊句。安公子這邊是‘除却金丹不羨仙，曾經玉液難爲水’；珍姑娘那邊便是‘但能容妾消魂日，便算逢郎未娶時’，如斯而已。這話且按下不表。”

“此書原爲十三妹而作，到如今書中所叙，十三妹大仇已報，母親去世，孤仃一人，無處歸著，幸遇鄧、褚等位替安公子玉成其事：這就是此書初名‘金玉緣’的本旨。……這燕北閒人守著一盞殘燈，拈了一枝禿筆，不知爲這部書出了幾身臭汗，好不冤枉！列公，説書的交代到這裏，算通前徹後交代過了，作個收場，豈不妙哉！"

　　按，本書成書大約在道光末年以後，書首有雍正甲寅（1734）"觀鑑我齋"序及乾隆甲寅（1794）"東海吾了翁"二序，俱係僞托。小説正文談及《施公案》《品花寶鑑》二書，均係乾隆後刊刻。邱煒萲《菽園贅談》載，《品花寶鑑》行世，"《兒女英雄傳》隨後出"。故本書刊行當在道光二十九年（1849）之後。現存最早刊本爲光緒四年北京聚珍堂本。

　　　　　　　　（文康著、彌松頤校注《兒女英雄傳》，人民文學出版社 2014 年）

道光年間（1821—1850）

　　吳履震《五茸志逸》自序："昔司馬温公聞新事，隨録於册，且記所言之人。吳枋亦自言效顰，同作《野乘》。余生也拙，既無山水之適，又絶無親知之遊。終日閉户作老蠹魚，閑於胸臆有所是非，欲托古人見意，但愧身非史職，徒取譏耳。又以見聞不廣，核實失真，余滋懼矣。用是就五茸見聞，或故老耳傳，或時事目擊，即手録之名曰《志逸》。"

　　　　　　　　　　（《四庫未收書輯刊》影印清道光八年醉漚居鈔本）

　　姚燮《今樂考證》"説書"條："翟灝云：'《古杭夢遊録》：説話有四家：一、銀字兒，謂煙粉、靈怪之事；一、鐵騎兒，謂士馬金鼓之事；一、説經，謂演説佛書；一、説史，謂説前代興廢。'《武林舊事》百戲社，小説爲'雄辨社'。按：今俗謂之'説書'。'説書'字見《墨子·耕柱篇》：'能談辨者談辨，能説書者説書。'然所言與今事别。"

　　　　　　　　（俞爲民、孫蓉蓉編《歷代曲話彙編·清代篇》，黄山書社 2009 年）

　　强望泰《〈閲微草堂筆記五種〉擷鈔序》："紀文達公筆記五種，義例謹嚴，文體簡净，在小説中另是一種筆墨。至其意存勸戒，吃緊爲人，隨舉一事，初無不達之情，亦無不析之理，則尤《虞初》以來所絕無僅有者。余夙嗜此書，以卷帙繁富，涉獵難精，因就各卷中擷其可爲炯鑒者，裁爲縮本，並加以圈點，意欲使閱者爽心豁目，即以之觸目警心。夫冥然罔覺，悍然不顧，人心之錮蔽也甚矣。投以先正格言，非憚即厭，姑與之説神説鬼，説仙説狐，説世上一切人，隨以善惡邪正吉凶禍福之幾顯示之，而隱導之，雖錮蔽已甚，亦不禁其憬然悟，惶然愧，惄然悔，況未至於冥然悍然乎！即此一編，反觀內鏡，可以爲孝子悌弟，可以爲義夫節婦，可以爲仁人端士，可以爲忠臣良吏，下之亦不失爲謹身寡過，無災無害之幸民。如曰此小説也，而以小説觀之，其可惜也夫！其可慨也夫！"

（丁錫根編著《中國歷代小説序跋集》，人民文學出版社 1996 年）

咸豐元年（辛亥　1851）

"古月老人"《〈蕩寇志〉序》："自來經傳子史，凡立言以垂諸簡編者，無不寓意於其間。稗官野史亦猶是耳。顧其用筆也各有不同，或直達其情，或曲喻其理，或明正其事之是非，或反揭其意之微妙。所貴天下後世之讀其書者，察其用筆之初心，識其用意之本旨，然後一覽無餘，全部之脈絡貫通，精神畢現矣。耐庵之有《水滸傳》也，盛行海隅，上而冠蓋儒林，固無不寓目賞心，領其旨趣；下而販夫皂隸，亦居然口講手畫，矜爲見聞。然而此猶渾言之也。讀其書則全，解其書則異。原夫耐庵之本旨，極欲挽斯世之純盜虛聲、籠絡駕馭之術，特不明言其所以然，僅從詭譎當中盡力描寫，以待斯人之自悟。充是意也，雖上智者少，積而久之，自能令人人反復思量，得其本意，固文筆之曲而有直體者也。獨不解夫羅貫中者，以僞爲真，縱奸辱國，殄諸梨棗，狗尾續貂，遂令天下後世，將信將疑，誤爲事實，是誠施耐庵之罪人，名教中之敗類也。嗣因聖歟出，不憚煩言，逐層剔刷，第詐僞之情形雖顯，而奸徒之結束未詳。世有好談事故而務求其究竟者，終覺遊移鮮據。

余山居年暮，每言及此，常抱不平。庚戌冬，故友仲華之嗣君伯龍來，出其先人《蕩寇志》遺稿，余夙知仲華之有是書也，特未嘗索觀耳。今一見之，覺其發微摘伏，符合耐庵。因囑其嗣君曰：'《蕩寇志》因先人之遺名矣，盍直而言之曰《結水滸》？'蓋是書出，而吾知有心世道者之所共賞。將付剞劂，敢為序。"

末署"時在咸豐元年歲次辛亥春五月古月老人題並書"。

俞龍光之《蕩寇志》識語："（是書）感兆於嘉慶之丙寅，草創於道光之丙戌，迄丁未，寒暑凡二十易，始竟其緒，未遑修飾而歿。……憶先君子素與金門范先生、循伯邵先生最友善。是書之作也，曾經兩先生評騭。……嗟乎！耐庵之筆深而曲，不善讀者輒誤解，而復壞於羅貫中之續貂，誠恐盜言孔甘，亂是用彰矣。蓋先君子遺意，雖以小説稗官為遊戲，而於世道人心亦大有關係，故有是作。然非范、邵兩先生不克竟其成，非午橋徐君不能壽諸梨棗也。是書之原委有如此云爾。"

末署"咸豐元年辛亥夏五月辛丑望男龍光謹識"。

（上海辭書出版社藏清咸豐三年本衙藏本）

咸豐三年（癸丑 1853）

范金門、邵循伯評點《結水滸全傳》，第七十一回："問得好，只須如此，得文家緊字訣。每恨近來醫士診病便將起先的藥方病源寫個不了，星士批命便將起先的流年歲運説個不了，皆不得緊字訣。"

"一大座梁山，一百八人尚不易收拾，他偏有本事再添出許多來好惡題目，看他如何收拾。幸虧題目惡做出好文字。"

第七十二回："此移堂就樹之法也。蓋范天喜與希真既不十分深交，則不便直説入夥。天喜，且不便直説，戴、周二人更何從措辭，雖用儀秦之舌合攏來，終難免拖泥帶水，而仲華之心千伶百俐，反把希真牽合來就三人，便令三人開口，如順水推舟，毫無阻礙。"

　　第七十三回："蓋作者要出色寫出一員女將，又不肯蹈襲從前習套。然女將一時不能多著筆，却將一匹馬、一口劍、一副弓箭、一枝槍，寫得盡致，而女將自顯。此渲染法也。"

　　"寫名馬之後接寫寶劍，當中並不略停一筆，才力噴薄，有東岱興雲、西嶽吐露之勢，而筆墨又不重複。寫棗騮純是沉鬱，寫青錦純是渾確，其不同一；寫棗騮則凌空著筆，寫青錦則實實清注，句法全別，其不同二；寫棗騮却借郭英、郭娘子、陳希真、麗卿渲染烘托，而於棗騮本身不著一點墨，其不同三；寫青錦只就本身鋪張，不借一人一物襯托，而希真、麗卿、高衙内之神，反緣青錦畢露，其不同四。"

　　第七十四回："寫麗卿弓馬技擊之外一無所長，正是妙人妙筆。每怪近世稗官凡寫一得意妙人，必寫得來無般不會無般不精，却是何苦。"

　　"作文須知襯法，而襯法不一。有反襯、正襯、旁襯、橫襯、遠襯、近襯、閑中襯、忙中襯。襯法雖不止乎此，亦可由此而見端。如此書以高俅之愚，襯希真之智……此反襯也。以孫高之智，襯孫靜之智，又以孫靜之智，襯希真之智……此正襯也。以孫靜之譏議希真，作希真讚歎語，以鄰舍之私議希真，寫希真秘密計……此皆從旁陪襯也。孫靜因希真喝破魏景、王耀，愈決其必行，高俅因希真喝破孫靜不再言，一發托大，此皆橫空襯人也。孫靜日後與吳用鬥智，今先寫其與希真鬥智……此遠襯法也。……有衙内之娘子臨產，先有希真捏造蒼頭妻子病重一語以襯之，此近襯法也。錫匠木匠裁縫趕做嫁妝，希真又說許多囑咐哀憐女兒的話；王魏二人即當年賺林沖之承局，是皆閑中之襯也。寶劍起人頭落，偏要夾寫寶劍妙處、兩人結果；麗卿初次殺人，又於匆匆急行，偏要寫更鼓、明炮、燈光、霧氣無數渲染，是皆忙中之襯也。"

　　"嗚呼！文無定法而規矩則一，是在驅遣者之靈與不靈耳。夫文之有法，亦猶人之生氣也。近世稗官小説，汗牛充棟，然自《三國演義》、貫華堂之《水滸前傳》、邱祖之《西遊記》而外，其不類死人面目者寥若晨星耳，甚而之於屍蟲攢動並王官而不能具者，更不可勝計，不堪注目，掩鼻而過可也。乃竟有相看不厭，食之津津有味者，吾則不知其是何肺腸矣。」

第七十五回：「初離門首便問，此句似乎太迫。不知希真繞道江南一層，若接連實叙下去，筆墨累贅，且冷落高俅一邊。不如借麗卿一問、希真一答，便已遞過，遇不得不交代之處，又不好多寫。用此法最妙。」

「獨詳刀槍弓馬而服色反略者，避上文也；上文獨詳服色，上文所詳此則略，上文所略此則詳。」

「此句似極不要緊，不知其挑逗下文，使不唐突。此書慣用此法。」

「百忙中夾寫希真精細。蓋此篇文字專寫麗卿試劍，非寫希真試朴刀也。既不寫希真試朴刀，將使其袖手旁觀乎？想了一想，不如使他去截住店門，不但不置之閑地，且寫出他精細來，豈比無知稗官一遇戰鬥便是一味亂殺亂砍、毫無賓主之分耶！嗟乎，作文豈易言哉？」

第七十六回：「作者非好爲之也，特以一路文字寂寞，聊借點綴耳。若一味如此，便是直抄《紅樓夢》矣。」

「此路文字難免寂寞，故特幻此。作文誠不易也。」

第七十七回：「作文不知轉筆，聖歎所謂老鼠入牛角也。轉筆有痕跡，亦非善於用轉者也。兹借麗卿一句科諢，便拋去阮其祥，帶起東京。心靈妙筆，真不可及。」

「自坐席吃酒至此一幅，文章極平淡無奇，却最難著筆，有無數人物關節必須此處交代，以便作後回綫索。太詳則詳不得許多，太略又略不得。看他穿針度綫，彌縫無跡，竟是無縫天衣，足見匠心之苦。」

第七十九回：「第六個身段。於未頓開喉嚨之前先騰挪出若干身段，不但善於養局，要知作文之法一悟此訣，則一枝筆桿上天入地無不由我。即如此書第六回中雲龍、麗卿鬥棒一段，文字先各顧自己，理了幾路門户，即用此法也。此法在在都有，亦不能一一指出，細細察其一部大書從第七十一回至第一百四十回，通盤結構亦只用得此一法耳。"

第八十一回："此傳盧俊義傳李逵恒提此句，章法不斷，猶非難事，此則並前傳打成一片，乃真爲難也。"

"先插一句在此，爲後文不急報仇伏綫，此隔年下種法，便好放寬筆法去寫猿臂寨，良工心苦至於如此。"

第八十二回："凡寫一事一物，必窮其極，方淋漓盡致。如此一篇寫衆英雄俱寫到智窮力竭，而衆英雄之才愈顯，必如此方顯妙文。"

第八十三回："蓋聖歎先生嘗稱前傳不寫鬼神之事，以爲力量過人；才如仲華又豈肯明知之而故犯之耶？然避之而不犯，仲華之才也；犯之而無害，仲華之才又兼巧者也。"

"此向來稗官結構之極熟極爛極臭、俗不堪者也，豈仲華之錦心綉筆而顧出此耶？"

第八十四回："不論善讀書不善讀書，但讀至此處，回憶前文，胸中目中莫不共有穿心抓角、單義褲筆之靈妙，真如鏡花水月、匣劍帷燈。"

第八十五回："凡一番下山或出戰之後，必將用過人物點卯一通，一一收拾；亦如器皿用畢逐件收起也。章法精嚴之至。"

第八十六回："俗子讀至此又見下回提綱是玉山郎贅姻猿臂寨，必謂下文定是麗卿與永清交戰，陣上眉來眼去，向來一切稗官之結構也。"

第八十七回："真好麗卿，令人起敬。想見作者力避從前稗官陋習，嘔心嘔血方有此文，讀者慎勿忽讀。"

"千里怒龍，至此方合。"

第八十八回："古云文人妙來無過熟，又曰意到筆隨。其宵宴一篇之謂乎？中間舞劍比箭之點染風華，步月評詩之情致纏綿，零批已評，兹無庸贅。

予獨喜其隨意所至，縱筆所之，清辭麗句，奇文警筆，層見疊出，以爲無篇幅而實有篇幅，以爲無範圍而實有範圍，洋洋灑灑，邐邐迤迤，直至四五千言，而鶴頸卒不輕斷，非妙手其孰能之？”

第九十回：“張家道口設立九陽鐘，人咸以此爲彌補隙地，乃文中之賓，及觀下文而知此即是主，誠不可測。”

第九十二回：“自來稗官每寫到爭戰，只圖殺得鬧熱而已，再不打算到此。”

第一百回：“文字過接處如搭題之有渡也，此篇從清真渡蒙陰用如此筆法，真開後人無限法門。”

第一百七回：“二字乃聖歎所改寫也。以聖歎之才乃是改寫不出妙處⋯⋯凡作文有不妥處，連易十數過而仍不妥者，便當于前後文中求之，不可專求本句也。”

第一百二十一回：“以仲華之筆法，寫徐槐之陣法，畢竟文法乎？兵法乎？吾得而斷之曰：文成法立。”

第一百二十六回：“大凡説傳文史，話分兩頭者，必分段交代。此中大有斟酌也。或不分輕重，或一詳一略，總審其事蹟何如耳。此回梁山攻守一年有餘，過多則空，以淡淡數行，按時序事，不即不離。”

第一百二十七回：“凡作文宜清出題旨，如此回泰、萊並攻而萊先泰後，萊重泰輕，題緒紛雜，則題旨必須先行清出，然後觀者可以一望了然也。”

第一百二十八回：“凡文有前文必須作伏筆者，不伏則嫌突；有不可作伏筆者，伏則嫌笨。如此處劉歐潛身石穴及岸上，鐵弓水中旗花之類是也，讀者當細辨之。”

第一百三十二回：“宋江潰敗，所以明忠義之假也。假者必敗露，敗露而無術以挽回之，不特奸雄之伎倆窮，即文章之局勢亦窮矣。誠如是而無女官之事起，蓋不知幾費經營而出之者也，又因是而收結徐槐。片帆直渡，局勢盡善。”

結子："一部大書以童謠起,以歌謠結。"

"筆法嚴確。寫蛇先寫其形而後寫傷人,寫虎先寫傷人而後寫其形,章法變換。"

按,該書評點時間未知其詳,此處權以刊行時間爲準。

（上海辭書出版社藏清咸豐三年本衙藏本）

黃小田《儒林外史》評語:

第一回:"是小説入手法。"

第二回:"'回顧'二字更妙,是白描高手。"

"收處不欲筆平,小説常事。"

第九回:"曲而又曲,折而又折,卻愈看愈妙,不嫌其紆。"

"不平處正要做盡曲折,且借此出魯編修,語氣小小一頓。蓋一直寫訪楊執中,似覺拖邐累贅,得此一頓,大妙!"

第十回:"此書妙訣,凡旁襯不添設一人,皆閱者所知,不特前後聯絡,並省筆墨,然煞費經營。"

第二十四回:"加倍寫出,是小説家數。"

"特意裝點,還他小説家數。"

第三十三回:"此作者特特寫作兩樣,以見文筆一毫不可犯複也。"

第三十七回:"小説而真用古禮古樂連篇累牘以寫之,非小説……足見作者相體裁衣斟酌盡善。"

第三十八回:"不是抬頭就見,卻從月影中看出,且令深山夜景如在目前。而一險未平又出一險,尤令閱者之心與書中同一危急。"

"以前數十回淡淡著筆無人能解,聊以此數篇略投時好,且與從前演義人一較優劣,無關正旨也。"

第四十三回:"傳奇家嫌雜出冷淡,必有金鼓齊鳴之出,此篇與前青楓取城，亦此意也。敘戰猶夫諸演義，而下筆簡潔又復如火如荼，所以爲高。”

第四十五回：“畫也畫不出，是知畫筆不如文筆之妙。”

按，黄小田（1795—1867），字小田，自號萍叟，原籍當塗，移居蕪湖，道光五年（1825）拔貢。黄氏喜讀小説，自稱“余最服膺者三書：《聊齋志異》《儒林外史》《石頭記》也”（《儒林外史》總目後識語）。

（黄小田評點《儒林外史》，黄山書社 1986 年）

咸豐四年（甲寅　1854）

哈斯寶完成《紅樓夢》節譯並評點，評語如下：

第一回：“文章有主客之法。甄士隱、賈雨村，是全四十回的大客。……這兩人是後文中甄、賈兩大世家的客身。全四十回的大綱領便是真假二字。”

“文章有穿針引綫之法。賈雨村月下吟誦一聯‘玉在匵中求善價，釵於奩内待時飛’，這是一整套情節的樞紐。玉是黛玉，釵是寶釵，全書故事寫的都是這兩人。……若不細加品味，把它僅僅當作一句雨村抒懷之語，便是空放過了。”

第二回：“‘這個學生雖是啓蒙，却比一個舉業的還勞神’，‘他祖母溺愛不明’，這不明明是説，寶玉原是極好的，全是他祖母帶壞的麽？讀者須知，這便是簾中花影之法。”

第三回：“文章有拉來拉去之法，已用在本回。所謂拉來拉去之法，好比一個小姑娘想要捉一隻蝴蝶，走進花園却不見一蝶，等了好久，好不容易看見一隻蝴蝶飛來，巴望它落在花上以便捉住，那蝶兒却忽高忽低，忽近忽遠地飛舞，就是不落在花兒上。忍住性子等到蝶兒落在花上，慌忙去捉，不料蝴蝶又高飛而去。折騰好久才捉住，因爲費盡了力氣，便分外高興，心滿意足。爲看寶黛二人的命運而展開此書，又何異於爲捉蝶進花園？”

“又在有意無意之間，陣陣提示後文。”

第八回："寶釵爲討賈母喜歡，點了《醉打山門》，因寶玉央告，念了《寄生草》。寶玉聽得興意發作，又因席上吵咀弄得意灰心死。既然如此，則後日的出家，實已萌於此時。這就叫作隔歲播種之法。"

第十回："文章之妙在於事先料不到它的變化反復，事出突然而又合理。"

"此書凡寫實事，都不平淡描述，定要虛寫一筆作引子。前文雖寫過趙姨娘，並非特筆著墨，所以這回又從他親生女兒口中數道一遍，使得趙姨娘母子二人雖未出場，却比出場還要栩栩如生。這就是文章家牽綫動影之法。"

第十二回："有形就有影，有影就有形。有形無影是爲晦，有影無形是爲怪。晦乃文章所忌，怪則是文章之奇。這個張道士的金麒麟是影，史湘雲的金麒麟是形。第二十九回中假寶玉是影，真寶玉是形。本回中現形之前先顯影，是怪；第二十九回形消之後才顯影，更怪。所以都無晦，都奇妙。"

第十三回："讀這樣奇妙的文章，幾乎忘其虛構，當作真事，忽見賈雨村出場，才悟出這是提醒讀者，此乃'村假語'——也是避免將賈雨村其人拋在一邊，斷了他的故事。讓他穿插進來，這又是穿針引綫之法。"

第十五回："選中題目之後，並不全盤寫出，必從遠處繞來，曲曲折折，最後方落在本題上，這就是文章的奇妙處。……這叫曲路通幽，便見文章之妙。"

"眼觀彼處，手寫此處，或眼觀此處，手寫彼處，便見文章異常微妙。海棠詩雖字字詠花，實篇篇歷數黛玉的前後始末。螃蟹雖是句句嘲弄螃蟹，但篇篇諷嘲寶釵的先後首尾。這又叫作指松評柏，文章的微妙於此備露。"

第十六回："本書寫紅火熱鬧處，定要兩事遥遥相對，寫一樣的兩件事，又同又異，異中見同，縫合得十分工巧。如第十一回裏寫了薛蟠，本回寫了劉姥姥。……薛蟠的動作是出於真情，劉姥姥的舉止全是故意作戲。真真假假，是本書的一條大綱，這就是遥遥對稱，似同而異。"

"史湘雲説'閑花落地聽無聲'，道出了她出嫁時無聲無息。薛寶釵説

'處處風波處處愁'，寫出她自身正在謀劃一樁危險的勾當。黛玉的令是接上連下的。這又是文章鍵鎖之法。"

第十七回："上一回寫了劉姥姥插了一頭花，接著寫林黛玉親自捧上一杯茶，請劉姥姥坐在自己床上，最後寫探春一個佛手，所以我原以爲這一回定依此順次影寫。不料作者却把前兩樁遠擱一邊，先讓板兒將得到的佛手與巧姐換了，再寫妙玉用自己的茶杯倒茶，讓黛玉坐在自己蒲團上，最後寫劉姥姥從鏡中看自己帶了滿頭花，此即以首作尾之法，又出人意料之外。"

"上回劉姥姥進瀟湘館，誤說'這必定是那一位哥兒的書房'；這一回誤入怡紅院，又說'這是哪一位小姐的繡房'。作者捉住一個鄉下婆，在這裏特地用交錯連環之筆，這又是本回與前回一氣相連處。"

第二十回："此處又見烘雲托月之法。畫月的，不可平直去畫月亮，而要先畫雲彩，畫雲並非本意，意不在雲而在月。"

"此種妙理，若問我是如何悟得的，是讀此書才悟會的。若問此種悟會是向誰學得的，是金人瑞聖歎氏傳下的。臥則能尋索文義，起則能演述章法的，是聖歎先生；讀小說稗官能效法聖歎，且能譯爲蒙古語的，是我。"

第二十一回："第九回談論曲文，是這一回的前奏，第二十七回擲骰子是這一回的尾聲，本回的抽籤介乎二者之間，悟出此意，便能破得長蛇陣。"

第二十三回："這一回裏……忽而想起海棠社……忽而又有賈政書信到，忽而寶玉又作起功課……這都寫出世間事速緩成敗無定，又顯出作者筆鋒神速，有如寫驚兔奔。"

"文章又有由他書孕變而出之法。放風箏有嫣紅之名，便是如此。……現今《桃花行》與嫣紅放的風箏一起出場，用筆之意甚明。"

第二十五回："先著墨一件大事，其後又勉强用一件小事來比附，這叫圖影之道。因後文中有特書的大事，前文定寫一件小事來接引，叫作客主之法。王夫人攆金釧，是眼見其惡，打發出晴雯則是耳聞其惡。……所以彼爲客，此爲主。"

第二十六回："第二十二回中寶玉從櫳翠庵回來，見襲人要綉檳榔包；這回裏寶玉上學，襲人又要綉檳榔包。……這是要寫襲人妄自尊大，是揭襲人奸狡處。爲連接兩惡，用這兩個包作結。作者寫細瑣小事也定有用意。"

第二十八回："文章極妙處，是眼觀此地，並不馬上寫出，從遠遠處寫起，曲曲折折，方要到此，又停筆不寫，又曲曲折折，彎彎繞繞，才要到此又住下了筆，不肯輕易寫出自己著眼之處，置人於將信將疑之間，方突然道破。《紅樓夢》之作，全書都用此法。"

第三十四回："第十三回上長府官之來是爲賈政之子行爲荒唐，本回裏趙堂官之來是因賈政之兄肆行暴戾。……故那次是這次的客、引子，這次是那次的主、隨尾。"

"今時賈母開箱翻籠，表散銀兩，早在第八回上鳳姐一席話裏便埋下伏筆。這就叫伏綫千里、綿連不斷。"

第三十五回："文章必有餘味未盡才可謂妙。瀟湘一事，業已煙滅灰飛，還定要掀起餘波，先寫翠竹青蔥，繼寫如聞哭聲，更寫寶玉一付神態。"

第三十七回："作畫之人雖能繪花，却畫不出花香，故在花旁畫蝴蝶飛舞，以示花香。這不是畫蝴蝶，仍是畫花。雖能畫雪，但畫不出雪寒，所以要畫個雪中烤火的人，以示其寒。這不是畫火，仍是畫雪。本書多用此法暗中烘托故事，讀者應細想。倘若不明畫花繪雪的妙用，誤會爲畫蝶畫火，豈不辜負了作者用心？如此説來，可知今之寫紫鵑，依舊是寫瀟湘。"

按，本書今存《新譯紅樓夢》抄本，有哈斯寶《序》《讀法》《總錄》，正文被以蒙文節譯爲四十回，各有回評。評者哈斯寶，清嘉慶、道光、咸豐年間人，蒙古族。號施樂齋主人、耽墨子。據其《序》末署"道光二十七年孟秋朔日撰起"和抄本封面署"壬子年七月撰造，甲寅年五月修改裝訂"，知其評譯《紅樓夢》始于道光二十七年（1847），迄于咸豐二年（1852），咸豐四年（1854）修改定稿。1974 年，亦鄰真將其中評語譯成漢語。

（哈斯寶評《新譯紅樓夢》，内蒙古大學政治部宣傳組印行 1974 年）

咸豐五年（乙卯　1855）

吴炳榮爲解鑑《益智録》作序：“夫人之傳奇著説，每隱匿其名以泄其忿，或暗藏其事以抒其懷，使後人閲者，艷其詞之秀麗，賞其筆之英豪，而於世道人心毫無關係，此最足爲文人之大戒也。子鏡解子，余同村故交也。少時苦志詩書，未獲拾芥；晚歲留心風化，常欲傳薪。每於教讀之餘，著有《益智録》數卷。凡所見所聞，無不隨手抄録，而於忠孝節義之事，更一一詳細叙明，使閲者觸目警心，天良自動。是於詩教之勸善懲惡之旨，大有體會，其變化世道人心之微意，豈淺鮮哉！如謂叙事之詳明，用筆之奇絶，非所以識解子也。是爲序。”

末署“咸豐五年秋八月，同邑春卿弟吴炳榮謹識”。

（解鑑著、王恒柱等校點《益智録》，人民文學出版社 1999 年）

咸豐六年（丙辰　1856）

陸以湉《冷廬雜識》自叙：“學莫貴於純，純則不雜。著之爲書，可以闡淵微之藴，成美盛之觀。此必具過人之質，復殫畢生才智以圖之。用力深，斯造詣粹，理固然也。余不敏……雖詩詞小技，亦未底於成。近歲屏棄不作，暇惟觀書以悦志，偶有得即書之，兼及平昔所聞見，隨筆漫録，不沿體例，積成八卷，名曰《雜識》。蓋惟學之不能純，乃降而出於此，良自愧也。至於搜采之未精，稽考之多疏，論説之鮮當，則甚望世之君子正其失焉。”

末署“咸豐六年歲次丙辰二月朔日，陸以湉書於杭州學舍”。

（陸以湉撰、崔凡芝點校《冷廬雜識》，中華書局 1984 年）

咸豐七年（丁巳　1857）

"東籬山人"《重刻〈蕩寇志〉叙》："忠義者，生人固有之天真，絲毫不能假借。古聖賢立説垂經，闡明乎綱常之理，嚴立乎子臣之防，無非欲使天下後世讀其書、審其義，因以觸發其真良也。第聖經賢傳，義至精微，非學士大夫，未易深體，而撮舉往事，揚厲鋪張，散見於稗官野史者，雖販夫氓隸，靡不樂取而閑觀。苟其持論新奇，意旨仍歸正大，則傳誦者必多，其感人尤易入，善哉，俞仲華先生之《蕩寇志》乎！因耐庵《水滸傳》體其微義，暢發偉詞，十分五光，層見疊出，總以忠奸兩路，劃開到底，其間脈絡貫通，前後文回環照，而成敗倚伏，鬼神亦若有默運之機。此不獨足悦人目，並足感人心也。余見其原刊大板，逐卷詳恭，覺雖小説，實有關世道人心。志曰《蕩寇》，誠非虛語。顧特恐傳之難遍也，爰校其舛訛，重付剞劂，宛成袖珍，俾行者易納巾箱，居亦便於檢閱，流傳遍覽，咸知忠義非可偽托，盜賊斷無善終，即誤入歧途者，亦凜然思，翻然悔，轉邪就正，熙熙然共用太平之樂也，豈不休哉。"

末署"時咸豐七年仲春上浣東籬山人"。

（天津圖書館藏清咸豐七年重刊本）

羅以智爲梁章鉅《浪跡三談》作序："讀是編者，多舉宋洪文敏以方公。……文敏之不若公者一。……文敏之不若公者二。文敏《容齋隨筆》五集，固爲南宋説部之冠，《隨筆》外僅傳《夷堅志》《萬首唐人絶句》兩書，殊無關學問。公則於四部各有選述，凡六十餘種，已刊行寓内四十餘種，皆有益於後之學者。文敏之作《容齋一筆》，首尾十八年，《二筆》十三年，《三筆》五年，其《四筆》之成，不費一歲，《五筆》亦閲五年。而公於四年中，但所劄記，輒成巨册，文敏之不若公者三。唯《容齋隨筆》傳入禁林，孝宗稱其煞有好議論，受知之榮，較爲過之。然他日偃武修文，重開四庫館，采訪所及，得邀乙覽，未可知也已。昔文敏從孫總刊《隨筆》五集，何同叔爲之序，恨不及識文敏，與其子其孫相從甚久，今智視同叔之於文敏爲幸，而欲以蠡測海，以莛撞鐘，則又烏乎能？同叔之言曰：‘可以稽典故，可以廣聞見，可以證訛謬，可以膏筆端，實爲儒生進學之地。’智第舉同叔之推文敏者以推公，同叔之言，蓋於公是編爲尤當，世之博雅之君子，智足以知公者，奉公之緒餘尚如是，則推公實突過文敏，信不阿云。”

末署“咸豐七年丁巳秋九月朔，年家子羅以智謹序”。

（國家圖書館藏清咸豐七年福州梁氏刻本）

咸豐八年（戊午　1858）

“棲霞居士”爲魏秀仁《花月痕》題詞：“文字不從高處著想，出筆輒陋；文字不從空處落墨，到眼皆俗。此書寫韋、劉、韓、杜四人，淺者讀之，不過是憐才慕色文字。夫文字而僅止於憐才慕色，則世間所謂汗牛充棟者正復不少，作者亦何暇寫之乎？然則奈何？曰：‘是必歸其說於本。’……至於事以互勘而愈明，人以並觀而益審，則有韓、杜步步爲二人之反對，如容光之日月，無影不隨，如近水之樓臺，有形皆幻。作者遂以妙筆善墨寫之，而又令其先帶後映，旁見側出，若在有意無意之間。說部雖小道，而必有關風化，輔翼世教，可以懲惡勸善焉，可以激濁揚清焉。若僅僅惜此羽毛，哀其窈窕，不亦可已也夫！”

末署“時咸豐戊午重陽日，貴筑棲霞居士讀畢謹題”。

謝枚如“題詞”：“二十年來想見之，每聞淪落感□眉。傭書壓短才人氣，稗史空傳幼婦詞。天下傷心能幾輩，此生噩夢已如斯。”

符雪樵作題後“評語”：“詞賦名家却非說部當行，其淋漓盡致處亦是從詞賦中發泄出來，哀感頑艷，然而具此仙筆足證情禪，擬諸登徒好色没交涉也。”

"棲霞居士"評點《花月痕》：

第一回："以稗官説稗官，故能説出稗官蹊徑。"

第二回："此回爲全書緣起。明經略、荷生、癡珠，均於漠不相關中叙出相關來，又絶無牽强痕跡。龍門合傳法也。"

第三回："此回傳紅卿，實傳娟娘也。善讀者可悟烘雲托月、對鏡取影之法。"

第四回："文章有不妨明點下文者，此類是也。"

"文章有不妨放活下文者，此類是也。"

"此回傳荷生，爲全書大綱領。而游、李、林、顔四將，隨手帶出。游、李詳於第八回，故此略之。其文前開後合，無一筆滲漏，却不見局促，如月照影，月過影失；如風掃葉，風止葉盡，珠圓玉潔之文也。"

第五回："此回傳癡珠，純用倒提之筆，步步凌虛，高唱而入，妙文也，亦至文也！"

"故於蘊空偈中寫癡珠、荷生，用明寫對寫；於碑記中寫癡珠、荷生，用一明一暗、一正一側。而秋痕、采秋，則更用暗中之明、明中之暗，正中之側、側中之正。草蛇灰綫，馬跡蛛絲，隱於不言，細入無間。水底觀日，日不一影；晴天看雲，雲不一色。極文章之奇觀，願與天下後世巨眼人同浮一大白。"

第八回："此回純是承上啓下文字，似是閑文，却非閑文，細讀之皆是絶不可少之文。能文者自知之。"

第十回："此回荷生、采秋合傳。寫癡珠、梧仙，純用纏綿；寫荷生、采秋，純用透脱，便已定全書之局。若僅賞其一筆不複，一筆不犯，猶是皮相。"

第十七回："此回傳秋痕、采秋，純用白描，而神情態度活現毫端，的是龍眠高手。眼目綫索，全在《鳳來儀》一令，都爲後文伏筆，無一閑字。"

第十九回："此回傳癡珠。於叙事中見簡凈，於點綴處見空靈……《金絡索》兩支是主中賓，《秋子夜》三章是賓中主。"

第二十三回："此回傳癡珠，爲類序之體。留菊宴作全書餘波，創格也。"

第二十五回："讀書只有虛悟實證兩法，作者兼之。虛悟，此書大旨以□□影□□，亦有正對反對等法，猶寶玉正對反對是個妙玉也，故借《紅樓夢》與讀者説破，所謂影中影也。"

第二十七回："叙二人出場，有情有理，絶非《西遊記》到無可如何處便有觀音大士也。"

第三十四回："自二十九回諧老卜居處，凡韓杜文字俱是反劫此一段，此一段及三十六回下折又是反劫三十七回以下文字也。反正相生，極陽開陰闔之妙。"

"荷生、采秋叙別一層，作者不欲實寫正寫，故於三十七回離恨從對面寫之。此《滿江紅》一詞從旁面側面寫之，筆墨工致，情詞悱惻，所不待言。"

第四十三回："此回傳癡珠之死，而上半折將前文瑣瑣屑屑，隨手收拾；後半折轉入正文，乃飄飄乎有仙氣矣。真有結構文字，非徒騁才也。"

第四十五回："單寫癡珠、秋痕，文章慘澹，令閲者氣盡意索，必夾寫荷生兼以時事，始有光采，此作者設色法。"

"此回上半折叙述癡珠、秋痕身後情事，爲全書一小結束；下半折遥承第十回，以碧桃起波……此爲結構。"

第四十八回："無中生有，一波未平一波復起，洋洋灑灑，極行文之樂事，而筆意蒼秀，非復小説家所有。"

（國家圖書館藏清光緒十四年福州吳玉田刊本）

咸豐十年（庚申　1860）

葉圭書爲解鑑《益智錄》題跋："庚申之春，余罷官後僑寓稷下，杜門養疴，惟以書籍自娛。客有言《益智錄》者，亟購其書讀之，亦搜神志怪之流；而筆意矯矯絶俗，迥非近今操觚家可比。其著名爲歷城解子鏡，名鑑。爰訪

其人，而歷邑鮮有知其姓字者。嗣聞其設帳於黄臺山，在城北八里許，因宛
轉招致之。無何，扣扉見訪，則皤然一白叟也。詢其生平，自云：少應童子
試，至老不遇，卒未獲袊；家貧，恃訓蒙爲業，今行年已六十矣。其人清臞
鶴立，意致温雅，語言訥訥，如不能出諸口。而於諸子百氏之書，多所涉獵，
工文善詩，究心於古。此編則誦讀之餘，戲仿淄川蒲氏《聊齋志異》而成者。
以此窺解子，猶泰岱之一拳，滄溟之一勺耳。談者見其規仿《聊齋》神肖，
謂可與《聊齋》爭席，余謂不然。《聊齋》天才横逸，學問奥博，後人詎易相
踵？然《聊齋》以懷才不遇，特借此以抒其抑鬱，故其書呵神詈鬼，嬉笑怒
罵，無所不有，殆亦發憤之所爲作耳。解子少負雋才，一無遇合，至垂白之
年，猶坐窮山中，訓童子以餬口，其窮厄視《聊齋》爲何如？而所爲書，無
一骯髒語，無一輕薄語，勸善懲淫，一軌於正。雖與《聊齋》同一遊戲之筆，
而是書獨能有裨於世道，是其讀書養氣之功，視《聊齋》差有一長也。然吾
因之有感矣。人情好奇而厭常，震虛聲而寡真賞。《聊齋》以沉博絶麗之才，
搜奇獵異，出幽入明，自足以耀士林之耳目。而其時又有名公卿負海内龍門
之望，片言品題，聲價百倍，故雖窮困潦倒，而猶能聲華藉藉，傾動一時。
解子才非不逮，徒以恂恂鄉黨，不慕浮華，不矜聲氣，坐使名字不出於里閈，
士大夫幾無有知其誰何者，斯非一不平之事耶？顧余宰歷城時，解子猶應縣
試，余以風塵栗六，竟未物色及之。今余解組將歸，解子已篤老，乃始相與
扼腕而歎也。嗚呼，晚矣！"

末署"咸豐十年八月，滄州芸士葉圭書跋"。

（解鑑著、王恒柱等校點《益智録》，人民文學出版社 1999 年）

咸豐十一年（辛酉　1861）

杜喬羽爲解鑑《益智録》作序："説部書，唐宋人尚已；近今則蒲留仙
《聊齋志異》，怡心悦目，殆移我情，不厭百回讀也。其叙事委曲詳盡而不嫌

瑣屑，其選詞典贍風華而不病文勝，其用筆輕倩波俏而不失纖巧。其奇想天開，憑空結撰，陸離光怪，出人意表，而不得謂事所必無，以烏有子虛目之。向以爲絕調獨彈，殆寡和矣。辛酉夏，余于役歷下，得解君子鏡所著《益智錄》八册，細讀一過，而驚留仙有嗣響也。同年友葉芸士廉訪謂其爲書‘無一骯髒語，無一輕薄語，勸善懲淫，一軌於正’，大異乎《聊齋》之呵神詈鬼，以抒其抑鬱牢騷之氣者，斯言當矣。顧余尤喜其逼肖留仙，而無刻意規摹之跡，是真善學前賢而遺貌取神者。亟宜付梓，以公同好，抑以知操觚爲文，師古非襲古也。解君具如此才華，博一青衿不可得，訓蒙鄉曲，今已垂老，而托心豪素，絕無幾微不平之鳴犯其筆端，其學與養爲何如矣！學士讀書稽古，懷才不遇，即遊戲文章，亦足立言不朽，如芸士謂爲若勸若懲，有功世道云云者。吾知君雅不欲以斯錄自見，而斯錄未嘗不可以見君；斯錄不足以傳君，而君固將以斯錄傳也。質之芸士，當不河漢斯言。”

末署“咸豐辛酉夏至後十日，濱州杜喬羽筠巢甫識”。

（解鑑著、王恒柱等校點《益智錄》，人民文學出版社 1999 年）

“西湖散人”《〈紅樓夢影〉序》：“大凡稗官野史，所記新聞而作，是以先取新奇可喜之事，立爲主腦，次乃融情入理，以聯脈絡，提一髮則五官四肢俱動，因其情理足信，始能傳世。……今者雲槎外史以新編《紅樓夢影》若干回見示，披讀之下，不禁歎絕。前書一言一動，何殊萬壑千峰，令人應接不暇。此則虛描實寫，傍見側出，回顧前蹤，一絲不漏。至於諸人口吻神情，揣摹酷肖，即榮府由否漸亨，一秉循環之理，接續前書，毫無痕跡，真制七襄手也。且善善惡惡，教忠作孝，不失詩人溫柔敦厚本旨，洵有味乎言之。余聞昔有畫工，約畫東西殿壁，一人不知天神眉宇，別具神采，非侍從所及，畫畢睹之，愧悔無地。此編之出，儻令海內曾續《紅樓夢》者見之，有不愧悔如畫工者乎？信夫前夢後影，並傳不朽。是爲序。”

末署"咸豐十一年歲在辛酉七月之望西湖散人撰"。

（復旦大學圖書館藏光緒三年聚珍堂本）

同治元年（壬戌　1862）

　　李佐賢爲解鑑《益智録》作序："自經史以逮諸子百家，其立言不同，而大旨要歸勸善懲惡而已。顧正言之或不入，不如喻言之之易入也；莊言之或不聽，不如詭言之之動聽也。此稗官野史有時亦與經傳相發明也。辛酉秋，解君子鏡訪余於濟南講舍，出所著《益智録》見示。適值逆氛不静，匆匆旋里，未遑卒讀。壬戌春，仍返歷下，始細讀之，歎其寄意之深且遠也。士君子乘時得位，往往於文翰無所表見，當時則榮，没則已焉。即或有志著述，而摭拾諸儒之語録，獵取考據之陳言，令人讀不終篇，輒思掩卷。又其甚者，搜隱怪而有悖於經常，騁妍詞而不止乎禮義。冀其感人心而維風化也難矣！斯録也，遠紹《搜神》《述異》《齊諧》志怪之編，近仿《聊齋志異》之作，筆墨雖近遊戲，而一以勸懲爲主，殆主文譎諫之流歟！所謂與經傳相發明者，其在斯與？論詩者謂窮而後工，解君懷才不遇，藉此以抒其懷抱，固宜其文之工也。是録一出，將見洛陽紙貴。其終湮没不彰耶，較取科名登膴仕者，所獲固已多矣，何憾哉？"

　　末署"同治元年秋七月，利津李佐賢序"。

（解鑑著、王恒柱等校點《益智録》，人民文學出版社 1999 年）

同治四年（乙丑　1865）

　　"青士""椿餘"《〈乾隆甲戌脂硯齋重評石頭記〉跋》："《紅樓夢》雖小説，然曲而達，微而顯，頗得史家法。余向讀世所刊本，輒逆以己意，恨不得起作者一譚。睹此册，私幸予言之不謬也。子重其寶之。"

　　末署"青士、椿餘同觀於半畝園並識，乙丑孟秋"。

（丁錫根編著《中國歷代小説序跋集》，人民文學出版社 1996 年）

同治七年（戊辰　1868）

劉銓福《〈乾隆甲戌脂硯齋重評石頭記〉跋》："《紅樓夢》非但爲小説別開生面，直是另一種筆墨。昔人文字有翻新法，學梵夾書；今則寫西法輪齒，仿《考工記》。如《紅樓夢》實出四大奇書之外，李贄、金聖歎皆未曾見也。"

末署"戊辰秋記"。

（丁錫根編著《中國歷代小説序跋集》，人民文學出版社 1996 年）

同治八年（己巳　1869）

"虛明子"《〈重刊綉雲閣〉序》："嘗觀歷朝傳書多矣，或描寫才子佳人，則盡態極妍，豈知閨閣之形容太露，是啓人以淫盜之媒；間有拋去才子佳人而寫丈夫氣概，又以武勇是尚，結拜爲黨，導人以大逆之路；甚而描寫款式與夫艷曲淫詞，則助人以奢侈之風、敗常之事，均不得爲傳書之善者也。……外此而世情所有，一一描出，無不法戒昭然。雖談論多山水精怪，要皆從人心之不正而生，非好言喬怪離奇，以炫人心目。吾願世之閱者不徒以文筆曲折見長，亦不徒以詞章富潤爲美，須玩其綱領所在，旨趣所在，知非尋常小説可比，而有裨於世道人心也，則幸甚。但是書稀少，知板之不存久矣。茲特重付梨棗，梓行於世，故序之。八十歲貢虛明子記。"

按，繫年據刊刻時間。

（國家圖書館藏清同治八年刊本）

金和《〈儒林外史〉跋》："先生詩文集及《詩説》俱未付梓。余家舊藏抄本，亂後遺失。惟是書爲全椒金棕亭先生官揚州府教授時梓以行世，自後揚州書肆，刻本非一。然讀者大半以其體近小説，玩爲談柄，未必盡得先生警世之苦心。故余嘗謂：'讀先生是書而不愧且悔，讀紀文達公《閲微草堂筆記》而不懼且戒者，與不讀書同。'知言者或不責余言之謬邪？是書體例精嚴，似又在紀書之上。觀其全書過渡皆鱗次而下，無閣東話西之病，以便讀者記憶。又自言‘聘娘豐若有肌，柔若無骨’二語而外，無一字稍涉褻狎，俾閨人亦可流覽，可知先生一片婆心，正非施耐庵所稱‘文章得失，小不足悔’者比也。先生著書，皆奇數。是書原本僅五十五卷，於述‘琴棋書畫四士’既畢，即接《沁園春》一詞。何時何人妄增‘幽榜’一卷，其詔表皆割先生文集中駢語襞積而成，更陋劣可哂，今宜芟之，以還其舊。”

末署“同治八年冬十月上元金和謹跋”。

（李漢秋輯校《儒林外史彙校彙評（增訂版）》，上海古籍出版社 2022 年）

同治九年（庚午　1870）

“博陵紀棠氏”《俗話傾談》自序：“語云：‘知多世事胸襟闊，識透人情眼界寬。’‘知’‘識’兩字，由於自己之想像而明，亦由聞人之談論而得也。嘗見街頭巷尾、月下燈前閑坐成群，未嘗無語，但所論多無緊要之事，未足以有補身心。或有談及因果報應，則有聽有不聽焉，且有抽身而去者矣，非言語不通，實事情未得趣也。惟講得有趣方能入人耳、動人心，而留人餘步矣。善打鼓者多打鼓邊，善講古者須談別致。講得深奧，婦孺難知，惟以俗情俗語之説通之，而人皆易曉矣，且津津有味矣。誦讀之暇，采古事數則，有時説起，聽者忘疲。因付之梓人，以備世之好言趣致者。”

（清同治九年秋刻粵東省城十七甫五經樓刻本）

同治十年（辛未　1871）

“半月老人”《續刻〈蕩寇志〉序》：“予少時每遇稗官小説諸書，亦嘗喜涉獵，而獨不喜觀前後《水滸》傳奇一書。蓋以此書流傳，凡斯世之敢行悖逆者，無不藉梁山之鴟張跋扈爲詞，反自以爲任俠而無所忌憚。其害人心術，以流毒於鄰國天下者殊非淺鮮。”

末署“時上章敦牂臘月，桂林半月老人序於羊城之掃閑軒”。

錢湘《續刻〈蕩寇志〉序》：“噫，著書立説之未易言也！古人慎之又慎，而猶未敢筆之於書，誠以卷帙一出，即爲世道人心所關係，非可苟焉已也。然而世之懷才不遇者，往往托之稗官野史，以吐其抑塞磊落之氣，兼以寓其委曲不盡之意。於是人自爲説，家自爲書，而書之流弊起焉。蓋不離乎奸盜詐僞數大端，而奸也、詐也、僞也，害及其身，盜則天下之治亂繫之，尤爲四端之宜杜絶而不容緩者，此《蕩寇志》之所由作也。……庚午秋，予將有珠江之行，道出玉屏山下，仲華之故居在焉。謹以紙錢一陌，麥飯一盂，奠於忽來道人之墓下……於是以《蕩寇志》盛行於大江南北，巨本之有批注者，爲髮逆所嫉，毀於姑蘇。……因而思夫淫辭邪説，禁之未嘗不嚴，而卒不能禁止者，蓋禁之於其售者之人，而未嘗禁之於其閲者之人；即使其能禁之於閲者之人，而未能禁之於閲者之人之心。兹則並其心而禁之，此不禁之禁，正所以嚴其禁耳。況是書也，旁批箋注，鴛鴦之綉譜在焉，若從而删之，徒以供牧豎販夫之一噱耳。昔板橋氏自序其集曰：‘有私刻以漁利者，吾必爲厲鬼以擊其腦！’吾於是書亦云。”

末署“慈溪瑟仙錢湘序”。

（上海圖書館藏清同治十年玉屏山館刊本）

同治十一年（壬申　1872）

李光廷爲方濬師《蕉軒隨録》作序：“自稗官之職廢，而説部始興。唐宋以來，美不勝收矣。而其別則有二：穿穴罅漏、爬梳纖悉，大足以抉經義傳疏之奥，小亦以窮名物象數之源，是曰考訂家，如《容齋隨筆》《困學紀聞》之類是也；朝章國典，遺聞瑣事，鉅不遺而細不棄，上以資掌故而下以廣見聞，是曰小説家，如《唐國史補》《北夢瑣言》之類是也。作者朋興，更相出入，編書者第從其多以歸其類，而大綱既定，罕出範圍。至於立言垂訓，卓然自必其可傳，則第視乎其書，而不繫乎其體。同年觀察方君子嚴，幼承家訓，淬厲於學，自其束髮受書，即能翻前人窠臼，抉其幽隱，其心有所得，見有可喜，必筆而録之。既而侍直禁林，橐筆天禄、石渠之地，凡史家所載，大聖人所以擅恩威而昭法戒者，可驚可愕，又備録而歸，積之歲月，遂成巨帙。歲戊辰分巡嶺西，期年政成，乃盡發其藏，删繁舉要，編成如干卷，名曰《蕉軒隨録》，而命光廷爲序。……最陝、甘之冒賑，淮、揚之侵帑，少時父老類言之，而不得其首尾，及君書一出，則當年事之始末，罪之輕重，歲時日月，燦然具在，使後之讀者據是以參校國史，實足以傳信而袪疑。凡類此者數十篇，其可傳無疑也。若夫讀書之間，搜典之僻，獨抒所見，皆能開拓心胸，而得者既多，爭者亦起。昔吴虎臣著《能改齋漫録》，劉興伯糾其十一事。顧亭林積畢生之力成《日知録》，經閻百詩舉正尚五十餘條。入主出奴，迄今未經論定。以光廷之謭陋，誠不敢自任折衷，此須俟諸百年，而要不爲無補耳。君功名方大起，而著述不輟，是書而外，復箋注其先《玄英集》《朱子詩集》及《二程粹言直解》《隨園詩注》《年譜》，刻以問世。後此所出，當有如昌黎所云‘大書’‘屢書’‘不一書’者。故既序以應命，又執筆以俟焉。”

末署“同治十一年四月八日，治年愚弟番禺李光廷序”。

（上海圖書館藏清同治十一年刻本）

“蠡勺居士”《〈昕夕閒談〉序》：“小説之起，由來久矣。虞初九百，雜説之權輿；《唐代叢書》，瑣記之濫觴。降及元明，聿有平話，無稽之語，演之以神奇淺近之言，出之以情理，於是人競樂聞，趨之若鶩焉。推原其意，本以取快人之耳目而已，本以存昔日之遺聞瑣事，以附於稗官野史，使避世者亦可考見世事而已。予則謂小説者，當以怡神悅魄爲主，使人之碌碌此世者，咸棄其焦思繁慮，而暫遷其心於恬適之境者也。又令人之聞義俠之風，則激其慷慨之氣；聞憂愁之事，則動其悽宛之情；聞惡則深惡，聞善則深善，斯則又古人啓發良心、懲創逸志之微旨，且又爲明於庶物、察於人倫之大助也。且夫聖經賢傳，諸子百家之書，國史古鑑之紀載，其爲訓於後世，固深切著明矣。而中材則聞之而輒思卧，或並不欲聞。無他，其文筆簡當，無繁縟之觀也；其詞意嚴重，無談謔之趣也。若夫小説，則妝點雕飾，遂成奇觀，嘻笑怒罵，無非至文。使人注目視之，傾耳聽之，而不覺其津津甚有味，孳孳然而不厭也，則其感人也必易，而其入人也必深矣。誰謂小説爲小道哉？雖然，執筆者於此則不可視爲筆墨煙雲，可以惟吾所欲言也。邪正之辨不可混，善惡之鑑不可淆。使徒作風花雪月之詞，記兒女纏綿之事，則未免近於導淫，其蔽一也。使徒作豪俠失路之談，紀山林行劫之事，則未免近於誨盜，其蔽二也。使徒寫奸邪傾軋之心，爲機械變詐之事，則未免近於縱奸，其蔽三也。使徒記干戈滿地之事，逞將帥用武之謀，則未免近於好亂，其蔽四也。去此四蔽，而小説乃可傳矣。今西國名士，撰成此書，務使富者不得沽名，善者不必釣譽，真君子神彩如生，僞君子神情畢露，此則所謂鑄鼎像物者也，此則所謂照渚然犀者也。因逐節翻譯之，成爲華字小説，書名《昕夕閒談》，陸續附刊，其所以廣中土之見聞，所以記歐洲之風俗者，猶其淺焉者也。諸君子之閱是書者，尚勿等諸尋常之平話、無益之小説也可。”

末署“壬申臘月八日蠡勺居士偶筆於海上厝齋之小吉羅庵”。

按，《瀛寰瑣紀》創刊于上海，“蠡勺居士”主編，出版者係申報館；同治十三年十二月停刊，共出二十八卷。第三卷開始連載英國小説《昕夕閒談》，至同治十三年十二月畢，譯者署“蠡勺居士”。

（申報館叢書本《瀛寰瑣紀》1872 年第 3 期）

同治十二年（癸酉　1873）

陳其元《庸閒齋筆記》自序：“同治壬申之秋，解組歸來，僑寓武林。……

端居多暇，嘗舉吾宗舊事與兒輩言之，恐其遺忘，筆之簡牘，俾免數典忘祖之誚。殘冬未盡，倏已成帙。今年因公事滯迹吳門半載，日長務閒，追念平生舊聞，及身所經歷目睹事，有所記憶，輒拉雜書之。紛綸叢脞，雖詼諧鄙事無所不登；而國典朝章、莊言至論、異聞軼事、軍情夷務及展卷所得者，間亦存焉。隱惡揚善，事徵諸實，不敢爲荒唐謬悠之譚，如《碧雲騢瑣綴録》之誣詆名賢。庶幾歐陽文忠《歸田録》所言：'以唐李肇爲法，而少異者，不記人之過惡。'君子之用心當如是也。合之前編，共爲八卷，約十萬言，名之曰《庸閒齋筆記》。聊以自娛，亦可供友朋抵掌劇談之一助云爾。"

末署"同治十有二年，歲在昭陽作噩，斗指酉，庸閒老人漫識於行葦堂，時年六十有二"。

（陳其元撰、楊璐點校《庸閒齋筆記》，中華書局 1989 年）

"春明倦客"爲黄鈞宰《金壺七墨》作序："自道光甲午至同治癸酉，先後四十年中，時會之變遷、軍務之起迄，與夫耳目聞見、可驚可愕之事，生平悲歡離合之遭，按跡而求之，觸類而伸之，固已略具一斑矣。古人小説謂紀事實、探物理、示勸戒、資談笑則載之，《七墨》有焉。"

末署"同治十二年閏六月，春明倦客書寄於宣南思補齋"。

（國家圖書館藏清同治十二年比玉樓刊本）

孫桐生《〈妙復軒評石頭記〉叙》："少讀《紅樓夢》，喜其洋洋灑灑，浩無涯涘，其描繪人情，雕刻物態，真能抉肺腑而肖化工，以爲文章之奇，莫奇於此矣，而未知其所以奇也。丙寅寓都門，得友人劉子重貽妙復軒《石頭記》評本，逐句梳櫛，細加排比，反復玩索，尋其義，究其歸，如是者五年。乃曠然廢書而歎曰：'至矣哉！天下無一本之文固若是哉！'文章者，性情之華也。性情不深者，文章必不能雄奇恣肆，猶根底不固者，枝葉必不暢茂條達也。世庸有苟作之文，捫摭敷衍，支離失實，無底裏可顧，無命意可求，非竭則萎，烏能斯愛而斯傳哉？蓋立言不根理要，既不能發揮古今之名理，焉能饜飫乎天下之人心？事有必然無疑者，然作者難，識者不易。自得妙復軒評本，然後知是書之所以傳，傳以奇，是書之所以奇，實奇而正也。如含玉而生，實演明德；黛爲物欲，實演自新。此外融會四子六經，以俗情道文言，或用借音，或用設影，或以反筆達正意，或以前言擊後語。尤奇者，教養常經也，轉托諸致禍蔑倫之口；仙釋借徑也，實隱辟異端曲學之非。就其涉，可以化愚蒙，而極其深，可以困賢智。本談情之旨，以盡復性之功，徹上徹下，不獨爲中人以下説法也。至其立忠孝之綱，存人禽之辨，主以陰陽五行，寓以勸懲褒貶，深心大義，於海涵地負中自有萬變不移、一絲不紊之主宰，信乎其爲奇傳也。奇而不究於正，惟能照風月寶鑑反面者，乃能善用其奇也。是書之作，六十年來，無真能讀真能解者，甚有耳食目爲淫書，亦大負作者立言救世苦心矣。得太平閒人發其聵，振其聾，俾書中奧義微言，昭然若揭，範圍曲成，人倫日用，隨地可以自盡。……他若太平閒人爲全君卜年，評本並未注名，亦無別號，不佞冥搜苦索於意言之表而得之，因別號而實以人，何嘗評者之藉以爲名也。評者不自爲名，又何有於作者？是謂亘古絕今一大奇書也可。然能識奇書，評奇書，使天下後世皆知爲奇書，不致以奇書爲淫書，而誤於奇書，則太平閒人亦一天下之奇人也已。”

末署“同治癸酉季秋月下浣，飲真外史孫桐生叙於臥雲山館”。

（清光緒七年臥雲山館刊本）

“雪溪八詠樓主述、吳中夢花居士編”《蜃樓外史》第一回正文：“傳中事實本非真，海市蜃樓作主賓。寫出村言閭俚語，前朝遺跡恰如新。從來稗官野史，寓言罵世，或借景抒懷，稱揚的無非忠孝節義，痛罵的悉是奸盜邪淫。雖是假語村言，而言者既不特無罪，且可藉以警世，俾知流芳遺臭後世，自有公論。這且慢提。"

　　按，繫年據陳文新《中國文學編年史》。

　　　　　　　　　　　　　　　　　　　（南京圖書館藏字林滬報館鉛印本）

同治十三年（甲戌　1874）

　　許奉恩《里乘》自序："小説在漢時已稱極盛，西京以來，大儒多爲此體，類皆光怪陸離，擇言尤雅。魏晉六朝踵之，作者愈繁，修潔亦復可貴。厥後《唐代叢書》大放厥詞，間多巨幅，放縱不羈，殊具奇氣。沿及宋元，漸流粗率。明則自鄶無譏矣。至我朝山左蒲留仙先生《聊齋志異》出，奄有衆長，萃列代之菁英一爐冶之，其集小説之大成者乎！而河間紀文達公《閲微草堂筆記》，屬詞比事，義蘊畢宣，與《聊齋》異曲同工，是皆龍門所謂'自成一家之言'者也。嗟呼！小説雖小道，豈易言哉？……言者有褒有貶，聞者忽喜忽怒，事之有無，姑不具論，而借此以寓勸懲，誰曰不宜？予一介腐儒，幼習畎畝，喜觀爨弄，又愛聽野老叢談，擇其事之近是者，編爲《里乘》一書。間亦雜以説鬼搜神，干寶蘇髯，偶爾遊戲，姑妄言之，姑妄聽之可也。惟筆墨蕪茸，不足供大雅一笑，豈敢望鼎立於蒲、紀二公間哉？閲者不以語怪悖聖見責，幸甚！幸甚！"

　　末署"同治十三年歲次甲戌重九前五日，蘭苕館主人自序"。

　　宗星翼《里乘》序："《里乘》十卷，吾宗桐城叔平先生所爲勸懲而作也。……先生嘗謂小説家言，厥弊有四。其或刻劃怨曠，組織因緣，東牆窺臣，西廂背母；盟要齧臂，叙閨閣之幽情；事勝畫眉，繪床帷之媟態，狂蕩鮮耻，其弊也褻。或屈指英雄，傾心任俠，把臂伏莽，吹唇揭竿；智遠韜名，牛角掛書之輩；扶餘創業，虬髯得意之秋，獷悍藐法，其弊也橫。至若設森羅之惡獄，造紂絶之幽宫，襲左氏之豕人，述阿尼之貓鬼；野狐拜月，影幢幢而悸心；山魈吟風，聲霄霄而竪髮，離奇變怪，其弊也誕。他如拈花呈佛，采藥求仙，寶筏回頭，金丹換骨；五百道小夫人之乳，何等神通；四百門大昆侖之城，盡堪遊戲，渺茫恍惚，其弊也荒。先生凈祓四弊，兼具三長；根柢六經，爐冶百子。實事求是，祖《麟經》之義嚴；修辭立誠，效狐史之筆直，侯其燁而蕆以加矣。夫以先生居龍眠人文之藪，擅馬遷叙述之才，脱使策名秘苑，儤直清班，花磚晝趨，蓮燭宵跋，製作必空餘子，聲譽迥軼恒流。而乃傳食公卿，屢懷民物，慈悲説法，寓草野之褒譏；窮愁著書，操稗官之筆削，不亦重可慨哉！星翼系同太嶽，跡並邗溝，朗月照帷，近挹顔色，清風款户，幸惠笑言；時叩促膝之談，獲窺等身之制。以兹編足資掌故，爰敦趣先付手民，免使傳鈔，騰貴洛陽之紙；互相告戒，請聆汝南之評。君其托義陽秋，獨有千古，我敢藉言遊夏，莫贊一詞！勉弁簡端，用誌忻佩。後之覽者，謂詞達理明，婦孺皆解，第作小説觀，可也；謂言近旨遠，袞鉞交施，不第作小説觀，亦可也。"

末署"同治甲戌秋楚南宗小弟星翼秋槎甫撰"。

金安清《里乘》跋："我朝小説軼乎歷代、膾炙人口者四，曰《聊齋志異》，曰《閲微草堂筆記》，曰《紅樓夢》，曰《儒林外史》。《紅樓夢》與《外史》以俗言道文情，究其指歸，與施耐庵、王弇州諸作等耳；雖寓勸懲之旨，觀者懵焉。《志異》乃悲憤之書，文筆直參《左》《國》，逋峭冷雋，前此未有；特流於尖刻，無風人敦厚之思。《筆記》持論允矣，鬼狐太多，且皆短篇，説理有餘，行文不足，是皆有所憾焉。外此如《諧鐸》《六合》《内外瑣言》《耳食録》《夜談隨録》《品花寶鑑》，則更自鄶以下矣。許叔平先生《里乘》一書最後出，以漢魏古艷之筆寫昊蒼禍福之原。身際亂離，目擊因果，所記皆信而有徵，不托之玄虚縹緲。文心結構如剝蕉抽繭，繪聲繪影，無不畢現紙上。使閲者欣然喜，憬然悟，終之以凛然懼。先生教世之心若是，其明且切也。可謂盡有小説家之長而祛其短，足與正史相表裏者矣。余識先生於題襟館中數年。今夏再遊邗江，出以見示，蓋已付剞劂，公諸同好矣。亟跋數語，使海内有心人讀之，勿徒爲《搜神》《齊諧》觀也。先生年已六十，疊舉二雄，天之報施，於此可見。視湯若士地下之《牡丹亭》，其用心不大判乎？浙西金安清跋。”

（許奉恩著、文益人校點《里乘》，齊魯書社 2004 年）

“惺園退士”爲齊省堂刊本《儒林外史》作序：“士人束髮受書，經史子集，浩如煙海，博觀約取，曾有幾人？惟稗官野乘，往往愛不釋手。其結構之佳者，忠孝節義，聲情激越，可師可敬，可歌可泣，頗足興起百世觀感之心；而描寫奸佞，人人吐罵，視經籍牖人爲尤捷焉，至或命意荒謬，用筆散漫，街談巷語，不善點化，斯亦不足觀也已！《儒林外史》一書，摹繪世故人情，真如鑄鼎像物，魑魅魍魎，畢現尺幅；而復以數賢人砥柱中流，振興世教。其寫君子也，如睹道貌，如聞格言；其寫小人也，窺其肺肝，描其聲態，畫圖所不能到者，筆乃足以達之。評語尤爲曲盡情僞，一歸於正。其云：‘慎勿讀《儒林外史》，讀之乃覺身世酬應之間，無往而非《儒林外史》。’斯語可謂是書的評矣！余素喜披覽，輒加批注，屢爲友人攫去。近年原板已毀，或以活字擺印，惜多錯誤。偶於故紙攤頭得一舊帙，兼有增批；閒居無事，復爲補輯，頓成新觀，坊友請付手民。余惟是書善善惡惡，不背聖訓。先師不云乎：‘見賢思齊焉，見不賢而内自省也。’讀者以此意求之《儒林外史》，庶幾稗官小説亦如經籍之益人，而足以興起觀感，未始非世道人心之一助云爾。”

末署“同治甲戌十月惺園退士書”。

《〈齊省堂增訂儒林外史〉例言》：“原書分爲五十六回。其回名往往有事在後而目在前者：即如第二回，叙至周進游貢院見號板而止，乃回目已書‘暮年登上第’字樣：其下諸如此類，不一而足，此雖無關緊要，殊非核實之意。是册代爲改正，總以本回事蹟，聯爲對偶，名姓去其重複，字面易其膚泛，使閱者開卷之始，標新領異，大覺改觀。

"原書每回後有總評，論事精透，用筆老辣。前十餘回，尤爲明快，惜後半四十二三四，及五十三四五，共六回，舊本無評，餘或單辭只義，寥寥數語，亦多未暢。是册闕者補之，簡者充之，又加眉批圈點，更足令人豁目。

"原書間有罅漏，如范進家離城四五十里，何以張静齋聞報即來？……諸如此類，是册代爲修飾一二，並將冗泛字句，稍加删潤，以歸簡括；至於書中時代年月，難以考究，悉照原本不動也。

"原書末回'幽榜'，藉以收結全部人物，頗爲稗官別開生面，惜去取位置，未盡合宜。……或謂此回本係後人續貂，原本添琴棋書畫四士後，即接《沁園春》詞而畢，未知然否？姑不具論。

"原書不著作者姓名，近閱上元金君和跋語，謂係全椒吳敏軒徵君敬梓所著。杜少卿即徵君自况，散財、移居、辭薦、建祠，皆實事也。……徵君著有《文木山房詩文集》及《詩説》，均未付梓，是書爲金棕亭官揚州教授時刊行等語。竊謂古人寓言十九，如《毛穎》《宋清》等傳，韓柳亦有此種筆墨，只論有益世教人心與否，空中樓閣，正復可觀；必欲求其人以實之，則鑿矣。且傳奇小説，往往移名換姓，即使果有其人，而百年後，亦已茫然莫識，閱者姑存其説，仍作鏡花水月觀之可耳。"

《儒林外史》齊省堂增訂本評語：

第一回："全書主腦。"

第八回："老成典型，聲口酷肖。"

第二十三回："稗官家虛虛實實，信筆遊行，未可刻舟求劍耳。"

第三十三回："學《紅樓夢》筆意，彼是脂粉氣，此有豪爽氣。"

第四十一回："莊濯江一生事業，從莊紹光口中述出，又另是一種機杼。文家所謂烘雲襯月之法也。曹武惠王廟與泰伯祠，一虛一實，互相掩映，深得古人用筆之妙。"

第四十四回：“帶叙帶伏，明白而又曲折，有文生情、情生文之妙。”

第五十回：“文情僞中多僞，文筆曲中生曲，真是寫得妙絶。”

（李漢秋輯校《儒林外史彙校彙評（增訂版）》，上海古籍出版社 2022 年）

光緒元年（乙亥　1875）

許奉恩爲方濬頤《夢園叢説》作序：“吾儒生古人之後，讀古人之書，將欲繼古人而自成一家之言，必神明於古人榘矱之中，不爲窠臼所域。而機杼在胸，錘爐在手，千變萬化，妙緒層出，使閲者循誦玩味，再三復之，惟恐其盡如是，乃可謂善著書者矣。夢園主人今之善著書者也，平日所作詩古文詞，富已等身，久爲海内所宗仰。玆於甲戌長夏，簿領餘閑，撰《叢説》一書，仿《南華經》例，釐爲内、外二篇，付諸手民，梓以於世。《内篇》攄寫蘊蓄，大而天地、山川，小而飛潛、動植，靡不畢備。雋詞偉論，於經世學術，多有禪益。《外篇》捃掇同人所述異聞異見，修飾潤色，凡媟褻猥瑣之談，概置不録，有功名教，與尋常小説家言不同。斯非繼古人而自成一家之言者乎？或謂作者例仿《南華》。《外篇》紀載事實，可析可愕，雅俗共喻，固無論矣。《内篇》戛戛獨造，筆意夭矯，變幻絶肖蒙莊，其寄托深遠之處，非得解人，如向子期者，未易詮其旨趣。”

末署“光緒紀元，歲在乙亥孟夏之月，桐城許奉恩叔平甫撰”。

（《晚清四部叢刊》本）

“清遠道人”《〈東漢演義〉序》：“客取《東漢演義》津津言之，演義通俗者也，漢俗猶爲近古，故足資博覽，而挽薄俗，惡可揑不經之説，顛倒史事，以惑人心目？因爲敷説大端，正其荒謬。……因共慫諛，重爲編次其事，敦促至再。爰是摭拾史事，繫以末識，離爲八卷。友人南賓生見之，謂曰：‘比事提要，了然貫串，《繹史》之儔亞，曷不别自爲書，顧自溷於稗官爲哉？’

余笑曰：'鄭氏少贛，不云乎興，從俗者也。'曰：'然則子特自寫性情，而好惡因人者與？夫豈其然？'"

末署"時歲在旃蒙大淵獻竹秋，清遠道人書"。

按，此書目次題署"珊城清遠道人重編"字樣。"清遠道人"重編之底本應爲明末謝詔《東漢十二帝通俗演義》。末署時間即爲"乙亥"年，究竟是指乾隆二十年（1755）、嘉慶二十年（1815）還是光緒元年（1875），難以確定謝詔。此處暫定爲本年。

（南京圖書館藏清同文堂刊本）

王韜《遁窟讕言》自叙："夫寓言昉自猶龍，而周史之別支出；《子虛》賦于司馬，而漢文之變體成。況乎六經昭垂，不删紀異，百族紛聚，漸以滋駮。懸六鼻之鏡，立辨昏明；敲兩耳之璫，無殊遠近。荒唐之説，著幽怪於篇；影響之言，訂吉凶爲録。僕也生未入嫏嬛之室，深愧張華；目不窺漢魏之書，徒慚任昉。然而金輪之咒，原以懷人；黑心之符，亦堪懲世。披書硯北，校干寶之《搜神》；點筆窗南，效坡仙之説鬼。言非有托，意實無聊。枕中缺鴻寶之藏，理原未確；山上少龍威之授，説亦何奇。凡兹短册所搜羅，悉是髫年之著作。弄柔翰於弱冠，豈曰卓犖之姿；化謔語爲莊言，不過清談之佐。詅癡符而自喜，覆醬瓿以何辭。蓋大半皆莫須有之詞，而立意得將毋同之旨者也。歲聿云久，言不憚煩。數記事之珠，貫將累累；量等身之尺，愧此詹詹。加以橐筆饑驅，揮毫狂捷。十年病旅，滯孤轍於羊城；一卷殘書，彙荒言於狐史。蠻煙瘴雨，都可選材；海市蜃樓，半由歷睹。於是竭捃扯之力，芟蕪穢之非。異傖父之《三都》，亦彌勞乎藩溷；窺奇文於二酉，或時訪以瑶華。故紙盈堆，胥鈔成帙。蓋拜庚之日，倦而難勤；《秘辛》之書，藏之未出。歲乙亥，尊聞閣主人有搜輯志異書之志，徵及於余。瀠回歇浦，結海外之相知；迢遞珠江，檢簏中而直達。嗚呼！《灤陽銷夏》，敢上前賢；淄水留仙，編成異史。蟲雖雕兮技拙，蠡能測以見微。猶幸棗木無災，版聚珍而易毀；庶幾梨羹可嚼，座有釘而無虞。爰志數言，弁諸簡首。"

末署"光緒紀元春正月，甫里王韜自叙"。

（申報館仿聚珍板刊本）

光緒二年（丙子　1876）

"梅鶴山人"爲"長白浩歌子"《螢窗異草》作序："稗官有三：一説部，一院本，一雜記。而雜記又有二種，大儒之語録不與焉。其搜求典墳，博覽載籍，引古證今，發爲偉論，非第爲詩文之助，直可羽翼子史，尚矣！其記載時事，傳述聞見，舒廣長之舌，鬥雕鏤之心。説鬼搜神，事不必問其虛實；采賾索隱，文不嫌夫詭奇。仰《齊諧》爲譚宗，慕《虞初》而志續。如杜牧之寄託風情，李伯時摹繪玩具，亦足以消長日、却睡魔，固不失雅人深致矣。……客有以《螢窗異草》抄本三册見視，款署'長白浩歌子'，未悉爲何時人。或稱爲尹六公子所著。顧隨園老人評語，的係附會。其書大旨，酷慕《聊齋》，新穎處駸駸乎升堂入室。雖有類小説家言，弗足爲文人典要，而以之消長日、却睡魔，固無不可也，賢於近時所刻見聞隨筆遠矣。尊聞閣主人仿聚珍版刷印行世，問序於余，爰作質直語告之。嗚呼！凡人有心作有關係文字，轉不若里巷歌謠足以啓發心思，耐人尋傳也。斯言惟具性靈者可與其印證耳。"

末署"時光緒二年歲次丙子端陽節，梅鶴山人序於海上鷦鷯一枝軒"。

按，"長白浩歌子"何指？一般有兩種觀點，一據《八旗藝文編目》，説該書爲乾隆時代作品，作者是慶蘭；一始于平步青，説該書爲光緒初年作品，是申報館文人的假托之作。

（長白浩歌子著、馮偉民校點《螢窗異草》，人民文學出版社 1990 年）

張文虎《〈儒林外史〉識語》："近世演義書，如《紅樓夢》實出《金瓶梅》，其陷溺人心則有過之。《蕩寇志》意在救《水滸傳》之失，仍仿其筆意，其出色寫陳麗卿、劉慧娘，使人傾聽而心知其爲萬無是事；'九陽鐘''元黃吊掛'諸回，則蹈入《封神傳》甲裏，後半部更外強中干矣。《外史》用筆實不離《水滸傳》《金瓶梅》範圍，魄力則不及遠甚，然描寫世事，實情實理，不必確指其人，而遺貌取神，皆酬接中所頻見，可以鏡人，可以自鏡。中材之士喜讀之；其有不屑讀者——高出於《外史》之人；有不欲讀者——不以《外史》中下材爲非者也。"

末署"光緒丙子暮春，天目山樵識"。

（李漢秋輯校《儒林外史彙校彙評（增訂版）》，上海古籍出版社 2022 年）

光緒三年（丁丑　1877）

朱康壽爲鄒弢《澆愁集》作叙："説部爲史家別子，綜厥大旨，要皆取義六經，發源群籍。或見名理，或佐紀載；或微詞諷諭，或直言指陳，咸足補正書所未備。自《洞冥》《搜神》諸書出，後之作者，多鈎奇弋異，遂變而爲子部之餘，然觀其詞隱義深，未始不主文譎諫，於人心世道之防，往往三致意焉。乃近人撰述，初不察古人立懦興頑之本旨，專取瑰談詭説，衍而爲荒唐傀詭之辭。於是奇益求奇，幻益求幻，務極六合所未見，千古所未聞之事，粉飾而論列之，自附於古作者之林，嗚呼悖已！"

末署"光緒三年歲在丁丑重九日，仁和弟朱康壽祿卿拜序於吳門行館"。

（鄒弢著、王海洋點校《澆愁集》，黄山書社 2009 年）

樹棠《金臺全傳》序："夫閑書一道，雖爲悦目娛情之物，然有等詞意宏深、論忠道義，亦足以感發人之善心。若乃鄙俚淫詞，幽期密約，閨娃稚子閲之，必致效由。無怪乎牧令之焚禁也。今《金臺傳》一集，在金臺不過一捕役耳，精於拳藝，孝義爲懷，遊遍江河，結交豪傑……全忠全孝。是書通篇到底，並無一語述及淫邪，置之案頭翻閱，不無稍補。爰誌數語以備。"

末署"時光緒丁丑季冬望日，蘭陵樹棠謹識"。

（復旦大學圖書館藏清光緒乙未上海中西書局石印本）

"縷馨仙史"《螢窗異草二編》序："且天地大矣，四海九洲廣矣，人物之形形色色、怪怪奇奇繁且賾矣。目非瞢而似瞢者，動謂以目所親見者爲真，將天地之大、四海九洲之廣，盡紛呈於吾目耶！耳非聾似聾者，動謂以耳所親聞者爲實，將形形色色、怪怪奇奇之繁且賾，盡交集於吾耳耶？浸假而紛呈於吾目，殆熟視若無睹耶？浸假而交集於吾耳，殆習聽若不察耶？嗚呼噫嘻！庸目俗耳之交，殆不足語以天地之大，四海九洲之廣，形形色色、怪怪奇奇之繁且賾耶！長白浩歌子有《螢窗異草》一書出焉，其思入窈冥者，可斷以理之所必無也，其言歸諷諭者，可信爲情之所或有也。初編既印行問世，而泉唐友人又函示二編，吾不知見之者咋舌凡幾輩耶？吾不知聞之者蹙額凡幾人耶？又不知謂爲真、謂爲實者，持親見親聞以語人，咋舌蹙額者更不少耶；又不知廣大繁賾者，將盡泯於咋舌蹙額之流耶。嗚呼噫嘻！"

末署"光緒三年歲次丁丑猶清和月中浣，古滬縷馨仙史序於鑄鐵盦之南窗"。

"悟癡生"《螢窗異草三編》序："三集印成，適余過，尊聞閣主人問序於余。余惟是書之大概，縷仙言之，梅鶴山人又先縷仙言之，且其記載之體例，文章之格律，分之爲三，而合之則一，又胡庸乎費辭哉？然余以爲，文章者，根性情而出者也。至不獲著書立說、論議古今、策畫時事，而抒寫抑鬱之氣，成小説家言，則其性情大抵憂思多而歡樂少，愁苦常而忻愉暫。積其憂思愁苦以寓言十九，而行文之時又不欲直寫怨憤，必借徑於風華綺麗之詞，是其經營於楮墨間者，固非若伸紙疾書之所爲矣。故歷一生之歲月，以有著述，乘著述之餘，間以成異史，其書每不可多得。而是編乃哀集衆多，至不獲割愛，將與留仙之《志異》，隨園之神怪，《灤陽》《槐西》之著錄，後先頡頏，則其他著作直等身耳。使披閱者必卒讀其書，盡帙而後快。是非窮目力於數日之間，亦幾幾愛不忍釋矣。故訂而爲三，以便讀者。即謂爲尊聞閣主之雅意可也。”

末署“光緒丁丑孟夏之月，山陰悟癡生識於滬江賈遊小寓”。

（長白浩歌子著、馮偉民校點《螢窗異草》，人民文學出版社 1990 年）

王之春《椒生隨筆》自序：“天下形形色色，見見聞聞，莫不有以開發人之心思，警動人之耳目。無心置之，斯過而不留耳。余性魯，苦無記誦之學，事無大小，有可資觀覽助談柄者，暇輒筆於書，隨得隨記，久而哀然成集。積以歲月，窮控古今，然後知後海先河，爲山覆簣，而於聖賢六經之奧，國家治忽之原，民生根本之計，漸有所窺。始悔向日學之不博，見之不卓，方擬舉付一炬，以免敝帚千金之誚，而友人謬許爲可存，慫恿付梓。夫天下之理無窮，而君子之志於道也。不成章，不達故，昔日之得不足以自矜，後日之成不容以自限。假我數年，將擇焉而精，語焉而詳，所以明學術，正人心，厚風俗，以興平治之事者，則有志未逮。姑先以此本質之同志，名曰《隨筆》。山中白雲，只自怡悅，不堪持贈，覆瓿燒薪，將一任諸覽者。”

末署“光緒三年丁丑九月，爵棠王之春自識於京口軍次”。

（復旦大學圖書館藏清光緒七年上洋文藝齋刻本）

光緒四年（戊寅　1878）

鄒弢《澆愁集》自叙：“或者謂老髯說鬼，半屬支離；干寶《搜神》，究傷俶詭。隱怪雖後人有述，虛無實儒者弗稱。枉逞辨才，有乖正論，而乃饒豐干之口舌，效方朔之詼諧。破宇宙而飛輪，說人天而御寶。刻舟求劍，録演荒唐；幻鳥成鳬，事宗靡渺。縱矜獨得之秘，要皆杜撰之禪。不知《洞冥》亦是寓言，《莊》《騷》半多托興。非非想處，即現天宮；種種光中，別開世界。每意來而境造，當情至而文生。況值茶熟香温，花明月瘦，舉董而修鬼史，述異而志齊諧，固乃騷客之閒情，抑亦文人之餘事也。或又謂繪摹世態，易招人憎；雕刻物情，亦干天忌。"

　　按，此書有清光緒四年上海申報館刊本，故據以繫年。

　　　　　　　　　（鄒弢著、王海洋校點《澆愁集》，黄山書社 2009 年）

　　華約漁《〈儒林外史〉題記》："此書即高出《外史》之人，亦喜歡讀。其不欲讀者，即第一回王元章所看之物，如書中高翰林輩，則又無奈其讀之而不懂何也？世傳小説，無有過於《水滸傳》《紅樓夢》者。余嘗比之畫家，《水滸》是倪、黄派，《紅樓》則仇十洲大青綠山水也。此書於畫家之外，別出機緒，其中描寫人情世態，真乃筆筆生動，字字活現，蓋又似龍眠山人白描手段也。"

　　末署"戊寅暮春百花莊農約漁記"。

　　　　　（李漢秋輯校《儒林外史彙校彙評本（增訂版）》，上海古籍出版社 2022 年）

　　鄒弢爲俞達《青樓夢》作序："或又謂詩刺貞淫，經傳譬覺，小家之説，奚益虞箴？……不知史氏非無别子，唐人亦有稗官。約指一雙，竟上繁欽之集；存詩三百，不删鄭國之風。盛世繁華，良時記載，但得指陳義理，悟入空空，何妨遊戲文章，言之娓娓哉。是書標舉華辭，闡揚盛俗，爲渡迷之寶筏，實覺世之良箴。"

　　末署"光緒四年戊寅重九，梁溪釣徒瀟湘館侍者翰飛弟鄒弢拜叙於吴門旅次"。

　　"金湖花隱"《青樓夢》序："其書張皇衆美尚有知音，意特爲落魄才人反觀對鏡，而非徒矜言綺麗爲也。……覽是書者，其以作感士不遇也可，倘謂爲導人狹邪之書則誤矣。"

鄒弢《青樓夢》評本批語：

第一回："一部《青樓夢》，以詞起以詩結，此一定章法也。然作者握筆時雖知其故，每苦無從下筆。"

"作書宜曲，不曲則直率無味矣。觀此回之歷證諸名妓以陪章幼卿出來，何等鄭重，何等筆法。"

"文法井然，身分名貴。"

第二回："嗚呼！作書之難也。人懷傑出之才而僅能銅琶鐵板曲唱江東，則兒女之情每不能體會入微，亦何能作稗官哉？"

第四回："仲英娶慧瓊尚在四十六回中，而此回已寫慧瓊傳情、仲英鍾情、一鍾纏綿固結之心，若有不能自已者，非第寫仲英之入夢，兼寫後日娶慧瓊地位也。文章有草蛇灰綫之妙，誰謂稗官易作哉？"

第五回："作者有意仿《紅樓夢》於此一露。"

"詼諧之令却不道竟是讖語，已伏三人得意之兆。"

第九回："特為竹卿耳，迨見了姑丈、姑母，又不可徑見竹卿，必要與小山表妹等談講一回，然後待壽事完畢方始去見。此文字之過門法。"

第十一回："此回寫月素又寫花神又寫仙人，寫月素有月素心腸，寫花神有花神情景，寫仙人有仙人什用，一筆不苟，一絲不亂，又能挽到上文、照到下文，一回書中寫得全部靈動，作者真神乎技矣。"

"寫花神非惟為寫月老地位，兼為眾美寫一影子也。"

第十二回："作者之欲出愛卿久矣，而苦於無法説出，不是嫌緩便是嫌突。若至眾美俱已遇後方出愛卿，則文無主腦便無味矣。故必出月下老人為之斡旋，早見幾時，使挹香有關束。此文字狡獪省筆處，閱者勿被他瞞過。"

第十三回："此回文字有閑筆、有反筆、有伏筆、有隱筆，無一筆順接。"

第十四回："此回寫挹香……挹翠園大會尚隔數回，此處先以婉卿、麗仙等六美作一小會，則他日眾美之集不嫌唐突，不然愛卿肯遽容眾人來耶？"

第十五回："此回寫胡、陳二校書另是一樣手筆，即挹香之遇二人，亦另用一樣幽奇之思，絶不與局中諸人相犯，可謂出奇制勝，文字之妙，全在此處。"

第十八回："此回將四人瀟灑風流暢寫一番，夫四人之雅，人不知也，即己亦不知也。惟仗這支秃筆委委曲曲、宛宛轉轉，先寫其出門，次寫其書春聯，次寫其臨時作春聯。既寫其句法，又寫其字法，夫而後四人之風流瀟灑如見如聞，可謂韻人韻事。"

"文章本天成，妙手偶得之。不見四人之做春聯工而奇、艷而新，以視世之疊床架屋者，奚啻霄壤。文有主賓、有曲直……此文筆之曲直也，讀者不可不知。"

"作者處處説《紅樓夢》，筆筆仿《紅樓夢》，故挹翠園地步特仿大觀園造。"

第十九回："文章只怕板滯，總要放活做去，方得不落呆想，觀此回而知之矣。"

"寫美人便是美人，毫無醜態；寫雅人便是雅人，毫無俗態……真寫生妙手也。"

第二十二回："文宜有層次，觀寫其驚，寫其見婦人，寫其見和尚，寫其逃，寫其被扯住……又寫取劍斫來。層層逼到十分危險，夫然後峰回路轉，卒遇救援。文章之妙，真令人擊碎唾壺。"

"作文忌敷衍率直，貴奇險曲折，如看山，然層峰丘壑方可悦心、平坦、康莊。"

第二十三回："此回文字全用縮法，妙在拜林之説合、愛卿之答問俱在有意無意之間。細辨之，拜林却明明問愛卿肯不肯，愛卿却明明説可以從挹香，兩人各説謎語，各説隱話以心相照，寫來真是好看。"

第二十七回："前説愛卿用逆筆、深筆、曲筆，今説金父用縮筆、蓄筆、緩筆，善讀書者必能看透。"

第二十八回："挹翠園本愛卿所得，即後文挹香遊玩之所，卻不便遽使挹香住園，特暫爲關鎖，至下文方搬入。此文章之避筆也。"

第三十一回："此回一夢特爲眾美分離作一綱目耳，下文武章分別遽去，五鄉挨次叙來，與夢中無異。文字隨處結束，隨處映帶，草蛇灰綫，妙不可喻。"

第三十二回："此回挹香之病已在乘危，看其所囑許多言語，讀之酸鼻傷心，又怨父母邀眾美人，作一長別，真令人掩卷而嗟涔涔淚下，然此正作者之映帶法也。"

第三十九回："一綫已通，有草蛇灰綫之妙。"

第四十九回："蝶兒一，蝶兒二……蝶兒八十。費了幾許筆墨，其實爲下文伏筆。"

第五十回："此回一路接連，俱寫歡喜以形下文冷落，蓋極熱鬧中早透挹香慕道消息也。"

第五十一回："一路寫死、寫嫁，俱在挹香耳中眼中，在無情者當之或亦有所不忍，矧挹香之癡情公子乎？故寫不順之事總爲逼挹香出家，越逼得緊，越悟得快，此文字之收拾法。"

第六十二回："文有倒叙在前者，如幼卿臨嫁，挹香慮及觀察之薄幸，而勸其斟酌是也；文有補叙在後者，如拜林出家未曾明言、在自己口中告挹香説出净凡道者是也。隨筆作文不可固執，因文成事，不可板滯；若拘以一法，雖作器皿亦不能，況文章哉？"

第六十三回："一部《青樓夢》以章幼卿起、以章幼卿收，絕妙筆法，融化一片。"

"作者之意仿曹雪芹也，《青樓夢》之書仿《紅樓夢》也。書中挹香比寶玉也，故此仍以《紅樓夢》結《青樓夢》。"

第六十四回："收束一部全書，妙在有意無意之間，令人不知其爲是不悟？其爲非？而究之是者爲是、非者爲非，入乎情理便爲是，出乎情理便爲非。固不必盡是，亦未必盡非，讀是書者，亦取其情理以評其是非而已。”

《青樓夢》第一回：“醒後細思鏡中之事，猶覺歷歷可溯。於是假虛作實，以幻作真，將鏡中所爲所作録成一書，共成六十四回，名之曰《綺紅小史》，又曰《青樓夢》。其人雖無，其事成有。後之閱者作如是觀亦可，不作如是觀亦無不可。正所謂：夢中成夢無非夢，書外成書亦算書。”

第六十四回：“正想間，忽見五個人執書一部，在櫃上爭先觀看，挹香一見，却個個認識，拜林等三人却不認識，便問挹香。……拜林便問：‘道兄等觀看何書？’五人道：‘我們所買的是新出一部稗官野史，名曰《青樓夢》。’……金挹香一生事畢，作者於此擱筆，而繫之以詩曰：事無不可對人言，半世惟留此一編。餂目鍾情憐翠館，誠心割股感青天。漢宮春夢催啼鳥，鴛水秋心悟朵蓮。如許光陰如許墨，漫矜成式《酉陽》篇。”

（鄭州大學圖書館藏活字印本）

汪人驥爲“梓華生”《昔柳摭談》作序：“天下人事，不外一情。情之正者，不背乎理。古來忠孝節義，類皆發乎情，止乎理，而不失其正焉已矣。余舊閲平湖梓華生《昔柳摭談》一編，其中雖多寓言，而揚清激濁，所以維持風教者，蓋即言情之詞，而其旨一出理之正，非直《山經》志怪，《搜神》紀異，足以一新耳目之觀也。顧以幾經兵燹，坊板無存，適及門中，有嘐城求壽萱子，于友人處借得舊本，而故紙剥蝕，字跡漫漶。爰據臆見，缺者補之，訛者訂之，而書還全璧。酒闌燈灺，茶香花媚之時，每思公諸同好，一以開放心思，一以扶翼世道，俾閲之者，沿流溯源，準情酌理，所益非淺鮮也。乃商同人付梓，咸應曰可，並弁數語于其簡端。”

末署“時光緒戊寅冬十月，巢縣汪人驥逸如序”。

（上海大聲圖書局 1914 年石印本）

　　"芸香館居士"《〈删定二奇合傳〉叙》："二奇者，《拍案驚奇》《今古奇觀》也。合而輯之，故曰二奇也。然二書本一書也。其始，即空觀主人采《唐代叢書》及漢宋以來故事，衍成二百種，名以《拍案驚奇》。其後抱甕老人删存僅四十種，始以《今古奇觀》目之者也。主人爲誰？老人又爲誰？其姓名則皆不傳也。……是書之所以奇者，謂於人倫日用間，寓勸懲之義，或自阽危頓挫時，彰靈異之跡，既可飛眉而舞色，亦足休目而劌心，不奇而奇也，奇而不奇也，斯天下之至奇也。第是書既主醒世，而寫生之筆，有涉誨淫則所宜擯者也；或委折以成其志，而先不免於失身者，皆可弗録也。世無不可爲善之人。有讀書而反敗行者，匪惟不善讀書，亦書有以誤之也。吾黨之賞奇貴奇而不失其正也。愚不敏，承先師之志者也。先師釐正是書而未果，愚特踵而成之者也。下士聞道大笑之。聳以稗官家言，而忠孝節義之心，不覺油然生。所謂不言道而道在是也。書經再訂，則舊題可不襲也。不襲而其所謂奇者，終不可易焉。故命曰《二奇合傳》也。芸香館居士題叙。"

　　按，繫年據刊刻時間。

（華東師範大學圖書館藏清光緒四年刊本）

光緒五年（己卯　1879）

　　"問竹主人"《〈忠烈俠義傳〉序》："是書本名《龍圖公案》，又曰《包公案》。説部中演了三十餘回，從此書内又續成六十多本。雖是傳奇志異，難免怪力亂神。兹將此書翻舊出新，添長補短；删去邪説之事，改出正大之文；極贊忠烈之臣，俠義之士。且其中烈婦烈女、義僕義鬟，以及吏役平民、僧俗人等好俠尚義者，不可枚舉。故取傳名曰'忠烈俠義'四字，集成一百二十回。雖係演義之詞，理淺文粗。然叙事叙人，皆能刻劃盡致；接縫鬥筍，亦俱巧妙無痕。能以日用尋常之言，發揮驚天動地之事。"

　　末署"光緒己卯孟夏問竹主人識"。

　　按，此序實與道光二十八年署名石玉昆所撰序文大體一致，"問竹主人"或係刊刻者改名。

　　"入迷道人"作序："辛未春，由友人問竹主人處得是書而卒讀之，愛不釋手。雖係演義，無深文，喜其筆墨淋漓，叙事尚免冗泛，且無淫穢語言。至於報應昭彰，尤可感發善心，總爲開卷有益之帙。"

　　末署"光緒己卯夏月入迷道人識"。

　　"退思主人"作序："原夫《龍圖》一傳，日有新編，貂續千言，新成其帙。補就天衣無縫，獨具匠心；裁來雲錦缺痕，別開生面。百二回之通絡貫脈，三五人之義膽俠腸，信乎文正諸臣之忠也，金氏等輩之烈也……况余素性喜聞説鬼，雅愛搜神，每遇《志異》各卷，莫不快心而留覽焉。"

　　末署"光緒己卯新秋退思主人識"。

　　　　　　　　　　　　（首都圖書館藏清光緒九年聚珍堂刊活字本）

　　陸心源《〈夷堅志〉序》："《夷堅志》甲至癸二百卷，支甲至支癸一百卷，三甲至三癸一百卷，四甲四乙各十卷，總四百二十卷，見陳振孫《書録解題》。明以後流傳甚罕。……《列子》曰：'大禹行而見之，伯益知而名之，夷堅聞而志之。'夷堅之名蓋取諸此。自來志怪之書，莫古於《山海經》，按之理勢，率多荒唐。沿其流者，王嘉之《拾遺》，干寶之《搜神》，敬叔之《異苑》，徐鉉之《稽神》，成式之《雜俎》，最行于時。然多者不過數百事，少者或僅十餘事，未有卷帙浩汗如此書之多者也。雖其所載，頗與傳記相似，飾説剽竊，借爲談助，支甲序已自言之。至于文思雋永，層出不窮，實非後人所及。自甲志至四甲，凡三十一序，各出新意，不相複重，趙與時《賓退録》節録其文，推挹甚至。信乎文人之能事，小説之淵海也。琴希洪君，搜刻先世遺書，不遺餘力，聞余得是書，寓書慫惥梓行，因付手民，以塞洪君之意云。"

末署"光緒五年，歲在屠維單閼陽月，歸安陸心源撰"。

（洪邁撰、何卓點校《夷堅志》，中華書局 2006 年）

袁祖志爲楊夔生《匏園掌録》作序："《匏園掌録》兩卷，名言卓論，雋語微詞，足以增閲歷，足以啓愚蒙，足以驅睡魔，足以悟妙境，非讀破萬卷深造有得者，不能道隻字。所惜世無刊本，深恐淹没不傳。爰嘔慫恿主人，付之剞劂，以供同好。並爲略綴數行，以徵兩家兩世文字因緣，猶緜緜于百有餘年之後而未已也。"

末署"光緒五年歲次己卯孟秋中澣錢塘袁祖志翔甫序"。

（南京圖書館藏清光緒己卯仁和葛氏嘯園巾箱本）

《金瓶梅》文龍評本評語：

第三回："文字忌直，須用曲筆；文字忌率，須用活筆。"

第三十三回："此一回寫金蓮之淫，却是繪水繪聲，繪山繪影。"

第四十八回："此回兩段正文，中間夾著上墳一事。正所謂雨將至，燥熱異常；戲將完，而鑼鼓大作也。"

第七十六回："事起自玉樓者，仍收之于玉樓。此文法細膩處。"

第七十七回："作者于有意無意之間，描寫諸人言談舉止，體態情性，各還他一個本來面目。初不加一字褒貶，而其人自躍躍於字裏行間，如或見其貌，如或聞其聲，實在明眼人之識之而已。"

第九十四回："此一回欲使陳、龐湊合一起，而又無因湊合之，又有孫雪娥在旁礙眼，故必先令聞其名，然後羅而致之，方不爲無因。於是有劉二撒潑一事，此截搭渡法也。但渡要渡得自然，不要渡得勉强。"

第九十九回："作者以孝哥爲西門慶化身，我則以敬濟爲西門慶分身。西門慶不死於刃而死於病，終屬憾事，故以敬濟補其缺。蓋敬濟即西門慶影子，張勝即武松影子。其間有兩犯而不同者，有相映而又不異者，此作者之變化，全在看官之神而明者也。"

按，本書今存在兹堂刊《皋鶴堂批評第一奇書金瓶梅》文龍手批的閲評本。此評本由劉輝先生發現，原本現藏國家圖書館。評者文龍，約生于清道光十年（1830）左右，卒于光緒十二年（1886）以後，字禹門，本姓趙，漢軍正藍旗人。其批閲《金瓶梅》約始于光緒五年，完成于光緒八年。

（文龍批評《金瓶梅》，附錄于劉輝著《金瓶梅成書與版本研究》，

遼寧人民出版社 1986 年）

光緒六年（庚辰　1880）

俞樾《右臺仙館筆記》自序："余吳下有曲園，即有《曲園雜纂》五十卷；湖上有俞樓，即有《俞樓雜纂》五十卷。右臺仙館安得無書，而精力衰頹，不能復有撰述，乃以所著筆記歸之。筆記者，雜記平時所見所聞，蓋《搜神》《述異》之類不足，則又徵之於人。嗟乎！不古訓之是式，而惟怪之欲聞，余之志荒矣。此其所以爲右臺仙館之書歟？曲園居士自記。"附錄《徵求異聞啓》並小詩二首："余今歲行年六十矣，學問之道，日就荒蕪，著述之事，行將廢輟，書生結習，未能盡忘，姑記舊聞，以銷暇日。而所聞所見，必由集腋而成，予取予求，竊有乞鄰之意。伏望儒林丈人、高齋學士，各舉怪怪奇奇之事，爲我原原本本而書，寄來春在草堂，助作秋燈叢話，約以十事爲率，如其多則更佳。先將二絶爲媒，幸勿置之不答。'衰頹不復事丹鉛，六十原非親學年。正似東坡老無事，聽人説鬼便欣然。''郭沖五事太寥寥，戲學姚崇十事要。不論搜神兼志怪，妄言亦可慰無聊。'"

按，俞樾《曲園自述詩》："（庚辰）於右臺山買地築室一區，是爲右臺仙館。"此據以繫年。

（國家圖書館藏清光緒二十五年德清俞氏刻本）

　　項震新爲申報館刊、曾衍東撰《小豆棚》作序：“余家有《豆棚閑話》一編，愛其自出機杼，成一家言，暇時嘗玩適之。閱數年，客有談及曾七如居士所撰《小豆棚閑話》，其義類頗相似，亦即取前書‘豆棚’之名而名之矣。七如係東魯嘉祥人，工詩文及書畫，尤精古篆，筆墨豪放不羈。由乾隆壬子舉人任楚北江夏令，詿吏議戍温。每因行蹤所至，見夫山川古跡、人事物類，或取一二野史家鈔本剩録及座客談論，博采旁搜，輯成一部，十餘萬言，奇奇怪怪，若無關於世故者。其自目爲‘閑書’，意在此歟？余從友人處借讀一過，覺衆妙畢具，層見疊出，以爲得未曾有。然原本隨得隨録，意義尚煩尋繹。因爲之分門別類，詮次成帙，計十六卷。大而忠孝節義之經，次而善惡果報之理，常而藝文珍寶，變而神鬼仙狐，以及山川風土、鳥獸蟲魚、詩詞雜記，諸凡備載。雖曰‘閑書’，而無不可於花晨月夕展玩流連，可以助談笑，可以長識見，並可以寓勸懲。較《豆棚閑話》更覺取精用宏，安得以‘閑書’目之乎！余獲是書，不敢秘諸所有，亟爲校讎付梓，公諸同好。他日騰貴雞林，亦未可知。博古君子，可藉以略識七如氏之梗概矣。”

　　末署“光緒六年歲次庚辰孟春月項震新東垣謹識”。

　　　　　　　　　　　　（曾衍東著、盛偉校點《小豆棚》，齊魯書社 2004 年）

　　張文虎《儒林外史》識語：“是書特爲名士下針砭，即其寫官場、僧道、隸役、娼優及王太太輩，皆是烘雲托月、旁敲側擊。讀者宜處處回光返照，有則改之，無則加勉，勿負著書者一肚皮眼淚，則批書者之所望也。”

　　末署“庚辰花朝天目山樵又識”。

　　張文虎評點《儒林外史》，第一回：“畫所不到，此文人之筆畢竟高於畫家。”“欲寫怪風却先寫明月，此文家烘染法。”

　　第二十四回：“故意説出他原形，草蛇灰綫。”

　　　　　　　（李漢秋輯校《儒林外史彙校彙評（增訂版）》，上海古籍出版社 2022 年）

光緒七年（辛巳　1881）

　　“菕史氏”《〈重校第一才子書〉叙》："《三國志演義》一書，小説也，而未嘗不可以觀文章。自毛氏評之，聖歎稱之述之，人知其書非尋常小説家比，且有以大文章視其書者。夫文章不妙於平庸陳腐，而莫妙於奇。聖歎序是書，謂'三國者，古今争天下之一大奇局；演三國者，又古今爲小説之一大奇手'。然則以奇説奇，上下數十年間，俾閲者知國勢之鼎立，征戰之逞雄，運籌之多謀，人才之散處分布，不擇地而生。書中演説，有陳史所未發，申之而詳者；有陳史所未備，補之而明者。陸離光怪，筆具鋒鋩，快心悦目，足娛閑遣，足助清譚，人皆稱善，則雖謂之大文章可矣。惟其書流傳既久，翻刻多訛，予于齋居之暇，細爲校正，並用硃筆標識，列諸上下。適坊友見之，敦請依式付剞劂氏，以公同好。因書數語，弁其首云。"

　　末署"時光緒七年辛巳端陽日菕史氏識"。

（清光緒七年群玉山房刊本）

　　"知不足齋主人"爲夏敬渠《野叟曝言》作序："《野叟曝言》一書，吾鄉夏先生所著也。先生，邑之名宿，康熙間幕遊滇、黔，足跡半天下，抱奇負異，鬱鬱不得志，乃發之於是書。其大旨以崇正辟邪爲主，以智仁勇爲用，以孝弟忠信、禮義廉耻爲條目。"

　　末署"光緒歲次辛巳季秋之月，知不足齋主人書于蘭陵旅次"。

　　《野叟曝言》凡例："作是書者，抱負不凡，未得黼黻皇朝，至老經猷莫展，故成此一百五十餘回洋洋灑灑文字，題名曰《野叟曝言》，亦自謂野老無事，曝日清談耳。

　　"原本編次，以'奮武揆文，天下無雙正士；熔經鑄史，人間第一奇書'二十字，分爲二十卷。是作者意匠經營，渾括全書大旨。今編字分卷，概仍其舊。

　　"是書之叙事、説理、談經、論史、教孝、勸忠、運籌、決策，藝之兵、詩、醫、算，情之喜、怒、哀、懼，講道學，辟邪説，描春態，縱諧謔，無一不臻頂壁一層。至文法之設想布局，映伏鈎縮，猶其餘事。爲古今説部所不能仿佛，誠不愧'第一奇書'之目。

"書中間有穢褻，似非立言垂教之道。然統前後以觀，而穢褻之中仍歸勸戒，故亦存而不論。

"稗官野史，本非紀事之體，間與正史相合，亦有不合者。此書截成化十年以後，爲太子監國之年，而下移武宗之年歸併弘治，而終於三十三年。蓋不如是，不足以暢作者之心，而有弘治十八年天子病愈改元厭哭一事，隱存正史之實，自可按合。閲者勿以爲虛而無徵也。

"此書原本，評注俱全。其關合正史處，一一指明。……熟於有明掌故者，自可印證，不以無注爲嫌也。

"此書因有缺失，從未刊刻。兵燹後，抄本又多遺闕，恐滅没無傳，有負作者苦心，故特覓舊本集腋成裘，勉力付梓。至間有亥豕魯魚，或由舊本抄寫舛錯，以訛傳訛；或由校者心粗目□，似是而非；或由居停之間斷吾讎，印司之更易誤置，難免增脱倒譌等咎，閲者諒之。

"缺處仍依原本，注明下缺，不敢妄增一字，貽笑大方。乃閲者不免以未睹全書爲憾，然終無可搜羅。姑爲刊出，以俟高才補續。"

《野叟曝言》諸回評語：

第一回："古人作詩，每避熟就生，不肯人云亦云。詠黃鶴樓詩云無不頌神仙者，故以子虛烏有翻之。此避熟就生之法也。"

第五回："文不鈎聯回互，則死而不活；文不宛轉關生，則蠢而不靈。未出璿姑，轉先寫出素娥；略寫璿姑，即詳寫素娥，而璿姑、素娥，彼此貪看，幾至出神。必如此鈎聯回互，宛轉關生，方爲靈活。"

第六回："此回素臣之夢則並攝四美，或現一鱗，或現一爪，或但於雲中蜿蜒作勢，以成群龍戲空之勝，真奇觀也。"

第七回："文家有特犯之法……夫特犯者，特不犯也。真至於犯，法安在耶？……且至無一字一句一情一節略見雷同者。有此變化，乃敢一而再再而三以特之。"

第八回："千古妙文，凡起一波，發一端，必出人意外，又入人意中。不出意外之奇，不入意中之正。不奇則無文，不正則無章，惟奇而不乖於正，乃擅文章之能事。"

"璿姑之好學，以背上畫圈爲添毫法；大郎之好學，以背上輕撫爲添毫法。難兄難妹，全副精神，俱傳寫無餘，非道子復生，何來此等筆妙？甫寫璿姑好學，即寫大郎好學，亦特犯法也。"

"常山蛇陣，擊首尾應，擊尾首應，擊中則首尾俱應，特言其大略耳。實則寸寸節節，隨處皆應，吾讀此回知之。"

第十四回："此特就一事一段而言，通看全部，其針綫之密、筋節之靈，無不如此。舉一反三，始知此書爲人間第一奇書，非一切稗官小説所得仿其萬一也。"

第十九回："獄中探古，爲湘靈暗吐情絲而設，却先有歲考九壚山一遊作引，便非突然之筆。篇首昔人鑄劍、獨立青山等語，便成天然來脈。欲尋蛇必先撥草，古文之法，如是如是。"

第二十回："文家有做結解結之法……自做自解，使讀者錯亂顛倒。于文法中，而皆實有其事、實有其理、實有其情。此爲人巧極而天工錯。"

第三十二回："然非公子有推天算地之言，四嫂即無疑及璿姑降禍之意。方公子看屋漏時，正當作惡之初，而已伏悔罪反正之根。文心之龍盤虎卧如此，文法之草蛇灰綫如此。"

"文章不入人意中則不正，不出人意外則不奇。不正則無情，不奇則無文。惟入人意中而復出人意外、出人意外而仍入人意中，乃爲情文交至。"

第四十一回："《左傳》《史記》凡綴一閒情閒事，俱與正文注射搖曳，惟此書獨得其秘。”

第四十三回：“如名手畫龍，一鱗一鬣、一爪一鬚，錯落而出，無從頭至尾一筆寫成之理。此書中另一結撰之法。”

第五十二回：“才子作文，其心甚閑，惟極閑乃能作此極忙之筆墨，真有一波未平一波復起之妙。”

第五十六回：“裘監，一位解星，出人意外，乃因此更加激怒，必欲處死孫盛，忽起忽落，屢變屢危，真如獅子戲球，滿場勃跳，渾身解數。”

第五十七回：“作者每于一二閑字埋伏後文洋洋灑灑數千百言。”

第六十一回：“此是何故？讀者深思不得，急望作者一白。而作者乃庋置高閣，不更道破隻字，直至六七十回後，始爲揭出，而讀者之肚腸已被根根挣斷。書中慣用此法，他書即欲表白，無此耐性矣。天地間一切奇文，皆是極有耐性人做出，不可不知。”

第六十三回：“素臣面熟，却想不起那人，那人亦細看素臣，此必有故而卒不可得，書中每多如此悶人之筆。天地間凡是好書必有悶人之筆，但不若此書觸手即是耳。”

第七十回：“文章之妙，止在虛虛實實，移步換形，不得刻成印板，呆實寫去。”

第七十六回：“文章妙處不過情理二字，説透情理，可喜處便使人欲歌，可悲處便使人欲泣，作文而不能使人歌泣者，無他，只是説不透情理二字也。于此可悟文章之法。”

第七十九回：“初讀之，不過以爲文家陪襯激射之法耳。孰料草蛇灰綫，別起一端邪。且別起一端，而其成功反在此端之前，則尤出人意想之外者矣。下一筆而使人不知爲正筆、旁筆、虛筆、實筆、先筆、後筆、借筆、伏筆，乃真善於用筆者。”

第九十四回：“土老生一段議論雖甚可笑，却附會得好。若全説不通，便不足動愚夫之聽。文勢得此一振，便有回波擊石、鬥鶻翻風之妙。”

第一百十四回："稗官意旨，出口即解者無論矣，其錚錚者亦止稍耐尋思耳。此書則非竭力注解，斷不能測。……非其藏針滅跡之法，有至神至密者存乎？尤妙在草蛇灰綫，藏必埋根，滅仍透影。"

第一百四十九回："無字句中皆有字句也。如此寫看戲方是活潑潑地，方是繪月繪影、繪風繪聲，無一毫呆滯、雷同、掛漏、牽強之病。"

第一百五十四回："外史氏一首長歌，與黄鶴詩首尾輝映，自是一定章法。"

按，趙景深認爲夏敬渠《野叟曝言》約成于乾隆四十四年（1779）前後（趙景深《野叟曝言作者夏二銘年譜》，收録于《趙景深文存》，上海古籍出版社 2016 年）。蕭相愷認爲《野叟曝言》成書於乾隆十五年［1750］前後（《關於小説史研究中若干問題的考辨》）。繫年暫據"知不足齋主人"作序時間。

（復旦大學圖書館藏毗陵彙珍樓刊本）

光緒九年（癸未　1883）

楊殿奎《〈艷異新編〉序》："吾嘗以陳言務去，新穎獨標者，默念於文章著作之家，而往往不數覯。兹何幸於俞君唫香所撰《新聞新里新》遇之。夫新者，革其舊之謂也。設秉筆者，記前朝剩跡，搜往代遺章，朽腐極矣，烏乎新！抑秉筆者，竊陳編糟粕，拾古人唾餘，蹈襲厭矣，烏乎新！今觀是書，以五色筆成一家言，述新見，采新聞，其命意所在，吾不知于陸賈《新語》何？若而紀事詭奇，足敵《齊諧》之新記；措辭妍麗，宛合《玉臺》之新詠。香溫茶熟時，一爲展卷，足以遣新睡，助新談，而消釋新愁與新恨，曰窠盡脱，而花樣嶄新，新莫新於此矣。夫誰有議其不新者，然吾竊因之有憾焉。……吾於是由新之説，而更進一解焉。"

末署"光緒九年歲在昭陽協洽皋月五日，梁溪楊殿奎叔賡甫識蕭可園之愛旭齋"。

（國家圖書館藏光緒九年上海王氏刊本）

光緒十年（甲申　1884）

鄒存淦《〈刪補封神演義詮解〉序》："演義不知起於何時，今所傳施耐庵《水滸傳》、羅貫中《三國志》似最古，蓋施、羅皆元人耳。自此以後，《列國志》《西遊記》《平妖傳》《金瓶梅》諸書，皆傳自明季。《封神傳》亦其一也。第《列國》《三國》雖約略正史，疑以傳疑，每多杜撰。不知者據爲典故，誣古人而誤後學，流弊實不可勝言。至《金瓶梅》《水滸傳》之誨盜誨淫，更不足論矣。《西遊記》之取經西竺，當時實有其事。所不可知者，行者等耳。悟一子《真詮》出，而人始恍然悟爲證道之什，然尚未能知《封神傳》之亦含玄理也。……今人心不古，江河日下，讀正史者，每不終卷；得小説讀之，則津津有味。豆棚瓜架之間，拍手縱談，自以爲博識者有之，然終不免爲通人所笑。何不以此爲談柄，庶不致厚誣古人，而轉知服食養胎之秘訣，其所得不已多乎！越三十許年，重理舊作，爲叙言於卷首。"

末署"時光緒十年甲申大寒節，海寧三百三十有六甲子老人鄒存淦儷笙氏識於白蓮花寺前之勤藝堂"。

（天津市圖書館藏清鄒存淦鈔本）

王堃《〈兩般秋雨盦隨筆〉後序》："夫苔華刻玉，異代摹鳥跡之紋；安石碎金，小史贊龍威之秘。不有作者，疇發新型；弗生後賢，罔開塵網。然世之拘文牽義者，以占畢章句爲可傳；禍棗災梨者，以敝帚享金爲能事。孰識古人懲勸之旨，半寓方言；稗官附會之辭，補徵文獻。冰甌浣筆，羅雅俗於操觚；雪案謨觴，彙古今而灑墨。此余姻丈錢唐梁晉竹先生《兩般秋雨盦隨筆》一書所由作也。先生性貫靈犀，手爲天馬。博涉經典，銅鼓扣識於茂先；綺麗文章，花管夢生於太白。荒搜黃竹，豈獨成謠；奧圬淄蒲，匪徒志異。仿小《虞初志》而比事訂訛，參《新唐書》文而輯金綴玉。隨之時義大而簡，不敢珍秘枕中；筆所未到氣已吞，宜其風行海内。奈經動地鼓鼙，熏天妖孽，化茵成溷，煮鶴焚琴，頓使此書原板，湮没無存。而坊間翻刻，利在混珠，謬增魚豕，誰爲刻翠，再辨驪黄？先生賢甥許秦兆明府，宦遊鄂渚，誼篤渭陽，慨兹籍之失真，集同人而讎校。分漢水之一勺，剞劂重新；溯粤夢於三生，精靈如晤。越四月而事竣，適余來漢皋，囑爲後序，義不獲辭。雖覼縷冗俗，而愉快志神。譬之魷俞審音，疾雷不覺其響；玃人運斤，成風弗鈍於微。矧導美在先，忍淹韓陵之片石；因人成事，愧乏江郎之彩毫。從此復汪倫之舊梓，延梁苑之菁華。秋雨聲多，春風嘘暖。傳堪附驥，樂洮筆於歸帆；跡可留鴻，寄遥情於江表。"

末署"光緒歲次甲申季夏，姻晚仁和王堃厚山甫拜手謹序於嘉禾舟次"。

（國家圖書館藏清宣統二年掃葉山房石印本）

光緒十一年（乙酉　1885）

"百一居士"《壺天録》自序："自劉向著《七略》，始有小説之名，唐宋而還，遞相仿效，降至今日，博學者極意研思，大率矜言奇異，俾世人耳目一新，烏足以資興感哉！予瓠落不才，殆將衰老，旅館寂寥，形影相吊，其藉以釋心胸、破積悶者，每不出稗史諸書。茶餘酒半，聊復效顰，徵聞考見，信手録之，顏曰《壺天録》。夫録曷爲以'壺天'名也？蓋壺之爲器也小，而能分時日之朝暮、晷刻之長短，所謂日向壺中特地長者，則壺中一小天也。以壺中而論天，則不啻坐井觀天之喻，而所見者終小也。獨是人生百年，孰不同此壺中之歲月。一壺雖小，固有即天地造化萬事萬物之理，而翕受於其中者，遠窺六合，近徵一室，要皆可以壺天賅之也。"

末署"光緒十一年歲次旃蒙作噩花朝日，淮陰百一居士叙於三十六湖官廨"。

（《筆記小説大觀》，江蘇廣陵古籍刻印社 1983 年）

黄安謹《〈儒林外史評〉序》："《儒林外史》一書，蓋出雍、乾之際，我皖南北人多好之。以其頗涉大江南北風俗事故，又所記大抵日用常情，無虛無縹緲之談；所指之人，蓋都可得之，似是而非，似非而或是，故愛之者幾百讀不厭。……其實作者之意爲醒世計，非爲罵世也。先君在日，嘗有批本，極爲詳備，以卷帙多，未刊。邇來有勸者謂，作者之意醒世，批者之意何獨不然，請公之世。同時，天目山樵亦有舊評本，所批不同，家君多法語之言；山樵旁見側出，雜以詼諧。然其意指所歸，實亦相同，因合梓之。《外史》原文繁，不勝全載，節錄其要大書，評語雙行作注，以省費也。”

末署“光緒十一年歲次乙酉午月，當塗黃安謹子眘甫序於滬上”。

（李漢秋輯校《儒林外史彙校彙評（增訂本）》，上海古籍出版社 2022 年）

“蓮溪氏”爲李修行《夢中緣》作序：“嗚呼！凡書之傳與不傳，人也，豈非天哉？是書之著，出自無棣子乾李先生手，先生以名進士出身，教授里中，晚年胸有積憤，乃怨隨筆出，遂成是書。其拒惡剔奸，不免辭傷太烈，然藉奸慝以抒悲憤，有不極之此而不快者，故立作者不覺其激，而讀者亦謂必如是而後心乃乎爾。至其寫才子，寫佳人，寫縉紳孤介以及瑞生一世之離合悲歡，直覺優孟復出，亦不能裝點得如此生動也。況乎議論之奇□、吟哦之清新，披讀一過，尤有響遺無窮者乎？則是書之傳也必矣。乃以同治之間流寇作亂，原本半傷殘缺，旁搜數家，乃成完璧，毋亦冥冥之中有爲之呵護者？故曰天也。是爲序。”

末署“光緒十一年秋月後學蓮溪氏書於種蕉軒”。

（李修行編次《夢中緣》，北京師範大學出版社 1993 年）

光緒十二年（丙戌　1886）

張文虎再度評點《儒林外史》：

第三回：“叙事之法從盲左來。”

第三十五回：“固是作者添此曲折以避直率，然皆天下竟有之事，非如他書便有許多荒謬不經之談。"

第三十九回："又襲《水滸》文法，却又似梅三相聲口。"

第四十九回："秦中書之於萬中書，杜少卿之於沈瓊枝，不同而同，同而不同，作者不避復，讀者不厭其復，見叙事之善。"

第五十回："一篇説話，句句刀斬斧截，筆筆生龍活虎，似《戰國策》文字。"

（李漢秋輯校《儒林外史彙校彙評（增訂版）》，上海古籍出版社 2022 年）

郭柏蒼《竹間十日話》自序："《竹間十日話》何所始？蒼在净慈寺讀書時《竹窗夜話》始也。有益於人心世道者，敢稱之爲話耶！降而致知格物，亦非話也！筆墨簡當，辭旨深遠，文矣，非話。以數十年羈旅亂離，登山臨水，接物感懷，入目入耳，觸口出之，檢書録之，無所用心，十日可以成帙，是話矣！乃稱之爲《十日話》。閩人也，多話閩事。十日之話，閱者可一日而畢，閱者不煩。苟欲取一二事以訂證，則甚爲寶重，凡説部皆如此。藥方至小也，可以已疾。開卷有益，後人以一日之功，可聞前人十日之話，勝於閑坐圍棋、揮汗觀劇矣！計一生閑坐圍棋、揮汗觀劇，不止一日也。蒼生平不圍棋、不觀劇，以圍棋之功看山水，坐者未起，遊者歸矣。以觀劇之功看雜著，半晌已數十事矣。然至今所業不就，所話又何足異？但已成帙，廢之不忍。梓人天妻繼其業，不欲使其饑寒，以此災梨棗以助之。"

末署"光緒丙戌七十二叟郭柏蒼序於閩山之柳湄小榭"。

（首都圖書館藏清光緒十二年刻本）

光緒十三年（丁亥　1887）

王寅《今古奇聞》自序："稗史之行於天下者，不知幾何矣。或作詼奇詭譎之詞，或爲艷麗淫邪之説。其事未必盡真，其言未必盡雅。方展卷時，非不驚魂眩魄。然人心入於正難，入於邪易。雖其中亦有一二規戒語言，正如長卿作賦，勸百而諷一。流弊所及，每使少年英俊之才，非慕其豪放，即迷於艷情。人心風俗之壞，未必不由於此。可勝歎哉！至若因果報應諸書，亦足以勸人行善。其如忠言逆耳，人所厭聞。不以爲釋老之異教，即以爲經生之常談。讀未數行，倦而棄之。又何益歟？寅昔年藉書畫糊口，浮海遊日本國，搜羅古書中，偶得《今古奇聞新編》若干卷。暇日手披目覽，覺其間可驚可愕，可敬可慕之事，千態萬狀，如蛟龍變化，不可測識。能使悲者痛哭流涕，喜者眉飛色舞，無一迂拘塵腐爛調，且處處引人入於忠孝節義之路。既可醒世警人，又可以懲惡勸善。嬉笑怒罵，皆屬文章，而因果報應之理，亦隱於驚魂眩魄之中，俾閱者一新耳目。置諸案頭爲座右銘，於人心風俗兩端，不無有補焉。故不惜所得筆資，急付梓人，刻成刷印出書，以公同好。惟望諸君子曲諒婆心，勿以稗史小説而忽之也。"

末署"光緒十三年歲次丁亥夏四月上浣，東壁山房主人王寅冶梅甫識於春申江上"。

按，此序與乾隆五十七年（1792）"自怡軒主人"爲《娛目醒心編》所作序文極爲類似，正文與評點亦多沿襲自《娛目醒心編》。

（復旦大學圖書館藏光緒十三年東壁山房刊本）

王韜《淞隱續録》自序："以此《淞隱續録》又復積如束筍，裒然成集也。前録所記，涉於人事爲多，似於靈狐黠鬼、花妖木魅，以逮鳥獸蟲魚，篇牘寥寥，未能遍及。今將於諸蟲豸中，別闢一世界，構爲奇境幻遇，俾傳於世。非筆足以達之，實從吾一心之所生。自來説鬼之東坡，談狐之南董，搜神之干寶，述仙之曼卿，非必有是地有是事，悉幻焉而已矣。幻由心造，則人心爲最奇也。余於生老疾病，悲歡離合，已遍嘗其境，所不可知者死耳。……故兹之所作，亦聊寄我興焉而已，非真有命意之所在也。豈敢謂異類有情，幽途可樂，鳥獸同群，鹿豕與遊，而竟掉首人世而不顧也。夫荒唐之詞，發端於漆園；怪誕之說，濫觴乎《洞冥》。《虞初》九百，早已是鳴，降及後世，抑復工已。此書却已十有二卷，仍延精於繪事者，每一則爲之圖，渲染點綴，以附於前。合之前録，凡二十四卷。使蒲君留仙見之，必欣然把臂入林曰：'子突過我矣，《聊齋》之後，有替人哉！'雖然，余之筆墨何足及留仙萬一，即作病餘呻吟之語、將死遊戲之言觀可也。"

末署"光緒十年歲次甲申五月中浣，淞北逸民王韜自序"。

（上海點石齋畫報石印本）

金武祥《陶廬雜憶》："趙甌北先生題云：'稗乘紛紛各逞才，壞人心合付秦灰。輸君巧用齊諧體，衍出儒家語録來。'……周星譽云：'小說家言，有唐、宋二派，今時盛行者，《聊齋志異》近唐，《閱微草堂筆記》近宋。讀《守一齋筆記》，意主勸戒，有裨世教，當與唐、宋小説並傳。'"

按，繫年據刊刻時間。

（福建省圖書館藏清光緒十三年廣州刻《江陰叢書》本）

光緒十四年（戊子　1888）

黃鴻藻《逸農筆記》自序："余少讀紀文達《閱微草堂筆記》，心竊好之。壯歲計偕入都，旋供職農曹，京居多暇閑，與良朋作文酒之會。十餘年來，友朋所述，里巷所傳聞，不乏新奇之事，其中有因果報應鑿然不爽，且確有徵者，尤令人可驚可喜。憶幼時，居鄉聞諸父老者，其中新奇之事可驚可喜者亦復不少，欲仿《灤陽消夏録》《槐西雜志》等書之例，雜綴成篇，兼資勸戒。歲月已寬，知好復多投贈，拉雜書之，共得八卷，計三百廿餘則，其六卷以下則榕城需次時所輯也。稗官小說聊記見聞，干寶、虞初各有體例，紀文達有言不失忠厚之意，稍存勸懲之旨，不顛倒是非，不懷挾恩怨，不描摹才子佳人，如《會真記》不繪畫橫陳，如《秘辛》區區竊比之意，或亦不是攟於大雅君子云爾。"

按，繫年據刊刻時間。

（南京圖書館藏光緒十四年桂林退思書屋刻本）

王韜《〈新説西遊記圖像〉序》："記中於俗尚土風、民情物産，概在所略。惟是侈陳靈怪，誕漫無稽，儒者病之。後世《西遊記》之作並不以此爲藍本。所歷諸國，亦無一同者。即山川道里，亦復各異。誠以作者惟憑意造，自有心得。其所述神仙鬼怪，變幻奇詭，光怪陸離，殊出於見見聞聞之外，伯益所不能窮，《夷堅》所不能志，能於山經海録中別樹一幟，一若宇宙間自有此種異事。俗語不實，流爲丹青，至今膾炙人口。演説者又爲之推波助瀾，於是人人心中皆有孫悟空在，世俗無知至有爲之立廟者。而鬥戰勝佛，固明明載於佛經也。不知《齊諧》志怪，多屬寓言；《洞冥》述奇，半皆臆創。莊周昔日以荒唐之詞鳴於楚，鯤鵬變化，椿靈老壽，此等皆是也，虞初九百，因之益廣已。此書舊有刊本，而少圖像，不能動閲者之目。今余友味潛主人，嗜古好奇，謂必使此書別開生面，花樣一新，特倩名手爲之繪圖。計書百回，爲圖百幅，更益以像二十幅，意態生動，鬚眉躍然見紙上，固足以盡丹青之能事矣。此書一出，宜乎不脛而走，洛陽爲之紙貴。或疑《西遊記》爲邱處機真人所作，此實非也。元太祖駐兵印度，真人往謁之於行帳，記其所經，書與同名，而實則大相徑庭。以蒲柳仙之淹博，尚且誤二爲一，況其它乎！因序《西遊記真銓》而爲辨之如此。"

末署"光緒十有四年歲在戊子春王正月下浣，長洲王韜序於滬上淞隱廬"。

（首都圖書館藏清光緒十四年上海味潛齋石印本）

"管窺子"《〈今古奇觀〉序》："小説之傳，由來久矣。自漢迄明，代有作者。遒搜博采，摛藻揚華，各有專門，以成一家之説。雖屬稗官野史，不無貫穿經典，馳騁古今，洋洋大觀，足與班、馬媲美者。然必足以正人心，厚風俗，爲千古之龜鑒，方得行於世，而垂之無窮。此書作自明代，盛傳於國朝，原係百回。抱甕老人選刻四十種，其間所載軼事，皆確得諸見聞，非同烏有。其言頗合風人之言，善者感人善心，惡者懲人逸志，令閱者如聞清夜鐘聲，勃然猛省，非徒快人耳目，供談塵於閑窗也。從來至奇之文，無至庸之理，不過等諸牛鬼蛇神，雖奇曷貴？乃論其事則洞心駭目，人世罕聞；論其理則福善禍淫，毫釐不爽，廋至庸於至奇，是書有焉。惜舊板模糊，苦無善本，詞句舛錯，極多魯魚帝虎之訛。茲經慎思主人排印，重新細加校核，繡像則別開生面，題詠則悉去陳言，雖卷帙承前，而規模頓易。凡爭先快睹者，勿徒賞其詞藻，宜熟玩其指歸，不作尋常小說觀，是余之厚幸也。"

末署"光緒戊子歲在陽後一日，管窺子拜書於海上"。

（天津圖書館藏清光緒十六年善成堂刊本）

居世坤《〈儒林外史〉序》："古者史以記事，治忽興衰，靡不筆之於書，隱寓勸懲，而世道人心恃以不敝。厥後稗官野乘，錯出雜陳，或感時事之非，或憤生平所遇，類皆激而爲語，登諸簡編，如泣如歌，如怨如慕，非足興起百代下觀感之心乎！而世獨於稗野之外，以《三國》《西遊》《水滸》《金瓶》爲四大奇書，人每樂得而觀之者，正不知其何故也。夫《三國》不盡合正史，而所紀魏、晉之代禪，吳、蜀之廢興，其筆法高簡，當推陳壽爲最；《西遊》以佛氏之旨作現身説法，虛無玄渺，近於寓言，而《水滸》誨盜，《金瓶》誨淫，久干例禁。他若《情史》《艷史》，雖文士借摛懷抱，其中亦寓勸懲，乃世人不察，每一披覽，竟誇其創格之奇，用筆之妙，以爲嬉笑怒罵，曲盡形容，幾若無出其後者。於乎！是殆未讀《儒林外史》一書耳。夫曰'儒林'，固迥異玄渺淫盜之辭；曰'外史'，不自居董狐褒貶之例。其命意，以富貴功名立爲一編之局，而驕凌諂媚，摹繪入神，凡世態之炎涼，人情之真僞，無不活見紙上。復以數賢人力振頹風，作中流砥柱，而筆墨之淋漓痛快，更足俾閱者借資考鏡，如暮鼓晨鐘，發人猛省？昔賢有云'善可以勸，惡可以懲'，其即《儒林外史》之謂乎！世之讀是書者，尚毋河漢斯言也可。"

末署"光緒十有四年歲次著雍困敦余月，東武惜紅生叙於侍梅閣"。

（李漢秋輯校《儒林外史彙校彙評（增訂本）》，上海古籍出版社 2022 年）

王韜《〈水滸傳〉序》："《水滸傳》一書，世傳出施耐庵手，其殆有寓意存其間乎，抑將以自寄其慨喟也？其書初猶未甚知名，自經金聖歎品評，置之第五才子之列，而名乃大噪。當聖歎之評《西廂記》也，吳下有識者曰：'此誨淫之書也。'及《水滸傳》出，則又曰'此獎盜之書也'。嗚呼！耐庵、聖歎皆讀書明理之人，亦何至於獎盜。……嗚呼！誰使之然？當軸者固不得不任其咎！能以此意讀《水滸傳》，方謂善讀《水滸傳》者也。……然則，《水滸》一書，固可拉雜摧燒也。世傳報應之説，聖歎及身被禍，耐庵三世暗啞，雖不必過泥，其説或非無因，而近世猶有付之剞劂，災及棗梨者，何也？則以世之閱此書者猶夥也。固非一時功令之所能惕，後世因果之所能勸也。莫厘頑石道人爲風俗人心起見，別具創解，特以石印是書，倩名手爲繪圖像。書成，請序於余。余閱未及半，瞿然以思，懼然以興曰：'此書何爲而付之石印哉？既成不如其毀之也，勿使流傳於世以禍人也。'道人曰：'何爲？我印是書，固有説以處此。我豈不知《水滸傳》一書，曾經查禁，久著甲令，然禁之自上，而刻之自下，弇利者何知焉！況禁久則弛，仍復家置一編，人懷一篋，亦無有過而問焉者。鄙意與其逆以遏之，不如順以導之。'"

末署"光緒十有四年歲在戊子花朝後三日，天南遁叟序於淞隱廬"。

（朱一玄編、朱天吉校《明清小説資料選編》，南開大學出版社 2012 年）

"慎思草堂主人"《今古奇觀》識語："抱甕老人所選《今古奇觀》四十

種，命題則琢成對偶，叙事則確得見聞。且彰善癉惡，悉寓針砭，誠非尋常小說敗俗傷風者可以同日語也。惜坊間原版，漫漶模糊，加以魯魚亥豕，博覽君子寓目爲難。爰特不惜工資，逐加校核，印以鉛版，後倩名手，重繪圖像。雖篇幅仍前，而較諸舊刻，不啻霄壤，閱者鑒之。"

末署"光緒戊子菊秋，慎思草堂主人謹識"。

（天津圖書館藏清光緒十六年善成堂刊本）

王韜《〈鏡花緣圖像〉叙》："《鏡花緣》一書，雖爲小說家流，而兼才人、學人之能事者也。人或有詆其食古不化者，要不足病。觀其學問之淵博，考據之精詳，搜羅之富有，於聲韻、訓詁、曆算、輿圖諸書，無不涉歷一周，時流露於筆墨間。閱者勿以說部觀，作異書觀亦無不可。顧宜於雅人者，未必宜於俗人。閱至考古論學，娓娓不休，恐如聽古樂倦而思睡；則卷中若唐敖偕多九公、林之洋周遊各國，所遇多怪怪奇奇，妙解人頤，詼諧謔肆，頑世嘲人，揣摩畢肖，口吻如生，又足令閱者拍案稱絕，此真未易才也。竊謂熟讀此書，於席間可應專對之選，與他說部之但叙俗情，芫無故實者，奚翅上下床之别哉？予少時好觀小說家言，里中嚴君憶蓀甫有此書，假歸閱之，神志俱爽。首册所繪圖像，工巧絕倫，反覆紬視，疑係出粵東剞劂手，非芥子園新刊本也。後雖有翻板者，遠弗能逮。特有奇書，而無妙圖，亦一憾事。予友李君，風雅好事，倩滬中名手，以意構思，繪圖百，繪像二十有四。於晚芳園則别爲一幅，樓臺亭榭之勝，具有規模。誠於作者之用心，毫髮無遺憾矣。悔修居士謂北平李子松石，竭十餘年之力，而成此書，功固不淺哉！然今之繪圖者出於神存目想，人會手撫，使其神情意態，活見楮上，當亦非易。兩美合並，二妙兼全，固闕一而不可者也。"

末署"光緒十有四年春王正月，王韜叙"。

（北京大學圖書館藏清光緒十四年上海點石齋石印本）

光緒十五年（己丑　1889）

俞樾《〈重編七俠五義傳〉序》："往年潘鄭盦尚書奉諱家居，與余吳下寓廬相距甚近，時相過從。偶與言及今人學問遠不如昔，無論所作詩文，即院本傳奇、平話小說，凡出於近時者，皆不如乾、嘉以前所出者遠甚。尚書云：'有《三俠五義》一書，雖近時所出，而頗可觀。'余攜歸閱之，笑曰：'此《龍圖公案》耳，何足辱鄭盦之一盼乎！'及閱至終篇，見其事蹟新奇，筆意醂恣，描寫既細入毫芒，點染又曲中筋節，正如柳麻子說《武松打店》。初到店內無人，驀地一吼，店中空缸空甏，皆甕甕有聲。閑中著色，精神百倍。如此筆墨，方許作平話小說；如此平話小說，方算得天地間另是一種筆墨。乃歎鄭盦尚書欣賞之不虛也。……奮筆便改，不必如聖歎之改《水滸傳》，處處托之古本也。惟其中方言俚字，連篇累牘，頗多疑誤，無可考正，則姑聽之，讀者自能意會耳。"

末署"光緒己丑七月既望，曲園居士俞樾書"。

（復旦大學圖書館藏清光緒十六年上海廣百宋齋排印本）

光緒十六年（庚寅　1890）

許時庚《〈三國志演義〉補例》："陳承祚所撰魏蜀吳《三國志》，凡六十五篇，已入正史。范頵稱其辭多勸誡，明乎得失，有益風化。裴松之亦謂詮叙可觀，事多審正，而惜其過於簡略，復上披舊聞，旁撫遺逸，凡志所不載，事宜錄存者，畢取之以爲注，而《三國志》事蹟於是略備。是編演義之作，蓋濫觴於元人，以供村老談說故事，然悉本陳志、裴注，絕不架空杜撰，意主忠義而旨歸懲勸。閱者參觀正史，始知語皆有本，與一切稗官野史憑空結構者不同，有識者自能辨別。""是書爲本朝國初吳郡金聖歎先生加增外評，稱爲《第一才子書》，是後以訛傳訛，竟將《三國志演義》原名淹沒不彰，坊間俗刻，竟刊稱爲《第一才子書》，未免捨本逐末。今悉遵古本更正，並倩精於繪事者補像增圖，名曰《圖像三國志演義》，似乎名稱其實，亦覺燦然美備，斐然可觀。”

末署“光緒十六年歲次庚寅，吳門滄浪舊隱許時庚幼莊氏誌於廣百宋齋”。

（南京圖書館藏清光緒十六年廣百宋齋校印本）

許喬林《〈鏡花緣〉序》：“班《志》稱‘小説家流，出於稗官’，如淳注謂‘王者欲知閭巷風俗、立稗官使稱説之’。此古義也。乃坊肆所行雜書，妄題爲第幾才子，其所描寫，不過渾敦窮奇面目。即或闡揚盛節，點綴閒情，又類土飯塵羹，味同嚼蠟。余嘗目爲‘不才子’，似非過論。昔王臨川《答曾南豐書》謂：‘小説無所不讀，然後能知大體。’而《續文獻通考》‘經籍’一門，亦采及《琵琶》《荆釵》，豈非以其言孝言忠，宜風宜雅，正人心，厚風俗，合於古者稗官之義哉？《鏡花緣》一書乃北平李子松石以數年之力成之，觀者咸謂有益風化。惜向無鐫本，傳鈔既久，魯魚滋甚。近有同志輯而付之梨棗。是書無一字拾他人牙慧，無一處落前人窠臼，枕經葄史，子秀集華，兼貫九流，旁涉百戲，聰明絶世，異境天開。即飲程鄉千里之酒，而手此一編，定能驅遣睡魔；雖包孝肅笑比河清，讀之必當噴飯。綜其體要，語近滑稽，而意主勸善，且津逮淵富，足裨見聞。昔人稱其正不入腐，奇不入幻，另具一副手眼，另出一種筆墨，爲虞初九百中獨開生面、雅俗共賞之作。知言哉！輒述此語，以質之天下真才子喜讀是書者。”

末署“梅州許喬林石華撰”。

洪棣元《〈鏡花緣〉原序》：“凡人胸中無物，必不能立説著書；目中有物，又必至拘文牽義：此作家之所以難也。從古説部無慮數千百種，其用意選辭，非失之虛無入幻，即失之奧折難明；非失之孤陋寡聞，即失之膚庸迁闊，令人不耐尋味，一覽無餘。夫豈無愜心貴當卓然名世者，總未有如此書之一讀一快，百讀不厭也。觀夫繁稱博引，包括靡遺，自始至終，新奇獨造。其義顯，其辭文，其言近，其旨遠。後生小子頓教啓發心思，博彥鴻儒藉得博資採訪。匪特此也，正人心，端風化，是尤作者之深意存焉。不知者僅以説部目之，知之者直以經義讀之。蓋温柔敦厚，《詩》之教；疏通知遠，《書》之教；廣博易良，《樂》之教；潔静精微，《易》之教；恭儉莊敬，《禮》之教；比事屬辭，《春秋》之教。是書兼而有之，非胸中有物而目中無物者，詎能若是乎？論者嘗謂《宋書》固屬精詳，而擅造奇詭；《晉書》雖爲駢麗，而叢冗特甚。必於是書斯能無憾，豈可以稗官野史而忽之哉？"

末署"武林洪棣元静荷識"。

按，繫年據刊刻時間。

（復旦大學圖書館藏清光緒十六年上海石印本）

"文光樓主人"《〈小五義〉序》："《小五義》一書何爲而刻也？只以採訪《龍圖閣公案》底稿，歷數年之久，未曾到手，適有友人與石玉昆門徒素相往來，偶在鋪中閒談，言及此書，余即托之搜尋。友人去不多日，即將石先生原稿攜來，共三百餘回，計七八十本、三千多篇，分上中下三部，總名《忠烈俠義傳》。原無大小之説，因上部《七俠五義》爲創始之人，故謂之《大五義》。中下二部五義，即其後人出世，故謂之《小五義》。余翻閲一遍，前後一氣，脈絡貫通，與坊刻前部略有異同。此書雖係小説，所言皆忠烈俠義之事，最易感發人之正氣，非若淫詞艷曲，有害綱常；志怪傳奇，無關名教。自詡天生峻筆，才子文章，又何足多哉！余故不惜重貲，購求到手，本擬全刻，奈資財不足，一時難以並成。因有前刻《七俠五義》，不便再爲重刊，兹特將中部急付之剞劂，以公世之同好云。"

末署"光緒庚寅仲夏文光樓主人謹識"。

慶森《〈小五義〉序》："聞之'有志者事竟成'，觀諸予友則益信。予友振之石君，爲文光樓主，生平尚氣節，重然諾，每見書中俠烈之人，必欣然向慕之。嘗閲《忠烈俠義傳》，知有《小五義》一書而未見諸世，由是隨在物色，不知幾經寒暑。今春竟於無意中得之，因不惜重貲，延請名手擇録而剞劂之。稿中凡有忠義者存之，淫邪者汰之，間附己說，不盡原稿也。蓋於醒心悦目之中，而寓勸人勵俗之意，豈僅爲利哉？梓成，而問序於予，予知予之友用心苦矣，然有志竟成，亦不負予友之苦心也。是爲序。"

末署"光緒十六年歲次庚寅中吕月慶森寶書氏志於卧遊軒"。

"知非子"《〈小五義〉序》："自來異書新出，大都不喜人翻刻，勢所必至，比比皆然。惟我友文光樓主人新刊《小五義》則不然。書既成，即告余曰：'此《小五義》一書，皆忠烈俠義之事，并附以節孝戒淫戒賭諸則，原爲勸人，非專網利。現刷印五千餘部，難免字跡模糊，魯魚亥豕，校讎多疏。有樂意翻刻者則幸甚。祈及早翻刻，庶廣傳一世，豈非一大快事哉？'余喜其言之大公無私，善念無窮。爰書之簡端，以誌欣慕。"

末署"光緒庚寅仲夏知非子書於都門文光樓"。

"風迷道人"《小五義辨》："或問於余曰：'《小五義》一書，宜緊接君山續刻，君獨於顏按院查辦荆襄起首，何哉？'余曰：'似子之説，余詎不謂然，但前套《忠烈俠義傳》與余所得石玉昆原稿詳略不同，人名稍異，知非出於一人之手。向使從前套收伏鍾雄，後接續《小五義》，挨次刊刻下文破銅網陣，各處節目必是突如其來。破銅網陣，各色人才亦是陡然而至，不但此套書矛盾自戕，並使下套牙關相錯，文無綫索，筆無埋伏，未免上下兩截，前後不符，必須將八卦連環，原原本本，分析明白，用作根基，使衆人出載條條段段，解説精詳，以清來歷，乃不至氣脈隔膜，篇法斷絶。言之者庶免無稽，讀之者尚覺有味，以視蝮下添足、額上安頭者，不大相徑庭乎？'或聞言諾諾而退。余即援筆書之，亦望識者之深諒爾再者，提綱原來詩詞數首，不暇糾正，姑仍其舊。"

末署"時維光緒十六年歲次庚寅風迷道人又識"。

（復旦大學圖書館藏上海廣百宋齋石印本）

"伯寅氏"《〈續小五義〉叙》："史無論正與稗，皆所以作鑒於來兹。坊友文光樓主人，購有《小五義》野史，欲刻無資。予閲其底稿，忠烈俠義之氣充溢行間，最足感動人心。人果借此爲鑒，則内善之心隨地皆是。因分俸餘卅金，屬其急付剞劂。書既成，故樂爲之叙。"

末署"時光緒庚寅孟冬伯寅氏誌"。

鄭鶴齡《〈三續忠烈俠義傳〉序》："天地間惟忠烈俠義最足以感動人心，學士大夫博覽諸史，見古人盡一忠烈，則尊之敬之，見古人行一俠義，則羨之慕之。讀正史者概如是，讀小説者何獨不然？今歲秋間，友人石振之刻有《續忠烈俠義傳》，即世所稱之《小五義》也。傳中所載，人盡忠烈俠義之人，事盡忠烈俠義之事。非若他書之風花雪月，僅足供人消遣者。比嗣復欲刊刻三續，商之於余。余曰：善。凡簡編所存，無論正史小説，其無關於世道人心者，皆當付之一炬；其有關於世道人心者，則多多益善，使忠烈俠義之書一續出，人必争先快睹。多見一忠烈俠義之書，即多生一忠烈俠義之心。雖曰小説，於正史不無小補。因勸之亟爲刊刻，以公諸世云。"

末署"光緒十二年歲次庚寅嘉平七日燕南鄭鶴齡松巢氏譔"。

《三續忠烈俠義傳》第一回正文："上部《小五義》未破銅網陣，看書之人紛紛議論，辱承到本鋪購買下部者，不下數百人。上部自白玉堂、顔按院起首，爲是先安放破銅網根基。前部篇首業已叙過，必須將擺陣源流，八八六十四卦、三百八十四爻相生相剋，細細叙出，先埋伏下破銅網陣之根，不然銅網焉能破哉！有買上部者，全要貪看破銅網之故，乃是書中一大節目，又是英雄聚會之處，四傑出世之期，何等的熱鬧，何等的忠烈！當另有一種筆墨。若草草叙過，有何意味？因上部《小五義》，原原本本，已將銅網陣詳細叙明。今三續開篇，即由破銅網陣單刀直入，不必另生枝葉，以免節目絮繁，且以快閲者之心。近有無耻之徒，街市黏單，膽敢憑空添破銅網、增補全圖之説。至問及銅網如何破法，全圖如何增添，彼竟茫然不知，是乃惑亂人心之意也。故此，本坊急續刊刻，以快人心，閑言少叙。”

（復旦大學圖書館藏上海廣百宋齋石印本）

光緒十七年（辛卯　1891）

謝鴻申《答周同甫書》（第一函）：“説部優劣可傳可寶者，《三國》《水滸演義》《聊齋志異》《紅樓夢》四種而已。識者無不以《水滸》勝於《三國》，愚謂《水滸》非《三國》匹也。《水滸》筆力，固推獨步，然注意者不過數人，事蹟皆憑空結撰，任意而行，似易爲力。《三國》人才既多，事蹟更雜，且真跡十居八九，如一團亂絲，既不能寸寸斬斷，復不能處處添設，若自首至尾有條不紊，固極難矣，而又各各描摹，能不遺漏，似覺更難。乃作者好整以暇，安置妥帖，令人不覺事蹟之繁多，而但覺頭緒之清楚，以《列國志》較之，優劣自見矣。《聊齋》筆力雄厚，氣息深醇，非浸淫《漢書》者不能道隻字，此書一出，《搜神》《述異》諸書可盡廢矣。後此紀曉嵐五種，夾叙夾議，筆意清快，差強人意耳。《紅樓夢》事蹟本來平淡無奇，令笠翁爲之，不知作無限醜聲惡態，乃偏能細筋入骨，寫照如生，筆力心思，無出其右。其他小説，總不出庸惡陋劣四字，非事不足述，實筆不能述也。其事本無可述，而一經妙手摹寫，盡態極妍，令人愈看愈愛者，《紅樓夢》是也。其事本有可述，而一經庸手鋪叙，千人一心，千心一口，令人昏昏欲睡者，《岳傳》《女仙外史》諸書是也。其事本無可述，令人甫閲欲嘔者，《鏡花緣》《平山冷燕》是也。《鏡花緣》《平山冷燕》相傳是笠翁手筆，閣下閲之，必愛不釋手矣。”

按，繫年據刊刻時間。

（謝鴻申《東池草堂尺牘》國家圖書館藏清光緒十七年申報館印本）

“醉犀生”爲王寅《古今奇聞》作序：“今人見典謨訓誥仁義道德之書，輒忽忽思睡；見傳奇小説，則津津不忍釋手。嗚呼！世風日下，至於此極。

然而稗官小説亦正有移風易俗之功，如《琵琶》《荆釵》二記，采入《續文獻通考》經籍一門，以其言忠言孝、宜風宜雅，合於稗官勸善懲惡之義。今夏薄遊海上，晤燕山耕餘主人，以重編《古今奇聞》一書出示，體仿《今古奇觀》，無一與《今古奇觀》重複，並請丹青家逐事擬象，繪爲圖説。其間懿行軼事，悲歡離合。事皆確實，無荒唐烏有之詞；語既暢明，無奧折拘牽之句。可以感發人心，挽回風俗，直與典謨訓誥仁義道德之書異轍同途，豈得以驅遣睡魔作尋常説部目之哉！”

末署“光緒辛卯中秋，虎林醉犀生揮汗書於歇浦讀畫樓”。

（江蘇師範大學圖書館藏清光緒十七年燕山耕餘主人鉛印本）

“珊梅居士”《〈三公奇案〉序》：“近時新出繪圖説部不下數十種，如《西遊記》《封神》之詼奇怪異，《石頭》、‘六才’之艷麗風流。其事未必盡真，其言未必皆雅，集中亦有因果報應，一二規戒語言，而閲者每未能領略，不以爲釋老之異教，即視爲經生之常談，於人心風俗又何益歟？海上‘鳴松居士’新緝《三公奇案》一書，出示索序，翻閲一過，蓋以宋龍圖包公、國朝施不全、藍鹿洲二先生生平所斷奇冤重案，逐事繪圖，合三公爲一册。其中如包之鯁直剛毅，施之行權應變，藍之精敏贍識，雖三公遭際事業不同，而其折獄之神，愛民之切，前後若合一轍，讀之令人起敬起愛，增長識見不少。幸毋作尋常説部，徒供消長晝遣睡魔而已也。”

末署“光緒十有七年歲次辛卯雙星渡河之夕，赤城珊梅居士書於申浦”。

（北京大學圖書館藏上海正誼書局仿古聚珍版本）

“柱石氏”《〈白牡丹〉小序》：“國之有史，以紀事也。古者左史記事，右史記言，故一代之君，必有一代之史，以垂後世，俾後世得以考其實録，昭其勸戒焉。下此若稗官野乘微矣，至於小説家，不過取其遺事而敷衍之，紬繹之，非有褒貶是非之可寓，非有議論評斷之足觀，是微之又漸矣，何足尚焉。然獨不曰史缺有間，乃時時見於他説，而小説抑何不足尚者？説乎其中，具有忠孝廉節之可風，邪慝謬色之足戒，豈無有裨於世道人心乎？⋯⋯余長夏無事，信筆揮成，然言詞舛謬，未免見笑於儒林，仍收而置諸篋。適坊友來游：'有所謂《白牡丹》者，世人多有求售而不得者，現有此編，何不付梓以公同好？'余曰：'不可。'嗣因懇請，爰書數語，以弁諸首云爾。'"

末署"光緒辛卯季冬之月下浣，柱石氏書於上洋博古之齋"。

（日本東京大學文學部藏上洋博古齋版）

喻焜《〈聊齋志異〉叙》："《聊齋》評本，前有王漁洋、何體正兩家，及雲湖但氏新評出，披隙導窾，當頭棒喝，讀者無不俯首皈依，幾於家有其書矣。然竊觀《聊齋》筆墨淵古，寄托遥深，其毫顛神妙，實有取不盡而恢彌廣者。仁見仁，智見智，隨其識趣，筆力所至，引而伸之，應不乏奇觀層出，傳作者苦心，開讀者了悟，在慧業文人，錦綉才子，固樂爲領異標新於無窮已。吾合馮遠村先生手評是書，建南黄觀察見而稱之，謀付梓未果。先生一官沈黎，寒氈終老，没後僅刻《晴雲山房詩文集》《紅椒山房筆記》，其他著述今皆散佚無存，惟是書膾炙人口，傳抄尚多副本。同治八年，州人士取篇首雜説數十則及《片雲詩話》刊行，而全集仍待梓也。予於親串中偶得一部閲之，既愛其隨處指點，或一二字揭出文字精神，或數十言發明作者宗旨，不作公家言、模棱語，自出手眼，别具會心，洵可與但氏新評並行不悖。因照但氏本增入，縮爲十二卷，籤題《聊齋志異馮但合評》。工既竣，而爲之略叙梗概云。"

末署"時光緒十七年仲春月下浣，合陽喻焜湘蓀氏叙於補拙書屋之竹深處"。

（張友鶴輯校《聊齋志異會校會注會評本》，上海古籍出版社 1986 年）

　　"洗心主人"《永慶升平全傳》序："原夫《永慶升平》一傳，舊有新編，貂續千言，新成其帙。補就天衣無縫，獨具匠心；裁來雲錦缺痕，別開生面。百八十餘回，雖係演義之詞，理淺文粗，然叙事叙人，皆能刻劃盡致，接縫鬥榫，亦俱巧妙無痕。……雖非熔經鑄史，尚喜翻舊出新。而且書中情理兼盡，使人可以悦目賞心，便是絕妙好辭，總爲開卷有益之帙，是以刊刻成卷，以供同好云爾。"

　　末署"光緒辛卯孟夏洗心主人識"。

　　郭廣瑞《永慶升平全傳》序："余少遊四海，在都嘗聽評詞演《永慶升平》一書，乃我國大清褒忠貶佞、剿滅亂賊邪教之實事。……咸豐年間，有姜振名先生，乃評談今古之人，嘗演説此書，未能有人刊刻傳流於世。余長聽哈輔源先生演説，熟記在心，閒暇之時，録成四卷，以爲遣悶。兹余友寶文堂主人，見此書文理直爽，立志刊刻傳世，非圖漁利，實爲同好之人遣悶，余亦樂從。雖增删補改，録實事百數回，使忠臣義士，得以名垂千古，佞黨奸賊，報應循環可也矣。"

　　末署"光緒辛卯杏月燕南居士筱亭郭廣瑞謹識"。

　　（高等院校古籍整理委員會秘書處金谷秋水閣藏清光緒十八年寶文堂刊本）

光緒十八年（壬辰　1892）

　　韓邦慶《〈太仙漫稿〉例言》："或謂閲《段倩卿傳》，須待之兩月之久，未免令閲者沉悶否？余曰不然。間嘗閲説部書，每至窮奇絕險，即掩卷不閲，却細思此後當作何轉接，作何收束？思之累日而竟不得，然後接閲下文，恍然大悟，豈不快哉！又嘗閲至半篇，逆料此文轉接收束自當如是云云，不料下文竟有大不然者，則尤快之不暇，又何沉悶之有？小説始自唐代，初名'傳奇'。歷來所載神仙妖鬼之事，亦既汗牛充棟矣。兹編雖亦以傳奇爲主，但皆於尋常情理中求其奇異，或另立一意，或別執一理，並無神仙妖鬼之事。

此其所以不落前人窠臼也。昔人謂畫鬼怪易，畫人物難，是矣。然鬼怪有難於人物者，何也？畫鬼怪初時憑心生象，揮灑自如；迨至千百幅後，則變態窮而思路窘矣。若人物，則有此人斯有此畫，非若鬼怪之全須捏造也。故予作《漫稿》，徵實者什之一，構虛者什之九。"

按，繫年據刊刻時間。

（遼寧省圖書館藏清光緒十八年石印本）

周澤民《〈永慶升平全傳〉序》："余自稚年，性癖閑文，閱覽殘篇奇書志記，無非才子佳人，姻緣乖舛，或者風花水月，鴛鴦顛倒矣。似依情字而作紅樓之夢，然依才字而作鏡花之緣。作書者搜索枯腸，而掄才編纂者結腋成裘以舒怨也。今叙《永慶升平》一書，是謂近朝，盛世萬代，功勳簪纓之臣，名標麟閣；英雄凜烈之士，志録清史。豈謂虛説，緣曷借作？不似小説之流俗諺語，非如古詞攢鐵拈針耳。若觀夫八卦教門，即今白蓮邪術，此類是含沙射影，徒使妖術惑人，稔惡貫盈，終遭天譴。噫！大有警世化頑之風，斯是鼓勵英賢之志，真是奇談，休謂虛事，直言剖析，以爲叙也。"

末署"光緒壬辰年仲春日"。

樊壽巖《〈永慶升平全傳〉序》："余寄燕都，設帳有年，偶散步至寶文堂書肆，翻閱閒篇，見案頭有抄録幾頁未竣之書，名曰《永慶升平》。瞭然一目，則善惡攸分，淑慝殊途，與化行俗美，大有裨益。予曰：'似此奇談，盍不刊刻成函？'肆主曰：'此係曉亭郭先生所著，自云鄙俚之言無文，恐吾輩莞耳矣。'余曰：'非也！此書非涉躐無藉之談，亦非爲僞妄虛誕之邪説，何以用文？用文者是謂之文也，非文者不必有文。古云不以文害辭，不以辭害志。無文者，看官瞭然爽目而快，覆書而易記，用文何宜，撰修奇觀，事著實跡，觀其書非觀其文，覽其義而不覽其才矣。何必咀英嚼華，唾玉吐金，擲地有聲，鬼神褫魄，如此才方爲才也。噫！書之奇也不在文，事之實也不專詞。'於是主人曰：'然，有是言也。'於是刊版成部，留傳寰宇，謂看官驅睡魔、消夜永，則不宜於世乎！"

末署"潞河郭筱亭作，都門樊壽巖題"。

（高等院校古籍整理委員會秘書處金谷秋水閣藏清光緒十八年寶文堂刊本）

申江居士《〈新史奇觀〉序》："古今良史多矣，學者宜博觀遠覽，内悉治亂興亡之故，既以開廣其心胸，而又增長其識力，所裨良不淺矣。至於稗官野史，紀事闕而不全，抑且疑信參半。然其中亦可采撮，以俟後之深考。好古者猶有取焉。乃世有淫詞小説，實爲無稽之談，最易動人聽聞。閱者每至忘餐廢寢，蓋人情喜蕩佚而惡繩檢故也。而猶鐫來一編以流傳人口，何也？吾嘗謂天下之深足慮者，淫哇新聲，蕩人心志，其於治亂興亡之故，漫無關係。此特以供閭里談笑，優倡戲侮之資，大雅君子寧必遽置勿道也。《新史奇觀》梓來，因論次及此而書爲序。"

末署"申江居士書"。

（上海圖書館藏清光緒十八年邗上文運堂刊本）

"貪夢道人"《彭公案》自序："余著此《彭公案》一書，乃國朝之實事也，並非古詞小説之流，無端平空捏造，並無可稽考。……今竟著實事百餘回，所論者忠臣義士得以流芳千古，亂臣賊子盡遭報應循環，使讀者無廢書長歎之説，有拍案驚奇之妙。"

末署"時光緒十八年歲次壬辰桐月，都門貪夢道人著述"。

孫壽彭《〈彭公案〉序》："《彭公案》一書，京都鈔寫殆遍，大街小巷，侈爲異談，皆以爲膾炙人口。故會廟場中談是書者，不記其數，一時觀者如堵，聽者忘倦。予課暇亦少聽幾句，津津有味，然因功夫忙迫，故不知其本末。壬辰館於京師，友人劉君衡堂持此編以示，展誦數回，悉其始終，乃知彭公是我朝顯宦，實千古人才之傑出者也。……衡堂更把握不置，遂有付梓之議。彙輯成編，無不爭先快睹，因不惜重資，付之剞劂。索序於予，餘不獲已，亦思此書一出，非特城鄉街市樂於傳誦，士農工商欣於聽聞，實亦足以培植世道，感發人心，而爲化民成俗之一助云爾。是爲序。”

末署“時光緒十八年歲次壬辰暮春，書於都門琉璃廠肆槐蔭書齋，武强孫壽彭松坪氏訂”。

張繼起《〈彭公案〉序》：“余聞黄州説鬼，終麗於虛；干寶搜神，尤兼其幻。求所謂實而不虛，真而不幻者，其惟我《彭公案》乎！彭公以房、杜之才，膺龔、黄之任，撫養黎元，剿除盜賊，皆足登上考焉。更兼竹馬呈祥，蒲鞭不罰，即婦孺亦聞其名，俳優且演爲劇，較之聖經賢傳，尤易感格乎輿情。其部署之士，非惟鬚眉男子，盡皆赤膽忠心，行俠尚義，即巾幗婦人，亦罔不忠昭日月，氣壯山河。彼風聲遠訖，能令人義俠之心勃然生、油然動也。然僅口碑流傳，恐代遠年湮，致有雖善無徵之失，故本宅於公之善政，徵諸文獻，采以輶軒，編爲二十四卷。不惟膾炙人口，尤能鼓舞人心。此書雖出野史，然能挽世道、善風俗，豈得以荒唐目之？予生也晚，於公之政教，僅得耳食，未獲目睹，不過苦操勺，飲江海之水，滿腹而去，又烏知江海之深乎？斯爲序。”

末署“光緒歲次壬辰桐月，武遂述齋張繼起評”。

（首都圖書館藏清光緒十八年本立堂書店刊本）

光緒十九年（癸巳　1893）

“貪夢道人”《永慶升平後傳》**自序**：“今《續永慶升平》一書，因前部刊刻，續事未完，並非平空捏造。前部自侯化泰二鬧廣慶園無端放下，不知後來如何結果。……此書並非演義荒唐之語詞，乃正人心，化風俗，抄録全部，刊刻成書，使讀者大快人心。是爲叙。”

末署"時在光緒癸巳年冬月，都門貪夢道人"。

"龍友氏"《〈永慶升平後傳〉序》："凡書之作，必有始終，所以收緣結果也。況爲勸善懲惡，正人心，變風俗，更有關於世道人心者乎！使半途而廢，截然中止，不惟使讀書者悵全豹之未窺，且使聞風者無以驚心而知懼，誠一憾事也。如《永慶升平》一書，事非捏造，舊語流傳，獨惜其僅有百回，尚未結束，於後事未免略而不詳。……兹續考舊聞，搜求古事，爲續刻百回，綱舉目張，源源本本，正大堂皇。此書一出，令閱者知王法之森嚴，小醜跳梁，必蹈大辟。人生治平之世，各宜安分守己；無好勇而逞豪強，無喜新而信邪說；見善則遷，引惡爲戒。是書雖居稗官小說之列，未始非垂戒之一助也。是爲序。"

末署"光緒十有九年歲次癸巳荷月，昆明龍友氏評"。

（高等院校古籍整理委員會秘書處金谷秋水閣藏清光緒甲午上海書局石印本）

"文光主人"《〈施公案後傳〉序》："《施公案》一書，海内各書肆舊有。前刻始於江都縣令，終於倉場總督。其於施公生平之實事，未能罄其所長。且叙事簡略，用筆草率，節目多有疏忽，字句多有舛錯，並未校對刊補，此何故也？皆欲速之弊也。本鋪有意將前部再爲加工，校補刊刻，與《後施公案》合爲一書，一並廣傳於世。奈爲時力，所刻未能遂願。但即前部倉場上任，法師求雨，踵而叙之。凡名臣傳、方略、實録，無不採取。慘淡經營，費盡心血，歷三年之久，始成此書。……采輯成帙，七千餘篇。共計十六套，未能一時刻成，兹先出四套，以公世之同好者。雖係小說，並非淫詞艷曲可比，亦爲正史之小補云。是爲序。"

末署"時光緒十九年癸巳小陽月，文光主人識"。

（北京師範大學圖書館藏清光緒二十一年上海書局石印本）

光緒二十年（甲午　1894）

"浹江釣徒"《〈玉覺禪〉序》："書不經，非書也；言不經，非言也。傳奇小説，非以風華雪月，蕩搖心志；即以荒唐杳渺，嚇人見聞。惟《四才子》一書，有《平山冷燕》以詩酒奇逢，天然巧合，開之於前，使才子佳人，襟懷各遂。雖多委曲纏綿，然義正詞嚴，不事半點污褻。今復續以前編，與《平山冷燕》後先輝映。其筆情豪爽，真有甘如飴、辛若桂。刁者罔自用其刁，暴者終難恃其暴。且確可憑，令觀者眉飛目舞，心悦意移，豈僅足供消閒云爾哉！"

末署"光緒甲午仲夏，浹江釣徒書"。

（清光緒二十四年石印本）

韓邦慶《海上花列傳》自序："或謂六十四回不結而結，甚善，顧既曰全書矣，而簡端又無序，毋乃闕與？華也憐儂曰：'是有説。昔冬心先生續集自序，多述其生平所遇前輩聞人品題贊美之語，僕將援斯例以爲之，且推而廣之。凡讀吾書而有得於中者，必不能已於言。其言也，不徒品題讚美之語，愛我厚而教我多也；苟有以抉吾之疵，發吾之覆，振吾之瞶，起吾之痼，雖至呵責唾罵，訕謗詼嘲，皆當録諸簡端，以存吾書之真焉。敬告同人，毋閟金玉。'"

末署"光緒甲午孟春，雲間華也憐儂識於九天珠玉之樓"。

韓邦慶《海上花列傳》跋："客有造花也憐儂之室而索六十四回以後之底稿者，花也憐儂笑指其腹曰：'稿在是矣。'客請言其梗概。花也憐儂皇然以驚曰：'客豈有得於吾書耶，抑無得於吾書耶？吾書六十四回，賅矣，盡矣，其又何言耶？令試與客遊太行、王屋、天台、雁蕩、昆侖、積石諸名山，其始也，捫蘿攀葛，匍匐徒行，初不知山爲何狀；漸覺泉聲鳥語，雲影天光，歷歷有異，則徜徉樂之矣；既而林回磴轉，奇峰遝來，有立如鵠者，有臥如獅者，有相向如兩人拱揖者，有亭亭如荷蓋者，有突兀如錘、如筆、如浮屠者，有縹緲如飛者、走者、攫拿者、騰踔而顛者，夫乃歎大塊之文章真有匪夷所思者，然固未躋其巔也。於是足疲體憊，據石少憩，默然念所遊之境如是如是，而其所未遊者，揣其婉蜒起伏之勢，審其凹凸向背之形，想像其委曲幽邃、回環往復之致，目未見而如有見焉，耳未聞而如有聞焉，固已一舉三反，快然自足，歌之舞之，其樂靡極。噫！斯樂也，於遊則得之，何獨於吾書而失之？吾書至於六十四回，亦可以少憩矣。六十四回中如是如是，則以後某人如何結局，某事如何定案，某地如何收場，皆有一定不易之理存乎其間。客曷不掩卷撫几，以樂於遊者樂吾書乎？'客又舉沈小紅、黃翠鳳兩傳爲問。花也憐儂曰：'王、沈、羅、黃前已備詳，後不復贅。若夫姚、馬之始合終離，朱、林之始離終合，洪、周、馬、衛之始終不離不合，以至吳雪香之招夫教子，蔣月琴之創業成家；諸金花之淫賤下流，文君玉之寒酸苦命；小贊、小青之挾資遠遁，潘三、匡二之衣錦榮歸；黃金鳳之孀居，不若黃珠鳳儼然命婦；周雙玉之貴騰，不若周雙寶兒女成行；金巧珍背夫捲逃，而金愛珍則戀戀不去；陸秀寶夫死改嫁，而陸秀林則從一而終：屈指悉數，不勝其勞。請俟初續告成，發印呈教，目張綱擧，燦若列眉，又焉用是嘵嘵者爲哉？'客乃憮然三蕭而退。花也憐儂書。"

《海上花列傳·例言》："此書爲勸戒而作，其形容盡致處，如見其人，如聞其聲。閱者深味其言，更返觀風月場中，自當厭棄嫉惡之不暇矣。所載人名事實，俱係憑空捏造，並無所指。如有强作解人，妄言某人隱某人，某事隱某事，此則不善讀書，不足與談者矣。

"蘇州土白，彈詞中所載多係俗字，但通行已久，人所共知，故仍用之，蓋演義小說不必沾沾於考據也。惟有有音而無字者，如說'勿要'二字，蘇人每急呼之，並爲一音，若仍作'勿要'二字，便不合當時神理；又無他字可以替代，故將'勿要'二字並寫一格。閱者須知覅字本無此字，乃合二字作一音讀也。他若哩音眼，嘎音賈，耐即你，俚即伊之類，閱者自能意會，茲不多贅。

"全書筆法自謂從《儒林外史》脱化出來，惟穿插、藏閃之法，則爲從來説部所未有。一波未平，一波又起，或竟接連起十餘波，忽東忽西，忽南忽北，隨手叙來，並無一事完全，却並無一絲掛漏；閲之覺其背面無文字處尚有許多文字，雖未明明叙出，而可以意會得之。此穿插之法也。劈空而來，使閲者茫然不解其如何緣故，急欲觀後文，而後文又捨而叙他事矣；及他事叙畢，再叙明其緣故，而其緣故仍未盡明，直至全體盡露，乃知前文所叙並無半個閑字。此藏閃之法也。

"此書正面文章如是如是；尚有一半反面文章，藏在字句之間，令人意會，直須閲至數十回後方能明白。恐閲者急不及待，特先指出一二。如寫王阿二時處處有一張小村在内，寫沈小紅時處處有一小柳兒在内，寫黄翠鳳時處處有一錢子剛在内。此外每出一人，即核定其生平事實，句句照應，並無落空。閲者細會自知。

"從來説部必有大段落，乃是正面文章精神團結之處，斷不可含糊了事。此書雖用穿插、藏閃之法，而其中仍有段落可尋。如第九回沈小紅如此大鬧，以後慢慢收拾，一絲不漏，又整齊，又暇豫，即一大段落也。然此大段落中間仍參用穿插、藏閃之法，以合全書體例。

"説部書，題是斷語，書是叙事。往往有題目係説某事，而書中長篇累幅竟不説起，一若與題目毫無關涉者，前人已有此例。今十三回陸秀寶開寶，十四回楊媛媛通媒，亦此例也。

"此書俱係閑話，然若真是閑話，更復成何文字？閲者於閑話中間尋其綫索，則得之矣。如周氏雙珠、雙寶、雙玉及李漱芳、林素芬諸人終身結局，此兩回中俱可想見。

"第廿二回，如黄翠鳳、張蕙貞、吴雪香諸人，皆是第二次描寫，所載事實言語，自應前後關照。至於性情脾氣，態度行爲，有一絲不合之處否？閲者反覆查勘之，幸甚！

"或謂書中專叙妓家，不及他事，未免令閱者生厭否？僕謂不然，小說作法與制藝同：連章題要包括，如《三國》演說漢魏間事，興亡掌故瞭如指掌，而不嫌其簡略；枯窘題要生發，如《水滸》之强盗，《儒林》之文士，《紅樓》之閨娃，一意到底，顛倒敷陳，而不嫌其瑣碎。彼有以忠孝、神仙、英雄、兒女、贓官、劇盗、惡鬼、妖狐，以至琴棋書畫，醫卜星相，萃於一書，自謂五花八門，貫通淹博，不知正見其才之窘耳。

"合傳之體有三難。一曰無雷同，一書百十人，其性情言語，面目行爲，此與彼稍有相仿，即是雷同。一曰無矛盾，一人而前後數見，前與後稍有不符，即是矛盾。一曰無掛漏，寫一人而無結局，掛漏也；叙一事而無收場，亦掛漏也。知是三者而後可與言説部。"

《海上花列傳》第一回正文："按此一大説部書，係花也憐儂所著，名曰《海上花列傳》。祇因海上自通商以來，南部煙花日新月盛，凡冶遊子弟傾覆流離於狎邪者，不知凡幾。雖有父兄，禁之不可；雖有師友，諫之不從。此豈其冥頑不靈哉？獨不得一過來人爲之現身説法耳！方其目挑心許，百樣綢繆，當局者津津乎若有味焉；一經描摹出來，便覺令人欲嘔，其有不爽然若失、廢然自返者乎？花也憐儂具菩提心，運廣長舌，寫照傳神，屬辭比事，點綴渲染，躍躍如生，却絶無半個淫褻穢污字樣，蓋總不離警覺提撕之旨云。苟閱者按跡尋蹤，心通其意，見當前之媚於西子，即可知背後之潑於夜叉；見今日之密於糟糠，即可卜他年之毒於蛇蝎。也算得是欲覺晨鐘，發人深省者矣。此《海上花列傳》之所以作也。"

（韓邦慶著、典耀整理《海上花列傳》，人民文學出版社 2006 年）

光緒二十一年（乙未　1895）

"瘦秋山人"《〈金臺全傳〉自序》："蓋閑書雜説，固各有議論宏深、言辭雕鑿者，以悦人耳目而已。惟《金臺》一傳，忠孝信義，足爲人世之榜圖，且喜邪僻淫詞毫不侵犯，即閨閫中亦可作淑性陶情之快睹也。惜乎原本敷成唱句，不免拘牽逗湊，抑且迂坊鐫刻，訛錯不乏，令閲者每致倦眼懶懷。余兹精細校正，更作説本，付諸石印，極爲爽目醒心，別生意趣，親矣焉則得之矣。故有是藝之續序云。”

末署“時光緒乙未年孟春月中浣，瘦秋山人撰並書”。

（復旦大學圖書館藏光緒乙未上海中西書局石印本）

“西泠散人”爲“飲霞居士”《熙朝快史》作序：“嗚呼，小説豈易言者哉？其爲文也俚，一話也必如其人初脱諸口，摹繪以得其神；其爲事也瑣，一境也必如吾身親歷其中，曲折以達其見。夫天下之人不同也，則天下之事不同也。以一人之筆寫一人之事易，以一人之筆寫衆人之事難；以一人之筆寫一人之事之不同者易，以一人之筆寫衆人之事之不同者難。況乎以事之不可同者而從同寫之，以人之本可同者而不同寫之，則是書之爲難能而可貴也。試觀是書所論時文三弊不可同也，自作者寫之而不可同者竟同矣。所演之康林二人本可同也，自作者寫之而可同者竟不同矣。吾益知著書之難，非胸羅數百輩之人譜，身歷數十年之世故，則嬉笑怒罵，一事有一事之情形；貞淫正邪，一人有一人之體段，安能薈萃於一人之書一人之筆而唯妙唯肖邪！且夫今之所謂小説者亦夥矣！非淫詞艷説，蕩人心志，即剿襲雷同，厭人聽睹，欲求其自抒心裁，有關風化者，蓋不數數覯矣。是書以時文三弊爲經，以康林二人爲緯，初閲之若儗不於倫，而同所不同，不同其所同，讀者考書始終自曉然。於言雖近而旨遠，意雖奇而詞正，主文而譎諫，蓋亦竊附於言者無罪、聞者足戒之微意焉。然則小説豈易言哉！或謂作者胸有不平之事而故爲遊戲之筆，自娱以娱人也。是猶未識作者之苦心也夫。”

末署“時光緒乙未冬至後一日，西泠散人撰於卧義堂”。

（復旦大學圖書館藏清光緒二十一年香港起新山莊石印本）

"古鹽官伴佳逸史"《臺灣巾幗英雄傳初集》自序："不揣譾陋，即其事實編列成帙，分爲二十四回，先將十二回爲初集，付諸石印，以副先睹爲快之心。二集俟天氣稍凉，再編續印。"

按，繫年據刊刻時間。

（浙江圖書館藏清光緒二十一年上海書局石印本）

光緒二十二年（丙申　1896）

"遭劫餘生"《〈掃蕩粤逆演義〉序》："粤逆之亂，賊勢倡狂，萬民倒懸，蹂躪至十餘省之多，擾攘至十餘年之久。……余每惜無親歷之人，從頭至尾，編輯成書，以行於世。邇來坊間之剿逆等書，要皆掇拾奏稿邸抄，及忠逆口供之類。既無章回之分，又失貫串之妙。紛紛雜湊，如斷蚓然。閱之徒增厭惡，毫無娛目也。今有無好無能客，以《掃蕩粤逆》一書出以相示，翻閱一過，知爲曾經浩劫人所撰，以身歷目睹之事，筆之於書，自洪逆造反起始，至賊匪蕩平爲止。其間一切情形，歷歷如繪；而又編成章回，仿《三國》《水滸》之例，共成三十二回。繪圖石印，精妙無倫。閱之者宛然身歷其間，作壁上之觀也。吾知是書一出，而不以先睹爲快者鮮矣。"

末署"光緒二十二年歲次丙申清明前一日，遭劫餘生撰並書"。

（國家圖書館藏清光緒二十三年上海書局石印本）

江文蒲《七劍十三俠》序："嘗見稗官小說記載劍仙俠客之流，殊足娛心悅人，羨無已。第類皆雪泥鴻爪，略見一斑。偶叙一事，如神龍之首見尾隱，令人追想其生平，未必別無驚人之事更有可觀，惜無從考之爲憾。友人宏仁堂主人攜來《七劍十三俠》一書，囑余爲序。翻閱一過，乃余門人唐生芸洲所紀有明寧藩作亂始末也。其時俞謙、王守仁手下一班豪傑，類飛檐走壁，毅勇絕倫，如昆侖奴、古押衙一流。然卒難奏其全功，當時逆藩之勢焰可知。

幸賴衆劍仙相助，始得蕩平巢穴，藩逆成禽。其間奇蹤異跡，不勝枚舉，源源本本，盡致淋漓，令人色舞眉飛，拍案叫絶，誠集歷來劍俠之大觀，稗官之翹楚也。吾知是書一出，其不脛而走也必矣。是爲序。"

末署"光緒二十二年四月立夏後三日，聽珊江文蒲序並書"。

（復旦大學圖書館藏清光緒二十三年上海書局石印本）

"采香居士"《〈續彭公案〉叙》："嗚呼！誰謂野官稗史之無補風化也哉！古來忠臣、孝子、奇俠、烈士，其軼事不傳，往往見於他説。故正史之與傳奇，雖有雅俗之别，而其感人心以成風化則一也。以紀文達《閱微草堂》之作，王漁洋《池北偶談》之撰，皆近平話小説。以其淺顯清新，人所易曉，故不嫌稍涉於俚也。兩公之維持風化意深哉！然皆零殘碎簡，非若《三國》《列國》諸演義，及曲園主人删定《七俠五義》之作，合首尾始末爲一篇也。此近日《繪圖彭公案》一書所以膾炙人口者，有由來矣。其所演説，不外孝子、忠臣、奇俠、烈士，其有補於風化者，良非淺鮮。讀其書者，如行山陰道中，應接不暇，每有'好山行恐盡'之慮。"

末署"光緒丙申夏六月，范百禄止詩傳補注日，古越若耶溪采香居士識"。

（清光緒二十五年上海書局石印本）

"簞瓢主人"爲**"克明子"**《金鐘傳》作序："嗚呼！自古至今，凡一切書史及一切經傳，合之小説鼓詞，何一而非邇言，何一而非善言乎？無奈讀者觀者，或以呫嗶而失先聖之意，或以熱鬧而負明士之心，將古人一片濟世苦心，付於東流，亦良足慨焉。今日者不知著於何人之一部奇書，曰《金鐘傳》。披閱之下，汗淚交滴，雖類稗詞野史，實足以證一貫之旨，異日者廣爲流傳，勿以其淺近而忽其明良也，幸甚。閱是書時，當生敬謹心，當生畏懼心，當生勇猛心，當生謙退心。有此四心，然後可以閱是書，若執一隅偏見，謬參大成，是誠名教中之罪人。簞瓢主人序。"

"克明子"《〈金鐘傳〉題詞》："憑將文字作仙槎，舌本瀾翻筆燦花。莫道支離非聖諦，稗官原不入儒家。千流萬派自紛紜，大意何人與細論？省識廬山真面目，源頭滴滴漱崑崙。鐘聲渺渺未全消，入耳應須破寂寥。領取個中弦外味，杜鵑聲苦雨瀟瀟。經營慘淡意何如？點畫從教辨魯魚。多少深心言不盡，世人漫道是奇書。"

"苦竹老人"《〈金鐘傳〉題詞》："一部《金鐘》萬古傳，全憑俚語勸人間。其中無限苦心血，朵朵紅雲捧上天。"

《金鐘傳》第五十回"津門培一"評點："人謂四大奇書之伏綫影射、前後照應如串珠矣，觀此穿插映帶，自在油然，尤非凡筆所可及。"

按，繫年據刊刻時間。

（浙江圖書館藏清光緒丙申樂善堂刊本）

傅蘭雅《時新小説出案》徵文："（前刊登徵求時新小説告示後）蒙遠近諸君揣摩成稿者，凡一百六十二卷。本館窮百日之力，逐卷披閱，皆有命意。然或立意偏畸，述煙弊太重，説文弊過輕；或演案希奇，事多不近情理；或述事虛幻，情景每取夢寐；或出語淺俗，言多土白；甚至辭尚淫巧，事涉狎穢，動曰妓寮，動曰婢妾，仍不失淫辭小説之故套，殊違勸人爲善之體例，何可以經婦孺之耳目哉？更有歌辭滿篇俚句道情者，雖足感人，然非小説體格，故以違式論。又有通篇長論調譜文藝者，文字固佳，惟非本館所求，仍以違式論。"

（清光緒二十二年《萬國公報》第八十六册）

王韜爲鄒弢《海上塵天影》作序："有與生同志者，曾索視之，謂其中所述各女子，均有其人，且各有性情，各有歸束，前後起結，隱伏縮帶，章法井然。大旨專事言情，離合悲歡，具有宛轉綢繆之致，筆亦清靈曲折，無美不臻。且於時務一門，議論確切，如象緯輿圖，格致韜略，算學醫術，製造工作，以及西國語言，並逮詩詞歌曲，下至猜謎酒令，琴瑟管簫，詼諧雜技，無乎不備，直是入世通才，目無餘子。閲者如入山陰道上，多寶船中，愜目賞心，有予取予求之樂。歷來章回説部中，《石頭記》以細膩勝，《水滸傳》以粗豪勝，《鏡花緣》以苛刻勝，《品花寶鑑》以含蓄勝，《野叟曝言》以誇大勝，《花月痕》以情致勝。是書兼而有之，可與以上説部家分争一席，其所以譽之者如此。余嘗觀此書，頗有經世實學寓乎其中。若以之問世，殊足善風俗而導頑蒙，徒以説部視之，亦淺之乎測生矣。"

末署"光緒丙申荷生日天南遯叟王韜撰，年六十有九"。

（復旦大學圖書館藏清光緒三十年石印本）

光緒二十三年（丁酉　1897）

夏曾佑、嚴復《國聞報附印説部緣起》："夫説部之興，其入人之深、行事之遠，幾幾出於經史上，而天下之人心風俗，遂不免爲説部之所持。《三國演義》者，志兵謀也，而世之言兵者取焉；《水滸傳》者，志盜也，而萑苻狐父之豪，往往標之以爲宗旨；《西廂記》《臨川四夢》，言情也，則更爲專一之士、懷春之女所涵詠尋繹。夫古人之爲小説，或各有精微之旨，寄於言外，而深隱難求，淺學之人，淪胥若此，蓋天下不勝其説部之毒，而其益難言矣。"

（光緒二十三年十月十六日至十一月十八日天津《國聞報》）

光緒二十四年（戊戌　1898）

梁啓超《譯印政治小説序》："政治小説之體，自泰西人始也。凡人之情，莫不憚莊嚴而喜諧謔……寓譏諫於詼諧，發忠愛於馨艷，其移人之深，視莊言危論，往往有過，殆未可以勸百諷一而輕薄之也。……故六經不能教，當以小説教之；正史不能入，當以小説入之；語録不能諭，當以小説諭之；律例不能治，當以小説治之。天下通人少而愚人多，深於文學之人少而粗識之無之人多。……然則小説學之在中國，殆可增《七略》而爲八，蔚四部而爲五者矣。在昔歐洲各國變革之始，其魁儒碩學，仁人志士，往往以其身之所經歷，及胸中所懷政治之議論，一寄之於小説。……往往每一書出，而全國之議論爲之一變。彼美、英、德、法、奧、意、日本各國政界之日進，則政治小説爲功最高焉。英名士某君曰：'小説爲國民之魂。'豈不然哉！豈不然哉！今特采外國名儒所撰述，而有關切於今日中國時局者，次第譯之，附於報末。愛國之士，或庶覽焉。"

（《清議報》第一冊 1898 年 12 月 23 日刊印）

光緒二十五年（己亥　1899）

"臥讀生"《才子如意緣》序："閑書小説，不知昉自何代，抑皆始於《虞初新志》，而後幻市蜃樓，爲文士無聊，而以意撰之者歟？予亦嘗覽夫坊間之閑書小説矣：標新須異，各自矜奇；牛怪蛇神，無慮數百種。有以七言成句者，若《天雨花》也，若《再生緣》也：叶以順韻，分別生旦丑末脚色，可歌可唱，隨事問答，口吻如生，有文言之官話，有俗語之土音。閱者不啻觀名優之演劇矣。綠窗繡罷，人靜多暇，一編在手，頗足消閒也。有以段説紀事者，若《聊齋志異》，若《夜談隨録》，則句梳字櫛，體例謹嚴，或諷或頌，説鬼談狐，當時作者皆有謂而言，非果好塗抹也。他如宣瘦梅之《夜雨秋燈録》，管秋初之《藜林春睡録》，雖批風抹雨，樓駕凌空，而勸善懲惡，亦非盡《齊東野語》耳。"

末署"時在光緒二十五年己亥暮春，吳縣臥讀生稿於掏月樓之南軒。上元李節齋書於申江旅次"。

（天津圖書館藏清光緒二十九年福記書莊石印本）

　　無名氏《〈續兒女英雄傳〉序》："《兒女英雄傳》一書，爲燕北閒人文鐵仙先生所作，初名曰《金玉緣》，又名曰《正法眼藏五十三參書》。故五十三回，蠹蝕之餘，僅存四十回。布局命意，遣字措詞，處處周密。所不足者，後路稍嫌薄弱，添出長姐，尤屬蛇足。然較之近日佳人才子各種小説，尚稱傑作耳。至於卷末云：安公子赴任山東，辦了些疑難大案，政聲載道，金、玉姊妹各生一子等語，已留後來續集地步。且自石印之法興，而小説多出續本，惟此書無之，亦一憾事也。……予思作書之道亦至難矣，必其情理兼盡，詞意俱新，艷麗如美女簪花，冷淡如孤猿嘯月，奔放如弦邊脱兔，起伏如雲裹游龍，疏散如絮影隨風，緊溜如鼓聲爆豆，收束如群玉歸笥，串插如一綫穿珠。必是妙筆方許作小説，必有是小説方能傳千古。試觀今之小説，不啻千百局，傳世者不過四大奇書以及《紅樓》《聊齋》各種，其他則半歸零落焉。作書之道不至難哉！更有難者，是書之作，前十回爲他人造端，筆涉俗俚，始基已壞，棄之則多費心思，取之則不易牽就。予迫於懇請，不得已而了草塞責，不半月已得十餘回，大似《小五義》《彭公案》諸書，謂他人俗，而俗更過之，是以五十步笑百步也，遂置之不復作。迨秋初，又有批抗議、脩則例等事，耽延兩月餘，始得卒業，前後共成三十二回。嗟夫！世之作小説者，或寫牢騷，或抒激憤，或誇學問淵博，或詡經濟宏深，或以雪月風花蕩人心志，或以蜃樓海市惑人聽聞，予則何敢。"

　　末署"不計年月，無名氏自序"。

　　　　　　　　　　　（復旦大學圖書館藏清光緒二十五年文賢閣石印本）

光緒二十六年（庚子　1900）

　　"伯良氏"《〈義勇四俠閨媛傳〉序》："小説一書，大抵佳人才子，風華雪月之作，汗牛充棟，千手雷同，閱者無不討厭。吾友林君研農，平居任俠好義，喜涉獵小説。謂近時所出説部，非失之淫，即失之蕩，皆足壞人心風俗。

因力矯前弊，取其性相近者，自著若干回，命其名曰《義勇四俠奇緣》。……雖曰小説，未嘗不可作野史觀也。爰付棗梨，用爲之序。”

末署“時光緒庚子六月，甘泉伯良氏識於滄海之寄廬”。

（國家圖書館藏清光緒二十六年石印本）

洪興全《中東大戰演義》自序：“從來創説者，事貴出乎實，不宜盡出於虚。然實之中，虚亦不可無者也。苟事事皆實，則必出於平庸，無以動詼諧者一時之聽。苟事事皆虚，則必過於誕妄，無以服稽古者之心。是以余之創説也，虚實而兼用焉。……故事有時雖出於虚，亦不容不載，余之創是説，實無謬妄之言。惟有聞一件記一件，得一説載一説，虚則作實之，實則作虚之；虚虚實實，任教稽古者、詼諧者互相執博，余亦不問也。謹誌數言，以白吾志。洪興全子式自序。”

按，繫年據刊刻時間。

（國家圖書館藏清光緒二十六年上海石印本）

“惜餘館主”爲張小山《平金川全傳》作序：“聞之故老：康熙、雍正間，多聶隱娘、磨鏡者一流人物，向頗疑之。及閲張小山上舍《平金川》説部一書，始知其説不盡子虚。上舍本遼東人，大父嘉猷在日，曾充年幕，著有《西征日記》兩卷。中間所載戰事，於一切妖術，尤爲詳盡。目耳所及，筆墨隨之，其非臆説，可想而知。上舍於攤飯之餘，演爲説部。成書後，録以示余。余維古今説部，載實事者，莫如《三國》；逞荒誕者，莫如《西遊》，皆各擅所長，以成體例。獨是書頗能綜二者而兼之，惜因俗務繁冗，不及潤色。而索觀者已户限將穿，爰付石文而述之旨。”

末署“光緒庚子仲秋吉日，惜餘館主撰並書”。

（國家圖書館藏清光緒二十六年焕文書局刊本）

光緒二十七年（辛丑　1901）

　　無名氏《掌故演義》第一回正文："只因世上的事情越多，這做人的心術越壞，就有那半通不通的一班讀書人造成一種書叫做小説，這小説起初的時候也還有些正經，不是談些古往今來的逸事，就是講些忠臣孝子的本領。無奈看的人不多，他們就把壞人心術的事情也編成小説。這却不比從前了，上自做官的、讀書的，下至生意人、婦女們，没一個不喜歡去看。他這班人看見如此，越發高興起來，講强盗的也有了，講風月的也有了，只顧自己賺錢，不曉得害死了多少英雄好漢，生生的把一個錦綉江山變作了淫盗世界。造字的倉老頭兒那裏知道要弄到這個地位呢！正是'手中一支筆，殺人不見血'。説也奇怪，大凡世上的人不論他是聰明的、愚蠢的，但凡看那正經書就無精打采，不是打瞌睡就像泥塑木雕一般。及給他一本小説書，却不知不覺把一顆玲瓏剔透的心鑽將進去，再也拔不出來。這麽看來，孟夫子所説的'人性本善'這句話有些靠不住了，然細想起來，却也不能怪那看書的人，其中有個緣故。古人所做的書多用古時的文法，到今日之下，這些文法覺得太深了，所以不耐煩去看他。若講到小説上頭，也有彈詞的，也有科白的，總而言之但識過幾個字的人多可以懂得，所以覺得比正經書好看些。照這樣説來，小説是極好的法則，可惜用得不好罷了。現在這部《掌故演義》就是把極有用的正經書改做極好看的小説書，諸公試收拾起各種無益的心思，聽做書的慢慢講來，這正是苦口婆心呢。"

　　按，繫年據刊刻時間。

（國家圖書館藏清光緒二十七年刻本）

　　邱煒萲《菽園贅談》卷三"梁山泊"條："詩文雖小道，小説蓋小之又小者也。然自有章法、有主腦在。否則，滿屋散錢，從何串起？讀者亦覺茫無頭緒，未終卷而思睡矣。"

按，此書有清光緒二十七年排印本，繫年據刊行時間。

（邱煒蔉撰《菽園贅談》，廈門大學出版社 2018 年）

光緒二十八年（壬寅　1902）

"恨恨生"《〈李公案奇聞〉序》："《李案奇聞》何書乎？小説也。小説則曷爲乎序之？曰：序之者非以其書也，非以其書之爲小説也。讀其書有所感於心，心有所感而書之，固不必其爲序也。夫幼而學者壯而行，儒生之素志也，乃不得行其所學於時，因記其所聞而爲説，説又無濟於當世之大用，僅而得署曰'小'，不亦重可悲乎！雖然，吾更因其所説而有説。……吾讀是書，吾烏能無所感而不書。"

末署"光緒二十有八年清明後一日，恨恨生書"。

（清光緒二十八年北京文化樓刊本）

《〈新小説〉第一號》："小説爲文學之最上乘，近世學於域外者，多能言之。但我中國此風未盛，大雅君子猶吐棄不屑厝意。此編實可稱空前之作也。……今日提倡小説之目的，務以振國民精神，開國民智識，非前此誨盜誨淫諸作可比。必須具一副熱腸，一副净眼，然後其言有裨於用。名爲小説，實則當以藏山之文、經世之筆行之。"

按，一九〇二年十月十五日（農曆）梁啓超主持的《新小説》創刊於日本橫濱。《新小説第一號》對小説創作理論多有闡發。

（《新民叢報》第二十號）

光緒二十九年（癸卯　1903）

高縉爲沈惟賢《萬國演義》作序："自隋以來，史志小説家列於子部，其爲體也或縱或橫，寓言十九，可以資談噱，不可爲典要。然以隋唐《志》所載僅數十部；宋《中興志》，乃至二百三十二家、千九百餘卷。不知古之聞人，何樂輟其高文典册而以翰墨爲遊戲也。其至於今，則《廣記》《稗海》之屬，庋之高閣，而偏嗜所謂章回小説，凡數十百種，種各數十百卷。其誨淫誨盜，及怪及戲，卑卑無足論已；或依傍正史撰爲演義，亦且點綴不根之談，崇飾過情之譽，既誤來學，又以自穢其書。夫鄉曲之徒，不學無術，浸灌於詖邪之議，發生其佚蕩之心，其貽害最烈，若能誘之正覺，先入爲主，相漸相漬，與之俱化，其收效甚神，二者之間，敦得敦失於小説乎！……余則以學界之進化，在初級之開明，必有淺顯易能之詞，使童稚可通；新奇易悦之事，使鄉曲能記。先啓其軌，然後偕之大道；先引其緒，然後索之專家。其惟演義乎？辛壬之際，與沈君師徐綜論斯旨，若合符契。乃相與裒集諸書，挈其要領，汰其繁冗，張君仲清爲之述草，師徐修飾潤色之，及期而畢，將鋟之版。因念余與師徐兢兢商訂之志，欲爲學科達目的，非欲於小説界争上乘也，故述其梗概如此。"

沈惟賢《萬國演義》凡例："是編專述泰東西古近事實，以供教科書之用，特爲淺顯之文，使人易曉，故命曰《萬國演義》。

"是編遍采各家之書，凡歷史紀傳政學家言，罔不甄録，格致家新法新理，删繁舉要，連類而及，仍於卷末注明原書，以備參考。

"是編排比年次爲之經，貫穿事類爲之緯。年以中西並繫，事則徵實，一洗小説家虛誕之習。

"卷目用對偶標題，仍類舉要典，别爲細目，繫於標題之下，庶一覽而得其要領焉。

"首列世界總圖五大洲分圖，特就日本鑄印最新圖本，以資觀摩。

"人名地名譯音互殊，别爲考證於後，復舉最要國地名，以中東西三文列爲一表，俾稽之原音，以正譯本之同異焉。"

按，繫年據刊刻時間。

（國家圖書館藏清光緒二十九年鉛印本）

"茂苑惜秋生"《官場現形記》序："窮年累月，殫精竭慮，成書一帙，名曰《官場現形記》。立體仿諸稗野，則無鉤章棘句之嫌；紀事出以方言，則無詰屈聱牙之苦。開卷一過，凡神禹所不能鑄之於鼎，溫嶠所不能燭之以犀者，無不畢備。"

末署"光緒癸卯中秋後五日，茂苑惜秋生"。

（清光緒二十九年《世界繁華報》排印本）

《老殘遊記》陸續刊行，各回評點：

第二回："王小玉説書爲聲色絕調，百煉生著書爲文章絕調。"

第四回："毓賢撫山西，其虐待教士並令兵丁強姦女教士，種種惡狀，人多知之。至其曹州大得賢聲，當時所爲，人多不知。幸賴此書傳出，將來可資正史采用，小説云乎哉！"

第六回："鳥雀饑寒，猶無虞害之心，讀之令人酸鼻。至聞鴉噪，以爲有言論自由之樂，以此驕人，是加一倍寫法。此回爲毓賢傳之總結。"

第八回："唐子畏畫虎，不及施耐庵説虎；唐子畏畫的是死虎，施耐庵説的是活虎。施耐庵説虎，不及百煉生説虎；施耐庵説的是凡虎，百煉生説的是神虎。"

第十三回："野史者，補正史之缺也，名可托諸子虛，事須徵諸實在。此兩回所寫北妓一斑，毫釐無爽，推而至於別項，亦可知矣。"

第十五回："疏密相間、大小雜出，此定法也。歷來文章家每序一大事，必夾序數小事，點綴其間，以歇目力，而紓文氣。此卷序賈魏事一大案，熱鬧極矣，中間應插序一段冷淡事，方合成法。乃忽然火起，熱上加熱，鬧中添鬧，文筆真有不可思議功德。"

第十七回："山重水複疑無路，柳暗花明又一村。此卷慣用此等筆墨，反面逼得愈緊，正面轉得愈活。"

"金聖歎批《西廂·拷紅》一闋，都說快事。若見此卷書，必又說出許多快事。"

按，此小說由《綉像小說》1903 年第 9 期至 1904 年第 18 期連載。上引第十五回、第十七回評語輯自劉鶚撰《老殘游記》（上海書店出版社 1996 年）。

（《綉像小說》1903 年第 9 期至 1904 年第 18 期，劉鶚撰《老殘游記》，

上海書店出版社 1996 年）

夏曾佑《小說原理》："人所以樂觀小說之故既明，則作小說當如何下筆亦可識。蓋作小說有五難。"

"一、寫小人易，寫君子難。人之用意，必就己所住之本位以爲推，人多中材，仰而測之，以度君子，未必即得君子之品性；俯而察之，以燭小人，未有不見小人之肺腑也。"

"二、寫小事易，寫大事難。小事如吃酒、旅行、奸盜之類，大事如廢立、打仗之類。大抵吾人於小事之經歷多，而於大事之經歷少。"

"三、寫貧賤易，寫富貴難。此因發憤著書者以貧士爲多，非過來人不能道也。觀《石頭記》自明。"

"四、寫實事易，寫假事難。"

"五、叙實事易，叙議論難。以大段議論羼入叙事之中最爲討厭，讀正史紀傳者無不知之矣。若以此習加之小說，尤爲不宜。有時不得不作，則必設法將議論之痕跡滅去始可。如《水滸》吳用說三阮撞籌，《海上花》黃二姐説羅子富，均有大段議論者。然三阮傳中必時時插入吃酒、烹魚、撐船等事，黃二姐傳中必時時插入點煙燈、吃水煙、叫管家等事，其法是將實景點入，則議論均成畫意矣。不然，刺刺不休，竟成一《經世文編》面目，豈不令人噴飯？"

（《綉像小說》1903 年第 3 期，商務印書館印行）

光緒二十九年（癸卯　1903）至光緒三十年（甲辰　1904）

《小説叢話》"定一"言："若以西例律我國小説，實僅可謂有歷史小説而已。即或有之，然其性質多不完全。寫情小説，中國雖多，乏點亦多。至若哲理小説，我國尤罕。吾意以爲哲理小説實與科學小説相轉移，互有關係：科學明，哲理必明；科學小説多，哲理小説亦隨之而夥。故中國小説界，僅有《水滸》《西廂》《紅樓》《桃花扇》等一二書執牛耳，實小説界之大不幸也。……《水滸》可做文法教科書讀。就聖歎所言，即有十五法：（一）倒插法，（二）夾叙法，（三）草蛇灰綫法，（四）大落墨法，（五）綿針泥刺法，（六）背面鋪粉法，（七）弄引法，（八）獺尾法，（九）正犯法，（十）略犯法，（十一）極不省法，（十二）極省法，（十三）欲合故縱法，（十四）橫雲斷山法，（十五）鸞膠續弦法。溯其本源，都因是順著筆性去削高補低都由我，若無聖歎之讀法評語，則讀《水滸》畢竟是吃苦事。聖歎若都説明，則《水滸》亦是没味書。吾勸世人勿徒記憶事實，則庶幾可以看《水滸》。"

《小説叢話》"曼殊"言："凡著小説者，於作回目時不宜草率。回目之工拙，於全書之價值與讀者之感情最有關係。若《二勇少年》之目録，内容雖佳極，亦失色矣。吾見小説中，其回目之最佳者，莫如《金瓶梅》。論者謂《紅樓夢》全脱胎於《金瓶梅》，乃《金瓶梅》之倒影云，當是的論。若其回目與題詞，真佳絶矣。"

《小説叢話》"浴血生"言："書名往往好抄襲古人，亦是文人一習。小説家尤甚：有《紅樓夢》，遂有《青樓夢》；有《金瓶梅》，遂有《銀瓶梅》；有《兒女英雄傳》，遂有《英雄兒女》；有《三國志》，遂有《列國志》。傳奇則《西廂記》之後，有《西樓記》，復有《東樓記》《東閣記》。他如此者，尚不可枚舉。"

（1903 年、1904 年《新小説》第一卷、第二卷）

吳趼人《二十年目睹之怪現狀》第一回正文："思前想後，不覺又感觸起來，不知此茫茫大地，何處方可容身，一陣的心如死灰，便生了個謝絕人世的念頭。只是這本册子，受了那漢子之托，要代他傳播，當要想個法子，不負所托才好。縱使我自己辦不到，也要轉托別人，方是個道理。眼見得上海所交的一班朋友，是沒有可靠的了；自家要代他付印，却又無力。想來想去，忽然想著橫濱《新小説》，銷流極廣，何不將這册子寄去新小説社，請他另闢一門，附刊上去，豈不是代他傳播了麼？想定了主意，就將這册子的記載，改做了小説體裁，剖作若干回，加了些評語，寫一封信，另外將册子封好，寫著'寄日本橫濱市山下町百六十番新小説社'。走到虹口蓬路日本郵便局，買了郵税票黏上，交代明白，翻身就走。一直走到深山窮谷之中，絕無人煙之地，與木石居，與鹿豕遊去了。"

《二十年目睹之怪現狀》回末評語，第二十回："此回搶白一頓，即藉以收束以前一切，此後自當別有一番鋪叙。作冗長之小説者，往往用此法。"

第八十五回："須知此一回雖是盡力描寫，却全無正面文字，全是爲下文蓄勢而作；若僅以扶喪嫖妓爲怪現狀，則失之矣。"

總評："新著小説，每每取其快意，振筆直書，一瀉千里。至支流衍蔓時，不復知其源流所從出，散漫之病，讀者議之。此書舉定一人爲主，如萬馬千軍，均歸一人操縱，處處有江漢朝宗之妙，遂成一團結之局；且開卷時幾個重要人物，於篇終時皆一一回顧到，首尾聯絡，妙轉如環。行文家有神龍掉尾法，疑即學之。"

（《新小説》1903 年第 8 期至 1905 年第 6 期連載）

孫景賢《轟天雷》末回正文："少頃，展閲小説，曰《轟天雷》，都係手抄。自念不曉東語，輒與友人用白話譯之，不知與原稿如何？然而吾力已疲矣。書中托名隱姓，可能意會。惟叙事顛亂，不能核實，此則小説故態，無足責焉。譯成，以授長毋相忘室主人，發刊行世。"

　　按，書名後有"癸卯秋日東埜署"字樣。

（上海圖書館藏清光緒二十九年上海大同印書局刊本）

光緒三十年（甲辰　1904）

　　俞佩蘭爲王妙如《女獄花》作叙："中國舊時之小説，有章回體，有傳奇體，有彈詞體，有志傳體，朋興族起，雲蔚霞蒸，可謂盛矣。若論其思想，則狀元宰相也，牛鬼蛇神也，而譏彈時事、闡明哲理者蓋鮮矣。"

　　末署"錢塘俞佩蘭叙"。

　　按，繫年據刊刻時間。

（首都圖書館藏清光緒甲辰鉛印本）

光緒三十一年（乙巳　1905）

　　"煙波散人"《蘭花夢》序："前人每謂扶興清淑之氣，不鍾於男子，而鍾於婦人，殆有所激而云然耶？竊怪叔季之世，鬚眉所爲，不啻巾幗，儻亦小人道長，君子道消，陰陽顛倒，有如是那！吟梅山人撰《蘭花夢奇傳》，離奇變幻，信筆詼諧，草創均出心裁，花樣全翻舊譜，可以資談柄，可以遣睡魔。而前人有激而云之旨，即寓乎其中。有識者均能辨之，或無俟鄙人之贅論也。兹因塵塵山人以序屬，爰題數語，弁之簡端。"

　　末署"光緒御極三十一載乙巳元旦日"。

（上海圖書館藏清光緒三十一年石印本）

　　"臥虎浪士"爲"海天獨嘯子"《女媧石》作序："我國小説，汗牛充棟，而其尤者，莫如《水滸傳》《紅樓夢》二書。《紅樓夢》善道兒女事，而婉轉悱惻，柔人肝腸，讀其書者，非入於厭世，即入於樂天，幾將曰英雄氣短、兒女情長矣。是書也，余不取之。《水滸》以武俠勝，於我國民氣，大有關係，今社會中，尚有餘賜焉。然於婦女界，尚有餘憾。我國山河秀麗，富於柔美之觀，人民思想，多以婦女爲中心。……雖然，欲求婦女之改革，則不得不輸其武俠之思想，增其最新之智識，此二者皆小説操其能事，而以戲曲歌本爲之後殿，庶幾其普及乎？"

按，繫年據刊刻時間。

（南京圖書館藏清光緒三十一年東亞編輯局鉛印本）

"漱石生"《〈苦社會〉叙》："小説之作，不難於詳叙事實，難於感發人心；不難於感發人心，難於使感發之人讀其書不啻身歷其境，親見夫抑鬱不平之事、流離無告之人，而爲之掩卷長思，廢書浩歎者也。是則此《苦社會》書可以傳矣。"

末署"光緒乙巳七月漱石生序"。

（清光緒三十一年上海圖書集成印書局刊印本）

光緒三十二年（丙午　1906）

陳天華《獅子吼》"楔子"正文："遂因閒時，把此書用白話演出，中間情節，隻字不敢妄參。原書是篇中分章，章中分節，全是正史體裁。今既改爲演義，便變做章回體，以符小説定制。因原書封面上畫的是獅子，所以取名《獅子吼》。欲知書中內容如何，待下面分叙。"

（1906 年《民報》第 2 期）

章炳麟爲黃世仲《洪秀全演義》作序："演義之萌芽，蓋遠起於戰國。今觀晚周諸子説上世故事，多根本經典，而以己意增飾，或言或事，率多數倍。若《六韜》之出於太公，則演其事者也；若《素問》之托於岐伯，則演其言者也。演言者，宋明諸儒因之爲《大學衍義》；演事者，則小説家之能事。根據舊史，觀其會通，察其情僞，推己意以明古人之用心，而附之以街談巷議，亦使田家孺子知有秦漢至今帝王師相之業，不然則中夏齊民之不知故國，將與印度同列。然則演事者雖多稗傳，而存古之功亦大矣。禺山世次郎作《洪秀全演義》，蓋比物斯志者也。"

末署"丙午九月章炳麟序"。

黄世仲《洪秀全演義》例言："凡讀書者，須明作此書者之用意。讀孔氏書，須知其排貴族專制政體；讀孟氏書，當知其排君主專制政體。故太史公憤時嫉俗，於《遊俠》諸傳特地著神。顧三代後作書者之眼光，孰如史遷，陳涉列爲《世家》，項羽編爲《本紀》，真能掃成王敗寇之腐説，爲英雄生色者。是書即本此意，以演洪王大事，讀者不可不知。

"是書有握要處，全在書法。司馬光書五代事，次第書五代紀元，而各國紀元單列其下；蓋彼已成獨立體段，不能媚於一尊，而稱爲僞、爲匪、爲逆也。惟是書全從種族著想，故書法以天國紀元爲首，與《通鑑》不同。

"或謂耐庵《水滸傳》獨罪宋江，是殲厥渠魁之意，豈其然乎？則何以罪宋江而不罪晁蓋者也？不知耐庵之罪宋江者，罪其外示謙讓，内懷奸狡，圖作寨主耳。若洪王，則實力從國家種族思想下手者，故是書亦與《水滸傳》不同。

"或問《列國志》《西遊記》其題目何如？答曰：皆非好題目也。《列國》人物事體太多，筆下難於轉動；《西遊》又太無地脚，只是逐段捏撮出來耳。惟是書全寫實事，又簡而易賅；題目既好，則筆墨材料當綽有餘裕。

"尋常説部，皆有全域在胸，然後借材料以實其中。如建屋焉，磚瓦木石俱備，皆循圖紙間架而成。若此書，則全從實事上搬演得來。蓋先留下許多事實，以成是書者，故能俯拾即是，皆成文章。

"是書有詳叙法。如賺楊秀清舉義，當時許多曲折，自然費許多筆墨。若賺石達開舉義，則一弄即成，毫不費力。蓋石達開人格高出秀清之上，自然聞聲相應。

"是書有欲合仍離法。如卷首即寫錢江，然必待洪王起後始與同軍。此十數回中，應令讀者想望錢先生不置。及其一出，又令讀者另換一副精神。

"是書上半截寫洪仁發却好，後半截却不好，何也？蓋仁發爲受和受采之人，初時何等天真爛漫，其後殆不如矣。得毋觀楊秀清之舉動，有以變其心志耶？

"讀此書勝似讀《史記》。《史記》以文運事，是書以事成文。蓋以文運事，即史公高才，仍有苦處。今以事成文，到處落花流水，無不自然。"

（黃世仲著、王俊年校點《洪秀全演義》，人民文學出版社 1984 年）

吳沃堯《兩晉演義》自序："自《三國演義》行世之後，歷史小説，層出不窮。蓋吾國文化，開通最早，開通早則事蹟多。而吾國人具有一種崇拜古人之性質，崇拜古人則喜談古事。自周秦迄今二千餘年，歷姓嬗代，紛爭無已，遂演出種種活劇，誠有令後人追道之，猶爲之憂心膽、動魂魄者。故《三國演義》出而膾炙人口，自士夫以至輿臺，莫不人手一篇。人見其風行也，遂競效爲之，然每下愈況，動以附會爲能，轉使歷史真相隱而不彰；而一般無稽之言，徒亂人耳目。愚昧之人，讀之互相傳述，一若吾古人果有如是種種之怪謬之事也者。嗚呼！自此等書出，而愚人益愚矣。……夫小説雖小道，究亦同爲文字，同供流傳者，其内容乃如是，縱不懼重誣古人，豈亦不畏貽誤來者耶？……夫蹈虛附會，誠小説所不能免者，然既蹈虛附會矣，而仍不免失於簡略無味，人亦何貴有此小説也？人亦何樂讀此小説也？況其章回之分剖未明，叙事之不成片段，均失小説體裁，此尤愚蒙所竊不解者也。

"《月月小説》社主人，創爲《月月小説》，就商於余。余向以滑稽自喜，年來更從事小説，蓋改良社會之心，無一息敢自已焉。至是乃正襟以語主人曰：'小説雖一家言，要其門類頗複雜，余亦不能枚舉，要而言之，奇正兩端而已。’余疇曩喜爲奇言，蓋以爲正規不如諷諫，莊語不如諧詞之易入也。然《月月小說》者，月月爲之，使盡爲詭譎之詞，毋亦徒取憎於社會耳。無已，則寓教育於閒談，使讀者於消閒遣興之中，仍可獲益於消遣之際，如是者其爲歷史小說乎？

　　“歷史小說之最足動人者，爲《三國演義》，讀至篇終鮮有不悵然以不知晉以後事爲憾者。吾請繼《三國演義》以爲《兩晉演義》。雖坊間已有《東西晉》之刻，然其書不成片段，不合體裁，文人學士見之，則曰：‘有正史在，吾何必閱此？’略識之無者見之，則曰：‘吾不解此也，是有小說如無小說也。’吾請更爲之，以《通鑑》爲綫索，以《晉書》《十六國春秋》爲材料，一歸於正，而沃以意味，使從此而得一良小說焉，謂爲小學歷史教科之臂助焉，可；謂爲失學者補習歷史之南針焉，亦無不可。其對於舊有之《東西晉》也，謂余此作爲改良彼作焉，可；謂爲余之別撰焉，亦無不可。庶幾不以小說家言見誚大方，而筆墨匠亦不致笑我之浪用其資料也。

　　“主人聞而首肯。乃馳書告諸友曰：‘吾將一變其詼詭之方針，而爲歷史小說矣，愛我者乞有以教我也。’旋得吾益友蔣子紫儕來函，勗我曰‘撰歷史小說者，當以發明正史事實爲宗旨，以借古鑒今爲誘導，不可過涉虛誕，與正史相刺謬，尤不可張冠李戴，以別朝之事實牽率羼入，貽誤閱者’云云。末一語，蓋蔣子以余所撰《痛史》而發也。余之撰《痛史》，因別有所感故爾爾，即微蔣子勉言，余且不復爲，今而後尤當服膺斯言矣。操筆之始，因記之以自勵。著者自序。”

（《月月小說》光緒三十二年創刊號第一卷第一期）

姚聘侯爲郭廣瑞《評演濟公傳》作序：“粵自黃州説鬼，終麗於虛；干寶《搜神》，尤嫌其幻。至欲正人心，化世道，講循環果報，分別善惡，所謂實而不虛，真而不幻者，其惟此《濟公傳》一書乎？是書歷叙濟公始末，天理

人情，因果報應，雖婦孺亦聞其名，俳優且演爲劇，如梨園中之《趙家樓》
《馬家湖》諸節目，閲者終覺略而弗詳。雖《醉菩提》一書，其中亦有警愚勸
善、襃忠貶佞等事，然魯魚亥豕，不堪寓目，僅可列於尋常小説而已。……
余思此書一出，非特城隅閭巷樂於傳誦之，意聊以培植世道，感發人心之一
助云爾。"

末署"光緒三十二年六月芹陽姚聘侯書"。

姚聘侯作《〈評演接續後部濟公傳〉序》："言非表諸淺近，其言不足以感
人；事不設爲神奇，其事不足爲垂訓。蓋聖經賢傳，原道義所攸關；而野史
稗官，尤雅俗所共賞也。《濟公傳》一書，初刻方成，已不脛而走。閲之者不
無遺珠之憾，乃復言於煮字山房主人岱坡魏君，求其完璧。遂重資求郭小亭
先生所著續本，付志石印，粲然大觀，美乎備矣！第恐壟斷者流，專心蠅利，
仿而行之，則魚目混珠，而魏君勸善之苦心汩没矣。故於其書之成也，爰爲
叙以記之。"

末署"光緒丙午六月中浣芹陽姚聘侯書"。

按，中華書局 2001 年出版《濟公傳》（竺青校點）亦載後一序文，然署
名時間與序作者均有不同，可參看。

（清光緒三十二年煮字山房石印本）

光緒三十三年（丁未　1907）

王鍾麒《中國歷代小説史論》："章回彈詞之體，行於明清。章回體以施
耐庵之《水滸傳》爲先聲，彈詞體以楊升庵之《廿一史彈詞》爲最古。數百
年來，厥體大盛，以《紅樓夢》《天雨花》二書爲代表。……吾嘗謂吾國小説
雖至鄙陋不足道，皆有深意存其間，特材力有不齊耳。近世翻譯歐美之書甚
行，然著書與市稿者大抵實行拜金主義，苟焉爲之，事勢既殊，體裁亦異，
執他人之藥方以治己之病，其合焉者寡矣。今試問萃新小説數十種，能有一

焉如《水滸傳》《三國演義》影響之大者乎？曰無有也。萃西洋小説數十種，
問有一焉能如《金瓶梅》《紅樓夢》册數之衆者乎？曰無有也。且西人小説所
言者舉一人一事，而吾國小説所言者率數人數事，此吾國小説界之足以自豪
者也。"

（清光緒三十三年《月月小説》第一卷第十一期）

　　黄人《小説小話》："歷史小説，當以舊有之《三國志演義》《隋唐演義》
及新譯之《金塔剖屍記》《火山報仇録》等爲正格。蓋歷史所略者應詳之，歷
史所詳者應略之，方合小説體裁，且聳動閲者之耳目。若近人所謂歷史小説
者，但就書之本文，演爲俗語，別無點綴斡旋處，冗長拖遝，並失全史文之
真精神，與教會中所譯土語之《新舊約》無異，歷史不成歷史，小説不成小
説。謂將供觀者之記憶乎，則不如直覽史文之簡要也；謂將使觀者易解乎，
則頭緒紛繁，事雖顯而意仍晦也。或曰：'彼所謂演義者耳，毋苟求也。'曰：
'演義者，恐其義之晦塞無味，而爲之點綴，爲之斡旋也，兹則演詞而已，演
式而已，何演義之足云！'"

　　"平話別有師傳秘笈，與刊行小説互有異同。然小説須識字者能閲，平話
則盡人可解。故小説如課本，説平話者如教授員。小説得平話，而印入於社
會之腦中者愈深。"

　　"《鴛鴦記》其體格頗特別，似分非分，似連非連。（章回小説有兩體，平
常皆以一人一事聯絡，而中分回目。若《今古奇觀》《貪歡報》《國色天香》
之類，皆一事爲一回。）此書自高煦稱兵以及宸鐪、宸濠而至靖江王爲止，或
數回叙一事，或一回叙數事，雖事有詳略，不能勻稱，然亦見其力量之
弱矣。"

　　"《大紅袍》筆頗整飭，非今日坊間通行之本，而一傳一不傳，殊覺可怪。
我國章回小説界中，每一書出，輒有真贗兩本，如此書及《隋唐演義》與

《説唐》是也。然真而雅者，每乏賞音；贗而俗者，易投時好。一小説也，而其遭際如此，亦可以覘我國民之程度矣。尚有所謂《福壽大紅袍》者，盲詞也，蓋就贗本更翻者，則其庸惡陋劣，無待言矣。"

"小説固有文俗二種，然所謂俗者，另爲一種言語，未必盡是方言。至《金瓶梅》始盡用魯語，《石頭記》仿之，而盡用京語。至近日則用京語者，已爲通俗小説。"

（黄霖編著《歷代小説話》第四册，鳳凰出版社 2018 年）

光緒三十四年（戊申　1908）

"補留生"《〈客窗閑話〉叙》："吳生，余所取士也。遇余時正在壯年，其才華敏妙，學究天人，謂破壁飛去是意中事也。余於鸞臺鳳閣望之久矣。及乙亥入都，已越二紀，猶是一領青衫，而從事於蓮華幕裏，因貧改途，深爲惋惜。乃出其所著《客窗閑話》，問序於余。三復之，益覺才思雋發，議論淵深，生平鬱勃之氣，流露於斯，可快也，亦可悲也。嗚呼！吳生欲移風易俗而不得其用，托是書以勸善，以懲惡，以示人趨避，既有功於世道人心，當不脛而走天下，實名教中之一助爾。"

末署"光緒戊申孟夏古鹽補留生重誌於逍遥軒"。

按，此序亦見録于文化藝術出版社同書整理本（1988 年版），然而落款署名與時間均與此大不相同。存考。

（上海文明書局《清代筆記叢刊》本）

董金鑑爲張岱《快園道古》作序："説部書之盛，其在明世乎？當時前後七子互相標榜，靡其風者，人人以秦漢自命。雖在賢達，濡染既久，其有出人一頭者，不傾其所積不止。一篇既出，衆口交諆，積諆不疑，梨棗遂夥。陶氏之《續説郛》，沈氏之《紀録彙編》，曹氏之《明世學山》，其淵藪也。然而千兔之毫，曾無一麟之角，荒忽鄙俚，彌望皆是。而何氏之《語林》，李氏之《明世説》，獨見賞於曲園俞氏，謂可與劉義慶《世説》、王讜《唐語林》、孔平仲《續世説》彙爲一編，以成小説家之巨觀。如曲園言，吾鄉陶庵先生是編，亦其選已。先生本世家子，年五十遭國變，杜門謝朋好，著書等身。其《石匱藏書》《越人三不朽圖贊》《西湖夢尋》《陶庵夢憶》諸作，俱膾人口。是編門目一仿《世説》，而於鄉邦黎獻，搜羅潛曜，十居三四。雖不及《夢憶》《夢尋》之雋雅，然以此肩隨何、李，亦爲可觀。嗟夫！昔之君子，所以疲耗心力於言語文字之間者，蓋以己之所得，假托於筆研，使受而讀之者，各可因其事理之相近，有所考見，而措之於行。若夫陰凝陽戰，玄黄未剖，尺霧之隱，危同朝露，其亦善刀而藏可矣。乃復奪拾叢殘，孜孜不倦，如先生者，其亦黍離麥秀之寄乎？豈凡爲説部家比也！題曰‘快園’，園本御史大夫五雲韓公別業，後歸韓婿諸氏，明末又歸陶庵，蓋即錦鱗橋之韓衙池。此又留心桑梓者所不可不知已。”

末署“光緒戊申會稽後學董金鑑”。

（張岱著《快園道古　瑯嬛乞巧録》，浙江古籍出版社 2017 年）

蔡召華《笏山記》第六十九回正文：“顔氏之後，逃出笏山，隸蒙化籍者百餘人，固和尚其裔也。始終元要，和尚猶能歷歷言之。予養痾兩樹園，短榻長書，無以破寂，記和尚之言，交心鬥角，用小説家演義體飾而記之，共得六十九回。”

《笏山記》評語，第一回：“最可厭者，入手便敷衍閑文，或一回，或半回，如《紅樓夢》《萬花樓》諸説部。作者深惡其謬，用杜陵擒賊先擒王法，首即擒笏山王三字，眼明手辣，那有□□之氣犯其筆端。”

第三回：“錢姑娘之事，若入俗手，連篇累牘，可衍作十餘回，縱極形容惟肖，畢竟是吃苦文字。何也？錢姑娘今生爲烈女，縱身爲王后，不可以武舉之醜態糾纏身上也；然縱身之王后，未必非□因前身之烈而致，則姑娘之何以烈，又不可不叙也。今借三虎談情，口中説出，不知者以爲圖文字省便，而知者以爲影中文字，費良工多少苦心也。"

第五回："記中以七言聯作結者不多見，此篇獨以聯結者，束住上五回文字也，自下專叙笏山中事。或曰：既云《笏山記》，何以作笏山外數回文字，豈非爲蛇添足乎？不知笏山之王，顏少青也；笏山之后，王連錢也。少青爲笏山外人，不得不從笏山外寫，連錢亦從笏山外降生，又不得不從笏山外着筆可知也。"

第二十五回："凡文之正面難出色者，每從對面側面寫來，而夢則不然。夢只一人之事，一人神魂中現滅之事，而他人不得與知者。故從來寫夢之文，無有從別一人寫得明了者。而自以爲善寫夢者，尤將夢境填作實境，至夢醒時，才點出夢字來，千年雷同，最爲可厭。作者胸有造化，公挪之夢，偏從無知一邊寫出；而夢中之事，偏從夢醒之後公挪口中説出，而實從無知一邊詰問出來，故仍是無知文字。惟機軸隨心，故恒蹊盡脱。"

第四十三回："前文使某某、令某某云云，是鬥筍，至是筍漸漸合。有前文無後文，是有筍無合，無合則筍是廢筍。有後文無前文，是有筍合無筍，無筍則合無從合。"

第五十六回："忽然□下《封神》《西遊》文字，何也？作者胸中原不屑作此等文字，而不妨偶一爲之者，非自詡記中無所不有也。夫既降格而作稗官演義之文，則稗官演義之所有者，何必鄙夷而不屑□，故於笏山王既定之後、《笏山記》將終之時，聊作數篇以亂閲者眼光，亦謂偶然遊戲，不足□吾輩筆墨云爾。"

（東莞博物圖書館藏光緒三十四年抄本）

"牛角掛書客"爲"蟲天逸史氏"《蝸觸蠻三國争地記》作序："《蝸觸蠻

三國爭地記》，蟲天逸史氏之所著也。隱射雙關，鈎心鬥角，涉筆成趣，妙語解頤，莊列寓言，主文譎諫。古人稱賈君房言語妙天下，蘇東坡嬉笑怒罵皆文章，不是過也。洵爲稗史中別開生面之作，凡喜讀《虞初》者，當同深嗜癲之癖焉。”

末署“牛角掛書客題”。

“倮蟲長民”題跋：“有蟲天逸史氏者，功深螢案，業富蟫編，高才不數乎題糕，妙趣何殊於說餅。文通蝌蚪，屢翻佉盧之書；學飽蠹魚，三食神仙之字。極灰綫草蛇之妙，發蛛絲馬跡之奇。化莖草爲金身，納須彌於芥子。勾心鬥角，效糠輿芥舟之小言；怒目低眉，作矛淅劍炊之危語。小説九百，本自虞初；寓言十九，何如漆史。蘇長公之嬉笑，盡是文章；淳于髡之滑稽，雜以隱語。雖雕蟲小技，或言壯夫不爲；而班馬新裁，足爲稗官生色矣。”

末署“倮蟲長民跋”。

按，此小説初載光緒三十三年《著作林》19—22 期，後集成十六回以鉛印本發行。此據刊印時間繫年。

（國家圖書館藏清光緒三十四年蠅鬚館鉛印本）

宣統二年（庚戌 1910）

華琴珊《續鏡花緣》自序：“曩閱《鏡花緣》一書，於稗官野史之中，別開生面，嬉怒笑罵，觸處皆成文章。雖曰無稽之談，亦寓勸懲之意，不可謂非錦心綉口之文也。惜全豹未窺，美猶有憾。周咨博訪，垂數十年，卒不可得。用是不揣固陋，妄自續貂，就李君書中未竟之緒，參以己意，縱筆所之，工拙奚暇計哉！名之曰《續鏡花緣》，欲其有始有卒也。宗旨仍舊，首尾相聯，使衆仙同歸仙境，不至久溷塵凡，區區微意之所在也。僕生不逢時，有志未逮，雨窗悶坐，長日無聊。酒後茶餘，藉城子以破岑寂云爾。”

末署"宣統二年，歲在上章閹茂辜月長至日，古滬醉花生琴珊氏弁言於竹風梧月軒"。

胡宗垳爲華琴珊《續鏡花緣》作序："醉花生華君者，春申浦上知名士也。秉性豪邁，放懷詩酒，落拓不羈。詩賦、策論、雜著，各擅勝場，尤工制藝。棘闈屢薦，終不獲售。及科舉既廢，遂絕意功名。人皆別尋門徑，而華君獨淡如也。生平好學不倦，博覽群書，經史子集而外，雖稗官野史、小説家言，亦靡不寓目焉。華君曾與予言曰：'施耐庵之《水滸傳》可不續，而村學究偏欲續之。王實甫之《西廂記》可不續，而續之者有人。曹雪芹之《紅樓夢》可不續，而《紅樓夢》之續多至十有餘種。李松石之《鏡花緣》明是半部，有不容不續之勢，而續《鏡花緣》者竟未之見。'予因謂華君曰：'吾子宏才海富，何勿出其緒餘而續後半部《鏡花緣》，使後之讀是書者暢然滿志，幸全豹之得窺，亦一快事也。'華君曰：'諾。'乃就李君未宣之餘藴，從前書卷尾'再開女試'一言入手，而以'才女盧紫萱輔佐女兒國王爲賢君'數語作主腦，終使群芳同歸真境，風姨月姊解釋前嫌。銜接一片，終始相生，續成四十回。描摹盡致，雅俗共賞。讀之真覺天開妙想，泉涌奇思。閱兩月而告成功。予服其才且驚其速。盡美矣，又盡善也。方諸古之倚馬萬言可立而待者，亦蔑以加兹。誰謂古今人不相及哉！予因誌其緣起如是。"

末署"宣統二年，歲次庚戌仲冬之月，弇山醉墨胡宗垳拜手"。

（國家圖書館藏稿本）

宣統三年（辛亥　1911）

顧學鵬爲華琴珊《續鏡花緣》作序："士人束髮受書，博通今古，至壯歲則恒思出其所學爲天下用。上之固足以贊襄盛治，黼黻廟廊，次之亦足以提振世風，和聲鳴盛。乃有才未展，高卧名山，藉筆墨以自娛，抱等身之著作，人咸惜其遇之嗇，而不知其宏才碩學度越恒流者，固有什百千萬也。華琴珊先生，海上名士也。槐黃十度，有志未償，閉戶著書，不聞世事。談經餘暇，則肆筆爲文；飲湯微醺，則吟詩寄志。而凡《齊諧》《志怪》《山海》《石經》，下至稗官野史，旁及巾幗英雄，亦無不命彼管城，供我揮寫。蓋文人之筆，固無所不可，而憤世之志亦藉以發舒也。辛亥春日，以所著《鏡花緣續集》見示。展讀之下，異境忽開，宛如天女散花，繽紛五色。凡前集所不及者，爲之增益之；前集所過甚者，爲之斡全之。寫前人難寫之景，竟前人未竟之功。如驂之靳，相得益彰。古人有知，引爲知己。自有此續集，而《鏡花緣》一書得以結束完全而毫髮無遺憾矣。月朗風清，蕭齋寂寞，試取是書而展閱之，其亦心曠神怡而翛然物外乎！"

末署"宣統三年，歲次辛亥孟春上旬之吉，翔生顧學鵬謹序"。

（國家圖書館藏稿本）

難以確定時限之清代史料

平步青《霞外攟屑》卷七："古文寫生逼肖處，最易涉小說家數，宜深避之。避之如何？勿用小說家言而已矣。明季人犯此病者多，以其時小說盛行，人多喜讀之故也。"

卷九"一軍中有五帝"條："《殘唐五代傳》小說，與史合者十之一二，餘皆杜撰裝點。小說體例如是，不足異也。"

（平步青撰《霞外攟屑》，上海古籍出版社 1982 年）

無名氏《〈守官砂〉序》："稗史之興，原用助正史之不足，若忠奸賢否，英雄豪傑，繪聲繪色，跳躍紙上者，爲其使愚者閱之，知所以勸善而懲惡也。是書以有明武宗任用閹宦，卒至謀亂，河南一幸，幾至宗社覆滅，幸李廣、楚雲輩出，先事預防，撥亂反正，始得轉危爲安。然其中所謂忠奸賢否、英雄豪傑，無不畢露。閱者深讀而玩味之，或亦諒作者之有心懲勸耳。"

　　按，朱一玄《明清小說資料選編》收録此序，並題曰："南開大學圖書館藏晚清鈔本《話本十四種》，均不題撰者，爲醉夢草廬主人夢梅叟輯。其中《八劍七俠十六義平蠻傳守宮砂》一百二十回，各家小說書目均未著録。此序亦不署撰者，然觀其文意，疑即夢梅叟所作。此書即《三門街》，抄寫者爲儲仁遜。"

（楊波等主編《中國古代禁書·第三卷》，吉林攝影出版社 2003 年）

　　"楓江半雲友"《引鳳簫》第十六回正文："啼殘鵑鳥春光老，滿地飛紅襯芳草。乳燕窺巢礙幕垂，一池緑皺熏風早。靜裏琴詩度少年，好將筆墨潑爐煙。漫尋花月翻成譜，識得壺中別有天。瑟瑟梧桐秋雨霽，一聲聲訴階前石。卷盡珠簾剩月空，斷橫遠黛山分碧。勁節誰憐亭畔梅，冷香輕雪獨徘徊。更嫌鄰笛吹殘後，律動陽生六管灰。擬向毫端消短夢，日移花影過牆隈。莫言稗史無庸耳，興挈香風侑酒罍。"

（大連圖書館藏清刊本）

　　無名氏《鬼董識語》："宋人說部，大抵蕪漫不足觀，去唐人遠甚。……唯《牟穎》《章翰》《江南吳生》《章仇兼瓊》《韋自東》《常夷》《唐晅》《田達誠》諸條，乃雜采唐人舊著，俱見《太平廣記》，今爲剔出，斷自宋始，附刊編末，以備小說一種云。"

（清末四川存古書局刻知不足齋本）

　　"山石老人"《快心録》自序："余自幼累觀閑詞野史頗多，無非是佳人才子，撚造成一篇離合悲歡，雖詞句精巧，終無趣味。今親自著村言，編成數頁小說，莫嫌俚句不工，却有多半實事，故隨意録出，留待小窗閑坐，燈畔雨餘，聊破一時之寂悶耳。"

（天津圖書館藏清鈔本）

　　徐世昌《〈壽鑫齋叢記〉序》："記問之學，古所不廢。士君子潛心研臨，本聖門'日知所亡，月無忘所能'之旨，徵文獻，明道藝，類別部居，晨鈔夕纂，分寸之積，往往囊括四部，浸成鴻博。王深寧、顧亭林兩書之淹貫古今，實亦由斯而致力也。"

（朱彭壽撰《壽鑫齋叢記》，1912 年鉛印本）

　　劉聲木《萇楚齋隨筆》卷三"孫家振小説"條："孫家振字玉聲，□□人，號漱石生，化名驚夢癡仙，近代之小説家，撰《海上繁華夢初集》六卷、《續集》六卷、《後集》八卷，笑林報館附刊本，又有翻刊小字本。宣統辛亥以後，復撰《續繁華夢初集》六卷、《二集》六卷、《三集》八卷。此書雖係章回小説，而用意深遠，中寓勸懲之旨，且報應昭彰，尤至爲痛切，予嘗戲目之爲戒嫖戒賭，戒交結匪友教科書。人家子弟於十五六歲之時，文義粗通，正喜看各種小説，可以此書命之細閱。苟得中材，熟閱此書，未有不憬然自悟者，決不至故入迷途矣。尚有陽湖李寶嘉，字伯元，化名南亭亭長，撰有《官場現形記》五編，每編六卷，筆意淺顯，並無污穢之語，亦可供茶餘酒後之一助。予素不喜閱小説，故知之者甚少，細閱此二書，決無他虞也。"

　　劉聲木《萇楚齋隨筆》卷五"評點書目"條："評點始於南宋諸儒，當時選本，若宋樓昉編《崇古文訣》三十五卷，宋呂祖謙編《古文關鍵》二卷，宋謝枋得編《文章軌範》七卷，卷中始有評點勾抹，後世皆稱善本，即《四庫提要》亦言其善。後來明人踵行其法，變本加厲，幾於無一書無評點，無一人不評點。南宋若樓昉、呂祖謙、謝枋得，皆深知文體，撰述淵雅，其書足傳，其人尤足傳，故人無閒言。明則無人無書不評點，陋劣之人，俗惡之書，亦與列焉，遂致爲通人詬病，懸爲厲禁。其實評點能啓發人意，固有愈於講説，姚姬傳郎中鼐亦嘗言之，曾文正公國藩至謂之評點之學，是評點又何可廢也。誠能得通儒之書，深知文體者評點，其嘉惠後學，裨益文章，至遠且大。兹舉予所聞見者，略舉於下……以上六種，皆評點精粹，批郤導窾，實能啓發人意，足以流傳千古，允爲學人矜式。惟刊本至爲難得，予擬照原書格式，各翻一本，庶可流傳久遠，以後節衣縮食爲之，或不至泯没前人評點之苦心也。"

（劉聲木撰、劉篤齡點校《萇楚齋隨筆　續筆　三筆　四筆　五筆》，

中華書局 1998 年）

附録　《四庫全書總目提要》
小説文體史料選輯

　　説明：紀昀等四庫館臣之小説文體觀念在《四庫全書總目》中得以集中呈現，除前文所録各類"引言"與"案語"之外，"雜家類"與"小説家類"兩類提要對相關文獻繁簡不一地評述，亦反映了四庫館臣的小説文體意識。因正文體例所限，兹將相關史料選輯於此。

"雜家類"提要

《近事會元》五卷

　　宋李上交撰。上交，贊皇人，始末未詳。是書成於嘉祐元年，前有上交自序。陳振孫《書録解題》曰："《近事會元》五卷，李上交撰。自唐武德至周顯德，雜事細務皆紀之。"錢曾《讀書敏求記》曰："上交退寓鍾陵，尋近史及小説雜記之類凡五百事，釐爲五卷，目曰《近事會元》。唐史所失記者，此多載焉。"……大抵體例在崔豹《古今注》、高承《事物紀原》之間。其中如霓裳羽衣曲考證亦極精核，不可徒以雜事細務目之。振孫殆未詳核其書，但見其標題列説，如《雲仙雜記》《清異録》之式，遂漫以爲小説歟？

《容齋隨筆》十六卷，《續筆》十六卷，《三筆》十六卷，《四筆》十六卷，《五筆》十卷

　　宋洪邁撰。……蓋其晚年撰《夷堅志》，於此書不甚關意，草創促速，未

免少有牴牾。……然其大致自爲精博，南宋説部終當以此爲首焉。……明人傳刻古書，無不竄亂脱漏者，此亦一證矣。

《朝野類要》五卷

宋趙昇撰。昇字向辰，自署曰文昌，未詳何地，其始末亦不可考。是書作於理宗端平三年，徵引當時朝廷故事，以類相從：一班朝，二典禮，三故事，四稱謂，五舉業，六醫卜，七入仕，八職任，九法令，十政事，十一帥幕，十二降免，十三憂難，十四餘紀。逐事又各標小目，而一一詳詮其説。體例近蔡邕《獨斷》。……較之小説家流資嘲戲、侈神怪者，固迥殊矣。

《困學紀聞》二十卷

宋王應麟撰……以其拾遺補罅，一知半解亦或可採，故仍並存之，不加芟薙焉。

《封氏聞見記》十卷

唐封演撰。……唐人小説，多涉荒怪，此書獨語必徵實。前六卷多陳掌故，七、八兩卷多記古跡及雜論，均足以資考證。末二卷則全載當時士大夫軼事，嘉言善行居多，惟末附諧語數條而已。……唐人説部，自顏師古《匡謬正俗》、李匡義《資暇集》、李涪《刊誤》之外，固罕其比偶矣。

《筆記》三卷

宋宋祁撰。祁有《益部方物略》，已著錄。其書上卷曰《釋俗》，中卷曰《考訂》，多正名物音訓，裨於小學者爲多，亦間及文章史事。下卷曰《雜説》，則欲自爲子書，造語奇雋，多似焦贛《易林》、譚峭《化書》，而終以庭戒、治戒、左誌、右銘。未審爲平日預作，爲其後人附入也。

《塵史》三卷

宋王得臣撰。……所紀凡二百八十四事，分四十四門。凡朝廷掌故，耆舊遺聞，耳目所及，咸登編録。其間參稽經典，辨別異同，亦深資考證。非他家説部惟載瑣事者比。

《曲洧舊聞》十卷

宋朱弁撰。……書當作於留金時，然皆追述北宋遺事，無一語及金，故曰《舊聞》。《通考》列之小説家。今考其書，惟神怪、諧謔數條，不脱小説之體，其餘則多記當時祖宗盛德及諸名臣言行，而於王安石之變法，蔡京之紹述，分朋角立之故，言之尤詳。蓋意在申明北宋一代興衰治亂之由，深於史事有補，實非小説家流也。惟其中間及詩話、文評及諸考證，不名一格，不可目以雜史，故今改入之雜家類焉。

《却掃編》三卷

宋徐度撰。……此編所紀，皆國家典章、前賢逸事，深有裨於史學。……至謂《新唐書》載事倍於《舊書》，皆取小説，因欲史官博採異聞，則未免失之泛溢。……然大致纂述舊聞，足資掌故，與《揮麈》諸録、《石林燕語》可以鼎立。而文簡於王，事核於葉，則似較二家爲勝焉。

《梁溪漫志》十卷

宋費充撰。……末卷乃頗涉神怪。蓋雜家者流，不盡爲史事作也。惟其持論具有根柢，舊典遺文往往而在。如不試而授知制誥始梁周翰，不始楊億，則糾歐陽修《歸田録》之訛。……皆考據鑿鑿，不同他小説之剽襲。當時以不第舉子之作，至録之以入史館，其亦有由矣。他如蘇舜欽《與歐陽修辨謗書》爲本集所不收……尤論蘇文者所未及，皆足以廣異聞。……小小疵累，亦時有之，然其可採者最多，不以一二小節掩也。

《老學庵筆記》十卷，《續筆記》二卷

宋陸游撰。……振孫稱其生識前輩，年及耄期，所記見聞，殊有可觀。《文獻通考》列之小説家中。今檢所記，如楊戬爲蝦蟆精，錢遜叔落水神救之類，近怪異者僅一兩條。……雜諧戲者亦不過七八事。其餘則軼聞舊典，往往足備考證。……然大致可據者多，不以微眚而掩。

《蟫精雋》十六卷

明徐伯齡撰。……是書雜採舊文，亦兼出己説，凡二百六十一條，大抵文評、詩話居十之九，論雜事者不及十之一。其體例略似孟棨《本事詩》。其多錄全篇，又略似劉塤《隱居通議》。其中猥瑣之談，或近於小説，而遺文舊事，他書所不載者亦頗賴以傳。

《池北偶談》二十六卷

國朝王士禛撰。……談藝九卷，皆論詩文。領異標新，實所獨擅，全書精粹盡在於斯。談異七卷，皆記神怪，則文人好奇之習，謂之戲録可矣。

《紺珠集》十三卷

不著編輯者名氏。……其書皆鈔撮説部，摘録數語，分條件繫，以供獺祭之用。體例頗與曾慥《類説》相近。惟《類説》引書至二百六十一種，而此書所引只一百三十七種，視慥書僅得其半。然其去取頗有同異，未可偏廢。且其所見之書多爲古本，亦有足與世所行本互相參討者。……蓋雖徵據叢雜，而旁見側出，其是資考證者亦多，固未可概以襞積譏之矣。

《類説》六十卷

宋曾慥編。……此乃僑寓銀峰時所作，成於紹興六年。取自漢以來百家小説，採掇事實，編纂成書。其二十五卷以前爲前集，二十六卷以後爲後集。……南宋之初，古籍多存，慥又精於裁鑒，故所甄録大都遺文僻典，可以裨助多聞。……可見宋時風俗所古，非明人逞臆妄改者所可同日語矣。

《事實類苑》六十三卷

宋江少虞撰。……分二十二門，各以四字標題……自序作二十八門，蓋傳録之訛也。所引之書，悉以類相從，全録原文，不加增損，各以書名注條下，共六十餘家，凡十四年而後成，故徵採極爲浩博，其中雜摭成編，有一事爲兩書所載而先後並存者。……王士禎《居易録》稱爲宋人説部之宏構，而有裨於史者，良非誣也。……是尤説家之總彙矣。

《言行龜鑑》八卷

元張光祖編。……據原序稱，分學問、德行、交際、家道、出處、政事、民政、兵政八門。黃虞稷《千頃堂書目》著録作八卷，蓋一門爲一卷也。……宋、元説部諸書，每雜述詼諧，侈陳神怪，以供文士之談資。是編所記雖平近無奇，而篤實切理，是以資人之感發。亦所謂布帛菽粟之文，雖常而不可厭者歟？

《説郛》一百二十卷

明陶宗儀編。……蓋宗儀是書，實仿曾慥《類説》之例，每書略存大概，不必求全。亦有原本久亡，而從類書之中鈔合其文，以備一種者。……周密之《武林舊事》分題九部，段成式之《酉陽雜俎》別立三名，陳世崇之《隨隱筆記》詭標二目。宗儀之謬，決不至斯。……古書之不傳於今者，斷簡殘

編，往往而在。佚文瑣事，時有徵焉，固亦考證之淵海也。……至珽所續四
十六卷，皆明人餖飣之詞。全書尚不足觀，摘録益無可取。

《古今説海》一百四十二卷

明陸楫編。楫字思豫，上海人。是編輯録前代至明小説，分四部七家：
一曰説選，載小録、編記二家；二曰説淵，載別傳家；三曰説略，載雜記家；
四曰説纂，載逸事、散録、雜纂三家。所採凡一百三十五種，每種各自爲帙，
而略有删節。考割裂古書，分隸門目者，始魏繆襲襄王象之《皇覽》。其存於今
者，《修文殿御覽》以下，皆其例也。裒聚諸家，摘存精要，而仍不亂其舊第
者，則始梁庾仲容之《子鈔》，其存於今者，唐馬總《意林》以下，皆其例
也。楫是書作於嘉靖甲辰，所載諸書，雖不及曾慥《類説》多今人所未見，
亦不及陶宗儀《説郛》捃拾繁富，鉅細兼包。而每書皆削其浮文，尚存始末，
則視二書爲詳贍。參互比較，各有所長。其搜羅之力，均之不可没焉。

《玉芝堂談薈》三十六卷

明徐應秋編。……是書亦考證之學，而嗜博愛奇，不免兼及瑣屑之事。
其例立一標題爲綱，而備引諸書以證之。大抵採自小説雜記者爲多。應秋自
序有曰：“未及典謨垂世之經奇，止輯史傳解頤之雋永。名之談薈，竊附説
鈴。”其宗旨固主於識小也，然其捃摭既廣，則兼收並蓄，不主一途，軼事舊
聞，往往而在。故考證掌故，訂證名物者，亦錯出其間。披沙揀金，集腋成
裘，其博洽之功，頗足以抵冗雜之過，在讀者別擇之而已。昔李昉修《太平
廣記》、陶宗儀輯《説郛》，其中迂怪居多，而皆以取材宏富，足資採擇，遂
流傳不廢。應秋此編，雖體例與二書小別，而大端相近。至來集之之《樵
書》，全仿應秋而作，然有其蕪漫，而無其博贍，故置彼取此焉。

《少室山房筆叢正集》三十二卷，《續集》十六卷

明胡應麟撰。……其中徵引典籍，極爲宏富，頗爲辨博自矜，而舛訛處多不能免。……以小説委談入之史論，殊爲可怪。……蓋捃摭既博，又復不自檢點，牴牾橫生，勢固有所不免。然明自萬曆以後，心學橫流，儒風大壞，不復以稽古爲事。應麟獨研索舊文，參校疑義，以成是編。雖利鈍互陳，而可資考證者亦不少。朱彝尊稱其不失讀書種子，誠公論也。楊慎、陳耀文、焦竑諸家之後，録此一書，猶所謂差强人意者矣。

《祝子罪知》七卷

明祝允明撰。允明有《蘇材小纂》，已著録。是編乃論古之言。其舉例有五，曰舉，曰刺，曰説，曰演，曰系。舉曰是是，刺曰非非，説曰原是非之故，演曰布反復之情，系曰述古作以證斯文。……七卷論神鬼妖怪，其説好爲創解。……皆剿襲前人之説，而變本加厲。王宏撰《山志》曰："祝枝山，狂士也。著《祝子罪知録》，其舉刺予奪，言人之所不敢言。刻而戾，僻而肆，蓋學禪之弊。乃知屠隆、李贄之徒，其議論亦有所自，非一日矣。聖人在上，火其書可也。"其説當矣。……殆坊肆賈人無知者之所爲歟？然如是之書，不完亦不足惜也。

《梅花草堂筆談》十四卷，《二談》六卷

明張大復撰。……所記皆同社酬答之語，間及鄉里瑣事。辭意纖佻，無關考證。……《二談》輕佻尤甚。如云《水滸傳》何所不有，却無破老一事（案，美男破老，《逸周書》之文），非關缺陷，恰是酒肉漢本色如此，以此益知作者之妙。是何言歟？

《天都載》六卷

明馬大壯撰。大壯字仲復，徽州人。羅汝芳之門人也。嘗築天都館讀書，

因以名其所著。大抵喜採異聞，亦間有考證，而往往務求博引，不核虛實。如“魚化爲人”一條，即引《搜神記》孔子厄陳、蔡時，魚妖與子路鬥事爲證，是豈可爲徵信乎？又往往採自説部，不據本書。如夜郎王事自見《後漢書·西南夷傳》，而云“小説稱夜郎王”云云，則亦雜録之學耳。

《異林》十卷

明支允堅撰。……至於薛嵩夢虱報恩，西王母論漢武帝語，小説誣詞，皆竟據爲實事，尤不足取。《時事漫記》多載委巷之談，《軼語考鏡》掇拾餖飣，如宋人二結之類，點竄列子而不竟其説，不知何取。

《宙合編》八卷

明林兆珂撰。兆珂有《毛詩多識編》，已著録。是編乃其考證之文，分爲六門。一曰泰真測徵，皆談天地。二曰珍駕提羽，皆談經籍。三曰墨兵微畫，皆談史傳。四曰議疇剽耳，皆談世務。五曰在鈞誦末，皆論學問文章。六曰説藪鬖影，皆談雜事。明代説部，大都撏扯斷爛，游談無根。兆珂又摭明人之説部，而以己見斷之。輾轉稗販，似奧博而實無考證。每篇名目，故爲詭異。篇首各有小序，亦皆澀體。均之當時習氣也。

《涌幢小品》三十二卷

明朱國楨撰。國楨有《大政記》，已著録。是書雜記見聞，亦間有考證。其是非不甚失真，在明季説部之中，猶爲質實。而貪多務得，使蕪穢汩没其菁英，轉有沙中金屑之憾。初名曰《希洪》，蓋欲仿《容齋隨筆》也。既而自知其不類，乃改今名。

《趙氏連城》十八卷

明趙世顯撰。……是書中分三種：一爲《客窗隨筆》六卷，前有孫昌裔序；一爲《芸圃叢談》六卷，前有謝肇淛序；一爲《松亭晤語》六卷，前有林材序。《連城》則其總名也，以世顯自序弁之。其書或引古事而稍附以己説，或自作數語，近乎語録，又或但引古事一條，無所論斷，似乎類書。蓋全無著作之體者。……其他大抵類此，以比《容齋隨筆》，談何容易乎？

《焦氏筆乘》八卷

明焦竑撰。竑有《易筌》，已著録。是書多考證舊聞，亦兼涉名理。然多剿襲説部，没其所出。……竑在萬曆中，以博洽稱，而剽竊成書，至於如是，亦足見明之無人矣。其講學解經，尤喜雜引異説，參合附會，如以孔子所云"空空"及顏子之"屢空"爲虛無寂滅之類，皆乖迕正經，有傷聖教。蓋竑生平喜與李贄遊，故耳濡目染，流弊至於如此也。

《文海披鈔》八卷

明謝肇淛撰。……是編皆其筆記之文。偶拈古書，藉以發議。亦有但録古語一兩句，不置一詞，如黃香責髯奴文之類者。大抵詞意輕儇，不出當時小品之習。較所作《五雜組》稍爲簡約，而疏舛時復相似。如"烏老"一條，謂"近來村學究作"，不知此唐人所録，見《太平廣記》，其人非出近代也。"曹娥碑"一條，據《三國演義》爲説，不知傳奇非史也。……"纏足"一條引《雜事秘辛》，亦不知爲楊慎依托，蓋一時興至輒書，不暇檢閱耳。

《戒庵漫筆》八卷

明李詡撰。……是編爲其孫如一刊行，皆所記聞見雜説。詡自號戒庵老人，因以爲名。書中稱世宗爲今上，而又載有萬曆初事。蓋隨時綴録，積久成編，非一時所撰集，故前後不免於駁文也。其間多誌朝野典故及詩文瑣語，而敘次煩猥，短於持擇。於凡諧謔鄙俗之事，兼收並載，乃流於小説家言。

《吕氏筆彝》八卷

明吕曾見撰。……每篇各有批評，乃純用禪語，殊不免心學習氣。其餘或史論，或雜考，大抵捃摭楊慎、王世貞、陳耀文、胡應麟、焦竑諸家説部，而以議論貫串之。亦非根柢之學也。

《黄元龍小品》二卷

明黄奐撰。奐字元龍，歙縣人。是書分《醒言》一卷，《偶載》一卷。《醒言》皆讀書時隨筆劄記之文，所見頗爲迂闊。《偶載》則鬼神怪異之事，亦多不經。

《古今評録》四卷

明商維濬撰。……世所傳《商氏稗海》，即所輯也。是書皆借古事立論，不出明季纖巧之習。間有考證，每多疏舛。……其膚淺率此類也。

《露書》十四卷

明姚旅撰。……其書分核篇二，韻篇三，華篇、雜篇、跡篇、風篇、錯篇、人篇、政篇、籍篇、諧篇、規篇、枝篇、異篇各一。雜舉經傳，旁證俗説，取東漢王仲任所謂口務明言，筆務露文之意，名曰《露書》。然詞氣懁薄，頗乖著書之體。

《雕丘雜録》十八卷

國朝梁清遠撰。清遠字邇之，號葵石，真定人。順治丙戌進士，官至吏部侍郎。是編十有八卷，卷立一名，一曰眠雪閒録、二曰藤亭漫鈔、三曰情話記、四曰巡檐筆乘、五曰卧厨隨筆、六曰今是齋日鈔、七曰閑影雜識、八曰采榮録、九曰飽鄉叢談、十曰過庭暇録、十一曰東齋掌鈔、十二曰予寧漫筆、十三曰晏如筆記、十四曰西廬漫筆、十五曰晏如齋檠史、十六曰耳順記、十七曰晉翁檠史、十八曰休園語林，皆隨時筆記之文。大抵雜録明末雜事及真定軼聞，頗多勸戒之意。……蓋禪學、玄學，明末最盛，清遠猶沿其餘風也。間有考證，然不甚留意。

《暑窗臆説》二卷

國朝主鉽撰。……是編則《世德堂遺書》第四種也，前有自序，稱"三伏酷毒，揮汗之餘，取架上書，得明人小説百餘種，逡巡讀之，隨讀隨筆"。今核其名目，似所讀乃陶珽《續説郛》也。如辨《莘野纂聞》記劉球事，《涉異編》剟《太平廣記》所載慕容垂詩，《春風堂隨筆》誤記元韶娶魏孝武后事之類，亦間有可採。而體例不善，賓主混淆不辨，孰爲原文，孰爲鉽語，是則排纂之過耳。

《筠郎偶筆》二卷，《二筆》二卷

國朝宋犖撰。……是書皆雜記耳目見聞之事。其中如《回雁峰考》之類，亦間資考證。……劉廷璣《在園雜志》又考校字句，辨其是非。實則明人所刊《醒世恒言》傳奇中詩，不知何以訛傳至是也。亦足徵小説之不足憑矣。

《二樓紀略》四卷

國朝佟賦偉撰。……既非地志，又非説部，九流之内，無類可歸，姑附之雜家類焉。

《東山草堂邇言》六卷

國朝丘嘉穗撰。……是編乃其劄記之文，分經史、性命、學問、政教、見聞、詩文六門。大抵好爲論辨而考據甚疏。……蓋其著書大旨在於講學。

而又好奇嗜博，雜及他事。違才易務，故蹖駁如斯。至五卷見聞一門，全類小説。六卷詩文一門，多論八比，尤與全書不類也。

《任庵語略》（無卷數）

國朝王建衡撰。……是編乃其筆記之文，不分卷數，但録爲上下二册。自述性喜讀書，儲藏甚富。今觀其上册所論，皆商維濬《稗海》所載，下册所論皆陶宗儀《説郛》所載也。

《嶺西雜録》二卷

國朝王孝詠撰。……蓋以成於嶺西而名，非記其風土也。孝詠猶及與朱彝尊等遊，故耳目濡染，所言往往有根柢。其中如評李贄、屠隆、祝允明，皆極確當。……其欲以《山海經》《老子》《莊子》《楚辭》《水經》爲十三經羽翼，則文人好異之談，又墮明人習氣矣。

《南村隨筆》六卷

國朝陸廷燦撰。……此其家居時取平日所見聞雜録之，而於新城王士禛、商丘宋犖兩家説部採取尤多。蓋廷燦爲士禛與犖之門人，故其議論皆本之《池北偶談》《筠廊隨筆》諸書，而略推擴之。

《書隱叢説》十九卷

國朝袁棟撰。……是書雜鈔小説家言，參以己之議論，亦頗及當代見聞。原序擬以洪邁《容齋隨筆》、顧炎武《日知録》，棟自序亦云"摹仿二書"，然究非前人之比也。

《古今藝苑談概上集》六卷，《下集》六卷

舊本題俞文豹撰。……此編多引明代諸書，蓋僞托也。書中雜採故實，

無所辨論。每條下各列書名，而疏舛特甚。如鄒忌妻妾事出《戰國策》，而注曰"十二國春秋"；列子攫金於市事，末增"吏大笑之"四字。當爲無知書賈鈔撮説部，僞立新名也。

《澄懷録》二卷

宋周密撰。……是書採唐、宋諸人所紀登涉之勝與曠達之語，彙爲一編，皆節載原文，而注書名其下，亦《世説新語》之流別，而稍變其體例者也。明人喜摘録清談，目爲小品，濫觴所自，蓋在此書矣。

《誠齋雜記》二卷

舊本題元林坤撰。……皆剿掇各家小説，餖飣割裂，而不著出典，如昆侖奴磨勒一事，分於五處載之，其舛陋可知也。

《禱雨録》一卷

明錢琦撰。……自桑林之禱至馬璘之撤土龍，皆歸本人事，而自郁林石牛以下乃徵引小説，侈談神怪，蕩然全失其本旨，非惟自亂其例，實亦自穢其書矣。

《初潭集》十二卷

明李贄撰。……此乃所集説部，分類凡五：曰夫婦，曰父子，曰兄弟，曰君臣，曰朋友。每類之中又各有子目，皆雜採古人事蹟，加以評語。其名曰"初潭"者，言落髮龍潭時即纂此書，故以爲名。大抵主儒、釋合一之説，狂誕謬戾，雖粗識字義者皆知其妄，而明季乃盛行其書。當時人心風俗之敗壞，亦大概可睹矣。

《煙霞小説》三十二卷

明陸貽孫編。貽孫，蘇州人。是書仿曾慥《類説》之例，删取稗官雜記凡十二種。中如楊循吉《吳中故語》、黃暐《篷軒記》、馬愈《日鈔》、杜瓊《紀善録》、王凝齋《名臣録》、陸延枝《説聽》六種，逸事瑣聞，尚資考論。至陸粲《庚巳編》、徐禎卿《異林》、祝允明《語怪編》《猥談》、楊儀《異纂》、陸灼《艾子後語》六種，則神怪不經之事矣。

《灼艾集》八卷

不著撰人名氏。……是編凡分正、續、餘、別四集，每集各分上、下卷。採輯唐、宋以來説部，每書只載一二條，或四五條，略似曾慥《類説》，而詳博則不及之也。

《天池秘集》十二卷

舊本題明徐渭編，武林孫一觀校。……其書體例駁雜，標目詭異。前六卷爲總集：一曰韻萃，諸體詩也。二曰調雋，詞也。三曰籟叶，樂府歌行也。四曰麗華，賦也。五曰筆華，雜文也。六曰志林，傳也。後六卷爲小説：一曰談芬，清言也。二曰曠述，雜事也。三曰諧史，詼嘲語也。四曰別紀，志怪也。五曰致品，分良辰、美景、賞心、樂事四子目。六曰清則，分花典、香禪、茗談、觴政四子目。皆明季山人强作雅態之語。四庫之中無類可入，以其雜出不倫，姑附之雜家類焉。

《古今名賢説海》二十二卷

不著編輯者名氏。……所録皆明人説部，分爲十集，以十干標目。自陸粲《庚巳編》以下凡二十二種，種各一卷，皆删節之本，非其完書。考明陸楫有《古今説海》一百四十二卷，此似得其殘缺之板，僞刻序目以售欺者也。

《名賢彙語》二十卷

不著編輯者名氏。前亦有隆慶辛未自序，亦稱"飛來山人"。序詞鄙陋，疑爲坊賈之筆。其書節録明人小説二十種，種爲一卷，皆題曰某地某人言，尤爲杜撰，殆又從《古今名賢説海》而變幻之耳。

《續説郛》四十六卷

明陶珽編。珽，姚安人。萬曆庚戌進士。是編增輯陶宗儀《説郛》，迄於元代。復雜鈔明人説部五百二十七種以續之，其删節一如宗儀之例。然正嘉以上，淳樸未漓，猶頗存宋元説部遺意。隆萬以後，運趨末造，風氣日偷。道學侈稱卓老，務講禪宗；山人競述眉公，矯言幽尚。或清談誕放，學晉宋而不成；或綺語浮華，沿齊梁而加甚。著書既易，人競操觚，小品日增，卮言疊煽。求其卓然蟬蜕於流俗者，十不二三。珽乃不別而漫收之，白葦黄茅，殊爲冗濫。

《智囊》二十八卷

明馮夢龍編。夢龍有《春秋衡庫》，已著録。是編取古人智術計謀之事，分爲十部。亦間繫以評語，佻薄殊甚。

《譚概》三十六卷

明馮夢龍撰。是編分類彙輯古事，以供談資。然體近俳諧，無關大雅。

《稗史彙編》一百七十五卷

明王圻撰。……是書搜採説部，分類編次，爲綱者二十八，爲目者三百二十，所載引用書目凡八百八種，而輾轉裨販，虛列其名者居多。……是直割裂説部諸編，苟盈卷帙耳。

《十可篇》十卷

明馬嘉松編。……是書摘録子史及諸家小説，分爲十篇：曰可景、可味、可快、可鄙、可泯、可坦、可遠、可諧、可嘉、可册。前有陳繼儒序及自序。……然徵引錯雜，絶無體例，評語尤多傷輕薄。

《元壺雜俎》八卷

明趙爾昌撰。……是書雜採史傳説部，鈔合成編。分勝事、名言二紀，各爲四卷。大致欲仿沈括《清夜録》、周密《澄懷録》之體，而採掇蕪雜，或注所出，或不注所出，亦無定例，不過陳繼儒之流耳。前有萬曆辛亥笪繼良序，稱"採之古者什七，裁之公者什三"。則其隨意成書，不盡有典據可知矣。

《掌録》（無卷數）

舊本題綉雲居士撰。……其書雜鈔故實，漫無體例。多取之於説部，亦無異聞。其曰"掌録"，意其取《拾遺記》蘇秦、張儀事也。

《廣百川學海》（無卷數）

舊本題明馮可賓編。……是編於正、續《百川學海》之外，捃拾説部以廣之，分爲十集，以十干標目。然核其所載，皆正、續《説郛》所有，板亦相同。蓋奸巧書賈於《説郛》印板中抽取此一百三十種，別刊序文目録，改題此名，托言出於可賓也。

《諸子拔萃》八卷

明李雲翔編。雲翔字爲霖，江都人。是書成於天啓丁卯。取坊本《諸子彙函》割裂其文，分爲二十六類。其杜撰諸子名目，則一仍其舊。古今荒誕鄙陋之書，至《諸子彙函》而極。此書又爲之重儓，天下之大，亦何事靡有也！

《博學彙書》十二卷

明來集之撰。凡讀書所得，隨筆記録，不分門目。惟以類相從，鱗次櫛比，俾可互證。視他書叢雜無次者，較爲過之。然所採多小説家言，如《拾遺》《洞冥》諸記，是豈足取以爲據乎？

《珍珠船》四卷

明陳繼儒撰。是書雜採小説家言，湊集成編，而不著所出。既病冗蕪，亦有訛舛，蓋明人好剿襲前人之書而割裂之，以掩其面目。萬曆以後，往往皆然也。

《銷夏》四卷

明陳繼儒撰。其書雜録清勝之事，取其可以銷夏。如冰荷玉帳見於諸小説家者，靡不採録。纖仄瑣碎，亦可謂徒費目力矣。

《福壽全書》（無卷數）

明陳繼儒撰。皆録前賢格言遺事，自惜福以至好還，凡分二十類。多以因果爲説，蓋意在懲惡勸善。而徵引糅雜，遂近於小説家言。

《昨非齋日纂》二十卷

明鄭瑄撰。……此書皆記古人格言懿行，區爲二十類，每類各爲小引。然議論佻淺，徵引亦多雜糅。冥果一類，皆出小説家言，往往荒誕不足信，尤不可爲典要也。

《明百家小說》一百九卷

舊本題明沈廷松編。廷松號石閭，未詳其爵里。前有自序，題甲戌小寒日，當爲崇禎七年。而其書乃全與陶珽《續説郛》同。蓋坊賈以不全《説郛》僞鑴序目售欺也。

《今古鈎玄》四十卷

明諸茂卿撰。茂卿字子茂，諸城人。是編所取大都小説爲多，雜糅不倫。

《資塵新聞》七卷

舊本題國朝魏裔介撰。其書亦鈔撮雜説而成。卷一曰鬼神類，皆記幽冥因果，還魂托生之事。遇仙佛名號，必跳行出格書之，已決非裔介所爲。至附冒襄《鑴經靈驗》四則，其中先大夫字乃襄自稱其父，亦空一字書之，裔介亦未必如此之憒憒。……卷三曰詞賦類，皆鈔録優伶戲文小曲。……全書皆體例猥雜，謬陋百出，與裔介他書如出二手。又裔介以講學爲事，而此書推尊二氏如恐不及，亦與其生平言行如出兩人。疑或妄人所托名歟？

《寄園寄所寄》十二卷

國朝趙吉士撰。……是編採掇諸家説部，分十二門。曰囊底寄，皆智數事也。曰鏡中寄，皆忠孝節義事也。曰倚杖寄，述山川名勝也。曰撚鬚寄，詩話也。曰滅燭寄，談神怪也。曰焚塵寄，格言也。曰獺祭寄，雜録故實也。曰豕渡寄，考訂謬誤也。曰裂眥寄，記明末寇亂及殉寇諸人也。曰驅睡寄，遺事之可爲談助者也。曰泛葉寄，皆徽州佚聞也。曰插菊寄，皆諧謔事也。所載古事十之二三，明季事十之七八。採掇頗富，而雅俗並陳，真僞互見，第成爲小説家言而已。

《硯北雜録》（無卷數）

國朝黄叔琳編。……是書上至天文、地理，下至昆蟲、草木，凡經史所載，旁及稗官小説，據其所見，各爲採録，亦間附以己意。大抵主於由博返約，以爲考據之資。

《權衡》一書四十一卷

國朝王植撰。植有《四書參注》，已著録。是編雜採諸書之言，而間斷以己意，分類四十，子目一百四十九。……植乃聚百家之言連篇累牘，繁而無章，忽似類書，忽似説部，其病正在不主一家也。

《子苑》一百卷

不著撰人名氏。鈔本之首有"籍圃主人""麥溪張氏"二小印，不知爲著書之人，爲藏書之人也？其書雜採諸子，分人倫、性行、學業、政事、人事五門，每門之中又各分子目。於一事而彼此異同，或字句有增損者，皆參校分注，其用意頗不苟。而所載泛濫太甚。如《博物志》舊列小説家，謂之子可也，《水經注》則史部地理之書，《檀弓》亦經部《禮記》之文，總曰"子苑"，名與實不相應也。是亦愛博之過矣。

《紀録彙編》二百十六卷

明沈節甫編。……是書採嘉靖以前諸家雜記，裒爲一集，凡一百一十九種。其中有關典故者多已別本自行，其餘如王世貞《明詩評》之類，則文士之餘談；祝允明《志怪》之類，又小説之末派，一概闌入，未免務博好奇，傷於冗雜。且諸書有全載者，有摘鈔者，甚或有一書而全録其半，摘鈔其半者，爲例亦復不純。卷帙雖富，不足取也。

《〈左傳〉〈國語〉〈國策〉評苑》六十一卷

明穆文熙編。……均略有所删補，非其原文。蓋明人凡刻古書，例皆如是。謂必如是，然後見其有所改定，非徒翻刻舊文也。其曰"評苑"者，蓋於簡端雜採諸家之論云。

《張氏藏書》四卷

明張應文撰。……其餘九種大抵不出明人小品之習氣。其《山房四友譜》中所稱以《史記》真本刊今本之訛者，詭誕無稽，不足與辨。……明之末年，國政壞而士風亦壞，掉弄聰明，決裂防檢，遂至於如此，屠隆、陳繼儒諸人不得不任其咎也。

《格致叢書》（無卷數）

明胡文焕編。……是編爲萬曆、天啓間坊賈射利之本。雜採諸書，更易名目。古書一經其點竄，並庸惡陋劣，使人厭觀。且所列諸書，亦無定數。隨印數十種，即隨刻一目録。意在變幻，以新耳目，冀其多售。故世間所行之本，部部各殊，究不知其全書凡幾種。……末三種，一曰張華《博物志》，一曰李石《續博物志》，一曰《釋常談》，皆以小説家言謂之經翼，不亦傎乎？史外列《禽經》《獸經》，又列戴埴《鼠璞》、龔頤正《芥隱筆記》，是於史居何等也？

《眉公十集》四卷

明陳繼儒撰。……是書名爲十集……簡端各綴以評。其評每卷分屬一人，而相其詞氣，實出一手，刊板亦粗惡無比，蓋繼儒名盛時，坊賈於《秘笈》中摘出，翻刻又妄加批點也。

《廣快書》五十卷

明何偉然編。……所採皆取明人説部，每一書爲一卷。卷帙多者則删剟其文。立名詭異，有曰“一聲鶯”者，有曰“有情癡”者，有曰“照心犀”者，有曰“嘔絲”者。所謂萬病可醫，俗不可醫者歟？……而《快書》百種，最下最傳，蓋其輕儇佻薄，與當時士習相宜耳。

《皇書帝佚》（無卷數）

明蔣軼凡編。……其説極荒誕不經。軼凡乃曲爲注釋，並加評點以附會之，真可謂不善作僞矣。

《溪堂麗宿集》（無卷數）

不著撰人名氏。亦不著時代，無序跋，無目録，其名亦不甚可解。……龐雜冗瑣，茫無端緒，蓋庸陋書賈鈔合説部，僞立名目以售欺。范欽爲其所紿，遂著録於天一閣耳。

《昭代叢書》一百五十卷

國朝張潮編。潮字山來，徽州人。是編凡甲、乙、丙三集，每集各五十卷，每卷爲書一種，皆國初人雜著，或從文集中摘録一篇，或從全書中割取數頁，亦有偶書數紙，並非著述，而亦强以書名者。中亦時有竄改，如徐懷祖之《海賦》，去其賦而存其自注，改名《臺灣隨筆》；黃百家之《征南先生傳》，芟其首尾，改名《内家拳法》。猶是明季書賈改頭換面之積習，不足採也。

《檀几叢書》五十卷

國朝王晫、張潮同編。是書所録皆國朝諸家雜著，凡五十種。大半採自文集中，其餘則多沿明季山人才子之習，務爲纖佻之詞。……其書可燒，奈何以穢簡牘也。

"小説家類"提要

《西京雜記》六卷

舊本題晉葛洪撰。……其中所述，雖多爲小説家言，而摭採繁富，取材不竭。李善注《文選》、徐堅作《初學記》已引其文，杜甫詩用事謹嚴，亦多採其語。詞人沿用數百年，久成故實，固有不可遽廢者焉。

《世説新語》三卷

宋臨川王劉義慶撰，梁劉孝標注。……所記分三十八門，上起後漢，下迄東晉，皆軼事瑣語，足爲談助。……自明以來，世俗所行凡二本：一爲王世貞所刊，注文多所删節，殊乖其舊；一爲袁褧所刊，蓋即從陸本翻雕者。雖板已刓敝，然猶屬完書。義慶所述，劉知幾《史通》深以爲譏，然義慶本小説家言，而知幾繩之以史法，擬不於倫，未爲通論。孝標所注，特爲典贍，高似孫《緯略》亟推之。其糾正義慶之紕繆，尤爲精核。所引諸書，今已佚其十之九，惟賴是注以傳。故與裴松之《三國志注》、酈道元《水經注》、李善《文選注》同爲考證家所引據焉。

《朝野僉載》六卷

舊本題唐張鷟撰。……其書皆紀唐代故事，而於諧噱荒怪，纖悉臚載，未免失於纖碎。故洪邁《容齋隨筆》譏其記事瑣雜摘裂，且多媟語。然耳目所接，可據者多。故司馬光作《通鑑》，亦引用之。兼收博採，固未嘗無裨於見聞也。

《大唐新語》十三卷

唐劉肅撰。……所記起武德之初，迄大曆之末，凡分三十門。皆取軼文舊事，有裨勸戒者。……《唐志》列之雜史類中。然其中《諧謔》一門，繁蕪猥瑣，未免自穢其書，有乖史家之體例。今退置小説家類，庶協其實。是書本名《新語》，《唐志》以下，諸家著録並同。

《唐國史補》三卷

唐李肇撰。……書中皆載開元至長慶間事，乃續劉餗《小説》而作。上卷、中卷各一百三條，下卷一百二條，每條以五字標題。……自序謂："言報應、叙鬼神、徵夢卜、近帷箔則去之，紀事實、探物理、辨疑惑、示勸戒、採風俗、助談笑則書之。"歐陽修作《歸田録》，自稱以是書爲式。蓋於其體例有取云。

《因話録》六卷

唐趙璘撰。……其書凡分五部：一卷宮部爲君，記帝王。二卷、三卷商部爲臣，記公卿百僚。四卷角部爲人，凡不仕者咸隸之。五卷徵部爲事，多記典故，而附以諧戲。六卷羽部爲物，凡一時見聞雜事無所附麗者，亦並載焉。……其書雖體近小説，而往往足與史傳相參。……所載亦不免於緣飾。然其他實多可資考證者，在唐人説部之中，猶爲善本焉。

《明皇雜録》二卷，《別録》一卷

唐鄭處誨撰。……據《曲江集·賦序》曰"'開元二十四年盛夏，奉敕大將軍高力士賜宰相白羽扇，九齡與焉。'則非秋賜。且通言宰相，則林甫亦在，不獨爲曲江而設也。乃知小説記事，苟非耳目親接，安可輕書耶"云云，則處誨是書，亦不盡實録。然小説所記，真僞相參，自古已然，不獨處誨，在博考而慎取之，固不能以一二事之失實，遂廢此一書也。

《大唐傳載》一卷

不著撰人名氏。記唐初至元和中雜事。唐、宋《藝文志》俱不載。……所録唐公卿事蹟，言論頗詳，多爲史所採用，而及於詼諧談謔及朝野瑣事，亦往往與他説部相出入。……如此之類，與諸書頗不合，蓋當時流傳互異，作者各承所聞而録之，故不免牴牾也。

《幽閒鼓吹》一卷

唐張固撰。……今考《唐書·藝文志》，小説家有張固《幽閒鼓吹》一卷，則出自唐人，更無疑義。縱高宗別有《幽閒鼓吹》，亦書名偶同，不得以此本當之矣。固所記雖篇帙寥寥，而其事多關法戒，非造作虛辭，無裨考證者比。唐人小説之中，猶差爲切實可據焉。

《玉泉子》一卷

不著撰人名氏。所記皆唐代雜事。亦多採他小説爲之。

《金華子》二卷

南唐劉崇遠撰。……核其所記，皆唐末朝野之故事。與晁氏所云"録唐大中後事者"相合。其中於將相之賢否，藩鎮之强弱，以及文章吟詠、神奇鬼怪之事，靡所不載，多足與正史相參證。……要其大致可信者多，與《大唐傳載》諸書摭拾委巷之談者，相去固懸絶矣。胡應麟《九流緒論》乃以"鄙淺"譏之。……明人詭薄，好爲大言以售欺，不足信也。

《鑑戒録》十卷

蜀何光遠撰。……其書多記唐及五代間事，而蜀事爲多，皆近俳諧之言，各以三字標題，凡六十六則。……語大同小異，猶可曰傳聞異詞。……特以其爲五代舊書所載，軼事遺文，往往可資採掇，故仍録之小説家焉。

《南唐近事》一卷

宋鄭文寶撰。……其體頗近小説，疑南唐亡後，文寶有志於國史，搜採舊聞，排纂叙次，以朝廷大政入《江表志》，至大中祥符三年乃成。其餘叢談瑣事，別爲緝綴，先成此編。一爲史體，一爲小説體也。……然文寶世仕江南，得諸聞見，雖浮詞不免，而實録終存。故馬令、陸游《南唐書》採用此書，幾十之五六，則宋人固不廢其説矣。

《賈氏談録》一卷

宋張洎撰。……故此録所述，皆唐代軼聞。……今從各韻搜輯，參以《説郛》《類説》，共得二十六事。視洎原目，蓋已及十之九矣。……他如興慶宮、華清宮、含元殿之制，淡墨題榜之始，以及院體書、百衲琴、澄泥研之類，皆足以資考核，較他小説，固猶爲切實近正也。

《南部新書》十卷

宋錢易撰。……是書乃其大中祥符間知開封縣時所作，皆記唐時故事，間及五代。多録軼聞瑣語，而朝章國典，因革損益，亦雜載其中，故雖小説家言，而不似他書之侈談迂怪，於考證尚屬有裨。

《嘉祐雜志》一卷

宋江休復撰。……其書皆記雜事，故《宋志》列之小説家。……休復所與交遊，率皆勝流。耳濡目染，具有端緒，究非委巷俗談可比也。

《東齋記事》六卷

宋范鎮撰。……他如記蔡襄爲蛇精之類，頗涉語怪。記室韋人三眼，突厥人牛蹄之類，亦極不經，皆不免稗官之習。故《通考》列之小説家。

《畫墁録》一卷

宋張舜民撰。……蓋各有所見，不足爲異，其説不妨並存……其他載録，亦頗涉瑣屑。以一時典故，頗有藉以考見者，故存以備宋人小説之一種焉。

《甲申雜記》一卷，《聞見近録》一卷，《隨手雜録》一卷

宋王鞏撰。……所記雜事三卷，皆紀東都舊聞。……三書皆間涉神怪，稍近稗官，故列之小説類中。然而所記朝廷大事爲多，一切賢奸進退，典故沿革，多爲史傳所未詳，實非盡小説家言也。……

《湘山野録》三卷，《續録》一卷

宋僧文瑩撰。……其書成於熙寧中，多記北宋雜事。……蓋考證偶疏，未爲大失，王士禎《古夫于亭雜録》論其載王欽若遇唐裴度事，小説習徑，亦不足深求。

《珍席放談》二卷

宋高晦叟撰。……所紀上自太祖，下及哲宗時事……其事皆本傳所未詳，可補史文之闕。特間加評論，是非軒輊，往往不能持平。……然一代掌故，猶藉以考見大凡。所謂識小之流，於史學固不無裨助也。

《唐語林》八卷

宋王讜撰。陳振孫《書録解題》云：“長安王讜正甫，以唐小説五十家，仿《世説》，分三十五門，又益十七門爲五十二門。”晁公武《郡齋讀書志》云：“未詳撰人。效《世説》體分門，記唐世名言，新增嗜好等十七門，餘皆

仍舊。"馬端臨《經籍考》引陳氏之言入小説家，又引晁氏之言入雜家，兩門互見，實一書也。……是書雖仿《世説》，而所紀典章故實，嘉言懿行，多與正史相發明，視劉義慶之專尚清談者不同。且所採諸書，存者已少，其裒集之功，尤不可没。……此書久無校本，訛脱甚衆，文義往往難通。謹取新舊《唐書》及諸家説部，一一詳爲勘正，其必不可知者，則姑仍原本，庶不失闕疑之義焉？

《揮麈前録》四卷，《後録》十一卷，《第三録》三卷，《餘話》二卷

宋王明清撰。……明清爲中原舊族，多識舊聞，要其所載，較委巷流傳之小説，終有依據也。

《投轄録》一卷

宋王明清撰。……所列凡四十四事，大都掇拾叢碎，隨筆登載，不能及《揮麈録》之援據賅洽，有資考證。然故家文獻，所言多信而有徵，在小説家中，猶爲不失之荒誕者。……宜其於軼聞舊事，多所諳悉也。

《張氏可書》一卷

蓋其人生於北宋末年，猶及見汴梁全盛之日，故都遺事，目擊頗詳。迨其晚歲追述爲書，不無滄桑今昔之感，故於徽宗時朝廷故實，紀録尤多，往往意存鑒戒。其餘瑣聞佚事，爲他説家所不載者，亦多有益談資。雖詼諧神怪之説，雜厠其間，不免失於冗雜，而按其本旨，實亦孟元老《東京夢華録》之流，未嘗不可存備考核也。

《聞見後録》三十卷

宋邵博撰。博字公濟，伯温子也。是編蓋續其父書，故曰《後録》。其中

論復孟后諸條，亦有與《前録》重出者。然伯温所記，多朝廷大政，可裨史傳，是書兼及經義、史論、詩話，又參以神怪、俳諧，較《前録》頗爲瑣雜。……談詩亦多可採。宋人説部，完美者稀，節取焉可耳。

《桯史》十五卷

宋岳珂撰。……是編載南北宋雜事，凡一百四十餘條，其間雖多俳優詼諧之詞，然惟金華士人看命司諸條，不出小説習氣，爲自穢其書耳，餘則大旨主於寓褒刺、明是非、借物論以明時事，非他書所載徒資嘲戲者比。所記遺事，惟張邦昌、劉豫二册文，可以不存。……所録詩文，亦多足以旁資考證，在宋人説部之中，亦王明清之亞也。

《獨醒雜志》十卷

宋曾敏行撰。……書中多記兩宋軼聞，可補史傳之闕，間及雜事，亦足廣見聞。……書中稱風鳶造自韓信，而不言所據。案唐李冗《獨異志》載有是説，小説妄談，於古無徵。……敏行亦不能糾正，蓋以記録爲主，不以考證爲主也。他如仁宗朝二衛士論貴賤事……敏行皆不辨而述之。……楊萬里序乃盛稱之，可謂捨所長而譽所短矣。

《耆舊續聞》十卷

所録自汴京故事及南渡後名人言行，捃拾頗多，間或於條下夾注書名及所説人名字，蓋亦雜採而成。……所據皆南渡以後故家遺老之舊聞，故所載多元祐諸人緒論。於詩文宗旨，具有淵源。……雖叢談瑣語，間傷猥雜，其可採者要不少也。

《四朝聞見録》五卷

宋葉紹翁撰。……所録分甲、乙、丙、丁、戊五集，凡二百有七條。甲、乙、丙、戊四集，皆雜叙高、孝、光、寧四朝軼事，各有標題，不以時代爲先後。……南渡以後，諸野史足補史傳之闕者，惟李心傳之《建炎以來朝野雜記》號爲精核，次則紹翁是書。……蓋小小訛異，記載家均所不免，不以是廢其書也，惟王士禎《居易録》謂其頗涉煩碎，不及李心傳書。今核其體裁，所評良允。故心傳書入史部，而此書則列小説焉。

《癸辛雜識前集》一卷，《後集》一卷，《續集》二卷，《別集》二卷

宋周密撰。……是編以作於杭州之癸辛街，因以爲名，與所作《齊東野語》，大致相近。然《野語》兼考證舊文，此則辨訂者無多，亦皆非要義；《野語》多記朝廷大政，此則瑣事、雜言居十之九，體例殊不相同，故退而列之小説家，從其類也。……書中所記頗猥雜……而遺文佚事可資考據者實多，實在《輟耕録》之上。……其引沈仲固語一條、周平原語一條，尤言言炯戒，有關於世道人心，正未可以小説忽之矣。

《隨隱漫録》五卷

舊本題宋臨川陳隨隱撰。……其書多記同時人詩話，而於南宋故事，言之尤詳。……他所記詩話、雜事，亦多可採。其第二卷内論漢平帝后、晉湣懷太子妃以下五條……猶有黍離詩人悱惻忠厚之遺，尤非他説部所及也。

《東南紀聞》三卷

不著撰人名氏……所載惟論蚳醢、論揖兩條，偶涉古事，餘皆南北宋之軼聞，間與他書相出入，疑亦雜採説部爲之。至於韓滤之清節……則皆史傳所佚，足補紀載之闕。……而南嶽夫人一事，尤爲猥褻，亦未免墮小説窠臼，自穢其書。然大旨記述近實，持論近正，在説部之中，猶爲善本。

《山居新話》四卷

元楊瑀撰。……其書皆記所見聞，多參以神怪之事，蓋小説家言。然如……則有關於民事……則有資於典故……則有裨於風教。其他嘉言懿行，可資勸戒者頗多。至於辨正……則亦頗有助於考證。雖亦《輟耕錄》之流，而視陶宗儀所記之猥雜，則勝之遠矣。

《樂郊私語》一卷

元姚桐壽撰。……所記軼聞瑣事，多近小説家言。然其中如楊完者武陵之捷，張士誠杉青之敗，頗足與史傳相參。所辨六里山天册碑、秦檜像贊、魯訔注杜詩諸條，亦足資考證。末載楊維禎撰其兄椿壽墓誌一篇，頗爲不倫。桐壽欲表章其兄，何不叙之於書内，乃別載於末。核以體例，深屬有乖。今削除不載，惟錄桐壽之本書焉。

《輟耕錄》三十卷

明陶宗儀撰。……此書乃雜記聞見瑣事……就此書而論，則於有元一代法令制度，及至正末東南兵亂之事，紀錄頗詳。所考訂書畫、文藝，亦多足備參證。惟多雜以俚俗戲謔之語、閭里鄙穢之事，頗乖著作之體。葉盛《水東日記》深病其所載猥褻，良非苛論。然其首尾賅貫，要爲能留心於掌故。故朱彝尊《静志居詩話》謂"宗儀練習舊章，元代朝野舊事，實借此書以存"，而許其有裨史學，則雖瑜不掩瑕，固亦論古者所不廢矣。

《水東日記》三十八卷

明葉盛撰。……是書紀明代制度及一時遺文逸事，多可與史傳相參。其間徵引既繁，亦不免時有牴牾。又好自叙居官事蹟，殆不免露才揚己之病。王士禎作《居易錄》，多自記言行，有如家傳，其源濫觴於此。古人無是體例也。至於……抑又淺之甚者矣。然盛留心掌故，於朝廷舊典，考究最詳，又家富圖籍……故引據諸書，亦較他家稗販成編者特爲博洽。雖榛楛之勿翦，亦蒙茸於集翠。取長棄短，固未嘗不可資考證也。

《菽園雜記》十五卷

明陸容撰。……是編乃其劄録之文，於明代朝野故實，叙述頗詳，多可與史相考證。旁及談諧雜事，皆並列簡編，蓋自唐、宋以來，説部之體如是也。其中間有考辨……然核其大致，可採者較多。王鏊嘗語其門人曰："本朝紀事之書，當以陸文量爲第一。"即指此書也。雖無雙之譽，獎借過深，要其所以取之者，必有在矣。

《何氏語林》三十卷

明何良俊撰。……是編因晉裴啓《語林》之名，其義例門目，則全以劉義慶《世説新語》爲藍本，而雜採宋、齊以後事蹟續之，並義慶原書共得二千七百餘條，其簡汰頗爲精審。其採掇舊文，翦裁鎔鑄，具有簡澹雋雅之致。……其間摭拾既富，間有牴牾……然於諸書舛互，實多訂正。……要其語有根柢，終非明人小説所可比也。

《山海經》十八卷

晉郭璞注。……《列子》稱"大禹行而見之，伯益知而名之，夷堅聞而志之"，似乎即指此書，而不言其名《山海經》。……殆周秦間人所述，而後來好異者又附益之歟？……書中序述山水，多參以神怪，故《道藏》收入太玄部競字號中。究其本旨，實非黄、老之言。然道里山川，率難考據，按以耳目所及，百不一真。諸家並以爲地理書之冠，亦爲未允。核實定名，實則小説之最古者爾。

《穆天子傳》六卷

晉郭璞注。……此書記事，有月日而無年，又文多斷缺……蓋今本《竹書紀年》，乃明人摭諸書以爲之，非汲冢之舊簡，並郭璞注中所引《紀年》之文，尚掇拾未盡，況暇考其次第乎？……書中所紀，雖多誇言寡實，然所謂"西王母"者，不過西方一國君……較《山海經》《淮南子》猶爲近實。……其注此書，乃頗引志怪之談。蓋釋經不敢不謹嚴，而箋釋雜書，則務矜博洽故也。《列子·周穆王》篇所載，與此傳相出入，蓋當時流俗，有此記載，如後世小說野乘之類，故列禦寇得捃採其文耳。……全然舛迕，則其傳世，亦在若存若亡之間。固考古者所宜寶重也。

《神異經》一卷

舊本題漢東方朔撰。所載皆荒外之言，怪誕不經，共四十七條。……流傳既久，固不妨過而存之，以廣異聞。……小學家已相援據，不但文人詞藻，轉相採摭已也。《隋志》列之史部地理類，《唐志》又列之子部神仙類。今核所言，多世外恍惚之事，既有異於輿圖，亦無關於修煉，其分隸均屬未安。今從《文獻通考》列小說類中，庶得其實焉。

《海內十洲記》一卷

舊本題漢東方朔撰。……大抵恍惚支離，不可究詰。……唐人詞賦，引用尤多，固錄異者所不能廢也。諸家著錄，或入地理，循名責實，未見其然，今與《山海經》同退置小說家焉。

《漢武故事》一卷

舊本題漢班固撰。……所言亦多與《史記》《漢書》相出入，而雜以妖妄之語。……此本爲明吳琯《古今逸史》所刻，並爲一卷，僅寥寥七八頁。蓋已經刊削，又非兩家之本。以其六朝舊帙，姑存備古書之一種云爾。

《漢武帝内傳》一卷

舊本題漢班固撰。……其文排偶華麗，與王嘉《拾遺記》、陶弘景《真誥》，體格相同。……蓋明人删竄之本，非完書矣。

《漢武洞冥記》四卷

舊本題後漢郭憲撰。……至於此書所載，皆怪誕不根之談，未必真出憲手。又詞句縟艷，亦迥異東京，或六朝人依托爲之。然所言"影娥池"事，唐上官儀用以入詩，時稱博洽。後代文人詞賦，引用尤多。蓋以字句妍華，足供採摭，至今不廢，良以是耳。……嗜博貪奇，有失别擇，非著書之體例矣。

《搜神記》二十卷

舊本題晉干寶撰。……史稱："寶感父婢再生事，遂撰集古今靈異神祇、人物變化爲此書。"……然其書叙事多古雅，而書中諸論，亦非六朝人不能作，與他僞書不同。疑其即諸書所引，綴合殘文，附以他説，亦與《博物志》《述異記》等。但輯二書者，耳目隘陋，故罅漏百出。輯此書者，則多見古籍，頗明體例，故其文斐然可觀。非細核之，不能辨耳。……胡應麟《甲乙剩言》曰："姚叔祥見余家藏書目中，有干寶《搜神記》，大駭曰：'果有是書乎？'余應之曰：'此不過從《法苑》《御覽》《藝文》《初學》《書鈔》諸書中録出耳。豈從金函石匱、幽巖土窟掘得耶？大抵後出異書，皆此類也。'"斯言允矣。

《異苑》十卷

宋劉敬叔撰。……其書皆言神怪之事，卷數與《隋書·經籍志》所載相合。……然核其大致，尚爲完整，與《博物志》《述異記》全出後人補綴者不同。且其詞旨簡澹，無小説家猥瑣之習，斷非六朝以後所能作。故唐人多所引用。……有裨於考證，亦不少矣。

《續齊諧記》一卷

梁吴均撰。……所記皆神怪之説。……是在唐時已援爲典據，亦小説之表表者矣。惟"劉阮天台"一事，徐子光注李瀚《蒙求》引《續齊諧記》之文，述其始末甚備，而今本無此條。豈原書久佚，後人於《太平廣記》諸書内鈔合成編，故偶有遺漏歟？

《還冤志》三卷

隋顔之推撰。……故此書所述，皆釋家報應之説。……其文詞亦頗古雅，殊異小説之冗濫，存爲鑒戒，固亦無害於義矣。

《集異記》一卷

唐薛用弱撰。……其叙述頗有文采，勝他小説之凡鄙。……卷帙雖狹，而歷代詞人，恒所引據，亦小説家之表表者。

《博異記》一卷

舊本題唐谷神子還古撰，不著姓氏。……其書載敬元穎、許漢陽、王昌齡、張竭忠、崔元微、陰隱客、岑文本、沈亞之、劉方元、馬燧十人。……所記皆神怪之事，叙述雅贍，而所録詩歌頗工致，視他小説爲勝。

《杜陽雜編》三卷

唐蘇鶚撰。……此編所記，上起代宗廣德元年，下盡懿宗咸通十四年，凡十朝之事，皆以三字爲標目。其中述奇技寶物，類涉不經，大抵祖述王嘉之《拾遺》、郭子横之《洞冥》……然鋪陳縟艷，詞賦恒所取材，固小說家之以文采勝者。讀者挹其葩藻，遂亦忘其誇飾。至今沿用，殆以是歟？

《前定録》一卷，《續録》一卷

唐鍾輅撰。……是書所録前定之事，凡二十三則，與《書録解題》所言合。前有自序稱："庶達識之士，知其不誣；奔競之徒，亦足以自警。"較他小說，爲有勸戒。高彦休《唐闕史》曰："世傳《前定録》所載，事類實繁，其間亦有郯委曲以成其驗者。"蓋即指此書。然小說多不免附會，亦不能獨爲此書責也。《續録》一卷，不題撰人名氏，《書録解題》亦載之。觀其以唐明皇與唐玄宗析爲兩條，知爲雜採類書而成，失於删並。

《劇談録》二卷

唐康駢撰。……是書成於乾寧二年，皆記天寶以來瑣事，亦間以議論附之，凡四十條。……其中載元微之年老擢第執贄謁李賀一條，《古夫于亭雜録》辨之曰："案：元擢第既非遲暮，於賀亦稱前輩，詎容執贄造門，反遭輕薄？小說之不根如此！"其論最當。然稗官所述，半出傳聞，真僞互陳，其風自古，未可全以爲據，亦未可全以爲誣，在讀者考證其得失耳。不以是廢此一家也。

《唐闕史》二卷

舊本題唐高彦休撰。……亦足以資考證，不盡小說荒怪之談也。

《甘澤謠》一卷

唐袁郊撰。……錢希言《獪園》薄明經爲魚一條，稱嘗見唐人小說有

《甘澤謠》，載《魚服記》甚詳。……其書雖小説家流，而瑣事軼聞，往往而
在。……是亦足資考證，不盡爲無益之談矣。

《開天傳信記》一卷

唐鄭綮撰。……書中皆記開元、天寶故事，凡三十二條。自序稱："簿領
之暇，搜求遺逸，期於必信，故以'傳信'爲名。"……綮所紀恐非事實，宜
爲《通鑑》所不取。又如華陰見岳神、夢游月宫、羅公遠隱形、葉法善符録
諸事，亦語涉神怪，未能盡出雅馴。然行世既久，諸書言唐事者多沿用之，
故録以備小説之一種焉。

《茅亭客話》十卷

宋黄休復撰。……是編乃雜録其所見聞，始王、孟二氏，終於宋真宗時，
皆蜀中軼事，無一條旁涉他郡。……餘雖多及神怪，而往往藉以勸戒。在小
説之中，最爲近理。……皆足以廣異聞。……亦足訂小説之訛也。

《太平廣記》五百卷

宋李昉奉敕監修，同修者扈蒙、李穆、湯悦、徐鉉、宋白、王克貞、張
洎、董淳、趙鄰幾、陳鄂、吕文仲、吴淑十二人也。以太平興國二年三月奉
詔，三年八月表進。此據《宋會要》之文，《玉海》則作二年三月戊寅所集，
八年十二月庚子書成。未詳孰是。六年正月，敕雕板印行。凡分五十五部，
所採書三百四十五種。古來軼聞瑣事，僻笈遺文咸在焉。卷帙輕者，往往全
部收入，蓋小説家之淵海也。……其書雖多談神怪，而採摭繁富，名物典故，
錯出其間。詞章家恒所採用，考證家亦多所取資。……則書在當時已非完帙，
今亦姑仍舊本録之焉。

《睽車志》六卷

宋郭彖撰……是書皆紀鬼怪神異之事，爲當時耳目所聞者。……《宋史・藝文志》小説家類載有是書一卷……書中所載，多建炎、紹興、乾道、淳熙間事，而汴京舊聞，亦間爲録入。各條之末，悉分注某人所説，蓋用《杜陽雜編》之例。其大旨亦主於闡明因果，以資勸戒。特摭拾既廣，亦往往緣飾附會，有乖事實。……皆灼然可知其妄，其他亦多涉荒誕。然小説家言，自古如是，不能盡繩以史傳，取其勉人爲善之大旨可矣。

《夷堅支志》五十卷

宋洪邁撰。……是書所記，皆神怪之説。故以《列子》"夷堅"事爲名。考《列子》謂"大禹行而見之，伯益知而名之，夷堅聞而志之"，正謂珍禽異獸，如《山海經》之類。邁雜録仙鬼諸事，而名取於斯，非其本義。然唐華原尉張慎素已有《夷堅録》之名，則邁亦有所本也。……然其中詩詞之類，往往可資採録；而遺聞瑣事，亦多足爲勸戒，非盡無益於人心者。小説一家，歷來著録，亦何必拘於方隅，獨爲邁書責歟？

《述異記》二卷

舊本題梁任昉撰。……其書文頗冗雜，大抵剿劋諸小説而成。……或後人雜採類書所引《述異記》，益以他書雜説，足成卷帙，亦如世所傳張華《博物志》歟？

《酉陽雜俎》二十卷，《續集》十卷

唐段成式撰。……其書多詭怪不經之談，荒渺無稽之物，而遺文秘笈，亦往往錯出其中，故論者雖病其浮誇，而不能不相徵引。自唐以來，推爲小説之翹楚，莫或廢也。其曰《酉陽雜俎》者，蓋取梁元帝《賦》"訪酉陽之逸典"語。

《續博物志》十卷

舊本題晉李石撰。……殆亦剿掇説部以爲之，仍其舊文，未及削改歟？其書以補張華所未備。惟華書首"地理"，此首"天象"，體例小異。其餘雖不分門目，然大致略同。……特以宋人舊笈，軼聞瑣語，間有存焉。始録以備參考云爾。

《漢雜事秘辛》一卷

不著撰人名氏。……叙漢桓帝懿德皇后被選及册立之事，其與史舛謬之處，明胡震亨、姚士粦二跋辨之甚詳。其文淫艷，亦類傳奇，漢人無是體裁也。

《飛燕外傳》一卷

舊本題漢伶玄撰。……大抵皆出於依托。且闈幃媟褻之狀，嬺雖親狎，無目擊理，即萬一竊得之，亦無娓娓爲通德縷陳理，其僞妄殆不疑也。……其爲後人依托，即此二語，亦可以見。安得以《通鑑》誤引，遂指爲真古書哉？

《海山記》一卷，《迷樓記》一卷，《開河記》一卷

三書並載明吳琯《古今逸史》中，不著撰人名氏。《海山記》述隋煬帝西苑事，所録煬帝諸歌，其調乃唐李德裕所作《望江南》調，段安節《樂府雜録》述其緣起甚詳，大業中安有是體？……皆近於委巷之傳奇，同出依托，不足道也。

《續世説》十卷

舊本題唐隴西李垕撰。……今考其書，惟取李延壽南、北二《史》所載

碎事，依《世説》門目編之，而增以"博洽""介潔""兵策""驍勇""遊戲""釋教""言驗""志怪""感動""癡弄""凶悖"十一門，別無異聞可資考據，蓋即安期輩依托爲之，詭言宋本。其序中所設之疑，正以防後人之攻詰。明代僞書，往往如是，所謂欲蓋而彌彰也。

《昨夢録》一卷

宋康與之撰。……皆追述北宋軼聞，以生於滑臺，目睹汴都之盛，故以"昨夢"爲名。所記黄河卷掃事，竹牛角事，老君廟畫壁事，亦可資考證。……至開封尹李倫被攝事，連篇累牘，殆如傳奇，又唐人小説之末流，益無取矣。

《翠屏筆談》一卷

舊本題王應龍撰。不著時代。其書多記詩話，兼及神怪、雜事，亦小説家流。然採摭冗碎，絶無體例。……亦傳聞舛漏之言，不足盡據矣。

《朝野遺記》一卷

舊本題宋無名氏撰。載南渡後雜事。……亦似雜採小説爲之。曹溶《學海類編》所收，往往此類也。

《雙槐歲鈔》十卷

明黄瑜撰。……所記洪武迄成化中事，凡二百二十條。黄虞稷《千頃堂書目》稱："其孫佐，以春坊諭德掌南京翰林院事。於院堂書籠中，得吴元年故簡，因是成之。"……其書首尾貫串，在明人野史中，頗有體要。然亦多他書所載，無甚異聞。至於神怪報應之説，無關典故者往往濫載，亦未免失於裁翦矣。

《立齋閑録》四卷

明宋端儀撰。……是編雜録明代故事，自太祖吳元年迄於英宗天順，皆採明人碑誌、説部爲之，與正史間有牴牾，體例亦冗雜無緒。

《寓圃雜記》十卷

明王錡撰。……是書載明洪武迄正統間朝野事蹟，於吳中故實尤詳。然多摭拾瑣屑，無關考據。

《願豐堂漫書》一卷

明陸深撰。……今此卷末，載正德壬申，過蘭谿謁章懋一事，與年譜歲月不符，蓋《願豐堂稿》乃其詩文，此則所著説部也。其書亦雜記故事，僅及七條，疑非完本。

《孤樹裒談》十卷

明李默撰。……是書録有明事蹟，起自洪武，迄於正德。所引用群書凡三十種，例則編年，體則小説，大抵皆委巷之談。

《名世類苑》四十六卷

明凌迪知撰。……是編採洪武迄嘉靖，凡十朝名臣，彙集成編。其前四卷先紀姓氏爵里，繫以論贊。後四十二卷，列其言行。分爲九類，每類之中又各爲小目。……叙述名臣，類乎傳記。而斷裂分隸，非人自爲傳，又兼及神異、詼諧、定數之類，體雜小説，故附之小説家焉。

《西吳里語》四卷

明宋雷撰。……是編成於嘉靖中，皆記吳興軼事。前有自序，謂"予夙好博覽史傳、乘載、稗官、小說之書，不列歲代，不序倫理，信手雜録，間有犯孔氏不語之戒，踵史臣訛謬遺亡之失，冀就正於觀者"云云。故其書隨筆摭録，皆不著所出，亦多涉荒誕，不盡可信。

《汝南遺事》二卷

明李本固撰。……蓋當時志乘裁斷，或不能盡出己意，故以此續之，以示不忍割棄之意。然多涉神怪、仙鬼，不免爲小說家言。

《客座贅語》十卷

明顧起元撰。……是書所記，皆南京故實及諸雜事，其不涉南京者不載。蓋亦《金陵瑣事》之流，特不分門目，仍爲説部體例耳。雖頗是補志乘之闕，而亦多神怪瑣屑之語。至《前聞紀異》一百條，全録舊文，取充卷帙，尤爲無取矣。

《金華雜識》四卷

明楊德周撰。……是編乃其爲金華教諭時所作，雜採軼文逸事，以補地志所未備。……亦間有考證。然多採小説神怪之語，自穢其書，則貪多嗜奇之過也。

《嶠南瑣記》二卷

不著撰人名氏。……此書多記雜事，則小説家流也。

《瑯嬛史唾》十六卷

明徐象梅撰。……是書摭史傳及稗官事語，分類紀叙，其體一仿《世說》，而別創品目。起帝符、后瑞，訖靈畜、壬人，凡一百二十二類，分配既多未確，又每條下不注引用書名，亦無徵據。書成於萬曆己未。其曰"史唾"者，自以爲拾史氏之唾餘。蓋亦何良俊《語林》之類，而持擇不及良俊多矣。

《明遺事》三卷

不著撰人名氏。皆記明太祖初起之事。……編年、紀月，亦頗詳悉。而多錄小説、瑣事，如以酒飲蛇之類，皆荒誕不足信，非史體也。

《讀史隨筆》六卷

國朝陳忱撰。……然其中多採掇瑣屑，類乎説部。……蓋其立名似乎史評，實則雜記之類也。

《客途偶記》一卷

國朝鄭與僑撰。……是編述明末所見聞者二十五篇，多忠義節烈之事。……事至瑣瑣，殊不足記也。

《玉劍尊聞》十卷

國朝梁維樞撰。……取有明一代軼聞、瑣事，依劉義慶《世説新語》門目，分三十四類，而自爲之注，文格亦全仿之。然隨意鈔撮，頗乏持擇。如李贄常云"宇宙内有五大部文章：漢有司馬子長《史記》，唐有杜子美《集》，宋有蘇子瞻《集》，元有施耐庵《水滸傳》，明有李獻吉《集》"之類，皆狂謬之詞，學晉人放誕而失之者。其注尤多膚淺，如曹操、李白之類，人人習見，何必多累簡牘乎？

《明語林》十四卷

國朝吳肅公撰。……是書凡三十七類，皆用《世説新語》舊目，其德行、

言語、方正、雅量、識鑒、容止、俳調七類，又各有補遺數條，體格亦摹
《世説》。然分類多涉混淆……事同例異，莫知所從。所載亦多掛漏。

《今世説》八卷

國朝王晫撰。……是書全仿劉義慶《世説新語》之體，以皆近事，故以
"今"名。其分類亦皆從舊目。惟除自新、黜免、儉嗇、讒險、紕漏、仇隙六
類，惑溺一類，則擇近雅者存焉。其中刻畫摹擬，頗嫌太似，所稱許亦多溢
量。蓋標榜聲氣之書，猶明代詩社餘習也。至於載入己事，尤乖體例。……
晫遽以爲博洽而記之，亦爲不考。信乎空談易而徵實難也。

《秋谷雜編》三卷

國朝金維寧撰。……是編皆載同時瑣事。而維寧居鄉，頗忤於同里，居
官又頗忤於同官，以浮躁罷歸。故詞旨憤激，多傷忠厚。……至旁摭《山海
經》《拾遺記》諸書舊文，隱其出處，以足卷帙，亦非著述之體。

《皇華紀聞》四卷

國朝王士禎撰。康熙甲子，士禎以少詹事奉使，祭告南海，因綴其道途
所經之地，搜採故事爲此書。多採小説地志之文，直録其事，無所考證，不
及其《池北偶談》諸書也。

《硯北叢録》（無卷數）

國朝黃叔琳撰。……皆雜採唐、宋、元、明及近時説部，亦益以耳目所
聞見。大抵多文人嘲戲之詞，如《諧史》《笑林》之類，或著出處，或不著出
處，爲例不一，亦未分卷帙。蓋憂患之中，藉以遣日而已，意不在於著書也。

《漢世説》十四卷

國朝章撫功編。……是書仿劉義慶《世説新語》體例，以紀漢人言行。大抵以《史記》《漢書》爲主，而雜以他書附益之。分十四門：曰德行、曰言語、曰政事、曰文學、曰方正、曰雅量、曰識鑒、曰賞譽、曰品藻、曰清介、曰才智、曰英氣、曰義烈、曰寵禮，與義慶原本小異，其採摭亦備。然事皆習見，無他異聞。又分類往往不確……自是志怪之説，入之此書，尤無體例也。其《凡例》云"書以語名，始《論語》也。《國語》紀言，不參以事。陸賈《新語》，馬上翁每卷稱善。臨川《世説》一書，諸名士所共撰述，始自竹林，迄於江左，風流簡遠，少許勝多，最爲可貴。兹編獨尊兩漢，意專叙事，故不以新語名篇"云云。案劉向先有《世説》，故義慶所撰，別名《世説新書》，後人乃改爲《新語》。黄伯思《東觀餘論》考之最詳，非以記言而謂之新語。

《幽怪録》一卷，附《續幽怪録》一卷

《幽怪録》，唐牛僧孺撰。……志怪之書，無關風教，其完否亦不必深考也。

《獨異志》三卷

唐李亢撰。唐《藝文志》作"李冗"，未詳孰是。其書雜録古事，亦及唐代瑣聞，大抵語怪者居多。如"女媧兄妹爲夫婦"事，皆齊東之語。又如《列子》"海人狎鷗""愚公移山"事，皆摭寓言爲實事，尤爲膠固。

《青瑣高議前集》十卷，《後集》十卷

不著撰人名氏。……前有孫副樞序，不稱名而舉其官，他書亦無此例，其爲里巷俗書可知也。所紀皆宋時怪異事蹟及諸雜傳記，多乖雅馴。每條下

各爲七字標目，如"張乖崖明斷分財""回處士磨鏡題詩"之類，尤近於傳奇。間有稱"議曰"者，寥寥數言，亦多陳腐。《讀書志》稱其"詞意鄙淺"，良非輕詆。……然稱爲《青瑣小説》，或又其別名也。……斧作《小説》，侈談神怪可矣，士大夫以爲實事而記於《家傳》《别録》，好事者又校正其異同，相率説夢，不亦傎乎？

《雲齋廣録》八卷，《後集》一卷

宋李獻民撰。……所載皆一時艷異雜事，文既冗沓，語尤猥褻。晁公武《讀書志》、陳振孫《書録解題》俱云："十卷，分九門。"今止存六門，曰士林清話、曰詩話録、曰靈怪、曰麗情、曰奇異、曰神仙，共八卷。……其書大致與劉斧《青瑣高議》相類。然斧書雖俗，猶時有勸戒，此則純乎誨淫而已。

《五色綫》二卷

不著編輯者名氏。……是書雜引諸小説新誕之語，或不紀所出，割裂舛謬，不可枚舉。

《峽山神異記》一卷

宋王輔撰。……其事涉於語怪，是小説之支流，非地志之正體也。

《閑窗括異志》一卷

宋魯應龍撰。……其書皆言神怪之事，而多藉以明因果。前半帙皆所聞見，後半帙則雜採古事以足之。大半與唐、五代小説相出入。

《效顰集》三卷

明趙弼撰。……是編皆紀報應之事，意寓勸懲，而詞則近於小説。

《志怪録》五卷

明祝允明撰。……是編所載，皆怪誕不經之事。觀所著《野記》諸書，記人事尚多不實，則説鬼者可知矣，朱孟震《河上楮談》謂"允明所作《志怪》，凡數百卷"，疑無此事，"卷"字殆"條"字之誤歟？

《見聞紀訓》一卷

明陳良謨撰。……是書雜記見聞，多陳因果，雖大旨出於勸戒，而語怪者太多。

《高坡異纂》二卷

明楊儀撰。……是編乃志怪之書。……然書中所記，往往誕妄……小説之誕妄，未有如斯之甚者也。

《古今奇聞類記》十卷

明施顯卿撰。……是書成於萬曆丙子。分天文、地理、五行、神祐、前知、凌波、奇遇、驍勇、降龍、伏虎、禁蟲、除妖、鹹毒、物精、仙佛、神鬼十六門，兼及明代近事，頗取史傳，而掇拾稗官小説者爲多。

《二酉委談》一卷

明王世懋撰。……此編乃隨筆雜記，多説神怪之事，亦間作放達語，蓋其時山人習氣，漸染及於士大夫也。卷頁頗寥寥。……殆平時所作雜帖，其後人録之爲帙歟？

《燃犀集》四卷

不著撰人名氏。……摘取小説家所録神怪之事，彙録成編，大都與他書複出，無可採也。

《異林》十六卷

明朱睦㮮撰。……此乃摘百家雜史中所載異事，分爲四十二目，頗爲雜糅。如防風僬僥之類，世所習聞，不足稱異，而他書稍僻者，仍不無掛漏。惟詳注所出書名，在明末説家中，體例差善耳。

《孝經集靈》一卷

明虞淳熙撰。……此書專輯《孝經》靈異之事，如赤虹化玉之類，故曰《集靈》。夫釋氏好講福田，尚非上乘，況於闡揚經義，而純用神怪、因果之説乎？其言既不詁經，未可附於經解，退居小説，庶肖其真。

《仙佛奇蹤》四卷

明洪應明撰。……是編成於萬曆壬寅。前二卷記仙事，後二卷記佛事。……仙、佛皆有繪像，殆如兒戲。考釋、道自古分門，其著録之書，亦各分部。此編兼採二氏，不可偏屬。以多荒怪之談，姑附之小説家焉。

《芙蓉鏡孟浪言》四卷

明江東偉撰。……其書分玄部、幻部、靈部、幽部爲四集，皆摘録諸書神仙鬼怪之事，各繫評語，而佻纖殊甚。

《敝帚軒剩語》三卷，《補遺》一卷

明沈德符撰。……是書雜記神怪、俳諧，事多猥鄙。

《耳談》十五卷

明王同軌撰。……其書皆纂集異聞，亦洪邁《夷堅志》之流。每條必詳

所説之人，以示徵信，則用蘇鶚《杜陽雜編》之例。前有陶冶序，稱其"事不必盡核，理不必盡合，文不必盡諱"，亦小説家之定評也。然其中推重方士陶仲文稱："漫加削奪，時論大乖"，則其他曲筆諒多矣。

《逸史搜奇》（無卷數）

明汪雲程編。雲程，徽州人。其書雜採漢、唐迄宋小説一百四十種，彙爲一編，中分十集。大抵皆猥鄙荒怪之語。

《才鬼記》十六卷

明梅鼎祚撰。……嘗作《三才靈記》，一爲《才神記》，一爲《才幻記》，一即此書。所載上至周，下至明代。末二卷則箕仙之語，皆從諸小説採出。……又如《搜神記》之段孝直，《水經注》之鮮于冀，但有辨枉之詞，亦不得以才論。至《搜神記》之劉伯文寄一家書，即謂之才，尤爲非理。小説家語怪之書，汗牛充棟，鼎祚捃拾殘剩以成是編，本無所取義，而體例龐雜又如是，真可謂作爲無益矣。

《冥報録》二卷

國朝陸圻撰。……此編皆記冥途因果之事，意主勸善。其真妄則不可究詰也。

《雷譜》一卷

國朝金侃撰。……其書雜録雷之典故與雷之果報，雖意主戒惡，而所摭皆小説家言。

《有明異叢》十卷

國朝傅燮詷撰。是書記明一代怪異之事，亦分十類，與《史異纂》門目相同，皆從小説中撮鈔而成，漫無體例。……又有實非怪異而載者，如"事異門"内胡壽昌毀延平淫祠而絶無妖，任高妻女三人罵賊没水，次日浮出，面如生；"術異門"内汪機以藥治狂癇；"物異門"内蕭縣岳飛祠内竹生花；"雜異門"内漳州火藥局災，大石飛去三百步之類，皆事理之常，安得别神其説？至如"譯異門"内謂黑婁在嘉峪關西，近土魯番，其地山川、草木、禽獸皆黑，男女亦然。今土魯番以外，咸入版圖，安有是種類乎？其妄可知矣。

《觚賸》八卷，《續編》四卷

國朝鈕琇撰。……是編成於康熙庚辰，皆記明末、國初雜事。隨所至之地，録其見聞。……琇本好爲儷偶之詞，故叙述是編，幽艷凄動，有唐人小説之遺。然往往點綴敷衍，以成佳話，不能盡核其實也。

《鄠署雜鈔》十四卷

國朝汪爲熹撰。……欲修縣志而未果，因摭其地之遺聞、瑣事，綴爲此書。……大抵多採稗官説部一切神怪之言，蓋本儲地志之材，而翻閲既多，捃摭遂濫。又嗜奇愛博，不忍棄去，乃裒而成帙，别以《雜鈔》爲名。是特説部之流，非圖經之體也。今存目於小説家中，庶從其類。至卷首冠以康熙五十二年覃恩敕命，莫喻其理。殆見唐宋文集有以"告身"冠集首者，故亦效之歟？不知彼乃後人所加，非所自編，又皆施於專集，非施於筆記之類也。

《漁樵閒話》二卷

舊題宋蘇軾撰。明陳繼儒刻入《普秘笈》中，名爲《漁樵閒話録》。案晁公武《讀書志》中有此書，作《漁樵閒話》，無"録"字。公武又云："設爲問答及史傳雜事，不知何人所爲。"亦不言出自軾手。書中多引唐小説，議論皆極淺鄙。疑宋時流俗相傳有是書，而明人重刻者復假軾以行耳。

《談諧》一卷

宋陳日華撰。……所記皆俳優嘲弄之語，視所作《詩話》，尤爲猥雜。然古有《笑林》諸書，今雖不盡傳，而《太平廣記》所引數條，體亦如此。蓋小説家有此一格也。

《滑稽小傳》二卷

一名《滑稽逸傳》。不著撰人名氏。自序“烏有先生”，亦借司馬相如之語，非其本號也。序稱：“《史記》特爲‘滑稽’立傳，以俳諧之中，自有箴諷，是以取之。余遊士大夫間，街談巷語，輒取而書之。”然所載皆《毛穎傳》《容成侯傳》之類，大抵寓言，無事實也。

《玉堂詩話》一卷

不著撰人名氏。所採皆唐、宋人小説，隨意雜録，不拘時代先後。又多取鄙俚之作，以資笑噱。此諧史之流，非詩品之體，故入之小説家焉。

《埤雅廣要》二十卷

明牛衷撰。衷里貫未詳，官蜀府護衛千户。蜀王以陸佃《埤雅》未爲盡善，令衷補正爲此書。然佃雖以引用王安石《字説》爲陳振孫等所譏，而其博奧之處，要不可廢。衷所補龐雜餖飣，殆不成文，甚至字謎小説，雜然並載，爲薦紳之所難言。乃輕詆佃書，殊不知量！今退而列於小説家，俾以類從。

《居學餘情》三卷

明陳中州撰。……是編首載其圖，並繫以詩。有“圈子不須龍馬背，老夫頭上頂羲皇”之句，其妄誕可想。其餘諸篇，亦皆踵《毛穎》《草華》之窠曰，無非以遊戲爲文。雖曰"文集"，實則小説，故今存其目於小説家焉。

《諧史集》四卷

明朱維藩編。維藩，淮安人。是書成於萬曆乙未，取徐常吉《諧史》、賈三近《滑稽耀編》，删削補綴，共爲一集。凡明以前遊戲之文，悉見採録。而所録明人諸作，尤爲猥雜。據其體例，當入總集，然非文章正軌，今退之小説類中，俾無涴大雅。據其自序稱"題於豫章官署"，則非遊食山人流也。讀聖賢之書，受民社之寄，而敝精神於此種，明末官方、士習，均可以睹矣。

《古今寓言》十二卷

明陳世寶撰。……其書鈔撮諸家文集中托諷、取譬之作，分十二類。體近俳諧，頗傷猥雜。

《廣諧史》十卷

明陳邦俊編。……先是，徐常吉嘗採録唐、宋以來以物爲傳者七十餘篇，彙而録之，名曰《諧史》。邦俊因復爲增補，得二百四十餘首。夫寓言十九，原比諸史傳之滑稽。一時遊戲成文，未嘗不可少資諷諭。至於效尤滋甚，面目轉同。無益文章，徒煩楮墨，搜羅雖富，亦難免於疊床架屋之譏矣。

《小窗自紀》四卷，《艷紀》十四卷，《清紀》五卷，《別紀》四卷

明吳從先撰。……《自紀》皆俳諧雜説及遊戲詩賦，詞多儇薄。《艷紀》採録漢至明雜文，分體編録，踳駁殊甚。《清紀》摹仿《世説》，分"清語""清事""清韻""清學"四門。《別記》兼涉志怪，總明季纖詭之習也。

（《欽定四庫全書總目》，中華書局 1997 年）

參考書目

（編者注：出於簡省醒目的考慮，此參考文獻僅羅列出現頻次較高的徵引文獻，其他出現頻次不高以及收藏於各大圖書館的古籍文獻均未呈列）

王雲五主編《叢書集成初編》，商務印書館 1935 年

（宋）司馬光編著、（元）胡三省音注《資治通鑑》，中華書局 1956 年

（宋）羅燁著《醉翁談録》，古典文學出版社 1957 年

（南朝）劉勰著、范文瀾注《文心雕龍》，人民文學出版社 1958 年

（漢）司馬遷著《史記》，中華書局 1959 年

（晉）陳壽著、（南朝）裴松之注《三國志》，中華書局 1959 年

（宋）李昉等編《太平廣記》，中華書局 1961 年

（漢）班固著《漢書》，中華書局 1962 年

（清）哈斯寶評點《新譯紅樓夢回批》，内蒙古大學宣傳部 1974 年印行

（梁）蕭統編、（唐）李善等注《昭明文選》，中華書局 1977 年

（唐）劉知幾著、（清）浦起龍釋《史通通釋》，上海古籍出版社 1978 年

（明）沈德符著《萬曆野獲編》，中華書局 1979 年

袁珂校注《山海經》，上海古籍出版社 1980 年

（晉）張華著、范寧校證《博物志校證》，中華書局 1980 年

陳曦鐘、侯忠義、魯玉川輯校《水滸傳會評本》，北京大學出版社 1981 年

（清）陳其泰評、劉操南輯《桐花鳳閣評紅樓夢輯録》，天津人民出版社

1981 年

（清）董誥等編《全唐文》，中華書局 1983 年

《筆記小説大觀》，江蘇廣陵古籍刻印社 1983 年

陸侃如著《中古文學繫年》，人民文學出版社 1985 年

（清）金聖歎著，曹方人、周錫山標點《金聖歎全集》，江蘇古籍出版社
1985 年

張友鶴輯校《聊齋志異會校會注會評本》，上海古籍出版社 1986 年

陳曦鐘、宋祥瑞、魯玉川輯校《三國演義會評本》，北京大學出版社 1986 年

（元）王實甫原著、（清）金聖歎批改、張國光校注《金聖歎批本西廂記》，
上海古籍出版社 1986 年

劉輝著《金瓶梅成書與版本研究》，遼寧人民出版社 1986 年

（清）紀昀等編《文淵閣四庫全書》，上海古籍出版社 1987 年

劉汝霖著《漢晉學術編年》，中華書局 1987 年

劉汝霖著《東晉南北朝學術編年》，中華書局 1987 年

（宋）鄭樵著《通志》，浙江古籍出版社 1988 年

（明）施耐庵、羅貫中著，凌賡、恒鶴、刁寧校點《容與堂本水滸傳》，
上海古籍出版社 1988 年

陳平原、夏曉虹編《二十世紀中國小説理論資料》（第一卷），北京大學
出版社 1989 年

《明清善本小説叢刊》，臺灣天一出版社 1989 年

（清）解鑑著，王恒柱、張宗茹校點《益智錄》，人民文學出版社 1999 年

（清）李漁著《李漁全集》，浙江古籍出版社 1991 年

馮其庸纂校訂定《八家評批〈紅樓夢〉》，文化藝術出版社 1991 年

（明）羅貫中著，毛綸、毛宗崗評改，袁世碩、伍丁整理《三國志演義》，
山東文藝出版社 1991 年

（明）蘭陵笑笑生著、戴鴻森校點《金瓶梅詞話》，人民文學出版社 1992 年

張可禮著《東晉文藝繫年》，山東教育出版社 1992 年

（清）曾樸著《孽海花》，上海書店出版社 1992 年

（清）劉鶚著《老殘遊記》，上海書店出版社 1992 年

侯忠義主編《明代小說輯刊》，巴蜀書社 1993 年

李劍國著《唐五代志怪傳奇叙錄》，南開大學出版社 1993 年

黃永年、黃壽成點校《黃周星定本西遊證道書》，中華書局 1993 年

《古本小說集成》，上海古籍出版社 1994 年

（清）吳趼人著《二十年目睹之怪現狀》，上海書店出版社 1994 年

黃霖校點《脂硯齋評批紅樓夢》，齊魯書社 1994 年

（宋）李燾撰《續資治通鑑長編》，中華書局 1995 年

（清）李伯元著《官場現形記》，上海書店出版社 1995 年

丁錫根編著《中國歷代小說序跋集》，人民文學出版社 1996 年

《四庫全書存目叢書》，齊魯書社 1996 年

李劍國著《宋代志怪傳奇叙錄》，南開大學出版社 1997 年

劉躍進著《中古文學文獻學》，江蘇古籍出版社 1997 年

李劍國著《宋代志怪傳奇叙錄》，南開大學出版社 1997 年

《欽定四庫全書總目》，中華書局 1997 年

（清）夏敬渠著、黃克校點《野叟曝言》，人民文學出版社 1997 年

秦修容整理《金瓶梅會評會校本》，中華書局 1998 年

傅璇琮主編《唐五代文學編年史》，遼海出版社 1998 年

黃霖、韓同文選注《中國歷代小說論著選》，江西人民出版社 2000 年

（清）荻岸山人編次、環生點校《平山冷燕》，中華書局 2000 年

（清）艾衲居士著、王秀梅點校《豆棚閑話》，中華書局 2000 年

（清）李百川著、李國慶點校《綠野仙踪》，中華書局 2001 年

朱一玄編《紅樓夢資料彙編》，南開大學出版社 2001 年

朱一玄、劉毓忱編《水滸傳資料彙編》，南開大學出版社 2002 年

朱一玄編《金瓶梅資料彙編》，南開大學出版社 2002 年

《諸子集成》，中華書局 2002 年

《續修四庫全書》，上海古籍出版社 2002 年

李劍國著《唐前志怪小説史》，天津教育出版社 2005 年

楊鐮著《元代文學編年史》，山西教育出版社 2005 年

曾棗莊、劉琳主編《全宋文》，上海辭書出版社、安徽教育出版社 2006 年

（宋）洪邁著、何卓標點《夷堅志》，中華書局 2006 年

張豈之主編《中國學術思想編年》，陝西師範大學出版社 2006 年

劉躍進著《秦漢文學編年史》，商務印書館 2006 年

吳光興著《蕭綱蕭繹年譜》，社會科學文獻出版社 2006 年

陳文新主編《中國文學編年史》，湖南人民出版社 2006 年

李劍國輯校《新輯搜神記　新輯搜神後記》，中華書局 2007 年

陳大康著《明代小説史》，人民文學出版社 2007 年

（明）胡應麟著《少室山房筆叢》，上海書店出版社 2009 年

俞爲民、孫蓉蓉編《歷代曲話彙編》，黃山書社 2009 年

曾棗莊、吳洪澤《宋代文學編年史》，鳳凰出版社 2010 年

（唐）韓愈著，劉真倫、岳珍校注《韓愈文集彙校箋注》，中華書局 2010 年

李劍國輯釋《唐前志怪小説輯釋》，上海古籍出版社 2011 年

孫楷第著《中國通俗小説書目（外二種）》，中華書局 2012 年

丁宏武著《葛洪論稿》，中國社會科學出版社 2013 年

楊翼驤編著，喬治忠、朱洪斌訂補《增訂中國史學史資料編年》，商務印書館 2013 年

（清）徐松著、劉琳等校點《宋會要輯稿》，上海古籍出版社 2014 年

中國地方志指導小組辦公室編《清代方志序跋彙編·通志卷》，上海古籍出版社 2014 年

陳大康著《中國近代小說編年史》，人民文學出版社 2014 年

（唐）段成式撰、許逸民校箋《酉陽雜俎校箋》，2015 年

王熹主編《明代方志選編·序跋凡例卷》，中國書店 2016 年

（宋）洪邁著、孔凡禮點校《容齋隨筆》，中華書局 2017 年

周興陸輯著《世說新語彙校彙注彙評》，鳳凰出版社 2017 年

（明）張岱著《快園道古　琅嬛乞巧錄》，浙江古籍出版社 2017 年

（北齊）魏收著，唐長孺點校，何德章、凍國棟修訂《魏書》，中華書局 2018 年

（明）瞿佑著、向志柱點校《剪燈新話》，中華書局 2020 年

（唐）白居易著、朱金城箋校《白居易集箋校》，上海古籍出版社 2020 年

李漢秋輯校《儒林外史彙校彙評》（增訂版），上海古籍出版社 2022 年

《歷代史料筆記叢刊》，中華書局

《古體小說叢刊》，中華書局

《歷代筆記小說大觀》，上海古籍出版社

後　記

　　本書是導師譚帆先生主持的國家社科基金重大項目"中國小説文體發展史"的子課題成果之一，現作爲譚先生主編之《中國古代小説文體研究書系》"資料篇"出版。此書編著雖歷時已久，但限于諸種客觀因素，拖延至今方才基本定稿，實是汗顏。而更令人汗顏的是，雖然我們三人盡可能在文獻整理與輯録的過程中做到嚴謹求實，然而因學力有限，加之文獻本身存有模糊不清或字體難辨等客觀情形，繫年中的史料勢必仍然存在不少處理不當乃至疏誤之處，當録而未録之史料或許不少。每念及此，不免惴惴不安。

　　面對這樣本可預知的窘境，爲何還要勉力而爲呢？外在的課題研究壓力自然毋需多言，共同的研究興趣更是維繫史料輯録工作始終延續至今的内在動力。從事古代小説研究的許多前輩與當下不少同仁，其實在展開古代小説相關問題研究之前，往往都十分重視史料的開掘整理，藉此，研究成果方能存之長遠。正是明乎此理，我們希望在古代小説文體研究注重闡釋建構的同時，也探索以繫年形式輯録小説文體史料的可行性，以求客觀上呈現古代小説文體演進的原生狀貌，當然也有益于古代小説相關領域的研究。在譚帆先生多年的精心指教下，軍均師兄一直精耕于古代傳奇小説一隅，張玄師弟則以明清尤其是晚明筆記小説研究見長，我個人則相對更爲熟悉明清白話小説批評史料。這樣的專業研究背景大體即構成了史料輯録工作的分工模式，也爲完成上述設想提供了可能。詳而言之，本書明前部分主要由軍均（現任職于華中科技大學中文系）承擔，明末清初筆記小説史料部分主要由張玄（現任職于揚州大學文學院）負責，我則主要承擔除晚明筆記小説之外的明清小説文體史料輯録，同時也負責本書的體例設計與校核統稿等工作。因此，書稿如出現不應有的疏失，責任自然由我承擔。感謝兩位同門在書稿編著過程中給予的諸多建議與無私支持！

本書編撰過程中，出于高校教師崗位的考核所需，我也申請了與本書内容關聯密切的研究課題並獲得立項，如國家社科基金年度項目“明清小説理論編年史”（編號 15BZW067）、江西省社科基金規劃重點課題“明清方志中的小説史料整理與研究”（編號 21WX01）以及江西省高校人文社科重點研究基地招標項目“明清方志中的小説批評史料整理與研究”（批准號 JD19053）等，這些課題帶來的壓力與動力，也促成了本書稿最終得以成型。

自攻讀研究生迄今已有二十年，其間亦有幾部小書問世，不過確實未曾有過當下的惶恐之感。在向學界同仁致敬的同時，也請諸君不吝賜教！感謝譚帆先生多年來的教誨與幫助，感謝諸位譚門弟子一直以來的真誠關心！

楊志平

歲在癸卯　江西師大

中國古代小說
文體史料繫年輯錄

楊志平 李軍均 張玄 編著

中國古代小說文體研究書系

譚帆 主編

資料篇

下

清　代